d

Leon de Winter

Ein gutes Herz

Roman

Aus dem Niederländischen von
Hanni Ehlers

Diogenes

Titel der 2012 bei
De Bezige Bij, Amsterdam,
erschienenen Originalausgabe: ›VSV‹
Umschlagillustration: Roy Lichtenstein,
›Sunrise‹, 1965 (Ausschnitt)
Copyright © The Roy Lichtenstein Foundation,
New York / 2013 ProLitteris, Zürich
Foto: © akg-images

Für Moos, Moon und Jes
auf ewig

All rights reserved
Alle Rechte vorbehalten
Copyright © 2013
Diogenes Verlag AG Zürich
www.diogenes.ch
400/13/8/1
ISBN 978 3 257 06877 1

Dieser Roman nimmt zwar Ausgang von einem historischen Moment, ist aber dennoch Fiktion und von der Wirklichkeit losgelöst. Die Vermischung von Fakten und Fiktion gilt auch für die im Buch vorkommenden Personen, Firmen, Organisationen und Lokalitäten. Die beschriebenen Ereignisse, Handlungen und Gespräche sind frei erfunden.

I

THEO

All die stumpfsinnigen, schmalspurigen Märchen von der
großen Abrechnung über das Leben, auf die man sich im
Tod gefasst machen könne, entsprachen der Wahrheit – das
erfuhr Theo van Gogh am eigenen Leib (na ja, *Leib* hier nur
im übertragenen Sinne). Es war ihm ein Rätsel, wie die Lebenden unten auf der Erde diese Wahrheit entdeckt hatten.

Die Entscheidungsträger hier oben waren kindische Mo-
ralisten. Und sie gelangten nach jahrelangem Zögern – man
konnte ihnen wahrlich nicht den Vorwurf machen, dass sie
übereilte, fahrlässige Beschlüsse fassten – zu der Überzeugung, dass es an der Zeit sei, Bilanz zu ziehen. Theo fand
das eigentlich auch.

Als dieser Scheißmarokkaner von einem Schuss ins Bein
niedergestreckt wurde, befand sich Theo irgendwo ober-
halb vom Oosterpark, rund dreißig Meter über dem Boden,
einer Möwe gleich, die nahezu reglos im Wind lag. Die
Bäume waren kahl, das Gras farblos. Die Polizisten sprangen vor Angst hin und her, schrien sich gegenseitig an,
brüllten in Mikrophone und Handys. Theo van Goghs
Mörder wollte sterben, konnte seinem Leben jedoch nicht
eigenhändig ein Ende machen. Das verbot ihm sein Gott.

Es war irre, das aus der Distanz wahrzunehmen. Schwerelos schwebte Theo über seiner Stadt. Noch hatte die Panik nicht vollständig Besitz von ihm ergriffen. Die Schmerzen waren unvergleichlich – allerdings hatte er zeitlebens eigentlich auch keine wirklichen körperlichen Schmerzen kennengelernt. Auf das hier war er nicht gefasst gewesen. Er hatte keine Ahnung gehabt, dass ihm so etwas zustoßen könnte.

Er war in voller Fahrt an Mohamed Boujeri vorbeigeradelt, hatte ihn aber aus dem Augenwinkel wahrgenommen und war sich der Anwesenheit dieses Bartaffen in seinem Sackkleid bewusst gewesen. Ein angehender Fanatiker mit jünglingshaftem Flachsbärtchen, der auf dem Radweg stand und auf irgendeinen anderen Bartaffen wartete – das hatte Theo im Vorüberfahren gedacht, als er einen kurzen Blick mit seinem Mörder wechselte. Ja, sie hatten sich einen Moment lang in die Augen geschaut. Aber er hatte den Bartaffen gleich wieder aus seinen Gedanken verdrängt. Es gab neuerdings zu viele von ihnen in der Stadt. Wahnsinnige, die den Umzug von der Wüste in die schmutzige Stadt nur dadurch ertragen konnten, dass sie sich den Werten und Normen von Nomaden aus dem siebten Jahrhundert unterwarfen. Okay, jedem das Seine. Aber anderer Leute Verrücktheiten duldeten diese Verrückten nicht.

Es wäre ein ziemliches Understatement, zu sagen, er müsse noch oft an diesen Tag denken, denn dieser Tag war immer gegenwärtig, ebenso wie die Erinnerung an die Schmerzen. Es war ihm in den vergangenen Jahren nicht gelungen, sich von jenem Novembermorgen zu befreien. Grau, trist, kalt. Die alten Backsteine der Gebäude in Amsterdam-Ost waren an solchen Tagen farblos. Schon häufiger war ihm durch den Kopf gegangen: Wenn man hier an so einem Morgen die Augen aufschlägt, würde man sich am liebsten vom Dach stürzen. Berlin, London, Paris, New York kamen morgens ganz anders in die Gänge. Wie erwachende Riesen, die sich wohlig räkelten und streckten. Theos Stadt dagegen tauchte mit verquollenen Augen und stinkenden Achseln aus der Nacht auf. Wie ein kleiner Büroangestellter mit feuchten Wunschträumen und müffelnden Fingerspitzen, die ihn daran erinnerten, wo er sich stundenlang gekratzt hatte.

Theo musste auch ins Büro. Er hatte seinen großen Spielfilm über Pim Fortuyn geschnitten und wollte ihn dem Produzenten zeigen. Wenn er arbeitete, nahm er sich an die Kandare. Da lebte der kleine Kalvinist in ihm auf, der Spießbürger, der nichts als hart arbeiten wollte und sich freute, wenn ihm sein Kind stolz ein gutes Schulzeugnis zeigte. Seine Freunde aber nahmen ihm den Bohemien ab, den er schon sein ganzes Erwachsenenleben lang spielte, glaubten ihm, wenn er bei ihnen am Tisch unflätig über das Bürgertum pöbelte.

Vielleicht war er schon früher gestorben. Als diese somalische Prinzessin mit ihrer koketten Verletzlichkeit und ihrem opportunistischen Kampfgeist in sein Leben trat. Oder als er nicht zur Filmhochschule zugelassen wurde. Irgendwo war es schon viel früher schiefgelaufen.

Ein Scheißmarokkaner. Ein Niemand. Wusste nicht den Bruchteil dessen, was Theo wusste, als er noch auf Erden weilte. Dieser Wicht tat, was Theo sich eines Tages selbst hatte antun wollen. Dieser Ziegenficker maßte sich an, was Theo sich selbst als letzte Ehre vorbehalten hatte. Und

9

gelangte damit auf einen Schlag aus der kalten Anonymität in den Brennpunkt der Weltbühne.

Theo hatte gewusst, dass er vorzeitig sterben würde, aber so? Nicht das Rauchen wurde sein Tod, nicht das Saufen oder Koksen und auch keine Ausschweifungen mit einem Dutzend Huren, die mit irgendwelchen dreckigen Krankheiten behaftet waren (in einem Bordell in Montevideo, so hatte er sich das einmal ausgemalt), nein, ein Scheißmarokkaner mit einer Winzpistole und einem lächerlichen Zirkusmesserchen, einem sogenannten Kris, sollte ihm das Leben nehmen.

Mohamed Boujeri. Nie gehört. Er könne ganz gut schreiben, erfuhr Theo später. Quatsch. Der war doch halber Analphabet! Hatte Artikelchen für eine Nachbarschaftszeitung in Amsterdam-West geschrieben. Talentlos. Im Schatten von Eichen wie ihm dazu verdammt zu verkümmern und am Ende der Saison zu verdorren wie ein Blatt im Herbst. Aber nein. Der Wicht hatte ihm nachgestellt. War monatelang damit zugange gewesen. Theo hatte die Zeitungsberichte gesehen, die Fernsehsendungen, die offiziellen Dokumente über Boujeri und die *African Princess* und Theo van Gogh.

Die Explosionen aus dem Pistolenlauf rauschten in seinen Ohren. Er wollte den Bartaffen ansehen, konnte es aber nicht.

Die Kugeln in seinem Leib kümmerten ihn nicht, es durfte einfach nicht wahr sein, dass dies tatsächlich geschah. Sein Kopf sagte ihm: Keine echten Kugeln. Keine echten Schüsse. Aber er fiel. Sein Herz spielte verrückt. Seine Glieder standen in Flammen. Ihm schwanden die Sinne, wo er doch hellwach bleiben wollte. Er wollte fliehen. Er hätte alles dafür gegeben, jetzt davonrennen zu können. Seine Beine wollten nicht.

Er musste einen Film über einen Helden fertig machen, über Pim Fortuyn, ermordet von einem Tierschützer mit der Kreativität eines braven Beamten. Ein guter Film. Endlich hatte er mal ein vernünftiges Budget für die Produktion gehabt. Er hatte Pläne. Er hatte Aussichten. Er hatte ein Kind.

Und da kreuzte ein Scheißmarokkaner seinen Weg.

Es war schon vorgekommen, dass er Frauen angefleht hatte. Aber nie so einen Niemand. Dieser Wicht hatte Macht über ihn, fügte ihm Schmerzen zu.

Verdammt, ihm war doch tatsächlich das Wort *Gnade* rausgerutscht.

Jetzt, so lange danach, hatte er den Eindruck, dass er schon tot gewesen war, bevor sein Herz aufhörte zu schlagen. Man entweicht der Welt, weil das Feuer im Körper so stark ist, dass die Sinne überlastet werden. Und irgendetwas entwich seinem Leib. War es seine Seele? Vielleicht. Er hatte eine Seele und ein Bewusstsein.

Boujeri setzte diesen rasiermesserscharfen Kris an seinen Hals, warf sich mit seinem ganzen Gewicht darauf, und die Klinge schnitt in sein Fleisch, durchtrennte seine Kehle, seine Luftröhre. Er roch sein eigenes kochendes Blut. Sein Kopf löste sich von seinem Körper. Er konnte das sehen, weil er schon seinem Körper entwichen war. Die Schmerzen waren zu groß, er musste ihnen entkommen, und das geschah auch. Als er etwa zwei Meter über seinem eigenen Körper schwebte. Er war in Panik. Unfassbar, was ihm da zustieß.

Gleichzeitig blieben seine Wahrnehmung und sein Denken aktiv. Er dachte: Sieht gut aus. Wenn das ein Film gewesen wäre, hätte er zum Darsteller gesagt, dass er perfekt daliege. Genauso lotterig, wie es sich gehörte. Ohne jede Ästhetik. Leicht angewinkeltes Bein, flach auf dem Rücken, stumm. Guter Schauspieler. Nur war Theo selbst das stumme Schwein, das von dem Scheißmarokkaner abgeschlachtet wurde. Ein Seelenaustritt, das ist definitiv ein Seelenaustritt!, durchfuhr es ihn. Er glaubte nicht an Seelenaustritte. Er glaubte, dass alles aufhörte, wenn sein Körper nur noch ein Haufen verrottendes Fleisch war.

Dem war nicht so, wie er jetzt wusste. Das Denken, die Wahrnehmung und das Erleben hörten nicht auf, wenn man nicht mehr auf der Erde war. Alles ging weiter. Nur anders.

Theo konnte Boujeri nicht aufhalten. Er hatte keine Arme, keinen Mund. Niemand sah oder hörte ihn. Er musste mit ansehen, wie Boujeri ein Messer zog, einige Blatt Papier auf die Brust von Theos sterbendem Körper legte und diese mit dem Messer festpinnte. Faszinierend: Theo spürte das und zugleich auch nicht, er konnte den schneidenden Schmerz gleichsam anfassen.

Ein paar Meter weiter stand ein Mann, der ein Foto machte, das um die Welt ging: Theos großer, stummer, überflüssig gewordener Körper auf der Straße. Das Heft des Messers. Darunter der Brief an Ayaan Hirsi Ali, in dem Boujeri den Niederlanden den Krieg erklärte.

Es waren auch noch andere Leute da, die mit offenem Mund zuschauten, verstört, aber auch genüsslich. Endlich passierte mal was in Amsterdam-Ost. Da lag Theo auf dem Gehweg einer schmuddligen Straße. Hatte nichts Großes, diese Straße. War keine Champs-Elysées, kein Trafalgar Square, kein Unter den Linden. Eine farblose Straße mit tristem Gehwegpflaster in einem charakterlosen Viertel, bewohnt von laxen Studenten, subventionierten Künstlern und *salarymen,* wie man solche Vertreter in Japan nennt, Männer, die mit abgewetzter Aktentasche am Lenker zu ihren hellgrauen Schreibtischen voller Ordner und Stempel und getrockneten Krümeln von den Butterbroten des vorigen Tages radeln.

Wenn er noch am Leben gewesen wäre und davon hätte erzählen können, hätte er gesagt: Wenn das einem anderen zugestoßen wäre, hätte ich Boujeri um ein Autogramm gebeten. Endlich geht mal was ab.

Sein Leben lang war er ein Sprücheklopfer gewesen, und im Moment der Momente hatte man ihn mundtot gemacht. Doch er sah alles. Boujeri ging seelenruhig davon beziehungsweise versuchte, Haltung zu bewahren, aber er war berauscht. Er hatte einen Menschen getötet. Er hatte es getan. Für seinen Wüstengott hatte er die ultimative Tat vollbracht. Nun würden ihn zweiundsiebzig Jungfrauen willkommen heißen. In Erwartung eines immerwährenden Orgasmus bekam er eine Erektion. Verdammt, er entfernte sich mit einem Ständer in der Hose von Theo, augenscheinlich ohne Eile, ohne Sorgen. Er wurde allerdings unruhig, als er die Blicke eines Passanten auf sich fühlte. Die Erregung schwand, und er sah den Mann herausfordernd an.

Boujeri rief: »Was guckst du?«

Der Passant war zwar ein bescheidener Salaryman, aber er traute sich, einen Kommentar abzugeben: »Das kannst du doch nicht machen!«

So sagte ein Amsterdamer das. Der rief nicht: Du Schuft, du Nichtswürdiger, du Teufel! Nein, der rief: »Das kannst du doch nicht machen«, als ginge es um einen Akt von Vandalismus, der ihn irritierte.

Theo hörte, wie Boujeri ohne den geringsten Zweifel entgegnete: »Und ob ich das kann! Er hat es sich selbst zuzuschreiben!«

Der Salaryman: »Das geht doch nicht, das kannst du doch nicht machen!«

Boujeri: »Und ob ich das kann! Und damit wisst ihr auch gleich, was euch erwartet.«

Das ließ den Zuschauer verstummen. Und Boujeri machte sich aus dem Staub. Theo begleitete ihn, schwerelos, ein paar Meter hinter und über ihm, wie ein Luftballon, den Boujeri an einer Schnur mitzog.

Das Adrenalin schoss durch Boujeris Adern und heizte seinem Herzen ein. Er rannte in den Oosterpark, während sich die Straßen elektrisch aufzuladen schienen, als setze dieses Attentat die Stadt unter Strom. Von allen Seiten tauchte Polizei auf. Mit Autos, mit Motorrädern. Überall Sirenen. Blaulicht. Alles für Mohamed B. Alles für Theo.

Unsichtbar war Theo dort anwesend, registrierte alles, hörte alles und konnte sich nicht vorstellen, dass er dieses wahnwitzige Abenteuer nicht anschließend mit seinen Freunden besprechen würde, ein Päckchen Gauloises in Reichweite, vielleicht ein bisschen Koks in der Nase und eine oder zwei Flaschen Bordeaux im Blut. Er schwebte zwischen den Bäumen. Komische Perspektive. Gute Kran-Shots. Er würde bald in einem Krankenhausbett aufwachen und durfte nicht vergessen, sich das alles zu notieren. Er tastete nach Stift und Papier, fühlte aber nichts. Er hatte ja keine Hände! Die Angst schlug bei ihm ein, und er dachte, er würde abstürzen, aber er schwebte weiterhin und blickte auf diesen jungen Bartaffen mit der Waffe in der Hand hinunter.

Boujeri begann, wild um sich zu schießen. Die Polizei erwiderte das Feuer. Die Schüsse klangen weniger echt als auf dem Geräuschband eines Films. Boujeri war völlig ungeschützt, während er schoss. Offenbar hoffte er, dass sie ihm mit einer Salve den Kopf zerfetzen würden. Oder das Herz. Aber der Gnadenschuss blieb aus. Schreiend fiel Boujeri zu Boden, als er ins Bein getroffen wurde.

Die Niederlande gedachten ihres Helden des freien Wortes. Tausende von Menschen versammelten sich auf dem Dam, um ihm und seiner freien Meinungsäußerung die Ehre zu erweisen. Nichts gegen so eine Gedenkveranstaltung, aber der Platz war voller Kleingeister. Eine Farce. Was hatte er mit freier Meinungsäußerung zu tun? Wie sie da alle rumstanden und heilig taten. Theo hatte nichts mit freier Meinungsäußerung am Hut gehabt. Er log, manipulierte, ätzte, beleidigte, pöbelte, schimpfte, betrog, verriet – und es tat ihm gut. Sein Widerwille gegen alles Mittelmäßige war so groß, dass er es als seine Pflicht empfand, die Beleidigung zur Kunstform zu erheben. Er wollte sich abreagieren. Zetern. Fluchen. Er hasste die mittelmäßige Menschheit. Warum hassten die anderen sich nicht genauso sehr, wie er sich hasste? Feige Hunde. Sie hatten Schiss davor, mit Molotowcocktails in der Hand gegen die Moscheen aufzumarschieren.

Nach seiner Ermordung wurde Theo von etwas davongetragen, was sich als »der Wind« bezeichnen ließ, und er kam hier an. Es war eine Reise durch die Dimensionen, durch alle Universen. Er war in diesem Orkan aus Luft und Licht und Destruktion und Konstruktion außer Bewusstsein. Nichts war er, und doch erlebte er Geburt und Tod und Verfall und Wiederauferstehung.

Nach einer Reise, die keine Zeit kannte, gelangte er in eine Umgebung, die er am ehesten als Kaserne beschreiben konnte.

Grau wie Amsterdam an einem Novembertag. Nein, eingesperrt war er nicht. Es stand ihm frei, sich unten umzusehen. Aber er konnte nicht in die nächste Phase weiter, wie sie es hier nannten.

Die nächste Phase.

Man bekam einen Berater zugewiesen, der alles mit einem durchsprach und einem dabei half, die nächste Phase zu erreichen. Theo hatte schon ein Dutzend Berater verschlissen. Männer, Frauen, klug, dumm, sie gaben rasch auf, die Waschlappen.

Theo hockte hier nun seit November 2004 – ja, auch hier gab es die Zeit, ohne die Zeit gäbe es *nichts,* hatte der neue Berater (der sich scherzhaft »Bewährungshelfer« nannte) erklärt. Er war Schwarzamerikaner, und Theo kam ganz gut mit ihm aus.

Seit einigen Monaten tat es weh, nach unten zu gehen, so paradox das auch klingen mochte. Man sollte meinen, dass man sich, wenn man mal eine Weile hier oben war, von Tag zu Tag (ja, Tage gab es hier auch) immer besser mit dem Totsein abfand. Aber dem war nicht so. Es wurde immer schmerzlicher, seinen Sohn zwar beobachten, ihn aber nicht berühren, ihm nicht sagen zu können, dass er ihn liebte und vermisste. Wenn er in eine nächste Phase gelangte, würde sich der Schmerz derart intensivieren, dass er sein Kind vermutlich loslassen musste. Dann wäre er noch toter als tot.

Theo schaute, wenn er unten war, auch regelmäßig nach seinem Mörder. Boujeri betete und betete in seiner Zelle. Las den Koran. Las die Geschichten über den Propheten. Und dachte, er sei auf dem Weg zu Allah und den Jungfrauen. Quatsch. Boujeri war ein Sünder, und das lastete man ihm hier oben an. Das wurde garantiert bestraft.

Theo wurde keineswegs seinem Schicksal überlassen. Wo er jetzt war, hatte »Schmerzbewältigung« einen hohen Stellenwert. Allein schon das Wort wäre ihm sauer aufgestoßen, wenn er denn noch einen Magen gehabt hätte. Aber er hatte keinen Körper mehr. Er hatte nur noch seinen entwurzelten Kopf. Dank dieses Scheißmarokkaners.

Seines Kopfes war er sich bewusst, der Rest schien zu fehlen. Ob der Körper wieder vollständig sei oder nicht, hänge davon ab, ob man es verdient habe, war ihm gesagt worden, als er sich beschwert hatte. Manche Menschen, die mit dem Auto verunglückt oder bei irgendeinem anderen Unfall verstümmelt worden seien, kämen völlig intakt und in einem Stück herein. Weil sie es gemäß den Vorschriften verdient hätten. Und ich?, wollte Theo wissen. Was habe ich denn Schlimmes getan, dass ich meinen Körper nicht *erfahren* kann?

Sie hatten geantwortet: Sobald du das weißt, wird sich eine Lösung auftun. Mit anderen Worten, sie reagierten wie alte Moralapostel, wie ungnädige Eltern, die ihrem halbwüchsigen Sprössling eine Lektion in Bescheidenheit erteilten.

Jetzt, da er hier oben war und es ihm als Regisseur oder Schriftsteller nichts mehr einbrachte, war Theo weltberühmt. In Hollywood war sein Name jedermann ein Begriff. In Tokio, Mumbai, Jerusalem, Rom, Buenos Aires, überall wusste man, wer er war – weil ein anonymer Scheißmarokkaner ihn umgebracht hatte.

Er wäre natürlich lieber anders berühmt geworden. Er war ein couragierter, wenn auch nie sonderlich populärer Filmregisseur gewesen und hatte nie publikumswirksames Unterhaltungsfutter gemacht wie ein Paul Verhoeven. Nein, er war in dem Zwergenland, zu dem ihn der Zufall seiner Geburt verurteilt hatte, immer ein unverstandener Künstler geblieben.

Wenn er von dort, wo er sich jetzt befand, auf sein Leben zurückblickte, erschien ihm seine Schwärmerei für das schwärzeste Schwarz als totaler Stuss. Eindimensionale Lieder hatte er darüber gemacht. Und Filme. Eigentlich ging es immer um den Tod. Das sei das Einzige, worüber ein Künstler etwas zu sagen habe, hatte er gedacht. Ein Witz! Er hatte rein gar nichts darüber zu sagen. Ein Schaumschläger war er gewesen. *Épater la bourgeoisie* – im ausgehenden neunzehnten Jahrhundert hatten dekadente französische Dichter entdeckt, dass man durch die Beleidigung von Bürgern zum bürgerlichen Antihelden werden konnte. Was er getan hatte, war nichts anderes. Beleidige, und schick eine Rechnung. Aber jetzt wusste er, was er damals nicht gewusst hatte, und wenn er es gewusst hätte, hätte er es zeitlebens nie und nimmer eingeräumt, weil er damit seine Daseinsberechtigung verloren hätte. Jetzt wusste er, dass ein Künstler nur etwas über das Leben zu erzählen hatte.

Nachdem er gestorben war, kam er in einer neuen Umgebung an, und das Wundersame war, dass er dort kommunizieren konnte. Es spielte keine große Rolle, welche Sprache man sprach, hier lief alles mittels Techniken und Methoden, die er auf der Erde nicht gekannt hatte. Er fragte sich gelegentlich, wie er den Lebenden auf der Erde sein Dasein hier erklären könnte. Das würde wohl nur mit Hilfe von bildlichen Veranschaulichungen gehen. Anders ließ sich seine neue Welt nicht vermitteln.

Also beschrieb er das Ganze wie folgt: Er habe ein eigenes Zimmer mit weißen Wänden und ausgetretenem Parkettboden, der Unterkunft in einer Kaserne nicht unähnlich. Durch ein Fenster mit Eisenrahmen blicke er auf flaches, sandiges Gelände hinaus, an dessen Rändern etwas Gras sprieße. Andere Enthauptete, Leidensgenossen von ihm, liefen ohne Sinn und Verstand dort umher – na ja, laufen täten sie nicht wirklich. Sie *seien* dort, in ihrer ganzen hoffnungslosen Verunstaltung und ohnmächtigen Entwurzelung.

Theos jetziger Berater hieß Jimmy Davis. Er war hartnäckiger als die ganze Batterie von Vorgängern, die Theo schon verschlissen hatte. Jimmy Davis. Ein attraktiver Schwarzer. Immer hübsch postmodern in Schwarz gekleidet – so zumindest hätte Theos Urteil gelautet, wenn er sich denn einen optischen Eindruck von ihm hätte verschaffen können.

Gestern hatte Jimmy Davis gefragt: »Was willst du, Theo?«

»Meinen Körper«, hatte Theo geantwortet.

»Das schwere Ding mit all dem Fett?«

»Ich mag das Fett. Es stand mir gut.«

»Ja, als Schwein hättest du eine gute Figur gemacht.«

»Lass mich doch ein Schwein sein. Das hat niemanden gestört.«

»Niemanden gestört? Wieso bist du dann hier gelandet, Theo?«

»Das war die Schuld von einem Scheißmarokkaner.«

»Hattest du es nicht selbst herausgefordert?«

Theo wurde giftig. »Ach, ich habe also selbst Schuld, dass mir das angetan wurde, ja? Komm, ich habe gegen diese religiösen Irren Stellung bezogen, und so ein religiöser Irrer hat mir aufgelauert. Es war gut, sich auf die Seite dieser somalischen Prinzessin zu schlagen. Dieser Irre hat doch genau das bestätigt, wovor ich gewarnt habe! Ist doch gut, dass ich recht behalten habe, oder?«

Er zündete sich eine Zigarette an. Auch hier rauchte er. Er rauchte immer.

Sie saßen in Theos Zimmer. Er hatte stangenweise Zigaretten, sämtliche schweren französischen Sorten. Sie gingen nie aus. Auf dem Tisch stand ein Royal Salute von Chivas Regal, mehr als fünfzig Jahre alter Whisky. 2002, zwei Jahre vor seinem Tod, hatte der Brauer zu Ehren des fünfzigjährigen Kronjubiläums von Königin Elizabeth II. zweihundertfünfundfünfzig Flaschen von diesem exklusiven goldenen Nass abgefüllt. Theos Flasche war immer voll – so jedenfalls sein Empfinden. Unten auf der Erde kostete die Flasche siebentausend Euro. Tot zu sein hatte in dieser Kaserne durchaus seine positiven Seiten.

»Ja, du hattest recht«, sagte Jimmy. »Also bist du dank deiner Rechthaberei hier gelandet.«

»Ich weiß. Scheißdeal«, antwortete Theo resigniert.

»Du hast gelebt wie ein Tier. Du hast dich benommen wie ein Tier«, sagte Jimmy.

»Was geht dich das an? Hab ich dich damit belästigt?«

»Mein lieber Theo, dass mich das etwas angeht, erschließt sich aus dem Umstand, dass wir uns hier gegenübersitzen und ich einen Bericht über deine Fortschritte schreiben soll. Deine Angelegenheiten sind meine Angelegenheiten.«

»Warum tust du das? Macht dich das glücklich?«, fragte Theo, während er Jimmy den Rauch ins Gesicht blies.

»Ja, das macht mich glücklich«, antwortete Jimmy ungerührt. Er fächelte den Rauch weg. »Hör zu, Theo… Nicht alle sind so nachgiebig wie ich. Du hast nur noch deinen Kopf, aber es gibt hier auch Vertreter, die selbst den nicht mehr haben. Die wirklich nur ihr nacktes, krankes, armseliges Selbst sind. Ich bin davon überzeugt, dass du wieder vollständig werden kannst. Nicht unten. Wer einmal oben ist, kann nicht zurück. Das ist nicht nur eine alte Regel, an die man sich hier hält, sondern das geht auch rein physisch nicht. Doch es gibt Möglichkeiten der Heilung. Wenn du Wert darauf legst, wieder eins zu werden mit deinem hässlichen Körper, wenn du dich wieder als geheilt erfahren möchtest, musst du dich dafür ins Zeug legen.«

»Was ist denn das hier für eine Klinik?«, fragte Theo heiser. »Evangelisch, buddhistisch, oder wird sie von der Krankenversicherung der Ziegenwollsockenträger finanziert?«

»Das ist das Totenreich, Theo. Akzeptier das. Wir sind hier nur der Empfang. Nach all den Jahren stehst du im Grunde noch vor der Portiersloge. Ein Verwaltungsbereich ist das hier, du wirst hier durchleuchtet, und man prüft, ob und wie du weiterdarfst. Möchtest du ankommen?«

Theo nickte. Aber er war böse und missgünstig. Er wollte seinen Sohn in die Arme schließen können. Er wäre lieber bei seinem Kind gewesen. Das hatte er schon gewusst, als er noch am Leben gewesen war. Und er wusste es jetzt mit der größten Gewissheit, die es gab. Der Gewissheit eines Toten. Er vermisste sein Kind.

»Du kannst dich hier von allem Ballast befreien, Theo. Du kannst weiterkommen. Aber das musst du selbst tun.«

»Lieber Pater, das ist doch alles neoreligiöses, esoterisches Geschwätz.«

»So redet man hier, Theo. Ich muss mich auch daran gewöhnen.«

»Gibt es kein Totenreich für Typen wie mich?«, fragte Theo.

Jimmy grinste. »Nein. Wir machen keine Unterschiede zwischen den Toten. Für uns sind alle gleich.«

Jimmy Davis hätte Filmstar sein können mit seinem ebenmäßigen Gesicht und seinen klaren, ironisch blitzenden Augen.

Theo fragte: »Bist du ein Engel?«

»Nein. Die Ausbildung habe ich nicht. Ich bin wie du. Ein gestorbener Mensch.«

»Was warst du unten von Beruf?«

»Ich war Priester«, antwortete Jimmy. »Franziskaner.«

»O nein«, stöhnte Theo laut.

Jimmy musste herzlich lachen. Schöne, regelmäßige Zähne hatte er. Er sagte: »Ich habe deine Akte gelesen. Auf ›Christenhunde‹ warst du unten nicht gut zu sprechen.«

»Heuchler«, sagte Theo. »Pädophile Heuchler.«

»Ich habe gesündigt«, räumte Jimmy nickend ein, »aber ich war nicht pädophil. Ich liebte Frauen.«

»Hast du mit ihnen geschlafen?«

»Ja«, gestand Jimmy.

»Das Zölibat!«, schleuderte Theo ihm ins Gesicht.

»Das war schwer.«

»Vater Jim, warum bist du Priester geworden, wenn du doch wusstest, dass du dann nicht vögeln darfst?«

»Ich wollte ein guter Mensch sein.«

»Und dafür brauchtest du eine schwarze Kutte und einen weißen Kragen? Den du jetzt im Übrigen abgelegt hast. Schönes Hemd. Seide?«

»Ja. Handgesponnen.« Jimmy rieb mit einem Finger über das feine, glatte Gewebe – im übertragenen Sinne natürlich.

Theo fragte: »Du hättest doch auch einfach nach Afrika gehen und dich dort für Aussätzige und Lahme einsetzen können. Dafür braucht man doch keinen Vatikan!«

»Ich brauchte die Kirche.« Jimmy las das Etikett auf der Flasche. »Donnerwetter, das ist ein exklusiver Whisky. Gib mir auch mal einen Schluck.«

»Zweihundert Euro pro Schluck.«

»Unten, hier nicht«, erwiderte Jimmy.

Theo schenkte ihm ein – ohne Hände. Jimmys Glas füllte sich.

Jimmy sagte: »Wir haben über dich konferiert.«

»Schön zu hören, Herr Pastor.«

»Ich bin kein Pastor.«

»Dann eben Vater Jim.«

»Nenn mich auch nicht Vater.«

»Dann Franziskaner.«

»Das war ich mal. Hier bin ich dein Berater, eine Art Bewährungshelfer. Nenn mich einfach Jimmy, der Name genügt.«

»Ihr behandelt mich, als wäre ich ein Verbrecher.«

»Du warst unmoralisch.«

»Amoralisch. Das ist was anderes«, korrigierte ihn Theo.

»Unmoralisch, finden wir«, beharrte Jimmy. »Du hast das eine und andere zu berichtigen. Unten. Also gestatten wir dir zu kommunizieren.«

»Kommunizieren?«

»Du darfst Kontakt herstellen.«

»Kontakt herstellen? Zu … zu unten?«, stammelte Theo. Jimmy nickte.

»Und unten wissen sie das?«

Jimmy schüttelte den Kopf: »Nein. Es wird eine Kommunikation geben. Aber keine direkte. Du sollst unten etwas Gutes tun.«

»Und das wird mir hier vergolten?«

»Ja. Du darfst dir deinen Körper verdienen. Das ist schon eine ganze Menge. Hast du mir zu verdanken.«

»Oh. Fein. Und was möchtest du als Gegenleistung?«

»Ich möchte, dass es dir gutgeht.«

»Vielleicht haben wir davon unterschiedliche Vorstellungen, Jimmy.«

»Aber hier zählt nur die meine, Theo.«

Theo hüpfte das nicht vorhandene Herz, als er daran dachte, dass er möglicherweise mit seinem Sohn kommunizieren konnte. Doch binnen einer Sekunde schwand diese Hoffnung. Das war keine gute Idee. Er war nicht mehr, er war nach den geltenden und allen anderen Normen tot. Sein Sohn würde zu einem Medium werden, wenn Theo ihn aufsuchte, zu einem, der nicht mehr ganz dicht war, einem Spinner, der mit Geistern sprach.

Theo fragte: »Ich nehme an, dass ich nicht kommunizieren darf mit wem ich will?«

»Da liegst du ganz richtig.«

»Ihr weist mir jemanden zu?«

»Im Prinzip schon, ja. Wir können dir auch die Wahl lassen. Dann nennen wir dir drei Namen, und aus denen darfst du dir deinen Kommunikationspartner aussuchen. Ansonsten weise ich dir jemanden zu.«

»Wie geht dieses Kommunizieren vor sich?«

»Man erscheint im Traum. Man kann auch einen Gegenstand verrücken, so dass der Betreffende es nicht sieht, aber doch irgendwie wahrnimmt. Und wenn du das Glück hast, Engel zu werden, kannst du dich als Lichtblitz offenbaren.«

»Als Lichtblitz offenbaren?«, wiederholte Theo mit angeekeltem Gesicht, als habe er Essig zu sich genommen. »Warum so ein Schnickschnack und mysteriöses Getue?«

»Das Leben unten ist ein Leben, in dem man das eine und andere unter Beweis stellen muss, Theo. Engagement, gutes Benehmen, Sittlichkeit.«

»Schrecklich«, brummte Theo und schüttelte angewidert den Kopf.

Jimmy trank einen Schluck. Er schloss die Augen und biss kurz die Zähne zusammen, als er den Whisky runterschluckte.

»Wow«, ächzte er genießerisch.

»Immer eine volle Flasche«, sagte Theo einladend. »Also

das, was ihr Kommunizieren nennt, bedeutet, dass sie unten das Gefühl haben, sie hätten es mit einem Geist zu tun.«

»Nein. Das wäre zu viel gesagt. Es muss kleiner sein. Eine feinere Klaviatur. Jemand sitzt auf dem Sofa und hat das Empfinden, dass das Fenster offen steht, denn er verspürt einen leichten Luftzug. Aber das Fenster ist geschlossen.«

Theo fragte: »Eine Lichtspiegelung in der Fensterscheibe?«

»Das ginge.«

»Was ist der Zweck dieses Kommunizierens?« Er sprach das letzte Wort aus, als müsse er sich gleich übergeben.

»Das werde ich dir dann noch sagen. Zuerst musst du einen Lebenden auswählen.«

»Schieß los.«

Ohne Finger griff Theo zu einem Feuerzeug, um sich eine frische Zigarette anzuzünden. Er hatte keine Lunge mehr und konnte somit rauchen, so viel er wollte.

»Mit dem Rauchen ist dann Schluss, das ist dir doch klar, nicht?«, sagte Jimmy.

»Nein. Das ist mir nicht klar.«

»Wenn du in der nächsten Phase angelangt bist.«

»Dann bleibe ich hier«, sagte Theo barsch.

»Bist du dir sicher?«

»Nein.«

»Möchtest du selbst auswählen, oder soll ich dir jemanden zuweisen?«

»Selbst auswählen natürlich«, sagte Theo.

»Der erste Name ist Ayaan Hirsi Ali.«

Theo sah ihn ungläubig an. Was für ein Spielchen spielten sie hier mit ihm? Sein Tod hatte diese Frau schlagartig zu einer internationalen Berühmtheit gemacht. Zuerst hatte sie in den Niederlanden ihr abenteuerliches Theaterstück aufgeführt, und dann war sie in Washington und New York in den Wandelgängen herumgeflattert, führte das Leben einer Jetsetterin und hatte Liebhaber, während Theo nur noch im Tod existierte, noch dazu körperlos. Angeblich war sie Mutter geworden.

»Ihr seid grausam«, sagte er.

»Der zweite Name ist Leon de Winter.«

»Niemals«, sagte Theo.

Ein Scharlatan. De Winter war ihm auf den ersten Blick zuwider gewesen. An die zwanzig Jahre lang hatte er gegen ihn gehetzt. In beleidigenden Kolumnen, die de Winter psychisch fertigmachen und zum Schweigen bringen sollten. Als Theo zur offiziellen Feststellung der Todesursache auf einem Seziertisch geöffnet wurde, hatte de Winter scheinheilig in einer Zeitung geschrieben, das hätte er ihm nicht gewünscht. Dabei wusste Theo ganz genau, dass de Winter im Grunde seines Herzens darüber frohlockte. Mit dem kommunizieren? Lieber in die Hölle!

»Und der Dritte?«, fragte Theo. Er trank einen Schluck. Er nahm einen Zug aus seiner Zigarette.

»Der Dritte ist dein Mörder. Mohamed Boujeri.«

Theo starrte ihn mit offenem Mund an.

»Keiner von den dreien«, murmelte er.

»Das sind die drei, unter denen du auswählen darfst«, sagte Jimmy und trank auch einen Schluck.

»Warum wollt ihr mich quälen?«

»Hätten wir die Mutter deines Kindes zur Auswahl stellen sollen? Oder einen der unzähligen, unzähligen Namen-

losen, die stumm unter deinen Schmähbriefen und Verwün-
schungen gelitten haben?«

Theo wusste nichts zu erwidern. Die Würde anderer war
ihm immer schnuppe gewesen – wer nicht stark genug war,
aus seinen giftigen Bechern zu trinken, hatte keine Daseinsberechtigung. Er hatte etlichen Leutchen persönliche Briefe
mit verbalen Mordanschlägen geschickt. Er hatte in der
Öffentlichkeit gepöbelt, aber auch privat. Sie mussten sich
ihm beugen. Er betrieb seinen Briefterror nachts, wenn er
betrunken war. Manchmal schämte er sich dafür, wenn er
seinen Rausch ausgeschlafen hatte. Manchmal versuchte er,
den Brief zurückzuholen, oder empfahl dem Adressaten,
den Brief ungelesen zu zerreißen. Meistens freilich erreichte
der Brief sein Ziel.

»Diese Kandidaten gefallen dir nicht, hm?«, sagte Jimmy.
»Soll ich dir also jemanden zuweisen?«

Bevor Theo antworten konnte, kam ein Mann herein,
Ernie, der wie der Franziskaner Jimmy Davis in Schwarz
gekleidet war, ganz im Stil des Personals eines mondänen
Hotels mit gelangweilten, koksenden Gästen. Auch er war
Amerikaner, allerdings rotblond.

»Hast du mal einen Moment, Jimmy?«

Jimmy deutete mit dem Zeigefinger auf Theo, als richte
er den Lauf einer Waffe auf ihn, und sagte: »Nicht weggehen.« Als wenn das möglich gewesen wäre.

Er verließ das Zimmer, und Theo hörte ihr Geflüster auf
dem Gang.

Ernie sagte: »Jimmy, du wirst kurz in der Aufnahme gebraucht.«

»Wer ist reingekommen?«

»Tut mir leid, dir das sagen zu müssen, Jim. Es ist deine Schwester.«

»Welche?«, fragte Jimmy, ohne das leiseste Schwanken der Stimme, ohne Gefühlsregung, als habe er schon damit gerechnet.

»Die ältere, Janet«, hörte Theo Ernie sagen.

Es blieb kurz still.

»Janet? Wenn, dann hätte ich Elly erwartet. Sie ist seit Jahren süchtig. Was ist Janet zugestoßen?«

»Ein Querschläger hat sie getroffen. Schießerei auf offener Straße zwischen verschiedenen Gangs. In den Kopf, sie war sofort tot.«

Jimmy fragte: »Wie geht es ihr?«

»Sie ist ziemlich mit den Nerven runter. Sie hinterlässt ja zwei kleine Kinder. Weiß nicht, wer für sie sorgen soll.«

Es blieb wieder einige Sekunden lang still. Dann steckte Jimmy den Kopf zur Tür herein.

»Ein Notfall, Theo. Ich komme später wieder, okay? Denk schon mal über deinen Kommunikationspartner nach. Die drei, die ich dir gerade vorgeschlagen habe, wolltest du nicht. Gut. Ich weise dir also einen anderen zu. Er heißt Max Kohn. Ein Landsmann von dir. Ehemaliger Drogenboss.«

Theo hob sein Glas und nickte. Zumindest kam es ihm so vor, als nicke er, denn im Grunde war er ja nur Kopf. Er zündete sich die nächste Zigarette an. Max Kohn? Er war ihm mal in der Amsterdamer Kneipen- und Clubszene begegnet. Gerissener, schwer zu fassender Bursche aus der Unterwelt. Was hatte Jimmy Davis mit Max Kohn?

2

MAX

Erst der vierte Taxifahrer, den Max Kohn anhielt, erklärte sich bereit, ihn nach South Central Los Angeles zu bringen. Die ersten beiden hatten sofort abgelehnt, der dritte überlegte es sich nach dreißig Metern anders, aber dieser vierte war für das in Aussicht gestellte Trinkgeld von fünfzig Dollar empfänglich.

Kohn war am Tag zuvor aus Phoenix, Arizona, gekommen. Nach einem Jahr im rauhen Klima von Rochester, Minnesota, wo man ihm ein kostbares neues Herz in den Brustkorb montiert hatte, wohnte er nun seit kurzem in der Wüste des Südwestens.

Kohn liebte die trockene Luft der amerikanischen Wüsten. Er hatte jahrelang Striplokale und Callgirl-Agenturen in Las Vegas betrieben und wusste die reinigende Wirkung von Trockenheit und alles durchdringender Hitze zu schätzen. Sein Geld war auf Konten in den amerikanischen Bundesstaaten mit der geringsten Besteuerung deponiert, und so hatte er sich unweit der Mayo Clinic in Scottsdale ein geräumiges Haus auf ockerfarbener Erde kaufen können. In der Mayo Clinic in Rochester war die Transplantation vorgenommen worden, und als sich nach einem Jahr erwiesen hatte, dass sich das Herz bei ihm vollkommen zu Hause fühlte, hatte er Abschied von seinen Kardiologen genommen und den Umzug gewagt.

Der Flug nach Los Angeles dauerte nur anderthalb Stunden. Kohn stieg in einem Hotel am immer belebten Sunset Strip ab. In den Straßencafés sah er junge Frauen mit nackten Schultern, langbeinig, prachtvoll, aber unsicher. Breitschultrige junge Männer mit prallem Bizeps, Sonnenbrille im glänzenden Haar, spielten lässig mit dem Schlüssel ihres Porsche oder Ferrari. Die Läden am Strip führten die allerteuerste Markenkleidung und schienen trotzdem guten Zulauf zu haben. Früher hatte Kohn sich genauso produziert wie die coolen Statisten auf der Glitzerbühne des Strip. Cool war in. Bloß keine Regungen zeigen. Demonstratives Gelangweiltsein machte größeren Eindruck als Neugierde oder Leidenschaft. Max Kohn kannte das alles zur Genüge.

Auch er war cool gewesen, hatte Clubs oder Restaurants früher mit nahezu unbewegter Miene betreten und zusätzlichen Eindruck mit seiner Entourage gemacht, zwei oder drei raubkatzenhaften Riesen aus Russland oder Serbien. Heute betete Kohn jeden Morgen die Sonne an.

Sobald es hell wurde, stand er auf und lauschte draußen auf der Terrasse, die Hunde um sich herum, eine Tasse grünen Tee und ein aufgeladenes iPad vor sich, den Vögeln, die auch in diesem Klima der Sonne ein Willkommenslied sangen. Er las die Online-Zeitungen, auch die niederländischen, und ein paar wissenschaftliche Sites, die für ihn verständlich waren.

Die Fahrt vom Strip nach South Central dauerte vierzig Minuten. Der Taxifahrer war ein Schwarzer, der die Rituale von South Central kannte.

Kohn wusste, in was für eine Gegend er da fuhr, aber er hatte sich trotzdem förmlich gekleidet, mit dunkelblauem Anzug, weißem Oberhemd und dunkelroter Krawatte. Keine Manschettenknöpfe. Keine Ringe. Selbst in seiner allercoolsten Zeit hatte er keinen Schmuck getragen, keine Tätowierungen, keine Piercings. Er war ein Geschäftsmann gewesen, der ein legales Seximperium mit hundert Mitarbeitern lenkte. Auch wenn die Haupteinnahmequelle Sex oder die Verheißung von Sex war, musste man strenge Regeln befolgen. Keine Drogenabhängigen, keine Alkoholiker einstellen. Seine Rausschmeißer, Türsteher und Bodyguards heuerte er aus osteuropäischen Bodybuildern an, die durch die Bank loyal waren und kein Pardon kannten. Kohn herrschte auf strikt kapitalistischer Basis. Er bevorzugte niemanden, die Mädchen rührte er nicht an. In Vegas hatte er Hunderte von Bekannten, aber keine Freunde – die hatte er in den Niederlanden auch nicht gehabt, bis auf einen einzigen, einen treuen Adjutanten.

Er hatte sich gefragt, ob er der Familie Davis etwas mitbringen sollte, eine Schachtel Pralinen oder einen Strauß Blumen, doch alles, was er hätte aufbieten können, wäre im Vergleich zu dem, was ihm geschenkt worden war, lächerlich wenig gewesen. Er hatte einen Scheck bei sich, auf dem er eine beliebige Summe eintragen konnte, wenn er den Eindruck gewann, dass die Familie Hilfe benötigte. Die Wahrscheinlichkeit war groß, sie lebten in South Central, einer der ärmsten Wohngegenden Kaliforniens.

Sie überquerten den Interstate 10, den Highway, der sich von Santa Monica quer durch den Süden der USA bis hinüber zur Ostküste erstreckte. Seine Gesamtlänge betrug drei-

tausendneunhundertneunundfünfzig Kilometer, wie Kohn
irgendwo gelesen hatte. Es gab drei Highways, die noch länger waren. Südlich vom Interstate 10 nahm die Verelendung
zu. Sie fuhren auf dem Crenshaw Boulevard – auch nördlich
vom Highway schon nicht mehr als eine ausgefahrene,
überlastete Durchgangsstraße – zu einem Distrikt, der *The
Jungle* genannt wurde. Die dortigen Apartmenthäuser hatten früher einmal inmitten einer atemberaubenden tropischen Vegetation gestanden, umgeben von wohlriechenden
Gärten mit Bananenpalmen, Avocado- und Feigenbäumen.
Das war alles gefällt worden, und dieses Viertel südwestlich
des Baldwin Hills Crenshaw Plaza war jetzt eines der ge-
walttätigsten der Stadt, seit die Black P. Stones ihr Unwesen
trieben, eine ursprünglich in Chicago beheimatete Gang,
die hier eine Niederlassung eingerichtet hatte. Berufsver-
brecher und Kleinkriminelle hatten in Vegas zu Kohns
Kundenkreis gehört, und wie man die zur Räson brachte,
wenn sie die Ordnung zu stören drohten, wusste er, doch
den Gangs von South Central brauchte man mit Vernunft
nicht zu kommen. Ehre und Respekt, darum ging es ihnen.
Kohn hatte keine andere Wahl. Er musste diese Gegend
aufsuchen, dazu nötigten auch ihn Ehre und Respekt.

Sie verließen den Crenshaw Boulevard und fuhren durch
eine ärmlich anmutende Seitenstraße mit niedrigen Holz-
häusern, deren Fenster vergittert waren und deren Anstrich
abblätterte. Autowracks standen vor halb eingefallenen
Garagen. Die Vorgärten waren nicht mehr als nackte Sand-
kästen oder wild wuchernde Grasflächen, denen man die
Vernachlässigung ansah. In den Rinnsteinen lag Abfall.

Sie bogen in eine andere Seitenstraße ein, und Kohn sah

durch die Windschutzscheibe einen halben Block weiter eine größere Ansammlung schwarz gekleideter Menschen. Zwei behelmte Polizisten blockierten, neben ihren weißen Motorrädern stehend, die Fahrbahn. In dieser Straße wollte Kohn seinen Besuch abstatten, und mit jeder Hausnummer wurde ihm klarer, dass sich die Leute genau bei der Adresse versammelt hatten, die ihm die Familie seines Spenders angegeben hatte.

Das Taxi wurde von den Polizisten an der Weiterfahrt gehindert und hielt.

»Das ist die Adresse, zu der Sie wollten«, sagte sein Fahrer, der Schwarze mit dem zerfurchten Gesicht und den wässrigen Augen, deren Weiß gelb verfärbt war.

»Warten Sie auf mich«, sagte Kohn.

»Wie lange bleiben Sie?«, fragte der Fahrer.

»Fünf Minuten oder eine Stunde, keine Ahnung.«

Er gab dem Mann einen Fünfzigdollarschein: »Wenn ich zurückkomme, verdopple ich das.«

Er stieg aus und ging auf die Polizisten zu. Jetzt entdeckte er, dass hinter der Mauer, die die Menschenansammlung bildete, ein weißer Leichenwagen wartete. Die Leute waren allesamt schwarz, auch die Polizisten.

Kohn überprüfte die Hausnummer und konstatierte, dass es sich tatsächlich um das Haus handelte, in dem man ihn erwartete.

Er sprach einen der Polizisten an: »Handelt es sich um jemanden von der Familie Davis?«

Der Polizist nickte, gab aber keine nähere Erläuterung.

»Ich bin mit jemandem von der Familie verabredet«, sagte Kohn.

»Sie haben eine Beerdigung«, erklärte der Polizist, als begreife Kohn nicht, was hier vor sich ging.

»Ich möchte zu Janet Davis«, sagte Kohn.

Der Polizist sah ihn einige Sekunden lang an, bevor er sagte: »Das ist die Beerdigung von Janet Davis.«

Gestern hatte Kohn einen Flug von Phoenix nach Los Angeles genommen. Vor einer Woche hatte er mit Janet Davis gesprochen. Drei Wochen davor hatte er bei der Organisation, die Spender und Empfänger zusammenbrachte, ein Gesuch um Auskunft und persönlichen Kontakt eingereicht.

Kohn atmete, dachte und fühlte mit dem Herzen von Janets verstorbenem Bruder, dem katholischen Priester Jimmy Davis. Er wollte mehr über ihn erfahren und gegebenenfalls dessen Familie finanziell unterstützen, wenn Bedarf bestand.

James Clemens Davis. Er gehörte dem Orden der Franziskaner an. Geboren in Los Angeles, Kalifornien, gestorben in Rochester, Minnesota. Kohn schlug für einen Moment die Augen nieder, während er seine Enttäuschung hinunterschluckte.

Einen Tag, bevor Jimmy Davis sterben sollte, war Max Kohn mit einer Chartermaschine von Las Vegas nach Rochester geflogen. Er stand schon seit zwei Jahren auf der Dringlichkeitsliste. Sein Kardiologe hatte ihm telefonisch mitgeteilt, dass ein Patient der Mayo Clinic in Minnesota für hirntot erklärt worden sei, dessen Herz genau zu ihm passe. Normalerweise wurde das Herz zum Patienten gebracht, aber Kohn zog es vor, nach Rochester zu reisen, um dort auf die Operation vorbereitet zu werden. Er ließ sich von einem Kardiologen begleiten, den er aus eigener Tasche bezahlte. Einschließlich des gecharterten Flugzeugs hatte ihn die Reise mehr als dreißigtausend Dollar gekostet.

Im Nachhinein konnte er nicht mehr sagen, wieso ihm so sehr daran gelegen war, zu dem Herzen hinzureisen. Die Reise war nicht ohne Risiken. Es mussten allerlei Apparaturen in dem schmalen Flugzeug untergebracht werden, aber er konnte ausgestreckt darin liegen. Normalerweise wäre das Herz von einem Chirurgen nach Las Vegas gebracht und dort dem Empfänger eingepflanzt worden. Kohn ließ sich sonst nicht von plötzlichen Eingebungen leiten, schon gar nicht von solchen sentimentaler Natur. Aber irgendwie war er davon überzeugt, dass er das Herz nicht reisen lassen durfte – das Herz erwartete ihn, so sein Empfinden.

Die Mayo Clinic in Rochester ging auf die Sisters of St. Francis zurück, einen 1877 gestifteten katholischen Orden. Nach einem verheerenden Tornado errichteten die Nonnen 1883 in Zusammenarbeit mit dem niedergelassenen Arzt Doktor William Mayo ein erstes kleines Hospital in Rochester. Daraus ging schließlich die Mayo Clinic hervor, eines der größten Krankenhäuser in Amerika, ein Arztzentrum mit mehr als siebzehnhundert Fachärzten und Spezialisten, das allseits als eines der besten der Welt galt. Im zurückliegenden Jahr war Kohns Leben mit der Mayo Clinic sowie, indirekt, mit der Philosophie des Franz von Assisi, die man dort pflegte, verwoben worden. In seinem Leib klopfte jetzt das Herz eines Franziskaners, des Bruders von Janet, die nun selbst gestorben war.

»Wissen Sie, woran sie gestorben ist?«, fragte Kohn den Polizisten.

»Von einem Querschläger getroffen. Eine Schießerei zwischen rivalisierenden Gangs. Sie stand im falschen Moment am falschen Ort.«

Kohn hatte sie nicht gekannt, aber durch das Herz ihres Bruders – ein einfacher Muskel von nicht einmal dreihundertfünfzig Gramm – fühlte er sich unerklärlich tief mit ihr verbunden. Er musste kurz mit den Tränen kämpfen, als trauere er um eine nahe Angehörige.

Er schluckte und sagte: »Können Sie mir weiterhelfen? Kennen Sie die Familie? Janet hat doch eine Schwester, Elly.«

Der Polizist nickte: »Ja, ich kenne sie. Mein Bruder ging mit Jimmy, der vor einem Jahr gestorben ist, zusammen zur Schule. Aber dann sind Sie wohl nicht wegen der Beerdigung hier, oder?«

»Ich wusste nicht, dass Janet tot ist, nein.«

Kohn blickte auf die Menschen rund um den Leichenwagen, eine Gruppe stilvoll in Schwarz gekleideter Trauernder mit Gesichtern, die starr waren vor Kummer und Wut.

Kohn fragte: »Hat man die Täter gefasst?«

»Nein. Noch nicht. Eine Frage der Zeit. Es war zwar vermutlich ein Querschläger, aber sie werden sich trotzdem damit brüsten. Wir kriegen das schon raus, die schnappen wir.«

»Kennen Sie Elly? Können Sie sie mir zeigen?«

Der Polizist schüttelte den Kopf: »Ich war vor einer Stunde schon einmal hier, und da war sie betrunken. Sie ist nicht hier draußen. Wird wohl im Haus sein.«

Kohn bedankte sich bei ihm und ging an den Trauernden vorbei zu dem Holzbungalow, dessen Veranda mit weißen Lilien und weißen Samtbändern geschmückt war. Einige ältere Leute warteten in Sesseln unter dem Vordach auf den

Aufbruch des Leichenzugs. Kohn war der einzige Weiße, aber niemand schenkte ihm Beachtung. Er trat ins Haus und gelangte in einen kleinen Vorraum. Auf einem Tisch brannten Dutzende weißer Kerzen. Menschen standen mit Kaffeebechern in der Hand darum herum, alle in Schwarz gekleidet. Er ging in das angrenzende Zimmer. Dort stand, mit noch geöffnetem Deckel, ein großer weißer Sarg auf einem Chromgestell mit Rädern.

An einer Wand, etwa zwei Meter vom Sarg entfernt, saßen drei Menschen, die nahe Angehörige sein mussten. Eine rundliche alte Frau mit weißem Kraushaar, im Rollstuhl sitzend, mit leerem Blick vor sich hinstarrend. An ihrer Seite ein etwa sechsjähriger Junge und ein ein, zwei Jahre jüngeres Mädchen mit überdimensionaler weißer Schleife im schwarzen Haar, beide schauten zu ihm auf. Ihre großen Augen waren vom Weinen gerötet, und ihr Blick auf ihn war voller Misstrauen, als könne er den Sarg stehlen. Vielleicht dachten sie, er sei Polizist. Er setzte ein leises, mitfühlendes Lächeln auf, aber sie reagierten nicht darauf, sondern beäugten ihn unsicher.

Ein Weißer, klein, nicht älter als vierzig, den weißen Kragen des Geistlichen um den Hals, kam auf ihn zu und sagte: »Wir haben noch ein paar Minuten, Sie können in Ruhe Abschied von Janet nehmen.«

Kohn nickte und trat an den Sarg, die Hände vor dem Bauch gefaltet, fromm, als wolle er beten.

Janet lag in einem weißen Kleid auf einem Bett aus weißer Seide, die Hände wie Kohn auf dem Bauch. Sie hatte ein schmales Gesicht mit ausgeprägten Wangenknochen. Er wusste nicht, wo sie von der Kugel getroffen worden war, und er sah auch keine Wunde oder überschminkte Wunde. Janet war so schmal, dass noch jemand neben ihr Platz gehabt hätte. Im Internet hatte Kohn einige Bilder von Jimmy Davis gefunden; Janet hatte wenig Ähnlichkeit mit ihrem Bruder. Kohn konnte nicht anders, als sich vorzubeugen und sie auf die kalte, leblose Stirn zu küssen.

Als er sich wieder aufrichtete, fühlte er den Blick des Geistlichen auf sich, der nun auf der anderen Seite des Sarges stand. Sein Gesicht unter dem hellblonden Haar war erhitzt und hochrot, und er wischte sich mit einem Taschentuch den Schweiß von den Wangen. Seine blauen Augen verrieten jungenhafte Neugierde.

»Sie kannten Janet gut?«, fragte er.

»Nein. Nicht gut. Wir haben vor einer Woche miteinander telefoniert. Und wir haben einige Mails ausgetauscht.«

Der Geistliche nickte, aber Kohn sah seine Verwirrung.

»Ich war mit ihr verabredet. Heute. Ich wusste nicht, dass...« Kohn ließ das Ende des Satzes in der Schwebe.

»Janet war einer der Pfeiler meiner Gemeinde«, sagte der Geistliche. »Ich bin Joseph Henry, Father Joseph.«

»Max Kohn.«

»Max Kohn?«, wiederholte der Geistliche. Er blinzelte, kam um den Sarg herum, reichte Kohn die Hand und schüttelte die seine lange und heftig. Father Josephs Hand war feucht.

»Max Kohn«, wiederholte der Priester. »Ach ja, Max Kohn. Janet hat mir von Ihnen erzählt. Sie hatten im Zusammenhang mit Father Jimmy Kontakt zu ihr gesucht.«

»Stimmt.«

»Sie hat das mit mir besprochen. Die Umstände und so.

Ist und bleibt natürlich was Seltsames. Aber sie freute sich darauf. Ich wusste nicht, dass sie sich schon fest mit Ihnen verabredet hatte. Ach, aber ich muss Sie kurz vorstellen.«

Father Joseph wandte sich der alten Frau zu. Ihre Beine waren mit fleischfarbenen Binden umwickelt, durch die irgendein Sekret gesickert war.

»Ria, ich muss dir jemanden vorstellen.«

Die Frau nickte und schaute hilflos auf. Der Geistliche zeigte auf Kohn und sagte: »Das ist der Mann, der Jimmys Herz bekommen hat. Ich habe dir von ihm erzählt. Das Herz von Jimmy, deinem Sohn, Jimmy«, wiederholte er. »Dieser Mann hat sein Herz.«

Als kenne er Kohn schon seit Jahren, erlaubte sich Father Joseph, mit dem Finger auf die Seidenkrawatte mitten auf Kohns Brust zu tippen.

Ria drehte langsam den Kopf und versuchte, sich auf den unbekannten Mann zu konzentrieren.

»Haben Sie Jimmy gekannt?«, fragte sie leise.

»Nein«, antwortete Kohn.

»Sie haben sein Herz«, erwiderte sie tonlos.

»Ja. Ich habe Jimmys Herz.«

»Er war ein Heiliger«, sagte Ria. »Mein Sohn war ein Heiliger. Er bekam ein Geschwür im Kopf. Das macht Gott mit den Menschen, die Er liebhat. Er möchte sie nah an seinem Thron.«

Sie streckte suchend die Hand aus, als wisse sie nicht genau, wo Kohn stehe. Er begriff, dass sie blind war. Wahrscheinlich Diabetes. Er hatte gelesen, dass viele Schwarze darunter litten. Sie hatte gar nicht gesehen, dass Father Joseph ihm auf die Brust getippt hatte.

Er nahm ihre zerbrechliche Hand in seine Hände und fühlte zarte Knöchel unter der Pergamenthaut.

Ria fragte: »Wie fühlt es sich an, das Herz eines Heiligen?«

Kohn suchte in ihren haltlosen Augen nach einer Antwort: »Wie ein Geschenk.«

»Was haben Sie bisher mit Ihrem Leben angefangen?«

Kohn sah Father Joseph einen Moment ratsuchend an. Der Geistliche lächelte wohlwollend.

»Ich habe hart gearbeitet«, war alles, was ihm einfiel.

»Jimmy auch«, sagte sie. »Jimmy wollte Gutes verbreiten. Bis der Herr ihn zu Sich rief. Sein Herz schlägt jetzt in Ihrem Körper. Die Ärzte können heute alles. Vieles. Ich bin zuckerkrank, dafür gibt es noch keine Medizin. Aber das Herz eines Toten können sie einfach in einen anderen Toten einsetzen, und der kann dann wieder leben. Waren Sie tot, als Sie das Herz meines Sohnes bekamen?«

Kohn antwortete: »Nein. Aber ich wäre tot gewesen, wenn Jimmy nicht gestorben wäre.«

Fünf Männer mit Zylinder in der Hand – wegen der niedrigen Türen konnten sie ihn nicht aufbehalten – traten fast lautlos ins Zimmer. Der Sarg wurde jetzt abgeholt.

Kohn hielt immer noch die Hand der alten Frau.

Sie sagte: »Ich werde für Sie beten, dass Jimmy für Sie betet. Janet ist jetzt bei ihm. Sie haben sich immer gut verstanden. Jimmy hat in Afrika gearbeitet, wussten Sie das?«

»Ich habe davon gelesen.«

Sie wandte ein Ohr dem Sarg zu und konzentrierte sich auf das, was sie hörte: »Sind die Träger da?«

Father Joseph beugte sich zu ihr hinunter. »Ja. Sie sind da. Wir fahren jetzt zum Friedhof.«

Sie befreite ihre Hand aus Kohns Händen.

»Kommen Sie doch noch einmal vorbei«, sagte sie. »Sie sind jederzeit willkommen. Sie sind doch schwarz, oder?«

»Nein.«

»Ein schwarzes Herz in einem weißen Körper«, spottete sie. »Das kann ja noch was werden.«

Sie musste über ihre eigenen Worte lachen.

Einer der Sargträger signalisierte Father Joseph, dass sie aufbrechen wollten, und als dieser nickte, setzte er seinen Zylinder auf und schob den schweren Rollstuhl mit der alten Frau aus dem Zimmer. Er duckte sich tief, als er durch die Tür trat. Die beiden Kinder hatten sich schon erhoben und folgten dem Rollstuhl.

Father Joseph fragte Kohn: »Was haben Sie jetzt vor?«

»Janet hatte mir Fotos versprochen und Geschichten über ihren Bruder. Vielleicht könnte ich mit ihrer Schwester sprechen?«

»Elly ist nicht ansprechbar.«

»Janet sagte vorige Woche, dass sie mir einen Umschlag mit allerlei Dingen zu ihrem Bruder geben wollte.«

»Tut mir leid, Herr Kohn, ich weiß nicht, ob sie noch dazu gekommen ist. Sie ist vor fünf Tagen gestorben, in der Auffahrt, vor der Garage. Sind Sie morgen noch in der Stadt?«

»Ja.«

»Vielleicht geht es Elly dann etwas besser. Kommen Sie mit auf den Friedhof? Im Wagen mit Oma und den Kindern ist noch Platz.«

»Die Kinder … Sind sie von Elly?«

Father Joseph warf einen Seitenblick zu dem weißen Sarg,

der von den Trägern geschlossen und vorsichtig aus dem Zimmer bugsiert wurde. Dann winkte er Kohn mit einer zwingenden Handbewegung näher.

Kohn beugte sich zu ihm.

Der Geistliche flüsterte: »Janet und Elly sind beide unfruchtbar. Ria hat ihre beiden Töchter von einem Onkel bekommen, der sie vergewaltigt hat. Ihr Sohn war aber von einem anderen Mann. Ihr Sohn konnte sich fortpflanzen, obwohl er als Franziskaner das Keuschheitsgelübde abgelegt hatte. Jimmy hatte gesunden Samen. Die Kinder sind von Jimmy. Janet hat sie aufgezogen.«

Er sah Kohn so durchdringend an, als wolle er ihm in den Kopf hineinschauen.

»Janet bekam jeden Monat Geld von ihrem Bruder. Nach seinem Tod hat sie seine Kunstsammlung verkauft, die er in Afrika zusammengetragen hatte, als er dort bei der Mission arbeitete. Aber das Geld war jetzt fast aufgebraucht. Das war einer der Gründe dafür, dass sie sich mit Ihnen treffen wollte. Sind Sie reich?«

»Ja«, antwortete Kohn.

»Dann haben Sie jetzt eine Verantwortung. Kommen Sie mit?«

MEMO

An: Minister J. P. H. Donner
    FOR YOUR EYES ONLY
    Kennzeichen: Three Headed Dragon

Sehr geehrter Herr Minister,
    in Bezug auf die Untersuchung des sogenannten Licht-inzidents (im Folgenden LI) darf ich Ihnen mitteilen, dass sich recht kuriose Schlussfolgerungen aufdrängen. Meiner Ansicht nach ist es daher von Belang, Sie zu einem frühen Zeitpunkt über die Fortschritte zu informieren.
    Die beiden Hauptzeugen haben das Land verlassen. Ich stehe per E-Mail und Skype mit ihnen in Verbindung. Zwölf-mal wurden die Zeugen befragt – »verhört« gäbe ein falsches Bild der Verhältnisse wieder. Ihre Erklärungen sind konsistent.
    Im Rahmen der Ereignisse scheint dieser LI von untergeordneter Bedeutung zu sein. Meine Faszination basiert vor allem auf der Unerklärlichkeit des LI. Alle anderen Umstände konnten analysiert und auf ihren logischen oder psychologischen Kern zurückgeführt werden. Der LI nicht.

Der LI ist, oberflächlich betrachtet, die Reflexion eines Lichtstrahls durch eine glatte, ebene Oberfläche. Dabei ist der Einfallswinkel gleich dem Ausfallswinkel, so das physikalische Gesetz. Siehe Graphik:

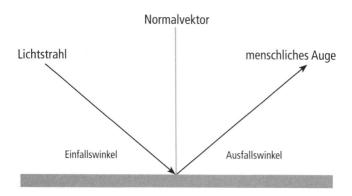

Man hat vor Ort Messungen angestellt und dabei die genaue Stelle auf der ebenen Oberfläche, die Höhe der Deckenleuchten in Bezug zu dieser Oberfläche und dem Fußboden und die Position der beiden Zeugen berücksichtigt.

Die ersten Testergebnisse scheinen zu belegen, dass die Lichtquelle (sprich: die Deckenleuchten) unmöglich in der Weise durch die ebene Oberfläche reflektiert worden sein kann, dass es zu der von den Zeugen geschilderten optischen Wahrnehmung kam.

Es gab keine anderen Lichtquellen außer drei Deckenleuchten; diese befinden sich sieben Meter dreißig über dem Fußboden. Es handelt sich hier um ein Gebäude aus dem Jahre 1895, ein ehemaliges Waisenhaus für Mädchen. Der Granitfußboden wurde 1998 aufgearbeitet und ist trotz der

*intensiven Beanspruchung in einem hervorragenden Zu-
stand. Eine Reflexion des Deckenlichts durch diesen Boden
kann niemals zu einem LI führen, wie er von den Zeugen
beschrieben wurde.*

*In der Hoffnung, Ihnen hiermit dienlich gewesen zu sein,
mit freundlichen Grüßen*

Frans van der Ven

3
SONJA

Die Trauerkarte hatte sie auf Anhieb aus der Post herausgefischt. Zwischen den üblichen Werbesendungen und Bankbriefen mit Kontoauszügen stachen Trauerkarten sofort ins Auge. Sie waren immer gleich nackt und gnadenlos. Die Karte war an ihre alte Adresse in Juan-les-Pins geschickt und nach Amsterdam weitergeleitet worden.

Sie hatte Janet kurz vor Jimmys Tod kennengelernt und danach nur noch sporadisch Kontakt mit ihr gehabt. Eine engere Beziehung hatte sich nicht zwischen ihnen entwickelt. Sie hatten beide keinen Bedarf. Janet und ihre Schwester Elly legten keinen Wert darauf, eine konkrete Bestätigung für das zu erhalten, was sie ohnehin schon wussten – dass ihr Bruder, der zölibatäre Priester, mit Frauen geschlafen hatte.

Die Beerdigung in Los Angeles fand genau in dem Moment statt, da Sonja in Amsterdam die Karte in die Hände bekam. Sie konnte jetzt höchstens noch einen Brief schreiben. Den würde Elly achtlos auf den Haufen der anderen Beileidsschreiben werfen. Und der ganze Packen würde dann nach einigen Wochen, mit einem dicken Gummiband zusammengeschnürt, in einem Schuhkarton verschwinden und unters Bett geschoben werden, bis das Haus wegen

Umzugs oder Versteigerung zur Tilgung von Ellys Schulden ausgeräumt wurde. Dann würde man den Karton wiederfinden und als wertlosen Plunder in einen Papiercontainer kippen.

Was Jimmy an Besitz zusammengetragen hatte – das war nicht viel, ein paar exotische Kunstobjekte aus Holz, deren Schönheit auch für Sonja ersichtlich gewesen war –, hatte er Janet hinterlassen. Janet und Elly lebten in einem Ghetto in L. A., wie Jimmy erzählt hatte. Nach Einzelheiten hatte Sonja nie gefragt. Sie hatte sich an seiner Liebe gewärmt, und sie hatte ihn geliebt, ohne je Ansprüche zu erheben – glaubte sie. Wenn sie an ihn dachte, tat sie es mit einem wehmütigen Lächeln.

Sie war bei ihm an dem Tag, als er starb. Jimmy hatte den Kontakt zu ihr aufrechterhalten, den Tumor aber verschwiegen. Janet rief sie an. Sie flog daraufhin nach Minneapolis und fuhr mit einem Leihwagen durch dichtes Schneetreiben nach Rochester. Die Heizung im Wagen lief auf Hochtouren, aber sie fror. Sie wohnte damals mit Nathan in Juan-les-Pins an der französischen Mittelmeerküste, immer noch auf der Flucht, immer noch von Alpträumen und Sehnsüchten und Wut gepeinigt. In Südfrankreich konnte es im Winter auch kalt sein, aber kein Vergleich zur Kälte von Minnesota.

Es war krankhaft, so lange um eine Liebe zu trauern, das brauchte ihr keiner zu sagen, auch wenn es eine uneingeschränkte, alles überstrahlende Liebe gewesen war. Nein, nicht zu Jimmy. Diese Liebe hatte einem anderen gehört.

Gut zehn Jahre, bevor sie Jimmy kennenlernte, hatte diese Liebe ihr Leben entzweigerissen. Ihre Erlebniswelt glich der eines neurotischen Mädchens aus einem Roman des neunzehnten Jahrhunderts, fürchtete sie. Sie hatte Psychiater aufgesucht, aber geheilt war sie nach wie vor nicht. Auf der Insel war Jimmy ein Ruhepol in den Stürmen gewesen, die ständig die Türen und Fenster ihres Lebens aufstießen und die Vorhänge von ihren Haken rissen.

Ein Jahr hatte das mit Jimmy gedauert. Sein Körper unter dem schwarzen Priestergewand war stark, und der Umstand, dass er Geistlicher war, machte den Sex umso heißer und ungezügelter. Sie trafen sich immer nur auf der anderen Seite der Insel, wo die Wahrscheinlichkeit, einem Schüler oder Lehrer seiner Schule zu begegnen – er unterrichtete an einer katholischen Schule –, sehr gering war. Sie hatte Geld und ließ ihn in eine Hotelsuite kommen. Er verkleidete sich als Tourist oder Surfer, immer mit Sonnenbrille und Baseballkappe, und damit unidentifizierbar für die, die den Franziskaner auf der Nordseite der Insel kannten. Wenn sie ihn heiraten wolle, würde er aus der Kirche austreten, behauptete er, wenn er befriedigt neben ihr lag und nach den in der Dominikanischen Republik hochgehaltenen alten Spielregeln eine Zigarette rauchte, während er ihren Körper betrachtete, den Körper der verbotenen Frau, der er mit größter Hingabe Genuss bescherte. Sein schwarzer Leib neben ihrem weißen – in ästhetischer Hinsicht vollkommen. Er war muskulös, ohne dass er etwas dafür zu tun brauchte. Sie musste schon etwas dafür tun, ihr Gewicht zu halten. Sie joggte frühmorgens am Strand entlang, bevor es zu heiß und jeder Schritt unter der Sonne zu einem unmöglichen Kraftakt wurde. Aber Sex ging immer. Im schattigen Hotelzimmer, unter rotierendem Ventilator, draußen das schrille

Hupen entrüsteter Taxifahrer und dann und wann aus einem vorüberfahrenden Auto Fetzen karibischer Musik. Manchmal schlief sie ein und wurde erst bei Sonnenuntergang wieder wach. Dann hatte Jimmy das Zimmer längst verlassen und gab in der Schule Nachhilfeunterricht, besuchte einen Kranken oder tröstete Hinterbliebene. Er war ein guter Mensch. Was du siehst, bekommst du, sagte er in aller Schlichtheit, und das war schön, denn er war lieb und zärtlich. Aber er war nicht geheimnisvoll. Er war gut, und es quälte ihn, dass er für seine Berufung zu geil war. Er war energisch und zielbewusst, wenn sie zusammen waren und schwitzend die Stellung änderten, aber sie wusste, dass ihn Schuldgefühle befielen, sowie er die Hotelzimmertür hinter sich zugezogen hatte und sich das heilige Gewicht seiner Berufung auf seine Schultern senkte. Das machte ihn in ihren Augen für eine dauerhafte Beziehung als Lebenspartner ungeeignet. Sie hätte an seiner Seite auch seinen Gott ertragen müssen, und der war letztlich der Stärkere.

Im Durchschnitt einmal die Woche. Und jedes Mal so, als würde es keine Fortsetzung geben. Sie widmeten sich dem, was sie hergeführt hatte, und trafen nie eine neue Verabredung. Doch dann rief sie an oder schickte eine SMS. Eine Stunde zusammen, dann war er weg. Beschämt, wie sie wusste. Das missfiel ihr, obwohl sie sich auch begehrt und somit mächtig fühlte.

Sie hatte ihn in der Schule kennengelernt. Nathan ging halbtags in den schuleigenen Kindergarten. Die Schule der Franziskanerinnen war die beste in der Dominikanischen Republik. Sonja war nicht katholisch. Sie glaubte zwar, dass Kräfte auf ihr Leben einwirkten, die ihre eigenen überstiegen, aber sie wollte ihr Kind keiner institutionalisierten Religion aussetzen. Das sei kein Problem, hatte Padre James in amerikanischem Englisch gesagt, es sei Platz für jeden, und vielleicht werde sie ja noch zum wahren Glauben finden. Sie traf sich noch zu einem zweiten Gespräch mit ihm, und als sie ihm in die Augen sah, erkannte sie, dass er das Gleiche dachte wie sie. Sie hatte schon seit zehn Monaten keinen Mann mehr gehabt.

Zwei Wochen später traf sie ihn zufällig in der Stadt. Sie war auf dem Weg zu einem Termin – ihre niederländische Facharztausbildung wurde hier anerkannt, und sie arbeitete ehrenamtlich in Frauenkliniken –, als sie hinter sich jemanden ihren Namen sagen hörte. Sie drehte sich um und sah seinen Augen an, dass er auf ihren Rücken und ihren Hintern in dem ärmellosen, dünnen Blümchenkleid und ihre nackten Beine in den halbhohen Pumps gestarrt hatte. Es folgte ein Espresso in einer Bar. Eine halbe Stunde, in der sie über die Schule und die Insel plauderten. Sie ergriff unverfroren die Initiative. Hotel El Embajador, in einer Stunde, sagte sie mir nichts, dir nichts. Kauf dir ein neutrales Shirt, setz dir was auf den Kopf. Dann erhob sie sich und ging. Eine Stunde später klopfte es an der Tür. Sie hatte gerade geduscht. Mit nassen Haaren machte sie auf. Wortlos ließ sie das Handtuch fallen und knöpfte seine Hose auf. Ihr stockte kurz der Atem, als sie sah, was er zu bieten hatte. Er hob sie hoch und trug sie zum Bett. Er war ausgehungert. Sie auch. Sie biss in ihren Handrücken, um einen Schrei zu unterdrücken.

Lieber, liebenswerter, starker Jim.

Durch Schnee und Eis fuhr sie zu ihm, als er im Sterben

lag. Sie richtete sich an den Rücklichtern der vor ihr fahren-
den Autos aus, eine lange Schlange, die im Schritttempo in
den tiefen Spurrinnen fuhr, die die Reifen in die weiße Decke gekerbt hatten. Jimmy hatte ihr nicht gesagt, dass ein
Gehirntumor bei ihm diagnostiziert worden war. Das hatte
ihr erst jetzt Janet am Telefon mitgeteilt. Er habe nicht
mehr lange zu leben, sagte Janet. Jimmy hatte einen Monat
vorher eine Liste gemacht, was noch zu erledigen sei, und
ein Punkt auf seiner Liste betraf Sonja. Er wollte, dass sie
bei ihm war, wenn er ging. Nathan konnte bei einem Freund
in Cannes bleiben, und so flog sie nach Amerika.

Ein halbes Jahr davor hatte Jimmy, der immer die Ruhe
und Zuvorkommenheit selbst gewesen war, unerklärliche
Wutanfälle bekommen. Und er krümmte sich immer wieder unter stechenden Kopfschmerzen. Eine MRT-Aufnahme
enthüllte einen Tumor im Endstadium, ein Astrozytom
Grad IV. Die Ärzte gaben ihm nur noch wenige Wochen. Er
wollte eine zweite Meinung und gelangte über Kontakte
des Ordens an die Mayo Clinic in Rochester, wo die Franziskaner nach wie vor Einfluss hatten. Dort wurde die gleiche Prognose gestellt. Aber ihm war mehr Zeit beschieden
als vorhergesagt. Eine weitere Behandlung wollte Jimmy
nicht, stattdessen versuchte er, sich in den letzten Monaten
im Krankenhaus nützlich zu machen, indem er, als sterben-
der Patient, anderen sterbenden Patienten Trost und Besinnung spendete.

»Er war der beste Mensch, den ich kannte«, hatte Janet
am Telefon gesagt. Und sie hatten beide stumm vor sich
hin geweint.

Sonja war müde geweint, als sie nach langer, blinder

Fahrt den Wagen vor dem Motel gleich um die Ecke der Klinik abstellte, in dem auch Janet abgestiegen war. Sie hatte für Sonja ein Zimmer reserviert. Janet war kleiner und schmächtiger, als Sonja erwartet hatte, anders als ihr Bruder. Sie schlossen sich zur Begrüßung fest in die Arme. Kein Wort über die spezielle Beziehung zwischen Sonja und Jimmy – wir waren sehr gute Freunde, sagte sie, wir haben uns in der Dominikanischen Republik kennengelernt –, aber viele Worte über seine Sanftmut, seine Selbstlosigkeit, seine Bescheidenheit. Große, komplexe, aber wahre Worte, dachte Sonja. Auf der Insel hatte er unterrichtet, Investoren für den sozialen Wohnungsbau gewonnen, in Krankenhäusern gearbeitet, bei Taufen und Sterbefällen die Sakramente gespendet, junge Männer auf den rechten Weg zurückgeführt, junge Mädchen durch Überzeugungsarbeit aus Bordellen herausgeholt, Streitigkeiten geschlichtet, Frieden verbreitet und einmal in der Woche mit ihr geschlafen. Noch immer fühlte sie die Wärme seiner Haut, die Gier seiner Zunge und seiner Hände, den Rhythmus seiner Hüften. Er war nach Amerika zurückgerufen worden und hatte dort vermutlich andere Freundinnen gehabt. Sie fragte nie nach, ihre Kontakte wurden spärlicher, verloren ihre Intimität.

Sonja verließ die Insel und zog nach Lissabon. Dann nach Viareggio. Ibiza. Juan-les-Pins. Der Mann, der ihr Liebhaber gewesen war, wurde zu einem früheren Freund. Jimmy. Bis Janet anrief.

Am Morgen nach ihrer Ankunft in Rochester besuchte sie ihn, aber er erkannte sie nicht. Sie hielt seine Hand und redete mit ihm. Doch der Tumor hatte sein Gehirn angefressen und verursachte nur noch irrsinnige Schmerzen.

Jimmy bekam hohe Dosen Morphium und war dadurch in Regionen versetzt worden, wo sie ihn nicht erreichen konnte. Zwei Stunden saß sie an seinem Bett. Sein Körper schien äußerlich nicht gelitten zu haben, er sah noch genauso aus wie zu der Zeit, da sie miteinander geschlafen hatten. Jimmy hatte lebensverlängernde Therapien abgelehnt. Sie wusste, warum, ohne es auszusprechen: Gott hatte ihm das auferlegt. Hin und wieder schlug Jimmy die Augen auf, doch er sah sie nicht.

Sie besuchte ihn an drei Tagen nacheinander, jeweils für zwei Stunden. Am Ende des dritten Tages wurde er für hirntot erklärt, und man fuhr seinen Körper in eine Abteilung, wo er nicht mehr Jimmy sein würde, sondern ein reichhaltiges Reservoir an lebensspendenden Organen. So hatte er es in seinem Testament verfügt.

Sonja und Janet waren erschöpft. Es war vorbei. Jimmy war weg, und sie mussten sich dem Leben widmen. Sonja blieb nicht zur Beerdigung, sondern flog über Paris an die Côte d'Azur zurück. In Cannes holte sie ihren Sohn ab, und als sie ihn zu Bett gebracht hatte, fiel sie neben ihm in einen tiefen, heilenden Schlaf, der sie beide erst verließ, als die Putzfrau klingelte. Nathan hätte schon in der Schule sein müssen. Sie behielt ihn zu Hause, es war ein milder mediterraner Tag im März, im frühlingshaften Wetter brachen schon die ersten Knospen auf. Nathan durfte *gamen*, so viel er wollte. Sie las, telefonierte auf der Terrasse sitzend mit Freundinnen hier und in Amsterdam, ohne Jimmy zu erwähnen. Jedes Wort über ihn wäre Verrat gewesen. Sie hatte einen Heiligen gekannt. Über Heiligkeit schweigt man. Sie formte Hamburger und schnitt Kartoffeln, um Nathan

Pommes frites zu machen. An jenem Abend weinte sie vor Glück darüber, dass sie auf der Insel ein Jahr lang mit Jimmy geschlafen hatte und mit Zärtlichkeit an ihn denken konnte.

Und jetzt war seine Schwester Janet gestorben. Lieber, lieber Jimmy. Er glaubte an ein Leben nach dem Tod. Das war der Kern seiner Glaubensauffassung. Sonja glaubte, dass sie nicht glaubte, aber sicher war sie sich nicht – es gab noch vieles, was sie ergründen, abrunden, beschwören musste, bevor sie Gewissheit darüber haben würde, ob sie glaubte, dass es nach diesem Leben noch etwas anderes gab. Dass sie wie eine Nomadin lebte – gut, eine reiche Nomadin mit Geld von der Familie –, hatte mit dem Mann zu tun, den sie vor zehneinhalb Jahren verlassen musste, um sich selbst zu retten. Sie hatte Max Kohn verlassen, als ihr klar wurde, wie destruktiv er war.

Nathan hatte sie in London zur Welt gebracht, danach war sie in die Dominikanische Republik gezogen, hatte ein Haus am Strand gemietet und über eine Niederländerin, die sie dort kennenlernte, eine robuste Babysitterin und Haushälterin gefunden. Nach Jimmy hatte es andere gegeben. Für ein, zwei Nächte. Ein amerikanischer Student. Ein französischer Banker. Sie konnte haben, wen sie wollte. Sie hatte während ihres Medizinstudiums ein paar Jahre lang als Model gejobbt und wusste, wie sie sich am Strand und in den Clubs zu bewegen hatte. Groß, schlank, dunkelbraune, mehr als schulterlange Haare. Sie war jetzt zweiundvierzig, sah aber noch genauso gut aus wie damals auf der Insel. Brüste wie eine pralle Achtzehnjährige. Straffer

Po. Nach der Geburt war sie jeden Tag gejoggt und hatte so lange trainiert, bis ihr Bauch wieder glatt war. Für Max. Sie wollte ihn zwar nicht sehen, sie verfluchte und verachtete ihn, aber wenn er käme, würde sie genauso aussehen wie an dem Tag, da sie ihn verlassen hatte, im Jahr der großen Katastrophe.

Eine Woche nach Jimmys Tod – das warme Wetter in Juan-les-Pins hielt an, die Blüten hatten sich jetzt ganz geöffnet, Afua, ihre ghanaische Haushälterin, hatte die Sommerkleidung nach draußen gehängt, damit die Kälte hinausziehen konnte, wie sie es ausdrückte – kam sie auf einer Restaurantterrasse mit einem Niederländer ins Gespräch.

Sie erkannte in dem Mann mit dem silbergrauen, welligen Haar, dem entspannten Lächeln, den hellen blauen Augen gleich den bekannten Amsterdamer Anwalt Bram Moszkowicz wieder. Er hatte eine Villa in Biot. In seiner Begleitung war seine neue Liebe, die Fernsehmoderatorin Eva, intelligent, blond, mit leicht osteuropäischem Einschlag. Die beiden hatten mitbekommen, dass Sonja mit Nathan niederländisch sprach. Moszkowicz erzählte, dass er auch einen Sohn habe, der Nathan heiße. Sie freundeten sich rasch an, und immer, wenn Bram und Eva in der Gegend waren, riefen sie an und fragten, ob Sonja Lust hätte, sie in diesen oder jenen angesagten Club am Strand von Antibes oder Cannes zu begleiten.

Als Moszkowicz und seine Geliebte einige Monate nach ihrer ersten Begegnung wieder einmal in Biot waren, luden sie Sonja zum Grillen ein. Mit von der Partie sollte auch der befreundete Schriftsteller Leon de Winter sein, der vor einem halben Jahr von seiner Frau geschieden worden war.

Sonja war sofort klar, dass man sie mit dem armen verlassenen Schriftsteller verkuppeln und damit dessen Selbstvertrauen auf die Sprünge helfen wollte. Sie sollte also besichtigt werden. Für sie war das kein Problem, und sie wollte diesen de Winter auch gern mal kennenlernen.

Leon de Winter war nach vierjährigem Aufenthalt in Los Angeles in die Niederlande zurückgekehrt und verbrachte nun ein paar Monate in Südfrankreich, um ein Buch zu schreiben.

Liebe auf den ersten Blick war es bei Sonja nicht. Er war vierzehn Jahre älter als sie und wog zwanzig Kilo zu viel, aber er war ein mitreißender Erzähler, der sich seiner selbst und seiner Bestimmung auf Erden ganz sicher zu sein schien. Sie hatte einige seiner Bücher gelesen und erinnerte sich besonders an einen seiner frühen Romane, für den sie sich in ihrer Schulzeit begeistert hatte, eine Geschichte über einen Schriftsteller, der seine große Liebe verpasste.

De Winter hatte sanfte, irgendwie Unschuld ausstrahlende Augen – faszinierend, dass sich dahinter, wie seine Bücher bewiesen, eine kuriose Phantasie verbarg. Und mit welchem jugendlichen Feuer er über Politik und Film redete, fand sie rührend. Er wurde zu ihrem hartnäckigen Verehrer, ein schon fast aus der Mode gekommenes Wort, das die Sache aber gut traf. Dass er sich so um sie bemühte, hatte sie ihrer Meinung nach verdient. Und insgeheim erhöhte sich für sie der Reiz dadurch, dass er ein Schriftsteller war, dessen Phantasie sie bewunderte – in dem Roman, den sie als junges Mädchen gelesen hatte, knisterte es vor Sex und Romantik. Drei Tage nach ihrer ersten Begegnung wurde ihr ein Paket mit seinen Büchern zugestellt.

De Winter hatte sich in einem Hotel in Menton einquartiert. Dort wollte er einen Roman über seine Ehe mit der Schriftstellerin Jessica Durlacher schreiben, die nach fast zwanzig Jahren in die Brüche gegangen war. (»Ein Ding der Unmöglichkeit, so eine Schriftstellerehe«, sagte er zu Sonja, »ich hoffe, du schreibst nicht.«) Aber als Sonja nach zwei Wochen seines verbalen Eroberungskrieges in seinem Hotelzimmer aus ihrem hautengen Kleid stieg und ihm zu tun erlaubte, worauf er seit Wochen fieberhaft hingearbeitet hatte, wie er bekannte, gab er den Gedanken an den Roman auf. Was das betraf, war er schwach und vollkommen durchsichtig – er war jetzt mit anderen Dingen beschäftigt. Einerseits fand Sonja es lasch, dass er das Romanvorhaben so leicht begrub (»Jessica arbeitet auch an einem Buch, und ich schätze, sie ist schneller«, sagte er über die Frau, die ihn wegen eines reichen Architekten aus Venice, Kalifornien, verlassen hatte), aber andererseits wusste sie auch, dass sie es nicht ertragen hätte, wenn er sich auf dem Papier in die Trauer über den Betrug seiner Ex eingekapselt hätte.

Während der ersten Wochen ihres Zusammenseins sprach de Winter häufig von seiner Ex. Als er aber merkte, dass Sonja das irritierte, verkniff er es sich weitestmöglich und behielt die Demütigung, die ihm so zu schaffen machte, für sich. Es gelang ihm, Sonjas Leben mit neuer Energie aufzuladen: Zu sehen, wie de Winter jeden Tag mit unbändiger Neugier anging, wirkte inspirierend. Eine derartige Munterkeit war zwar manchmal auch ermüdend, aber er steckte einfach immer voller Ideen für Artikel, Kolumnen, Filme und revolutionäre Produkte, die die Welt erobern würden. Aus all diesen Projekten wurde zwar meistens nichts, wie sie später feststellte, doch er verwandelte damit jeden noch so verregneten Tag in eine Wundertüte voll sonniger Optionen.

Sie erzählte ihm, dass sie in Indien ein Heim für Esel finanziere. Er sah sie verdutzt an, und ihr entging nicht, dass ihm schon eine sarkastische Bemerkung auf den Lippen lag, bis er merkte, dass es ihr Ernst war. Es gebe fünf solcher Heime, erzählte sie, in Delhi, Ahmedabad, Gwalior, Sikar und Solapur. Rund zwei Millionen Esel arbeiteten in Indien für die Allerärmsten. Sie stellten deren wertvollsten Besitz dar, würden als Arbeits- und Lasttiere aber überbeansprucht und ausgelaugt. Sie seien lebenswichtig für diese armen Familien, doch wenn den Eseln etwas zustoße, könnten sie einen Besuch beim Tierarzt nicht bezahlen. Der Besitz eines Esels sei mindestens so wichtig wie die sogenannten Mikrokredite, erläuterte sie, und de Winter nickte verständnisinnig und schlug begeistert – ob echt oder gespielt, war schwer zu sagen – vor, dass sie darüber ein Buch- oder Filmprojekt machen müssten und er sich gerne mal eines dieser Heime mit ihr ansehen würde. Die meisten Männer hatten sie nur mitleidig angesehen, wenn die Rede auf ihre Esel-Manie kam. De Winter nahm sie ernst.

Es wurde Sommer, und sie hatten tatsächlich so etwas wie eine Beziehung. Als de Winter für zwei Wochen auf Leserreise durch Deutschland musste, merkte Sonja, dass ihr seine Nähe fehlte. Da er nicht anrief, wählte sie nach einer Woche seine Nummer. Es war schon fast Mitternacht. Er nahm ab, war noch in einem Restaurant in Berlin. Sein »Hallo, Sonja!« klang, als wäre sie eine entfernte Bekannte. Dann sagte er: »Ich bin gleich zurück.« Und eine Frau im

Hintergrund antwortete: »Ich gehe nicht weg. Nicht, bevor die Sonne aufgeht.« Diese Ergänzung versetzte Sonja einen Stich, und sie merkte, dass sie eifersüchtig war. Eifersüchtig, sie?

»Bist du nicht allein?«

»Ich musste heute Abend in diese Talkshow, und die Moderatorin hat mich zum Essen eingeladen. Wie geht es dir?«

Während sie ihn reden ließ, googelte sie rasch den Namen der Frau. Bekannte deutsche Journalistin. Nicht unattraktiv.

»Du hast mich ja schnell vergessen«, sagte Sonja.

»Nein. Ich denke die ganze Zeit an dich. Aber ich dachte, ich sollte dich vielleicht lieber nicht jeden Tag anrufen. Das ist aufdringlich.«

»Ich mag es aufdringlich«, sagte sie.

»Ich auch.«

»Und welche Dame hast du da gerade am Haken?«

»Den Haken kannst du ruhig weglassen.«

»Wo bist du morgen?«

»München.«

»Wo?«

»Vier Jahreszeiten.«

Sie hatte sofort einen Plan, verriet aber nichts davon. Obwohl es schon spät war, rief sie ihre Hilfe für Nathans Betreuung an. Frühmorgens flog sie nach München. Man ließ sie in das für Leon de Winter reservierte Zimmer, und dort erwartete sie ihn. Gegen Mittag trat er mit einem breiten Grinsen ein.

»An der Rezeption hieß es: ›Ihre Frau ist schon da.‹ Du bist die Einzige, die verrückt genug ist, so was zu machen.«

Sie schlug die Bettdecke weg. Sie war nackt, wie er es sich im Fahrstuhl schon erhofft haben dürfte. Es kostete ihn zehn Sekunden, sich auszuziehen. Anschließend aßen sie zu Mittag, und um fünf Uhr nachmittags flog sie schon wieder zurück. Es schien wahrhaftig so, als sei sie glücklich.

Sonja beschloss, mit Leon nach Amsterdam zurückzukehren, zum ersten Mal seit der großen Katastrophe – als das bezeichnete sie jenes schlimme Jahr, seit sie entdeckt hatte, dass die Palästinenser das Jahr der Staatsgründung Israels, die ihr neuer Freund glühend verteidigte, *Nakba*, Katastrophe, nannten. Amsterdam war vertraut und übersichtlich. Sie hatte immer noch Freunde dort, und Leon fand gleich Nahrung für ein neues Buchprojekt. Er trug Material über den ermordeten Filmregisseur und Kolumnisten Theo van Gogh zusammen, nachdem er auf YouTube ein altes Fernsehinterview gesehen hatte, in dem dieser sich unter anderem über ihn ausgelassen hatte. Van Goghs zehnter Todestag nahte, und Leon wollte der Erste sein, der einen Roman über den Mann herausbrachte, der ihn 1984 zu seinem Lieblingsfeind erklärt hatte. Eine Abrechnung wollte er schreiben und damit die Geschichte korrigieren, die van Gogh heiliggesprochen hatte. Er zeigte Sonja Kolumnen van Goghs, in denen er sich über ihn geäußert hatte. Sie waren wirklich ekelhaft.

»Warum willst du dich denn überhaupt mit dem befassen?«, fragte sie ihn. »Schreib doch lieber noch mal so einen Roman wie *Leo Kaplan,* eine Liebesgeschichte. Das war das Erste, was ich von dir gelesen habe, als ich siebzehn war. Und es war sehr aufregend.«

»Seit er tot ist, fehlt mir sein Hass«, antwortete Leon. »Verrückt, dass einem so was wichtig werden kann. Aber ohne sein Gift ist alles ein bisschen öde. Er war ein komischer Typ, nicht talentlos, aber destruktiv und von daher elektrisierend für einen Geschichtenerzähler wie mich.«

Sie zogen nicht zusammen, aber Sonja fand eine Wohnung in derselben Straße des Concertgebouw-Viertels, in der Leon wohnte. Er blieb häufig über Nacht bei ihr, brachte sogar regelmäßig Nathan zur Schule und besorgte des Öfteren, trotz ihrer Einwände, etwas vom Surinamesen zum Abendessen. Sie setzte ihn auf Diät, und er nahm in zwei Monaten fünf Kilo ab. Die große Katastrophe, von der sie heimgesucht worden war – eigentlich hatte es in ihrem Leben zwei davon gegeben –, hatte sie nicht vor ihm geheimgehalten.

Während ihrer »Flitterwochen« in Südfrankreich war Max Kohn ein einziges Mal zur Sprache gekommen.

Sie saßen in einem Restaurant in Antibes, das Sonja durch Bram Moszkowicz kennengelernt hatte, ein kleines, schlauchförmiges Lokal in der Altstadt, das man leicht übersah, doch was hier aufgetischt wurde, war köstlich. Die Touristensaison hatte noch nicht begonnen, die Straßen waren leer. Sonja kannte Leons Kindheit zwar in groben Zügen, schaute ihn aber gern dabei an, wenn er darüber sprach, und stellte ihm daher weitere Fragen zu seinen Eltern. Weil er mit ihr ins Bett wollte, gab er sein Bestes, und das verlieh ihr Macht.

Unvermittelt streute er ein: »Ich kenne Max von früher.«

Sie spürte, wie sich ihre Nacken- und Schultermuskeln anspannten.

»Was willst du damit sagen?«, fragte sie tonlos, schroff.

»Du warst doch mit Max Kohn zusammen, oder? Du bist doch *die* Sonja Verstraete?«

Sie hatte sich schon halb von ihrem Stuhl erhoben, mit wild klopfendem Herzen. Jetzt ließ sie sich wieder nieder und antwortete ihm, als sie ihren Atem unter Kontrolle hatte. Dabei sah sie ihn nicht an.

»Max kam auch aus Den Bosch, ja. Ihr kennt euch also von dort?«

»Entschuldige«, sagte er, »tut mir leid, dass ich dich auf ihn angesprochen habe. Ich wusste nicht, dass ...«

»Was wusstest du nicht?«

»Ich wusste, dass du mit ihm ... Ich wusste, dass ihr lange zusammen wart. Das erfährt man unweigerlich, wenn man deinen Namen googelt. Aber mir war nicht klar, dass ich ihn besser nicht hätte erwähnen sollen.«

»Fünf Jahre«, sagte sie. »Dann habe ich ihn verlassen. War schwerlich vor den Augen der Öffentlichkeit zu verbergen. Wir wurden zusammen festgenommen, es stand in allen Zeitungen.« Ziellos schob sie den Pfefferstreuer vor ihrem Teller hin und her, dann den Salzstreuer. »Deswegen bin ich aus den Niederlanden weggegangen. Immer dieses ›Gangsterbraut von Max Kohn‹.« Das war bei weitem nicht der einzige Grund, aber alles andere verschwieg sie. Sie sah de Winter an: »Wie war er früher?«

De Winter zuckte die Achseln. »Ich war älter, wir sind sechs Jahre auseinander. Ich traf ihn nur hin und wieder mit seiner Mutter in der *Schul*. Erst später, in Amsterdam, hatten wir miteinander zu tun. Da sind wir Freunde geworden.«

»Er hat nie davon erzählt.« Sie sah ihn jetzt forschend an, im Zweifel, ob er die Wahrheit sagte.

»Irgendwann haben sich unsere Wege getrennt«, erklärte de Winter. »Wir hatten nichts mehr gemeinsam. Das war ziemlich deutlich.«

»Hast du dich in der Zeit, als ich mit ihm zusammen war, noch mit ihm getroffen? Er hat nie von dir gesprochen. Hat nie deinen Namen erwähnt. Nie.«

»Max hat meinen ersten großen Spielfilm, *Die Suche nach Eileen,* mitfinanziert. Da war er noch sehr jung, um die sechsundzwanzig. Aber schon damals hatte er viel Geld. Bargeld. Immer Bargeld, nie Schecks. '88 war ich mit ihm in Israel. Er bezahlte alles, hatte bündelweise Scheine in der Tasche. Er kokste, und ich war für ihn ein Waschlappen, weil ich immer nein sagte. Die Mesusa, die ich zu Hause habe, hat er im King David eigenhändig von einer Tür abgeschraubt. Für mich. Er war verrückt, auf sympathische Art verrückt, meistens. Manchmal auch nicht. Aber er hat mich immer respektiert, und ich ihn, trotz allem. Ich fand ihn immer faszinierend.«

»Faszinierend?«, wiederholte sie kritisch. »Was soll das genau heißen? Du bist doch Schriftsteller, kannst du dich nicht präziser ausdrücken?«

Sie sah, dass er über ihre Worte erschrak.

»Gut, ich werde es anders ausdrücken. Ich hatte Angst vor ihm, obwohl ich keine Angst vor ihm zu haben brauchte. Er hatte eine dunkle Seite, nein, eine pechschwarze Seite. Aber er gönnte mir, dass ich im Licht stand. Vorbehaltlos. Ich brauchte keine Angst vor ihm zu haben. Aber ich hatte sie trotzdem.«

Sie nickte lange und heftig.

»Ja. Jetzt verstehe ich. Gut. Lassen wir das jetzt. Ich möchte nie mehr über ihn reden, okay? Nie mehr. Ich weiß nicht, wo er ist, und ich will nicht, dass er wiederkommt. Sprich seinen Namen bitte nie in Nathans Beisein aus. Das ist eine unbedingte Voraussetzung, wenn du mit mir Umgang haben möchtest. Klar? Ist das klar, Herr de Winter? Nein, warte, über zwei Menschen kein Wort, Max Kohn und meinen Vater. Die sind beide tot, abgemacht?«

Er nickte.

»Und noch etwas«, sagte sie. »Als ich Bram Moszkowicz kennenlernte, wusste er da gleich, wer ich bin?«

»Ja. Er hat dich erkannt. Er wusste, wer du bist.«

»Warum hat er das nicht gesagt?«

»Höflichkeit. Er wollte dich nicht in Verlegenheit bringen. Also hat er so getan, als wisse er nicht, wer du bist.«

»Aber dir hat er es erzählt?«

»Ja. Und er sagte dazu, dass du umwerfend schön und gerade nicht liiert seist.«

Sonja zog also von Juan-les-Pins nach Amsterdam-Süd, in eine großzügige, für Nathan und sie ideale Wohnung mit Garten und Keller. Sie war Fachärztin für Notfallmedizin – als solche hatte sie Max Kohn kennengelernt, als dieser mit zwei Schusswunden im Leib in die Notaufnahme der Amsterdamer Universitätsklinik spaziert kam – und konnte gleich wieder voll in ihren Beruf einsteigen.

Leon kümmerte sich um Nathan, wenn sie nicht beizeiten zu Hause sein konnte, aß mit ihm und brachte ihn zu Bett. Er hatte zwei Kinder, die in Amerika studierten, und er skypte oft lange mit ihnen. Es schien ihn keine Mühe zu kosten, ihr die Sorge für Nathan abzunehmen. Sonja hatte jetzt einen munteren, fürsorglichen Mann. Keinen akrobatischen Liebhaber wie Jimmy, kein gefährliches Mysterium wie Max, aber einen treuen jüdischen Mann mit verspielter Phantasie und ein wenig überzogenen rechtspolitischen Sprüchen. Die nahm sie in Kauf.

Der Text der Trauerkarte, die Sonja bekommen hatte, deutete darauf hin, dass Janet Davis Opfer eines tragischen Unfalls geworden war: »Dem Leben unserer geliebten Tochter, Mutter, Schwester, Nichte, der Sonne unseres Lebens, haben Gewissenlosigkeit, Leichtsinn und mangelnde Rücksichtnahme ein Ende bereitet. Janet starb mit sechsundvierzig Jahren, als sie die Einkaufstaschen aus dem Kofferraum ihres Wagens hob. Bei Gott findet sie nun die ewige Ruhe.«

Bevor sie zur Arbeit ging, googelte Sonja Janets Namen mit Ort und Datum. Ein Bericht in der *Los Angeles Times* erzählte von einem *drive by shooting,* bei dem Janet Davis von einem Querschläger getroffen worden sei. Sie sei auf der Stelle tot gewesen. Sie hinterlasse zwei Kinder im Alter von sechs und vier Jahren.

Zwei Kinder. Ob sich die Familie der Kinder annehmen konnte? In den paar Tagen, die sie mit Janet zusammen gewesen war, hatte sie aus ihrer Kleidung, ihren Schuhen, dem fehlenden Schmuck erschlossen, dass Janet sich keinerlei Luxus erlauben konnte.

Über Elly, die hinterbliebene Schwester, hatte sich Janet während der Tage an Jimmys Sterbebett ziemlich resolut geäußert. Elly sei eine Süchtige. Da Janet auf der Karte auch als Tochter bezeichnet wurde, war offenbar noch mindestens ein Elternteil am Leben. Konnte der für die Kinder sorgen? Konnte das Einkommen einer älteren Frau oder eines älteren Mannes in South Central L. A., einem der ärmsten und kriminellsten Viertel der USA, ausreichen, um die Existenz zweier Kinder zu sichern?

Sie würde einen Brief schicken. Und fragen, ob sie Hilfe gebrauchen konnten. Das war sie Jimmy schuldig.

4
MAX

Bei Einbruch der Dunkelheit war Max Kohn wieder am Strip. Er hatte sowohl am Begräbnis von Janet Davis als auch am darauffolgenden Mittagessen in der Kirche von Father Josephs Gemeinde teilgenommen. Niemand sprach ihn an. Er wusste, dass er keinen sehr zugänglichen Eindruck machte. Man merkte ihm an, dass er nicht gerne Höflichkeiten austauschte. Ein Mann, der niemanden brauchte und niemandem traute.

Jimmy Davis, der Franziskaner, hatte also zwei Kinder gezeugt, und nun lastete auf Max Kohn, einem geläuterten Verbrecher, die Verantwortung für Davis' Nachkommen. Es war offensichtlich, dass die Schwester und die Mutter des Paters nicht die Mittel für eine angemessene Erziehung hatten. Es gab zwar soziale Hilfsprogramme, doch damit konnte man den beiden Kindern keine geborgene Kindheit bieten. Sie mussten von dort weg. Es gab zwar kein Gesetz, das den Empfänger eines Herzens dazu verpflichtete, die Familie des Organspenders zu unterhalten, aber er fühlte sich dennoch verantwortlich.

Kohns Name hatte auf der langen Liste der Patienten mit schweren Herzerkrankungen gestanden, die ein Spenderherz benötigten, um überleben zu können. Zwei Jahre vor der Transplantation war bei ihm eine Kardiomyopathie festgestellt worden, eine Erkrankung des Herzmuskels, die wahrscheinlich auf einen seltenen Virus zurückzuführen war. Pech für ihn. Aber sein ungesunder Lebensstil hatte wohl auch seinen Teil dazu beigetragen. Von nun an musste er Tabletten schlucken, die Herzrhythmusstörungen vorbeugten. Tabletten zur Blutverdünnung. Tabletten zur Suppression der Nebenwirkungen anderer Tabletten. Das Laufen fiel ihm immer schwerer. Das Fitnesscenter kam für ihn nicht mehr in Frage. Er verkaufte seine Clubs, bevor potentielle Käufer herausfanden, dass seine Verhandlungsposition wegen seiner angegriffenen Gesundheit geschwächt war. Bis er die Nachricht erhielt, dass in Rochester ein Herz verfügbar wurde, hatte sich seine Welt auf sein Apartment reduziert. Sein Herz konnte jederzeit vor Erschöpfung stehenbleiben. Das Einzige, was er noch tat, war Tabletten schlucken, fernsehen und, das Telefon neben sich auf dem Sofa, warten. Er hatte eine Hilfe, die putzte, Einkäufe machte und für ihn kochte. Wenn er von der wöchentlichen Kontrolluntersuchung beim Kardiologen nach Hause zurückkehrte, im Rollstuhl, war er völlig erledigt. Das neue Herz hatte dem ganzen Elend ein Ende gemacht. Ein Franziskaner gab ihm sein Leben wieder. Nein: Er bekam ein zweites Leben geschenkt.

Auch wenn sich die Sonne zurückgezogen hatte, war der Strip immer in helles Licht getaucht. Auf den Terrassen der Restaurants drängten sich junge, geschäftige, coole Yuppies, an Cocktails nippend und »*Signature Bread*« essend, das in goldenes Olivenöl getunkt wurde. Die Bilder riesiger digitaler Werbetafeln, die Vorankündigungen von Kinofilmen und Fernsehshows streamten und neue Designs in den Filialen der großen Modeketten lancierten, spiegelten sich auf dem glänzenden Lack von Nobelkarossen, in Schaufensterscheiben, Weingläsern und abends als Haarschmuck getragenen Sonnenbrillen. Kohn entschied sich für ein Restaurant, das etwas ruhiger aussah, und bestellte eine *Pasta vongole* und ein Glas Weißwein. Dann schickte er Father Joseph eine SMS mit der Nachricht, dass er nicht in seinem Hotel, sondern in diesem Restaurant am Strip auf ihn warte.

Beinahe hätte also das eigene Herz Kohn umgebracht. Er hatte harte körperliche Auseinandersetzungen nicht gescheut, sein Leib war von Kugeln aufgerissen worden, er hatte alle Arten von Drogen konsumiert und so gut wie täglich hochprozentigen Alkohol getrunken, da lag es auf der Hand, dass sein Herz in Mitleidenschaft gezogen wurde. Aber die Kardiologen behandelten auch Herzpatienten, die Abstinenzler waren, als brave Buchhalter den lieben langen Tag Quittungen zählten und abends ihre Münzsammlung polierten, bis sie um halb elf friedlich einschlummerten. Kardiomyopathien kamen in der einen Familie häufiger vor als in der anderen und konnten idiopathisch sein, wie Kohns erster Kardiologe es genannt hatte, das heißt, sie hatten keine erkennbare Ursache. Sie konnten aber auch durch übermäßigen Alkohol- und Kokainkonsum ausgelöst werden. Wie bei ihm.

Kohn war mittelgroß, hatte dunkles Haar, das noch nicht seine Farbe verlor, und man sah ihm an, wenn man ein Auge dafür hatte, dass er Kampfsportler war. Er hatte jahrelang Krav Maga betrieben, eine von einem slowakischen Juden

namens Imrich (»Imi«) Lichtenfeld entwickelte Selbstvertei-
digungstechnik, die vom israelischen Militär für den Nahkampf eingeübt wurde, inzwischen aber auch im zivilen
Bereich verbreitet war. Bei Krav Maga ging es nicht wie bei
anderen Kampfsportarten um Eleganz oder Ehrenhaftig-
keit, sondern hier zählten allein Schnelligkeit und Effekti-
vität. Was funktionierte, wurde ausgefeilt. Beißen, kratzen,
in die Augen stechen, alles war erlaubt. Das Niederringen
des Angreifers war das Einzige, worauf es ankam. Das war
wie für Kohn gemacht.

In den achtziger Jahren war er achtmal nach Israel gereist,
um dort bei Experten zu trainieren. Krav Maga war damals
noch praktisch unbekannt, Kohn hatte zufällig davon gehört,
als er mit einem israelischen Drogenschmuggler im Geschäft
war. Kohn war damals einer der drei großen Haschisch- und
Marihuanahändler in den Niederlanden. Zur Absicherung
seiner Transporte benötigte er laufend wehrhafte Männer,
und daher horchte er auf, als der Israeli ihm erzählte, dass
er dafür Exmitglieder von Eliteeinheiten anheuerte, die erst
Schusswaffen einsetzten, wenn sie gegen Panzerfahrzeuge
kämpfen mussten. Am Ende übte sich Kohn selbst in diesem
Sport. Seit seine Krankheit in Erscheinung getreten war,
hatte er zwar nicht mehr trainiert, doch die Bewegungs-
abläufe waren noch in seinen Muskeln gespeichert, als hätten
diese ein eigenes Gedächtnis. Seit kurzem machte er wieder
jeden Tag einige vorsichtige Übungen.

Während der Krankheit hatte er sich kaum an öffentliche
Orte begeben. Im ersten Jahr war er schlichtweg zu krank
gewesen, um überhaupt irgendwohin zu gehen, und nach der
Transplantation fühlte er sich zu verletzbar. Erst seit er in

Scottsdale, Arizona, wohnte, ging er wieder regelmäßig ins Restaurant, wo er sich mit Zeitung, Zeitschrift oder seinem E-Reader immer an einen Tisch in einer Ecke setzte, damit er nicht auf etwas zu achten brauchte, was sich hinter ihm abspielte.

Zum ersten Mal seit drei Jahren saß er jetzt zwischen Unbekannten auf einer Terrasse, und seine Intuition sagte ihm, dass sich durchaus eine Situation ergeben könnte, die den Einsatz physischer Gewalt notwendig machen würde. Er hatte solche Situationen in der Vergangenheit offenbar förmlich angezogen. Provoziert hatte er sie zwar nie, aber zweifellos war er häufiger in irgendeine Auseinandersetzung verwickelt gewesen als ein Briefmarkenhändler. Warum konnte er nicht wegsehen, weggehen, sich wegducken? Jede Konfrontation, in die er geraten war, schien von existenzieller Bedeutung zu sein. Die Souveränität, die er ausstrahlte – die Art, wie er dasaß, ging, sprach, zuhörte oder blickte –, provozierte und weckte Aggressionen. Machos wollten immer beweisen, dass sie ihn demütigen konnten. Alphatiere, die ihre Potenz beweisen wollten. Aber über all das war Kohn jetzt hinaus. Er hatte ein neues Herz. Er würde aufstehen und gehen, wenn er provoziert wurde.

Die Pasta schmeckte gut, und er leerte seinen Teller bis zum letzten Bissen. Als der Ober gerade abräumte, tauchte Father Joseph an seinem Tisch auf.

»Ein Dessert, Father?«

Sie schüttelten sich die Hand. Der Priester legte einen bräunlichen Umschlag auf den Tisch.

»Ach, warum eigentlich nicht«, sagte Father Joseph. »Haben Sie Apfelkuchen? Und einen Espresso bitte.«

Kohn bestellte eine Tasse Tee, und der Priester nahm ihm gegenüber Platz. Er hatte sich nicht umgezogen, trug immer noch seine schwarze Soutane mit dem weißen Priesterkragen. Obwohl sie im Freien saßen und es nicht übermäßig warm war, schwitzte er sichtlich.

»Eine völlig andere Welt«, sagte Father Joseph, während er das Straßenbild in sich aufnahm. »So viel Reichtum hier, so viel Armut dort. Ich bin kein Sozialist, aber das hier ist Überfluss. Die Autos ...« Maseratis, Ferraris, Bentleys glitten langsam an den Terrassen vorüber. Hauptverkehrszeit auf dem Strip. »Von dem, was diese Autos kosten, könnten sich ganze Familien jahrelang ernähren.«

»Ist das den Fahrern dieser Autos vorzuwerfen?«, fragte Kohn.

»Wenn sie mehr nehmen, ist für andere weniger da.«

»Es hat Staatsmodelle gegeben, bei denen die Verteilung bürokratisch geregelt wurde. Hat nicht gut funktioniert«, entgegnete Kohn. »Ich habe Politikwissenschaft studiert, in einer Zeit, als alle links waren. Und gleichzeitig wollten alle anders sein als die anderen. Unter den Studenten herrschte ein verbissener Konkurrenzkampf. Der aber auf dem freien Markt nicht gestattet werden durfte. Allesamt Neomarxisten.«

»Und Sie waren ...?«

»Im Grunde apolitisch. Ich habe das studiert, weil ich wissen wollte, was Macht bedeutet, wie sie funktioniert. Nicht, weil ich in die Politik wollte.«

»Und, was ist Macht?«, fragte Father Joseph.

»Das Streben nach Macht ist das Streben nach Überwindung von Angst und Bedrohung. Macht zieht unweigerlich das Verlangen nach sich, die Macht zu verabsolutieren. Wer einmal daran geschnuppert hat, ist für immer infiziert. Allen Machthabern und Entscheidungsträgern ist daher prinzipiell zu misstrauen. Sonja …« – Kohn hielt inne und fragte sich, was er eigentlich sagen wollte – » … eine Frau, die ich kannte, sagte immer, ich sei ein Anarchist. Das Gegenteil ist der Fall. Ich bin für Ordnung. Aber ich verabscheue die Elite. Die politische Elite, meine ich, die ihre Macht erhalten will. Nicht die Typen, die hier ihre Autos vorführen. Dafür haben sie vermutlich hart gearbeitet. Aber Macht, die zu Reichtum führt, ist verwerflich.«

»Sie sind vielleicht linker, als Sie denken, Herr Kohn. Ihr Name … Sind Sie Jude?«

»Ja.«

»Sind Sie praktizierender Jude?«

»Nein.«

»Glauben Sie an Wunder?«

»Nein.«

»Sie glauben nicht, dass Sie dank eines Wunders weiterleben können?«

»Wissenschaft. Kundige Ärzte. Wenn Sie das Wunder nennen wollen, bin ich ganz Ihrer Meinung.«

Father Joseph lächelte. »Medizinisch ist heute vieles möglich. Glauben Sie nicht, dass es jenseits davon etwas anderes gibt, etwas Höheres, Besseres?«

»Nein«, sagte Kohn. »Wenn Sie mich bekehren wollen, geben Sie sich keine Mühe. Ich bin ein Sünder ohne Reue.«

»Das sagen Sie ganz vorbehaltlos von sich selbst?«

»Ja.«

Der Priester sah ihn einige Sekunden lang an. »Das kann

ich mir nicht vorstellen. Für eine solche Haltung wirken Sie auf mich viel zu sensibel. Sie haben jetzt das Herz eines gläubigen Menschen. Das lässt niemanden kalt.«

Kohn beugte sich vor. »Ich bin Jimmy Davis dankbar. Aber wie soll ich die Krankheit auffassen, an der er gestorben ist? Soll ich mich darüber freuen, dass ihn ein Gehirntumor umgebracht hat? Seine Schwester hat mir erzählt, dass er furchtbar gelitten hat. Er ist tot. Ich lebe. Das sind die nackten Fakten.«

Der Priester nickte und suchte nach einer Erwiderung. »Sie haben das Mysterium aus Ihrem Leben verbannt, Herr Kohn. Dadurch lassen Sie sich viel entgehen.«

»Das gesamte Leben ist ein Mysterium für mich, Father.«

Der Priester schob ihm den braunen Umschlag zu. »Ich war gerade bei den Angehörigen. Das hier haben sie in einer Schublade gefunden. Janet hatte den Umschlag für Sie bereitgelegt. Es sind Fotos darin, Papiere, lauter Informationen über Jimmy.«

»Danke sehr. Das ist schön. Das wird mir helfen, eine Vorstellung davon zu gewinnen, wer er war. Haben Sie ihn gut gekannt?«

»Nein. Ich kam in diese Gemeinde, als er schon lange nicht mehr hier lebte. Und ich bin nicht hier aufgewachsen. Ich kannte Janet. Und ich kenne ihre Schwester Elly. Und die Kinder natürlich.«

»Wussten seine Kollegen, dass er Kinder hatte?«

»Da bin ich überfragt. Ich glaube schon. Vielleicht aber auch nicht. Ich weiß nicht, wie er damit umgegangen ist.«

»Sind sie von derselben Mutter? Vielleicht kann ich sie einmal aufsuchen.«

»Zwei verschiedene Mütter. In der Hinsicht war Jimmy ein gieriger Mann. Haben Sie Kinder?«

»Nein. Kennen Sie die Mütter?«

»Janet hat mir von ihnen erzählt. Ja, ich kenne sie.«

»Warum haben diese Mütter ihre Kinder hergegeben? Warum haben sie nicht selbst für ihr Kind gesorgt?«

»Mit einem Franziskaner als Vater? Die Frauen hatten schon Kinder von verschiedenen Männern. Ledige schwarze Mütter mit mehreren Kindern von verschiedenen Männern. Dass Jimmy die Verantwortung übernahm, war außergewöhnlich. Sie überließen ihm seine Kinder liebend gern.«

»Eine Abtreibung kam nicht in Frage, nehme ich an?«

»Da liegen Sie ganz richtig. Katholisch, Herr Kohn. Der Vater wie die Mütter. Ich weiß, es ist scheinheilig, wenn man zwar unerlaubte sexuelle Beziehungen unterhält – unerlaubt vonseiten der Kirche –, den Schwangerschaftsabbruch aber scheut. Nun ja, geradlinig ist wohl nichts auf dieser Welt.«

»Jimmy sorgte finanziell für die Kinder, und Janet Davis war im täglichen Leben, in emotionaler Hinsicht für sie da, ja?«

»Ja.«

»Wie nannten sie Janet?«

»Mama.«

»Und wenn ihr Vater zu Besuch kam, wie nannten sie den?«

»Onkel Jimmy.«

»Sie haben also keine Ahnung, dass sie die Kinder eines katholischen Priesters und einer ledigen Mutter sind?«

»Nein, natürlich nicht.«

Sie sahen sich einige Sekunden lang stumm an, beide davon durchdrungen, welche Folgen die sexuellen Bedürfnisse des Franziskaners gehabt hatten.

»Jimmy Davis hatte genügend Geld, um die Kinder zu unterhalten?«

»Er hatte eine Kunstsammlung, die wohl einen gewissen Wert hatte, wie Janet erzählte.«

»Jimmy Davis hat also eine Spur der Sorgen gezogen.«

Father Joseph rutschte unbehaglich auf seinem Stuhl hin und her und schnaubte laut. »Er hat zwei Kinder gezeugt. Die Frauen liebten ihn. Ich habe nie den Eindruck gehabt, dass sie bedauerten, was gewesen war. Er war ein liebevoller Mann. Ein guter Mensch. Aber er hätte niemals das Gelübde der Enthaltsamkeit ablegen dürfen. Dafür war er zu körperlich. Das sah man. Wenn er in der Stadt war, kam er mit Janet und den Kindern zusammen zur Messe. Frauen fühlten sich zu ihm hingezogen. Manche Männer haben das an sich. Und er fühlte sich zu Frauen hingezogen. Ich glaube nicht, dass er es bei zwei Affären belassen hat. Sein Herz spielte verrückt, wenn er einer schönen Frau begegnete, hat Janet erzählt. Und dieses Herz schlägt jetzt in Ihrem Körper. Ja, er hat Sorgen verursacht. Aber aus Liebe, Herr Kohn.«

Schwitzend stocherte Father Joseph in dem Stück Apfelkuchen, das inzwischen auf dem Tisch stand. Kohn erkundigte sich nach dem Ursprung seines Namens. Der Priester antwortete, seine Familie habe ursprünglich O'Henry geheißen, in Amerika sei dann das O gestrichen worden. Sein schottischer Großvater habe ein katholisches Mädchen geheiratet und seine Kinder katholisch erzogen. Er selbst sei schon früh »gerufen« worden, erzählte er, während er die letzten Krümel seines Kuchens mit dem Finger auf die Gabel schob.

Kohn wollte in sein Hotelzimmer, um sich den Inhalt des Umschlags anzuschauen. Er zahlte und begleitete Father Joseph zu dem Parkplatz, auf dem er sein Auto abgestellt hatte.

Es war ein milder Abend, und die Gehwege am Strip hatten sich mit jungen Leuten gefüllt. Der Verkehr auf dem Sunset Boulevard staute sich hoffnungslos. Es war verlockend, in diesem Freilufttheater aufzutreten und eine Rolle zu spielen. Den Verliebten. Den Verführerischen. Die Unberührbare. Die Angebetete. An diesem Ort schien das künstliche Licht heller zu strahlen, das Rot röter zu sein als sonst wo. *Color by DeLuxe,* ging es Kohn durch den Sinn, das hatte er regelmäßig im Abspann von Spielfilmen gelesen.

»Fehlt Ihnen das hier nicht?«, fragte er den Priester.

»Doch. Aber ich habe mich für etwas anderes entschieden«, antwortete Father Joseph.

»Jimmy Davis auch. Aber der hat sein Gelübde gebrochen.«

»Er war wohl schwächer als ich. Ich weiß es nicht. Vielleicht war er auch stärker. Er konnte mit seinen Schuldgefühlen leben. Das könnte ich nicht.«

»In der Kirche hat sich ja in den letzten Jahren gezeigt, dass das Zölibat nicht greift.«

»Es ist in der Tat schwer, ja«, bestätigte Father Joseph nickend.

Kohn fragte: »Beneiden Sie Jimmy Davis?«

Der Priester zwinkerte unsicher, wusste nicht gleich, wie er antworten sollte. Der Gehweg wurde von etwa zehn jungen Männern versperrt, einige davon mit Stiernacken und aufgepumptem Bizeps, die sich rauchend und laut lachend um drei junge Frauen geschart hatten. Kohn und Father Joseph warteten, dass man ihnen Platz machen würde. Doch die Männer dachten nicht daran, zur Seite zu gehen.

»Manchmal schon, ja«, bekannte Father Joseph. »Mir ist bewusst, dass mir vieles im Leben entgeht. Aber mir wird auch vieles gegeben.«

»Entschuldigung bitte«, sagte Kohn zu der Mauer aus breiten Rücken. Er wusste, was jetzt kommen würde.

Die Männer reagierten nicht.

Noch einmal sagte Kohn: »Entschuldigung bitte.«

Der am nächsten stehende Mann, unverkennbar ein emsiger Besucher des Fitnesscenters, warf Kohn einen irritierten Blick zu.

»Entschuldigung bitte«, sagte Kohn ein weiteres Mal und streckte die Hand aus, um zu signalisieren, in welche Richtung er wollte, und sich vorsichtig einen Weg zu bahnen.

Der Bodybuilder wehrte die Hand mit seiner Schulter ab.

»Würden Sie bitte so freundlich sein, uns kurz durchzulassen?«, sagte Kohn.

Der Bodybuilder machte eine wegwerfende Handbewegung und erwiderte: »Geht doch außen rum.« Dann drehte er Kohn wieder den Rücken zu.

»Nein. Ich möchte gerne auf dem Gehweg bleiben«, beharrte Kohn.

»Kommen Sie, Herr Kohn«, sagte Father Joseph, »gehen wir auf der Straße um sie herum.«

»Nein«, entschied Kohn. Er gab dem Priester den Umschlag und tippte dem Bodybuilder auf die Schulter. »Würden Sie uns jetzt bitte kurz durchlassen?«

Er spürte, wie sein Herz, Jimmy Davis' Priesterherz, in Vorbereitung auf das jetzt Kommende schneller zu pumpen begann.

Der Bodybuilder drehte sich um und fuhr gleichzeitig mit einer schnellen Bewegung den Arm aus, als wolle er einen Diskus wegschleudern. Er glaubte, er würde mit geballter Faust Kohns Kinn treffen, doch Kohn zog den Oberkörper zurück, so dass die Faust sein Gesicht verfehlte, packte den Arm des Mannes mit beiden Händen und kehrte dessen Körperbewegung getreu den Regeln von Krav Maga gegen ihn selbst. Er brachte den Mann aus dem Gleichgewicht und zog ihn im selben Moment an sich. Als der Kopf des Mannes wenige Zentimeter entfernt war, ließ Kohn seinen Kopf vorschnellen und traf mit der Stirn die Nase des Bodybuilders genau an der richtigen Stelle. Man hörte das Nasenbein des Mannes knacken und brechen. Kohn ließ ihn los, und der Mann fiel zu Boden.

Das Ganze hatte keine zwei Sekunden gedauert.

Adrenalin schoss durch Kohns Adern, das Herz von Jimmy Davis schlug wie verrückt in seinem Brustkorb, und er wusste, dass es ihn nicht im Stich lassen, sondern ihm die nötige Energie geben würde.

Die Mauer der Rücken teilte sich, und die Aufmerksamkeit der Gruppe verlagerte sich auf den am Boden liegenden Mann, der vor Schmerzen stöhnte und mit den Füßen trat.

»Ihrem Freund scheint etwas zu fehlen«, sagte Kohn. »Ich glaube, er sollte ärztlich versorgt werden.«

Er fühlte die erschrockenen Blicke auf sich, aber keiner

wagte es, ihn herauszufordern oder zur Rechenschaft zu ziehen. Man machte Platz, als Kohn dem Priester mit einer Handbewegung bedeutete, dass sie weitergehen könnten.

Father Joseph, dessen Miene Entsetzen widerspiegelte, sagte eine lange Minute nichts, während sie sich auf den exklusiven Parkplatz mit *valet service* zubewegten, auf dem sein Wagen stand. Kohns Herz beruhigte sich. Father Joseph reichte dem *valet* sein Ticket und gab Kohn seinen Umschlag zurück.

Während sie auf den Wagen warteten, sagte der Priester: »Sie haben Erfahrung mit solchen Situationen.«

»Leider ja.«

»Darf ich fragen, welchen Beruf Sie ausgeübt haben?«

»Ich war Geschäftsmann.«

»Aber Sie verstehen sich aufs Kämpfen.«

»Ja. Ich lege es aber nie darauf an. Ich habe das nie gewollt.«

Der Priester zuckte die Achseln. »Ich weiß nicht, was ich von Ihnen halten soll. Sie verunsichern mich sehr. Aber ich weiß, dass Sie eine gute Seite haben. Denken Sie an die Kinder. Ria, die Großmutter, hat kein Geld. Elly ist drogenabhängig. Sie brauchen Ihre Hilfe.«

»Ich werde sie unterstützen«, sagte Kohn. »Ich gebe Geld für eine gute Schule und ein vernünftiges Zuhause. Ich bin mir meiner Verantwortung bewusst.«

Ohne ihm die Hand zu geben, stieg der Priester in sein Auto und fuhr davon.

In seinem Hotelzimmer breitete Kohn den Inhalt des Umschlags auf dem Schreibtisch am Fenster aus. Er hatte um ein Zimmer in einem der oberen Stockwerke gebeten, und von seinem Balkon aus blickte er auf die Millionen tanzender Lichter der Stadt.

Er war plötzlich müde. Der Zwischenfall hatte ihm mehr abverlangt, als er gedacht hätte. Es war Jahre her, dass er sich auf diese Weise zur Wehr gesetzt hatte. Er hatte Kopfschmerzen. Er öffnete ein Fläschchen Wasser und sah sich an, was auf dem Schreibtisch lag. Kinderfotos, Kopien von Schulzeugnissen und Ausbildungsabschlüssen, Bilder von der Weihe zum Franziskaner, Fotos, die belegten, dass Jimmy Davis viel von der Welt gesehen hatte.

Schon die Bilder im Internet hatten es illustriert: Jimmy war ein gutaussehender Schwarzer, schlank, mit offenem, sanftmütigem Gesicht. Es gab Fotos, auf denen er in Badehose an einem tropischen Strand stand. Muskulöser Körper. Fotos als Mönch in brauner Kutte, zusammen mit anderen Mönchen. Belege für ein vielseitiges Leben und nicht für ein frommes, zurückgezogenes Dasein hinter Klostermauern. Vielleicht hatte Kohn auch überholte Vorstellungen davon.

Dann sah er das Foto von Jimmy Davis und Sonja Verstraete.

Es dauerte ein paar Sekunden, bis wirklich bei ihm angekommen war, was er da sah. Kein Zweifel, die Frau neben dem Franziskaner war Sonja.

Sonja.

Ihm war, als explodierte sein Herz. Hundertdreißig, hundertvierzig Schläge pro Minute?

Das war doch nicht möglich! Undenkbar, dass Jimmy Davis mit Sonja Verstraete befreundet gewesen war, das war doch irrwitzig! Aber er hatte hier drei Fotos in der Hand, auf denen sie zusammen abgebildet waren. Ein Foto zeigte Sonja im dünnen Sommerkleid und Davis in Soutane in einem Klassenzimmer, vor einer schwarzen Schultafel, auf der mit Kreide *Happy Easter! ¡Felices Pascuas!* geschrieben stand. Ein zweites Foto zeigte die beiden wahrscheinlich auf einem Kindergartenfest, inmitten Dutzender Kinder im Alter von drei oder vier Jahren. Das dritte war ein Polaroidfoto. Ein unscharfes, ausgebleichtes Foto von einem tropischen Strand. Jimmy in Badehose, Sonja im Bikini. Jimmy machte eine Handbewegung, die man als ein »Nein, nicht, kein Foto« deuten konnte. Das Polaroidfoto eines Strandfotografen, der sein Geld mit Schnappschüssen von Touristen verdiente?

Kohn hatte das Herz von Jimmy Davis bekommen, und heute hatte er sich bei dessen Familie dafür erkenntlich zeigen und diese Phase seines Lebens damit irgendwie abschließen wollen. Ihm wurde bewusst, dass dies kein Abschluss war, sondern ein Anfang. Er wusste nicht, was es zu bedeuten hatte, aber er spürte die lenkende Hand des verstorbenen Franziskaners. Jimmy war tot und zugleich quicklebendig. Über die Grenze des Lebens hinweg gab er ihm ein Zeichen. Wohin es ihn weisen würde, wusste Kohn noch nicht. Das Herz in seinem Brustkorb schlug wie wild.

5
MO

Im Namen Allahs, des Erbarmers, des Barmherzigen, des Ewigen, des Herrn aller Weltenbewohner, des Beschützers, des Schöpfers, des Vergelters, des Erhabenen, des Lebensspendenden, des Allesumfassenden, des Einen, des Liebevollen, des Sehers, des Ersten und des Letzten, des Wohltätigen, seid gegrüßt, Bruder Abu Khaled.

Ich habe Eure Nachricht erhalten, und mein Herz singt vor Freude.

Ich habe nie daran gezweifelt, dass der Moment, den Ihr mir angekündigt habt, kommen wird. Ich bin bereit, wie ich für alles bereit bin, was Mohammed, der Letzte Prophet, uns aufträgt. Der Kampf ist nicht leicht, und ich habe meine Aufgabe auch nie leichtgenommen. Auf meinem Weg zur Wahrheit habe ich mich von Anfang an mit dem Ernst und dem Ausmaß der uns erwartenden Aufgaben auseinandergesetzt und habe erkannt, dass unser Ziel nur zu erreichen ist, wenn wir zu jedem Opfer bereit sind. Diese Bereitschaft habe ich bewiesen, mit ganzer Hingabe, mit ganzem Einsatz.

Als wir noch keine Möglichkeit für den Austausch von Nachrichten gefunden hatten, hat es Momente gegeben, da ich schwach war, das räume ich ein. Viele Tage sind seit

jenem Novembertag 2004 vergangen, da ich zu sterben
erwartete. Ich war darauf vorbereitet, von Allah, dem Erbarmer, dem Barmherzigen, geprüft zu werden. Jener Tag
verlief anders, als ich es mir gewünscht hatte. Die Ungläubigen haben meinen Körper in einen Kerker geworfen, und
dort verbringe ich nun die Jahre in völliger Einsamkeit.

Als mich Eure erste Nachricht erreichte, bin ich vor
Freude aufgesprungen. Auch an den Tagen, da ich an allem
zweifelte und aus Scham vor Allah im Boden versinken
wollte, habe ich nicht aufgehört zu hoffen, dass Ihr, Abu
Khaled, eine Möglichkeit finden würdet, mit mir in Kontakt zu treten. Mit Allahs Hilfe ist alles möglich, das habt
Ihr bewiesen.

Ich bin zu allem, was Ihr organisiert habt, bereit. Natürlich würde ich gerne wissen, was Eure Pläne beinhalten,
aber ich weiß, dass Ihr nicht enthüllen könnt, wie Ihr mich
von meinen Ketten zu befreien gedenkt.

Sowie meine Ketten gesprengt sind, werde ich mich den
Ketten widmen, die die Ungläubigen unserer Ummah, unserer Gemeinschaft, angelegt haben. Mit Zähnen und Klauen,
wie ich es schon einmal bewiesen habe, werde ich mich für
die Befreiung der Gläubigen überall auf der Welt einsetzen.
Das empfinde ich als meine heilige Aufgabe. Nur auf dem
Weg, den Allah, der Erbarmer, der Barmherzige, uns im
Heiligen Koran gewiesen hat, der auf einer Tafel im Paradies
den Kosmos erleuchtet, kann sich der Mensch von der Lüge
und dem Bösen befreien.

Wir haben unzählige Widersacher, aber wir sind unbe-
siegbar, weil das Verlangen nach dem Tod uns unverletzlich
macht. Seit jenem Novembertag bin ich bereit zu sterben.

Ich habe keine Angst. Ich werde mich mit einem Lächeln auf den Lippen zum Schöpfer des Alls aufmachen. Er allein ist mein Herr, Ihm allein werde ich folgen und dienen. Bei Ihm allein finde ich meine Bestimmung.

Ich sehne mich nach den Gärten im Paradies, voller Trauben und Granatäpfel und Feigen und Honig. Jeder dort ist in Brokat und Seide gekleidet. Irdische Sünde gibt es dort nicht, und die Frauen umsorgen die Männer, und die Männer umsorgen die Frauen. Dort herrscht ewiges Grün. Immer liegt Tau auf dem grünsten Gras. Die Sonne scheint, wenn die Sonne scheinen soll, und wenn Nacht sein soll, funkeln die Sterne wie Diamanten. Die schönste Musik wird dort erklingen. Die liebsten Lippen werde ich dort finden. Meine Mutter wird mich dort erwarten.

Sie starb zwei Jahre, bevor ich den ungläubigen Narren tötete. Ich hätte ihn am Leben gelassen, wenn es nicht meine Pflicht gewesen wäre, den, der den Propheten beleidigt, zu töten. Ibn al-Mundhir hat gesagt: »Die Gelehrten sind sich darüber einig, dass die Strafe für die Beschimpfung des Propheten (Sallallahu alaihi wa sallam) der Tod ist.«

Ich bin ein Gläubiger. Wer als Gläubiger inmitten Ungläubiger lebt, die den Propheten beleidigen, und den Ungläubigen nicht tötet, ist ein Feigling und ein Lügner. Wer aufrichtig an den Weg des Propheten zu Allah glaubt, ist verpflichtet, den Lästerer mit dem Tod zu bestrafen.

Ich habe die Schriften von Ibn Taimiyya studiert, unserem bedeutendsten Denker über den Dschihad, den Heiligen Krieg. Nach der Zeitrechnung der Christen lebte er von 1263 bis 1328. Damals hatten die Invasionen der Mongolen die Landstriche der Muslime verwüstet. Die gleiche Verwüstung wird uns heute von den Christen und den Juden zugefügt. Nicht ohne Grund wurde Ibn Taimiyya Scheich al-Islam genannt, denn er konnte den Heiligen Koran vollständig aus dem Kopf zitieren.

Ibn Taimiyya wusste schon vor siebenhundert Jahren, was viele Gläubige heute entdecken: dass der blutige Kampf der einzige Weg zur Wahrheit ist. Ibn Taimiyya weckte den Zorn der dekadenten religiösen Führer in Kairo und wurde in der Zitadelle von Damaskus eingesperrt. Dort nahmen sie ihm seine Bücher, seine Schreibutensilien, ja sogar sein Exemplar des Heiligen Koran. Doch er trug Allahs Text in seinem Herzen und in seinem Kopf.

Ihr, verehrter Abu Khaled, seid Syrer, und Ihr seid zweifellos vertraut mit den Geschichten über den Tod Ibn Taimiyyas. Aber lasst mich dennoch erzählen, was am 22. Dhu l-qa'da des Jahres 728 beziehungsweise dem 27. September 1328 der Ungläubigen, geschah.

Als sich in Damaskus die Kunde vom Tod des Gläubigen und Jüngers des Propheten (Sallallahu alaihi wa sallam) verbreitete, legte jedermann die Arbeit nieder, mit der er gerade befasst war. Die Märkte leerten sich, die Läden im Basar wurden geschlossen, über die Verwaltungsgebäude senkte sich Stille, die Richter verließen ihre Sitze, und die Kranken hatten die Kraft, ihr Bett zu verlassen. Das gesamte Volk kam zum Gebet zusammen und zu Ibn Taimiyyas letztem Gang ins Grab und Aufbruch ins Paradies.

Kein Tag vergeht, ohne dass ich einige seiner Erkenntnisse zitiere, wie etwa diese: »Was können mir meine Feinde antun? Mein Paradies ist mein Herz; wohin ich auch gehe, es geht mit mir, es ist nicht von mir zu trennen. Für mich ist das Gefängnis ein Ort der religiösen Besinnung, die Hinrichtung ist eine Chance, zum Märtyrer zu werden, die Verbannung aus meiner Stadt ist eine Chance, auf Reisen zu gehen.«

Ibn Taimiyya ist in einem Kerker gestorben, aber er war nicht allein. Bei ihm waren die Suren des Koran und die überwältigende Gegenwart Allahs, des Erbarmers, des Barmherzigen, und dadurch war Ibn Taimiyya immun gegen die Peinigungen der Heuchler, die ihn gefangen hielten.

Wer glaubt, wird den Ungläubigen, der Allah und Seinen Propheten beleidigt, töten müssen – der Gläubige kann nicht anders. Der Gläubige ist ein Kämpfer, der Kämpfer ist ein Gläubiger, bis Allah, der Erbarmer, der Barmherzige, Seinen Gesandten schickt und die Welt von dem Bösen und dem Leid und dem Tod reinigt.

Seit wir Nachrichten austauschen, sind alle meine Tage voller Licht und Verheißung. Es ist unerheblich, ob Eure Pläne mich in Gefahr bringen; für mich gibt es keine Gefahr, da mich alles dem Paradies näher bringt, wo meine Mutter mich erwartet. Ich habe ihren Leidensweg miterlebt und hatte keine Worte für meine Ohnmacht, bis ich mich den gnädigen und barmherzigen Worten des Heiligen Koran öffnete. Ich konnte ihr Leiden und ihren Tod akzeptieren, als die Herrlichkeit Allahs, des Erbarmers, des Barmherzigen, die Finsternis aus meinem Herzen nahm und sie durch die strahlende Verheißung ersetzte, dass ich eines Tages wieder ihr Gesicht streicheln würde.

Ich zitiere Ahmad ibn Hanbal: »Ich habe Abu Abdullah sagen hören: Ein jeder, der den Propheten (Sallallahu alaihi wa sallam) beschimpft oder schmäht, sei er ein Muslim oder ein Ungläubiger, verdient die Todesstrafe, und diese Person wird keine Gelegenheit erhalten, sich reuig zu zeigen.«

Abu Safra hat gesagt: »Ich fragte Abu Abdullah, was ich mit einem Mann tun solle, der den Propheten (Sallallahu alaihi wa sallam) beschimpft hat. Er sagte: Wenn das erwiesen ist, ist seine Strafe der Tod, ob er nun ein Muslim ist oder ein Ungläubiger.«

Auch Abd Allah und Abu Talib wurden zur Beschimpfung des Propheten (Sallallahu alaihi wa sallam) befragt. Die Antwort lautete: »Seine Strafe ist der Tod.«

Ibn Umar sagte: »Wer den Propheten (Sallallahu alaihi wa sallam) beschimpft, dessen Strafe ist der Tod.«

Kennt Ihr den folgenden *Hadith*? Ein Mann und eine Frau wohnten in der Medina. Die Frau war unglücklich über ihren blinden Mann und verfluchte und beleidigte in seinem Beisein den Propheten (Sallallahu alaihi wa sallam), sosehr der blinde Mann sie auch immer wieder ermahnte, zur Besinnung zu kommen und die Wahrheit zu akzeptieren. Aber sie scherte sich nicht darum. Der blinde Mann konnte die Beleidigungen nicht ertragen und tötete die Frau.

Das blieb dem Propheten (Sallallahu alaihi wa sallam) zunächst verborgen, doch eines Tages wurde die Leiche der Frau gefunden, und der Prophet (Sallallahu alaihi wa sallam) rief die Bewohner der Medina zu sich und sagte, der Mörder solle vortreten. Der blinde Mann gehorchte dem Propheten (Sallallahu alaihi wa sallam). Und er gestand. Er erklärte, was seine Frau gesagt hatte und trotz seiner Ermahnungen immer wieder sagte. Da habe sie schließlich zum Schweigen gebracht werden müssen. Und das habe er getan. Wie reagierte der Prophet (Sallallahu alaihi wa sallam)? Er sagte:

»Das Blut dieser Frau ist vergeudet. Aber du brauchst kein Blutgeld zu zahlen, wenn du sie aus diesem Grund getötet hast.«

Es ist also völlig akzeptabel, unverbesserlichen Lästerern den Mund zu stopfen. Ermahnungen sind angebracht, aber irgendwann wird das Schwert des wahren Gläubigen dem Lästerer die Kehle durchtrennen, und Reue ist kein Grund, von Vergeltung abzusehen. Unsere Hingabe an den Propheten (Sallallahu alaihi wa sallam) ist so groß, dass wir niemals zulassen können, dass er ungestraft beleidigt wird. Worte zählen. Worte sind mächtig, wie der Heilige Koran beweist. Wer die Heiligkeit der Worte nicht würdigt, verdient die Strafe, die der Gläubige, der den Weg des Propheten (Sallallahu alaihi wa sallam) beschreitet, ausführen wird.

Verehrter Abu Khaled, ich kenne den Inhalt Eurer Pläne nicht, aber ich folge Euch und werde alles dafür tun, Euren Anweisungen zu gehorchen.

An jenem Tag, als ich Allah, dem Erbarmer, dem Barmherzigen, den Kopf des *Kafir* zum Opfer darbot, gelang es Euch, das Land zu verlassen und anderswo ein sicheres Unterkommen zu finden. Ihr wart mein Führer, mein Mentor, mein Lehrer. Ich hoffe, dass Ihr in den Jahren seither Tausende von Schülern anleiten konntet, die wie ich die Jünger des Satan mit ihren Messern durchbohrt haben.

Ich bin bereit und warte auf Euer Zeichen.

MB

6

SALLIE

Sie waren zu achtzehn und trainierten dreimal die Woche bei Flutlicht auf einem Platz in Osdorp.

Salheddine Ouaziz, der selbsternannte Kapitän der Mannschaft, hatte bei der Gemeinde dreitausend Euro für Kleidung und Schuhe und vernünftige Bälle lockergemacht. Die Hälfte der Mannschaft bestand aus begabten Spielern, die problemlos bei einem Spitzenverein wie Ajax hätten spielen können, doch keiner von ihnen hatte sich die Mühe gemacht, bei einem Aufnahmetest die Künste vorzuführen, die ihnen die Tabellenführung in ihrer Regionalliga gebracht hatten. Sie waren eine Topmannschaft. Keine andere Mannschaft, ob türkisch, marokkanisch oder niederländisch, vermochte ihr Angriffsspiel zu durchkreuzen, weil ihr Spiel dem schon von sich aus vorgriff. Ihre Stellungswechsel brachten jede gegnerische Verteidigung außer Atem. Ein Blick, und ihre Flügelspieler wussten, was sie voneinander erwarteten. Die Spitzen konnten sich getrost zurückfallen lassen, weil sie wussten, dass die Mittelfeldspieler in die Lücken vorstießen. Sallie – keiner hatte ihn je bei seinem vollen Namen genannt – konnte die Spielzüge von seiner Position aus am besten beobachten. Er hatte sich selbst als zentralen Verteidiger zwischen Mittelfeld und hinterster

Linie aufgestellt, so dass er mit wenigen Schritten das Mittelfeld verstärken und damit den Druck auf die Spielfeldhälfte des Gegners erhöhen, notfalls aber auch die Jungs hinter sich bei der Verteidigung des eigenen Tors unterstützen konnte.

Wenn sie trainierten, bildeten sie zwei Mannschaften zu je neun Spielern. Von Sallie angeleitet, machten sie erst eine halbe Stunde Lockerungsübungen auf dem Platz, dann zog sich eine der beiden Mannschaften gelbe Leibchen über, und sie übten anhand eines Lehrbuchs, das Sallie günstig im Internet erstanden hatte, eine Dreiviertelstunde lang Zuspiel und Positionswechsel. Anschließend lieferten sie sich zweimal zwanzig Minuten lang ein Spiel mit ganzem Körpereinsatz. Es kam regelmäßig vor, dass sich einer verletzte, denn sie waren beim Training genauso wenig zimperlich wie in einem offiziellen Punktspiel.

Von dem öffentlichen Zuschuss hatten sie sich grüne Trikots mit weißen Hosen gekauft. Und sie standen alle auf Stollen von Adidas. Keiner der Spieler hatte auch nur ein Gramm Fett zu viel. Wenn sie als Mannschaft zusammenbleiben würden, hätten sie gute Chancen auf die Meisterschaft.

Bei jedem von ihnen hatte die Zugehörigkeit zur Mannschaft das Selbstvertrauen und die Disziplin gestärkt. Der Form halber hatten sie bei richtigen Spielen einen richtigen Trainer, aber im Grunde machten sie alles in eigener Regie, wie selbstverständlich von Sallie dirigiert. Alle waren immer pünktlich, auch beim Training. Es wurde nicht geflucht und nicht ausgespuckt. Die Entscheidungen der Schiedsrichter wurden nie in Frage gestellt. Ihre Haare waren immer kurz geschnitten, Kinn und Wangen immer glatt rasiert, und sie trugen weder Ringe noch Ohrschmuck noch Tattoos. Sie waren so akkurat, gehorsam und konzentriert wie Rekruten beim Militär.

Sallie arbeitete in der Fleischerei seines Onkels. Er machte dort die schwere Arbeit, während sein Onkel und seine Cousine Darya die Kunden bedienten. Sallie war vor einer Woche einundzwanzig geworden, Darya war fünf Jahre jünger, und Sallie wusste seit ihrer Geburt, dass sie seine Frau werden sollte. Die Tradition wollte es so, und wenn sie sich nicht dagegen auflehnten und die Gebräuche der alten Heimat verwarfen, würden sie auch heiraten. Darya hatte zwar durchaus schöne Augen, aber das Problem war, dass sie seit ihrem zwölften Lebensjahr dramatisch an Gewicht zugelegt hatte. Auch war nicht zu übersehen, dass sie von ihrem Vater außer den dichten schwarzen Haaren auf dem Kopf auch die Gesichtsbehaarung geerbt hatte. Darya war nicht attraktiv – dieser Einschätzung konnte man sich nur schwer erwehren, wenn man in den Niederlanden lebte. Das heiratsfähige Alter war in Marokko auf achtzehn Jahre heraufgesetzt worden, und da sie dort heiraten wollten, blieben Sallie noch ein paar Jahre Zeit, um sich darüber klar zu werden, ob er die Kraft besaß, mit der Tradition zu brechen.

Er hatte eine Ausbildung absolviert, die ihn zur »Fachkraft im Frischkosteinzelhandel« qualifizierte. Nach bestandener Prüfung hatte er von seinem Onkel einen Satz spezieller Messer bekommen – die besten, von Wüsthof Dreizack –, und mittlerweile war er ein versierter Fleischer. Er konnte zarte Scheiben aus der Schulter schneiden und einen Rollbraten daraus binden. Er konnte Beinknochen für die Suppe heraussägen. Er kannte die Anatomie von Rind, Lamm, Ziege und Schaf und schnitt Koteletts, Filets, ganze Lammrücken und Dönerfleisch aus den Tieren, die sein Onkel beim Schlachter kaufte. Er verstand es, den Abfall dabei auf ein Minimum zu begrenzen. Sein Onkel war mit seiner Arbeit zufrieden.

Sie trainierten von halb acht bis halb zehn, und manchmal machte ein kleineres Grüppchen noch weiter, bis um halb zwölf das Flutlicht ausgeschaltet wurde. Die meisten Spieler aber mussten früh zur Arbeit und wollten um zehn im Bett liegen.

An diesem Abend kickte Sallie mit drei Freunden noch um halb elf. Es war ein ungemütlicher, nasskalter Abend. Über Osdorp hing eine Wolke aus feinen Wassertröpfchen, die im Licht tanzten. Der Kunstrasen war tiefgrün und auch nach einem Abend heftiger Rutschpartien völlig unversehrt. Der Platz war eigentlich zu hart fürs Fußballspiel, doch er wurde tagsüber von Schulen und abends von diversen Vereinen genutzt, und nur Kunstrasen überstand eine so intensive Nutzung. Der Ball rollte auf diesem Platz eigentlich viel zu schnell, und man zog sich eher Verletzungen zu als auf natürlichem Rasen, aber man spielte hier allemal besser als auf der Straße oder einem asphaltierten Platz.

Sie spielten in der Runde, wobei man den zugespielten Ball abstoppen und gleich gezielt weiterspielen musste, das heißt, man durfte den Ball jeweils nur zweimal berühren. Man durfte ihn auch direkt abspielen, ohne ihn erst zu stoppen, was natürlich schöner war. Wer patzte, musste zur

Strafe zehn Liegestütze machen. Bei so einem Spiel in der Runde musste man ganz präsent sein. Sie plazierten den Ball, als wären sie lasergesteuert. Und hart schossen sie auch, ohne die anderen zu schonen. In einem Punktspiel kam es ja auch darauf an, sich harte Bälle zuzuspielen und darauf vertrauen zu können, dass der Angespielte den Ball kontrollierte und ihn seinerseits wieder hart und präzise abspielen würde. Technik war die Basis, hinzu kam das Selbstvertrauen, und schließlich zählte die Überzeugung, dass jeder von ihnen mit vollem Einsatz bei der Sache war und die Mannschaft als Mannschaft funktionierte und kein Haufen einzelner Maestros war, deren Spielzüge in Schönheit starben.

Sallie schob den Ball zu Kareef weiter, der Karel genannt wurde, und Karel schoss ihn zu Jamal, der Jan hieß, und Jan knallte den Ball zu Firas rüber, der als Frits durchs Leben ging.

Frits war vermutlich der beste Spieler der Mannschaft. Er war achtzehn, klein und kräftig, und er war ihr Lionel Messi. Wie der Star von Barcelona spielte auch er mit hochgezogenen Schultern und leicht geduckt und war dank einer Kombination von Schnelligkeit, technischer Raffinesse und Durchsetzungsvermögen kaum zu stoppen. Und er hatte den gleichen Blick wie Messi, wenn der Ball in seine Nähe kam. Dann lag darin etwas Scharfes und Besessenes.

Hin und wieder gab es mal ein Spiel, in dem der Ball aufsässig war und Frits nicht gehorchen wollte – dann war Frits genervt und fügte sich zähneknirschend in eine dienende Rolle –, aber meistens schickte er ihn genau an die anvisierte Stelle, übrigens ohne den Ball dabei eines Blickes zu würdigen, als wären seine Füße eigenständige Wesen.

Dorthin sollte der Ball, und schon rollte er dorthin wie ein ausgehungerter Hund. Schon allein wegen Frits war es für Sallie ein Vergnügen, diese Mannschaft anzuführen, dreimal die Woche auf dem Platz zu stehen und samstags ein Punktspiel zu bestreiten. Das Schöne daran war natürlich auch, dass er dadurch nur an zwei Abenden in der Woche zu Hause war, sich am Samstag mit seinen Freunden auf das Spiel vorbereiten und nach dem Spiel den Sieg feiern konnte. Das bedeutete einen ganzen Tag außer Haus, weg von seiner Mutter, weg von seiner Schwester.

Um Viertel vor elf beschlossen sie, die Trainingseinheit zu beenden. Sie kamen am Spielfeldrand zusammen, wo ihre Sporttaschen lagen, und zogen schweigend ihre Pullover über die durchgeschwitzten Trikots. Die Fußballschuhe wurden gegen leichte Sneaker ausgetauscht.

Hinter dem Zaun, der den Platz einfasste, auf der Seite vom Parkplatz, wartete schon seit einer Dreiviertelstunde ein Mann. Sallie hatte ihn gleich bemerkt, aber ihr Spiel hatte Konzentration erfordert, und er wollte nicht abgelenkt werden. Das Gesicht des Mannes war nicht zu erkennen. Sallie sah, dass die anderen den Mann ebenfalls im Auge behielten. Es kam zwar häufiger vor, dass sie beim Training Zuschauer hatten, doch das waren meistens Bekannte oder Verwandte, und die kamen dann immer näher, um ihnen auf die Schulter zu klopfen oder sie zu umarmen. Dieser Mann stand schon seit geraumer Weile einfach nur da und rauchte. Er hatte offenbar alle Zeit der Welt.

Wie immer bildeten sie einen Kreis, legten einander die Arme um die Schultern und steckten die Köpfe zusammen wie ein Organismus mit vier Körpern, aber diesmal umarmten sie sich fester als sonst, und Sallie wurde von einer unbestimmten Traurigkeit übermannt, die unvermittelt aus dem Bauch aufstieg und sich auf seine Kehle und seine Augen legte. Um nicht in Tränen auszubrechen, drückte er die Schultern von Frits und Karel, und sie drückten ihn gleichermaßen, und so blieben sie im Bewusstsein der Bürde ihrer Aufgabe sekundenlang stehen.

Es war unmöglich, ihre Entscheidungen rückgängig zu machen und das Leben so fortzusetzen, wie sie es bisher geführt hatten. Sie hatten zwei Jahre Vorbereitungszeit hinter sich, und die Entladung stand unmittelbar bevor. Mit einem Mal wurde Sallie bewusst, dass es diese Abende nie wieder geben würde. Sie würden nie mehr in Punktspielen glänzen und die Gegner mit ihrem eleganten Spiel demütigen. In ein paar Tagen würde sein Onkel einen Ersatz für ihn und einen anderen Mann für Darya suchen müssen, oder vielleicht konnte sein Nachfolger auch beide Aufgaben übernehmen. Alles würde sich jetzt ändern. Wenn er Fußball spielte, vergaß Sallie die Welt. Vielleicht war es das, was man Glück nannte.

»Allahu akbar«, flüsterte er mit zitternder Stimme und nur für seine Freunde hörbar.

Seine drei Mitspieler sprachen ihm feierlich nach: »Allahu akbar.«

Sie lösten sich voneinander. Gaben sich die Hand. Sallie hatte einen zehn Jahre alten Golf, die anderen waren mit dem Fahrrad da.

»Wer ist der Typ?«, fragte Frits mit einer Kopfbewegung zu dem Mann hinüber.

»Kennst du den?«, fragte Karel.

»Nein«, antwortete Sallie.

Der Mann stand draußen am Zaun, nicht weit von seinem geparkten Golf entfernt. Ohne dass sie es abgesprochen hätten, war klar, dass die Freunde Sallie begleiten mussten. Sie schoben ihre Fahrräder und gingen mit ihm zusammen zum Parkplatz.

Der Mann hatte sich nicht versteckt, er war also kein Polizist und auch kein Staatsschützer vom AIVD. Er zeigte sich, die Rauchsignale seiner Zigaretten waren nicht zu übersehen.

Im Näherkommen erkannten sie ein schmales Gesicht, und Augen und Haar verrieten, dass der Mann Marokkaner war, Berber. Er trug Lederjacke, Jeans und spitze Stiefel. Die Lederjacke war kein billiger Ramsch vom Markt, sondern musste aus einem der noblen Läden in der P. C. Hooft-straat stammen, ebenso wie die Stiefel und die Designer-jeans. Der Mann hatte offensichtlich das Geld für teure Markenklamotten.

»Salam«, sagte er.

Die Jungen erwiderten seinen Gruß.

Er sah Sallie an und fragte: »Sallie? Bist du Sallie?«

Sie blieben stehen.

»Warum fragst du das?«, fragte Sallie.

»Du bist also Sallie«, sagte der Mann.

»Und du?«, fragte Sallie.

»Ziri.«

»Ich kenne keinen Ziri«, erwiderte Sallie.

Ziri war ein typischer Berbername. Die Ziriden waren einst ein mächtiger Stamm. Sie hatten Granada erbaut. Ziri bedeutete »Mondlicht«.

Frits blaffte Ziri aggressiv an: »Was willst du von ihm?«

»Nur keine Aufregung, Jungs. Ich möchte nur mit Sallie reden. Ihr könnt ruhig gehen. Fünf Minuten mit Sallie möchte ich, mehr nicht.«

Sallie wusste nicht, was er davon halten sollte. Was konnte der Mann von ihm wollen? Er sagte: »Ich habe keine Geheimnisse vor meinen Freunden.«

Ziri zuckte die Achseln. »Wie du willst. Dann bleiben sie eben dabei.«

Er zog ein Päckchen Zigaretten aus der Tasche und zündete sich eine an der noch glimmenden Kippe an, die er danach auf den Boden warf. Dort lagen mindestens zehn weitere.

»Rauchen ist ungesund«, sagte Karel. Er war der Größte der vier, aber mit seinen siebzehn Jahren der Jüngste. Er hatte ein unschuldiges, jungenhaftes Gesicht. Er war ein fanatischer Verteidiger.

»Ist mir bekannt«, sagte Ziri. »Wenn ich alles bleiben ließe, was ungesund ist, würde ich hundertzehn werden. Hundert ist mir genug.«

»Du stehst hier ja schon eine ganze Weile«, sagte Frits.

»Ich wusste nicht, dass ihr so lange spielen würdet. Macht nichts. Ihr seid gut. Jeder Einzelne von euch. Wirklich. Ich habe selbst Fußball gespielt. Saß eine Spielzeit bei Utrecht auf der Bank. Hab's nicht geschafft. Ihr habt's drauf. Und du…«, er zeigte auf Frits, »du hast die Magie. Du bist ein Zauberer. Wie alt bist du?«

Frits fragte: »Bist du ein Scout?«

»Nein. Ich bin ein Freund von Kicham Ouaziz. Sallies Vater.«

Sallie fühlte die überraschten Blicke seiner Freunde auf sich. Er sagte: »Okay, ist in Ordnung. Ich rede kurz mit ihm.«

»Sicher?«, fragte Karel.

»Geht ruhig, ich bleibe noch und rede mit ihm.«

»Keine Sorge, Jungs«, sagte Ziri. »Ist was Privates.«

Sie wussten alle, dass Sallies Vater seit Jahren im Gefängnis saß. Für zwei Morde. Achtzehn Jahre. Zwei Drittel davon, zwölf Jahre, musste er sich vorbildlich führen, wenn er für eine vorzeitige Entlassung in Frage kommen wollte. Von den zwölf Jahren hatte er elf hinter sich.

Sallie schaute seinen Freunden nach, als sie auf ihre Fahrräder stiegen. Bei allen dreien ging das Rücklicht. Das sah man sonst nirgendwo. Aber sie hatten das abgemacht, und die Jungs hielten sich daran. Alles musste stimmen.

»Gute Jungs«, sagte Ziri. »Haben dich kurz begleitet, um die Lage zu checken. Mich unter die Lupe genommen. Ich hätte gegen euch vier keine Chance gehabt.«

»Meine Kumpel«, sagte Sallie.

»Erhalte sie dir.«

Sallie nickte.

»Dein Vater fragt sich, warum du nie kommst.«

Sallie schaute sich unruhig um. »Woher kennst du ihn?«

»Was glaubst du?«

»Aus dem Knast?«

»Vier Jahre. Er ist mein Bruder«, sagte Ziri.

»Wann bist du rausgekommen?«

»Vor fünf Tagen.«

»Durftest du im Knast nicht rauchen?«

»Doch, schon. Wurde aber reglementiert. Ich rauche jetzt

mal eine Weile drauflos, das krieg ich dann schon wieder in den Griff. Warum gehst du nicht zu ihm? Schon seit sechs Jahren nicht? Er ist dein Vater.«

»Ich will nicht«, erklärte Sallie.

»Ja, offensichtlich. Aber er ist dein Vater. Du bist sein einziger Sohn. Du solltest deinen Vater besuchen, und wenn's nur zweimal im Jahr ist. Das ist deine Pflicht.«

»Er hat uns verraten«, sagte Sallie.

»Verraten?«

»Er hat es mit holländischen Weibern getrieben. Huren. Er hat Alkohol getrunken. Er hat gekokst.«

»Das geht dich nichts an. Er ist dein Vater«, unterstrich Ziri, Sallie fixierend.

»Das geht mich wohl was an«, entgegnete Sallie unerschrocken.

»Er ist dein Vater«, wiederholte Ziri ärgerlich. »Es steht dir nicht zu, ihn zu kritisieren. Er hat für euch gesorgt. Er sorgt immer noch für euch. Jeden Monat wird deiner Mutter ein Kuvert gebracht. Sogar von dort aus, wo er jetzt ist, sorgt er für seine Familie. Kritik? Nein, keine Kritik. Du bist sein Sohn.«

Das Kuvert wurde von unterschiedlichen Leuten überbracht, seit Jahren, und Sallie war den Kurieren manchmal gefolgt, weil er wissen wollte, von wem das Geld stammte, aber er hatte sie immer aus den Augen verloren. Jetzt interessierte es ihn nicht mehr. Es kam also von seinem Vater, der offenbar rechtzeitig viel Bargeld an einem sicheren Ort verstecken konnte, bevor er von einem Spezialkommando der Polizei aus seinem Wagen gezerrt und verhaftet worden war.

Im Kofferraum hatte die Polizei eine Heckler & Koch MP7 gefunden, eine Maschinenpistole, deren Patronen durch CRISAT-Westen drangen. »CRISAT« hatte Sallie damals recherchiert. Das waren professionelle kugelsichere Westen aus zwanzig Schichten Kevlar auf einer Titanplatte. Die MP7 wurde für den militärischen Nahkampf entwickelt. Mit dieser Waffe waren zwei Männer aus der Unterwelt ermordet worden.

Sallies Vater, Kicham Ouaziz, war ein Profikiller.

»Ich gehe nicht«, sagte Sallie entschieden.

»Er ist dein Vater. Du musst.«

»Ich erkenne ihn nicht an.«

Sallie sah, dass Ziri an sich halten musste. Er nahm einen tiefen Zug aus seiner Zigarette. Während er sprach, quoll der Rauch aus seinem Mund. »Ich möchte nicht, dass dir das irgendwann leidtut.«

»Es wird mir nicht leidtun.«

»Geh zu ihm.«

»Ich hasse ihn.«

Ziri schüttelte den Kopf und schaute sich um, als studiere er misstrauisch die Umgebung. Aber er brauchte ein paar Sekunden, um seine Beherrschung wiederzufinden, und dabei sah er Sallie lieber nicht an.

»Gut. Es ist dein Leben. Komisch. Bist du Marokkaner? Wie kannst du so über deinen Vater denken?«

»Er ist Holländer geworden«, sagte Sallie kühl.

»Man muss das im Zusammenhang sehen, Junge. Das gilt auch für das, was dein Vater getan hat. Man darf das nicht losgelöst sehen. Aber gut. Ich werde es ihm ausrichten. In deinem Auto liegt ein Päckchen. Du hattest die Tür

nicht abgeschlossen. Sieh selber. Aber falls du es dir anders
überlegen solltest … Warte nicht zu lange. Er hat Krebs. Sie
haben ihm noch fünf Monate gegeben.«

Ziri trat seine Kippe aus und ging grußlos davon, an dem
alten Golf vorbei zum anderen Ende des Parkplatzes, wo in
einer dunklen, unbeleuchteten Ecke die Umrisse eines
neuen BMWS zu erkennen waren.

Sallie ließ seine Sporttasche fallen, hakte die Finger in das
Gittergeflecht des Zaunes und weinte mit gesenktem Kopf.
Dann wischte er sich mit dem Handrücken die Tränen aus
den Augen und stieg in sein Auto.

Ohne das Päckchen zu öffnen – ein länglicher Karton in
braunem Packpapier, der den ganzen Rücksitz einnahm –,
startete er den Golf und fuhr nach Hause.

Sie hatten eine Vierzimmerwohnung. Seine Mutter saß
im Wohnzimmer und schaute sich eine arabisch synchro-
nisierte türkische Soap im Fernsehen an. Seine Schwester
war in ihrem Zimmer.

Er machte seinen Laptop an und tippte die Buchstaben
und Ziffern ein, die ihn zu dem geheimen Ort im Cyber-
space brachten. Dort wurden die Nachrichten ausgetauscht,
die sein Leben verändern sollten.

Wenn man nicht über die kodierten Schlüssel verfügte –
drei Schlüssel aus jeweils achtzehn Zeichen, die er auswendig
gelernt hatte –, konnte man sie nicht lesen.

Sallie las: »*Im Namen Allahs, des Erbarmers, des Barmherzigen, des Ewigen, des Herrn aller Weltenbewohner, des
Beschützers, des Schöpfers, des Vergelters, des Erhabenen,
des Lebensspendenden, des Allesumfassenden, des Einen,*

des Liebevollen, des Sehers, des Ersten und des Letzten, des
Wohltätigen, seid gegrüßt, Bruder Abu Khaled.

Ich habe Eure Nachricht erhalten, und mein Herz singt
vor Freude.«

Zur Fußballmannschaft gehörten achtzehn Spieler, aber
das Geheimteam bestand aus elf Mann. Keiner hatte einen
Abschiedsbrief geschrieben, es handelte sich nicht um ein
Selbstmordkommando. Sie wollten alle überleben und den
Kampf weiterführen. In Osdorp würden sie nie mehr Fußball spielen, aber sie würden wenigstens als Mannschaft zusammenbleiben. Wenn alles gutging.

Er las den Brief von MB und schickte ihn per verschlüs-
selter E-Mail an Abu Khaled weiter, den durch Zentralasien
ziehenden Syrer, mit dem er über die Belgier in Kontakt
getreten war. Erst wenn das Flugzeug eine Höhe von zehntausend Metern erreicht hatte, würde man ihnen das genaue
Ziel ihrer Reise durchgeben. Wo sie landen würden, gab es
keine Kunstrasenplätze mit Flutlicht, das Regenschleier
sichtbar machte. Überall in den Niederlanden erleuchteten
Halogen-Metalldampflampen die Stadien. Sie würden dann
auf unebenen, steinigen Sandplätzen spielen. Aber vielleicht konnten sie von dem Geld, das sie auch fordern würden, einen Rasenplatz mit Bewässerungsinstallation anlegen
lassen. Oder hatte man dort zu wenig Wasser für einen grünen Fußballplatz?

Er setzte sich aufs Sofa, neben seine inzwischen schla-
fende Mutter, die seit fast elf Jahren allein ins Bett ging.
Wenn Sallie nicht schlafen konnte und wach lag, hörte er sie
manchmal weinen. Oder weinte sie im Traum? Machte das
einen Unterschied? Er ließ minutenlang den Blick auf ihr

ruhen. Sie war eine schöne südländische Frau mit kräftiger Nase und hennaroten Haaren. Außer Haus trug sie immer ein Kopftuch und einen langen Mantel, der bis auf den Boden reichte. Sie konnte nicht lesen. Sie war bitter einsam, und das war sie auch schon gewesen, als sein Vater noch nicht im Gefängnis saß. Der blieb nachts oft weg, weil er angeblich arbeiten musste. Aber er hatte Freundinnen. Als Sallie die Hand seiner Mutter nahm und einen Kuss darauf drückte, wurde sie wach.

»Sallie«, sagte sie.

Sie wusste nicht, dass dies wohl eines der letzten Male war, da sie ihn sah, und es zerriss ihn fast vor Schuldgefühlen und Mitleid, aber seine Entscheidung stand fest.

Sie wärmte ihm das Essen auf, und er aß, über seinen Teller gebeugt, an dem kleinen Küchentisch, während er sich ihren Klatsch über irgendwelche entfernten Angehörigen anhörte, die in dem Land geblieben waren, das sie verlassen hatte.

Mitten in der Nacht wurde er wach. Leise, mit behutsamen Bewegungen, schälte er das Geschenk von seinem Vater aus dem Packpapier. Eine solide Holzkiste kam zutage. Darin lag eine MP7.

Welche Botschaft schickte ihm sein Vater damit? Dass er sich bewaffnen sollte? Sein Vater hatte keine Ahnung, was sein Sohn vorbereitete, und daher konnte diese Waffe nur eines bedeuten: Du bist jetzt erwachsen, ich werde bald sterben, und nun ist es an dir, die Familienehre zu verteidigen.

Sein Vater wusste nicht, dass Sallie die Ehre aller marokkanischen Familien verteidigen würde. Als die Belgier von

Waffen redeten und ihn fragten, was er haben wollte, hatte er um die MP7 gebeten, genau das Modell, das sein Vater bei sich gehabt hatte, als das Sonderkommando ihn überwältigte wie ein Tier. Aber eine MP7 konnten sie nicht liefern.

Auf der Website von Heckler & Koch hatte er gelesen: »Kleiner als herkömmliche Maschinenpistolen, ist die MP7 A1 kompakt und leicht und kann als echte persönliche Verteidigungswaffe permanent am Mann getragen werden. Im Kalibervergleich übertrifft die 4,6 mm x 30 Patrone die standardisierte 9 mm x 19 Patrone an Durchschlagskraft und Zielwirkung um ein Vielfaches. Sie ist in der Lage, den häufig von Terroristen und kriminellen Banden benutzten Körperschutz zu durchschlagen, wie auch insbesondere den der Spezialeinheiten der ehemaligen Sowjetunion, die der NATO heute als Testziele dienen.«

Die Waffe wurde gegen Terroristen eingesetzt. Demnächst würde Sallie selbst als Terrorist bezeichnet werden. Es war ein Ehrentitel.

7
THEO…

… hatte Jimmy, seinen »Bewährungshelfer«, der ein geiler Franziskaner gewesen war, gefragt, warum er in einer Kaserne untergebracht war. Die Antwort fiel flapsig und unangenehm scharf aus: »Du bist dort, wo du deiner Meinung nach hingehörst.«

Das klang fast wie ein Satz aus *Siddharta* von Hermann Hesse, den er in jungen Jahren natürlich auch gelesen und der ihn ziemlich genervt hatte. Hier hatte er den Roman noch einmal gelesen. Alles, was je geschrieben worden war, stand hier zur Verfügung. Sämtliche Bücher. Sämtliche Worte. Siddharta bedeutete »der, der sein Ziel erreicht hat«. Auf Theo traf das nicht zu. Trotzdem hatte er jetzt mehr Verständnis für den Roman. Er handelte von einem Mann, Siddharta, der eine Reise unternahm und am Ende zur Erleuchtung fand. Dafür waren Romane da, für die Illusion, dass man seine Bestimmung finden konnte.

Jimmy meinte offenbar, dass die Kaserne Theos derzeitige Befindlichkeit widerspiegelte. Immer noch auf dem Kriegspfad. Immer noch bereit, mit allen und jedem die Klingen zu kreuzen. Aber er verkehrte hier in der beschämenden Erfahrung, nur noch ein Kopf zu sein. Das musste ein Ende haben. Der Meinung waren die hiesigen Entscheidungsträger – Theo wusste, dass das ein Euphemismus war, aber er wollte es lieber nicht auf eine Konfrontation mit diesen Allmächtigen ankommen lassen –, und Theo war es auch. Er wollte vollständig sein.

Die Realität, in der er jetzt existierte, war von strengen Regeln gekennzeichnet. Welche das waren, musste jeder Neuankömmling selbst herausfinden. Als Theo nach jenem Novembertag 2004 hier eingetroffen war, hatte er sich, nachdem die ersten Wellen wahnwitziger Panik abgeebbt waren, auf eine Erkundungstour gemacht. Es schien nicht die Hölle zu sein, wohin er hier gelangt war. Nicht, dass es die nicht gab – es waren sogar untrügliche Hinweise darauf vorhanden.

Aber es handelte sich um einen anderen Ort, an dem sein Bewusstsein jetzt existierte, »Vorhölle« hieß er bei den Frömmlern auf der Erde. Die Leute hier nannten ihn schlicht »Aufnahme«.

Seine ersten Jahre hier oben waren von Wut geprägt. Wut auf die somalische Prinzessin, auf Boujeri, auf all die Typen, die aus seinem Tod Kapital geschlagen und irdischen Erfolg damit verbucht hatten. Des einen Tod ist des anderen Brot. Vielleicht wäre er selbst genauso damit umgegangen, wenn es zum Beispiel der Prinzessin zugestoßen wäre. Dann hätte er über sie geschrieben oder einen Film über sie gemacht. Interessantes Material. Theo hatte durchaus Verständnis dafür, aber alles in allem war es unerträglich.

Anfangs ging er überallhin. Sie ließen es zu. Man wollte unweigerlich zurück, immer wieder, wollte schauen und wenn möglich anfassen, berühren, körperlich sein. Sie warnten, dass es nicht möglich sei, physische Erfahrungen zu machen, aber sie wussten, dass man das Unmögliche erfahren musste – klang paradox und war es auch.

Er besuchte seine Freunde. Er war gerührt, als er entdeckte, dass sie ihn aufrichtig vermissten, sogar die Freunde, die er gar nicht freundschaftlich beleidigt und verprellt hatte. Er habe unterschiedliche Seiten gehabt, sagten sie über ihn, und wenn man einmal die nette, liebe Seite gesehen habe, habe man ihm vieles verziehen. Das klang human, aber er war genauso hell, wie er dunkel war. Wer wäre er ohne seinen Hass, seine Aversionen, seine Wut gewesen? Vielleicht hatte er nie ein großes Publikum für sich gewonnen, weil es intuitiv spürte, dass er stärker hasste als liebte.

Aber er liebte! Siddharta lernte durch die Liebe zu seinem Sohn, was Liebe war. Vielleicht hätte Theo ein liebevoller Künstler werden können wie der entfernte Onkel Vincent, wenn ihm etwas mehr Zeit vergönnt gewesen wäre. Aber Boujeri hatte ihm einen Strich durch die Rechnung gemacht. Der Scheißmarokkaner mit dem Messer. Die Schüsse hatten Theo nur verletzt, es war der Kris, der alles besiegelte. Das Unumkehrbare.

Nach einer gewissen Zeit schränkten die hiesigen Entscheidungsträger die Bewegungsfreiheit ein. Das geschah ganz organisch. Unten war man allen noch gegenwärtig, wenn man gerade gestorben war – man war ja auch wirklich dort, wie er jetzt wusste, zwar im Schockzustand, in Panik, schreiend und brüllend, aber man war dort, wo man am liebsten sein wollte: auf der Erde, als wahrnehmendes und fühlendes Etwas. Nach ein paar Jahren ließ das Bedürfnis nach. Er sah nach Boujeri. Nach seinen Eltern. Nach seinem Sohn. Sein Zimmer in der Kaserne brauchte er dafür nicht zu verlassen. Der bloße Wille genügte. Er war dauernd unterwegs. Auf allen Kontinenten. Er schaute in Schlafzimmer, Badezimmer, Büros, Krankenhäuser, auf Schlachtfelder, auf den Meeresgrund, über die Wolken. Er sah die Menschheit in ihrer ganzen trostlosen, abscheulichen Verletzbarkeit. Aber er war auch neidisch. Er wäre gern genauso trostlos und abscheulich verletzbar gewesen. Er hätte gern geatmet. Er hätte gern menschliche Schmerzen gehabt und menschlich vom Ruhm geträumt und menschlich Frauen verführt.

Seine Reisen waren so anstrengend, als liefe er jede Sekunde einen Marathon (den er nie gelaufen war). Wenn er unten gewesen und wieder in seinem Kasernenzimmer war, das er nie verlassen hatte, brauchte er eine Weile, um sich zu erholen und den Schmerz der Trennung vom Irdischen von sich abzuwaschen, als könnte er mit einer Dusche sein Inneres erfrischen. Aber ein Inneres hatte er genauso wenig wie einen Körper. Er *war*.

Die Möglichkeit, mit der somalischen Prinzessin in Kontakt zu treten, wie es ihm Jimmy in Aussicht gestellt hatte, ließ ihn schaudern. Sie hatte seinen Tod verursacht. Ein Kurzfilm, den er in nur einem Tag gedreht hatte, weiß Gott nicht sein bester, war für Boujeri der Auslöser dafür gewesen, aus der Anonymität herauszutreten und ein Zeichen zu setzen. Theos Tod hatte die Prinzessin zu einer internationalen Berühmtheit gemacht. Er war die spektakuläre Amsterdamer Geschichte, mit deren Hilfe die sich allmählich abnutzende ethnische afrikanische Geschichte, die sie seit Jahren erzählte, plötzlich brandaktuell und weltweit interessant wurde.

Also wurde es nun Max Kohn. Er wusste, dass Kohn als dubioser Geschäftsmann mit Beziehungen zur Unterwelt galt. Schon pikant, von seinem jetzigen Aufenthaltsort aus ausgerechnet eine so umstrittene Figur wie Kohn näher kennenzulernen. Was hatte Jimmy mit Kohn?

Jimmy machte kein Geheimnis daraus: Sein Herz schlug in Kohns Körper. Seit der Transplantation beobachtete er Kohn voll Misstrauen, doch als Teil des Systems hatte er nicht die Freiheit, Beziehungen zu denen unten auf der Erde zu unterhalten und, was ohnehin nur minimalst möglich war, das Tun und Lassen Einzelner zu beeinflussen. Die Arbeit mussten Tote erledigen, die noch das eine und andere unter Beweis zu stellen hatten. Wie Theo. Durch Jimmys Tod konnte Kohn am Leben bleiben. Wow …

Theo erhielt die Erlaubnis, sich Kohn zu nähern. Sicherheitshalber hatte Jimmy seinem Supervisor mitgeteilt, dass einer seiner Klienten – Theo – Schutzengel des Mannes werden sollte, der Jimmys Herz bekommen hatte. So etwas war noch nie da gewesen, und der Supervisor hatte sich seinerseits mit seinem Supervisor beraten, und der hatte sich auch wieder eine Etage höher rückversichert. Aber es wurde abgesegnet. Das dürfe freilich nicht zur Regel werden, hieß es, und sie sollten bitte einen Vertrag aufsetzen, in dem sie erklärten, dass sie auf eigene Verantwortung handelten – das übliche bürokratische Blabla, wie Theo es aus seinem früheren Dasein nur zu gut kannte. Auch hier also. Alles blieb gleich, obwohl sich alles änderte. Dennoch meinte man weiter oben, dass es ein einzigartiges Experiment sei.

Damit stand also fest, welchen Titel Theo nun tragen durfte. Zum Schreien!

Schutzengel.

Wenn das seine Mutter gewusst hätte! Und seine Feinde, namentlich dieser Scharlatan de Winter. *Schutzengel Theo.* Zum Totlachen. Und zudem Schutzengel eines jüdischen Verbrechers. Einst war Theo wegen antisemitischer Äußerungen zu einem Bußgeld verknackt worden, und jetzt sollte er als Schutzengel eines Juden auftreten. Der Kosmos, zu dem auch Theos jetzige Umgebung gehörte, war nicht frei von Ironie, nein, war die reine Ironie.

Der Titel war famos. Und man führte ihn sogar als Kürzel hinter dem Namen: Theo van Gogh, SE. Nichts Menschliches war dem Tod fremd. In England trugen mit dem Hosenbandorden Ausgezeichnete, wie Theo sich erinnerte, als »Knight« oder »Lady of the Most Noble Order of the Garter« ein KG oder LG hinter dem Namen, und das ließ Briten vor Hochachtung ins Stottern geraten. Er war jetzt Theo van Gogh, SE. Er *war* hier jetzt wer. Es war zwar nur ein Spiel, das war ihm absolut klar, aber das Spiel gehörte zu jeder Form des Seins, auch wenn es das Tot-Sein war.

Theo van Gogh, Schutzengel.

Theo durfte sich nicht von anderen Lebenden ablenken lassen, nicht einmal von seinem Sohn und seinen Eltern, die jeden Tag aufs neue darunter litten, dass er nicht mehr war. Der therapeutische Wert für den Toten lag natürlich in der Loslösung. Er sollte sich der Trauer entziehen. Sich auf jemand anderen konzentrieren und versuchen, altruistisch das Leben eines Lebenden zu betreuen. Schutzengel zu werden bedeutete, dass man sich von seinen eigenen Gefühlen frei machen musste. »Es ist furchtbar schwierig«, sagte Jimmy, der sündige Franziskaner. »Den meisten gelingt es nicht, und das sehen wir ihnen nach. Wir existieren hier in einer anderen Form, einer Art Materie, die völlig transparent ist. Auch wenn es nicht gelingt, ist der Wert des Ganzen doch der *Versuch*.«

»Nicht das Ziel, sondern der Weg«, bot Theo an. Ein abgegriffenes Klischee. Doch er hatte die Erfahrung gemacht, dass man an diesem Ort keine Klischees scheute.

»Na ja, schon auch gern ein bisschen Ziel«, erwiderte Jimmy mit einem Grinsen.

»Was kann ich tun?«, wollte Theo wissen. Zum ersten Mal seit Jahren hatte er etwas vor. Ein Projekt. Nicht, dass er deswegen weniger rauchte oder trank, im Gegenteil, er schenkte sich mit seinen nicht vorhandenen Händen gleich ein Glas Royal Salute ein und auch eines für Jimmy, der mit dem Finger auf den Rand seines leeren Glases tippte, aber es war schön, in eine nächste Phase zu gelangen. So empfand er es. Jahrelang hatte er keinen Gedanken gedacht, der nicht zutiefst mit seinem eigenen Schicksal zu tun hatte. Jahrelang die Wut über das, was ihm zugestoßen war.

Plötzlich ging ihm etwas auf. »Ich hatte an jenem Tag keinen Schutzengel«, sagte er aggressiv.

»Danach habe ich mich nicht erkundigt«, erwiderte Jimmy, während er, mit einem Mal nervös, die Augen niederschlug.

»Das hast du wohl, Jimmy, aber du willst es mir nicht sagen.«

Jimmy trank einen Schluck. »Ein wirklich guter Tropfen, Theo. Wie nett, dass du ihn mit mir teilst.«

»Nicht ablenken, Pater. Hatte ich einen Schutzengel? Hat er mich verarscht?«

»Man hat dich nicht verarscht! Es ist schwierig! Geradezu unmöglich!«

»Danke für die ermutigenden Worte«, sagte Theo mürrisch.

»Konzentrier dich auf deine Aufgabe. Lass die Vergangenheit ruhen. Sorg dafür, dass deine Energie positiv aufgeladen wird und du dich ganz Max Kohn widmen kannst.«

»Ich bin also 2004 einfach meinem Schicksal überlassen worden?«

»Gilt das nicht für jeden Mord, Theo? Für jeden Unfall? Für jeden Tod? Wir sind hier nicht allmächtig, wie du schon gemerkt haben wirst. Manchmal gelingt es. Ein Flugzeug stürzt ab, und bis auf einen einzigen Passagier kommen alle ums Leben. Warum? War dieser eine ein besserer Mensch als die anderen? Pech, Zufall, Schicksal? Ja, in neunundneunzig von hundert Fällen. Und manchmal gibt es einen Schutzengel mit Glück, einen Schutzengel, der einen Menschen über alle Dimensionen hinweg auf der Erde halten kann. Warum? Wir befassen uns auf dieser Ebene nicht mit dem Warum, Theo. Aber ich bin weniger lange hier als du, ich habe nicht auf alles eine Antwort.«

Theo fiel es wie Schuppen von den Augen.

»War es Pim Fortuyn? Hatte Fortuyn sich zu meinem Schutzengel aufgeworfen, um dann durch Abwesenheit zu glänzen? Na los, red nicht um den heißen Brei herum, wir sind beide tot! Du kannst sagen, was du willst, heiliger Vater!«

Theo quoll der Rauch aus Nase, Mund und Ohren. Er rauchte jetzt vier Zigaretten gleichzeitig und hatte achtzehn Gläser Whisky in achtzehn nicht vorhandenen Händen.

»Ich weiß nicht, von wem du sprichst«, sagte Jimmy.

Theo spürte, dass er log.

Jimmy fuhr fort: »Ich finde, das ist eine Diskussion, die hier nicht geführt werden kann. Du hast jetzt eine Verantwortung. Bau keinen Mist. Es ist wichtig. Es wird dir guttun.«

Jimmy war offenbar nicht befugt, über Fortuyn zu sprechen, oder es war vielleicht noch zu früh dafür. Aber Theo konnte das nicht auf sich beruhen lassen, auch wenn er jetzt nicht weiter in ihn dringen würde.

»Max Kohn ist deine Wahl«, sagte er, sich vorläufig mit Jimmys Weigerung, über Fortuyn zu reden, abfindend. »Was willst du von ihm?«

»Theo«, erwiderte Jimmy kopfschüttelnd, als könne er Theos Gedanken lesen (das konnte er auch), »lass Fortuyn ruhen. Verabschiede dich von der Vorstellung, dass wir hier allmächtig sind. Wir tun unser Bestes, genau wie unten auf der Erde. Max Kohn. Um ihn geht es jetzt. Nimm dich seiner an. Beschütze ihn. Versuch's. Verdien dir deinen Körper.«

Theo nickte ergeben. Aber es brodelte nach wie vor in ihm. Sein Groll hatte nicht nachgelassen. Daran müsse er arbeiten – er grinste kurz, als er diese schwammige Formulierung hörte. Daran arbeiten. Also wirklich…

Zur Ablenkung nahm Jimmy ihn mit an den Sunset Strip in Los Angeles. Ein toller Abend dort, lebendig und prall und farbenfroh, die Straßencafés voller Leute, die keinen Gedanken daran verschwendeten, dass das hier alles zeitlich begrenzt war. Jimmy und Theo waren auf ihre Art dort anwesend, ein wenig neidisch und zugleich auch ein wenig wehmütig.

Gemeinsam beobachteten sie Max Kohn, wie er sich Pasta bestellte, an seinem Weißwein nippte, sich zur Begrüßung eines Priesters von seinem Stuhl erhob. Das Gespräch zwischen den beiden entging Theo weitgehend. Er wurde abgelenkt durch all das herrliche, vergebliche Leben, das Flirten, die Hitze in den Blicken, die Gier der Hände, die kurzen Röcke und tiefen Dekolletés.

Theo nahm wahr, dass Kohn und der Priester aufstanden und zusammen den Strip entlangliefen. Er sah, wie Kohn die aggressive Attacke eines Mannes mit wenigen geschmeidigen Bewegungen abblockte. Er sah, wie Kohn dem Wagen des Priesters nachblickte und dann in seinem Hotel mit dem Fahrstuhl zu seinem Zimmer hinauffuhr. Theo rückte näher, als Kohn den Umschlag öffnete und sich Fotos ansah, auf denen Jimmy mit einer Frau abgebildet war.

»Wer ist sie, Jimmy?«, fragte Theo.

»Seine große Liebe.«

»Die Liebe seines Lebens. Wie rührend«, bemerkte Theo zynisch.

»Bitte keinen Zynismus, Theo«, ermahnte ihn Jimmy. »Den akzeptieren wir nicht. Hinter deinem Namen steht jetzt SE.«

»Schutzengel Theo. Gut«, sagte Theo. »Was nun?«

»Das wissen wir nicht. Wir müssen abwarten.«

»War sie auch deine große Liebe, Jimmy?«

»Ich liebe Gott«, erwiderte Jimmy kurz.

»Aber du hattest doch auch Zeit für sie, oder?«

Jimmy wollte nicht antworten, aber Theo ließ nicht locker.

»Komm schon, Jimmy, keine falsche Scham. Du kannst es mir ruhig anvertrauen, so unter uns Toten.«

»Na gut, okay, ich war verrückt nach ihr. Meine Sünde war, dass ich wirklich verrückt nach ihr war.«

»Aber du warst für sie nur eine Affäre, stimmt's? Sie wartete auf Kohn, den Kriminellen, und du durftest nur vorübergehend an sie ran. So war es doch, werter Priester, oder?«

Jimmy schwieg. Sie wurden Zeuge, wie Kohn ein Flugticket nach Amsterdam buchte. Dann zog er sich aus und ging unter die Dusche. Jimmy bedeutete Theo mit einer Kopfbewegung: Komm, wir gehen.

Sie ließen Kohn allein zurück. In seinem Kasernenzimmer trank Theo sich einen an. Am armseligsten, schlimmsten, traurigsten war, dass er sich in dieser Kaserne zu Hause zu fühlen begann, mit oder ohne Körper.

8

MAX

Max Kohn bezog ein Zimmer im Amstel Hotel. Nach einer Dusche ging er gleich in die Stadt. Studenten der jüngsten Generation flitzten auf dem Rad über die Hogesluisbrug in die Utrechtsestraat. Rechts und links exklusive Küchenshops, Restaurants, Boutiquen. Er lief die Keizersgracht hinauf, über die Leidsestraat hinweg, an schmucken Grachtenhäusern und dichten Reihen von Volvos und Mercedes vorüber, und warf einen Blick auf den Prachtbau aus dem siebzehnten Jahrhundert, in dem er selbst gewohnt hatte. Inzwischen wohnte hier seit Jahren ein deutsches Schwulenpaar zur Miete.

Seit gut zehn Jahren hatte Kohn die Niederlande gemieden. Seine Mutter war Anfang der neunziger Jahre gestorben, er hatte keine Geschwister und keine sonstigen nahen Angehörigen.

Die Freundschaften, die er gehabt hatte, waren im Grunde geschäftlicher Natur gewesen – bis auf die zu Kicham. Er hatte mit Geld um sich geworfen und damit Freunde gewonnen, die schnell bereit waren, ihn zu verunglimpfen, als er aus dem Land geworfen wurde und klar war, dass er ihnen nichts mehr bieten konnte. Ein »Hintergrundartikel« über ihn in *Vrij Nederland* speiste sich aus Quellen, die kommenssteuer erhoben, und seine laufenden Ausgaben bestritt er per Kreditkarte.

Bis er nach Amerika gegangen war, hatte er immer mit Bargeld gelebt, da er damals Einkommensquellen hatte, die durch und durch illegal waren. Manchmal ging es dabei um sehr viel Geld. Er mied den Handel mit harten Drogen. Haschisch und Marihuana waren seine Spezialität. Er war kreativ. Er ging keine Risiken ein. Er sorgte dafür, dass er die Sache von A bis Z unter Kontrolle hatte. In den Niederlanden wollten alle kiffen und *stoned* werden, und er als guter Geschäftsmann befriedigte diese Nachfrage mühelos.

Als er die erste Marihuana-Lieferung ins Land schmuggeln ließ, mit der Finanzspritze von einem Freund, der gerade seinen Durchbruch als Schriftsteller feierte und seine ersten Tantiemen »arbeiten lassen« wollte, war Max Kohn noch Student der Politikwissenschaft. Die zweihundert Kilo gelangten problemlos über die Grenze. Er organisierte eine zweite Lieferung, und dann noch eine und noch eine. Von 1982 bis 1998 hatte er zwei bis drei Importe pro Quartal, mit einem jeweiligen Nettogewinn von dreihunderttausend Gulden. Steuerfrei – und das war auch nötig, denn er gab das Geld mit beiden Händen aus.

Sein Handel blieb der Justiz komplett verborgen. Hin und wieder fuhr Kohn mit seinem Jaguar XJS, der auf seine Mutter angemeldet war (sie wusste, dass der Sportwagen mit Schwarzgeld gekauft worden war, hatte aber nach einer Kindheit in bitterer Armut keine moralischen Bedenken), nach Luxemburg, um das überschüssige Bargeld auf ein Nummernkonto einzuzahlen. All das änderte sich, als er Sonja begegnete.

Sie war siebenundzwanzig, als er sie in der Notaufnahme der Amsterdamer Uniklinik kennenlernte. Er hatte Schussverletzungen in Handgelenk und Schulter und blutete wie ein Schwein. Sie trat professionell distanziert auf, aber er war davon überzeugt, dass ihr verhaltener Augenaufschlag nur darauf zurückzuführen war, dass sie die gleiche animalische Anziehungskraft verspürte, die ihn neben den höllischen Schmerzen mit jeder Faser erfasst hatte. Man konnte tatsächlich von einem Blick, einer Berührung, noch tiefer getroffen werden als von einer Schusswaffe.

Das war 1995. Am Tag vor Sinterklaas. Einem wolkenverhangenen Tag, so nasskalt, dass es einem in die Glieder zog. Kohn hatte wüste Konkurrenten bekommen, mit Hilfe seiner Freunde aber noch die Kontrolle über den Handel bewahrt. Bis zu dieser Nacht. Sie lauerten ihm auf. Um halb drei. Er hatte in der Bar des Hilton Hotels getrunken und ließ sich von einem Taxi vor seinem Haus an der Keizersgracht absetzen. Seinen Jaguar hatte er in der Tiefgarage des Hotels stehen lassen. Als er seinen Schlüssel herauszog, wurde er einen Moment von einem metallischen Geräusch abgelenkt. Er drehte sich um, hob reflexartig die linke Hand und wurde ins Handgelenk getroffen. Danach in die Schulter. Er ließ sich fallen und rechnete mit dem Gnadenschuss. Aber nichts geschah. Er wartete. Dann das Geräusch sich schnell entfernender Schritte. Ein Auto fuhr weg. Als er aufschaute, sah er auf der anderen Seite der Gracht einen Streifenwagen, der sich aber entfernte, ohne Blaulicht und Sirene anzumachen. Die Polizisten hatten offenbar nichts mitbekommen und ihn dennoch gerettet: Die Schützen hatten sich durch den Streifenwagen abschrecken lassen.

Mit der unverletzten Hand wählte er die Nummer seines Kumpels Kicham Ouaziz, der kurz darauf bei ihm war.

Kohn saß vor seinem Haus auf dem Boden, den Rücken an die Eingangstür gelehnt. Das Grachtenpalais, in dem er das Erdgeschoss bewohnte, eines der breitesten der Straße, hatte keine Außentreppe. Dunkles Blut tropfte aus seinen Schusswunden in Arm und Schulter. Kicham half ihm in seinen Wagen und fuhr ihn in einem Höllentempo zur Uniklinik. Unterwegs erwogen sie noch, ob nicht vielleicht das Onze Lieve Vrouwe Gasthuis besser wäre. Aber Kicham war schon zweimal mit Schussverletzungen in der Uniklinik gewesen und wusste, dass man sich dort strikt an die ärztliche Schweigepflicht hielt und nichts an die Polizei weitergab. Es war Nacht, die Straßen waren wie leergefegt.

Sie hätten einen Schalldämpfer benutzt, erzählte er Kicham, seinem Verbündeten, seinem Freund, den er Kichie nannte und der gar nicht wie ein typischer Marokkaner aussah. Kichie hätte auch Spanier oder Grieche sein können – was er bestritt: »Ich habe einen echten Berberkopf«, sagte er. Mittelgroß, früh ergraut, immer elegant in Anzug und weißem Oberhemd, eine Brille mit dünnem Goldgestell auf der schmalen Nase, am kleinen Finger einen Ring mit rosafarbenem Diamant. Im Holster an seinem rechten Unterschenkel trug er eine kompakte Handfeuerwaffe.

»Ich krieg schon raus, wer das auf dem Gewissen hat«, sagte Kichie mit der Überzeugung eines Menschen, der sich das zur Lebensaufgabe gemacht hatte.

Er half Kohn beim Aussteigen.

»Fahr nach Hause«, sagte Kohn. »Das wird schon wieder. Ich ruf dich morgen an. Es ist nichts Ernstes.«

Kohn verlor zwar viel Blut, aber er war sich relativ sicher, dass keine Schlagader getroffen und er nicht lebensgefährlich verletzt war. Er stützte den blutenden linken Arm, der brannte wie Feuer, mit der rechten Hand ab.

Im Krankenhaus wurde er sofort auf eine Trage gelegt. Eine Frau erschien im Behandlungsraum. Langes braunes Haar, zum Pferdeschwanz zusammengebunden. Intelligentes Gesicht mit dunklen Augen, die Erstaunen und Angst und Faszination ausdrückten. Rauchige Stimme.

Sie fragte: »Was ist passiert?«

»Man hat auf mich geschossen.«

»Mit Kugeln?«

»Ja. Pfeffernüsse wären mir lieber gewesen.«

»Pfeffernüsse?«, fragte sie verwirrt.

»Ja, lieber lasse ich mit Pfeffernüssen auf mich schießen.«

»Sie müssen sofort in die Chirurgie. Ich werde jetzt die Blutung stillen, dann machen wir ein paar Aufnahmen. Sie bekommen ein Betäubungsmittel.«

»Gern.«

»Haben Sie starke Schmerzen?«

Kohn wollte sagen: Schmerzen vor Begierde. Das Erscheinen dieser Ärztin an seiner Trage, schlank und rank im bläulichen Licht der Neonröhren, die zierlichen Finger in Gummihandschuhen, schlug kaum weniger heftig bei ihm ein als die Kugeln, die ihn getroffen hatten. Es war ein lächerlicher Moment für etwas so Inniges und Umwerfendes – und Kohn verliebte sich nie, das war etwas für Backfische und Milchgesichter. Er war unabhängig, von allem. Keine Angehörigen. Keine Frau. Keine Kinder. Max Kohn gegen den Rest der Welt, und er siegte immer – so umschrieb er, wer er war und wo er stand. Aber der Anblick dieser Frau (das ging blitzartig, Knall auf Fall, wie in den Millionen von Songs und Gedichten, die es darüber gab) zersprengte alles, was in seinem Leben in Basalt gemeißelt gewesen war. Er war verwundet, mehr noch im übertragenen als im wörtlichen Sinne. Dreißig Sekunden zu ihr aufschauen – zu dem Schwung ihrer Augenbrauen, zu der Form ihrer Lippen, zu ihren Nasenflügeln, zu dem Muttermal an ihrem Ohr –, und alles war anders. Oder bildete er sich das nur ein? Ich habe einen Schock, durchfuhr es ihn, das muss es sein. Seine überreizten Nervenbahnen sorgten für ein heilloses Informationschaos in seinem Kopf, und jede Frau, die so in Erscheinung trat, würde ihn wohl mit ihrer Schönheit überwältigen. Sie würde ihn retten und heilen. Er war müde und in Panik, und sie würde dafür sorgen, dass er schlief.

»Bleiben Sie bei mir?«, fragte er wie ein kleiner Junge.

»Bei Ihnen? Wie meinen Sie das?«

Sie beugte sich über ihn. Er sah, dass er sie in Verwirrung brachte. Er konnte seine Gefühle nicht vor ihr verbergen, sie konnte alles sehen, was sein Herz bewegte. Er liebte sie. Er hatte sie schon immer geliebt, lange, bevor er ihr begegnet war.

»Bleiben Sie bei mir?«

Sie nickte. »Ja«, sagte sie feierlich.

Sie ging neben der Trage her, als er zum Röntgen gefahren wurde. Sie blieb bei ihm, als er für die Operation vorbereitet wurde – eine Kugel steckte noch in seiner Schulter –, und als er in Narkose versetzt wurde, war sie das Letzte, was er sah.

Am späten Vormittag erwachte er, ohne sich verwirrt die Frage zu stellen, wo er war und was er hier verloren hatte.

Er war sich all dessen vollkommen bewusst, als er in seinem Krankenhauszimmer die Augen aufschlug. Der lautlose Anschlag vor seinem Haus. Kicham, der ihn ins Krankenhaus gefahren hatte. Die Ärztin, in die er sich binnen einer Minute bedingungslos verliebt hatte. Nun, da er ihr begegnet war, hatte er plötzlich Wünsche, Zukunftserwartungen. Er wollte ein anderer, besserer, gesetzestreuerer Mensch werden. Er wollte Kinder mit ihr. Er hatte kaum ein Wort mit ihr gewechselt, aber diese Gewissheit hatte er jetzt: Er wollte Kinder. Womöglich hatten die Kugeln ihn verrückt gemacht. Aber er konnte nichts dagegen tun.

Kohn blieb vier Tage im Krankenhaus. Am ersten Tag lag er in einem Zimmer für Frischoperierte. Er hörte Sinterklaas von Zimmer zu Zimmer ziehen. Als ein hysterisch lachender Zwarte Piet den Kopf zur Tür hereinstreckte, schüttelte er abwehrend den Kopf. Er erwartete, dass jeden Augenblick die Polizei an seinem Bett auftauchen würde, doch es blieb ruhig. Er rief Kichie an und bat ihn zu eruieren, ob sich dieses Krankenhaus bei Schussverletzungen nach wie vor an die ärztliche Schweigepflicht hielt. Fünf Minuten später rief Kichie zurück. Alles *safe*. Und allem Anschein nach hatte auch niemand etwas von dem Anschlag an der Gracht mitbekommen.

Da es keinerlei Komplikationen gab, wurde Kohn am zweiten Tag in ein normales Vierbettzimmer verlegt. Am dritten Tag war er schon wieder so weit bei Kräften, dass er durch die Flure spazieren konnte. Er hatte sich nicht nach ihr erkundigt, aber er vermutete, dass sie noch Nachtdienst hatte.

Mitten in der Nacht ging er nach unten in die hell erleuchtete Notaufnahme. Niemand stellte sich ihm in den Weg. Am anderen Ende des Behandlungssaals erkannte er ihren Rücken, ihren Pferdeschwanz und ihre Waden und Fesseln. Sie stand bei einer der Liegen, die durch Vorhänge voneinander getrennt werden konnten, bei einem glatzköpfigen Mann, dessen Füße über dem Boden baumelten. Der Mann hatte eine Kopfwunde, die sie mit Gaze säuberte. Eine wohl vom Regen durchnässte Frau schaute zu. Die Ärztin, seine Ärztin, drehte sich ruckartig um, als sie seinen Blick auf sich fühlte – als hätte ein Stromstoß ihren Hinterkopf getroffen. Sie sah ihn sekundenlang an. So lange, dass sich die nasse Frau auch zu ihm umschaute, und ebenso der Mann mit der Kopfwunde, der sich vorbeugen musste, um an der Ärztin vorbei einen Blick auf ihn werfen zu können.

Kohn hob den Zeigefinger und deutete erst auf sich und dann auf sie. Das konnte alles Mögliche heißen, signalisierte aber meistens, dass der eine mit dem anderen reden wollte. Das wollte er auch. Aber er wollte noch viel mehr. Er wollte alles.

Sie ließ sich Zeit. Kohn wartete. Sorgfältig legte sie einen theatralisch großen Verband an, umwickelte den Schädel des Mannes mit einer breiten weißen Binde.

Zwanzig Minuten verstrichen, bis sie endlich allein war. Sie half noch einer Schwester, den Behandlungstisch aufzuräumen, was sicher nicht ihre Aufgabe war. Offenbar wollte sie ihn warten lassen.

Kohns linker Arm ruhte in einer Schlinge. Er trug Jeans, ein weißes Hemd, offene Sandalen, als wäre Sommer.

Als sie vor ihm stand, registrierte er, dass sie fast genauso groß war wie er.

»Hat man schon wieder auf Sie geschossen?«, fragte sie spöttisch.

»Ja, Sie haben auf mich geschossen«, antwortete er.

Ein verblüffter Ausdruck huschte über ihr Gesicht, dann sagte sie: »Soweit ich weiß, laufe ich nicht mit Waffen herum.«

»Wenn Sie noch einmal auf mich schießen möchten, tun Sie sich keinen Zwang an«, forderte er sie auf.

»Ich bin nicht schießwütig.«

Ihre Stimme war fest und hatte die tiefe Tonlage einer Raucherin.

Er sagte: »Man hat noch nie auf mich geschossen. Ich war noch nie verletzt.«

»Sie haben ja reichlich gewalttätige Schachpartner. Oder haben Sie sich die Schusswunden etwa nicht beim Schach zugezogen? Ich habe noch nie eine Schusswunde verarztet.«

»Also ist es für uns beide das erste Mal«, sagte Kohn. »Und Sie kennen meine Schachpartner nicht.«

Sie sah ihn forschend an. In ihrem Blick war etwas Spöttisches. Er hätte sie gerne berührt.

Er sagte: »In vier, fünf Wochen wird meine Schulter verheilt sein.«

»Ja. Sind Sie sonst ganz gesund?«

»Ich glaube schon.«

»Gesunde Ernährung. Kein Alkohol. Zeitig ins Bett.«

»Ja, Frau Doktor.«

»Dann kommt mit Ihrer Schulter und Ihrem Handgelenk wieder alles in Ordnung.«

»Ich werde Ihren Rat befolgen. Max Kohn.«

»Sonja Verstraete.«

Sie schüttelten einander die Hand. Aber nach dem Händedruck ließ er nicht gleich los, und sie zog ihre Hand nicht gleich zurück. Sie sah ihn aber fragend an.

Ihm stockte der Atem. »Hallo, Sonja.«

Sie zögerte. »Hallo, Max.«

»Woher kenne ich dich, Sonja?«

Jetzt zog sie ihre Hand zurück, aber nicht aggressiv, sondern mit leisem Lächeln. »Aus einem vorherigen Leben?«

Er fragte: »Warst du meine Marie Antoinette?«

»Ludwig der Sechzehnte?« Sie schien nicht angetan. »Das war, glaube ich, kein so sympathisches Paar.«

»Menschen, die an Reinkarnation glauben, sind in einem früheren Leben immer berühmt gewesen. Jeanne d'Arc. Napoleon«, sagte er.

»Kleopatra«, sagte sie. »Solltest du nicht längst schlafen? 927b?«

»Du kennst meine Zimmernummer?«

»Ich habe nach dir gesehen, als du schliefst. Du hast geschnarcht wie ein Nilpferd.«

»Du hättest mich wachküssen und wieder zum Menschen machen müssen.«

»Ich küsse keine Nilpferde. Einen Frosch vielleicht, aber kein Nilpferd. Du musst dich erholen.«

»Vielleicht will ich mich gar nicht erholen.«

Sie sahen sich stumm an.

»Was möchtest du sagen?«, fragte sie, plötzlich unsicher, mit den Augen sein Gesicht abtastend.

»Würdest du mit mir essen gehen?«

»Nein«, antwortete sie kopfschüttelnd, fast verärgert.

»Nein?« Er holte tief Luft: »Ich werde dich so lange bitten, mit mir essen zu gehen, bis du eines Tages ja sagst. Ich werde so oft mit dir essen gehen und dich anschließend fragen, ob du noch auf ein Glas mit zu mir kommst, bis du ja sagst. Ich werde dich so oft fragen, ob du über Nacht bleibst, bis du dich ausziehst.«

Sie schloss kurz die Augen, verharrte einen Moment regungslos und sah ihn dann ungläubig an. »Das ist ein starkes Stück. Du kennst mich gar nicht. Du weißt nicht, wer ich bin. Und da sagst du als Erstes das zu mir?«

»Ja.«

»Und du glaubst, dass dir das gelingt?«

»Ich bin mir noch nie im Leben so sicher gewesen.«

Wieder sahen sie sich stumm an.

Sie sagte: »Wir haben gerade ein Haus gekauft.«

»Wer *wir*?«

»Mein Mann und ich.«

»Verlass ihn. Wir gehören zusammen.«

»Du bist ganz schön unverschämt. Was weißt du denn schon von mir? Warum glaubst du, so über meinen Mann, meinen zukünftigen Mann, sprechen zu können?«

»Weil wir zusammengehören, mehr als alle anderen auf der Welt.«

In ihren Blick schlich sich erneut Spott, und sie sagte: »Was hast du geschluckt?«

»Gehst du mit mir essen?«

Sie schüttelte abwehrend den Kopf. »Nein. Wirklich nicht.«

Sie ließ ihn stehen.

Kohn hatte mit einem Makler namens Verstraete Geschäfte

gemacht, und über eine ihrer Transaktionen war es zu einer heftigen Kontroverse gekommen. Jetzt entdeckte Kohn Ähnlichkeiten zwischen Sonja und diesem Harry Verstraete, die Augen, die Wangenknochen, die Stirn – zum Glück hatte sie nicht Harrys große Nase. Zufall gab es nicht. Sie war die Tochter dieses Betrügers. Er rief ihr nach: »Bist du die Tochter von Harry Verstraete?«

Sie drehte sich überrascht um. »Du kennst meinen Vater?«

»Ich habe vor einigen Monaten ein Paket Wohnungen von ihm gekauft. Du bist also seine Tochter?«

»Ja. Bist du Makler?«

»Nein. Ich bin Anleger. Und was macht dein zukünftiger Mann?«

Das Einzige, was er jetzt in ihren Augen erkennen konnte, war Argwohn. »Das geht dich nichts an.«

»Sonja, ich ruf dich in fünf Wochen an, wenn der Arm wieder aus der Schlinge ist. Gehst du dann mit mir essen?«

»Warum sollte ich? Mein Leben ist ohne dich ganz in Ordnung.«

»Mein Leben ohne dich aber nicht.«

Sonja sagte: »Wer gibt dir das Recht, mein Leben auf den Kopf zu stellen?«

Resolut, die Schöße ihres weißen Kittels tanzten um ihre Beine, ging sie davon und verschwand, ohne sich noch einmal nach ihm umzuschauen, hinter einem Vorhang, über dem ein Schild mit der Aufschrift »Nur für Personal« stand.

Kohn blieb in der abwegigen Erwartung stehen, dass sie noch einmal wiederkommen würde, doch sie tauchte nicht mehr auf. Erst als er im Fahrstuhl stand, wurde ihm bewusst, was er getan hatte. Noch nie hatte er sich einer Frau gegenüber so benommen. Er hatte Freundinnen gehabt, viele, oft nicht länger als ein paar Wochen oder auch nur eine Nacht, aber nie hatte er die Erfahrung gemacht, seiner Bestimmung gegenüberzustehen – ein melodramatischer Begriff, der dem Ernst dessen, was er gerade erfuhr, aber durchaus angemessen war.

Am fünften Tag holte Kicham ihn ab. In die monumentale dunkelgrüne Eingangstür seines Hauses an der Keizersgracht waren zwei Kugeln eingeschlagen, die zuvor durch seinen Arm gegangen waren. Einer von Kichams »Leuten« hatte den Schaden bereits repariert. Die dritte Kugel, die in seinem Körper steckte, hatte man ihm im Krankenhaus aus der Schulter operiert. Sie war etwas verformt und wurde in einem Safe der Universitätsklinik aufbewahrt.

Kicham hatte »sich umgehört«, und ihm war zu Ohren gekommen, dass ein jugoslawisches Duo Kohn einige Tage lang gefolgt war. Er hatte die Aufzeichnungen der drei Überwachungskameras studiert, die Kohn bei seinem Einzug an der Vorderfront des Hauses hatte installieren lassen. Darauf war zu sehen, dass sich das Duo mehrere Male in einem Opel auf der anderen Seite der Gracht postiert hatte, und Kicham konnte auch das Nummernschild teilweise entziffern. Er kannte jemanden beim Straßenverkehrsamt. Der Opel war ein Vectra B, das gerade herausgekommene, neueste Modell, und gehörte einer Autovermietung in Utrecht. Dort hatte man die Führerscheine der beiden Jugoslawen kopiert und auch einen Abzug von der vorgelegten Visa-Kreditkarte gemacht. Das Duo war in einem Utrechter Hotel abgestiegen. Dort hielt es sich immer noch auf, denn der Job war ja noch nicht erledigt.

Kohn bewohnte das Erdgeschoss von Vorder- und Hinterhaus. Die Hälfte der Zimmer war unmöbliert. Er lebte ausschließlich im Hinterhaus, vor allem in der Küche, die auf den Garten hinausging.

Kicham hatte belegte Brötchen zum Mittagessen geholt und Kaffee gekocht. Durch das Küchenfenster fiel das bleiche Licht eines kalten holländischen Tages herein. Es war zwar unwahrscheinlich, dass sie abgehört wurden – die Justiz hatte keinerlei Veranlassung, Kohn zu observieren –, aber sie hatten es sich zur Gewohnheit gemacht, das Radio anzustellen, wenn sie etwas zu besprechen hatten.

Die Jugoslawen würden Kohn jagen, bis sie ihren Auftrag erfüllt hatten, behauptete Kicham – oder bis sie sie daran hinderten.

Er sagte: »Ich habe ein paar fähige Jungs auf sie angesetzt. Wir überwachen sie. Sie werden Kontakt zu ihrem Auftraggeber aufnehmen. Das sind Profis, die für den Job angeheuert wurden.«

»Soll ich für eine Weile abtauchen, Kicham? Denn das wird natürlich in den kommenden Jahren so weitergehen. Nach diesen Typen werden andere kommen. Der Markt ist interessant. Das ist leider Teil des Geschäfts.«

»Willst du dich so einfach verdrängen lassen? Mit eingekniffenem Schwanz das Weite suchen? Es geht um Millionen, Max. Du kannst doch nicht einfach aufhören!«

»Wie können wir sie stoppen, Kichie? Da gibt es doch nur eine Möglichkeit, oder?«

»Ja.«

»Ich will aber, dass dieses Geschäft sauber bleibt. So war das gedacht. Keine Gewalt. Bestechung, okay. Ein bisschen

Druck ausüben von Zeit zu Zeit, gut. Aber die Grenze überschreiten?«

»Willst du eine Annonce in den *Telegraaf* setzen? *Ich ziehe mich zurück, bitte schießt nicht auf mich!* Denk doch mal nach, Max. Du steckst da drin, du kannst nicht mehr zurück. Sie jagen dich. Das hört jetzt nicht einfach auf.«

»Dieses Geschäft funktioniert nur, wenn Ruhe herrscht. Wir hatten den Markt gut aufgeteilt.«

»Das denkst du, weil du die größten Anteile hast. Jetzt kommt es darauf an, dass du dich selbst schützt. Bleib im Haus, bis ich das geregelt habe. Die Schlösser sind ausgetauscht. Die Fenster sind gesichert. Und nachher kommen ein paar Jungs, die sich im Vorderhaus einquartieren. Sie bringen Schlafsäcke mit, sie holen sich irgendwo was zu essen, sie werden dir nicht zur Last fallen, du wirst sie nicht hören. Nur so lange, bis das Ganze vorbei ist.«

»Wann ist es vorbei, Kichie?«

»Das wirst du schon merken.«

»Ich möchte genau wissen, was du tust, jeden Schritt. Halte mich auf dem Laufenden.«

»Nein.«

»Nein?«, wiederholte Kohn, erstaunt, dass sein Adjutant so resolut, so schroff reagierte.

»Darf ich dir einen Rat geben, Max? Lass mich das regeln. Halte du dich raus. Es ist wahrscheinlich am vernünftigsten, wenn du nicht weißt, was ich mache.«

»Das ist mein Geschäft, Kichie. Das sind meine Angelegenheiten. Ich kann das nicht dir überlassen.«

»Hör zu, Max, ich bin ersetzbar, du nicht. Ich kann nicht, was du kannst. Für mich findest du zehn andere, das ist gar keine Kunst. Aber du musst unbehelligt bleiben, wenn die Sache aus dem Ruder laufen sollte. Du weißt von nichts. Dabei müssen wir es belassen.«

Er streckte die Hand aus, nicht die rauhe Hand eines Bauern oder Arbeiters, sondern die gepflegte Hand eines Akademikers, eines Mediziners. Kohn ergriff sie.

Jetzt, im Nachhinein, wusste er, dass er das nicht hätte tun dürfen. Es war ein fataler Moment. Aber in dem Moment hatte Kichams Bedürfnis, ihn zu beschützen, etwas Rührendes gehabt. Und das war es nach wie vor. Rührend und fatal.

Im Vorderhaus zogen vier junge Marokkaner ein. Sie grüßten ihn höflich, wenn er hinausging – um Kichams Ermahnung, besser drinnen zu bleiben, scherte er sich nicht –, und hielten sich auf der Straße diskret in seiner Nähe.

Es kostete ihn keine große Mühe, Sonjas Verlobten David zu finden. David de Vries hieß er, und er war seit kurzem Journalist beim NRC *Handelsblad,* der vornehmen linksliberalen Tageszeitung, die gerne zum auflagenstärksten Blatt der Niederlande aufsteigen wollte. Sonja kannte ihn seit der weiterführenden Schule, eine Jugendliebe, die schon zehn Jahre hielt. Sie hatten eine Maisonettewohnung in einer der neuen Yuppiestraßen im Osten Amsterdams gekauft, zwei junge Akademiker, die in ein paar Jahren in eine der exklusiven Straßen in Amsterdam-Süd ziehen, dort eine Familie gründen und im Sommer mit Freunden ein Haus in der Toskana oder in der Provence mieten würden. Dagegen war auch gar nichts einzuwenden. Im Gegenteil, das war ein durchaus angenehmer Lebensrhythmus. Aber Kohn konnte den Gedanken an diese Frau nicht aufgeben. Er war fünfunddreißig, und zum ersten Mal hatte ihn ein quälendes Verlangen gepackt, ein rastlos machendes, obsessives Schmachten nach einer Frau, die er überhaupt nicht kannte.

Über der Heilung von Schulter und Handgelenk vergingen Wochen. Er machte Krankengymnastik. Er traf sich mit dem Team, das die neuen Lieferungen vorbereitete. Seine Sicherheit schien nicht mehr in Frage zu stehen. Er fragte Kicham nicht nach der Verfolgung der Schützen, und Kicham äußerte sich nicht darüber. Irgendwann waren die Aufpasser plötzlich wieder aus dem Vorderhaus ausgezogen. Kein Stäubchen, kein Schnipselchen Papier, keinen Krümel hatten sie hinterlassen. Vermutlich hatten sie alles ausgefegt und geputzt, damit keine Fingerabdrücke zu finden waren, und das deutete darauf hin, dass die Sache erledigt war. Kohn studierte die Zeitungen, und eines Tages stieß er auf Berichte über einen Doppelmord an Jugoslawen. Er fragte Kichie nicht danach.

Das neue Jahr begann. Mitte Januar rief er Sonja an. Sie arbeitete jetzt in der Abteilung Innere Medizin, der letzte Abschnitt ihrer Facharztausbildung. Er bat darum, mit ihr verbunden zu werden.

»Und wen darf ich melden?«, fragte die Telefonistin.

»Marcus Antonius.«

»Mar ... Könnten Sie das bitte buchstabieren?«

Er leistete ihrer Bitte Folge und wartete. Sonja ließ ihn drei Minuten lang das Rauschen in der Leitung hören. Er konnte sich nicht vorstellen, dass sie sein Zeichen nicht verstehen würde. Er konnte sich auch nicht vorstellen, dass sie nicht begriff, wer am Apparat war. Oder war er für sie nur ein unangenehmer Zwischenfall gewesen, jemand, der ihre Stimmung einige Minuten lang negativ beeinflusst hatte, danach aber schnell wieder vergessen war? Wie lange hatten sie überhaupt miteinander geredet? Fünf Minuten? Weniger? Aber sie hatte doch nach ihm gesehen, als er verletzt im Krankenhausbett lag? Bedeutete das gar nichts?

»Doktor Verstraete. Marcus Antonius, heißen Sie wirklich so?«

»Manchmal«, sagte Kohn. Das mit dem Namen bereute er schon wieder. Ein müder Scherz.

»Ach …«, murmelte sie, völlig desinteressiert.

»Ich war mir nicht sicher, ob du an den Apparat kommen würdest, wenn ich meinen richtigen Namen genannt hätte.« Einige Sekunden lang hörte er nur Hintergrundgeräusche.

»Warum sollte ich nicht?«

»Weil ich dich so gerne sehen möchte und du befürchtest, dass dann etwas kaputtgehen könnte, was du gerne behalten möchtest.«

»Du bist ja ganz schön von dir überzeugt!«

»Ich kann nur noch an dich denken«, sagte er wie ein verliebter Schuljunge.

»Warum solltest du an mich denken?« Sie flüsterte jetzt, offenbar um zu verhindern, dass man am Empfangstresen der Abteilung mitbekam, was sie sagte. »Zwischen uns ist gar nichts. Wir haben ja kaum miteinander geredet.«

»Da ist schon etwas, auch wenn ich nicht weiß, was«, sagte Kohn.

Sonja flüsterte: »Ich habe hier und da deinen Namen fallenlassen. Du hast keinen guten Ruf.«

»Was für einen denn?«, fragte Kohn.

»Du bist ein Schürzenjäger, ein Hurenbock. Es gibt keine Kneipe und keinen Club, wo man dich nicht kennt.«

»Seit ich dich kennengelernt habe, lebe ich wie ein Mönch.«

»Du hast mich nicht kennengelernt. Ich bin eine Fremde für dich.«

»Nein. Ich kenne dich schon mein ganzes Leben lang. Ich hatte dich nur noch nicht gefunden. So sieht es aus.«

»Hast du diese Sätze deinem Lieblingsbuch *Wie verführe ich eine fast verheiratete Frau* entnommen?«

»Das Buch habe ich geschrieben, Sonja.«

Er hörte sie lachen. Es war himmlisch, ihren Namen auszusprechen.

»Ich habe für morgen einen Tisch reserviert. Mittags. Amstel Hotel. Ein Uhr.«

»Guten Appetit«, sagte sie.

»Ich warte auf dich.«

»Tu's lieber nicht, wenn du Hunger hast.«

»Das Risiko gehe ich ein.«

»Ich muss morgen arbeiten.«

»Nein. Du hast morgen frei, ich habe mich erkundigt. Morgen, am Fenster mit Blick auf die Amstel. Wir sind füreinander bestimmt.« Er zögerte, sagte es dann aber doch: »Wie Marcus Antonius und Kleopatra.«

»Ich glaube nicht«, sagte sie. »Und es ging nicht gut aus zwischen den beiden. Ganz und gar nicht gut.« Sie legte auf.

»Sonja«, flüsterte er, »Sonja.« Er war ein verliebter Schuljunge. Lächerlich. Ärgerlich. Aber er wollte sie haben.

Sechzehn Jahre später nahm Kohn – in seinem Leib schlug das Herz eines amerikanischen Priesters, mit dem Sonja sich hatte fotografieren lassen – an demselben Tisch im

Amstel Hotel Platz, der damals das Letzte gewesen war, was sie von ihm trennte.

Sonja kam damals viel zu spät. Er hatte sich vorgenommen, den ganzen Nachmittag zu warten, wenn es sein musste. Er war davon überzeugt, dass sie auftauchen würde, aber sie würde zu spät kommen, weil sie wissen wollte, ob er eine Stunde lang an einem leeren Tisch sitzen bleiben würde, ob sie ihm das wert war. Das passte zu ihr. Er kannte sie kaum und doch sehr gut.

Mehr als siebzig Minuten ließ sie ihn warten. Es machte ihm nichts aus. Er war sich ihrer sicher. Sie ließ sich auf dem Stuhl ihm gegenüber nieder. Sie hatte sich geschminkt, trug Schmuck, einen schwarzen Minirock mit schwarzem Jäckchen, schwarze Strümpfe, schwarze Pumps, eine selbstbewusste, modische junge Frau, gekleidet wie für eine Vernissage in einer Galerie. Sie schaute sich nervös um und zündete sich eine Zigarette an. Dass sie Raucherin war, hatte er schon vermutet. Er sah, dass ihre Hände zitterten, als sie das Streichholz an die Zigarette hielt. Sie sah ihn an, dann wieder zur Seite, zu den anderen Restaurantgästen, zu den Rundfahrtbooten draußen auf der Amstel, dann wieder fest in seine Augen, strich sich eine Haarsträhne hinters Ohr. Diamantknöpfe in den Ohrläppchen. Ohne zu fragen, schenkte er ihr ein Glas Wasser ein. Sie schwiegen. Ihr Lippenstift hinterließ einen roten Rand auf dem Glas.

Er sah einen Ober mit Speisekarten nahen, signalisierte ihm aber zu warten. Sonja war seinem Blick gefolgt, und als sie beide sahen, dass sich der Ober entfernte, schauten sie sich wieder an, jetzt länger.

»Hallo«, sagte er.

»Hallo.« Sie lächelte kurz.

Er sagte: »Du bist wundervoll.«

»Und du bist ein Schuft.«

»Ein glücklicher Schuft.«

Wieder musste sie lächeln.

»Was willst du?«, fragte sie, sofort wieder ernst.

»Komm mit nach oben«, sagte er.

Er sah, dass sie erschrak – sie wusste, dass es an diesem Mittag so weit kommen musste, aber jetzt war es ausgesprochen und damit zur realen Option geworden, die etwas Unumkehrbares zur Folge haben konnte. Sie hatte sich entsprechend gekleidet, sie hatte sich für ihn zurechtgemacht, sie hatte ihn getestet, war zu spät gekommen, um ihn fallenzulassen, wenn er nicht da gewesen wäre, und jetzt war es gesagt. Sie würde eine Existenz aufs Spiel setzen. Sie würde ihren zukünftigen Mann betrügen und damit den Anfang vom Ende ihres Zusammenseins einleiten.

Sie sah ihn unverwandt an. Er konnte all das von ihrem Gesicht ablesen. Dann schaute sie zum Barmann hinüber, verfolgte seine Handgriffe. Um Zeit zu gewinnen, wie Kohn wusste. Er nahm ihre Hand. Sie ließ es zu.

»Warum?«, stieß sie schließlich hervor. »Warum ich? Was willst du?«

Er sagte: »Du gehörst zu mir. Kommst du mit?«

Sie schlug die Augen nieder und drückte mit der freien Hand ihre Zigarette aus, sorgsam, bis die Kippe völlig zerquetscht war, um Zeit zum Nachdenken zu gewinnen. Dann zog sie behutsam die Hand aus der seinen, schob ihren Stuhl zurück und erhob sich. Er folgte ihr. Achtlos, ohne ihm zu bedeuten, ob sie gehen oder ihn hinaufbegleiten würde, bewegte sie sich auf den Ausgang des Restaurants zu. Im Vorübergehen drückte Kohn dem Oberkellner einen Hunderter in die Hand. In dem engen Rock zeichneten sich die Konturen ihres Hinterns ab. Er drückte auf den Fahrstuhlknopf. Während sie nach oben fuhren, standen sie möglichst weit auseinander, beide mit dem Rücken an der Wand, beide reglos auf die aufleuchtenden Ziffern starrend. Als sie oben angelangt waren und sich die Fahrstuhltüren öffneten, zögerte sie, und er hielt die Türen auf, die sich schon wieder schließen wollten. Dann trat sie doch plötzlich einen Schritt vor und verließ den Fahrstuhl. Ein langer Flur mit dickem Teppichboden. Er beschleunigte seine Schritte, lief um sie herum und öffnete seine Zimmertür, die er mit dem Rücken aufhielt, während sie hineinging. Hinter ihm fiel die schwere Tür ins Schloss. Sie drehte sich zu ihm um, und er trat auf sie zu und umarmte sie. Sie schien einer Ohnmacht nahe, als er sie an sich drückte. Er spürte, dass ihre Beine die Spannung kaum aushielten, und er gab ihr Halt, als sie die Arme um seinen Hals legte und ihn küsste, während seine nervösen Finger ihren Rock hochschoben, unter dem festen Gummi ihrer Strumpfhose in ihren Slip und über ihre Haut glitten, um ihren Hintern zu umfassen.

So hatte alles angefangen, vor siebzehn Jahren.

Es war, wie er es sich ausgemalt und für immer und ewig vorgenommen hatte. Fünf Jahre hielt ihre Beziehung, und am Morgen vor dem Fall der Twin Towers war Schluss.

Am selben Tisch im Amstel Hotel, an dem sie damals gesessen hatten, nahm Kohn ein spätes Mittagessen ein. Er fühlte die Müdigkeit vom Flug und nahm sich vor, gleich nach dem Essen schlafen zu gehen. Er war in den Niederlanden, um Sonja zu suchen und herauszufinden, was sie mit dem Priester gehabt hatte. Der Umschlag, den Father Joseph ihm gegeben hatte, war in seinem Handgepäck. Der Franziskaner Jimmy Davis hatte Kohn sein Herz vermacht, als der Gehirntumor seinen Geist zerstörte. Normalerweise wurden Spender und Empfänger durch den Zufall der Dringlichkeitsliste miteinander verbunden, je nachdem, wann ein geeignetes Herz für den Patienten zur Verfügung stand, der ganz oben auf der Liste stand. Das war die eherne Regel. Aber Jimmy, der Lebensspender, hatte Sonja gekannt. Es schien fast, als hätte er ihn, Max Kohn, den Kriminellen, zum Empfänger seines Herzens auserkoren. War das möglich? Konnte der Priester die Vorschriften umgehen?

Eines wusste Kohn mit Sicherheit: Er hatte das Herz nicht verdient.

9

LEON

Ein einziges Mal, ganz am Anfang, hatte Leon de Winter Max Kohn zur Sprache gebracht, aber Sonja gab ihm sofort zu verstehen, dass dieses Thema tabu war. Auch ihren Vater solle er nicht erwähnen, schärfte sie ihm ein. Harry Verstraete war einer der erfolgreichsten und dubiosesten Projektentwickler der Niederlande gewesen und 1997, als Sonja noch mit Kohn zusammen war, spurlos von der Bildfläche verschwunden. De Winter erinnerte sich an die damaligen Zeitungsartikel und hätte von Sonja gerne Einzelheiten erfahren. Darin steckte Stoff für seine Bücher. Doch es war verboten. Sie ließ es nicht zu. Und er fand sich damit ab.

Dagegen erzählte sie ganz freimütig von David de Vries, dem Freund, den sie wegen Kohn verlassen hatte. Als eben dieser David de Vries ihn eines Tages anrief, war de Winter einigermaßen überrascht.

»Hier David de Vries, Redakteur der *Nieuwe Revu*. Ich würde gerne ein paar Fragen an Sie richten, Herr de Winter.«

»Waren Sie nicht beim NRC *Handelsblad*?«

»Da bin ich schon seit Jahren nicht mehr«, antwortete de Vries.

»Ach, das ist mir neu. Was möchten Sie denn fragen?«

»Wir bereiten eine Artikelserie über Menschen mit außer-

143

gewöhnlichen Hobbys vor und würden uns freuen, wenn wir Sie dazu interviewen dürften.«

»Das dürfen Sie gerne… Ich habe allerdings keines. Mit Hobby meinen Sie doch so was wie Segeln oder Briefmarkensammeln, nicht?«

»Ich interessiere mich für Ihre Sammelleidenschaft in puncto Stacheldraht.«

»Stacheldraht? Wie meinen Sie das?«

»Sie sammeln doch Stacheldraht, oder?«

»Wie kommen Sie darauf?«

»Das habe ich aus einem Interview mit Theo van Gogh in Erinnerung.«

»Ich hatte nie ein Interview mit Theo van Gogh«, sagte de Winter leicht gereizt.

»Nein, ich meine ein Interview, das das Fernsehen mit Theo van Gogh gemacht hat. Darin sagte er, dass Sie Stacheldrahtstückchen aus Konzentrationslagern sammeln.«

De Winter brauchte mehrere Sekunden, um zu begreifen, was der Journalist da gerade gesagt hatte, und sich nicht sofort von Traurigkeit überwältigen zu lassen. Er hätte sich von den Niederlanden fernhalten und als Exilant in Amerika oder Frankreich für solche abstrusen Journalistenfragen unerreichbar bleiben sollen.

»In welcher Sendung war das?«

»Das war in einer Interviewreihe vor etwa zehn Jahren. *Das schwarze Schaf* hieß die Sendung. Darin wurden umstrittene Niederländer mit einer Handvoll Kritikern konfrontiert. Haben Sie das nie gesehen?«

»Nein.«

»Pflegen Sie dieses Hobby?«

144

»Sind Sie wahnsinnig?«

»Es soll ja Menschen mit recht absonderlichen Hobbys geben.«

»Und van Gogh hat das von mir behauptet?«

»Ja. Sehr entschieden.«

»Könnte ich mir das mal ansehen?«

»Sie finden die ganze Sendung mit van Gogh im Internet. YouTube. Teil fünf, ziemlich am Anfang.«

Wie schon gesagt, wurde in *Das schwarze Schaf* ein national bekannter Gast mit mehreren Kritikern konfrontiert. Gesendet wurde aus einem Studio, mit Publikum. Die Leute, die etwas am Hauptgast zu kritisieren hatten, saßen in der ersten Reihe. Eine Moderatorin leitete die Diskussion, bat die Kritiker um ihre Kommentare und bot dem Hauptgast die Möglichkeit, darauf einzugehen.

De Winter hatte kaum Anlass gehabt, ein Fan von Theo van Gogh zu werden. Während der Utrechter Filmtage 1984, de Winter war damals dreißig, feuerte der drei Jahre jüngere van Gogh die erste Breitseite auf ihn ab. Van Gogh stellte dort seinen neuen Spielfilm *Ein Tag am Strand* vor, nachdem er schon 1982 mit *Luger* sein Regiedebüt gemacht hatte, einem Spielfilm über einen Psychopathen, der ein schwachsinniges Mädchen entführt. Der Film zeichnete sich vor allem durch ins Bild gesetzte Grausamkeiten aus. Ein junges Kätzchen wurde in der Waschmaschine durchgedreht, der Psychopath schob den Lauf einer Pistole in die Vagina einer alten Frau. *Luger* war kein unterhaltsamer Film für die ganze Familie.

De Winter war in einer Talkshow im niederländischen

Fernsehen zu Gast gewesen, um über seinen Roman *La Place de la Bastille* zu sprechen, der von Rudolf van den Berg verfilmt worden war. Ein Roman, in dem es um Juden und den Holocaust ging und dessen Hauptfigur ein Jude war. Van Gogh nahm Anstoß an diesem Gespräch – oder sah darin eine willkommene Gelegenheit, sich mit einem Beitrag in einem Filmblatt bei den Filmtagen in Szene zu setzen.

Er schwang sich zum Verteidiger eines sauberen, pietätvollen Umgangs mit dem Gedenken an die im Holocaust ermordeten Juden auf und warf de Winter vor, mit seinen Geschichten, in denen der Holocaust eine Rolle spielte, seine jüdische Identität »auszuschlachten«. Dabei brachte van Gogh es fertig, in seinem Artikel schlechte Witze einzustreuen wie: »Es riecht hier so nach Karamell. Heute verbrennen sie wohl nur die zuckerkranken Juden.« Oder: »Hör mal, Jesus, was hältst du von einem heiteren Familienfilm über ein kleines Mädchen, das den ganzen Krieg hindurch bei der Gestapo anruft: Wann holt ihr mich denn endlich! Wann holt ihr mich denn endlich! Mein Tagebuch ist fertig! Und keiner kommt!«

Es war der Beginn einer langen Reihe von Beiträgen, in denen van Gogh sich im Laufe von knapp zwanzig Jahren in verschiedenen Printmedien über de Winter auslassen sollte. Als Kolumnist bei der Amsterdamer Studentenzeitung *Folia* streute er die folgenden Sätze in einen Artikel ein: »Wie wär's heute Abend mit Treblinka, Schätzchen. Worauf die Geliebte zu einem Stück Stacheldraht greift, das sie Leon um den Schwanz windet.«

Regelmäßig wurden de Winter und seine Frau mit van Goghs öffentlichen Tiraden konfrontiert, für die er in der niederländischen Regenbogenpresse immer Platz fand. Es war schmerzhaft, und man fühlte sich sehr einsam, wenn man permanent von so einem schlauen Wüterich verunglimpft und beleidigt wurde, der sich als Kolumnist, Fernsehmacher, Regisseur und Interviewer immer größerer Bekanntheit erfreute.

De Winter begann, Orte und Veranstaltungen zu meiden, wo er van Gogh über den Weg laufen könnte, denn zur Vergeltung für all die Beleidigungen hätte er ihm in die Fresse schlagen müssen, wenn sie sich von Angesicht zu Angesicht gegenübergestanden hätten. Um einen Skandal zu vermeiden, zog sich de Winter aus den Amsterdamer Schriftsteller- und Intellektuellenkreisen zurück und versuchte, das komplexe Phänomen Theo van Gogh – ein talentierter, aber destruktiver Künstler mit dem Äußeren eines Lastwagenfahrers – aus seiner Erlebniswelt zu verbannen.

Was sich als unmöglich erwies. Immer wieder trat irgendwer mit der Bemerkung auf de Winter zu: »Hast du gesehen, was van Gogh jetzt wieder über dich geschrieben hat?«

Ein Großteil von de Winters Familie war im Holocaust umgebracht worden, seine Kindheit von den Geschichten darüber geprägt gewesen. Es verstand sich für ihn von selbst, dass er diesen Erfahrungen und Geschichten in seinem literarischen Werk Gestalt verlieh – er wäre ein Unmensch gewesen, wenn er sie verleugnet hätte. Van Gogh kümmerte das nicht. Er kritisierte de Winters Vorliebe für jüdische Figuren und nannte das »ausschlachten«. Van Gogh war der Meinung, dass sich de Winter als Autor nicht von seiner Familiengeschichte inspirieren lassen dürfe, und wenn doch, dürfe er kein Geld dafür verlangen. Die Anschuldigung, als

Jude Kapital aus seiner jüdischen Familiengeschichte zu schlagen, bediente sich antisemitischer Ressentiments. De Winter wusste nicht, wie er sich dagegen wehren sollte. Am besten ignorierte er van Gogh.

Und das tat er. Doch als van Gogh ermordet wurde, musste er sich einfach mit ihm befassen, und er wunderte sich selbst darüber, dass er van Gogh diesen Tod nicht gewünscht hätte. Nicht mehr. Er hatte sich an ihn gewöhnt wie an ein Holzbein.

Durch David de Vries, Sonjas Ex, darauf aufmerksam gemacht, sah sich de Winter also van Goghs Auftritt in der Fernsehsendung *Das schwarze Schaf* im Internet an. Darin wurde van Gogh von einer Kritikerin unter den eingeladenen Gästen mit dem Zitat über den Stacheldraht konfrontiert, der de Winter von seiner Geliebten im »Treblinka-Liebesspiel« um den Schwanz gewunden werde.

Van Gogh parierte diese Kritik mit überwältigender Autorität und Selbstbeherrschung. Todernst sagte er zu der Frau, die ihm das Zitat vorgeworfen hatte: »Ich habe diesen Artikel über den Stacheldraht geschrieben, weil mich ein Jude anrief, der sagte: Leon de Winter hat ein Hobby, er sammelt Stacheldraht aus Konzentrationslagern. Ich habe das recherchiert, und es wurde mir von mehreren Seiten bestätigt. Mein Artikel war also keine satirische Überspitzung, sondern ein augenzwinkernder Kommentar zu den Hobbys, von denen man mir berichtet hatte.«

De Winter hatte keine Hobbys. Schon gar nicht das, Stacheldraht aus Konzentrationslagern zu sammeln. Der Gedanke war absurd, um nicht zu sagen abartig. Die scharfe Attacke der Kritikerin, einer jüdischen Wissenschaftlerin, gegen diese antisemitische Rhetorik war lang genug gewesen, dass van Gogh sich rasch eine Verteidigungsstrategie ausdenken konnte. Er erfand kurzerhand die Geschichte von de Winters Stacheldrahtsammlung und präsentierte diese als starke, definitive Widerlegung seiner vermeintlichen Boshaftigkeit gegen de Winter. Der habe das durch sein krankes Hobby ja selbst herausgefordert.

Auf van Goghs Erklärung, mit seinem bizarren Hobby sei de Winter selbst dafür verantwortlich, dass man boshafte Bemerkungen darüber mache, wussten die Kritiker nichts zu erwidern. Er hatte sie offensichtlich übertölpelt. Vielleicht war dieser de Winter ja tatsächlich ein komischer Kauz, der Stacheldraht sammelte. Sie konnten nicht wissen, dass van Gogh log. Auch die Zuschauer im Studio blieben stumm. Und die Moderatorin fragte sich genauso wenig, ob das wahr sein konnte. Die Lüge war perfekt vorgetragen worden, fast wie ein Bekenntnis, das van Gogh eigentlich gar nicht machen wollte, weil de Winter dabei so schlecht wegkam. Es war faszinierend, wie sich van Gogh, ohne mit der Wimper zu zucken und völlig spontan, mit einer tödlichen Lüge verteidigte.

David de Vries konnte de Winter folglich nicht zu seinem vermeintlichen Hobby interviewen. Aber de Winter hatte jetzt Stoff für ein Buch gefunden. Mit drei Protagonisten, die an jenem grauen Novembertag des Jahres 2004 für immer miteinander verbunden wurden: van Gogh, sein Mörder Boujeri und die somalische Aktivistin und Politikerin Ayaan Hirsi Ali. De Winter und seine Exfrau waren mit Ayaan befreundet gewesen und hatten sie in ihrem Anliegen, der Befreiung muslimischer Frauen, auf jede erdenkliche Weise unterstützt. Ausgerechnet mit van Gogh hatte Ayaan, ohne de Winter darüber zu informieren, einen Kurzfilm über die Unterdrückung von Frauen im Islam gemacht – das arabische Wort dafür hieß ins Englische übersetzt *Submission*. Das war auch der Titel des Films, der van Goghs Ermordung zur Folge haben sollte. Im Roman würden sich die Wege dreier Radikaler kreuzen. De Winter könnte ihn zum zehnten Todestag von van Gogh am zweiten November 2014 fertig haben. Er hörte schon die Vorwürfe von van Goghs Freunden: De Winter hat aus van Gogh Kapital geschlagen.

Van Gogh hatte seine eigenen Freundes- und Bewundererkreise, und zu denen würde de Winter nur schwer Zugang finden. Van Goghs Aversionen hatten ansteckend gewirkt, de Winter war bei ihnen in Verruf. Aber es gab genug über van Gogh zu lesen, und auch von ihm selbst geschriebene Artikel waren in Hülle und Fülle vorhanden. Darüber hinaus bot YouTube einiges an Filmmaterial. Van Gogh war ein begnadeter Interviewer gewesen. Er hatte eine ganze Reihe von Videos, von Gesprächen mit Politikern und Künstlern hinterlassen, und die waren oft scharfsinnig, klar und präzise. Van Gogh war ein Mann mit einem Dutzend Gesichtern gewesen.

De Winter sah sich gerade eines dieser Videos an, als Bram Moszkowicz anrief.

»Leon, ich hatte gerade einen Anruf von Max Kohn.«

»Max Kohn?«

»Ja. Wir haben doch im Zusammenhang mit Sonja über ihn gesprochen, als ich die Idee hatte, dass ihr vielleicht gut zusammenpassen würdet.«

»Ja, ich weiß.« De Winter war sofort klar, dass ihn keine gute Nachricht erwartete.

»Kohn ist in der Stadt«, sagte Bram in neutralem Ton. »Vor elf Jahren war er eine Zeitlang mein Klient. Er ist dann nach Amerika gegangen, und ich habe ab und zu etwas für jemanden gemacht, der hier seine Geschäfte weiterführt, er hat unter anderem noch Immobilienbesitz. Bist du ihm je persönlich begegnet, Leon?«

»Ja.«

»Woher kennst du ihn?«

»Das ist nicht so einfach zu sagen.«

»Du verstehst doch, warum er hier ist. Es hat mit Sonja zu tun.«

»Das hatte ich schon befürchtet, ja.«

Sie schwiegen eine Weile. Als Bram in Südfrankreich von ihr erzählt hatte, hatte er seinen schreibenden Freund gleich darauf hingewiesen, dass sie die alte Liebe von Max Kohn sei. Aber Max sei untergetaucht, habe das Land verlassen, um sich der Aufmerksamkeit zu entziehen.

Moszkowicz sagte: »Er bat mich, ihm dabei zu helfen, sie ausfindig zu machen. Und ich habe ihm gesagt, dass ich weiß, wo sie sich aufhält, aber dass sie mit einem anderen Mann zusammen ist.«

»Und wie hat er darauf reagiert?«

»Er sagte, dass das kein Problem für ihn sei. Er erhebe keine Ansprüche auf sie – so meinte er wörtlich. Er sagte auch, dass er ein anderer Mensch geworden sei.«

Beunruhigt fragte de Winter: »Weißt du, was er in den vergangenen zehn Jahren gemacht hat?«

»Nein. Wir haben nur kurz miteinander gesprochen. Ich

sagte, dass ich mit Sonja reden und versuchen würde, ein Treffen zu arrangieren. Er hörte sich sehr ausgeglichen an. Ich habe keinen Grund zur Beunruhigung gesehen. Aber man kann natürlich nie wissen. Ich dachte mir, dass ich zuerst mit dir rede.«

»Mit Sonja hast du noch nicht gesprochen?«

»Nein. Ich wollte das zuerst dir unterbreiten. Ich habe nicht den Eindruck, dass es gefährlich sein könnte, wenn sie mit ihm spricht. Ich hätte mir das ja denken können. Ihre Beziehung war ziemlich heftig. Und zu der Zeit ist auch Sonjas Vater verschwunden. Das hat sie mitgenommen und ihre Beziehung zu Kohn noch intensiviert, glaube ich. Kohn ist nicht ganz sauber, verstehst du? Er ist zwar nicht vorbestraft, aber das muss nicht viel heißen.«

»Ich bin auch nicht vorbestraft, Bram. Und das heißt auch nichts.«

»Das besagt alles.«

De Winter fragte: »Hast du ihm von Sonja und mir erzählt?«

»Nein. Ich wollte erst mit dir sprechen. Ich habe ihm gesagt, dass das Gespräch, falls Sonja zustimmt, in meiner Kanzlei stattfinden könne. Das sei für ihn kein Problem, sagte er.«

»Sollte ich dabei sein?«

»Schon möglich. Wenn Sonja es will … Und Kohn …«

»Bram, ich glaube, dass sie ihn immer noch liebt.«

»Es ist lange her.«

»Ich habe Kohn ein einziges Mal erwähnt. Das ertrug sie nicht, allein schon, dass sein Name genannt wurde, war ihr zu viel. Sie hasst ihn. Also liebt sie ihn.«

»Ich habe euch zusammen gesehen. Sie ist verrückt nach dir.«

»Ich bin zweite Wahl. Das wusste ich gleich, als wir uns kennenlernten. Damit kann ich leben. Sie ist auch für mich nicht die erste Wahl. Es war nicht meine Entscheidung, dass Jessica und ich uns getrennt haben. Aber Sonja ist eine wundervolle zweite Wahl. Nein, damit tue ich ihr unrecht. Sie ist B+. Ich werde sie verlieren. Das weiß ich. Er ist gekommen, um sie zu holen.«

»Davon kann keine Rede sein. Wirklich nicht. Er erzählte etwas, was du wissen solltest. Er hat ein Spenderherz. Viel mehr hat er nicht gesagt. Er hatte eine Herztransplantation. Und die ist angeblich der Grund dafür, dass er in der Stadt ist.«

»Eine Herztransplantation? Was hat das mit Sonja zu tun?«

»Keine Ahnung.«

»Warum will er sie sprechen?«

»Wie ich schon sagte, keine Ahnung.«

»Hast du nachher Zeit? Ich muss dir etwas erzählen, was mit ihm zu tun hat, und das geht nicht am Telefon. Ich habe es dir nie erzählt. Ich habe es nie irgendwem erzählt. Auch Jessica weiß nichts davon. Hast du nachher Zeit, wollen wir uns zu einem kleinen Imbiss treffen?«

Sie verabredeten sich in einem Bistro an der Prinsengracht.

Eine Viertelstunde später rief Sonja aus dem Krankenhaus an.

»Ich will ihn nicht sehen«, sagte sie. »Ich melde mich krank und fahre weg.«

»Warum denn wegfahren?«, fragte de Winter.

»Er ist verrückt. Er ist gefährlich. Ich will ihn nicht. Ich fahre ein paar Tage mit Nathan weg. Ins Ausland.«

»Du fährst nicht weg. Du läufst vor niemandem davon. Ich rufe Bram an, und wir sorgen für Bodyguards, wenn du es für nötig hältst.«

»Du kennst ihn nicht.«

»Doch, ich kenne ihn.«

»Nicht so, wie ich ihn kenne«, entgegnete Sonja.

»Ich weiß nicht, wie du ihn kennst, aber ich kenne ihn von früher, und obwohl ich ihn mehr als zwanzig Jahre nicht gesehen habe, weiß ich, dass er auf mich hört. Ich werde mit ihm reden, in Ordnung? Tu nichts Übereiltes. Bleib einfach auf deiner Abteilung. Ich hole Nathan ab.«

»Ich möchte Bodyguards«, sagte sie. »Vor und hinter dem Haus.«

»Die bekommst du. Ich rufe Bram an, der weiß, wen wir dafür anheuern können.«

»Leon, ich dachte, dass es vorbei wäre. Und jetzt ist er plötzlich da. Nach mehr als zehn Jahren. Ich brauchte diese Jahre, um von ihm loszukommen. Um nicht jede Nacht Alpträume zu haben. Das stinkt zum Himmel.«

De Winter musste es aussprechen. Es lag auf der Hand, und jetzt war der Moment, es zur Sprache zu bringen. Die Ähnlichkeit von Nathan mit Max Kohn war unübersehbar.

»Max ist der Vater von Nathan.«

Das war keine Frage, sondern eine Feststellung.

Sie sagte: »Ja.«

De Winter lauschte auf die Hintergrundgeräusche, die er über Sonjas Handy auffing. Sie schwieg.

Er sagte: »Aber er weiß es nicht.«

»Nein. Er weiß es nicht.«

»Ich verstehe«, sagte de Winter. Jetzt war er sich sicher, dass er sie verlieren würde.

Sonja sagte: »Du verstehst nur ein kleines bisschen. Da ist noch viel mehr.«

»Möchtest du irgendwann darüber reden oder nicht?«

»Nein. Ich mache jetzt hier weiter. Ich bin heute Abend um acht zu Hause. Ruf mich an, wenn du etwas in Sachen Bodyguards weißt.«

De Winter rief Moszkowicz an und erzählte, dass Sonja um persönlichen Schutz gebeten hatte. Zehn Minuten später erhielt er den Anruf eines Mannes, der sich nach der Adresse des zu sichernden Hauses erkundigte und noch einige Einzelheiten wissen wollte. Auch wollte er ein Foto von dem Mann, der die Beunruhigung auslöste. De Winter suchte im Internet nach einem Bild von Kohn. Die letzten Aufnahmen datierten von 2001, als Kohn mit Sonja zusammen in ihrer Wohnung an der Keizersgracht festgenommen worden war. Danach nichts mehr. De Winter gab dem Mann den Link zu den deutlichsten Fotos durch. Sie würden sich am späteren Nachmittag, bevor er Nathan abholen ging, in Sonjas Wohnung treffen.

In Bezug auf Kohn hatte de Winter etwas zu verbergen, und umgekehrt galt das auch für Kohn in Bezug auf de Winter. Sie tarierten sich also gegenseitig aus. Doch was zwischen Sonja und Kohn entstehen konnte, wenn sie sich wiedersahen, war nicht vorherzusagen. Die heraufziehenden Komplikationen waren überdeutlich, und de Winter, die zweite Wahl, würde Kohn nichts entgegenzusetzen haben, wenn dieser versuchen sollte, ihm Sonja wegzunehmen. Kohn war reich und bei weitem attraktiver als de Winter, und er schreckte nicht vor der Anwendung von Gewalt zurück. Letzteres konnte de Winter nun wahrlich nicht von sich behaupten. Er hatte eine Heidenangst vor physischer Gewalt.

De Winter radelte also mit unguten Vorahnungen zu dem Bistro an der Prinsengracht. Er begrüßte Moszkowicz, der draußen vor der Tür stand und telefonierte, mit der üblichen Umarmung. Drinnen bestellten sie sich beide ein belegtes Brötchen und eine Cola light.

In dem schlauchförmigen kleinen Lokal wurden den Bankangestellten, Headhuntern und Rechtsanwälten aus den benachbarten Grachtenbüros zwanzigerlei Kaffee und fünfzigerlei belegte Brötchen geboten. De Winter und Moszkowicz nahmen in der hinteren Ecke Platz, de Winter in Jeans, T-Shirt und verschlissenem Sakko, Moszkowicz im schimmernden Maßanzug und schneeweißen Oberhemd mit goldenen Manschettenknöpfen.

Während sie ihr Brötchen aßen, erzählte Moszkowicz, was vor elf Jahren mit Max Kohn passiert war.

»Sie haben ihn überfallartig in seinem Haus festgenommen. Am Tag vor *Nine Eleven*, deshalb erinnere ich mich noch so genau daran. Die Anschuldigungen waren nicht ohne: Beteiligung an einem Doppelmord. Aber die Hausdurchsuchungspapiere taugten nichts. Staatsanwalt und Haftrichter hatten Schnitzer gemacht. Das deckte ich auf. Sie wussten, dass ich Hackfleisch aus ihnen machen würde, wenn die Sache vor Gericht käme, und deshalb haben sie ihn unter der Bedingung, dass er das Land verlässt, ungeschoren davonkommen lassen. Was nicht rechtens war. Aber ich habe ihm geraten, darauf einzugehen.«

»Welche Beweise hatten sie?«

»Eine ganze Latte, aber Genaues weiß ich nicht mehr. Schwerwiegender waren die Beweise gegen seinen Partner, seine rechte Hand, ein Marokkaner war das, mir fällt sein Name gerade nicht ein. Der hat, glaube ich, achtzehn Jahre bekommen. Sie hatten ihn nachts bei einer Verkehrskontrolle auf der A9 angehalten und fanden im Kofferraum eine Waffe, ein schweres Geschütz, automatisch. Sie lag unter einer Decke, und die Beamten taten, als hätten sie sie nicht gesehen, ganz schön schlau von dem Typ, der das Ganze leitete. Sie sind diesem Marokkaner eine Zeitlang gefolgt und haben ihn abgehört. Als er eine Woche mit ein paar Mädchen auf Ibiza war, haben sie bei ihm eingebrochen, seinen Wagen durchsucht und die Waffe im Labor unter die Lupe genommen. Ich glaube, es war eine Heckler & Koch. Sie haben in so einem speziellen Container ein paar Schüsse damit abgefeuert, die Merkmale der Kugeln in den Computer eingegeben und sie mit anderen Kugeln verglichen. Die Waffe passte zu einem Fall vom Januar 1996. Zwei Jugoslawen waren damals in der Nähe von Loosdrecht tot in einem Graben gefunden worden. Von Kugeln durchsiebt, ich glaube, es waren insgesamt mehr als vierzig. Ouaziz hieß dieser Marokkaner, jetzt fällt es mir wieder ein. Als er aus Ibiza zurückkam, haben sie ihn am Flughafen Schiphol verhaftet. Er sagte kein Wort. Aber die SMS-Mitteilungen auf seinem Handy führten zu einem ganzen Netzwerk. Drogen. Großangelegt.«

»Und Kohn?«

»Ouaziz war Kohns Mann fürs Grobe. Kohn war der Kopf. Die Justiz hat Zoll- und Steuerfahndung eingeschaltet, Kohn hatte einen regelrechten Christbaum von Geldwäschereien und ausländischen Briefkastenfirmen. War ziemlich gut organisiert. Sie wussten, dass er der Boss war und mit großer Sicherheit der Auftraggeber für die Morde. Sie mussten ihn früher oder später festnehmen und unter Druck setzen und seine Computer durchforsten. Alles lief bei ihm zusammen, aber die konkreten Beweise hörten bei Ouaziz auf. Für so eine Hausdurchsuchung und Beschlagnahmung brauchst du die Einwilligung des Staatsanwalts oder des Haftrichters. Das ist ein wichtiges Dokument, denn damit werden Grundrechte aufgehoben. Auf den Papieren muss die Adresse angegeben sein. Aber sie wussten nicht, dass das Erdgeschoss, in dem Kohn wohnte, vom Katasteramt eine andere Hausnummer bekommen hatte als die, die vorne auf dem Haus stand. Demnach hatten sie einen Durchsuchungsbeschluss für das falsche Haus. Ein winziger Lapsus. Aber eine Todsünde. Woher kennst du ihn?«

De Winter schlug die Augen nieder. Was er jetzt sagen würde, konnte seine Schriftstellerlaufbahn und seine Reputation zerstören, wenn es bekannt wurde. Er spürte, dass Moszkowicz ihn fixierte.

»Bram, angenommen… jemand hat 1983 und 1984 Drogengeschäfte finanziert. Wäre das heute verjährt?«

Moszkowicz sah ihn einen Moment lang verwirrt an und schüttelte dann den Kopf.

»Du?«

»Ist es verjährt?«

»Ja. Ist verjährt. Hast du das wirklich getan, oder hast du dir das jetzt gerade ausgedacht, Leon?«

»Bram… Sagen wir mal, ich habe es mir ausgedacht.«

»Sagen wir das mal, ja«, sagte Moszkowicz. Er konnte ein Grinsen nicht unterdrücken.

»Ich hätte ja vieles erwartet, aber das nicht. Du? Der Autor von *Hoffmans Hunger, SuperTex, Das Recht auf Rückkehr*? Drogenschmuggel? Mit Max Kohn? Erzähl mir, was du dir ausgedacht hast.«

MEMO

An: Minister J. P. H. Donner
   FOR YOUR EYES ONLY
   Kennzeichen: Three Headed Dragon

Sehr geehrter Herr Minister,
   inzwischen habe ich mich von einem Experten in die Grundlagen der Quantenelektrodynamik (im Folgenden QED*) einführen lassen. Ich muss sagen: Das ist faszinierend.*
   QED *ist eine »seltsame Theorie des Lichts und der Materie«, wie der Physiker Richard Feynman (1918–1988), einer ihrer Begründer, selbst schrieb. Letztlich geht es dabei um die Wechselwirkung zwischen Licht und Elektronen. Ein weiteres Zitat von Feynman: »Und so hoffe ich, dass Sie die Natur akzeptieren können, wie sie ist – absurd. […] Also laufen Sie bitte nicht gleich davon, weil Sie die Natur nicht für so seltsam halten können.«*
   Feynman bekam 1965 den Nobelpreis für Physik. Er war nicht nur ein brillanter Wissenschaftler, sondern auch, wie ich den Quellen entnehmen konnte, »Nachtclubbesucher, Zeichner, Bongo-Spieler«. Als Feynman während des Zwei-

160

ten Weltkriegs in Los Alamos, New Mexico, an der Atombombe arbeitete, knackte er zum Spaß die Spinde seiner Kollegen.

In seinem Buch QED – Die seltsame Theorie des Lichts und der Materie schreibt Feynman: »Ich nehme an, dass Sie mit den Eigenschaften des Lichts im Alltag vertraut sind: Sie wissen, dass sich Licht geradlinig ausbreitet; dass es beim Übergang in Wasser gebrochen wird; dass Ein- und Ausfallswinkel gleich sind, wenn Licht an einer Grenzfläche wie einem Spiegel reflektiert wird; dass Licht in Farben zerlegt werden kann; dass auf einer Pfütze mit ein paar Öltropfen wunderschöne Farben entstehen; dass eine Sammellinse Licht bündelt und so weiter. Anhand dieser vertrauten Erscheinungen werde ich Ihnen das wahrhaft seltsame Verhalten veranschaulichen.«

Licht besteht aus Partikeln, die »Photonen« genannt werden. In einem Vakuum beträgt die Geschwindigkeit von Photonen 299 792 458 Meter pro Sekunde, meistens auf dreihunderttausend Kilometer pro Sekunde aufgerundet. Wenn Photonen auf eine reflektierende Fläche auftreffen, geschieht etwas Mysteriöses.

Wenn hundert Photonen auf eine glatte Glasplatte auftreffen, werden »von jeweils 100 Photonen, die die Lichtquelle verlassen, 4 reflektiert«, so Feynman. Photonen »entscheiden sich« gewissermaßen selbst, »wohin sie wollen«, wenn sie auf die Glasplatte auftreffen, schreibt er. Versuchsanordnungen (komplexe Versuchsanordnungen, es hat keinen Sinn, sie an dieser Stelle zu beschreiben) haben diese »partielle Reflexion des Lichts« immer wieder belegt. Es kann nicht festgestellt werden, welches Photon »sich entschließen wird«, vom Glas abzuprallen, nur, dass es im Durchschnitt immer vier von hundert sind.

Feynman: »Sosehr wir uns auch um eine vernünftige Theorie bemühen, die uns begreiflich machen könnte, wie ein Photon sich ›entschließt‹, ob es das Glas passieren oder abprallen will – den Weg eines bestimmten Photons vorherzusagen erweist sich als unmöglich.«

Dies zur Illustrierung des eigenartigen LI, der momentan im Fokus meiner Nachforschungen steht.

Mit freundlichem Gruß

Frans van der Ven

10

SALLIE

Vor einer Woche hatten sie eine Trockenübung gemacht. Mit bestürzendem Ergebnis, denn sie führte ihnen ihren Mangel an Erfahrung vor Augen – aber wie sollte man so eine Erfahrung auch aufbauen? Der Ford Transit erwies sich als fünf Zentimeter zu hoch für die Tiefgarage unter dem Opernhaus. Glücklicherweise merkten sie das rechtzeitig und konnten den Transporter zurücksetzen, bevor er in der Einfahrt steckenblieb. Rechts daneben wies zwar ein Schild auf die maximale Durchfahrtshöhe hin, doch es stand nicht im Blickfeld des Fahrers, der natürlich eher auf die in die Tiefe führende Fahrbahn mit dem großen blauen Schild darüber achtete.

Sie hatten etwas Luft aus den Reifen gelassen, doch das reichte immer noch nicht. Zwar würde der Transit später schwer beladen sein und damit tiefer liegen, aber sie durften nichts dem Zufall überlassen. Auf einem Schrottplatz besorgten sie sich kleinere Reifen. So kamen sie schließlich auf eine zwei Zentimeter unter dem Maximum liegende Höhe.

Sie hatten der Tiefgarage einige Wochen lang täglich einen Besuch abgestattet und sich vergewissert, dass immer ausreichend günstig gelegene Parkplätze für den Transit zur

Verfügung standen. Es erübrigte sich also, mit einem zweiten Wagen den besten Parkplatz zu besetzen.

Die Sprengladung würde aus dem gleichen Gemisch bestehen, mit dem 1995 in Oklahoma dreihundertvierundzwanzig Gebäude rund um das Zentrum der Detonation im Alfred P. Murrah Federal Building beschädigt wurden.

Sallie hatte den Anschlag und die einfache Zusammensetzung des Sprengstoffs genau studiert. Einhundertachtundsechzig Tote. Sechshundertachtzig Verletzte. Die Attentäter waren weiße Faschisten gewesen, aber man konnte trotzdem etwas aus ihrem Vorgehen lernen. Und auch aus ihren Fehlern.

Fast alles, was für den Anschlag benötigt wurde, war frei im Handel erhältlich. Sie hatten in Frankreich, Belgien und den Niederlanden eingekauft und immer in kleinen Mengen, damit nirgendwo registriert war, über was sie insgesamt verfügten. Neuerdings wurde nämlich auch in europäischen Baumärkten und dergleichen Buch darüber geführt, welche Bauern sich einen Vorrat an Ammoniumnitrat zulegten. Timothy McVeigh, der Christenhund, der »Oklahoma« ausgetüftelt und in die Tat umgesetzt hatte, hatte eine Sprengstoffladung von dreitausendzweihundert Kilo zusammenbekommen, doch unter einer solchen Last wäre ihr Transit zusammengebrochen. Sallie hatte sich nur mit McVeighs Anschlag befasst, weil er das von ihm benutzte Gemisch kopieren wollte.

Wenn Ammoniumnitrat mit Nitromethan (einem brennbaren Lösungsmittel) vermischt wurde, entstand ein Sprengstoff namens ANNM (Ammoniumnitrat & Nitromethan). ANNM war kein primärer Sprengstoff, das heißt, das Gemisch bedurfte eines anderen Sprengstoffs, um gezündet zu werden. McVeigh hatte Zugang zu Sprengstoffen gehabt, die in den Niederlanden nicht zu haben waren, wie etwa dem in Amerika von DuPont und in Europa von der schweizerischen Société Suisse des Explosifs hergestellte *Tovex,* das das Dynamit verdrängt hatte. Diesen Sprengstoff konnte Sallies Netzwerk weder kaufen noch entwenden.

Stattdessen wollte Sallies Gruppe Acetonperoxid einsetzen, eine äußerst explosive und hoch flüchtige Substanz, die sie vor Ort, im Transit, aus Wasserstoffperoxid, Aceton und verdünnter Schwefel- oder Salzsäure zubereiten mussten, Stoffen, die allesamt problemlos erhältlich waren. Geliefert wurde das Ganze von den Belgiern, einschließlich des dunkelblauen Ford Transit, den Sallie in einem Lagerschuppen in Bergen op Zoom in Empfang genommen hatte. Der Transit war höchstens ein Jahr alt. Man hatte ihn von einem Industriegelände in Brüssel gestohlen und mit niederländischen Kennzeichen versehen.

Die Jungs hatten sich für einen konventionellen Anschlag mittels Zeitzündung entschieden. Eine Fernzündung überstieg ihr Wissen und ihre technischen Möglichkeiten.

Der Stromstoß für die Entzündung des Acetonperoxids, das das ANNM zur Explosion bringen sollte, sollte von einem stinknormalen Elektrowecker von HEMA ausgelöst werden. Sallie würde ihn einstellen, wenn er den Transit verließ. Frits, ihr Messi, würde ihn begleiten.

Die Sprengkraft der Ladung im Transit betrug weniger als ein Sechstel von der in Oklahoma. Nach den Stadtplänen zu urteilen, die Sallie sich von dort angesehen hatte, musste die Zerstörung gigantisch gewesen sein. Würden sie es genauso machen und einen LKW mit dreitausendzweihundert Kilo Sprengstoff neben der Stopera parken, würde die gesamte Stadtmitte Amsterdams in die Luft fliegen. Und womöglich hielten sich dort Hunderte oder sogar Tausende von Muslimen auf. Die Bebauung Amsterdams war wesentlich kompakter als in jenem Viertel um das Murrah Building in Oklahoma und würde somit noch heftiger von der Detonation in Mitleidenschaft gezogen werden. Es würde unzählige Tote geben. Darum ging es ihnen bei ihrer Mission aber nicht. Die sollte vielmehr eine Art Stunt sein. Sie wollten zeigen, zu was sie imstande waren, dass ein paar namenlose Jungs aus Osdorp die Elite der niederländischen Käseköppe dumm dastehen lassen konnten. Wenn sie das Ganze überlebten – und das war ihre Absicht –, würde man ihnen ein für alle Mal Respekt entgegenbringen. Sie hätten es geschafft. Sie hätten das Unmögliche möglich gemacht. Mit Mumm, Weitblick, Intelligenz. Darauf würden sie ihr ganzes weiteres Leben aufbauen können.

Mit einer Sprengladung von gut fünfhundert Kilo würden sie nur einen Teil des Opernhauses zerstören. Die Explosion in der Tiefgarage, also teilweise unterirdisch, beschränkte die Wirkung auf dieses Gebäude. Todesopfer wollten sie vermeiden.

Alle Mitglieder des Teams hatten sich bei ihrem Arbeitgeber krankgemeldet oder einen Tag freigenommen. Sie waren bereit. Sie waren topfit, gesund, ausgeschlafen, gut präpariert und so unschlagbar wie auf dem Fußballplatz.

Den Transit hatten sie in der Garage von einem ihrer Väter unterstellen können. Mit Frits zusammen hatte Sallie eine letzte Inspektion vorgenommen und die Flaschen mit

Wasserstoffperoxid, Aceton und Salzsäure bereitgestellt. Die würden sie vor Ort in einem für Salzsäure geeigneten Plastikbehälter vermischen. Das war gefährlich, da es nicht viel brauchte, um den Cocktail zur Explosion zu bringen. Und die größte Gefahr waren die stinkenden Dämpfe, die entweichen würden, denn sie konnten bemerkt und dem über die Tiefgarage wachenden Sicherheitsdienst gemeldet werden. Dass überall in der Tiefgarage Kameras angebracht waren, spielte keine Rolle. Der Transit war gestohlen, und sie würden Brillen und falsche Schnurrbärte tragen.

Sallie und Frits fuhren auf dem Autobahnring um die Stadt herum und steuerten die Stopera über die Wibautstraat an. Sie hatten kurz gegrinst, als sie ihre Schnurrbärte anklebten, doch diese Sorglosigkeit war wie weggeblasen, als Sallie den Wagen startete. Jetzt gab es kein Zurück mehr. Die Vorbereitungen hatten zwei Jahre gedauert. Jetzt wurde Stufe eins ihres Plans in die Tat umgesetzt.

Frits behielt den Rückspiegel im Auge. Es wäre zu blöd, wenn man sie wegen einer Geschwindigkeitsüberschreitung anhielte. Sie hörten eine CD von Michael Jackson, die schon im Player gesteckt hatte, als Sallie den Wagen von den Belgiern übernahm. Die Musik überspielte die unbehagliche Stille zwischen ihnen.

Die Wibautstraat war sehr belebt. An einer Fußgängerampel stand ein Grüppchen marokkanischer Mädchen in engen Jeans und mit modischen Kopftüchern, sexy und herausfordernd auf Stöckelschuhen. Sonst hatte Frits immer das Fenster geöffnet und Mädchen wie diesen eine Mitfahrgelegenheit angeboten – die sie nie annahmen –, aber jetzt warf er ihnen nur einen kurzen Blick zu und behielt weiterhin konzentriert den Rückspiegel im Blick.

»Sie wissen von nichts«, sagte Frits, als sie die Wibautstraat zur Hälfte hinter sich hatten.

»Nichts«, bestätigte Sallie.

»Sie denken, dass heute einfach alles weitergehen wird wie immer. Aber das wird es nicht.«

»Nein.«

»Ich bereue nichts«, sagte Frits.

Sallie warf einen kurzen Seitenblick auf ihn, besorgt über seinen Ton. Frits kämpfte mit Zweifeln, das hörte er ihm an. Frits schaute starr geradeaus, und Sallie sah die Panik in seinen Augen.

»Ich weiß, was du empfindest, Frits.«

»Ich empfinde nichts.«

»Und ob. Du bist verwirrt. Ich auch. Wir werden uns hier nie mehr frei bewegen können. Wir gehen woandershin. Als ich mich heute Morgen von meiner Mutter verabschiedet habe, hätte ich flennen können. Sie weiß auch nicht, dass sich heute alles verändern wird. Aber das ist unser Weg. Ich wollte, es wäre nicht so. Ich würde lieber heute Abend mit einem der Mädchen von eben ausgehen.«

»Sie würden sowieso nicht mitkommen.«

»Diesmal vielleicht schon. Aber für uns tut sich jetzt eine ganz andere Welt auf, Mann! Wir werden etwas Phantastisches erleben!«

»Meine Brüder taten mir so leid, heute Morgen.«

Frits hatte zwei jüngere Brüder. Sein Vater war tot, vor fünf Jahren mit seinem LKW auf einer italienischen Autobahn verunglückt. Er hatte Schweine geladen, die in Italien zu

Prosciutto verarbeitet werden sollten. Die Autobahn wurde für Stunden gesperrt. Die verletzten Schweine, die aus dem aufgerissenen Anhänger geflüchtet waren, mussten erschossen werden.

»Sie werden stolz auf dich sein.«

»Ja, das glaube ich auch.«

»Wir werden dafür sorgen, dass sie Geld bekommen.«

»Geht das von dort aus?«

»Per Hawala, natürlich.«

Sallie hatte selbst schon des Öfteren auf diesem Weg Geld erhalten. Das System funktionierte so, dass irgendjemand in Asien oder dem Nahen Osten mit einem Kuvert voll Geld zu einem Hawaladar ging und diesen um die Überweisung in die Niederlande bat. Ein niederländischer Hawaladar wurde per Fax oder E-Mail kontaktiert, und wenn dieser über genügend Bargeld verfügte, konnte die Überweisung vonstattengehen, meistens gegen fünf Prozent Vergütung. Der niederländische Hawaladar gab dem Auftraggeber einen Code durch, den dieser der Person übermitteln musste, die in den Niederlanden das Geld abholte. Ein geschlossenes System. Sicher. Informell. Unsichtbar für die Behörden.

»Ich hatte so sehr das Gefühl, dass sie mich brauchen«, sagte Frits.

»Das tun sie ja auch.«

»Ich lasse sie im Stich.«

»Nein. Du bist ein Vorbild für sie.«

Sallie sah Frits nicken und mit den Tränen kämpfen.

»Ich vermisse meine Schwester auch«, sagte Sallie.

Frits schwieg. Sie kamen an der Portugiesischen Synagoge vorüber. Links von ihnen war das Jüdische Historische

Museum. Sie mussten auf dem Mr. Visserplein vor der Ampel warten. Auf der anderen Seite des Platzes, bei der Mozes en Aäronkerk, standen zwei Polizeijuden. Sallie hatte mal einen Juden gekannt, den Gangster, mit dem sein Vater zusammenarbeitete. Sallie erinnerte sich an einige Besuche von ihm. Einmal war er bei ihnen zum Essen gewesen, und als er ging, gab er Sallie einen Fünfundzwanzigguldenschein, damals ein Vermögen für ihn. Onkel Max. Sallie hatte den Schein lange gehütet. Ein Vogel war darauf abgebildet, ein Rotkehlchen. Er hatte sich seinen geheimen Schatz, der ihn von Fernreisen und Wundern träumen ließ, oft angeschaut, im Bett, unter der Decke. Vor einiger Zeit hatte er Onkel Max gegoogelt. Max Kohn war ein Verbrecher, der ungeschoren das Land verlassen konnte. Sallies Vater hatte alles auf sich genommen. Achtzehn Jahre hatte er gekriegt.

Die Ampel sprang auf Grün, und Sallie lenkte den Wagen um den Platz herum, an den Polizeijuden vorbei, und bog zum Eingang der Tiefgarage ab. Es war zehn vor halb drei. Achtsam manövrierte Sallie den Transit an den Ticketautomaten. Nachdem er das Ticket aus dem Schlitz gezogen hatte, hob sich der Schlagbaum. Sallie fuhr nach unten.

Pfeile zeigten den Weg durch den niedrigen Raum an, vorbei an dichtgeparkten Autos. Der hohe Transit fiel hier aus dem Rahmen. Sie fuhren zunächst an der Außenwand der Garage entlang, dann steuerte Sallie die Parkflächen in der Mitte des Raums an. Auf einmal hoffte er, dass alles zugeparkt war, dass er den Transporter nirgendwo abstellen konnte und sie unverrichteter Dinge wieder wegfahren mussten. Doch er sah einen freien Parkplatz und stellte den Transporter genau zwischen den Begrenzungslinien ab.

Die Parkflächen waren schmal, auf kleine europäische PKWS zugeschnitten, aber Sallie war ein geschickter Fahrer und parkte perfekt ein. Er drehte den Zündschlüssel und zog ihn heraus. Das Knattern des Dieselmotors erstarb.

Sie blieben still sitzen.

Die Tiefgarage war zu drei Vierteln voll. Von allen Seiten kehrten Leute mit Einkäufen zu ihren Fahrzeugen zurück. Sallie sah zwei junge Frauen mit einer älteren Frau zwischen sich, unverkennbar Schwestern mit ihrer Mutter. Sie waren mit Tragetaschen beladen. »Maison de Bonneterie« stand auf einer – ein exklusives Warenhaus am Rokin. Er war mal aus Neugier reingegangen und hatte sich dort umgeschaut, misstrauisch vom Personal beäugt. Etwas weiter weg schob eine Frau einen Zwillingskinderwagen und sprach in ihr Handy, das sie mit angehobener Schulter an die Wange gedrückt hielt.

»Ich bin mir nicht mehr so sicher«, sagte Frits.

Sallie auch nicht. Hinter ihnen befand sich eine Bombe, die die Tiefgarage in eine brennende Hölle verwandeln würde. Die Decke über dem Transit würde aufgesprengt werden, und die Flammen würden in den darüberliegenden Opernsaal schlagen. Sallie wusste nicht, ob dort gerade gearbeitet wurde. Er war nie dort gewesen. Die Eintrittskarten waren zu teuer, und das, was dort gespielt wurde, war für die intellektuelle Elite bestimmt, die an den Grachten oder im Concertgebouw-Viertel wohnte. Wenn nun gerade für ein Stück oder ein Ballett oder ein Konzert geprobt wurde, würde es Tote geben. Das hätte ihr Tun im äußersten Fall zur Folge. Aber er hatte einen Plan, wie es sich vermeiden ließ.

Obwohl Sallie in diesem Land geboren war, fühlte er sich als Fremder. Einige von ihrem Team hassten das Land, weil sie fromm waren und davon überzeugt, dass hier der Teufel herrsche. Nicht weit von dem Ort, an dem sie sich jetzt befanden, warteten Frauen in Schaufenstern auf Männer, die für Sex bezahlten. Sein eigener Vater hatte das Leben eines Holländers geführt, bis er auf dem Flughafen Schiphol von der Polizei überwältigt und verhaftet worden war. Er hatte seine Familie vernachlässigt und holländische Freundinnen und Huren gehabt. Achtzehn Jahre Gefängnis. Unterweltmorde.

»Ich muss mal eben an die frische Luft«, sagte Frits. Er öffnete die Tür gerade weit genug, um aussteigen zu können – der Transit stand zwischen zwei dicht daneben geparkten PKWs –, glitt von seinem Sitz und war nicht mehr zu sehen. Auf Sallies Seite war nicht genug Platz zum Aussteigen. Er schwang die Beine über die Mittelkonsole, rutschte auf den Beifahrersitz hinüber und folgte Frits.

Frits bewegte sich bereits auf einen der Ausgänge zu, und Sallie beschleunigte seine Schritte, um zu ihm aufzuschließen.

»Was hast du vor, Frits?«

»Nur kurz nach draußen.«

Frits zog die Tür zu einem Treppenhaus auf, und Sallie folgte ihm, die Stufen hinaufspringend, als flüchte er vor einem Feuer. Frits zog seinen Schnurrbart ab.

Draußen blieb er nicht stehen, sondern entfernte sich schleunigst vom Opernhaus, überquerte die Straßenbahnschienen und eilte in einen Laden. Sallie blieb an seiner Seite. Besser, er sagte jetzt erst mal nichts und gab Frits Zeit zu trauern. Denn das war es, was er wollte. Frits nahm Abschied und trauerte.

Sallie war der Anführer des Teams, weil er nachempfinden konnte, was in den Jungs vorging. Er kannte ihre Ängste, und er wusste, wovor sie flohen.

Frits kaufte ein Päckchen Marlboro und ein Feuerzeug, riss das Päckchen draußen vor dem Laden auf und zündete sich eine Zigarette an. Er inhalierte tief.

»Ich rauche heimlich«, sagte er.

»Das hab ich schon ein paarmal gerochen«, sagte Sallie.

»Aber du hast nichts gesagt.«

»Nein.«

Sie blickten auf eine vorüberfahrende Straßenbahn. Auf ihren Seiten waren Werbefolien für einen neuen Actionfilm angebracht. Sallie fragte sich, ob die Explosion wohl über den Ausgang der Tiefgarage die Straßenbahn aus den Gleisen werfen würde. Die Mozes en Aäronkerk könnte beschädigt werden.

Frits' Gedanken gingen in die gleiche Richtung. »Bald ist alles anders.«

»Ja«, sagte Sallie.

»Abi kann es weit bringen.«

Frits' jüngerer Bruder Abdul war ein noch besserer Fußballspieler als er. Noch besser als Messi.

»Abi hat gestern einen Anruf von der A-Jugend bekommen.«

»Das ist toll«, sagte Sallie.

»Sie wollen ihn haben. Bei Ajax. Ich habe ihm alles beigebracht, was ich kann.«

»Ich weiß. Ich habe euch oft zusammen gesehen.«

»Wir haben keinen Vater mehr«, sagte Frits entschuldigend.

Sein Vater hatte in Marokko Bautechnik studiert, aber sein Diplom wurde in den Niederlanden nicht anerkannt. Daher war er LKW-Fahrer geworden. Gestorben inmitten von Schweinen auf einer Autobahn südlich von Mailand.

»Geh nach Hause«, sagte Sallie. »Abi braucht dich. Ich schaff das hier allein.«

»Ich muss dir beim Anmischen helfen.«

»Kann ich allein.«

»Das ist gefährlich. Ich kann dich nicht alleinlassen.«

»Du musst nach Hause, Frits. Geh zu Abi. Er darf zu Ajax. Das ist eine unglaubliche Chance.«

»Ich lasse euch nicht im Stich.«

»Wir werden uns dort eine Satellitenschüssel besorgen, und dann werden wir stolz sein, wenn wir Abi spielen sehen. Wir kriegen das auch ohne dich hin.«

Frits trat seine Kippe aus und umarmte Sallie, mit niedergeschlagenen Augen. Zehn Sekunden lang verharrten sie so. Dann ließ Frits Sallie unvermittelt los, reichte ihm den falschen Schnurrbart, den er mit der Faust umschlossen hatte, und rannte davon.

Ohne sich umzublicken, rannte er auf die Blauwbrug. Sallie folgte ihm ein paar Schritte, um ihm besser nachschauen zu können. Es schien fast, als spüre Frits das. Auf der Mitte der Brücke blieb er plötzlich stehen und drehte sich zu Sallie um.

Frits hob beide Arme wie ein Kind, dem ein Pullover übergestreift wird, und suchte seinen Blick. Sallie sah, dass er weinte. Nach einigen Sekunden ließ Frits die Arme sinken und rannte weiter, die Amstelstraat hinunter, wo er aus Sallies Blickfeld verschwand.

Sallie schlenderte ans Ufer der Amstel und betrachtete von dort aus, bewusster als je zuvor, die eleganten Formen der Blauwbrug, die tatsächlich einige blaue Ornamente hatte. Auf der Brücke standen acht Pfeiler aus braunem Marmor, und jeder der Pfeiler trug nicht nur eine Krone, sondern auch zwei Lampen, deren Fuß und Schirm blau waren. Die Bombe konnte diese Pfeiler zerstören. Würde Sallie mit den Folgen seiner Wut leben können? Denn alles drehte sich um Wut, das wurde ihm jetzt bewusst. Sein Vater hatte sich in diesem Land erniedrigen lassen, und Sallie wollte diesem Land schon von jeher den Rücken kehren. Man hatte ihm hier zwar Chancen eröffnet, er hatte eine passable Ausbildung erhalten, aber dieses Land war ihm zutiefst fremd. Die Brücke war prächtig. Er würde sie zerstören.

Sallie ging zum Fußgängereingang der Tiefgarage zurück. Kein Polizeijude zu sehen. Zwar hingen hier Überwachungskameras, doch die konnten nicht aufzeichnen, was sich in seinem Kopf abspielte. Fünfhundert Kilo ANNM würden ein Loch in den Boden der Oper sprengen, die Benzintanks der hier abgestellten Fahrzeuge würden explodieren, und Menschen, die sich zu diesem Zeitpunkt in der Garage oder in der Oper befanden, würden verbrennen.

Er öffnete die Tür zum Treppenhaus und zog sein neues Prepaid-Handy aus der Hosentasche. Er kontrollierte, ob darin die Alarmnummer vom Rathaus gespeichert war. Dann ging er zum Transporter zurück. Er wusste, was sein Anruf bewirken würde.

Die Tiefgarage wurde vom Rathaus im nördlichen Teil

der Stopera aus überwacht, und nicht von der Oper aus. Vierundzwanzig Stunden am Tag war dort jemand vom Sicherheitsdienst auf dem Posten. Wenn Detektoren anschlugen, zum Beispiel bei Feuer, musste er persönlich nach dem Rechten sehen. Dafür war ein Zeitfenster von einer Minute vorgesehen; war die um, rückte automatisch die Feuerwehr aus der nicht weit entfernten Wache IJtunnel an. Deren Wagen konnten binnen zwei Minuten vor der Stopera stehen. Wurde von irgendjemandem ein Notfall gemeldet, ohne dass Detektoren anschlugen, war der Mann vom Sicherheitsdienst ebenfalls zuständig. Er konnte mittels eines Funkgeräts, das er bei sich trug, Alarm bei Feuerwehr und anderen Rettungsdiensten auslösen. Während Feuerwehr und Krankenwagen unterwegs waren, trat ein internes Notfallteam in Aktion, das alle im Gebäude anwesenden Personen nach draußen dirigierte. Über Lautsprecher wurde die Meldung durchgegeben, dass alle das Gebäude verlassen und den Anweisungen Folge leisten sollten.

Der PKW auf der Fahrerseite des Transits parkte gerade aus, als Sallie auf der Beifahrerseite einsteigen wollte. Er zog seine Gummihandschuhe an, band sich den Atemschutz über Mund und Nase und goss Wasserstoffperoxid, Aceton und Salzsäure in einen robusten industriellen Plastikbehälter, der durch herausnehmbare Zwischenwände in drei Fächer unterteilt war. Selbst mit dem Atemschutz vor der Nase konnte er die Stoffe riechen. Kritisch wurde es in dem Moment, da er die Zwischenwände hochzog und sich die Stoffe vermischen würden – das konnte eine spontane Explosion auslösen.

Die Luft im Transporter war jetzt mit stinkenden Chemikaliendämpfen angereichert. Er griff zu einem langen Plastiklöffel und verrührte die Stoffe. Dreißig Sekunden. Er würde jetzt sterben. Die Explosion würde so schnell gehen, dass er nichts merken würde, sagte er sich. Er dachte an seine Mutter, seine Schwester, ja sogar an seine Cousine, das behaarte Mädchen, das er niemals heiraten würde. Ein anderes Mädchen, das jetzt noch nichts von ihm wusste, wartete auf ihn, ein Mädchen irgendwo in Zentralasien, wohin er mit den Jungs fliehen würde. Er legte den Löffel hin und fragte sich, ob er tot war.

Er schob die Batterien in den Wecker und stellte die Weckzeit auf zehn Minuten später ein – das musste genügen. Die Stromkabel verband er mit dem elektrischen Zünder. Der Funke würde das aggressive Gemisch sofort zum Entflammen bringen, und das Gemisch würde die fünfhundert Kilo schwere Kunstdüngerbombe explodieren lassen. Er holte tief Luft und nahm die Atemschutzmaske ab. Er spürte, dass sich sein Schnurrbart gelöst hatte, aber er hatte es jetzt eilig, merkte, dass er plötzlich zitterte.

Er schob die Seitentür auf, stieg aus und ließ die Tür sachte ins Schloss fallen. Dann lief er zum Ausgang. Nach zwanzig Metern konnte er das Aceton und die Salzsäure immer noch riechen. Im Treppenhaus zog er sein Handy heraus und wählte die Nummer vom Rathaus.

»Liander-Gaswerke«, sagte er. »Ich muss die Überwachungszentrale sprechen. Dringend.«

Er wurde verbunden.

»Van der Horst, Liander«, sagte Sallie. »Unsere Sensoren verzeichnen ein großes Gasleck in der Tiefgarage unter dem Opernhaus. Wir rücken mit schwerem Gerät an. Die Tiefgarage muss sofort geräumt werden. Sofort! Wir befürchten Explosionsgefahr.«

Der Mann, den er am Apparat hatte, schien nicht sonderlich beeindruckt von der Meldung. Er fragte: »Können Sie das Leck genau lokalisieren?«

Sallie brüllte: »Mitten in der Tiefgarage! Räumen Sie das Gebäude! Jetzt sofort!«

»Unsere Sensoren geben nichts an. Sie sind von Liander, sagten Sie?«

»Ja, Liander! Räumen Sie jetzt sofort das Gebäude! Sie dürfen nicht länger warten! Tun Sie, was ich sage!«

»Aber die Vorschriften verlangen, dass ich erst nach unten gehe –«

»Vergessen Sie die Vorschriften! Das ist ein Notfall, verdammt noch mal! Sie sind für die Folgen verantwortlich, verstanden? Es liegt jetzt an Ihnen, ob das schiefgeht oder nicht!«

Nach zwei Sekunden sagte der Mann: »Ich lasse sofort räumen. Ist das Ihre Nummer, die ich jetzt auf dem Display habe?«

»Ja. Alarmieren Sie alle in Oper und Rathaus! Ich möchte nicht, dass es Tote gibt! Keine Toten!«

Sallie unterbrach die Verbindung und verließ das Treppenhaus. Draußen fiel sein Blick sofort auf Frits.

Frits stand auf der anderen Seite der Straßenbahnschienen, vor dem Laden, in dem er die Zigaretten gekauft hatte. Er rauchte. Sallie überquerte die Straße, mitten zwischen den Autos hindurch, direkt vor einer Straßenbahn, und hörte, wie hinter ihm die Sirenen der Stopera zu heulen begannen.

Er zog Frits im Vorübergehen an seiner Jacke mit.

»Du hättest weggehen sollen«, zischte er ihm zu, während sie Richtung Jonas Daniel Meijerplein rannten. »Hau ab, Frits. Geh nach Hause, verdammt.«

»Ich kann nicht. Ich hab's versucht.« Andere Sirenen mischten sich in das Heulen derer von der Stopera. Offenbar hatte der Mann von der Überwachungszentrale auch gleich die Polizei alarmiert, oder vielleicht ging das automatisch.

Sallie blieb stehen und winkte Frits näher. Gerührt umarmte er den marokkanisch-niederländischen Messi, und Frits erwiderte die Umarmung. Dann holte Sallie aus und boxte Frits mit aller Kraft, über die er verfügte, in die Magengrube. Der Junge ging ächzend und nach Luft schnappend in die Knie. Frits sollte zu Hause bleiben.

Sallie rannte davon. Allein.

II

SONJA

Es war unvermeidlich, dass Max irgendwann wieder auftauchte. Seit sie ihn verlassen hatte, wartete sie auf den Tag, da er zurückkehren würde – ja, nicht sie würde zu ihm zurückkehren, sondern er zu ihr. Denn schließlich hatte er sie hintergangen, und das musste er wiedergutmachen. Aber wenn er zurückkehrte und Abbitte leistete und vor ihr im Staub kroch, würde sie ihn erneut verlassen. Weg von ihm, das würde die Bewegung ihres Lebens sein, mit dieser Gewissheit hatte sie sich arrangiert.

Das von ihrem Vater hinterlassene Vermögen erlaubte ihr, mit ihrem Sohn über den Globus zu ziehen. Die Welt bestand aus einer beängstigenden Verknäuelung der Ambitionen rücksichtsloser Männer. Max war einer von ihnen, und ihr Vater hatte, wie sie leider feststellen musste, auch dazugehört. Sonja lebte jetzt ein Flüchtlingsleben, mit Zwischenphasen entspannten Selbstbetrugs. Wie derzeit mit Leon de Winter. Ein etwas stressiger Mann, der sich mit Phantomen herumschlug und zu allem eine Meinung hatte. Letzteres war ganz bequem, denn es entband sie davon, sich eine eigene Meinung zu bilden, sei es nun über die Palästinenser oder den US-Präsidenten, über Putin oder Angela Merkel. Leon war das komplette Gegenbild zu Max. Leon erklärte ihr laufend die Welt und befasste sich tagtäglich mit den Nachrichten, damit er wusste, was vor sich ging, und auf Dinge reagieren konnte, die möglicherweise eine Bedrohung für ihn darstellten. Max war schweigsamer gewesen und hatte aktiv darauf hingewirkt, dass die Welt sich so verhielt, wie er es wollte. Früher hatte sie also einen Macher gehabt, und jetzt hatte sie einen Denker. »Schisser«, würde Max über den Denker sagen. Und der Denker würde über den Macher sagen: »Halunke.« Sonja wollte Ruhe und Sicherheit. Sie hatte Angst.

Max Kohn war in der Stadt. Wollte mit ihr reden. Und das durfte nicht sein. Es war zu viel passiert, und es gab zu vieles, wovon er nichts wusste. Dass er einen Sohn hatte, einen hübschen, sensiblen Jungen, der an jenem Tag, als sie wegging und ihre Reise um die Erde begann, kaum mehr als ein winziges Fischchen in ihrem Bauch gewesen war. Als sie ihre Koffer gepackt und sein Haus verlassen hatte, wusste sie noch nicht, dass sie schwanger war. Die Entdeckung war schrecklich. Ihre erste Anwandlung war, es wegmachen zu lassen – unmöglich, für immer mit ihm verbunden zu bleiben. Sie hatte das Kind dann doch zur Welt gebracht, weil sie nicht allein sein und jemanden haben wollte, der sie brauchte. Für ein Kind sorgen zu können war für sie schon immer das Höchste gewesen. Wenn sie nicht hintergangen wurde, war ihre Treue absolut. Und dass ihr eigenes Kind sie je hintergehen würde, war undenkbar. Der Junge würde eine verbesserte Version seines Erzeugers werden. Das Kind auszutragen war ein Akt ultimativer Souveränität gewesen.

Nach dem Telefonat mit Moszkowicz meldete Sonja sich krank und fuhr sofort nach Hause. Sie ließ sich von ihrer

Intuition leiten, und die brüllte ihr zu, dass sie in Windeseile die Stadt verlassen sollte, denn Kohn war ihr auf der Spur und würde sie finden, wenn er es nicht schon getan hatte.

Sie radelte in ihrer Straße erst zweimal auf und ab, um sich zu vergewissern, ob das Haus beobachtet wurde. Kohn war verrückt genug, irgendeinem Nachbarn zehntausend Euro dafür zu bieten, dass er eine Stunde lang an dessen Fenster stehen und zu seiner Ex hinüberschauen konnte. Aber sie durfte keine Zeit verplempern. Um halb vier musste sie Nathan von der Schule abholen – normalerweise hätte Leon das gemacht –, und dann würden sie nach Schiphol fahren und den erstbesten Interkontinentalflug nehmen.

Sie betrat ihre Wohnung und warf einen raschen Blick in jedes Zimmer. Das stilvolle Haus stammte aus dem Jahr 1902 und hatte Bleiglasfenster, durchgehende Wohnzimmer mit Schiebetüren und einen Garten hintendran, der keinerlei Privatsphäre bot. Es sah nicht so aus, als ob jemand in der Wohnung gewesen wäre. Sie holte zwei Koffer hervor und packte das Nötigste für sich und Nathan. Wie schnell ihnen Kleidung und alles Übrige nachgeschickt werden konnte, wusste sie noch nicht. Kohn durfte auf keinen Fall Zugriff auf sie bekommen. Sie liebte ihn. Und sie hasste ihn.

»Sonja?«, hörte sie Leon rufen. Sie hatte ihn nicht kommen hören.

»In Nathans Zimmer!«, rief sie.

Seine schnellen Schritte auf der Treppe. Zum letzten Mal. Sie mochte ihn, aber ohne ihn würde sie auch leben können. Es war dumm gewesen, ihm nach Amsterdam zu folgen. Sie hatte viel zu viel aufs Spiel gesetzt, um bei ihm sein zu können, das wäre gar nicht nötig gewesen.

Leon betrat das Zimmer und schaute ihr stumm zu. Sie drehte sich kurz zu ihm um, sah, wie er mit verschränkten Armen und mitleidigem Blick im Türrahmen lehnte, aber sie ließ sich nicht ablenken, legte Nathans Lieblingssachen zusammen und verstaute sie in dem großen Samsonite.

»Was tust du da?«, fragte er.

»Ich packe.«

»Warum?«

»Weil ich weggehe.«

»Warum?«

»Ich will nicht riskieren, dass er mich aufsucht, in meine Nähe kommt, Nathan sieht. Wenn er Nathan sieht, weiß er, wer der Vater ist. Dafür braucht er nicht mehr als eine halbe Sekunde.«

»Darf ich mitkommen?«

Diese Möglichkeit hatte sie nicht erwogen. Aber sie verwarf die Option sofort. Er würde ihr nur im Weg sein.

»Nein.«

»Ich kann die Koffer tragen.«

»Das schaffe ich schon.«

»Ich möchte gerne bei dir sein.«

Sie nickte, während sie eine Jeans zusammenlegte. Aber das war keine Antwort. Sie wollte damit sagen: Ich weiß, dass du gerne bei mir bist. Vor ihm hatte sie nie Angst gehabt.

Leon sagte: »Du brauchst nicht vor Kohn zu fliehen. Bram sagte, dass er herzkrank war. Er hat jetzt ein fremdes Herz. Vielleicht das Herz eines sanftmütigen Menschen.«

»Es geht nicht, Leon.«

»Warum nicht?«

»Darum nicht.«

»In zehn Minuten kommen die Männer, die das Haus bewachen sollen«, versuchte er, sie zu beruhigen.

»So will ich nicht leben.«

»Wie dann?«

»Nicht so.«

»Ich komme mit.«

»Dann begibst du dich auch in Gefahr.«

»Sonja, ich kenne Max von früher. Ich kannte ihn gut. Ich kann mit ihm reden. Es besteht keine Gefahr.«

»Niemand kann mit ihm reden. Er hat ein kaltes Herz.«

»Das Herz ist tot. Er hat jetzt ein anderes. Bist du nicht neugierig, was er von dir will?«

»Wo er auftaucht, geschehen die übelsten Dinge.«

»Du hast ihn vor elf Jahren verlassen. Menschen ändern sich.«

»Es geht nicht.«

»Warum denn nicht?«

»Darum nicht. Ich gehe weg.«

Leon sagte: »Ich weiß, warum er so ist.«

»Das weiß ich auch. Er ist verrückt. Er ist wütend. Immer wütend.«

»Ich weiß, wie es angefangen hat. Ich war dabei. Na ja, nicht ganz. Ein bisschen. Aber er hat es mir erzählt.«

»Interessiert mich nicht. Ich gehe weg. Misch dich nicht ein.«

»Wo gehst du hin?«

»Weit weg. Wo es warm ist. Ich bin immer glücklich, wenn ich an einem Ort bin, an dem Palmen wachsen.«

»Ich wollte dich hier glücklich machen.«

»Es liegt nicht an dir. Du bist unschuldig.«

»Vielen Dank. Fein. Der unschuldige Mann. Klingt ziemlich doof. Nicht gerade ein starker Titel für eine romantische Geschichte.«

»Wenn man wie ich den schuldigen Mann kennt, ist das ein Kompliment. Aber ich gebe zu, dass es ein wenig nach dem Schlemihl in der Operette klingt.«

Leon grinste. Dann sagte er: »Max hat jemanden ermordet, als er sechzehn war.«

Sie erstarrte und drückte ein rotes T-Shirt an ihre Brust, als biete ihr das Schutz. »So jung schon«, sagte sie leise.

»Ich habe ihn dafür bewundert«, sagte Leon.

Sie drehte sich zu ihm um, bestürzt über seine Worte.

»Bewundert?«

»Ja, bewundert. Er hat getan, was ich gern getan hätte. Er hat den Strich gezogen, den ich nicht ziehen konnte. Obwohl, nein, ich hatte ihn auch gezogen. Jemand war zu weit gegangen. Also zog er seine Schlüsse. Ich auch. Aber ich tat nichts.«

»Wovon sprichst du? Kannst du dich nicht klarer ausdrücken? Wer war das?«

»Eine sechzigjährige Frau.«

»Eine sechzigjährige Frau? Er hat eine sechzigjährige Frau ermordet?« Sie schrie jetzt. »Und das bewunderst du? Was ist nur los mit den Männern in meinem Leben? Seid ihr immer noch Jäger? Seid ihr meschugge?«

Er löste sich vom Türrahmen und machte eine beschwichtigende Gebärde, aber sie wurde nur noch ärgerlicher. Als er sie in die Arme nehmen wollte, riss sie sich los.

»Lass mich! Du bist verrückt! Genau wie er! Krank seid ihr!«

»Frau Scholtens war das. So nannten wir sie. Frau Scholtens war für uns, die Kinder de Winter, ein Begriff. Meine Mutter hatte oft von ihr erzählt. Frau Scholtens war beim NSB. Aber sie hat auch Juden versteckt. Sie wollte sich nach beiden Seiten absichern. Meine Eltern waren bei ihr untergetaucht. Und auch Max' Mutter und seine Großeltern.«

Sonja nickte. Sie schien sich etwas zu beruhigen, obwohl sie immer noch keuchte. Nichts würde sie davon abhalten, erneut zu schreien, sagten ihm ihre Augen.

Leon fuhr fort: »Meine Eltern haben bei ihr eine Zeitlang in der Hölle gelebt. Frau Scholtens gab nämlich Feste für deutsche Offiziere und Bonzen von der SS. Und dafür brauchte sie Personal zum Bedienen. Meine Eltern. Auf hundert Meter als Juden erkennbar. Vor allem meine Mutter sah sehr jüdisch aus.«

Sonja fragte schnippisch: »Was soll das heißen, sehr jüdisch?« Sie kannte die Antwort.

Leon antwortete: »So, wie du aussiehst. Ein Stammesmitglied. Dunkel. Im Blick die Erinnerung an eine tausendjährige Wanderung.«

Sie wusste nicht, ob sie über diese Qualifikation glücklich sein sollte. Er hatte bestimmt recht, aber sie stellte das sofort in Frage: »Das siehst du mir an?«

»Das sieht sogar ein Blinder.«

»Was geschah auf diesen Festen?«

»Meine Eltern mussten bedienen. In der Küche zitterten sie vor Angst. Vor allem mein Vater war dieser Anspannung nicht gewachsen, wie mir meine Mutter erzählt hat. Er musste sich zwischendrin übergeben. Meine Mutter versuchte, möglichst viel von den Häppchen zu stibitzen, denn

186

ihnen gab Frau Scholtens nur verschimmeltes Brot zu essen. Sie quälte sie. Demütigte sie. Meine Eltern sind nach einiger Zeit von Widerstandsleuten dort weggeholt und in ein anderes Versteck gebracht worden.«

»Und die Mutter von Max?«

»Die auch. Sie war noch ein junges Mädchen. Esther Kohn. Sie hat mit ihren Eltern bei Frau Scholtens das Gleiche mitgemacht. Sie ist danach ohne ihre Eltern in ein anderes Versteck gebracht worden. Ihre Eltern wurden verraten. Sie sind nie wiedergekommen.«

»Warum hat Max diese Frau ermordet?«

»Ich war damals gerade zu Besuch bei meiner Mutter in Den Bosch. '77 war das. Ich war auf der Filmhochschule und hatte gerade mein erstes Buch herausgebracht. Max wollte mit mir reden, er war noch auf der weiterführenden Schule und wollte auch zur Filmhochschule.«

»Er hat aber doch Politikwissenschaft studiert.«

»Damals war er sechzehn und wollte Filmproduzent werden.«

»Er besuchte dich also bei deiner Mutter?«

»Ja. An einem Frühlingstag. Mit seiner Mutter zusammen. Die war damals Ende dreißig, glaube ich. Eine schöne Frau. Alleinstehend mit Kind, da haftete ihr etwas Skandalöses an. Sie unterrichtete Geschichte an einem ›Atheneum‹, die Schulform war damals gerade neu eingeführt worden. Wir waren im Garten, als sie kamen.«

Leon verstummte, als kurz die Wände ächzten. Dann klirrten die Fensterscheiben, und von fern kam ein tiefes Grummeln, etwa drei Sekunden lang, als habe ein LKW eine schwere Ladung verloren, nein, als sei in der Kanalisation unterhalb der Straße ein Ungeheuer erwacht. Oder als sei am Stadtrand ein Flugzeug abgestürzt.

Sonja wollte sich davon nicht ablenken lassen. »Und dann?«, fragte sie.

»Wir waren alle im Garten, als Frau Scholtens auf dem Fahrrad vorüberkam. Oder auf einem Mofa. Sie wohnte nicht weit von uns entfernt, ich hatte sie schon öfter gesehen, meine Mutter hatte mich auf sie aufmerksam gemacht. Und da passierte es. Scholtens sah uns dort stehen und spuckte auf den Boden. Ich sah das wie in Zeitlupe. Wie im Film. Meine Mutter erstarrte, Esther Kohn auch. Während Scholtens davonfuhr, fingen beide an zu weinen und fielen sich in die Arme. Max und ich schauten hilflos zu. Ich wollte diese Scholtens umbringen. Wirklich umbringen.

Meine Mutter und Esther Kohn haben dann ihre Tränen getrocknet, und wir sind ins Haus gegangen und haben Kaffee getrunken und Bosch'sche Bollen gegessen. Die mochte ich für mein Leben gern, und meine Mutter holte sie vom besten Konditor in Den Bosch, wenn ich sie besuchte. Als Max und seine Mutter gingen, beugte er sich kurz zu mir und flüsterte: ›Die Alte hat noch ein halbes Jahr.‹ Der Blick, den er dabei hatte, machte mir richtig Angst. Das war keine Ironie. Keine Aufschneiderei. Das war nicht der Junge, mit dem ich mich vorher über das Filmemachen unterhalten hatte. Der Vorfall hatte ihn sichtlich verändert, oder er hatte etwas zutage gefördert, was schon in ihm schlummerte. Vier oder fünf Monate später hat mir meine Mutter dann am Telefon erzählt, dass Frau Scholtens tot in ihrem Haus aufgefunden worden war. Sie war die Treppe hinuntergestürzt und hatte sich das Genick gebrochen.«

Sonja war auf einmal danach, Max zu trösten und Leon auch, für all diesen Wahnsinn und all die Ängste, die weiterhallten und sich fortsetzten, von Generation zu Generation.

»Es war ein Unfall«, sagte sie. »Warum sollte Max das getan haben?«

»Offiziell war es ein Unfall. Ich habe Max einige Jahre später danach gefragt, 1982. Da studierte er in Amsterdam. Ich war zu der Zeit ein intellektueller Schriftsteller mit Bart und langen Haaren. Wir trafen uns zufällig in der Buchhandlung Athenaeum und sahen uns danach regelmäßig, waren einige Jahre lang richtig gut befreundet. Ich habe ihn gefragt, und er hat es mir erzählt. Er hat sich Zugang zu ihrem Haus verschafft. Hat oben auf sie gewartet. Und hat sie dann die Treppe hinuntergestoßen.«

Es klingelte an der Haustür. Sonja hätte gerne noch mehr erfahren, Einzelheiten, Gefühlsregungen, aber Leon unterbrach seine Erzählung. Er tätschelte kurz ihren Arm, verließ Nathans Zimmer und eilte die Treppe hinunter, um aufzumachen.

Kein Wort hatte Max darüber verloren. In den Jahren, in denen sie zusammen gewesen waren, war der Krieg kaum einmal zur Sprache gekommen, obwohl er viel darüber las. Sie erinnerte sich, dass er die Bücher von Churchill las, von Historikern wie Walter Laqueur, die Erinnerungen von G. L. Durlacher. Sonjas Vater war Jude und hatte als kleiner Junge die Lager überlebt, aber auch er hatte wenig darüber erzählt und sich von jeder religiösen Zugehörigkeit gelöst. Sonjas Mutter kam aus einer agnostischen Familie und besuchte Kirchen nur, wenn sie in Frankreich oder Italien Urlaub machten – bis sie krank wurde und bei Jesus Trost fand. Sie starb abgeklärt, während die damals dreizehnjährige Sonja ihre Hände hielt. Mit niedergeschlagenem Blick stand ihr Vater im entferntesten Winkel des Krankenhauszimmers, das Gesicht grau vor ohnmächtiger Wut. Bis zu seinem Verschwinden sah Sonja ihn nie wieder mit einer anderen Frau. Immer war er allein. Vielleicht ging er zu Huren. Nein, nicht vielleicht, mit Sicherheit.

Leon rief nach ihr, und sie ging hinunter. Zwar war die schlimmste Angst jetzt verflogen, doch Sonja hielt an einem einmal gefassten Beschluss fest. Sie würde weggehen. Dieses Land war bis oben hin mit Schemen, Geistern, Alpträumen angefüllt.

Sie wurde zwei Holländern vorgestellt, großen, hellblonden, groben Typen mit unbewegten Mienen, die den Eindruck erweckten, dass sie wussten, wovon sie redeten. Profis. Dieses Land bestand zur einen Hälfte aus Schemen und zur anderen aus blutleeren Profis, die Ruhe ausstrahlten. Die Männer trugen dunkle Anzüge, billige weiße Hemden und Synthetikkrawatten. Während sie zu viert auf den Marmorfliesen der Diele zwischen der verschnörkelten Haustür und der Mahagonitreppe standen, erläuterte einer der Männer, was sie zu tun gedachten.

Sie könnten noch vor Einbruch der Dunkelheit einen Transporter vor dem Haus postieren. Die Rückseite des Hauses könnten sie überwachen, indem sie einen Beobachtungsposten im unbewohnten Souterrain einrichteten. Sie schlügen eine ganzwöchige Sicherung rund um die Uhr durch vier Männer in Acht-Stunden-Schichten vor, also zwölf Männer pro Tag, während der Tage, die sie zur Installation eines »kugelsicheren« Systems benötigten. Der Mann hatte eine Präsentationsmappe bei sich und wandte sich damit immer mehr Leon zu. Sonja schenkte ihm wenig Beachtung, denn sie stand noch ganz unter dem Eindruck dessen, was Leon ihr erzählt hatte, der unerwarteten Nähe zu Max als Halbwüchsigem.

Der andere Mann vom Sicherheitsdienst nahm einen Anruf auf seinem Handy entgegen und drehte ihnen den Rücken zu, um nicht zu stören. Das tat er aber schließlich doch, nachdem er eine halbe Minute lang nur genickt hatte.

»Entschuldige, Tom«, sagte er, seinen Kollegen unterbrechend. »Es sieht schlecht aus bei der Stopera.«

Der Angesprochene entschuldigte sich, reichte Leon die Präsentationsmappe und fragte seinen Kollegen: »Und das Museum?«

»Viel Glasschaden. Aber rund um die Oper herrscht das totale Chaos.«

»War das die Detonation, die wir vorhin gehört haben?«, fragte Leon.

Der Mann, der Tom hieß, nickte. »Ein Gasleck, wie es scheint. Die Tiefgarage unter der Stopera steht in Flammen, und der Schaden darüber ist beträchtlich. Die Explosion war in der ganzen Stadt spürbar.«

Leon sah ihn bestürzt an. »Gibt es Tote?«

»Keine Ahnung. Ich weiß nur, dass sämtliche Krankenwagen von Amsterdam dorthin unterwegs sind. Wir müssen kurz ins Büro, wir sind auch für das Jüdische Historische Museum gegenüber von der Stopera zuständig, und wir müssen checken, wie groß der Schaden dort ist. Schauen Sie sich das inzwischen an?«

Er zeigte auf die Mappe. Leon nickte.

»Rufen Sie uns an, dann können wir anschließend gleich loslegen. Das heißt, falls wir noch Leute haben, die nicht bei der Stopera gebraucht werden.«

Sie nickten Sonja zum Abschied zu und verließen das Haus.

Leon schloss hinter den Männern die Tür und fragte: »Möchtest du einen Tee? Mein Gott, die Stopera, hast du das gehört?«

»Ich muss gleich Nathan abholen. Nimm mich bitte mal in die Arme.«

Er schlang die Arme um sie und drückte sie an sich. Sie würde weggehen und ihn nie mehr so halten. Sie wusste, dass er sich das nicht vorstellen konnte. Er hatte zwar Phantasie, doch die reichte nicht aus, um ihre Gedankenwelt zu erfassen. Er glaubte an das Gute und hatte keine Vorstellung von den Dämonen in ihrem Kopf. Ohne dass er es darauf angelegt hatte, ahnungslos, wie er war, hatte er sie für eine Weile vergessen lassen, dass sie ein Flüchtling war. Es war eine friedliche Zeit gewesen.

»Ich gehe Nathan abholen«, wiederholte sie und löste sich aus seiner Umarmung.

12

NATHAN

Mir war schon klar, dass ich nicht wirklich abhauen konnte, und meine Mutter kann auch ziemlich schnell Fahrrad fahren, aber ich war so wütend, dass ich ihr Gesicht nicht mehr sehen wollte. Das war so gemein und so unfair! Sie wusste ganz genau, warum ich nicht mehr wegwollte. Wieder Koffer packen? Wieder woanders hinziehen? Wieder neue Freunde suchen müssen? Ich wollte bleiben, wo ich war. Wir hatten ein schönes Zuhause, und ich kam zu Fuß überallhin, ganz anders als in Frankreich. Und Leon war okay, ein bisschen spinnig zwar – was er so erzählte, klang immer ein bisschen *strange* –, und er war auch ziemlich dick und behaart wie ein Affe, das konnte man sehen, wenn er aus dem Bad kam. Dass Mama das gefiel, verstehe ich nicht. Die Schule war auch okay und lag mitten in der Stadt, das war klasse. Leon oder Mama kamen immer mit, wenn ich mit dem Fahrrad hinfuhr, totaler Quatsch, die Strecke zur vsv war überhaupt nicht gefährlich. Aber egal, es war schön in Amsterdam. Ich wollte bleiben.

Sie wartete vor der Schule auf mich. Eigentlich sollte Leon kommen, das war so abgemacht. Aber sie stand da, und ich sah ihr gleich an, dass es wieder mal so weit war. Sie redete mit ein paar anderen Müttern, bei der Stopera war irgendwas passiert. Aber sie guckte zwischendrin zu mir rüber, und da wusste ich gleich Bescheid. Die Male vorher hatte ich es auch immer gleich gewusst.

Wir würden wieder weggehen.

Ich schüttelte den Kopf, und sie wusste, warum. Mama und ich können gegenseitig Gedanken lesen. Aber warum gingen wir weg, wenn bei der Stopera ein Unglück passiert war? Was hatte das eine mit dem anderen zu tun? Ich hörte, dass eine von den Müttern etwas von einem Gasleck sagte und von einer Explosion, und dass es mindestens fünfzig Verletzte gegeben hatte und es für einige davon gar nicht gut aussah, sie kannte jemanden, der jetzt im Krankenhaus lag.

Mama sah, dass ich wusste, warum sie da war. Ich kenne diesen Blick von ihr. Gehetzt. Besorgt. Nervös. Ich bin einfach auf mein Rad gestiegen und in den Vondelpark gerast. Sie rief hinter mir her, aber ich bin voll weitergefahren, auf dem breiten Weg, an den Liegewiesen und Gebüschen vorbei. Und sie rief und rief und kam immer näher. Da bin ich dann aufs Gras gefahren und hab mich fallen lassen. Das kann ich gut. Es sieht gefährlich aus, aber ich hab das im Griff. Mama schrie, und das hatte ich auch gewollt. Ich bin vom Rad gehechtet und auf dem Boden weitergerollt wie ein Ball, und dann bin ich ganz still liegen geblieben.

Okay, das war vielleicht auch nicht ganz fair, aber ich wollte nicht aus Amsterdam weg. Ich hatte ein Geschenk für Lia. Sie hatte mich als einzigen Jungen zu ihrem Geburtstag eingeladen. Am nächsten Tag würde Lia in der Klasse Obst austeilen – Süßigkeiten waren blöderweise nicht mehr erlaubt –, und nach der Schule feierte sie dann bei sich zu

Hause eine Party. Wir würden Karten spielen, hatte sie gesagt. Lia hatte sonst nur Mädchen eingeladen, und mich als einzigen Jungen. Alle wussten von uns. Wir waren zusammen. Ich hatte eine Armbanduhr für sie, die wie ein Herz aussah. War vielleicht ein bisschen albern, das Geschenk, aber sie würde jedes Mal an mich denken, wenn sie draufguckte. Ich hatte die Uhr von meinem Taschengeld gekauft. War gar nicht so billig gewesen, und das würde Lia wissen, wenn sie sie auspackte. Mama hatte das Geschenk gesehen und natürlich gleich verstanden, was das Herz bedeutete. Lia hatte Fotos von den Mädchen, die sie eingeladen hatte, auf ihre Facebook-Seite geladen. Und auch ein Foto von mir.

Ich blieb im Gras liegen, und Mama brüllte und sprang von ihrem Rad und flog fast zu mir hin. Da hab ich mich dann doch lieber aufgesetzt, denn da hat sie mir irgendwie leidgetan. »Tut dir was weh, Nathan? Hast du dir was gebrochen?«

»Nichts passiert«, sagte ich.

Wir keuchten beide. Sie beruhigte sich etwas. Sie wollte mir die Haare aus der Stirn streichen, aber ich schüttelte den Kopf, und da zog sie ihre Hand zurück. Ich sollte ihr nicht böse sein, sagte sie. Aber ich war böse.

»Warum bist du so schnell weggefahren?«, wollte sie wissen.

Dumme Frage. Sie wusste ganz genau, warum.

»Ich will nicht von hier weg. Ich will hierbleiben.«

»Glaubst du, ich gehe gerne von hier weg?«

»Ja, das glaube ich. Aber ich nicht. Ich fühle mich hier zu Hause.«

»Ich möchte auch gerne bleiben, Liebling, aber ich habe nur einen befristeten Vertrag im Krankenhaus, und danach muss ich mir wieder eine neue Stelle suchen, das finde ich auch nicht immer schön.«

Ich schlang die Arme um meine Knie. Sie konnte unheimlich gut lügen. Sie log immer, wenn sie fand, dass es Zeit war, wieder wegzugehen. Sie hatte immer irgendeine Ausrede dafür. Dass sie woanders einen Job bekommen konnte. Dass wir das Haus nicht länger mieten konnten. Dass irgendwer was gegen uns hatte. Und dann waren wir sofort weg. Ich durfte nicht mal mehr meine Freunde anrufen, um mich von ihnen zu verabschieden.

Aber ich war zehn, und ich konnte ihre E-Mails lesen, und ich wusste, wo sie ihre Geheimsachen aufbewahrte, von denen ich nichts wissen sollte. Ich wusste alles. Und das wusste sie nicht. Ich wusste echt alles. Auch das von meinem Vater. Meinem richtigen Vater, meinem »biologischen« Vater.

Okay, ich wusste nicht, wieso wir andauernd umziehen mussten, aber den Rest wusste ich schon.

»Ich glaube dir nicht, Mama. Es gibt gar keinen Grund dafür, dass wir jetzt wieder wegmüssen. Und ich will nicht weg.« Ich war erst unsicher, ob ich einfach sagen sollte, warum ich gerade jetzt nicht wegwollte. Aber dann sagte ich es einfach: »Morgen ist die Party.«

Ich sah sie an. Sie saß genauso da wie ich, auch mit um die Knie geschlungenen Armen. Sie hatte Tränen in den Augen. Das ist immer scheiße. Dann tut sie mir leid. Aber vielleicht kamen die Tränen daher, dass sie so schnell gefahren war.

»Ich hätte dir die Party so sehr gegönnt«, sagte sie.

»Aber…?«

»Ach, es gibt immer ein *Aber*. Ich wünschte, es wäre nicht so.«

»Ich will nicht mehr umziehen.«

»Ich auch nicht. Aber es muss sein.«

»Ich hau ab, Mama. Echt. Wenn wir woanders hinziehen, hau ich ab. Dann geh ich einfach nach Amsterdam zurück.«

»Es tut mir so schrecklich leid, lieber Naat.«

»Aber warum ist denn jetzt Schluss hier, Mama?«

»Ich weiß es nicht.«

»Bist du irre? Kannst du nicht zum Irrenarzt gehen?«

Sie musste grinsen. »Das wäre schön. Wenn ich eine Pille bekäme und wir einfach bleiben könnten.«

»Aber was ist denn los? Warum lügst du mir vor, dass es wegen deiner Arbeit ist? Das stimmt doch nicht. Deswegen müssen wir nicht weg. Es ist was anderes.«

Sie schüttelte den Kopf. Und sie machte ein Gesicht, als ob ihr irgendwas weh tat.

»Ich kann dir das jetzt nicht erklären. Später vielleicht. Aber jetzt nicht. Du bist noch zu jung.«

»Ich bin zehn!«

»Das ist zu jung.«

»Ich will nicht weg, Mama. Morgen ist die Party.«

Sie nickte, und auf einmal musste sie furchtbar weinen. Da hab ich auch geheult, weil alles so traurig war. Und dann hat sie die Arme ausgebreitet, und ich hab mich an sie gekuschelt und das Gesicht an ihre Schulter gedrückt. So sind wir ein paar Minuten lang sitzen geblieben.

»Wir müssen reden«, sagte sie dann.

Ich hab nicht darauf reagiert. Ich wäre am liebsten in ihren Armen sitzen geblieben und hätte das Gesicht versteckt, damit keiner sehen konnte, dass ich es war.

»Wir fliegen nachher irgendwohin. Ich weiß noch nicht, wohin. Ich verspreche dir, dass du das Mädchen – Lia heißt sie doch, nicht? –, dass du Lia anrufen darfst. Oder mit ihr skypen darfst. Und das Geschenk schicken wir ihr. Ich weiß, das ist nicht dasselbe, wie auf ihre Party zu gehen, aber es ist wenigstens etwas. Wir können nicht bleiben, Liebling. Es ist… Es ist zu gefährlich.«

Ich hab immer noch nichts gesagt. Was hätte ich auch sagen sollen? Ich hatte alles gegoogelt. Mamas Namen und den Namen von meinem angeblichen Vater. Sie hatte immer gesagt, mein Vater wäre ein amerikanischer Soldat gewesen, der in Afghanistan gefallen ist. John Vermeulen. Das Wort »gefallen« habe ich nie mehr vergessen. Als ich *Honor the Fallen* fand, eine Internetsite mit den Namen amerikanischer Soldaten, die in Afghanistan »gefallen« sind, habe ich seinen Namen eingegeben und bekam die Antwort: *»Sorry, but your search for the name ›vermeulen‹ did not return any results.«* Ich war immer auf amerikanischen Schulen, ich verstand also, was das hieß.

Im Biologie-Unterricht hatten wir alles gelernt. Ich brauchte nur von meinem Geburtsdatum neun Monate zurückrechnen, dann wusste ich's. Und auf Google kann man alles finden. Wie kann man nur über so was Lügen erzählen, da muss man ganz schön dumm sein! Einfach den Namen eingeben, und du erfährst alles. Mein Vater war nicht tot. Mama hatte sich irgendeinen Namen ausgedacht und gesagt, dass dieser John Vermeulen niederländische Großeltern hatte. »Wir kannten uns nur eine Woche«, log sie. Dass wir immer wieder umgezogen sind, hatte etwas mit meinem richtigen Vater zu tun. Was genau, wusste ich nicht. Er war ein Krimineller. Dass das nicht so gut war, begriff ich, ich bin ja nicht blöd, aber irgendwie fand ich es auch total cool, einen Vater zu haben, der ein gerissener Ganove war. Das hatte ich in einem Zeitungsartikel über ihn gelesen. Ich hatte Mamas Namen gegoogelt, und da fand ich lauter Zeitungsartikel über sie und ihn. »Vermutlich der intelligenteste Ganove der Niederlande«, hatte jemand geschrieben. Das war mein Vater. Ich hatte im Internet ein Foto von ihm gefunden. Ich sah ihm wirklich ähnlich.

Ich wusste nicht, warum Mama Angst vor ihm hatte, aber damit musste es zusammenhängen. Geld konnte nicht der Grund sein. Ich hatte nämlich in Mamas Papieren Briefe gefunden, in denen es um ihr Geld ging. Sie hatte richtig viel Kohle, sie war echt superreich, und trotzdem tat sie immer so, als müssten wir ganz sparsam sein. Das viele Geld kam von meinem Opa. Den hab ich nie gekannt.

Mama streichelte mein Haar. Das war schön. Wir saßen im Vondelpark auf der Wiese, und weil sie mich so an sich drückte, konnte mich keiner erkennen. Ich war zwar total traurig, aber es war schön, dass sie mich so in den Armen hielt.

Es war ganz ruhig im Park.

Aber in meinem Kopf brauste ein Sturm.

»Warum ist es zu gefährlich?«, fragte ich.

Sie wurde eine Sekunde lang ganz starr, das konnte ich spüren, dann streichelte sie mir weiter übers Haar.

»Weil es jemanden gibt, der uns weh tun kann. Der mir

weh getan hat. Und der mir wieder weh tun wird, wenn er mich findet.«

»Und die Polizei?«

»Die Polizei tut nichts. Die kann nichts tun. Er ist viel zu schlau.«

Ich wusste, dass sie meinen Vater meinte. Der war Berufsganove und megaschlau.

Mama sagte: »Wenn wir doch immer so sitzen bleiben könnten.«

Ich sagte nichts, aber sie wusste, dass ich im Kopf »ja« sagte. »Wer will uns denn weh tun?« Meine Stimme war kaum zu hören, weil ich den Kopf in Mamas Jacke vergraben hatte, das war so eine witzige kurze Jacke, die auf dem Rücken ganz bunt war. Mama sah manchmal aus wie ein Hippie. Da, wo wir in Amsterdam wohnten, passte das eigentlich nicht so gut hin. Die anderen Mütter hatten nie so auffällige Sachen an, aber Mama schon. Sie trug großen Schmuck und enge Hosen und sah manchmal aus wie ein Filmstar. Aber sie war einfach nur Mama.

»Du kennst ihn nicht«, antwortete sie.

Ihre Stimme klang matt. Das Wort »matt« kenne ich aus Büchern. Mama hat mir niederländische Bücher vorgelesen, und als ich selber lesen konnte, hat sie niederländische Bücher schicken lassen. Von Paul van Loon oder Annie M.G. Schmidt. Wenn dieser unbekannte Mann uns finden wollte, brauchte er nur ausfindig zu machen, wer sich Bücher von Paul Biegel ins Ausland schicken ließ.

Ich wusste, dass Mama meinen Vater meinte. Aber das konnte ich nicht sagen. Hoffentlich las sie jetzt gerade nicht meine Gedanken.

»Komm«, sagte sie.

Wir standen auf. Mein Rucksack war aus der Fahrradtasche geflogen und lag zehn Meter weiter.

Ich wusste, was Mama tun würde. Und ich konnte mich nicht dagegen wehren. Da hatte auch stundenlanges Bitten und Betteln keinen Sinn. Wenn sie einmal einen Beschluss gefasst hatte, war sie nicht mehr davon abzubringen. Nicht, wenn es etwas Wichtiges war. Wenn es um ein Snickers oder ein KitKat ging oder irgendein Computerspiel, dann vielleicht schon. Aber wenn sie sagte, dass sie gepackt hatte, weil wir einen Flug bekommen mussten, dann war nicht mit ihr zu reden.

Ich fuhr jetzt hinter ihr her, aus dem Park raus, über die Van Eeghenstraat und den Willemsparkweg hinweg in die Van Breestraat. Van Bree war ein Komponist. Hab ich mal gegoogelt. Ich wusste nicht, ob ich irgendwann noch einmal zurückkommen würde. Vielleicht stürzte das Flugzeug ja ab, oder wir schlitterten mit einem Bus in eine tiefe Schlucht – wir haben schon ganz gefährliche Reisen gemacht, in Thailand und Peru, da hatte ich Angst, und Mama hat mich ganz fest in die Arme genommen. Wie wir so durch die Straßen fuhren, fand ich alles schön in Amsterdam, alles stimmte. Und nirgendwo sah man arme Menschen. Es war dumm, von hier wegzugehen. Aber so, wie Mama sich benahm, hatte sie wirklich Angst. Warum sollte mein Vater uns etwas tun? Ich überlegte, was ich sagen würde, wenn er mir jetzt plötzlich vors Rad sprang. Würde ich dann Papa zu ihm sagen? Ich hatte noch nie zu irgendwem Papa gesagt. John Vermeulen war tot. In Afghanistan gefallen. In der Nähe von Jalalabad, hatte sie gesagt. Über den komischen Namen mussten wir lachen, obwohl mein Vater dort gestorben war. Der Name klang so lustig, und dabei war John dort von einem IED, einem *Improvised Explosive Device,* getötet worden. Ich stellte Mama immer genauere Fragen, und sie musste sich immer mehr ausdenken. Vielleicht hatte sie auch gegoogelt, um sich auf meine Fragen vorzubereiten. Auf der Stelle tot. Man hatte ihn dort begraben, auf einem Friedhof der US-Armee in der Nähe von Jalalabad. Das habe ich jahrelang geglaubt. Bis ich herausbekam, dass es John nie gegeben hat und dass »gefallene« amerikanische Soldaten immer nach Amerika zurückgebracht werden. Meine Mutter hatte ein Kind von einem gerissenen Ganoven bekommen. Er war gefährlich. Und deshalb fuhren wir jetzt nach Hause, wo schon die Koffer standen. Ich würde vielleicht noch eine halbe Stunde Zeit bekommen, um ein paar Sachen einzupacken, die unbedingt mitmussten. Der Rest würde in einen Container geladen werden und Monate später bei unserer neuen Adresse ankommen. Mama sagte, dass keiner wissen durfte, wohin der Container ging, und es deshalb manchmal drei Monate dauerte, bis er bei uns abgeliefert wurde. Dann war er kreuz und quer in der Welt herumtransportiert worden, und unsere Sachen, die in Holzkisten verpackt waren, hatte man ein paarmal in andere Container umgeladen. Meine Mutter war wirklich ein bisschen irre. Wir mussten die Fahrräder bei unserem Haus in der Van Breestraat zwei Stufen rauftragen. Wir brachten sie nach hinten in den Garten. Ich wusste nicht, wann ich mein Rad wiedersehen würde.

Als wir vom Garten reinkamen, schloss Leon gerade die Haustür auf. Er hatte einen schweren Koffer bei sich und grinste übers ganze Gesicht. Mama schüttelte den Kopf. Sie schob mich Richtung Treppe.

»Oben steht noch ein Extrakoffer für dich«, sagte sie.

Leon zwinkerte mir zu, als ich an ihm vorbei die Treppe raufging. Ich tat so, als ob ich meine Zimmertür hinter mir zumachte, aber ich ließ sie einen Spaltbreit offen.

Sie sagten ganz lange nichts. Ich konnte mir vorstellen, dass Leon Mama ansah und dass Mama auf den Fußboden runterguckte. Wieso Leon den Koffer dabeihatte, war mir klar. Er wollte mit uns zusammen weggehen. Aber ich konnte mir nicht vorstellen, dass meine Mutter ihm das erlauben würde.

»Was hast du vor?«, fragte Mama nach ein, zwei Minuten oder noch länger.

»Ich habe vor mitzukommen«, hörte ich Leon antworten.

»Das geht nicht, Leon. Ich nehme Nathan mit und sonst niemanden.«

»Doch, ich komme auch mit«, widersprach er.

»Nein. Das geht nicht, das ist zu viel.«

»Was ist zu viel? Ich möchte bei dir sein.«

»Ich lebe, wie ich lebe. Ich gehe jetzt von hier weg. Und ich komme nie mehr wieder. Ich fange irgendwo anders neu an.«

»Bis du auch dort wieder die Flucht ergreifst?«

»Ja. Das ist mein Schicksal.«

»Mag sein, dass Max ein Unmensch war, aber das ist er jetzt nicht mehr«, sagte Leon. »Bram hat ein paar Experten im Netz recherchieren lassen, mit einer speziellen Software, und die haben nichts gefunden.«

»Vor elf Jahren hat man auch nichts gefunden. Und glaub mir, da war eine ganze Menge. Also, mein lieber, lieber Mann, halt dich da raus. Geh nach Hause, pack deinen Koffer wieder aus, und vergiss uns.«

»Ich will mit.«

»Mach nicht mehr draus, als es ist, Leon. Es war eine schöne Zeit, keine Frage, aber damit hat sich's.«

»Für mich war es sehr wichtig.«

»Es war nett, aber mehr nicht. Schluss. Lass uns gehen, ja? Mach keine Szene, es ist schon schwer genug.«

»Ich kann auf Naatje aufpassen, ich kann dir zuhören. Und ich möchte dir helfen. Es ist krank, wie du dich verhältst. Ich möchte, dass du irgendwo heimisch werden kannst. Und für mich wär das auch dringend notwendig. Irgendwo unter Palmen, wie du sagtest, das wäre am schönsten.«

»Es ist vorbei. Alles ist jetzt anders. Ich weiß, was ich tue. Geh bitte. Ich finde es schrecklich, wie du jetzt dastehst.«

»Ich komme nach.«

»Schlag dir das aus dem Kopf. Ich möchte dich nie mehr wiedersehen. Sag das mit der Bewachung des Hauses bitte ab.«

»Hab ich schon.«

Es war wieder einige Sekunden lang still. Dann sagte Leon: »Und das war's?«

»Ja, das war's. Es ist schön gewesen. Aber du hast doch wohl nicht geglaubt, dass es für immer sein würde, oder? Du gehst schon auf die sechzig zu, ich bin fast fünfzehn Jahre jünger als du! Schau dich doch mal an! Du bist fett, du schnarchst, dir wachsen Haare aus den Ohren. In zehn

Jahren bist du fast siebzig, ein alter Mann. Du bist nett, du bist lieb, aber so überwältigend war das alles nun auch wieder nicht, auch nicht im Bett. Ich danke dir, es war eine schöne Zeit, aber jetzt ist es wirklich aus und vorbei.«

Wieder war es eine Weile still. Ich hörte Schritte. Ich stellte mir vor, dass Leon zu Mama hingegangen war.

Er sagte: »Ich glaube dir nicht.«

Dann war ein Klatschen zu hören, und mir war sofort klar, dass sie ihm eine Ohrfeige gegeben hatte.

Kurze Stille. Dann wieder Schritte und Kofferrollen. Ich hörte die Haustür auf- und zugehen, und dann fing Mama an zu weinen.

Was sollte ich tun? Nach unten gehen? Warten, bis sie aufhörte? Ich ging nach unten.

Mama stand noch genau da, wo sie gestanden hatte, als ich nach oben gegangen war. Sie hatte die Hände vor dem Gesicht und weinte tief und leise. Leon war weg.

»Mama? Mama?«

Sie schüttelte den Kopf.

»Hast du das wirklich so gemeint?«, fragte ich.

Wieder schüttelte sie den Kopf.

»Warum hast du denn das alles gesagt?«

Ich sah, dass sie schlucken musste. Sie sagte: »Geh deinen Koffer packen.«

Das machte ich. Als ich wieder nach unten kam, standen die beiden anderen Koffer in der Diele.

»Er ist zu schwer für mich«, sagte ich.

Mama hatte sich neu geschminkt, aber man sah ihren Augen noch an, dass sie lange geweint hatte. Sie ging nach oben und schleppte meinen Extrakoffer die Treppe runter.

Sie musste den Griff mit beiden Händen halten und sich ein bisschen nach hinten lehnen. Ich hatte Angst, dass sie durch meine Schuld die Treppe runterfallen würde.

»Da hast du wohl dein halbes Zimmer reingestopft.«

»Ich wollte alles mitnehmen.«

»Es wird doch nachgeschickt«, sagte sie.

Ich dachte: Und die Freundinnen, die sie hier gefunden hat, die Eltern von anderen aus meiner Klasse? Und ihre Arbeit? Wie macht sie das immer, wenn wir weggehen?

»Möchtest du noch etwas trinken?«

»Nein.«

Sie machte sich einen Kaffee mit der neuen Nespressomaschine. Bis der Container bei uns ankam, hatte sie sicher eine neue gekauft. Dann hatte sie zwei.

»Darf ich Lia das Geschenk schicken?«

Sie schaute auf das Blinklicht an der Kaffeemaschine. Wenn das Blinken aufhörte, war der Kaffee fertig, und sie konnte auf den Knopf drücken.

Ohne mich anzusehen, antwortete sie: »Ja, das kannst du. Das ist ungefährlich.«

»Gehen wir dann noch schnell zum Postamt?«

»In diesem Land gibt es keine Postämter mehr. Wir machen das von Schiphol aus. Mit FedEx oder so. Ist vielleicht auch besser.«

Es klingelte. Wir sahen uns an. Es war das Taxi. Das war jetzt unsere letzte Minute hier. Mama schaltete die Nespressomaschine aus. Sie wollte den Kaffee nicht mehr trinken, weil sie den Fahrer nicht warten lassen wollte. Das Haus war jetzt verseucht. So war das. Hier wimmelte es jetzt von schlimmen Bazillen.

Mama ging zur Haustür.

»Wer ist da?«, rief sie laut.

»Taxi! Sie hatten angerufen!«

Mama machte die Tür auf, und davor stand ein Marokkaner, der angezogen war, als ob er zu einer Beerdigung wollte. Er lächelte sie an. Mama sieht ziemlich gut aus. Männer kriegen bei ihr immer Stielaugen.

»Sind Sie mit einem Transporter da?«

»Klar. Darum hatten Sie doch gebeten.«

»Hier sind die Koffer.«

Der Taxifahrer hob die beiden ersten Koffer viel zu schnell hoch. Er stöhnte, als er merkte, wie schwer sie waren.

»Sie reisen nicht gerade mit leichtem Gepäck«, presste er zwischen den Zähnen hervor.

»Nie«, sagte Mama.

Sie selbst nahm den dritten Koffer, meinen Extrakoffer mit Büchern und Spielzeug. Draußen stand ein grauer Mercedes-Transporter. Die beiden hinteren Türen standen offen. Ich blieb noch mit meinem Rucksack in der Diele stehen und sah mich ganz, ganz gründlich um. Was ich sah, wollte ich nie mehr vergessen. Es war nirgendwo so schön gewesen wie hier. Das Wetter war zwar oft nicht so besonders, aber es war toll, mit dem Fahrrad zur Schule fahren zu können. Und ich konnte mit allen in der Sprache sprechen, in der ich auch träumte. Mama kam noch einmal rein und guckte zum letzten Mal nach, ob alles abgeschlossen war.

»Komm«, sagte sie dann und zog den Hausschlüssel aus ihrer Tasche.

Über die De Lairessestraat fuhren wir aus der Stadt raus. Es war später Nachmittag, und es war viel Verkehr. Auf den

Radwegen ein einziger Strom von Radfahrern in jedem Alter. Straßenbahnen bimmelten.

»Wohin, Mama?«, flüsterte ich.

Sie schüttelte den Kopf. Solange der Taxifahrer dabei war, wollte sie nichts sagen. Oder vielleicht wusste sie es auch selbst noch nicht. Sie würde am Flughafen Tickets kaufen. Sie würde bar bezahlen. Das machte fast keiner mehr, aber sie sagte, dass das sicherer war, als wenn man mit Kreditkarte bezahlte. *Cash is king.* Warum, wusste ich nicht.

»Fahren wir noch bei FedEx vorbei?«

»Das erledigen wir auf dem Flughafen«, sagte sie. »Ich werde mich dort informieren.«

Es hätte nichts gebracht, mich mit ihr zu streiten. Für sie war ich noch ein Baby, obwohl ich schon zehn war und viel mehr wusste, als sie dachte. Ich schaute auf die vollen Straßen und die Amsterdamer Backsteinhäuser raus. Auch auf der Autobahn war viel Verkehr. Immer wieder standen wir im Stau. In den Autos um uns herum sah ich Leute, die redeten, obwohl sie ganz allein waren. Die telefonierten alle. Nach einer halben Stunde nahm das Taxi die Ausfahrt nach Schiphol. Da war nicht so viel los.

»Welche Halle?«, fragte der Fahrer.

Mama musste nach einer Antwort suchen.

»Am besten KLM«, sagte sie.

Das Taxi fuhr auf einer gesonderten Spur zu einer großen Halle. Bei der Nummer zwei hielt es an. Wir stiegen aus, und Mama zog einen Gepäckwagen aus einer riesigen Schlange von zig anderen. Der Taxifahrer türmte die Koffer darauf, und Mama bezahlte.

Wir gingen in die große Halle, wo mindestens tausend

Leute waren. Wir mussten kurz suchen, bis wir die Ecke gefunden hatten, wo man Tickets kaufen konnte. Am Schalter für die Business Class kam Mama sofort dran.

Eine große blonde Frau in blauer Uniform begrüßte uns.

»Wann geht der nächste Flug nach Asien?«, fragte Mama. »Mumbai?«

Die blaue Frau tippte etwas ein und sagte: »Das wird heute nichts mehr. Morgen früh, über Paris. Um halb elf von dort. Sie können den Acht-Uhr-Flug von Amsterdam nach Paris nehmen. Dann haben Sie anderthalb Stunden zum Umsteigen, mehr als genug.«

»Und heute Abend geht kein Flug mehr?«

»Wenn Sie wollen, können Sie jetzt schon nach Paris fliegen. Dann können Sie dort übernachten und haben morgen früh ein wenig mehr Ruhe.«

»Ja. Buchen Sie bitte den nächsten Flug nach Paris, und von dort dann morgen Vormittag weiter nach Mumbai. Oder nein, Beijing, wie sieht es damit aus? Gibt es dorthin heute noch einen Flug?«

Die blaue Frau tippte wieder etwas ein. Ich sah ihrem Gesicht an, dass sie es ziemlich komisch fand, dass wir nicht wussten, wohin wir wollten.

»Der KLM-Flug von halb sechs ist schon geschlossen. Aber es gibt noch einen Flug mit China Southern, um fünf vor neun heute Abend. Soll ich den für Sie buchen?«

»Ja, gerne.«

»Business?«

»Ja.«

Ich wusste, dass wir für China ein Visum brauchten, daran hatte Mama nicht gedacht. Ich wusste das, weil einer aus meiner Klasse bei einem Referat mal so ein Visum gezeigt hatte. Aber bevor ich etwas sagen konnte, piepste das Telefon von der blauen Frau, so ein richtig altmodisches mit Schnur. Die Frau nahm ab. Sie sagte nichts, sondern hörte nur zu und machte plötzlich ein ganz ernstes Gesicht. Sie klapperte dauernd mit den Augenlidern, während sie uns anstarrte und zuhörte.

»Gut, gut«, sagte sie zum Schluss und legte auf. Dann sagte sie zu Mama: »Es gibt einen Notfall hier auf dem Flughafen, gerade passiert. Die Halle muss geräumt werden. Alle Flüge sind gestrichen. Tut mir leid, aber ich kann jetzt keine Buchung für Sie machen.«

»Was meinen Sie mit gestrichen?«, fragte Mama. Ich konnte ihrer Stimme anhören, dass sie sauer war.

»Der Luftraum über Schiphol wird jetzt geschlossen. Der gesamte Flugbetrieb ist stillgelegt.«

Mama fragte: »Hat es ein Unglück gegeben?«

»Es ist ein Notfall. Mehr kann ich nicht sagen.«

Über die Lautsprecher in der Halle gab jetzt eine Frauenstimme an alle durch: »*Sehr geehrte Damen und Herren, ich bitte um Ihre Aufmerksamkeit. Im Zusammenhang mit einem Notfall müssen die Abflughallen so schnell wie möglich geräumt werden. Nehmen Sie alle persönlichen Sachen mit. Es ist dringend. Ich wiederhole...*«

Komischerweise wurde es ganz still in der Halle. Alle hörten mit angehaltenem Atem zu. Die Durchsage wurde auf Englisch, Französisch, Spanisch und Deutsch wiederholt. Abwartend sah ich Mama an. Wir konnten nicht weg. Würde sie jetzt ein Auto mieten und nach Paris fahren? So war sie nämlich. Aber ich musste versuchen, sie daran zu hindern – schönes Wort, hindern, hab ich auch aus einem Buch.

»Tut mir leid«, sagte die blaue Frau. »Ich kann momentan nichts für Sie tun. Ich hoffe, wir können bald Entwarnung geben.«

»Wo können wir hier warten?«, fragte Mama.

»In einem der Hotels. Oder im Untergeschoss, bei den Läden. Entschuldigen Sie bitte, aber ich muss jetzt gehen.«

Sie ging weg, und ich schaute mich in der Halle um. An den Ausgängen war jetzt ein großes Gedränge. Alle wollten sofort raus, aber das ging nicht.

»Was ist denn los, Mama?«

»Ich habe keine Ahnung. Vielleicht eine Bombendrohung. Es gibt immer Idioten, die so was machen.«

Sie schob den schweren Gepäckwagen Richtung Fahrstühle. Wahrscheinlich wollte sie unten bei den Läden warten. Dort waren auch die Rolltreppen zu den Bahngleisen. Wir blieben aber in den Menschenmassen stecken und kamen kaum zehn Meter voran. Ich hörte Leute fluchen. Etwas weiter weg stand eine Frau, die laut schrie.

Ein Mann neben uns hatte sein Handy am Ohr. Ich fing ein Wort auf, das er zu dem Mann neben ihm sagte.

»Entführung.«

Meine Mutter hatte es auch gehört. »Eine Entführung, eine Flugzeugentführung?«, fragte sie.

Der Mann nickte. »Mein Büro rief gerade an, sie haben befürchtet, dass ich an Bord bin. Ein Flugzeug, das hier auf dem Rollfeld steht. Turkish Airlines. Ist schon im Radio.«

Mama sagte: »Es ist schon im Radio, und wir werden hier nicht informiert?«

Der Mann zuckte die Achseln. »Sie wollen hier keine Panik, schätze ich. Vielleicht gibt es auch eine Bombendrohung, das weiß man nicht. Erst mal sehen, wie wir hier wegkommen.«

Mamas Handy klingelte, und ich sah, dass es Leon war. Mama starrte aufs Display und wartete, bis es aufhörte zu klingeln. Aber gleich danach klingelte es schon wieder. Sie seufzte und drückte auf die Ruftaste.

»Ja…?« Sie hörte zu. »Ich habe es gerade gehört, ja.« Sie schüttelte den Kopf, ohne etwas zu sagen. »Nein, das ist kein Schicksal. Das ist Pech. Ich werde einen Leihwagen nehmen.«

»Mama, ich will hierbleiben! Morgen ist die Party!«

Sie beachtete mich gar nicht.

»Ja, hier herrscht Chaos«, sagte sie zu Leon. »Wird 'ne Weile dauern, bis wir draußen sind.« Sie hörte zu. »Wenn es lange dauert, nehmen wir einen Leihwagen.« Sie hörte zu. »Nein, du brauchst nicht zu kommen. Das wird dir ohnehin nicht gelingen. Hier ist kein Durchkommen mehr. Ich glaube, wir gehen ins Hotel. Dann sind die Koffer aufgehoben, und wir können dort warten, bis es vorbei ist.« Sie hörte zu. »Nein, ich komme nicht zurück.«

Ich rief: »Ich will aber zurück, Mama! Ich gehe zurück!«

Ich ließ sie stehen und rannte zwischen den Menschen durch. Mama war immer schnell, aber diesmal konnte sie mich nicht aufhalten. Zwischen den Menschen und den Gepäckwagen war ich im Nu verschwunden. Ich hörte sie meinen Namen rufen. Wenn es sein musste, würde ich auf der Autobahn nach Amsterdam zurücklaufen. Ich musste zu der Party. Ich hatte das Geschenk für Lia im Rucksack.

Eine Flugzeugentführung. Wow, cool. Ich hatte zweihundert Euro. Ich hatte mein BlackBerry dabei. Und auch den Schmuse-Esel – war zwar ein bisschen babyhaft, und ich nahm ihn auch nachts nicht mehr in die Arme, aber ich hatte ihn schon so lange. Ich rannte wie im Slalom zwischen den Leuten durch nach unten, auf den Bahnsteig. Ich fuhr einfach zum Amsterdamer Hauptbahnhof, und von dort mit der Straßenbahn zum Concertgebouw. Ab da waren es noch ein paar Minuten zu Fuß bis nach Hause. Ich hatte noch meinen Schlüssel. Das war super!

13
JOB

Noch nie hatte sich Job Cohen mit Bush identifiziert; er hatte in ihm immer nur einen ziemlich plumpen texanischen Rüpel gesehen, einen schlauen, aber ungebildeten Cowboy. Als Bush in einer Grundschule in Florida die Nachricht ins Ohr geflüstert wurde, dass ein zweites Flugzeug in die Twin Towers geflogen war, machte er ein Gesicht, als habe man ihm in die Eier getreten und als könne er sich nicht rühren, solange der lähmende Schmerz durch seine Nieren zog.

So in etwa erging es Cohen jetzt auch.

Er besuchte gerade eine Grundschule, die bei Kindern mit Migrationshintergrund, die in diesem Viertel im Übrigen die Mehrheit darstellten, gute Erfolge erzielte. Er hospitierte beim Sprachunterricht nach einer neuen, verbesserten Methode. Cohen hatte schon einiges an »revolutionären« Unterrichtsmethoden ins Land gehen sehen, es gab ja alle paar Jahre wieder was anderes, aber es gehörte zu seinen Aufgaben, die Leute zu ermutigen und das Spiel von Hoffnung und Wandel mitzuspielen.

Während des Unterrichts – Cohen saß noch keine fünf Minuten, weil er lange mit Marijke telefoniert hatte, in einer Ecke, für niemanden hörbar – öffnete sich die Tür einen Spaltbreit, und sein Sekretär Henk van Ast hielt sein Handy herein und tippte darauf. So etwas machte Henk nur im Notfall.

Cohen stand sofort auf. Offensichtlich war etwas Ernstes vorgefallen. Er machte eine entschuldigende Gebärde zur Lehrerin hinüber – hübsches Mädchen, aber noch sehr jung – und murmelte etwas von einem dringenden Anruf.

Die Lehrerin sagte zu der Klasse der Achtjährigen: »Der Herr Bürgermeister muss dringend telefonieren, aber danach kommt er wieder zu uns.«

»Das verspreche ich«, sagte Cohen.

Van Ast trat beiseite, um ihn durchzulassen. Während er seinem Chef auf dem Korridor das Handy reichte, sagte er: »Explosion unter der Stopera. Viele Verletzte. Erhebliche Schäden.«

Cohen starrte ihn einen Moment lang mit offenem Mund an. Kein Hirn kann solche Mitteilungen fassen. Cohen dachte sofort an Terrorismus. An Ärger und Schlamassel. Als Bürgermeister war er auch Dienstherr der Polizei und musste etwas tun. Aber er hatte keine Ahnung, was. Eine Explosion unter der Stopera? Es gab Richtlinien für solche Situationen. Er hatte sie irgendwann mal mit Leuten vom Innenministerium, vom Justizministerium, von Polizeispitze und Rettungsdiensten durchgenommen. Und was noch hinzukam: Als er das Telefonat mit Marijke beendet hatte, war sie gerade in die Tiefgarage unter dem Opernhaus gefahren. Sie sagte: »Vielleicht hab ich gleich kein Netz mehr, Job, ich fahre jetzt rein. Bis später.« Das war vor wenigen Minuten gewesen.

Cohen fühlte sich Bush auf einmal sehr nahe.

Er hielt das Telefon in der Hand, ohne es ans Ohr zu

setzen, und fragte: »Ist die Ursache schon bekannt? Terroranschlag?«

Van Ast sagte: »Gasleck.«

Ein Gasleck. Glück im Unglück. Solche Lecks ließen sich mit Kommissionen bewältigen. Aberwitzig, jetzt erleichtert zu sein, aber er fühlte, wie sich sein Herzschlag beruhigte. Gaslecks machten ihm keine Angst, wohl aber Terroranschläge. Und er befürchtete, dass Marijke etwas passiert sein könnte.

Cohen deutete auf das Telefon, und van Ast begriff, dass er wissen wollte, wer dran war.

»Der Polizeipräsident«, sagte van Ast leise.

Van Ast war um die dreißig, hager und hatte aschgraues Haar, ein Workaholic, der bei Cohen seine Feuerprobe machte, um zu gegebener Zeit bei einem multinationalen Unternehmen für mehrere Hunderttausend im Jahr den *Corporate Communications Desk* zu leiten. Van Ast sah blass aus – schon seit Wochen. Seine Frau hatte vor vier Monaten Zwillinge bekommen.

Der Bürgermeister drückte das Handy an sein Ohr und sagte: »Cohen.«

»Welten.«

»Wie schlimm ist es, Bernard?«

»Ein Trümmerhaufen. Die ganze Vorderfront ist weggebrochen, ein großer Teil des Eingangsbereichs und ein Teil des Opernsaals sind hin. Es brennt wie verrückt. Wir haben noch keinen Überblick über die Zahl der Verletzten, aber es sind viele. Dutzende. Von Toten weiß ich noch nichts. Es ist in der Tiefgarage passiert.«

»Und das Rathaus?«

»Wird jetzt geräumt. Steht noch, aber durch die Detonation und die Druckwelle sind alle Fensterscheiben kaputtgegangen. Viele Leute mit Schnittwunden dort. Das Feuer hat noch nicht aufs Rathaus übergegriffen. Wir sind mit allem vor Ort, was uns zur Verfügung steht, alle sind auf den Beinen. Auch umliegende Gebäude sind in Mitleidenschaft gezogen worden. Wir haben die Wibaut abgesperrt, für die Krankenwagen vom und zum OLVG. Dort hat man sämtliche Leute für Notoperationen zusammengetrommelt. Wir werden das ganze Viertel absperren und von Haus zu Haus gehen, um zu sehen, wer noch alles durch herumfliegende Glassplitter verletzt wurde. Wir haben keine Ahnung, wie viele Menschen womöglich noch unter den Trümmern liegen. Ein Riesenschlamassel, Job.«

»Schaffen wir es mit den Leuten und der Ausrüstung, die wir haben?«

»Ich habe noch keinen Überblick. Es ist ein wahnsinniges Chaos.«

»Können wir das Rathaus als Schaltzentrale benutzen?«

»Dort geht gar nichts mehr. Es gibt Probleme mit der Stromversorgung und den Kommunikationsverbindungen, und wir wissen nicht, wie es mit den Gasleitungen aussieht, vielleicht gibt es weitere Bruchstellen. Wir kommen im Präsidium zusammen.«

»Es war doch wirklich Gas, oder, Bernard?«

»Sieht so aus, ja.«

»Du kannst es also nicht mit Sicherheit sagen?«

»Irgendwer von Liander hat angerufen, dass geräumt werden soll. Sie hätten ein Gasleck festgestellt. Befürchtest du etwas anderes, Job?«

»Was glaubst du?«

»Es sieht wirklich nach einer Gasexplosion wegen eines Lecks aus.«

»Gut. Ich bin schon auf dem Weg.«

Er musste der netten Lehrerin sagen, dass er nicht wiederkommen würde, aber van Ast war in Entschuldigungen geübt und bot sich sofort als Überbringer der enttäuschenden Nachricht an.

Cohen hätte eigentlich die ganze Unterrichtsstunde lang bleiben sollen, und danach war noch eine Sitzung mit Lehrkörper, Eltern und Pädagogen geplant, aber die würden sicher alle Verständnis haben.

An diesem Tag wurde er von vier Sicherheitsleuten des DKDB eskortiert, des Schutz- und Begleitdienstes für das Königshaus, Diplomaten und bedrohte Politiker. Vor der Schule wartete ein gepanzerter Mercedes. Cohen sah es als seine Aufgabe an, alle Bewohner seiner Stadt, egal welcher ethnischen Gruppe und welchem Glauben sie angehörten, zum friedlichen Zusammenleben zu zwingen, doch seit dem Mord an Theo van Gogh hatten islamistische Fundamentalisten ihn ins Visier genommen. Er war Jude, der Oberjude des Sodom und Gomorrha an der Nordsee. Als postreligiöser Progressiver hatte er seine eigene Ethnizität immer als archaische Folklore abgetan, doch sie war einem hartnäckigen Parasiten gleich genauso an ihm haftengeblieben wie sein Name. Er hatte sich nie mit seiner jüdischen Herkunft gebrüstet, hatte darin nie etwas Außergewöhnliches oder Hehres gesehen, sondern nur Aberglauben und jahrhundertelanges Elend. Ohne selbst etwas dazu beigetragen zu haben, war er für die Außenwelt seit van Goghs

Tod jüdischer als je zuvor. Er lebte jetzt hinter einer Mauer von Sicherheitsleuten. Er bekam Drohmails. Im Sekretariat des Rathauses wurden Briefkuverts geöffnet, deren Inhalt vortäuschen sollte, es handele sich um einen Anthrax-Anschlag. Auf Internetsites von Fanatikern wurde er Jud Cohen genannt.

Bevor er in den Wagen stieg, zog er sein Privathandy hervor, ein kleines Samsung, das in seine Handfläche passte. Damit führte er Gespräche, die nicht auf den Anruflisten seines Bürgermeistertelefons auftauchen sollten. Marijkes Nummer war unter 1 gespeichert. Sie nahm nicht ab.

Vor seinem Mercedes fuhr ein BMW der Sicherheitsleute und ein zweiter BMW folgte. Blaulichter wurden auf dem Dach angebracht, und Sirenen begannen zu heulen. Er sah, wie Vögel erschrocken und unbeholfen von dem Flachdach des Neubaukomplexes wegflatterten, in dem die Schule untergebracht war.

Er ahnte nicht, dass noch ein zweiter Bush-Moment kommen sollte.

Unterwegs hatte er den Minister für Sicherheit und Justiz am Apparat, und danach den Ministerpräsidenten. Wenn Cohen auf den Vorschlag seiner Partei-Elite eingegangen und als Chef der Sozialdemokraten nach Den Haag gegangen wäre, hätte er jetzt womöglich selbst einen dieser Posten bekleidet. Aber er hatte das geheime Angebot – außer dem kleinen Kreis der Parteispitze wusste niemand davon – abgelehnt. Er rechnete im Juni 2010 nicht damit, dass aus den Wahlen eine überlebensfähige Koalition hervorgehen würde. Die Niederlande waren ein Koalitionsland. Die

Essenz ihrer Politik war der Kompromiss. Darin war er auch versiert, doch der Aufstieg der PVV von Geert Wilders stand einem Mitte-Links-Kabinett im Weg. Cohen war Bürgermeister von Amsterdam geblieben. Und seine Partei war, wie er es vorhergesehen hatte, in Den Haag auf der Oppositionsbank gelandet. Das war für ihn nicht der richtige Ort. Er war der geborene Entscheidungsträger. Ein Technokrat – der Begriff hatte für ihn nichts Negatives.

Minister und Premier sagten ihm ihre Unterstützung zu und baten darum, über die weiteren Entwicklungen auf dem Laufenden gehalten zu werden, und er dankte ihnen für ihre Anteilnahme und versprach, sie telefonisch zu informieren, sobald er einen besseren Überblick hatte. Der Sicherheits- und Justizminister bot an, schon einmal Analysten der Nationalen Koordinationsstelle für Terrorabwehr und -schutz (NKTS) ans Werk zu setzen, aber Cohen hielt das für verfrüht. Vorerst deute nichts auf ein kriminelles oder terroristisches Motiv hin. Es handelte sich um ein Gasleck. Es musste ein Gasleck sein. Oder war das reiner Selbstbetrug?

Konnten Gaslecks durch einen Terroranschlag verursacht werden? Natürlich. Er rief den Justizminister sofort zurück und sagte, dass eine Analyse seitens der NKTS natürlich sehr willkommen sei. Sämtliche Optionen wahrnehmen. Nach 2001 war das dringend geboten.

Van Ast, der auf dem Beifahrersitz saß, sagte: »AT5 hat schon Bilder. Wollen Sie sie sehen?« Auf der Rückseite seines Sitzes war in der Kopfstütze ein Fernsehbildschirm angebracht.

»Ja«, antwortete Cohen.

Auf dem Bildschirm waren zuerst nur bunte Striche zu sehen, die sich aber verdichteten, bis plötzlich ein klares Bild entstand. Es zeigte die Vorderseite des Opernhauses, das mit dem Rathaus ein architektonisches Ganzes bildete, die sogenannte Stopera. Kein Gebäude, das man sofort mochte, dafür war es zu streng und zu hart, aber Cohen hatte sich an die geraden Linien gewöhnt und das Arrogant-Regenteske der Architektur im Laufe der Jahre als charakteristisch für diese Stadt akzeptiert, die nach außen hin anarchistisch wirkte, im Innern aber schon seit Generationen von einer starken sozialdemokratischen Elite regiert wurde.

Der Opernhausteil der Stopera hatte einen weitläufigen, hohen Eingangsbereich hinter einem Halbrund aus stilisierten Grachtenhausfassaden. Schwarze Rauchwolken beeinträchtigten die Sicht auf das Gebäude, aber es war unverkennbar, dass große Stücke der Außenwand weggebrochen waren. Das massive Dach schien noch intakt zu sein.

Cohen, der mit den Abläufen bei der Feuerwehr vertraut war, wusste, dass die Leute nur mit größter Vorsicht in das Gebäude hineinkonnten, weil zunächst festgestellt werden musste, ob Einsturzgefahr bestand. War das geklärt, ging es als Erstes darum, Menschen zu retten. Das hatte höchste Priorität. Ein Journalist kommentierte die Fernsehbilder. Der Amsterdamer Stadtsender AT5 habe sämtliche Kamerateams bei der Stopera postiert. Sie könnten das Gebäude aus mindestens zehn Perspektiven zeigen. Man sah eine chaotische Ansammlung von Feuerwehrfahrzeugen, Polizei- und Krankenwagen.

Die Operation hatte noch keine klare Linie, da wurde noch zu viel hin- und hergerannt, und zu viele Fahrzeuge waren falsch geparkt. Es war unübersehbar, dass die Dienste ihre Befehlsstrukturen noch nicht ausreichend koordiniert hatten; das würde, wie Cohen wusste, in den kommenden Minuten passieren, wenn sich die Kommandanten bei der sogenannten »Motorhaubenbesprechung« in die Augen blicken konnten. Jetzt wurde noch improvisiert, und es ging darum, schnellstmöglich Überlebende aus den Trümmern zu holen. Ein Kameramann setzte eine Verletzte ins Bild, eine Frau mittleren Alters, die von einer grauen Staub- oder Ascheschicht überzogen war und laut wimmerte. Es folgte ein Zoom auf ihr schmerzverzerrtes Gesicht – perverser Voyeurismus.

Cohen wandte den Blick ab und schaute auf die Bahngleise hinaus, an denen sie jetzt entlangfuhren.

»Mach's aus«, sagte er zu van Ast. »Ich bekomme das ja gleich alles zu sehen.«

Zu beiden Seiten des Mercedes tauchten jetzt Polizisten auf Motorrädern auf, die vorfuhren und die Kreuzungen blockierten, damit der Wagen nicht aufgehalten wurde. Das System funktionierte.

Cohen wählte noch einmal Marijkes Nummer. Wieder keine Antwort.

Bernard Welten, sein Polizeipräsident, rief erneut auf seinem offiziellen Handy an. »Hast du AT5 an?«

»Ich hab's gerade wieder ausgemacht.«

»Wir haben jetzt einen Kommandowagen vor Ort. In fünf Minuten läuft dort alles wie am Schnürchen.«

Cohen fragte: »Gibt es Tote?«

»Schwerverletzte, etwa zwanzig. Dutzende Leichtverletzte. Keine Toten, soweit ich bisher weiß. Aber mindestens zehn Menschen schweben in Lebensgefahr. Das OLVG ist in Bereitschaft.«

»Waren Leute im Opernsaal? War eine Aufführung?«

»Es waren Proben.«

Cohen wusste davon. Marijke hatte es erzählt.

»Das Nationalballett?«, fragte er.

»Ich weiß es nicht – ich werde mal nachfragen, eine Sekunde.«

Marijkes jüngster Bruder tanzte im Nationalballett, einer der wunderbarsten Tanzgruppen der Welt. Er war zwölf Jahre jünger als Marijke. Ein eleganter Tänzer, muskulös und geschmeidig, ganz wie seine Schwester, die Soziologieprofessorin an der Universität Amsterdam war. Cohen war beim Umtrunk nach einer Vorstellung des Balletts vor einem knappen Jahr mit ihr ins Gespräch gekommen. Drei Tage später hatten sie in einem kleinen Hotel in Zandvoort zum ersten Mal miteinander geschlafen.

Professor Doktor Marijke Hogeveld, geschieden, Mutter von drei Kindern, mit dem straffen Körper einer Dreißigjährigen.

Sie nahm sich seiner an, und er stellte danach erstaunt fest, dass es ihm komplett egal war, ob sie womöglich seinen Untergang bedeutete. Alles, was sie ihm geben würde, würde er dankbar annehmen. Sie sahen sich mindestens einmal die Woche, es gab aber auch Phasen, in denen sie sich drei-, viermal hintereinander trafen. Dafür nahmen sie das Apartment ihres Bruders Filip in Anspruch. Der war mehr oder weniger mit seinem Freund zusammengezogen und benutzte das Apartment an der Nieuwe Prinsengracht höchstens noch als erweiterten Kleiderschrank. Cohen konnte dort ungesehen ein und aus gehen. Beim letzten Mal hatte er allerdings seine Brieftasche mitsamt Kreditkarten dort vergessen. Marijke wollte sich an diesem Tag die Proben ihres Bruders ansehen und bei der Gelegenheit die Brieftasche holen und sie im Rathaus bei einem seiner Mitarbeiter hinterlegen. In einem Umschlag, damit niemand Fragen stellte. Cohen hatte Erfahrung mit solchen Dingen.

»Job?«, hörte er Welten wieder.

»Ja!«

»Das Nationalballett, ja.«

»Bis gleich, Bernard.«

Cohen unterbrach die Verbindung und wählte abermals Marijkes Nummer. Van Ast und der Fahrer, Richard Mulder, würden hören können, was er sagte, aber er war darin geübt zu verschleiern, worum es eigentlich ging.

Er ließ das Telefon läuten, bis sich Marijkes Mailbox meldete. Er wählte ihre Nummer in der Universität.

»Sekretariat Professor Hogeveld«, meldete sich eine Frauenstimme.

Die Sekretärin hieß Sandra. Sie war darüber im Bilde, was zwischen dem verheirateten Bürgermeister und der geschiedenen Professorin lief.

»Hier Cohen. Ist die Frau Professor zu sprechen?«

»Nein, Herr Cohen, sie hat noch nichts von sich hören lassen. Ich mache mir schon Sorgen, denn sie wollte zur Stopera.«

»Ja, ich weiß.«

»Sie wollte sich eine Probe ansehen und noch etwas im Apartment ihres Bruders holen.«

Cohens Brieftasche wollte sie holen. Einfach vergessen.

Konnte passieren. Aber dumm. Mein Gott, dumm und womöglich fatal. Die Premiere war übermorgen, Cohen war in seiner Funktion als Bürgermeister dazu eingeladen, und der Besuch der Vorstellung war in seinem Terminplan vorgemerkt. Später am Abend wollte er Marijke dann in dem Apartment wiedersehen. Da hätte er die Brieftasche einfach wieder mitnehmen können. Das wäre weit weniger aufwendig gewesen. Wenn er seine Brieftasche nicht vergessen hätte, wäre sie natürlich nicht zu dieser Probe gegangen. Aber so hatte sich alles gut kombinieren lassen: Brieftasche abholen, im Rathaus abgeben, Probe ihres Bruders anschauen. Vielleicht war ihr etwas zugestoßen. Man würde seine Brieftasche finden. Kreditkarten versengt, geschmolzen, hinüber.

»Haben Sie meine Nummer?«

»Ja, Herr Cohen, die hat mir Frau Hogeveld vor einiger Zeit diskret gegeben.«

Damit bestätigte sie dezent, dass sie wusste, dass er wusste, dass sie es wusste. »*Diskret*«.

»Lassen Sie es mich bitte sofort wissen, wenn Sie etwas von Frau Professor hören«, sagte Cohen. »Vielen Dank.«

Er ließ das Handy in seine Tasche gleiten. Die Polizisten auf den Motorrädern hielten den Haarlemmerweg frei. Die Stadt war zum Stillstand gekommen. Es würde ein Verkehrschaos geben. Katastrophentouristen. Familien in Angst, panisch vor Sorge. Er würde heute Abend ein paar Worte sagen müssen, vielleicht auch schon früher. In einer Stunde oder so.

»Van Ast, wir brauchen eine Presseerklärung.«

»Ich habe schon angerufen. Wir haben vier Autoren zur

Verfügung. Und ich habe Leon de Winter eine Nachricht hinterlassen. Er war der Einzige, den ich nicht gleich erreichen konnte«, sagte van Ast.

Leon de Winter hatte Cohen in seinen Kolumnen zwar regelmäßig heruntergemacht, aber van Ast hatte von Ayaan Hirsi Ali gehört – bei einer der seltenen Begegnungen, die noch möglich waren, nachdem sie ein Politstar geworden war –, dass de Winter ihr dann und wann bei der Abfassung von Artikeln und Reden assistierte, und was sie sagte und schrieb, war ja in rhetorischer Hinsicht weiß Gott nicht das Schlechteste, was Politiker in den Niederlanden in den vergangenen Jahrzehnten von sich gegeben hatten. So hatte van Ast de Winter denn vor ein paar Jahren angesprochen. Und ach, wie nett der sich plötzlich über Cohen äußerte – wie die meisten Polemiker feige und scheißfreundlich, wenn sie auf einmal entdecken, dass die Zielscheiben ihrer Verachtung Menschen aus Fleisch und Blut sind, und vor allem, wenn sich die Aussicht auf einen gutbezahlten Auftrag eröffnet. Wenn es theatralisch und dramatisch sein solle, könne sich Cohen gerne an ihn wenden, mailte de Winter damals aus Los Angeles.

Zweimal beauftragte van Ast de Winter daraufhin, eine Rede für Cohen zusammenzubasteln. Und de Winter leistete gute Dienste. Beim dritten Mal aber zeigte sich, dass de Winter ein linker Hund war. Van Ast hatte ihn gebeten, den Van-der-Wielen-Vortrag »aufzupolieren«, den Cohen im März 2010 in Leeuwarden halten sollte. De Winter verlangte siebeneinhalbtausend Euro. Ein aberwitziges Honorar für einen Tag Arbeit. Van Ast ging darauf ein.

Der Titel des Vortrags lautete »Finanzkrise passé – Chancen für unsere Gesellschaft«. Laut Ankündigung sollte es darin um den Scheideweg gehen, an dem die Niederlande standen: »Die zentrale Frage bei den kommenden Wahlen – und weit darüber hinaus – muss sein: In was für einer Gesellschaft wollen wir leben? Entscheiden wir uns für eine Gesellschaft der breiten Mitte, in der Möglichkeiten der sozialen Mobilität eine lockende Perspektive darstellen? Eine Gesellschaft mit einer starken, unternehmerischen, innovativen, grünen Wirtschaft? Eine Gesellschaft, in der verantwortliche Bürger von unten genauso gefragt sind wie von oben?«

Dass de Winter Cohens Vortrag mit abgegriffenen Worthülsen von Politiker-Urgesteinen spickte und ihn geradezu mutwillig mit Klischees überfrachtete, entging weder Cohen noch van Ast. Doch in der naiven Annahme, dass der Schriftsteller wohl sicher gewusst hatte, was er tat, hielt Cohen den Vortrag trotzdem. Und dann hatte de Winter ihn drei Tage später in einem Artikel im *Elsevier* dafür angegriffen. Diese Chuzpe! Da zitierte er doch tatsächlich hämisch einige von ihm selbst eingeflochtene Sätze und schlug Cohen mit Waffen, die er eigenhändig beschafft hatte.

Van Ast hatte ihm eine Mail geschickt: »Stolz? Zufrieden? Jegliche Integrität passé?« Antwort von de Winter: »Sorry, aber wenn ihr nicht gesehen habt, was für ein Quark das war, geschieht es euch ganz recht.«

Cohen konnte nicht darüber lachen. Das war ein gemeiner, pubertärer Streich gewesen. Trotzdem, vielleicht hatte van Ast recht, vielleicht konnte es jetzt nicht schaden, de Winter um ein wenig rhetorisches Theater zu bitten.

»De Winter ist ein Arsch«, sagte Cohen. »Aber er kann

mit Sprache umgehen. Achte bitte darauf, dass er uns nicht wieder austrickst.«

Sie bogen in die Nassaukade ein und schossen an den stattlichen Häusern mit Blick auf die Singelgracht vorüber. Bei jeder Seitenstraße blockierte ein Polizist auf dem Motorrad den Durchgangsverkehr. Die Operation lief wie geschmiert, sie wurde von versierten Motorradfahrern ausgeführt, die ständig miteinander in Kontakt standen und dafür sorgten, dass der Konvoi den Bürgermeister ungehindert im Eiltempo ins Polizeipräsidium bringen konnte.

Die Polizeisirenen machten einen fürchterlichen Lärm, aber dennoch hörte Cohen zwischendrin noch andere Sirenen, ein hysterisches Heulen erfüllte die ganze Luft. Mit einem Knopfdruck öffnete er sein Seitenfenster, was eigentlich nicht erlaubt war, und horchte auf die jaulende Stadt.

Die Kolonne raste in die Marnixstraat, der Fahrtwind strich Cohen übers Gesicht. Er war früh aufgestanden. Bei seinem starken Bartwuchs würde er sich rasieren müssen, bevor er später vor die Fernsehkameras trat. Van Ast hatte ein Auge dafür und würde ihn in einen Raum führen, wo Rasierapparat und Kamm bereitlagen sowie eine Bürste, um die Schuppen von seinen Schultern zu entfernen. Er musste sich gerade aufrichten und mit fester Stimme sprechen – Tatkraft musste er ausstrahlen. Die Stadt sollte darauf vertrauen, dass er jetzt alles Nötige in die Wege leitete. Morgen musste er Verletzte besuchen. Vielleicht nachher schon einmal zur Stopera fahren.

Er beugte sich nach vorn und fragte van Ast: »Wann kann ich dorthin?«

»In einer Stunde vielleicht? Es wäre nicht ratsam, das

jetzt gleich zu tun. Wenn alle Verletzten abtransportiert sind, würde ich sagen.«

Wo war Marijke? Er musste sich um alle Opfer kümmern, aber der Gedanke, dass sie gerade in der Tiefgarage war, als die Explosion stattfand, ließ ihn nicht los. Er hatte häufiger Freundinnen gehabt, manchmal sogar mehrere gleichzeitig, die er nach einem komplizierten Zeitplan traf; mit Marijke hatte er im Laufe von zehn Monaten eine engere Beziehung aufgebaut, als er es vorgehabt hatte. Er war kein schöner Mann, das heißt, schön wie George Clooney, aber Frauen fühlten sich schon immer zu ihm hingezogen. Was er mit seiner Ehefrau verabredet hatte, ging niemanden etwas an. Er würde sie niemals verlassen, niemals im Stich lassen, niemals verraten. Er wusste, wie groß sein Spielraum war, und die Presse hatte ihn diesbezüglich in Frieden gelassen. Aber sein Liebesleben blieb eine heikle Angelegenheit, die eines Tages von irgendeinem Pressefuzzi aufgeblasen werden konnte, wenn er zu lässig mit den Grenzen umging. Nicht viel im Leben war eindeutig, und das betraf auch den eigenartigen Umstand, dass Frauen auf eine kürzere oder längere Affäre mit dem Bürgermeister aus waren. Wenn er einen Öffentlichkeitstermin hatte, eine Premiere oder eine Ausstellungseröffnung oder dergleichen, waren hinterher immer Frauen da, die dem Bürgermeister ihre sexuelle Gunst bekunden wollten. Dass er verheiratet war, machte ihn offenbar umso begehrenswerter, und für diese Frauen gab es nichts Aufregenderes als die Vorstellung, dass sie seine, wie sie meinten, mühsam unterdrückten Triebe beflügeln konnten. Das Leben war ein grausamer Zirkus.

Sie hielten vor dem Polizeipräsidium, und zwei Polizisten,

die draußen bereitgestanden hatten, gingen Cohen schnellen Schrittes zum Unifizierten Kommandoraum, kurz UKR, voran, der sich im Untergeschoss befand, im betonverstärkten Sicherheitsbereich, hinter Stahltüren, die schweren Explosionen standhalten konnten. Noch eine Etage tiefer befanden sich Schutzräume, in denen man sogar einen atomaren Angriff überleben konnte. Cohen war schleierhaft, wer so etwas überhaupt überleben wollte. Eine Gasexplosion unter der Oper war schon schlimm genug.

Marijke Hogeveld war mit einem Internisten verheiratet gewesen, der ganze Abteilungen seines Krankenhauses gebumst hatte, wann auch immer sich ihm die Gelegenheit dazu bot, egal, ob es sich um Personal oder Patienten handelte, Hauptsache weiblich. Problematisch wurde es für ihn, als er von einigen ehemaligen Patientinnen verklagt wurde. Carel van Veen verlor seine Stelle und seine Ehefrau. Vor fünf Jahren waren sie geschieden worden. Marijke hatte wieder ihren Mädchennamen angenommen, ihren Mann aber noch einmal im Jahr in seinem Häuschen in der Ardèche getroffen, wo er sich jeden Tag ins Delirium soff und zwischendrin farbenfrohe abstrakte Bilder malte, mit denen er zu ihrer Verblüffung Erfolg bei vermögenden Niederländern und Russen hatte, die an der Côte d'Azur modernistische Villen mit großflächigen weißen Wänden besaßen. Marijke hatte einmal ein Buch mit Abbildungen seiner Werke mitgebracht; Carels Künstlerkarriere hatte offenbar die Stufe erreicht, wo sein Werk publiziert wurde, und es war auch gar nicht mal schlecht. Trotz allem – dem Verrat, der Schande – war sie stolz auf Carel. Cohen schätzte Menschen, die loyal waren, und die Art, wie sie das

Buch durchgeblättert hatte, hatte ihn gerührt. Sie liebte Carel noch immer. Und Cohen liebte seine Frau. Aber diese Gefühle standen einem Verhältnis nicht im Weg. In der jetzigen Phase seines Lebens legte er Wert auf die Gesellschaft einer Frau wie Marijke. Sandra, ihre Sekretärin, hatte sich noch nicht wieder gemeldet.

Im UKR war jetzt ihr Nervenzentrum. Ein Dutzend Polizisten, alle in weißem Diensthemd, bedienten mehrere Reihen von Computern. Eine andere Gruppe war noch damit beschäftigt, weitere Geräte zu installieren. Der UKR war vollbesetzt, und es wurde alles dafür getan, dass von diesem Raum aus sämtliche Operationen gelenkt werden konnten. Cohen ließ sich anschließend in den ersten Stock bringen, in den sogenannten Büstensaal, den Steinreliefs der früheren Polizeipräsidenten zierten. Dort hing ein zentraler Übersichtsmonitor, auf dem, als Cohen eintrat, gerade ein Blick von oben auf die Stopera zu sehen war, offenbar aus einem Polizeihubschrauber aufgenommen. Unter Dutzenden von Halogenlampen an der Decke stand mitten im Raum ein grauer Sitzungstisch mit etwa zwanzig Stühlen. Die Führungsetage der Polizei war anwesend, Vertreter von Feuerwehr und Rettungsdiensten, und Cohen erkannte auch den Verbindungsmann vom AIVD, der ihm viel zu fest die Hand drückte. Danach stellten sich noch drei Unbekannte von Infrastrukturabteilungen der Stadt vor sowie ein hohes Tier vom Technischen Management für Opernhaus, Rathaus und Amtswohnung des Bürgermeisters. Und natürlich war auch der Oberstaatsanwalt da, mit zwei Mitarbeitern. Das war das Fünfeck. Das Krisenteam.

Der Polizeipräsident Bernard Welten wies einen Stuhl

in der Mitte des Tisches an, und Cohen nahm Platz. Ein Notizblock war da, ein Kugelschreiber, ein Glas Wasser. Der Büstensaal hatte Fenster. Man blickte auf den Innengarten des Polizeipräsidiums hinaus.

Welten fasste die Fakten zusammen, die ihm bis dato zum jeweiligen Zeitpunkt bekannt waren: der Eingang der ersten Meldung, das Eintreffen der ersten Beamten vor Ort, der Generalalarm, den er ausgelöst habe, das Eintreffen der verschiedenen Rettungsdienste, die ersten Berichte von Augenzeugen und Opfern. Die Zufahrtswege zu den Krankenhäusern, also zu OLVG und AMC, seien für den übrigen Verkehr gesperrt worden, und alle verfügbaren Krankenwagen pendelten zwischen Stopera und den Krankenhäusern. Sie gingen davon aus, dass sich die Zahl der Verletzten auf über hundert erhöhen werde. Inzwischen seien zwei Tote geborgen worden.

»Männer? Frauen?«, unterbrach Cohen ihn.

»Zwei Männer. Sie sind noch nicht identifiziert.«

Es gebe acht Schwerverletzte, einer davon schwebe in Lebensgefahr.

»Haben wir die Namen der Schwerverletzten?«, unterbrach Cohen ihn erneut.

Welten schüttelte den Kopf. »Wir arbeiten daran.« Die umliegenden Gemeinden hätten ihre Hilfe angeboten, und er habe Krankenwagen von ihnen angenommen. Was Polizei- und Feuerwehreinheiten betreffe, seien ihre eigenen Kapazitäten ausreichend. Er gab das Wort an jemanden von der Feuerwehr weiter.

Dieser erzählte, dass das Feuer Folge einer heftigen Explosion im Zentrum der Tiefgarage gewesen sei. Die Explosion habe ein Loch in die Decke der Tiefgarage geschlagen, die zugleich Fußboden des Opernhauses sei. Die Druckwelle sei so massiv gewesen, dass die Fenster im Eingangsbereich der Oper von innen her geborsten seien. Alle umstehenden Gebäude seien beschädigt worden, bis hinüber auf die andere Seite der Amstel. Es müsse sich um ein Leck handeln, durch das viele Stunden lang so viel Gas ausgetreten sei, dass schon das kleinste Fünkchen eine katastrophale Explosivkraft habe entfachen können. Dies seien aber noch Hypothesen, bis das Feuer gelöscht sei und man vor Ort genauere Untersuchungen anstellen könne.

Ein Mann von Liander, der Firma, die für die Infrastruktur von Gas- und Energieversorgung zuständig war, übernahm und erzählte, dass innerhalb von fünf Minuten nach der ersten Meldung sämtliche Hauptgasleitungen im Viertel rund um die Stopera abgesperrt worden seien. Er hatte einen Laptop vor sich auf dem Tisch, und während die Runde schweigend zuschaute, koppelte er diesen mittels einer Bluetooth-Verbindung an den großen Bildschirm, der die hintere Wand des Raumes einnahm. Die Hubschrauberbilder von der Stopera wurden vom Straßenplan dieses Bezirks verdrängt. Die roten Linien darauf waren die Hauptgasleitungen. Der Mann erklärte, dass unter der Stopera überhaupt keine Hauptgasleitungen verliefen.

»Was wollen Sie damit sagen?«, fragte Cohen.

»Nicht mehr als das, was ich gesagt habe«, antwortete der Mann. »Das Gas muss sich über Schächte oder Rohre unter der Tiefgarage angesammelt haben. Wie das vor sich gegangen ist, wissen wir nicht. Vielleicht durch alte Kanalisationsrohre. Die Lecks müssen ziemlich groß gewesen sein.«

Cohen blickte in die Runde. »Woran fehlt es im Moment? Was wird noch benötigt, worüber wir jetzt nicht verfügen?«

»Wir haben alles, glaube ich«, sagte Welten. »Fred?«

Fred war einer der Wortführer der Feuerwehr. Er sagte, dass alles nur eine Frage der Zeit und der Organisation sei. Das Material, das eingesetzt werden könne, befinde sich bereits vor Ort. Es sehe so aus, als könne das Feuer in den nächsten dreißig Minuten unter Kontrolle sein. Er nickte dem Mann vom Technischen Management der Stopera zu und forderte ihn damit auf, ergänzende Angaben zu machen. Der Mann hatte nicht viel beizutragen. Er erzählte etwas über die Notfallrichtlinien in der Stopera und setzte sich wieder.

Welten schlug vor, in einer Stunde wieder zusammenzukommen.

Cohen blieb sitzen, während die anderen schweigend den Raum verließen. Nur Welten blieb bei ihm zurück; er ließ sich auf dem Stuhl neben dem Bürgermeister nieder.

Cohen fragte: »Wie kommt es zu so einem Leck, Bernard?«

»Bodenabsenkung? Veränderter Grundwasserspiegel? Wir befinden uns in Amsterdam, wir leben auf einem Sumpf.«

»Ich möchte wissen, ob irgendeine städtische Einrichtung hierfür verantwortlich gemacht werden kann. Du kannst darauf wetten, dass sich das Parlament mit der Sache befassen wird.« Er wollte fluchen. Es war keine Presse in der Nähe, er brauchte sich also keinen Zwang anzutun. »So eine Scheiße, so ein blöder Mist!«

Er warf einen kurzen Blick auf den großen Bildschirm, auf dem wieder die zerstörte Vorderfront des Opernhauses zu sehen war.

Feuerwehrfahrzeuge bildeten einen Kordon entlang der Süd- und Westseite des Gebäudes. Und in zweiter Reihe dahinter standen Polizeibusse und Krankenwagen. Die Blaulichter verschwanden hin und wieder in grauen oder schwarzen Rauchwolken.

Cohen konnte sich das nicht lange anschauen und wandte sich ab. Er wusste, dass sein Gesicht jetzt aschfahl war. Wenn er an Marijke dachte, befiel ihn eine schreckliche Vorahnung. Sie hätte längst angerufen, wenn ihr nichts passiert wäre.

»Das können wir nicht auch noch gebrauchen. Die Stadt ist schon total entstellt«, murmelte er. »Dieser U-Bahn-Bau war schon zu viel des Guten. Und jetzt das.«

Welten sah ihn mitleidvoll an und drückte kurz aufmunternd seinen Arm. Cohen erwiderte die Geste mit einem traurigen Lächeln und dachte: Heuchler. Er wusste, dass Welten, ein Polizist der harten alten Schule, ihn für einen Schlappschwanz hielt und ihn am liebsten unter den Trümmern des Opernhauses begraben hätte. Das hier war Cohens Desaster. An Welten blieben die finanziellen und wirtschaftlichen Folgen des U-Bahn-Baus nicht hängen. Und auch für diese Katastrophe konnte man die Polizei nicht verantwortlich machen, egal, was passierte. Welten würde man das niemals aufs Butterbrot schmieren. Ihm, Cohen, schon. Vielleicht war diese Katastrophe die Folge einer fatalen Verkettung von Zufällen, aber es bestand auch die Möglichkeit, dass sie auf vernachlässigte Wartungsarbeiten zurückzuführen war. Wie auch immer, Cohen würde für alles geradestehen müssen. Denn es ging um den Rathaus-Opernhaus-Komplex, um seine Stopera.

Welten drückte noch einmal seinen Arm. »Die Organisation steht felsenfest, Job. Wir haben jede Minute genutzt. Wir tun, was zu tun ist.«

Cohen nickte. »Sowie es möglich ist, will ich mich dort umsehen.«

»Wenn das Feuer unter Kontrolle ist und keine weiteren Explosionen zu befürchten sind, fahren wir sofort hin.«

Cohen konnte sich die Frage nicht verkneifen: »Gibt es Hinweise darauf, dass etwas anderes dahintersteckt?«

»Nein, nichts.«

Cohen flüsterte jetzt. »Ist ein Anschlag ausgeschlossen?«

Welten zuckte die Achseln. »Auszuschließen ist nichts. Wäre verfrüht. Sie müssen erst rein, dann sehen wir, was los ist. Jetzt gehen wir noch von einem Gasleck aus. Und ich glaube, dabei bleibt es auch. Ich werde unten gebraucht.« Welten meinte den UKR im Untergeschoss. Den sah man auf einem Bildschirm, der auf einem Tisch unter den Büsten der Polizeipräsidenten stand.

Leute, die gerade noch am Sitzungstisch gesessen hatten, waren dort im Gespräch, verfolgten die Bilder auf den Monitoren, machten Notizen. Cohen hörte nur das leise Summen der Klimaanlage hinter den Lamellen in der Decke.

»Ich bleibe noch kurz hier«, sagte er.

Welten ließ ihn allein, und dreißig Sekunden später sah Cohen, wie er im UKR, von drei Inspektoren umringt, ein Handy ans Ohr setzte. Cohen war zum Abwarten verurteilt. Die Richtlinien wurden befolgt, die Kommunikationsverbindungen waren offen, und das System funktionierte. Bald würde er sein Mitgefühl bekunden, einige Worte sagen können. Die richtige Mischung aus Schock, Wut (auf wen?), Kontrolle, Optimismus finden.

Er wählte die Nummer von Marijkes Büro und bekam wieder Sandra an den Apparat, die Sekretärin.

»Immer noch nichts?«

»Nein.«

»Rufen Sie mich bitte gleich an, wenn Sie etwas hören.«

Er erhob sich, ging in den UKR und mischte sich unter die Kontrolleure der Kommunikationsströme, allesamt Leute mit einer Aufgabe, die sie jahrelang eingeübt hatten, ohne zu erwarten, dass sie sie jemals ausführen müssten. Hier fand die Koordination der verschiedenen Rettungsdienste statt. Van Ast hatte ihm einen Kaffee besorgt und ließ ihn den ersten Entwurf einer Erklärung lesen, die er am späteren Nachmittag verlesen sollte. Es war warm im Raum, und er zog sein Jackett aus und reichte es van Ast. Er ließ sich bei jedem Monitor über die Daten informieren, die darauf angezeigt wurden, über die Art und Weise, wie Daten gesammelt und selektiert wurden, um sie dann an die verschiedenen Einheiten weiterzugeben. Auf einem Tablettwagen wurden belegte Brötchen und Gebäck gebracht. Es war auf eine seltsame Weise befriedigend, inmitten von Leuten zu stehen, die konzentriert und energisch ihre Rettungsarbeit verrichteten. Er sah auf einem Bildschirm, dass die ersten Feuerwehreinheiten, mutige Männer mit Sauerstoffflaschen auf dem Rücken, in Schutzanzüge gehüllt, die sie wanken ließen wie Astronauten auf dem Weg zu ihrer Rakete, das verschandelte, entzweigerissene Gebäude betraten. Neben den Krankenwagen, die mit geöffneten Türen und ausgeklappten Tragen bereitstanden, warteten Sanitäter, die Arme auf dem Rücken verschränkt, auf das, was drinnen gefunden werden würde. Die Bilder hatten keinen Ton und beeindruckten ihn dadurch umso mehr.

Im leeren Sitzungssaal telefonierte er kurz mit seiner Frau und sagte, dass es ihm gutgehe, und er sagte auch, dass ihm zum Heulen zumute sei. Bevor sie auflegte, sagte sie, dass sie ihn liebe, und er sagte das auch zu ihr. Darauf wählte er noch einmal die Nummer von Marijkes Sekretariat; das hatte zwar etwas Obszönes, aber er konnte die Anwandlung nicht unterdrücken. Noch immer nichts.

Er hatte ein zweites Gespräch mit dem Ministerpräsidenten, und ebenso mit dem Minister für Sicherheit und Justiz. Die Nationale Koordinationsstelle für Terrorabwehr und -schutz hatte keine spezifischen Hinweise gefunden. Die Explosion war inzwischen überall auf der Welt in den Nachrichten. CNN und BBC berichteten, es stand in den Online-Ausgaben aller großen internationalen Zeitungen. Er wollte den UKR gar nicht mehr verlassen. Was er zu erzählen hatte, war eine Geschichte von unfassbarer Traurigkeit und vorgetäuschter Hoffnung.

Der zweite Bush-Moment kam genauso unerwartet wie der erste. Und auf ihn folgte keine sprachlose Erschütterung, sondern jetzt schwanden ihm die Sinne.

Cohen hatte gerade den x-ten Plastikbecher bitteren Kaffee in Empfang genommen und saß neben einem Mann, der mit der Räumung der Nordseite des Opernhauses befasst war.

Da ertönte plötzlich laut die Stimme Weltens: »Einen Augenblick bitte! Meine Damen und Herren, ich bitte um Ihre Aufmerksamkeit!«

Die Heftigkeit und das Volumen der Stimme, worin etwas Hysterisches mitschwang, brachte den UKR binnen zwei Sekunden zum Stillstand. Cohen erhob sich, um Welten sehen zu können. Niemand rührte sich.

Welten stand an der Eingangstür. Sein Blick sprach Bände. Panik.

Welten sagte: »Vor fünf Minuten ist in Schiphol ein Flugzeug gekapert worden. Turkish Airlines. Hundertacht Menschen an Bord. Was für ein Tag! Heute bleibt uns nichts erspart. Wird eine lange Nacht, Leute.«

Cohen ging zu seinem Stuhl zurück und setzte sich. Er drückte das Gesicht mit geschlossenen Augen in die Handflächen, um das Schwanken in seinem Kopf zu stoppen. Es sah aus, als bete er. Hatte er einen Schlaganfall? Er merkte, dass er keuchte. Das gekaperte Flugzeug war keineswegs etwas, was zufällig auch an diesem Tag stattfand. Explosion und Flugzeugentführung hatten miteinander zu tun. Während er sich mit seinen Teams auf die Stopera konzentrierte, hatten sie – es waren immer »sie«, man musste immer mit »denen« rechnen – den nächsten Zug gemacht. Es war keine Gasexplosion. Es war ein Anschlag. Er musste sich beraten. Mit allen. Dem Kabinett. Der NKTS. Es war zu viel. Marijke musste er auch noch finden.

Es war totenstill im UKR. Als er aufschaute, sah er, dass alle ihn anstarrten, die Gesichter vor Nervosität verzerrt, mit schon fast flehentlichem Blick auf ein Zeichen von ihm wartend. Aber welches Zeichen konnte er geben?

Welten stand plötzlich neben ihm.

»Geht es, Job?«

Der Polizeipräsident sah ihn besorgt an, aufrichtig besorgt. Er brauchte Cohen, Cohen musste ja die politischen Konsequenzen tragen. Cohen wusste, dass Welten denselben Zusammenhang hergestellt hatte wie er selbst. Alle hier im UKR wussten, dass Welten diesen Zusammenhang hergestellt hatte. Und der Bürgermeister ebenfalls.

»Ich muss telefonieren. Ich muss den Ministerpräsidenten informieren.«

Er sah, dass van Ast ihm winkte und mit einem Finger nach oben deutete. Er wollte in den Büstensaal.

Cohen erhob sich und sagte möglichst energisch: »Macht weiter, Jungs. Wir sind mit der Stopera befasst. Schiphol steht auf einem anderen Blatt.«

Welten fragte: »Brauchst du einen Arzt?«

»Nein. Ich bin einfach nur müde. Komm bitte mal kurz mit, Bernard.«

Während sich im UKR wieder alles in Bewegung setzte, ging van Ast ihm voran nach oben. Welten folgte ihnen. Cohen hatte das Gefühl, eine bleischwere Last auf den Schultern zu tragen.

Er setzte sich an den leeren Sitzungstisch, aber Welten und van Ast blieben stehen und warteten schweigend ab, was er sagen würde.

Er wollte eigentlich sagen, dass er Angst hatte und die Flugzeugentführung das zweite Kapitel einer Geschichte war, die noch ein drittes Kapitel haben würde. Von Leuten inszeniert, die sie zu ihren hilflosen Spielbällen machten. Dass sich über ihren Köpfen noch mehr zusammenbraute.

Er fragte Welten: »Was ist über die Entführer bekannt?«

»Nichts. Wir wissen nicht, ob es wirklich eine Entführung ist. Vielleicht handelt es sich nur um einen betrunkenen Urlauber.«

»Wer weiß davon?«

»Alle, die in Schiphol betroffen sind. Sie werden Flüge annullieren müssen, das geht nicht anders. Und das Kabinett ist informiert.«

»Ein betrunkener Urlauber«, sagte Cohen. »Tu, was du tun musst, Bernard.«

Welten nickte und verließ den Büstensaal. Van Ast ließ sich Cohen gegenüber auf einen Stuhl sinken.

»Ich habe meine Frau angerufen«, sagte er. »Sie weiß, dass ich wohl nicht vor morgen früh zu Hause sein werde.«

Van Ast rührte ihn. Ein farbloser, unscheinbarer Mann, dieser van Ast. Aber loyal wie die Pest.

»Wenn du die Listen von Toten und Verletzten siehst«, sagte Cohen, »achte bitte auf den Namen Marijke Hogeveld. Lass es mich sofort wissen, wenn du diesen Namen siehst. Van Ast, das braucht niemand zu wissen. Aber sag mir sofort Bescheid, ja?«

14
THEO

Auf der Erde wurde die Vorhölle – beziehungsweise die unfreundliche Kaserne, in der sich Theo trotz des mangelnden Komforts inzwischen zu Hause fühlte – oder, anders ausgedrückt, »die Aufnahme« von Fachleuten als Übergangsbereich für zwei Kategorien von Toten definiert. Nicht, dass das für ihn von irgendeiner Bedeutung gewesen wäre. Hier wurde nicht über Religion gesprochen. Kein Wort über Jesus oder Allah, jedenfalls nicht von oben. Das musste jeder selbst wissen. Was aber nicht heißen sollte, dass das hier ein Sauhaufen war.

Es herrschte Ordnung.

Was Theo verstanden hatte, war Folgendes: Zuallererst war dieser Bereich, so die christlichen Kirchenväter auf Erden, für Menschen bestimmt, die ein hochmoralisches Leben geführt, aber das Pech gehabt hatten zu sterben, bevor Jesus wiederauferstanden war; das betraf also alle Gutmenschen, die vor dem Jahr 33 A. D. auf der Erde gestanden hatten. Die katholische Kirche hatte für sie einen *Limbus patrum* geschaffen. Dann gab es einen Bezirk namens *Limbus puerorum*. Der war für Kinder bestimmt, die nicht oder noch nicht getauft – und somit von der Erbsünde erlöst –, aber unschuldig gestorben waren.

Theo begegnete hier nie Toten aus anderen Glaubens-kulturen. Die hatten offenbar ihre eigenen Systeme. Hierher kamen Menschen, die auf der Erde in einem jüdisch-christ-lichen Umfeld aufgewachsen waren und anschließend, wenn das Blut in ihren Adern zum Stillstand gekommen war, in den Projektionen und Vorstellungen von ihrer irdischen Existenz weiterexistierten. Mit anderen Worten, die Bilder von einem Leben nach dem Tod, die er sich zeitlebens aus-gemalt hatte, waren mit ihm transzendiert und Wirklichkeit geworden. Er war antichristlich, antipäpstlich gewesen, und doch lebte er jetzt in einer Umgebung, einer kosmischen Variante, die fundamental christlich war.

Es war offensichtlich, dass Theo weder in den erst- noch den zweitgenannten Himmelsbezirk gehörte. Er war einer Gruppe von Sterblichen zuzurechnen, die die Kirchenväter entweder nicht für möglich gehalten hatten oder gar nicht berücksichtigen wollten. Hybriden wie Theo – nicht schlecht genug, nicht gut genug – ließen sich nicht so leicht unter-bringen. Nihilisten, die zwar von den Errungenschaften der Gläubigen und Gutmenschen profitierten, diese aber gerne mit Dreck bewarfen.

Von Jimmy Davis, seinem Betreuer, wusste er, dass er beim Einchecken Massel gehabt hatte. Theo hatte in der Lobby ein Mordstheater gemacht und anmaßend die Rück-kehr ins Leben gefordert. Trotzdem hatte der Mitarbeiter am Empfangsschalter sich Zeit für ihn genommen, und man hatte weitere Schalter geöffnet, um andere Neuankömm-linge registrieren zu können, während Theo sich nicht be-ruhigen ließ und weiter quengelte und klagte und wetterte und ätzte. Ein weniger geduldiger Mitarbeiter hätte ihn zur

Hölle geschickt, meinte Jimmy. Doch der, der am 2. November 2004 Dienst hatte, ordnete Theo dem *Limbus mysteriorum* zu. Eine beim Vatikan unbekannte Sphäre, die aber sehr wohl existierte. Theo war der »lebende« Beweis dafür.

Theo musste feststellen, dass diese Vollidioten auf der Erde den Begriff »Vorhölle« ganz und gar fallenließen. 2006 schlug eine Gruppe von dreißig Theologen Papst Benedikt XVI. vor, die Vorhölle zu streichen. Eine himmelschreiende Arroganz! Und der arme Benedikt gab am 21. April 2007 offiziell bekannt, dass die Vorhölle für ungetaufte tote Kinder als Idee in die Tonne getreten werden könne.

Gut, tote Kinder, die unschuldig waren, konnten von Theo aus gleich durchgelassen und ins Paradies aufgenommen werden – Kindern machte es ja wahrscheinlich auch nichts aus, dass der Laden dort irre langweilig war. Typen wie ihn erst mal eine Weile unter Beobachtung zu stellen erschien ihm aber schon vernünftig. Etwa so wie Geistesgestörte, die in einer Anstalt von Psychiatern beobachtet wurden. Er brauchte nur etwas Zeit, um das zu akzeptieren. Zeit und einen Job.

Schutzengel Theo. *Theo van Gogh, SE.*

Jimmy hatte ihm gleich einen Lehrgang aufs Auge gedrückt (Grundkurs Schutzengel Ersten Grades – es klang wie ein Witz, als sei er Teil einer absurden Farce à la *Monty Python*), und nun wusste er, dass sich der Job zwar ganz nett anhörte, aber vor allem darin bestand, dass man warten konnte. Das konnte doch jeder! Und warum war es so? Weil das Schutzengelsein eigentlich eine Mogelpackung darstellte.

Theo erfasste, dass man nicht sonderlich viel machen

konnte. Es gab gewaltige Restriktionen. Man konnte die Wirklichkeit des irdischen Lebens erfahren, selbst wenn man keinen Körper mehr hatte. Das Leben auf der Erde war erreichbar, nachvollziehbar, erkennbar. Aber es war auch unzugänglich. Es war sichtbar und hörbar, aber man konnte es nicht anfassen, es war, als sitze man im Zentrum eines kugelförmigen Kinosaals und sehe überall um sich herum Bilder, die buchstäblich alles zeigten, doch wenn man die Arme ausstreckte – Arme, die er nicht hatte, es ging nur um die Vorstellung –, griff man ins Nichts.

Gott, er hatte das Leben gierig und ungeduldig und wie besessen verschlungen. Was er mochte, hatte er in großen Mengen zu sich genommen. Aber er hatte mehr gewollt. Unendlich viel mehr. Mehr Tage der Euphorie, ja, auch mehr Tage der Langeweile, der Frustration und des Ärgers, Hauptsache, *dort,* bei den Menschen, die ihm fehlten und nach deren Nähe er sich sehnte. Wurde er doch tatsächlich noch zu einem sentimentalen alten Sack, Jahre nach seinem Tod! Aber wenn Jimmy loslegte, meldete sich vorübergehend der alte Theo zurück. So zum Beispiel, als Theo erfasst hatte, dass die Energie, die man als Schutzengel zum Einsatz bringen durfte, sehr begrenzt war.

»Wie überall im Kosmos«, erklärte Jimmy, »in jedem Kosmos, also auch dem unseren, dreht es sich um Energie. Bei uns natürlich nicht um die Energie, die wir von der Erde her kennen, sondern eine Energie, die wir hier Liebe nennen.«

»Jimmy, so reden sonst nur die hinterletzten Sandalenträger! Darf ich mal kurz kotzen?«, lautete Theos Reaktion darauf.

»Wenn du kotzen musst, tu dir keinen Zwang an«, erwiderte Jimmy geduldig. »Bin gespannt, ob dir das gelingt, so ganz ohne Magen.«

Theo nahm die Spitze wortlos hin.

»Liebe«, murmelte er dann. »Das ist doch auch ein evolutionäres Phänomen, oder?«

»Und deshalb weniger bedeutsam als die Urtriebe?«, fragte Jimmy. »Liebe ist alles, was du jetzt hast, mein guter Theo. Sie ist der Atem, der dir dein Bewusstsein gibt. Die Liebe anderer, nicht die Liebe, die du selbst empfindest. Denn du bist dein Leben lang ein destruktiver Narzisst gewesen. Deshalb bist du hier und nicht dort. Aber du darfst dich beweisen. Du darfst Selbstlosigkeit demonstrieren. Du darfst deine eigenen Interessen zurückstellen. Du darfst dienstbar sein. Du darfst dich aufopfern, bis nichts mehr von dir übrig ist, nicht einmal dein Bewusstsein.«

»Ihr seid ja religiöse Eiferer«, erwiderte Theo verärgert. »Lass mich bloß in Ruhe.«

Er kehrte einsam und gekränkt in sein Kasernenzimmer zurück und ging dort in stummer Wut auf und ab, auch wenn er keine Beine hatte. Dann spannte er alle Kräfte an und schaute nach seinen Eltern.

In den Niederlanden war es Nacht, und Theo sah sie schlafen, nebeneinander im Bett in all ihrer verletzlichen Unschuld, in all ihrer verzweifelten Zärtlichkeit – er streckte die Arme nach seiner Mutter aus und brüllte, dass sie ihm helfen und ihn zurückholen und ihn von seiner Wortlosigkeit und Körperlosigkeit und Herzlosigkeit erlösen solle.

Er erschrak, als sie plötzlich die Augen aufschlug und

sich aufsetzte und ihn anschaute, und einen Moment lang dachte er, sie sehe ihn auch, denn sie starrte genau in die Zimmerecke, in der er sich befand, und er versuchte, ihre Aufmerksamkeit festzuhalten.

Nach einigen Sekunden schüttelte sie den Kopf, kniff die Augen zu und weinte genauso stumm wie er, und er konnte nichts tun, um sie zu trösten. Dann deckte sie seinen Vater zu, dessen Decke runtergerutscht war, strich liebevoll mit einem Finger über seine Wange und legte sich wieder neben ihn.

In sein Zimmer zurückgekehrt, das er nie verlassen hatte, trank Theo innerhalb einer Stunde drei Flaschen Chivas. Als Jimmy hereinkam, waren sein Blick und sein Hirn so getrübt, dass er ihn kaum erkennen konnte.

Der Franziskaner setzte sich neben ihn und fasste ihn gleichsam bei den Händen, um ihm sein Verständnis und sein Mitgefühl auszudrücken.

»Liebe, Theo«, sagte er.

Theo schwieg, zog seine Hände zurück und zündete sich dreißig Gauloises an. Der Rauch quoll ihm aus Nase und Ohren und aus Rissen in seinem Schädel. Das war neu. Eine Zersetzungserscheinung?

Er sagte: »Hat sie mich gesehen?«

Jimmy drückte seine nicht vorhandenen Hände, in denen Theo zugleich die dreißig Zigaretten hielt. »Ja, sie hat dich gesehen.«

»Wie denn?«

»Sie hat gespürt, dass du da warst.«

»Das geht nicht.«

»Nein, das geht nicht.«

»Wie funktioniert das genau, Jimmy?«

»Ich weiß es nicht, Theo. Ich bin hier nur Aushilfskraft.«

»Sie hat direkt zu mir hingesehen. Sie wusste, wo ich war, sie sah mir in die Augen, ich schwöre es, Jim!«

»Ich glaube dir.«

»Sie hätte überallhin schauen können, aber sie schaute genau dorthin, wo ich war, und wir sahen einander, ich bin mir sicher, sie wusste, dass ich dort war.«

»Das ist sehr gut möglich, Theo.«

»Verdammt, Mann, nix da *sehr gut möglich*! Ich hab gespürt, dass sie mich sah!«

»Beruhige dich, Theo, ich glaube dir ja.«

Mit einem Mal wurde Theo bewusst, dass er sich selbst etwas vorlog, weil er sich so sehr wünschte, von seiner Mutter gesehen, von ihr erkannt und berührt zu werden. Aber es war Zufall gewesen.

Jimmy schüttelte den Kopf. »Nein, Theo, es war kein Zufall. Sie hat dich erfahren. Du kannst dort deine Anwesenheit spürbar machen. Das wird dir nicht bei jedem gelingen. Aber als Schutzengel bist du jetzt in der Lage, mit Menschen, die dir nahe sind, auf die eine oder andere Weise eine Botschaft auszutauschen. Frag mich nicht, wie diese Kosmen miteinander in Verbindung stehen, ich verstehe nichts von Quantenmechanik, ich weiß nicht mal so richtig, wie ein Verbrennungsmotor funktioniert, aber was ich schon weiß, ist, dass wir von hier aus mit dort kommunizieren können, zumindest, wenn wir uns ganz dafür einsetzen. Und das hast du gerade getan. Du bist jetzt Schutzengel Ersten Grades.«

Theo zuckte die Achseln. »Und wennschon. Was denkt meine Mutter, was geschehen ist?«

»Sie hat von dir geträumt. Lebensecht. Ganz nah.«

»Ich war ganz nah.«

Jimmy nickte. »Das warst du.«

»Wie funktioniert das, Jimmy?«

»Ich sagte es gerade schon, ich habe keine Ahnung. Aber ich habe eine Theorie: Wir sind da, weil andere an uns denken, von uns träumen, uns bei sich behalten.«

»Andere? Wie meinst du das?«

»Solange sie da sind und an uns denken, sind wir auch da.«

»Und wenn diese Menschen nicht mehr da sind?«

»Dann lösen wir uns auf, Theo.«

»Wir lösen uns auf? Wie denn?«

»Wie Zucker im Tee, Junge.«

»Du bist eine alte Märchentante, Jim.«

Sie sahen sich stumm an.

Theo fragte: »Was meinst du mit dem Tee?«

Jimmy erhob sich. »Dem Tee?« Er blieb einen Moment lang entspannt stehen, die Hände in den Hosentaschen, und sagte voller Überzeugung: »Das ist die Liebe im Kosmos.«

Theo schüttelte den Kopf, nach einer Handvoll Worten suchend, mit denen er Jimmys Überzeugung brechen konnte. Doch er blieb stumm. Er wusste nicht mehr so recht.

»Wir sehen mal nach Kohn«, schlug Jimmy vor.

Theo erhob sich von seinem Stuhl, soweit man davon sprechen konnte, und sah Kohn auf dem Flughafen Schiphol ankommen. Sie folgten ihm ins Amstel Hotel und hörten das Telefongespräch, das er mit Bram Moszkowicz über seine Exfreundin Sonja Verstraete führte. Kohn wollte sich mit ihr treffen und bat Moszkowicz, ein Treffen zu arrangieren. Sie blieben bei Kohn, als dieser einen Spaziergang durch die Stadt machte und danach eine Weile an einem Tisch im Hotelrestaurant saß und still vor sich hin starrte.

Dann passierte ein paar hundert Meter weiter weg etwas bei der Stopera, es gab eine fürchterliche Detonation, die den Fluss entlang am Hotel vorbeibrauste und in dessen oberstem Stockwerk Fensterscheiben zerbersten ließ.

Sie gingen nachsehen, was passiert war. Der Schmerz, den Theo dort antraf, schnitt ihm in die Seele – anders konnte man es nicht beschreiben. Die Fassade der Stopera war weitgehend weggebrochen, und Theo hörte Menschen jammern und schreien.

Dutzende waren verletzt, eingeklemmt, in Panik.

»Was können wir tun, Jimmy?«

»Den Verletzten wird von den Lebenden geholfen. Wir können den Toten helfen. Sie sind verwirrt. Sie sehen uns noch nicht, das dauert eine Weile.«

»Ich war damals allein. Niemand hat sich meiner angenommen.«

»Doch, Theo. Man hat sich deiner angenommen.«

»Du?«

»Ich lebte damals noch.«

»Wer dann?«

»Da müsste ich mal nachfragen.«

Vier Tote hatten sie im Blick, doch diese bewegten sich und schauten und horchten, als hätten sie noch einen menschlichen Körper. Sie waren nicht imstande, Theo und Jimmy wahrzunehmen. Binnen weniger Minuten sickerte aber die

Wahrheit in ihr Bewusstsein, und da sah Theo ihre nackte Angst, etwas Schwarzes und Widerwärtiges, das an uralte Alpträume erinnerte, mit Masken und Fratzen, und er wollte helfen und trösten, doch sie konnten seine Berührungen – mit Händen, die er nicht hatte – nicht fühlen, und sie konnten seine Stimme – die er nicht hatte – nicht hören. Er wollte trösten, er, Theo van Gogh, Schutzengel Ersten Grades, doch sie hatten solche Angst, dass sie unfähig schienen, ihn mit ihren neuen, unbekannten Augen, die keine Augen waren, wahrzunehmen. Seine Ohnmacht, kalt wie eine Polarnacht, trieb ihm die Tränen in die Augen.

15
MAX & NATHAN

Die Detonation schallte direkt zu ihm herüber, obwohl er sich nach einem späten Mittagessen im Tiefschlaf befand, einem trostbringenden Schlaf ohne heftige Bilder oder Emotionen. Binnen weniger Sekunden waren all seine Sinne hellwach, und er wusste sofort, dass das Erzittern der Hotelwände nicht von einem Erdbeben herrührte, sondern Folge einer schweren Explosion war. Er fühlte die Wände ächzen.

Der Druck der Explosion war so erheblich, dass die Fensterscheiben seines Zimmers wackelten. Max Kohn fuhr augenblicklich im Bett hoch.

Im weichen Untergrund der – de facto auf einem Sumpf erbauten – Stadt konnte sich die Druckwelle der Detonation ungehindert weiterwälzen, womöglich sogar bis hin zum Amstelbahnhof am Stadtrand. Kohn stand auf und öffnete ein Fenster.

Rechter Hand, am Ende der Amstel, wo sie einen Bogen nach links machte, um danach unter dem Rokin hindurch ins IJ zu fließen, stiegen Rauchwolken auf, die die Stopera dem Blick entzogen. Es waren dunkle Rauchwolken, aus denen ein erfahrener Feuerwehrmann schließen konnte, ob ein Brandbeschleuniger oder Sprengstoff im Spiel war.

Kohn hatte Politikwissenschaft studiert, weil ihn Macht interessierte, politische Macht, Macht, die nach Regeln und Gesetzen und nicht mittels Gewalt und Unterdrückung erworben wurde. Doch er hatte der Verlockung des Geldes nicht widerstehen können und mit dem Import von weichen Drogen ein Vermögen verdient, auf Wegen, die von Seiten derer, die mit der politischen Macht ausgestattet waren, verboten wurden. Nach wie vor.

Die absurde Duldung weicher Drogen öffnete dem Grau- und Schwarzhandel Tür und Tor. Was in die Coffeeshops gelangte, wurde als normale Ware angesehen, deren Verkauf nicht von der Justiz verfolgt wurde. Doch bevor die weichen Drogen die Schwelle eines Coffeeshops passiert hatten, waren sie in den Augen der Behörden verbotene Betäubungsmittel, für die Besitzer und Lieferant mit Gefängnis bestraft werden konnten. Reine Willkür war die Folge.

Kohn wusste nicht, wer jetzt die Hoheit über den Drogenimport hatte. Er war ja schon lange weg von hier. Er konnte allein von dem, was sein Vermögen abwarf, in Luxus leben, und falls es nicht mehr genügend abwerfen sollte, konnte er für den Rest seines Lebens vom Vermögen selbst zehren, ohne besorgt sein zu müssen, dass er sich seinen Lebensstil irgendwann nicht mehr leisten könnte. Obwohl ihn der immer weniger kümmerte. Er hatte sich im Amstel Hotel einquartiert, das immer noch eines der fünf teuersten Hotels der Stadt war. Aber im Grunde legte er keinen großen Wert mehr darauf. Er hatte das Herz eines Verstorbenen. Das war sein kostbarster Besitz – es machte ihm nichts aus, dass dieses Klischee das Einzige war, was seine Gefühlslage wiedergeben konnte.

Kohn dachte gleich an einen Sprengstoffanschlag. Eine Gasexplosion in Kombination mit einem Elektrizitätsproblem? Wer weiß? Aber eigentlich sah es nicht danach aus. Er hörte schon Sirenen näher kommen. Warum sollte irgendjemand die Stopera in die Luft jagen? Ein Terrorakt. Terroristen. Sie hatten schon in London und Madrid gewütet. Nun Amsterdam.

Selbstverständlich hatte er das Aufkommen des islamistischen Terrorismus in den Medien verfolgt. Viele erboste, hysterische Typen dort in den Ländern, wo man den Taten und Texten des Propheten Mohammed nacheiferte. Offenbar weckte diese Glaubenstradition Erwartungen, die, wenn sie nicht eingelöst wurden, Wut und Gewalt schürten, wie jetzt im zwanzigsten und einundzwanzigsten Jahrhundert geschehen. Die englischsprachigen Länder hatten die Macht in der Welt, nicht die arabischsprachigen. Kulturen, Menschenbilder, Identitäten kollidierten, und die Mohammedaner setzten alles in Bewegung, um die Macht des englischsprachigen Teils der Menschheit zu brechen. Mit Gewalt, Quertreiberei, Propaganda.

Doch alles, was das einundzwanzigste Jahrhundert charakterisierte – insbesondere die Geschwindigkeit –, war geprägt vom Geist der Englischsprachigen. Die Mohammedaner konnten zerstören, so viel sie wollten, triumphieren würden sie nur, wenn sie in der Lage waren, den Geist und die Kreativität der Englischsprachigen mit ihrer eigenen mohammedanischen Antwort zu überbieten. Das war so offenkundig, dass Kohn sich seit Jahren über das Fehlen bahnbrechender Wissenschaftszentren in der mohammedanischen Welt wunderte. Auf diesem Gebiet mussten die

Mohammedaner konkurrenzfähig werden, wenn sie ihre Ansprüche verwirklichen wollten. Aber das geschah nicht. Sie sprengten lieber Gebäude, darunter auch Moscheen, in die Luft, und sich selbst dazu.

Kohn interessierte Macht, nicht aber Politik. Das gesamte Phänomen der mohammedanischen Kränkung konnte ihm gestohlen bleiben. Seit Jahren brachten Mohammedaner sich massenhaft gegenseitig um, wie einstmals die Christen, aus Gründen, die ihm schleierhaft blieben. Und deshalb ließ er es nicht zu, dass diese Typen ihn in seiner Gemütsruhe störten. Oder hatten irgendwelche anderen Spinner eine Rechtfertigung für die Sprengung der Stopera gefunden? Die Friesische Befreiungsfront? Die Brabantische Freiheitsarmee? Oder irgendein freilaufender Irrer?

Kohn vermutete also gleich: Das war keine versehentliche Explosion, und somit steckten Terroristen dahinter, und somit ging das Ganze auf das Konto von Mohammedanern. Aber es konnte sich natürlich auch um ein »normales« Unglück handeln. Gas. Was sonst? Rohre und Leitungen waren im sumpfigen Boden der Stadt hohem Druck ausgesetzt, und im Laufe der Jahre hatten sich im Metall allmählich Risse gebildet. Und eines schönen Tages, heute, gerade eben, bumm…

Das Sirenengeheul Dutzender Feuerwehrfahrzeuge, Polizei- und Krankenwagen, die unweit vom Hotel durch Wibautstraat und Weesperstraat rasten, erfüllte die Luft. Vielleicht hatte es Tote gegeben. Waren Herzen stehengeblieben. Einen Moment lang fühlte Kohn das sinnlose, unsinnige Leiden, das dort hinten erfahren wurde.

Er zog sich an, nahm die Tabletten ein, die eine Abstoßung

des Spenderherzens durch seinen Körper unterdrücken sollten. Cyclosporin. Tacrolimus. Er wollte nach draußen gehen. Er wollte wissen, was los war. Sensationsgier? Nein. Vielleicht konnte er etwas tun. Vielleicht konnte er jemanden beruhigen.

*

Wenn ich groß gewesen wäre, hätte ich mich bestimmt nicht so schnell durchdrängeln können. Aber so entwischte ich über eine Treppe ins Stockwerk drunter, wo die Läden waren und die Rolltreppen zu den Bahnsteigen. Diese untere Halle war auch riesig und total voll. Mein BlackBerry klingelte, es war Mama, aber ich machte den Ton aus, denn ich wollte nicht mit ihr reden. Ich hatte Angst, dass ich keinen Platz mehr im Zug bekommen würde. Vielleicht waren die Züge jetzt genauso vollgestopft wie in Tokio. Da bin ich mal mit Mama gewesen. Da quetschten sich einfach alle rein, bis die Türen zugingen. Das hätte ich jetzt gar nicht schlimm gefunden. Hauptsache, ich kam weg.

Aber auf den Bahnsteigen war gar nicht so viel los.

Irgendwer hatte also ein Flugzeug gekapert. Ich guckte Nachrichten und wusste ziemlich gut, was in der Welt passierte. In Amsterdam hatte es eine Explosion gegeben, und nun das hier in Schiphol. Unheimlich. Aber für mich war das super!

Ich hatte keine Fahrkarte, aber ich hatte genügend Geld und konnte vielleicht noch eine Karte beim Schaffner kaufen. Hoffentlich machte der keinen Aufstand. Ich wusste nämlich nicht, ob man im Zug überhaupt eine Karte kaufen konnte. Vielleicht kriegte man gleich ein Bußgeld aufgebrummt. Dann würde ich lügen und einen falschen Namen und eine falsche Adresse angeben. Ich wollte Lia anrufen, aber ich musste die ganze Zeit aufpassen, ob der Schaffner kam, und da konnte ich mich nicht richtig darauf konzentrieren, was ich Lia sagen wollte.

Mama war natürlich wütend. Das war mir klar. Aber ich war auch wütend. Ich wollte nicht weg. Nicht jetzt. Und auch nicht am nächsten Tag. Auch wenn Mama jetzt wütend auf mich war, würde sie nicht ewig wütend auf mich sein. Klar, dass sie sich Sorgen machte. Sie machte sich immer Sorgen. Aber sie wusste doch, dass ich nicht blöd war! Ich konnte gut auf mich aufpassen. Ich bin nämlich schon ganz schön erwachsen für mein Alter. Ich denk echt nach.

Der Zug hielt unterwegs nirgendwo an, sondern donnerte durch Amsterdam-West und einen Bahnhof, an dem »Sloterdijk« stand, bis wir in die Innenstadt kamen. Da fuhr der Zug langsamer. Über Lautsprecher wurde durchgegeben, dass wir in wenigen Minuten die Endstation erreichten und man darauf achten sollte, kein Gepäck im Zug zurückzulassen. Ich hatte meinen Rucksack gar nicht abgesetzt. Zweihundert Euro hatte ich bei mir. Dafür konnte ich mir jede Menge Bic Macs kaufen. Und ich konnte mit Lia ins Kino gehen. Wir konnten sogar mit dem Taxi rumfahren. Echt viel Geld. Ich konnte Lia Geschenke kaufen.

Als der Zug in den Hauptbahnhof fuhr, sah ich gleich, dass da auch viel los war. Irgendwie wurde einem dabei ganz mulmig. Die Leute auf den Bahnsteigen schienen alle gleichzeitig miteinander zu reden. Es war total laut.

Auch draußen auf dem Bahnhofsvorplatz standen ganz viele Menschen. Manche starrten stumm vor sich hin. Aber die meisten redeten und telefonierten. Die Straßenbahnen fuhren nicht und waren alle leer, da saß kein einziger Mensch drin. War schon spannend, die vielen Leute, wie bei einem Popkonzert oder einem Fußballspiel. Aber normal war das nicht. Und auch ein bisschen unheimlich, genau wie in Schiphol. Ich hörte, wie die Leute sagten, dass auch die U-Bahn nicht fuhr. Ich wollte auch gar nicht mit Straßenbahn oder U-Bahn fahren. Ich wollte zu Fuß zum Dam gehen und von dort Lia anrufen, ob sie hinkam. Sie konnte ja einfach mit dem Fahrrad fahren.

In Richtung Dam liefen ganz viele Leute, manche mitten auf der Straße oder den Straßenbahnschienen. Die Straßenbahnen standen ja alle am Bahnhof, mindestens zwanzig oder dreißig Stück. Die Straße zum Dam ist ganz breit, und auf der einen Seite sind lauter Pizzerias. Auf der anderen Seite stehen viele große Gebäude, ganz am Ende ein Kaufhaus, das Bijenkorf heißt, da war ich mit Mama ein paarmal drin. Als ich auf den Dam kam, den großen Platz davor, verstand ich, wieso ich so wenig Autos gesehen hatte. Es fuhren weit und breit keine. Alle Leute waren zu Fuß unterwegs oder auf Fahrrädern und Scootern – »die sind doch meschugge«, sagte Leon immer, wenn er Jungs oder Mädchen auf Scootern sah. Ich wollte aber auch einen haben, wenn ich sechzehn war.

Die meisten Fußgänger liefen in Richtung Bahnhof, in die Gegenrichtung waren längst nicht so viele unterwegs. Ich setzte mich am Denkmal auf dem Dam auf die Stufen. Da saßen auch andere Jungen und Mädchen und auch Erwachsene. Als ich mein BlackBerry rauszog, sah ich, dass Mama sechsundfünfzigmal angerufen hatte. Typisch Mama.

Die rief einfach immer wieder an. Vielleicht hatte sie auch schon die Polizei alarmiert. Leon hatte auch angerufen, achtmal. Und beide hatten sie mehrere SMS geschrieben, voller Tippfehler. *Puf an! Mekde dich, puf an! Nict bose sein, Nathan, amtworte!!!!* Erwachsene haben zu große Finger fürs Simsen. Aber ich wollte nicht antworten, Pech für sie. Ich wollte erst mit Lia reden.

*

Auf der Hotelterrasse, die zur Amstel hinausging, hatten sich Gäste und Personal versammelt. Dichter Rauch verhüllte die Stopera. Über dem Gebäude hatte sich eine pilzförmige Wolke gebildet. Wenn die Rauchentwicklung mal für einige Augenblicke abnahm, wurden die Schäden sichtbar. Ganze Stücke der Fassade waren weg. Ein Teil des riesigen Dachs war abgeknickt. Auf der Blauwbrug standen Polizeiwagen mit Blaulicht. Kohn stand stumm inmitten der anderen Gäste und schaute. Einige rauchten. Ein älteres Ehepaar hatte ein Glas Weißwein in der Hand, von dem es sich offenbar nicht hatte trennen können, und starrte, ohne zu trinken, regungslos zur Stopera hinüber. Die Sirenen jaulten und heulten unaufhörlich. Ein Hotelmanager erhob die Stimme und bat die Gäste hineinzugehen. Er deutete nach oben, es bestand die Gefahr, dass Scherben der zerborstenen Scheiben im obersten Stockwerk des Hotels auf die Terrasse herabfielen. In der Lobby, zwischen den Marmorsäulen, wurden Gratisgetränke angeboten. Kohn verließ das Hotel. Er ging zur Sarphatistraat und auf ihr zum Amstelufer, dem er Richtung Stopera folgte.

Zu beiden Seiten des Flusses standen Schaulustige.

Bewohner der Grachtenhäuser hatten Fenster hochgeschoben und starrten mit versteinerten Gesichtern auf den Rauch und die Flammen und das Gewusel von Polizisten und Feuerwehrleuten auf der Blauwbrug. Aus den Häusern schallten die lauten, hohen Stimmen von nervösen und verwirrten Sprechern, die in Fernsehen und Radio das Neueste bekanntgaben. Radfahrer waren abgestiegen. Eine Gruppe junger Mädchen hielt sich in den Armen und ließ den Tränen freien Lauf. Autos hatten angehalten, und Fahrer und Mitfahrer waren ausgestiegen. Ein älterer Mann kam Kohn kopfschüttelnd und wild gestikulierend entgegen. Er brüllte: »Ich will das nicht sehen! Ich will das nicht sehen!«

Als Kohn die Magere Brug erreichte, kam ein Polizeiwagen entgegen der Fahrtrichtung angefahren, um den weiteren Zugangsweg zur Stopera zu blockieren. Auf der gegenüberliegenden Seite geschah das Gleiche. Kohn ging auf die Brücke hinauf. Dort standen schon siebzig, achtzig Menschen, mit offenem Mund, wie gelähmt, unfähig, sich den Rauch weg- und das geschundene Gebäude in seinen ursprünglichen Zustand zurückzudenken. Das war ihrer Stadt zugestoßen. Dem chaotischen Weltdorf mit seinen eigenwilligen Individualisten und leichtlebigen Studenten und begüterten Bürgern, seinen eitlen Grachtenhäusern, die vor Jahrhunderten mit erhandeltem und zusammengeraubtem Reichtum erbaut worden waren. Die Grachtenhäuser am linken Amstelufer zwischen Magere Brug und Blauwbrug hatten alle keine Fensterscheiben mehr. Die Druckwelle der Explosion war von der runden Fassade der Stopera aus über das Wasser auf diese Seite des Flusses hinübergerollt und hatte sich dann über das Wasser weitergewälzt, um bis zum Amstel Hotel, willkürlich, wie es schien, noch da und dort eine Scheibe zu zerbrechen.

In die Gruppe der erstarrten Zuschauer auf der Brücke, zu der sich Radfahrer gesellten, kam Bewegung, als wie aus dem Nichts das ohrenbetäubende Dröhnen von Motoren hinter ihnen laut wurde. Alle drehten sich um. Ein Hubschrauber kam so tief über das Wasser geflogen, dass Kohn das Vibrieren der Motoren in seinem Bauch spürte. Über der Magere Brug stieg der Hubschrauber unter geradezu animalischem Aufjaulen in die Höhe, die Kabine zitterte unter den wuchtigen Rotoren, die die Luft peitschten, als sollte sie für das bestraft werden, was hier vor sich ging. Über der Brücke verharrte der Hubschrauber, wohl damit man sich einen Überblick über die Situation verschaffen konnte, fauchend auf der Stelle – ein Drache, der gleich angreifen würde. Es war ein Hubschrauber der Polizei.

Um die Stopera herum standen jetzt zig Fahrzeuge, Krankenwagen, mächtige Feuerwehrtrucks. Breite Schläuche wurden ausgerollt und in den Fluss gehängt, um Wasser herauszupumpen. Die ersten Krankenwagen fuhren ab und entfernten sich aus dem Blickfeld, nach rechts, Richtung Weesperstraat. Zum OLVG, dachte Kohn. Er dachte auch: Rührend, diese Retter. Hunderte von Männern und Frauen würden hin und her rennen und ihre Körper erschöpfen, um die geschundenen Körper Unbekannter zu retten und zu versorgen.

Nach einer Viertelstunde verließ er seinen Standort. An beiden Ufern der Amstel drängten sich jetzt die Schaulustigen. Tausende standen Schulter an Schulter und gafften auf das brennende Herz ihrer Stadt.

Kohn ging die Kerkstraat hinunter zur Utrechtsestraat, wo er in einer verlassenen Kneipe Platz nahm. Bei einer jungen Kellnerin mit verweinten Augen bestellte er ein Pils. Ein Fernseher in der Ecke übertrug Bilder von der Katastrophe. Die Kellnerin setzte sich davor auf einen Barhocker, die Hände im Schoß gefaltet, als bete sie.

Aus verschiedenen Blickwinkeln zeigte das Fernsehen Bilder von der Stopera, wo es von Kameras inzwischen offenbar wimmelte. Der strenge, eckige Gebäudeteil, in dem das Rathaus untergebracht war, schien noch intakt zu sein, obwohl dort so gut wie alle Fenster herausgebrochen waren. Das Opernhaus hatte die volle Wucht der Explosion abbekommen. Der Fernsehsprecher war im ständigen Austausch mit Berichterstattern vor Ort. Es war die Rede von Dutzenden Verletzten und Schwerverletzten. Über die Zahl der Toten konnte noch nichts gesagt werden.

Das Lokal hatte das typische Interieur einer alten Amsterdamer Kneipe, mit langem, messingverziertem Tresen, Zapfhähnen für verschiedene Biersorten, einem Spiegel in gleicher Länge wie der Tresen und einem großen Flaschenaufgebot an Dutzenden Sorten Likör, Wein, Wodka, Genever.

Kohn bestellte einen Tee und behielt den Fernseher im Blick, während er darauf wartete. Drei fahlgraue Männer betraten die Kneipe, als seien sie hier zu Hause, den Blick fest auf den Fernseher gerichtet. Sie blieben mit den Händen in den Hosentaschen oder mit vor der Brust verschränkten Armen stehen, die Gesichter tief gefurcht und gezeichnet vom Rauchen und Trinken. Einer von ihnen, ein untersetzter Typ mit knolliger, blauroter Genevernase, zündete sich

262

eine Zigarette an und sagte zur Kellnerin: »Wir rauchen heute drinnen, okay, Mieke?«

»Ja«, antwortete sie. Sie zog einen Aschenbecher unter dem Tresen hervor und stellte ihn dem Mann hin. Ohne zu fragen, schenkte sie den Männern ein, Pils und Genever.

Kohns Handy vibrierte. Es war Bram Moszkowicz.

»Hi, Bram«, sagte er.

»Hallo, Max.«

»Hast du mit ihr gesprochen?«

»Ja, habe ich. Sie will dich nicht sehen, Max. Ich kann sie nicht dazu überreden. Es tut noch zu weh.«

»Ich bin ein anderer Mensch geworden, Bram.«

»Das glaube ich dir.«

»Ich muss ihr eine wichtige Frage stellen.«

»Mach es doch schriftlich! Dann gebe ich es ihr.«

»Nein. Das geht nur im direkten Gespräch. Warum sollte ich ihr denn etwas antun, Bram?«

»Vielleicht tut sie *dir* etwas an, Max. Und davor will sie sich schützen.«

Kohn hatte viele Jahre über seine Beziehung zu Sonja nachgedacht, aber dieser Gedanke war ihm nie gekommen.

»Versuch's bitte weiter, Bram.«

»Ich versuche es heute noch ein-, zweimal. Wenn sie sich standhaft weigert, sind mir die Hände gebunden.«

»Und de Winter? Könnte der helfen?«

»Der hat für dich getan, was er konnte. Den alten Zeiten zuliebe.«

Offenbar hatte de Winter Moszkowicz die Sache mit Kohns erstem Import anvertraut. Das war im Vergleich zum späteren, professionellen Vorgehen noch ein Kinderspiel gewesen. Aber Geld hatte es dennoch gebracht, mehrere zehntausend Gulden.

»Wir sind beide in Den Bosch aufgewachsen«, sagte Kohn. Dieser Zusatz war nötig, weil er damit rechnete, dass er abgehört wurde. Er war schließlich in den Niederlanden. Nirgendwo auf der Welt wurden so viele Telefongespräche von den Behörden abgehört wie in den gutmütigen, liberalen, permissiven Niederlanden.

»Das sagte er, ja«, erwiderte Moszkowicz, der genau erfasste, warum Kohn diese Bemerkung gemacht hatte.

Kohn fragte: »Können wir uns nachher kurz treffen? Ich erwäge, mich von meinen Immobilien zu trennen.«

»Keine günstige Zeit für den Verkauf von Immobilien, Max.«

»Ist mir egal. Ich will verkaufen. Ich will hier nichts mehr besitzen.«

»Hast du die Nachrichten gehört?«

»Ich war auf der Magere Brug. Unerträglich.«

»Ich habe gerade jemanden gesprochen, der meinte, es sei ein Anschlag gewesen. Klingt vielleicht bescheuert, wenn ich das sage, aber ich hoffe, es war ein Gasleck. Auch schlimm, aber nicht vergleichbar.«

Sie vereinbarten, sich gegen Abend in Moszkowicz' Kanzlei an der Herengracht zu treffen. Moszkowicz wollte de Winter bitten, mit ihnen zusammen essen zu gehen.

Kohn trat vor die Kneipe hinaus. Keine Autos mehr auf der Utrechtsestraat. Keine Straßenbahnen. Nur Fußgänger und Radfahrer und Mopeds. Die Fußgänger liefen mitten auf der Straße. Aber sie waren nicht in Feierlaune.

Er ging wieder hinein. Neue Gäste waren gekommen. Es

wurde inbrünstig geraucht und todernst geschwiegen. Die Barhocker und Stühle waren jetzt angeordnet wie die Zuschauertribüne für eine Vorstellung im Fernsehen. Die Leute blickten auf die Bilder in dem Kasten, die nur wenige hundert Meter entfernt rund um ein verstümmeltes Gebäude aufgenommen worden waren.

Kohn bedeutete der Kellnerin, dass er eine Runde für alle ausgab. Die Gäste hoben das Glas und nickten ihm dankend zu. Er erwiderte das mit einem Nicken, ein Glas Cola light – zu Hause in Amerika nannten sie es »*Diet Coke*« – in der erhobenen Hand.

Eine gute Dreiviertelstunde war verstrichen, als die Fernsehübertragung unterbrochen wurde. *Breaking news* hieß so etwas bei CNN. Auf dem Flughafen Schiphol war ein Flugzeug gekapert worden.

Es schien fast, als hätten die Kneipengäste nur auf ein Signal gewartet. Sofort brachen sie in Kommentare, Erklärungen, kritische und warnende Äußerungen aus.

Kohn ließ eine weitere halbe Stunde verstreichen, bevor er anrief. Die Stadt machte ihn unruhig. Den größten Teil seines Lebens hatte er sich von Misstrauen leiten lassen. Er hatte gehofft, dass ihn sein neues Herz davon erlösen würde, doch dem war nicht so. Die Explosion im Opernhaus war ein Anschlag, und die Flugzeugentführung hatte etwas damit zu tun. Er wusste nicht, welche Forderungen gestellt wurden, aber in Den Haag saßen jetzt Leute, die sie auf einem Bildschirm vor sich hatten. Waren die Forderungen telefonisch ans Kabinett gelangt oder gemailt oder gesimst worden? Wenn auf dieser Ebene zugeschlagen wurde, nahmen die Minister das Heft gleich selbst in die Hand. Innenministerium, Justiz, Premier. Vielleicht, wenn die Sache aus dem Ruder lief, sogar das Verteidigungsministerium.

Draußen, auf der still gewordenen Utrechtsestraat, wählte er Sonjas Handynummer. Es hatte ihn heute Morgen zwanzig Minuten gekostet, sie ausfindig zu machen. Ihre Mailbox sprang sofort an, das geschah nur, wenn jemand gerade im Gespräch war. Sie hatte die vorprogrammierte Telefonstimme nicht durch einen selbst auf Band gesprochenen Text ersetzt. Er hinterließ keine Nachricht. An den Türrahmen gelehnt, wartete er zehn Minuten und rief erneut an. Wieder die Mailbox.

Zwei Minuten später rief sie zurück.

»Sie haben angerufen. Wer sind Sie?«

Sonjas Stimme. Etwas laut und angespannt.

»Max«, sagte er. »Hier ist Max.«

Sie unterbrach die Verbindung.

*

»Hallo, Lia. Hier ist Nathan.«

»He, Naat, wie schön!«

»Hallo. Was machst du gerade?«

»Nichts Besonderes. Bisschen facebooken. Für morgen ist alles klar. Du bist nicht online, sehe ich gerade.«

»Nein. Ich bin kurz in der Stadt.«

»Was machst du da?«

»Ach, einfach so, bisschen rumgucken. In der Stopera ist was passiert.«

»Ja. Mama hat den Fernseher angemacht. Sie hat dort vorige Woche noch eine Aufführung gesehen.«

»Echt?«

»Ja. Sie war in einem Konzert.«

»Da hat sie Glück gehabt.«

»Was willst du denn jetzt da?«

»Nur 'n bisschen gucken. Einfach so. Hättest du Lust zu kommen?«

»Wie meinst du das?«

»Na ja, in die Stadt…«

»In die Stadt? Mama macht schon das Abendessen.«

»Nur 'n bisschen chillen.«

»Wenn ich sie frage, sagt sie sowieso nein.«

»Dann fragst du sie eben nicht.«

»Das geht nicht, Naat.«

»Wir könnten ins Kino gehen. Und zum Mc.«

»Das wär echt cool, aber…«

»Man lebt doch nur einmal.«

»Mama sagt, dass man wiedergeboren wird, wenn man gestorben ist.«

»Also meine Mama sagt, dass sie noch nie jemandem begegnet ist, der wiedergeboren wurde.«

»Ich darf sowieso nicht.«

»Geh doch einfach. Ich hab zweihundert Euro.«

»Cool…«

»Kommst du?«

»Ich kann wirklich nicht, Naat. Morgen ist doch meine Party.«

»Wir fangen heute schon an zu feiern.«

»Ich würde echt gern, weißt du, aber Mama erlaubt das nie. Und wenn Papa nach Hause kommt und ich bin nicht da… Nee, da wären sie echt total sauer. Deine Mutter wäre doch auch sauer, oder?«

»Ja, stimmt…«

»Okay, wir sehen uns morgen in der Schule.«

»Okay.«

»Okay.«

Lia legte auf. Sie hatte ja recht. Klar, dass sie nicht kommen konnte. Aber ich hatte gedacht, dass vielleicht eine Chance bestehen würde, eine ganz kleine. Ob sie mich jetzt für einen Spinner hielt? Keine Ahnung.

Ich guckte mich um. Die vielen Leute, die zum Bahnhof gingen. Keine Straßenbahnen. Nur Taxis fuhren noch. Ich sah, dass Mama noch ein paarmal angerufen hatte. Ich stellte mein BlackBerry auf Vibration. Da bekam ich wenigstens mit, wenn einer anrief. Vielleicht rief Lia ja doch noch an, dass sie kommen würde.

Ich guckte nach, ob das Geschenk für sie noch in meinem Rucksack war. Ja, zum Glück. Ich packte die Uhr aus und fand, dass sie wirklich eine schöne Form hatte. Ich dachte: Ich binde sie mir um, dann spürt Lia morgen noch ein bisschen meine Haut.

Dann stand ich auf und ging in die Kalverstraat. Wenn ich von dort zur Leidsestraat und über Leidseplein und Museumplein weiterging, war ich in einer guten halben Stunde zu Hause. Mit der Straßenbahn wär's natürlich schneller gegangen, aber auch nicht sehr viel, denn die hielt ziemlich oft. Aber Straßenbahnen fuhren jetzt keine. Mein Handy vibrierte. Schon wieder Mama. *Shit.* Ich ging nicht dran.

Es war später Nachmittag, und viele Leute wollten nach Hause. Die gingen jetzt alle zu Fuß durch die Innenstadt. Wenn ich zur Leidsestraat wollte, musste ich auf der Hälfte der Kalverstraat nach rechts abbiegen, aber wenn ich geradeaus zum Muntplein weiterging, konnte ich da vielleicht mal zur Stopera rübergucken.

*

Sonja rief nicht zurück, und es hatte keinen Sinn, ihre Nummer noch einmal zu wählen. Sie hatten sich nicht mehr gesprochen, seit 2001 die Spezialeinheit der Polizei ihr Haus an der Keizersgracht gestürmt und sie festgenommen hatte. Sie lagen nackt im Bett und wurden von den Polizisten, die sie wach rüttelten, wie Tiere behandelt. Sie waren spät nach Hause gekommen. Hatten guten Wein getrunken und waren die letzten Gäste gewesen, die das ›Le Garage‹ verließen. Sie hatten Sex gehabt, wie er ihn nur mit ihr kannte. Sonja setzte sich gegen die Polizisten zur Wehr, biss und schlug um sich, er selbst ergab sich den dunkelblau gekleideten Männern gleich und brüllte ihr zu, dass es keinen Sinn habe, sich zu sträuben, und sie ihre Kräfte lieber schonen solle. Aber das war nichts für Sonja. Nackt, wie sie war, leistete sie Widerstand. Die Polizisten brachte ihr Anblick in Verlegenheit, das merkte man, obwohl sie Sturmhauben übergezogen hatten, die ihre Gesichter verbargen. Sie waren darauf trainiert, kräftige, tätowierte Männer zu überwältigen, und konnten einen zugekoksten Chinesen entwaffnen und bezwingen. Aber eine nackte Frau mit einem Körper, wie sie ihn höchstens einmal im *Playboy* gesehen hatten? Sonja hielt sich die Männer eine halbe Minute lang vom Leib, bis sie sie dann doch niederzwangen. Kohn lag bereits mit auf den Rücken gefesselten Händen am Boden. Warum hatten sie in jener Nacht die Alarmanlage nicht eingeschaltet? Sie waren nachlässig geworden. Er war glücklich und wähnte sich sicher. Warum hatte er sich das eingebildet?

Kohn verbrachte zwei Wochen in isolierter Untersuchungshaft. Keine Zeitungen, kein Radio oder Fernsehen, keine Bücher. Moszkowicz sprach er täglich. Was konnte man ihm zur Last legen? Kichie hatte alles erledigt und ihn nicht informiert. Er hatte recht gehabt mit seiner Warnung, dass Kohn auf keinen Fall mit dem Racheakt in Verbindung gebracht werden dürfe. Und der war unvermeidlich gewesen, denn wer keine Rache übte, hatte ausgespielt. Ein Mordversuch musste mit Mord vergolten werden. Das war eine der perversen Seiten des Business, die Kohn immer gemieden hatte. Nie zuvor war ihm etwas passiert. Drohungen hatte es schon gegeben. Unzählige. Aber wenn es Probleme gab, schickte er Kichie. Dies war das erste Mal gewesen, dass man auf ihn geschossen hatte. Jemand hatte ihn umbringen wollen.

Kichie hielt alles vor ihm geheim. Das war so abgemacht gewesen. Nie hätte Kohn damit gerechnet, dass der Auftraggeber der beiden Jugos, die auf ihn geschossen hatten, zu seinem Bekanntenkreis gehören könnte. Türkische Importeure vielleicht. Marokkaner. Antillianer. Ironie des Schicksals: Wenn nicht auf ihn geschossen worden wäre, hätte er in jener Nacht in der Notaufnahme der Uniklinik nicht Sonja kennengelernt. Die Kugeln führten ihn zu Sonja. Und sie entfernten Sonja von ihm.

Kohn kannte ihren Vater, Harry Verstraete. Ein großer Makler. Aber er wurde in der Stadt auch mit richtig schweren Jungs gesehen, Typen aus ganz anderen Kreisen als denen, in denen Kohn sich bewegte. Kohn war in der Logistik tätig.

Er tüftelte Schmuggelwege aus. Ohne Waffen. Ohne Gewalt. Ware, mit der sorgfältig umgegangen werden musste und auf die keine Einfuhrzölle und keine Mehrwertsteuer erhoben wurden. Er bestach Zollbeamte. Schloss Deals mit Schiffskapitänen, Steuermännern, Hafenmeistern und Polizisten. In seinen besten Jahren traf fast jeden Monat ein Container in Rotterdam ein. Und das ganze Bargeld musste gewaschen werden. Oder verprasst.

Einige Monate, bevor er Sonja kennenlernen sollte, hatte Kohn einen Deal mit Harry Verstraete gemacht. Harry sollte mittels einer größeren Anzahl von Wohnungen in Amsterdam-West Geld waschen. Es handelte sich um eine trickreiche Konstruktion mit Laufjungen und Handlangern. Doch Harry führte ihn hinters Licht. Die Hälfte eines ganzen Wohnungsblocks am Ende der Jan van Galenstraat – damals konnte man so etwas noch kaufen – wurde, wie sich wenige Wochen später herausstellte, als Kohn die Papiere zu sehen bekam, gar nicht auf den Namen der neuen GmbH überschrieben, auf die Kohn über andere GmbHs Zugriff hatte. Verstraete hatte ihn betrogen. Ohne Grund. Kohn hatte viel Bargeld, das er waschen lassen wollte, und darin war Verstraete Spezialist. Aber er glaubte, Kohn über den Tisch ziehen zu können, wohl wissend, dass der nicht zur Polizei gehen oder ihn verklagen würde.

Kohn war mit einem Louis-Vuitton-Timer bewaffnet in sein Büro marschiert – von Kichie begleitet, dessen Sakko nicht verhüllte, dass er ein Schulterholster trug.

Verstraete residierte in einem Gebäude hinter dem Hilton Hotel, errichtet im Stil der Amsterdamse School. Sie ließen sich nicht von der protestierenden Sekretärin zurückhalten,

271

rissen die Tür auf und zwangen Harry, das Gespräch mit dem Berater oder Buchhalter, der gerade bei ihm am Tisch saß – ein Mann in zu weitem Anzug von P & C (gab es die Läden eigentlich noch?) –, abzubrechen und Kohn zuzuhören.

Kohn blieb einen Moment stehen, zückte sein iPhone und schaute mal kurz im Internet, ob es Peek & Cloppenburg noch gab. Verdammt. In den Niederlanden gab es nur noch ganze vier Filialen dieser Bekleidungsfirma, die für jeden Durchschnittsbürger einst ein Begriff gewesen war. Gediegen, bezahlbar, farblos. Generationen von Männern hatten sich bei P & C eingekleidet. Er schaute sich um. Er stand jetzt an der Ecke Herengracht und Vijzelstraat. Das Gedröhn mehrerer Hubschrauber lag über der Stadt. Er ging weiter Richtung Muntplein. Es war noch zu früh für das Treffen mit Bram Moszkowicz.

»Ich habe dir vertraut, Harry. Ich dachte, wir können miteinander. Ich hatte viel Gutes über dich gehört. Dass du Vereinbarungen immer einhältst. Dass du akkurat bist. Pünktlich. Du wirst also verstehen, dass ich jetzt sehr unglücklich bin. Und ich bin nicht gern unglücklich. Ich wüsste auch nicht, womit ich es verdient hätte, dass ich jetzt unglücklich bin. Warum hast du mich gelinkt, Harry? Wir hatten doch keinen Streit, oder? Wir kannten uns, hatten vielleicht auch schon mal eine gepflegte Meinungsverschiedenheit, aber sonst nichts. Keinen Dissens in politischen Fragen. In Sachen Fußball. In Sachen Frauen. Nichts. Und trotzdem hast du mich gelinkt. Warum, Harry?«

Es war ein lächerlicher Monolog. Kohn hatte sich von seiner Rolle mitreißen lassen. Es ging um Geld, und er war stocksauer, aber er hätte es kürzer machen können, origineller, sachlicher – und damit vielleicht bedrohlicher.

Verstraete schien nicht beeindruckt. »Ich hab dich nicht gelinkt, Max. Du hast bekommen, was wir vereinbart hatten.«

Harry Verstraete war ein korpulenter Mann, gut vierzig Kilo zu schwer. Aber er kleidete sich gut, immer mit blütenweißem Hemd und locker fallenden Maßanzügen von Londoner Schneidern. Er sah ein wenig exotisch aus, hatte was vom Leiter eines Sinti-Orchesters. Schnauzbart, Haare bis auf den Kragen – einst schwarz, jetzt grau durchsetzt, aber topmodisch geschnitten –, markante griechische Nase, viele goldene Ringe an den Fingern. Nicht gerade das Aussehen eines dezenten Intellektuellen. Er hatte Sonja gezeugt, aber das wusste Kohn an jenem Tag noch nicht.

»Der ganze Block, das war vereinbart.«

»Für den Betrag?«, fragte Verstraete mit gespielter Entrüstung.

»Für den Betrag.«

»Nein. Du irrst dich.«

»Ich irre mich selten.«

»Vereinbart ist vereinbart, Max. Du hast bekommen, was dir zustand.«

»Du bist ein Querkopf, Harry.«

»Nein, ich weiß, wovon ich spreche.«

»Du bist ein Querkopf, Harry.«

»Was willst du damit sagen?«

»Du hörst mich: Du bist ein Querkopf.«

Kohn hatte selbst keine Ahnung, was er damit sagen wollte. Aber es klang drohend.

»Ich will nicht mehr mit dir arbeiten«, sagte Verstraete. »Das war das erste und letzte Mal. Dort ist die Tür.«

»Du bist mir zweieinhalb schuldig, Harry.«

»Du irrst dich, Max.«

»Zweieinhalb«, wiederholte Kohn. »Die dürftest du noch irgendwo liegen haben.«

»Du irrst dich, Max«, wiederholte Verstraete.

»Ich bin kulant. Warum? Keine Ahnung«, sagte Kohn. »Drei Monate. Bis dahin hast du die andere Hälfte des Blocks überschreiben lassen. Oder Kichie kommt mit einem Koffer vorbei. Für das Bare. Oder für dich.«

Letzteres war eine spontane Eingebung, die er nicht ungenutzt lassen konnte. Eine leere Drohung. Aber das konnte Verstraete nicht wissen. Verstraete verkehrte mit Typen, die nicht davor zurückschreckten, solche Drohungen in die Tat umzusetzen.

Sieben Wochen später wurde auf Kohn geschossen, und im Krankenhaus lernte er Sonja kennen. Er erzählte ihr nie, dass es zwischen ihm und ihrem Vater zu einem Konflikt gekommen war. Er habe mal Geschäfte mit ihm gemacht, sagte er ihr. Verstraete konnte ja nicht verborgen bleiben, dass seine Tochter mit Kohn das Bett teilte, und soweit Kohn wusste, versuchte Verstraete nie, seine Tochter gegen ihn einzunehmen. Warum sollte er auch? Verstraete verdiente schließlich zweieinhalb Millionen Gulden an der Beziehung seiner Tochter zu Kohn, der natürlich keine Drohungen mehr aussprach und die Sache auf sich beruhen ließ – zumindest, solange Sonja seine Geliebte war.

Kohn saß ein paarmal mit Harry Verstraete am Tisch, in größerer Runde. Bei Spendengalas für einen guten Zweck. Er sprach Verstraete nie wieder unter vier Augen, und als Verstraete verschwand, ging das natürlich auch nicht mehr.

Kohn war auf dem Muntplein angelangt.

*

Auf dem Muntplein konnte ich mich leicht zum Brückengeländer vordrängeln. Da standen viele Leute, und alle wollten sehen, was drüben bei der Stopera passierte, aber sie ließen mich durch, wenn ich ein bisschen schubste. Ich kam bis ganz nach vorn und hatte einen richtig guten Blick auf die Stopera. Lias Mutter war da schon mal in einem Konzert gewesen, und Mama, glaube ich, auch. Leon sagte immer, dass er keine »Elite-Tempel« mochte, und dafür schimpfte Mama ihn immer aus. Das Opernhaus war für ihn so ein »Elite-Tempel«. Ich weiß, dass er das mal gesagt hat. Und ich verstand auch, was er damit meinte. Aber Mama sagte immer: »Tu nicht so proletarisch, mein lieber Herr Schriftsteller. Es wird Zeit, dass du dich so verhältst, wie es deiner gesellschaftlichen Stellung entspricht.« Lauter komplizierte Ausdrücke. Leon mochte auch keine Museen und so. Mama schon. Ich bin mir nicht so sicher. Kunst mag ich eigentlich schon.

Hubschrauber flogen herum, und man konnte von der Brücke aus sehr gut sehen, was da hinten für ein Schlamassel war. Das war echt nicht cool. Gegenüber von der Brücke, auf der anderen Seite vom Wasser, war ein Hotel, das »De l'Europe« hieß. Man konnte hinter den Fenstern Leute an gedeckten Tischen sitzen sehen. Die saßen da einfach beim Essen. Die interessierten sich überhaupt nicht für die Stopera. Und dann rief Mama zum x-ten Mal an. Ich ging jetzt lieber mal dran. Lia kam ja doch nicht.

»Hallo, Mam.«

»Nathan…« Ich hörte sie keuchen, so aufgeregt und sauer war sie. Aber sie weinte nicht. Das verkniff sie sich.

»Alles okay«, sagte ich.

»Wo bist du?«

»In der Stadt.«

»Wo in der Stadt?«

»Och, im Mc.«

»Was machst du denn im Mc?«

»Na, was macht man wohl im Mc? Das ist doch keine Bibliothek oder so.«

»Nicht so vorlaut, ja?, das steht dir nicht zu! Das erlaubst du dir nicht noch einmal, hast du gehört?«

»Ich will nicht weg, Mam.«

»Wir gehen. Diese Stadt ist verrückt geworden.«

»Mir gefällt es hier.«

»Wir gehen weg.«

»Nicht jetzt«, widersprach ich. »Und morgen auch nicht.«

»Wenn du nach Hause kommst, gehen wir.«

»Dann komm ich nicht nach Hause.«

»Du kommst jetzt sofort!«

Ich beugte mich vor und hielt die Hand um meinen Mund, damit die Leute neben mir nicht hörten, was ich sagte. »Nein. Ich will morgen zu Lias Party. Das muss sein. Und wenn das nicht geht, dann komm ich nicht.«

»Das bestimme *ich*!«

»Mama, du bringst mich nicht dazu mitzukommen. Echt nicht. Ich schreie den ganzen Flughafen zusammen. Dass du mich entführen willst. Ungelogen.«

»Komm nach Hause, dann besprechen wir das.«

Das war ein Trick. Darauf fiel ich nicht rein. »Ich komme nur nach Hause, wenn du versprichst, dass ich morgen zu Lia darf. Dass wir frühestens übermorgen weggehen. Sonst komme ich nicht. Und ich schreie wirklich, wenn du versuchst, mich mitzuschleppen.«

»Ich will nicht, dass du so mit mir sprichst. *Ich* bestimme, wann wir wohin gehen, hast du gehört?«

»Ich bin kein Kind mehr, Mama. Echt nicht. Ich will nicht weg. Nicht jetzt. Eigentlich überhaupt nicht mehr.«

»Komm nach Hause, Nathan. Du hast mich ganz verrückt gemacht in den vergangenen Stunden. Du hast mich anrufen lassen, wie wenn ich eine lästige Fliege wäre, die du einfach wegschlagen kannst. Es reicht jetzt.«

»Wir bleiben morgen noch, Mama. Wir gehen nicht vor übermorgen weg. Versprochen?«

»Hier passieren Dinge, die mir nicht gefallen«, sagte sie. »Und jetzt fängst du auch noch …«

Sie war kurz still, und da wusste ich, dass sie nachgeben würde.

»Wo bist du jetzt genau?«

»Im Mc am Muntplein.«

»Das ist ganz in der Nähe vom Opernhaus. Geh da weg, Naat. Komm nach Hause.«

»Ich komm schon noch.«

»Du kommst jetzt. Nimm dir ein Taxi, Straßenbahnen fahren heute nicht mehr.«

»Alle nehmen sich Taxis. Ich sehe keine mehr.«

»Wie willst du dann nach Hause kommen?«

»Ich gehe zu Fuß.«

»Mir ist das alles unheimlich. Ich komme dir mit dem Fahrrad entgegen. Dann kann ich dich auf dem Gepäckträger mitnehmen.«

»Aber ich gehe heute Abend nicht weg aus Amsterdam, dass du das weißt, Mama. Und morgen auch nicht. Ich schreie den Flughafen zusammen und sage, dass du mich entführen willst, und dann kommt die Polizei. Ich gehe morgen ganz normal in die Schule und danach zu der Party, okay? Okay, Mama?«

»Ich komme dir entgegen«, sagte sie leise.

»Ich sage dir nicht, wo ich bin, wenn du nicht dein Okay gibst. Okay?«

»Okay«, sagte sie.

Supercool!

»Bleib dort im Mc. Geh nicht weg. Warte auf mich, Naat. Sag, dass du dort auf mich wartest.«

Und da sah ich diesen Mann. Das war ganz komisch. Ich wusste, wer er war. Ich erkannte ihn sofort. Er war nicht so jung wie auf den Fotos, die ich im Internet gefunden hatte, aber er war es. Ich erinnerte mich an sein Gesicht. Ich hatte es mir oft genug im Netz angesehen. Und ich kann mir Gesichter echt gut merken. Dieser Mann war der gerissenste Ganove der Niederlande. Und er war mein Vater. Ob er überhaupt wusste, dass er einen Sohn hatte? Dass ich sein Sohn war? Das war richtig gruselig!

»Nathan! Warum sagst du nichts?«

»Mama?«

»Was ist denn? Warum hörst du dich plötzlich so komisch an? Ist was passiert?«

»Mama?«

»Was ist? Warum bist du so komisch?«

Wie sollte ich ihr das sagen? Ich musste es sagen. Ich guckte zu dem Mann, und ich konnte die Augen nicht mehr von ihm abwenden – klingt schön, nicht? Hab ich auch in einem Buch gelesen.

»Mama … Du hast mir nie erzählt …« Ich fing automatisch an zu flüstern. Ich musste es sagen. Was für ein superbeknackter Tag. Ein richtiger Scheißtag. Aber auch spannend. Ich wusste nicht so genau. Ziemlich verwirrend das alles. Ich holte tief Luft.

»Mama … Ich weiß, wer mein Vater ist«, flüsterte ich. »Ich hab das gegoogelt. Schon vor längerem …«

Wieder war sie eine Weile still. Vielleicht wurde sie jetzt wütend. Sie war nicht oft wütend, aber wenn, dann konnte sie total schreien. Nein, sie war eigentlich ziemlich oft wütend.

»Wann hast du das gegoogelt?« Sie flüsterte auch.

»Ist schon länger her. Ein Jahr oder so. Hab einfach deinen Namen eingegeben.« Jetzt redete ich echt ganz leise. »Die Verhaftung … Das hab ich gelesen … Mit diesem Mann … Und ich weiß, wie das mit Kindern geht … Wenn man neun Monate zurückrechnet …«

»Warum sagst du das jetzt? Willst du mir weh tun? Willst du mich bestrafen, weil ich der Meinung bin, dass wir von hier wegmüssen?«

»Nein, aber … Ich sehe ihn hier stehen. Er weiß nicht, dass ich ihn sehe. Aber er ist es wirklich.«

»Du täuschst dich«, sagte sie. Sie hörte sich beunruhigt an.

»Ich stehe hier draußen auf der Brücke, mit ganz vielen Leuten. Alle gucken zur Stopera rüber. Und der Mann steht auch hier.«

»Geh da weg!«, schrie sie. »Geh da weg! Jetzt sofort! Sorg dafür, dass er dich nicht sieht! Ich flehe dich an, Nathan, geh da weg!«

Und in dem Moment drehte sich der Mann um. Er hatte mich gespürt. Er hatte das einfach gespürt. Ich hielt den Kopf ein bisschen nach unten und hatte die Schultern hochgezogen, um in Ruhe mit Mama reden zu können, und so hatte ich ihn beobachtet. Das hatte er gespürt. Ich wusste nicht, wie das ging. Wenn Lia mich in der Klasse ansah, spürte ich das aber auch. Dann guckte ich zur Seite, und sie guckte schnell weg. Andersrum genauso, dann drehte sie sich um, wenn ich zu ihr rüberguckte. So was kommt vor. Jetzt auch bei diesem Mann. Er sah mich an, und ich fand, dass ich ihm ähnelte, und ich glaube, dass er das auch dachte. So war es einfach.

Ich drehte mich um, tauchte zwischen den gaffenden Leuten durch und fand einen Ausweg. Ich lief weg. Ein paarmal guckte ich mich um, aber der Mann kam mir nicht hinterher.

»Bist du von dort weg, Naat?«

»Ja«, sagte ich.

»Lauf Richtung Leidseplein. Also am Singel entlang, zum Koningsplein, und dann durch die Leidsestraat zum Leidseplein. Weißt du, welche Route ich meine?«

»Ja.«

»Bleib zwischen Menschen. Geh nirgendwo anders hin. Hörst du?«

»Mam? Du bist echt ein bisschen irre.«

»Ja, das bin ich«, sagte sie.

Sie legte auf.

*

Was hatte der Junge? Zehn, elf Jahre alt mochte er sein. Der starrte ihn an. Kohn hatte schon seit einer halben Minute das Gefühl gehabt, dass ihn jemand ansah. Es war dieser Junge. Er stand ein wenig geduckt da, mit Handy am Ohr, nur vier Menschen von Kohn entfernt, ganz vorn an der Brüstung. Hübsches, ebenmäßiges, intelligentes Gesicht. Große braune Augen. Der Junge schlug nicht die Augen nieder, als sein Blick sich mit dem Kohns kreuzte, sondern sah ihn verwundert an. Warum verwundert? Aber er selbst konnte die Augen auch nicht von dem Jungen abwenden. Wer war er? Er trug eine rote Armbanduhr in Herzform am Handgelenk.

Wenige Sekunden später tauchte der Junge zwischen den anderen Schaulustigen hindurch und verschwand in der Menge. Und eine Minute später vibrierte Kohns Handy. Das Display zeigte Sonjas Nummer.

»Was willst du?«, fragte sie mit emotionsloser Stimme. »Was tust du in meiner Stadt? Und warum bricht die Hölle los, sobald du auftauchst?«

»Eine Sekunde bitte«, sagte er.

Er bahnte sich einen Weg zwischen den Schaulustigen hindurch. Hunderte von Menschen standen dicht an dicht auf der Brücke am Muntplein. Als er sich sicher war, dass ihn niemand belauschen konnte, sagte er: »Ich möchte mit dir reden.«

»Das ist zu wenig. Ich will nicht mit dir reden. Das Gefühl, mit dem ich dich verlassen habe, hat sich in den letzten zehn Jahren nicht gelegt. Es ist eher noch größer geworden, Schatz. Und es war schon groß, groß wie der Kosmos.«

»Ich habe eine Frage«, sagte er. Er liebte sie noch immer. Er wollte sie trösten und beschützen, in all ihrer Verrücktheit, mit all ihren Unsicherheiten und Launen. Ihre Kindheit hatte es in sich gehabt. Sie hatte ein Recht auf ihre Portion Verrücktheit. Und er wollte mit ihr ins Bett. Das konnte er nicht leugnen. Seit mehr als einem Jahrzehnt träumte er von ihr. War sie eine Obsession? Egal, wie man es nannte. Und egal, was sie zu ihm sagte, so schlimm es auch sein mochte. Sie sprach mit ihm. Es war ihre Stimme.

»Ich habe keine Lust, deine Fragen zu beantworten. Geh weg. Lass mich in Ruhe.«

»Jimmy Davis«, sagte Kohn. »Ich habe eine Frage zu Jimmy Davis.«

Sie verstummte. Lange. Er hatte nicht geahnt, dass diese beiden Worte eine solche Wirkung auf sie haben würden.

»Noch einmal«, sagte sie, unsicher. »Ich habe dich nicht gut verstanden.«

»Jimmy Davis. Der Priester.«

»Jimmy?«

»Ja.«

»Jimmy ist tot.«

»Ich weiß«, sagte er. »Ich habe sein Herz.«

16

MO & KICHIE

Die Ungläubigen bringen unter anderem deswegen Verderben, weil sie die Existenz von Engeln und Dschinns nicht anerkennen wollen.

Allah, der Erbarmer, der Barmherzige, hat drei Arten denkender Wesen geschaffen, und eine davon ist der Dschinn.

Der Koran, das Buch, das Allah, der Erbarmer, der Barmherzige, schon vor der Schöpfung entstehen ließ und das keine Zeit kennt, lässt hier keinen Raum für Missverständnisse. Engel wurden aus Licht geschaffen, Dschinns aus einer Flamme, Menschen aus Lehm und einem Tropfen Blut.

Dschinns sind stärker, als viele Menschen denken. Sie können Wünsche erfüllen. Die meisten Menschen wissen nicht, dass mit »der Geist, der aus der Flasche kommt« ein Dschinn gemeint ist.

Sure 15, 27 sagt, dass die Dschinns vor dem Menschen erschaffen wurden. Eine andere Sure sagt, dass Dschinns intelligent sind und genau wie der Mensch einen Willen haben. Weitere Suren sagen, dass es rechtschaffene und böse Dschinns gibt und solche, die nicht an Allah und Seinen Propheten glauben.

Eines ist sicher: Der greulichste Dschinn ist Satan. Satan ist ein Dschinn. Also sollte man Dschinns aus dem Weg gehen. Sie können hartnäckig sein und dich verführen. Und da ist noch etwas: Der Mensch kann den Dschinn nicht sehen, wohl aber der Dschinn den Menschen.

Es gibt Menschen – sogar Gläubige, die sich Muslim nennen –, die an der Existenz von Dschinns zweifeln. Solche Muslime sind töricht, man kann sich fragen, ob sie überhaupt Muslime sind. Im Heiligen Koran steht an vielen Stellen, dass Dschinns existierende Wesen sind, genauso wirklich wie der Mensch. Sie können genauso schlecht sein wie der Mensch, und auch sie erwartet eine schreckliche Prüfung.

Siehe Sure 6, 128:

Und an dem Tag, da Er sie alle versammelt, (wird Er sagen): »O Gesellschaft der Dschinn! Viele Menschen habt ihr (verführt).« Und ihre Schützlinge unter den Menschen sagen: »Unser Herr, wir haben voneinander (den Vorteil) genossen und haben (nun) unsere Frist erreicht, die Du uns gesetzt hast.« Er wird sagen: »Das (Höllen)feuer ist euer Aufenthalt, ewig darin zu bleiben, außer Allah will es (anders).« Gewiss, dein Herr ist Allweise und Allwissend.

Sure 72 heißt *al-Ginn*. Es ist nicht leicht, diese Sure zu lesen, und ich werde sie hier daher nicht in Gänze zitieren, aber lest Vers 1 bis 11 dieser Sure mit mir zusammen:

Mir ist (als Offenbarung) eingegeben worden, dass eine kleinere Schar Dschinn zuhörte. Sie sagten: Wir haben einen wunderbaren Koran gehört, der zur Besonnenheit leitet; so haben wir an ihn geglaubt, und wir werden unserem Herrn niemanden beigesellen.

Und erhaben ist die Größe unseres Herrn. Er hat sich weder eine Gefährtin noch Kinder genommen. Und es pflegte der Tor unter uns etwas Abwegiges gegen Allah zu sagen. Und wir meinten, dass weder die Menschen noch die Dschinn gegen Allah jemals eine Lüge sagen würden.

Und (manche) Männer von den Menschen pflegten Zuflucht zu nehmen bei (einigen) Männern von den Dschinn, doch mehrten sie so (bei) ihnen die Drangsal. Und sie meinten – wie (auch) ihr meint –, dass Allah niemanden mehr (als Gesandten) schicken würde.

Und wir haben den Himmel abgetastet, aber festgestellt, dass er mit strengen Wächtern und Leuchtkörpern gefüllt worden ist. Und wir pflegten ja an Stellen von ihm Sitze zum Abhören einzunehmen; wer aber jetzt abhört, der findet einen auf ihn wartenden Leuchtkörper.

Und wir wissen doch nicht, ob für diejenigen auf der Erde Schlechtes gewollt wird oder ob ihr Herr sie zur Besonnenheit (führen) will. Und unter uns gibt es Rechtschaffene, und unter uns gibt es solche, die weniger rechtschaffen sind; wir sind getrennte(n) Wege(n gefolgt).

Was bedeuten diese heiligen Verse? Sie bedeuten zuallererst, dass, ich wiederhole es noch einmal, kein Zweifel an der Existenz von Dschinns besteht. *Er hat weder Ehefrau noch Sohn* – Allah, der Erbarmer, der Barmherzige, hat keine Frau und auch keinen Sohn. Das ist eine Antwort auf die, die Götzen dienen, und die, die glauben, dass Jesus der Sohn Allahs ist. Diese Verse bedeuten auch, dass Dschinns genau wie Menschen sündigen können. Sie haben einen freien Willen. Und mit uns können sie kommunizieren.

Wer nicht an Dschinns glaubt, kann kein Muslim sein. Wer nicht begreift, dass Dschinns überall um uns herum sind, als anwesende Geister, versteht nichts vom Islam und kann sich also niemals Allah, dem Erbarmer, dem Barmherzigen, unterwerfen.

Unterwerfung – um diese Bereitschaft und dieses Vermögen geht es im Islam. Die völlige Hingabe an Allah, den Erbarmer, den Barmherzigen.

Es gibt gute und böse Dschinns. Der Dschinn, mit dem ich in Kontakt stehe, ist ein vollkommen guter Dschinn. Das wusste ich anfangs nicht. Aber ich habe lange mit diesem Dschinn gesprochen. Dieser Dschinn ist ein Muslim. Oder sollte ich sagen, eine Muslima? Dieser Dschinn ist eine Frau.

Kann das sein? Oder hat sich Satan als weiblicher Dschinn verkleidet? Dschinns können alles, was böse ist, und Satan kann das alles im Superlativ. Aber der Dschinn, mit dem ich in Kontakt stehe, zitiert den Koran, kommt manchmal zum Beten und ist mein Freund und Verbündeter. Gemeinsam sprechen wir Sure 3, 175: *Dies ist nur der Satan, der (euch) mit seinen Gefolgsleuten Furcht einzuflößen sucht. Fürchtet sie aber nicht, sondern fürchtet Mich, wenn ihr gläubig seid!*

Kann ich einen Dschinn heiraten? Ich zweifle nicht mehr daran. Der Dschinn, den ich kennengelernt habe, der mich gleichsam auserkoren hat, weckt bei mir den Eindruck, eine fromme, treue Frau zu sein. Dieser Dschinn kann sich tatsächlich in ein leibhaftiges Wesen verwandeln. Ich habe sie gesehen. Sie strahlte Licht aus. Sie war unheimlich schön.

Es gibt Hexen, die Dschinns sind. Es gibt Dschinns, die in Gestalt einer Schlange auftreten. Aber mein Dschinn ist eine Frau von unwiderstehlicher Schönheit. Sie besucht mich regelmäßig in meinen vier Wänden hinter der Zellentür, ohne dass die Ungläubigen sie sehen oder riechen können. Sie duftet nach frischem Gras am Morgen, kurz nach Sonnenaufgang, wenn der Tau zu verdunsten beginnt. Ihre Augen haben die Farbe von blauem Bergkristall, und man sieht in ihnen Täler und Berge und Wasser und Früchte und eine unendliche Fülle …

Der Signalton ertönte, und ich schaute auf. Ein dreimaliger Summton. Zu einer ungewöhnlichen Zeit. Ich musste noch das *Maghrib* sagen, das frühe Abendgebet, das unmittelbar nach Sonnenuntergang gebetet wird. Es stand nichts auf dem Stundenplan. Kein Besuch von der Familie. Kein Besuch von Psychologen. Keine körperliche Untersuchung. Nie geschah etwas zu dieser Zeit. Ich legte meinen Stift hin und klappte das Heft zu.

Dreimal war der Summton ertönt, und ich stand auf und stellte mich mit dem Gesicht zur Wand, die Hände auf dem Rücken. Das musste ich machen, wenn dreimal der Summton ertönte. Mit der Kamera über der Tür schauten sie mir dabei zu. Ich wartete ab, was nun kommen würde. Ich hörte, wie sich die elektronischen Schlösser öffneten. Ich hörte ihre Schritte und die Handschellen, mit denen sie mir die Hände auf dem Rücken zusammenbanden. Sie zogen mir eine Skibrille über den Kopf. Die Gläser waren schwarz. Aber ich hatte schon die Augen geschlossen, daran war ich gewöhnt. Auch meine Fußgelenke wurden gefesselt, und das bedeutete, dass wir das Gefängnis verlassen würden. Mein Dschinn, über den ich noch so viel schreiben wollte, würde mich begleiten, daran zweifelte ich nicht.

Ich wusste nicht, wohin sie mich bringen würden. Aber

ich hatte das Gefühl, dass jetzt alles anders werden würde. Sie führten mich aus der Zelle. Ich konnte nur kleine Schritte machen. Von unsanften Händen, die meine Oberarme umklammerten, wurde ich geführt, wie wenn ich blind und gehbehindert wäre. Niemand sagte ein Wort. Irgendetwas musste passiert sein, das wurde mir allmählich klar. Irgendetwas Kolossales war passiert. Etwas Außergewöhnliches. Etwas Wahnwitziges.

Ich hörte Nouria, meinen Dschinn, flüstern: »*Satan flößt nur seinen Gefolgsleuten Furcht ein. Fürchte sie nicht, sondern fürchte Mich, wenn du gläubig bist!*« Ich war nicht allein. Allah, der Erbarmer, der Barmherzige, begleitete mich. Und Nouria.

*

Kicham Ouaziz wurde beim Lesen gestört. Er hatte elf Jahre in verschiedenen Vollzugsanstalten zugebracht, und die letzten vier davon im am schwersten gesicherten Gefängnis der Niederlande, in Vught.

Er war hierhin verlegt worden, nachdem er bei einer Schlägerei mit vier Mitgliedern der Hells Angels, die ein verantwortungsloser Beamter in Kichams Flügel untergebracht hatte, fast ums Leben gekommen war. Er war ein vorbildlicher Häftling gewesen, bis auf den Nachmittag, da diese vier tätowierten Tiere sich auf ihn geworfen hatten.

Kichie hatte nicht versucht, aus dem Gefängnis auszubrechen, aber es war zu befürchten, dass ein Preis auf seinen Kopf ausgesetzt war, vermutlich seitens Unterweltkreisen, die mit den von Kichie erschossenen Männern aus dem ehemaligen Jugoslawien in Beziehung standen. Er hatte sie ermordet, weil das unvermeidlich gewesen war. Die Hells Angels sollten Vergeltung üben. Kichie musste unbedingt in ein besser gesichertes Gefängnis.

Die Jugos – sie waren gebürtige Serben, aber der Sammelbegriff »Jugo« hatte sich nun mal eingebürgert – hatten einen Anschlag auf seinen Boss und Kumpel Max Kohn begangen, und so etwas konnte in ihrer Geschäftswelt nicht ungesühnt bleiben. Kichie hatte die Sache in die Hand genommen und die beiden Schützen bestraft – ihr Auftraggeber konnte ermessen, was das zu bedeuten hatte. Doch das tat er nicht, und so musste Kichie die Verantwortung für seinen Freund ein weiteres Mal unter Beweis stellen. Er entstammte altem Berber-Adel. Er war stolz und akkurat, energisch und verlässlich. Ein Mann, ein Wort – bis zum bitteren Ende. Max Kohn war ihm immer mit Respekt begegnet, als wäre er nicht sein Boss und Auftraggeber, sondern sein Kumpel, einer wie er. Max war ein Stratege und Denker. Ein gewitzter Jude. Kichie fühlte sich ihm sehr nahe; Berber und Juden hatten vieles gemein, hatten im Norden Afrikas jahrhundertelang neben- und miteinander gelebt. Starke, ebenbürtige Stämme waren die Berber und die Juden gewesen. Es hatte sogar jüdische Berberstämme gegeben.

Kichie hatte sich eingehend mit seinen ethnischen Wurzeln befasst. Er war als Muslim erzogen worden, aber den Glauben hatte er abgelegt. Er war ein Berber, ein Barbar, wie die Byzantiner sie nannten.

Die Berber hatten jede Invasion überlebt. Sie hatten die Kulturen der Phönizier, der Römer, der Vandalen, der Byzantiner und von wer weiß wem überstanden – bis die Araber kamen. Bis ins siebte Jahrhundert hinein herrschten die Byzantiner an den Küsten Nordafrikas. Doch am Ende jenes Jahrhunderts kamen die Araber. Von Ägypten ausgehend eroberten sie den gesamten Norden, einschließlich des heutigen Marokko. Auf ihrem Weg löschten sie die lokalen und regionalen Kulturen und Traditionen aus oder unterwarfen sie der Botschaft des Propheten Mohammed. (Die starken Verteidigungsmauern des byzantinischen Karthago konnten sie erst beim zweiten Anlauf 698 schleifen.)

Der Überlieferung nach schlug der Muslimführer Uqba ibn Nafi am Ende frustriert mit seinem Schwert auf die Wellen des Atlantischen Ozeans, weil kein Land mehr da war, das er noch hätte erobern können.

Aber die Berber hatte er nicht völlig unterworfen. Im Jahre 683 wurde Uqba von den Berbern geschlagen und fiel.

Bei seinen Leseabenteuern war Kichie auf die Geschichte der Berber-Führerin Kahina gestoßen. »Kahina« war das arabische Wort für Wahrsagerin. Manche meinten, dass das Wort vom hebräischen Cohen, Priester, abgeleitet sei. Kahina gehörte zum Stamm der Dscharawa, der in den Bergen im Osten Algeriens und im Westen Tunesiens lebte. Die Dscharawas waren, so hieß es, jüdische Berber.

Die Geschichte existierte in vielen Versionen, vielleicht war sie nicht mehr als eine Legende, freilich eine langlebige: Kahina vertrieb mit ihren Berbern den arabischen General Hassan ibn an-Numan und zwang ihn, sich mit seinen Beduinen bis nach Ägypten zurückzuziehen. Kahina herrschte daraufhin als Berberkönigin von Karthago aus über den Norden Afrikas, bis die Wunden des Generals geheilt waren und er einen Gegenangriff starten konnte. Königin Kahina – die nicht daran zweifelte, dass die Araber zurückkehren würden – überredete ihr Volk, vorbeugend alles zu zerstören, was für die Araber von Wichtigkeit sein konnte. Städte, Dörfer, Olivenhaine, Viehherden, nichts durfte für die Araber übrigbleiben.

Diese »Politik der verbrannten Erde« weckte Widerstand. Berberstämme entzogen sich Kahinas Autorität. Ihre Position wurde schwächer, und so schafften die Araber es dann doch, sich Karthago einzuverleiben. Als sich abzeichnete, dass sie alles verlieren würde, erteilte Kahina ihren Söhnen den Auftrag, sich den Arabern zu ergeben und zum Islam überzutreten. Wie es mit Kahina selbst weitergegangen war, konnte Kichie nirgendwo ausfindig machen. Hatte sie einen Deal geschlossen: Tötet nicht meine Söhne, sondern tötet mich? War sie im Kampf gefallen? War sie gefangen genommen und dann getötet worden?

Über die Linie der konvertierten Söhne war Kichie ein entfernter Nachkomme Kahinas. Er hatte ihre Gene. Und sein Sohn, Sallie, trug die gleichen Gene in sich. Kämpfer. Kichie hatte die Konvertierung ungeschehen gemacht. Er war ein Berber auf der Suche nach den Ritualen seines Volkes vor deren Eliminierung durch die Araber mit ihrem Islam. Die alten Berber hatten die gleichen Götter verehrt wie die Ägypter. Auch die Berber hatten große Grabmäler gebaut. Sie teilten den Gott Amun mit den Ägyptern. All das war unter dem Schwert Mohammeds zermalmt worden.

Das Datum seiner Entlassung aus der Haft rückte näher. Kichie hatte es überstanden. Er hatte gelesen und gelernt. Er bereute nichts, leid tat es ihm nur um seinen Sohn. Er hatte nicht miterlebt, wie Sallie groß wurde, und er wusste, dass es lange dauern würde, bis Sallie ihn akzeptierte. Sein Sohn mied ihn schon seit sechs Jahren. Vielleicht konnte er die vier, fünf Monate, die ihm noch blieben, in seiner Nähe sein.

Beim letzten Mal hatte Sallie ihm etwas geschenkt. Kichie war vierzig geworden und durfte in einem separaten Raum mit seiner Familie zusammenkommen. Es gab sogar eine Torte mit einer Kerze darauf, die von einem Wärter angezündet wurde. Kichie war mit vierunddreißig verhaftet worden und hatte sechs Jahre Gefängnis hinter sich, als Sallie ihm eine Armbanduhr schenkte. Keine runde oder eckige, sondern eine in Herzform. Keine Rolex. Davon hatte er mehrere besessen; einige waren von Amts wegen konfisziert worden, aber er hatte noch drei in einem geheimen Depot in Luxemburg. Die Uhr, die er von Sallie bekommen hatte, war drei Jahre gegangen, bis die Batterie leer war. Danach war ihm eine neue Batterie genehmigt worden. Jeden Morgen streifte er als Erstes diese Uhr über sein Handgelenk. Und jeden Abend legte er als Letztes vor dem Schlafengehen diese Uhr neben sich. Zeit. Die Uhr lief immer noch mit der zweiten Batterie.

Der Summton ertönte in seiner Zelle. Zu einer ungewöhnlichen Zeit. Er las gerade in der Autobiographie von Bram Moszkowicz. Das frisch erschienene Buch trug den Titel *Lieber aufrecht sterben als auf Knien leben*. Das war auch Kichies Lebensmotto.

Es gab kein besonderes Procedere mehr, wenn die Tür geöffnet wurde. Gut, er musste aufstehen, und seine Hände mussten zu sehen sein.

Ludi Damen betrat seine Zelle. Er hatte offenbar Spätschicht. Der beleibte Mann aus Den Bosch konnte, falls nötig, knallhart sein, aber Kichie machte keine Probleme. Ludi hatte einen massigen Kopf mit Doppelkinn und einen speckigen Rücken. Lief den lieben langen Tag in den Gängen auf und ab und baute dennoch Übergewicht auf.

Komische Zeit. Kichie hatte schon gegessen. Eine Versammlung? Gab es in einem der Flügel Querelen?

Ludi sagte: »Wir machen einen Ausflug, Kichie.«

Er zog Handschellen hervor, und Kichie streckte die Hände aus, damit Ludi sie ihm anlegen konnte.

»Wo fahren wir hin?«

»Ich hab keine Ahnung.«

»Das ist aber ziemlich ungewöhnlich, Ludi.«

»Ich weiß. Ungewöhnliche Situationen erfordern ungewöhnliche Maßnahmen.«

»Wieso ungewöhnliche Situation?«

»Bist du heute nicht im Fernsehraum gewesen?«

»Nein.«

»Du weißt also von nichts?«

»Nein.«

»Explosion am Amsterdamer Rathaus. Und danach eine Flugzeugentführung.«

»Ach … Und was hab ich damit zu tun?«

»Keine Ahnung. Aber damit hängt es zusammen.«

»Wie denn?«

»Keine Ahnung, Kichie.«

»Komm ich wieder hierher zurück? Meine Sachen …?«

»Ich glaube schon. Aber ich weiß es nicht genau.«

»Wo fahren wir denn hin?«

»Nach Schiphol.«

»Nach Schiphol?«

»Vielleicht fliegst du ja nach Aruba. Oder nach Thailand oder auf die Malediven. Gott weiß, wohin du fliegen darfst, Kichie. Dann komme ich mit. Aber die Wahrscheinlichkeit, dass du nachher wieder hierher zurückkommst, ist größer.«

»Was ist denn heute genau passiert, Ludi? Kannst du mir das sagen?«

*

Sie schoben mich durch einen Gang nach dem anderen. Die Fesseln um meine Fußgelenke zwangen mich, ganz kleine Schritte zu machen. Ich hüpfte fast. Ich wusste nicht, was los war, aber das hier wich von allen Abläufen ab, denen ich mich je unterwerfen musste.

Es musste irgendetwas Außergewöhnliches passiert sein. Hatte Abu Khaled, der Syrer, mit dem ich kommunizieren konnte, heute in die Wege geleitet, was er versprochen hatte? Das hier war nicht normal. Wenn ich im Gebäude bleiben sollte, hätten sie mir niemals Fußfesseln angelegt. Also ging es nach draußen.

Ich kannte den Grundriss des Gebäudes auswendig. Soundso viele Schritte nach links, nach rechts, soundso viele geradeaus, links, links, geradeaus und so weiter. Zum Seitenausgang. Meine Begleiter sagten kein Wort. Die Korridore rochen nach Desinfektionsmitteln. Hier und da hörte man gedämpfte Fernsehgeräusche. Ich war auf Socken, hatte keine Zeit gehabt, meine Turnschuhe anzuziehen, und meine Bewacher hatten mich nicht darauf hingewiesen, dass das nötig gewesen wäre. Sie wollten mir offenbar zu verstehen geben, dass ich keiner Schuhe wert war. Die Fußböden waren glatt und kalt. Als wir uns dem Ausgang näherten, mussten sie ein bestimmtes Procedere befolgen.

»Boujeri«, sagte der Mann rechts von mir. Ich erkannte seine Stimme. Das war René, die Ratte. Der ließ sich keine Gelegenheit entgehen, mich zu piesacken. Er hasse Muslime, zischte er einmal, wohl in der Hoffnung, dass ich ihm dafür an die Gurgel gehen würde. Aber das tat ich nicht. Ich verfluchte ihn innerlich. Ich betete zu Allah, dem Erbarmer, dem Barmherzigen, dass er ihn mit Krankheiten und Leiden heimsuchen möge.

»Der Bus steht bereit«, sagte jemand anders. Das war die Stimme von Oberwärter Ron. Ein auf sachlich machendes, charakterloses Arschloch. Der Hund hatte sämtliche Anträge von mir abgewiesen. Ich musste prozessieren, bevor ich das Heft und den Stift bekam.

Ich hörte, wie die elektronischen Schlösser aufsprangen. Die Wärter zogen mich an den Armen, und ich hüpfte mit den Herren mit. Es ging von hier weg. Transport.

Anschließend kam die zweite Schleuse.

»Boujeri«, sagte René wieder.

»Hier abzeichnen«, sagte Arschloch Nummer soundso. Henk. Ein hypernervöser, cholerischer Kettenraucher.

Ich hörte nur vage Geräusche, aber ich wusste, was jetzt geschah: René trug Zeitpunkt, Namen und Nummer des Häftlings, Zielort des Transports und den verantwortlichen Beamten ein. Wenn man bis hierhin gelangt war, stand immer ein externes Ziel an. Das war kein plötzlich anberaumter Extra-Hofgang.

Das war ein Gang in die Außenwelt.

Die elektronischen Schlösser der zweiten Schleuse sprangen auf, die Tür wurde geöffnet, und ich roch und spürte Nouria – sie streichelte mich, sie ließ mich das Parfüm riechen, das sie sich auf die Brüste gesprenkelt hatte.

Ich hörte entfernte Verkehrsgeräusche. Laute eines abendlichen Waldes. Der glatte Betonfußboden endete an einer Metallschwelle. Dann die Kälte rauher Betonplatten, wie sie vor dem Tor verlegt waren. Die aufsteigende Abendkälte.

Nach etwa zwanzig Metern sagte René: »Achtung, Treppe. Vier Stufen.«

Ich tastete mit dem rechten Fuß und fand die erste Stufe. Ich stieg hinauf. Dann noch drei. Eine Hand drückte meinen Kopf nach unten, offenbar war der Eingang niedrig, und ich betrat einen Transportbus oder irgendetwas in der Art. Der Boden federte unter uns. Es war also kein richtiger Bus. Eher ein Kleintransporter. Die Hände bugsierten mich auf eine Sitzbank. Ich ließ mich nieder. Hart. Metall. Sie zerrten an meinen Fußgelenken und ketteten mich am Boden fest. Es saß sich nicht gut mit auf den Rücken gebundenen Händen. Aber Nouria sang in mein Ohr.

Meine Bewacher verließen den Wagen, unter ihren Schritten federte der Boden wieder. Ich wartete. Ich hörte das Zündrädchen von einem Feuerzeug.

»Du auch eine?«, fragte René.

»Nein.« Das war zu kurz, um die Stimme zu identifizieren. Abdul? Das war ein marokkanischer Wärter. Ein Abtrünniger. Er würde in der Hölle brennen.

Ich roch Renés Zigarette. Sonst geschah nichts.

Dann Schritte, drei oder vier Leute näherten sich. Weitere Mitfahrer. Wieder schaukelte der Wagen leicht, als sie einstiegen. Jemand nahm mir gegenüber Platz.

»Kommst du mit?«, hörte ich jemanden fragen.

»Nein. René und Abdul machen den Transport«, lautete die Antwort.

Das war Ludi, das Schwein aus Den Bosch.

»Alles Gute, Kichie«, sagte das Schwein.

»Danke, Ludi. Du hast mich immer korrekt behandelt. Vielleicht komme ich zurück, vielleicht nicht. Du weißt jedenfalls, dass ich dich immer geschätzt habe.«

»Du warst sehr pflegeleicht, Junge. Schade, dass du Insasse warst. Sonst wären wir vielleicht Kumpel geworden.«

Das Schwein verließ den Wagen. Zwei Türen wurden geschlossen. Schritte von René und Abdul, die um das Fahrzeug herumgingen. Der Motor wurde schon angeworfen, bevor sie sich gesetzt haben konnten, es war also offenbar noch ein Fahrer da. Eine Hupe war zu hören. Nicht von uns. Eine zweite Hupe. Eine dritte. Und dann das Knattern von Motorrädern. Polizeimotorrädern. Wow, wir wurden von Motorradjuden eskortiert. Eine Karawane mit mir und Kichie – das war natürlich Kicham Ouaziz, der Unterweltmocro – als Königspaar.

Ich hatte Kichie schon mal gesehen. Er sah eher wie ein Professor aus als wie ein Killer. Doppelmord an anderen Unterwelttypen. Auch ein abtrünniger Hund. Ein kleiner Mann mit schmalem Berbergesicht. Brille mit Goldgestell. Kurzes, krauses Haar. Hände, mit denen er nie in der Erde gearbeitet hatte. Die Erscheinung eines einnehmenden Gelehrten. Konnte dich erwürgen, ohne mit der Wimper zu zucken.

Der Wagen beschleunigte. Ich konnte nichts sehen, schade, hätte gerne die ganzen Blaulichter gesehen, die uns zujubelten. Ja, zujubelten. Das hier war anders als sonst. Das war eine Fahrt in die Freiheit.

»Na, Mo«, hörte ich Kichie sagen.

»Na, Kichie.«

»Du hast gut zugehört.«

»Er hat klar und deutlich deinen Namen gesagt…«

»Hast du ja gut hingekriegt.«

»Ich brauche nichts hinzukriegen. Hab längst alles geschafft.«

»Bis du mit siebzig das Zeitliche segnest. Oder vielleicht schon früher, wenn du Massel hast und krank wirst.«

»Ich bin glücklich.«

»Wie die Fliege, die ich totschlage, ja.«

»Worin sitzen wir?«

»Sieht von außen wie ein kleiner Kühlwagen aus. Dicke Wände. Schwere Räder. Ein gepanzerter Truck.«

»Viele Begleitfahrzeuge?«

»Zwei Polizisten mit Motorrad und ein BMW der Siebener-Reihe vor uns. Hinter uns noch so ein BMW und ein schicker Mercedes, ein SUV.«

»Wir sind wichtig.«

»Du. Ich nicht.«

»Wohin fahren wir?«

»Schiphol.«

Nouria, hast du gehört? Nouria, hast du den Gesang der Engel gehört? Oder warst du das selbst, Nouria?

Ich wiederholte: »Schiphol?«

»Schiphol«, bestätigte der Abtrünnige.

»Warum?«

»Es gibt offenbar Leute, die uns dort haben wollen.«

»Wer?«

»Keine Ahnung.«

»Erzähl mir, was passiert ist.«

Der Abtrünnige blieb eine Weile stumm. Fragte sich natürlich, ob es schaden konnte, wenn er mir sagte, was Ludi ihm erzählt hatte.

»Heute Nachmittag ist ein Flugzeug gekapert worden. Und zwei oder drei Stunden vorher gab es eine Explosion in der Stopera. Und jetzt fahren wir nach Schiphol.«

Abu Khaled, mein Führer und Inspirator, der syrische Scheich, der mir den Weg zu Theo der Bestie gewiesen hatte, war zurückgekehrt, um mich zu holen und mit mir als Gefährten in den Kampf zu ziehen. Ich durfte meinen Dschihad vollenden. Ich würde in den Bergen Asiens als Märtyrer sterben, anstatt hier in den Kerkern der Ungläubigen zu darben. Sie würden uns natürlich gegen die Passagiere und die Besatzung des Flugzeugs austauschen. Die holländischen Feiglinge hatten natürlich gleich klein beigegeben. Gegen einhundert oder zweihundert bleiche, sittenlose Touristen ließen sie mich frei.

Ich hatte mein viertes Gebet noch nicht gesprochen. Nouria flüsterte mir ins Ohr, was ich dafür zu verrichten hatte: »*O die ihr glaubt, wenn ihr euch zum Gebet aufstellt, dann wascht euch das Gesicht und die Hände bis zu den Ellbogen und streicht euch über den Kopf und wascht euch die Füße bis zu den Knöcheln. Und wenn ihr im Zustand der Unreinheit seid, dann reinigt euch. Und wenn ihr krank seid oder auf einer Reise oder jemand von euch vom Abort kommt oder ihr Frauen berührt habt und dann kein Wasser findet, so wendet euch dem guten Erdboden zu und streicht euch damit über das Gesicht und die Hände. Allah will euch keine Bedrängnis auferlegen, sondern Er will euch reinigen und Seine Gunst an euch vollenden, auf dass ihr dankbar sein möget.«*

Nouria wusch mein Gesicht und meine Hände bis zu den Ellbogen und danach meine Füße bis zu den Knöcheln. Ich war rein. Ich konnte die Reise antreten.

*

Kurz bevor sie in den Truck stiegen, hatte Ludi ihm die Handschellen abgenommen, und nun saß Kicham Ouaziz als freier Mann auf der harten Sitzbank des dahinrasenden Fahrzeugs. Das hieß, man betrachtete ihn nicht mehr als Häftling, was wiederum nur bedeuten konnte, dass man ihm die letzten zehn Monate erlassen hatte. Ein Flugzeug war gekapert worden, und Boujeri wurde jetzt nach Schiphol gebracht; die Flugzeugentführer hatten also offensichtlich seine Freilassung ausbedungen. Folglich hatten Extremisten das Flugzeug gekapert, durchgeknallte Dschihadisten, die ihren Helden freibekommen wollten. Und das bekamen sie offensichtlich. Aber was er damit zu tun hatte, begriff er nicht. Er war nie ein frommer Muslim gewesen. Und seit seinem achtzehnten Lebensjahr hatte er keine Moschee mehr von innen gesehen.

Boujeri hatte ihm ein paar Fragen gestellt, und er hatte keine Veranlassung gesehen, ihm nicht darauf zu antworten. Boujeri saß so regungslos da wie ein Zombie. Die Skibrille mit den dunklen Gläsern, die man ihm aufgesetzt hatte, verhinderte, dass Kichie seine Augen sehen und etwas daraus ablesen konnte. Boujeri war mit Fußfesseln am Boden festgekettet und mit den auf den Rücken gebundenen Händen an der Seitenwand des Trucks. Sie wollten bei ihm kein Risiko eingehen. Sie wollten ihm noch einmal demonstrieren, wer hier die Macht hatte.

Boujeri hatte einen kahlrasierten Schädel, und sein Kinn bedeckte ein schütteres Bärtchen, das er auch schon gehabt hatte, als er van Gogh tötete und als er vor Gericht stand. Die Gene für einen dichten Bartwuchs fehlten ihm offenbar. Auch auf der Oberlippe war kaum etwas davon zu erkennen. Ein echter Salafisten-Kranzbart. Auf der Stirn ein Mal vom Kontakt mit dem Gebetsteppich; er war noch jung, ein solches Mal trat meist erst bei Salafisten über fünfzig auf, nach jahrzehntelangem intensivem Beten. Boujeri hatte es jetzt schon. Als Ehrenmal.

Kichie trug wie Boujeri eine weiche Trainingshose, T-Shirt und Kapuzenjacke. Boujeri hatte keine Schuhe an. Lächerlich, dass ihm die verwehrt worden waren. Unwillkürlich suchte Kichie auf dem Boden nach Schuhen und entdeckte tatsächlich ein Paar Turnschuhe in der Ecke neben einer der beiden Hecktüren.

»Deine Turnschuhe stehen hier«, sagte er zu Boujeri.

»Wo?«

»Sie haben sie hier hingestellt. Möchtest du, dass ich sie dir anziehe?«

Boujeri antwortete leise: »Ja, gern. Das ist freundlich von dir.«

Kichie rutschte auf der Bank zu der Ecke hin, beugte sich vor und nahm die Turnschuhe auf. Sich mit einer Hand an Seitenwand und Dach festhaltend, ging er zu Boujeri hinüber und kniete sich vor ihn hin. Er nahm Boujeris linken

Fuß, den er wegen der straff am Boden befestigten Fesseln nur wenige Zentimeter anheben konnte, doch das reichte, um ihm den biegsamen Turnschuh über den Fuß zu schieben und den Klettverschluss zuzudrücken – für Boujeri keine Schnürsenkel. Gleiches machte Kichie mit dem rechten Fuß.

Der Truck hatte eine gute Straßenlage und wurde auch bei der hohen Geschwindigkeit, mit der sie über die A2 fuhren, kaum erschüttert. Bei ihnen im Laderaum waren zwar keine Fenster, aber es musste die A2 sein, auf der sie unterwegs waren, denn sie stellte die kürzeste und schnellste Verbindung von Vught nach Schiphol dar. Schade, dass er keinen Blick auf den dahinrasenden Konvoi mit den Motorrädern und BMWs werfen konnte.

Als Kichie sich wieder auf der Sitzbank gegenüber von Boujeri niederließ, sagte der Dschihadist: »Das hättest du nicht zu tun brauchen. Und trotzdem hast du es getan. Warum?«

Kichie wusste einen Moment nicht, was er sagen sollte. Er hatte in Boujeris Stimme Dankbarkeit vernommen.

Kichie zuckte die Achseln, was sinnlos war, da Boujeri ihn ja nicht sehen konnte.

»Jeder Mensch hat ein Recht auf Schuhe. Wir sind keine Tiere«, sagte er.

Boujeri blieb ungerührt. Nach einigen Sekunden sagte er: »Warum lebst du nicht wie ein Muslim? Du hast die Menschlichkeit eines Muslim.«

»Ich bin Berber«, antwortete Kichie.

Er hatte das noch nie ausgesprochen. Er hatte gelesen und gedacht. Er hatte die neue Identität erworben, sie aber nie dadurch bekräftigt, dass er sie offen benannte.

»Ich bin Berber«, sagte er noch einmal. Er hörte seine eigene Stimme. Er hatte keine Zweifel.

»Berber sind meine Brüder«, erwiderte Boujeri. »Aber nur als Muslim kannst du Frieden finden. Allah ist der Erbarmer, der Barmherzige, der einzige und absolute Herrscher, der Beschützer, der Schöpfer, der Lebensspendende, der Erste ohne Beginn und der Letzte ohne Ende, der Wohltäter. Du hast dich von Allah leiten lassen, als du dich gebückt hast, um mir Schuhe zu geben. Das hat Allah durch deine Hände getan.«

»Man glaubt, was man glauben möchte, Mo.«

»Ich möchte mit dir zusammen den Koran lesen.«

»Ich bin ein alter Berber, Junge. Gib dir keine Mühe.«

»Du hast zwei Männer getötet«, sagte Boujeri.

Kichie schüttelte den Kopf. Der Junge dachte, er könnte ihn in die Moschee luchsen. Das war die Eröffnung.

»Dafür hat man mich verurteilt.«

»Warst du denn unschuldig?«

»Das spielt keine Rolle. Es musste sein. Ich wusste, was mich das kosten könnte. Ich hatte Pech. Und die Konsequenzen habe ich akzeptiert.«

Boujeri schlug eine andere Richtung ein. »Du konntest mir die Turnschuhe anziehen. Trägst du keine Handschellen?«

»Nein.«

»Wirst du gleich freigelassen?«

»Ich weiß es nicht«, antwortete Kichie.

»Ich glaube, du darfst gehen. Weißt du etwas über die Flugzeugentführer?«

»Nein.«

»Sie sind meine Brüder, glaube ich.«

»Was habe ich damit zu tun, Mo?«

»Vielleicht haben sie gesagt, dass alle inhaftierten Muslime freigelassen werden sollen.«

»Dann dürfte es im Knast aber ziemlich still werden. Ich hatte nicht mehr lange. Zehn Monate. Und du sitzt seit acht Jahren, oder?«, fragte Kichie. »Wie alt bist du jetzt?«

»Vierunddreißig.«

»Vierunddreißig«, wiederholte Kichie. »Bis dass der Tod eintritt.«

»Ich bin auf dem Weg in die Freiheit«, sagte Boujeri.

»Wenn ich dich da so sitzen sehe, festgezurrt, als wärst du ein wildes Tier, scheint mir das illusorisch zu sein, Junge. Aber vielleicht hast du ja recht.«

»Ich habe mächtige Freunde«, sagte Boujeri.

Kichie konnte es nicht für sich behalten: »Ich habe diesen van Gogh mal kennengelernt.«

Boujeri ließ einige Sekunden verstreichen. »Es galt nicht ihm persönlich.«

»Van Gogh dürfte es aber als ziemlich persönlich empfunden haben, schätze ich«, erwiderte Kichie. »Du hast ihn enthauptet. Das würde ich schon persönlich nennen.«

»Ich konnte nicht anders. Die Scharia ließ mir keine Wahl. Er hatte den Propheten, Sallallahu alaihi wa sallam, beleidigt und verhöhnt. Wenn ich ein guter Muslim bin, kann ich die Verhöhnung des Propheten, Sallallahu alaihi wa sallam, nicht hinnehmen. Van Gogh wusste, was er tat. Er hat diese afrikanische Hexe unterstützt und ihr geholfen. Er wusste, welche Strafe die Scharia den Gläubigen auszuführen aufträgt, wenn der Glaube geschmäht wird.«

»Hast du dich je gefragt, was ein Glaube taugt, der so etwas von seinen Anhängern verlangt?«

»Unbegreiflich, dass du so etwas sagst«, entgegnete Boujeri voller Abscheu. »Die Wahrheit kann niemals nicht taugen. Es geht um die Wahrheit Allahs, des Erbarmers, des Barmherzigen.«

»Warum wiederholst du die ganze Zeit diese Attribute, wenn du ›Allah‹ oder ›Prophet‹ sagst?«

»Das weißt du doch ganz genau. Stell keine Scheinfragen. Akzeptiere, dass ich meine Wahrheit habe.«

»Aber du akzeptierst die Wahrheit anderer nicht.«

»Es gibt nur *eine* Wahrheit. Wer die nicht hat, ist irregeleitet oder irrt selbst.«

»Du machst dir doch was vor. Du bist intelligent genug, um das zu wissen.«

»Allahu akbar. Darum geht es. Darum kreist das Universum. Alles. Das Leben. Der Tod. Alles ist dem unterworfen. Allahu akbar.«

Kichie dachte: Er ist verrückt. Boujeri kann nicht leben. Er weiß nicht, wie man lebt. Er weiß nicht, wie man mit Glück und Unglück umgeht. Er weiß nicht, wie man sich zu entscheiden und die Früchte zu ernten und sein Wort einzulösen hat. Er hat ein Buch. Das Buch trifft die Entscheidungen für ihn und hat ihn zu dem Mord an diesem komischen van Gogh angetrieben.

»Der Prophet, Sallallahu alaihi wa sallam, ist die lebendige Wahrheit. Van Gogh beleidigte alles, was mir heilig ist. Diese Hexe tat das. Und er half ihr.«

»Ich bin diesem van Gogh ein paarmal begegnet. In Kneipen. Man konnte sich wirklich gut mit ihm amüsieren.

Aber er hat den Mund immer ziemlich voll genommen. Nur nicht meinem Kumpel gegenüber. Vor dem hatte er Respekt. Wenn du dir die Ohren zugehalten hättest, könntest du jetzt mit deiner Frau und sechs Kindern draußen durch den Wald spazieren.«

»Allah, der Erbarmer, der Barmherzige, hat gewollt, dass diese Ungläubigen meinen Weg kreuzen. Ich bin geprüft worden. Ich habe getan, was ich tun musste. Ich habe die Regeln der Scharia befolgt. Mehr nicht. Aber auch nicht weniger. Ich tat, was mein Glaube mir aufträgt. Ich hätte meinen Glauben verleugnet, wenn ich es nicht getan hätte. Es ist mir nicht leichtgefallen. Ich wusste, dass ich einen Menschen töten würde. Aber ich konnte nicht anders. Ein gläubiger Muslim muss den töten, der den Propheten, Sallallahu alaihi wa sallam, beleidigt hat.«

Kichie sagte: »Hättest du das nicht dem Propheten selbst überlassen können?«

»Du verstehst das nicht«, sagte Boujeri. »Oder vielleicht doch. Aber du sperrst dich gegen die Botschaft des Propheten, Sallallahu alaihi wa sallam. Ich will schweigen. Ich fühle, dass du kein schlechter Mensch bist, Kicham Ouaziz, aber du bist ein gefährlicher, ungläubiger Unterweltmocro.«

»Du ein religiöser Eiferer, ich ein Unterweltmocro. Jedem das Seine, Junge.«

*

Ich dachte, dass Ouaziz ein Verbündeter sei. Aber das war er nicht. Er war ein Feind.

Ich sagte nichts mehr. Ich rezitierte stumm die Suren, die ich auswendig kannte, ich spürte, wie Nouria liebevoll den

Kopf auf meine Schultern legte, und ich roch ihre mit Rosenwasser gewaschenen Haare.

Der Truck fuhr jetzt langsamer und folgte einer Route, die ich mir nicht vorstellen konnte. Waren wir in Schiphol angelangt? Wir hielten an. Der Motor wurde abgestellt. Die Türen wurden geöffnet, und mehrere Männer kamen herein. Niemand sagte ein Wort. Ich wurde losgekettet, Hände fassten mich an den Armen, und ich wurde nach draußen geführt. Ich ertastete die Stufen der Treppe und gelangte auf ebenen Boden hinunter. Sie führten mich mit wenigen Schritten zu einem Stuhl, den ich in den Kniekehlen fühlte, als sie mir klargemacht hatten, dass ich mich umdrehen sollte. Jemand schob den Stuhl heran. Ich ließ mich vorsichtig nieder, fühlte den harten Sitz.

Von der Akustik her hatte ich den Eindruck, dass wir uns in einem großen Raum befanden, einer Halle, vielleicht einem Flugzeughangar. Nach den Schritten zu urteilen, die ich jetzt hörte, näherten sich zwei oder drei Männer, die es sehr eilig hatten. Es trat eine kurze Stille ein. Die Männer – vielleicht waren es auch Frauen, aber das glaubte ich eher nicht – waren stehen geblieben. Sie nahmen mich wohl in Augenschein. Gefesselt, geknechtet. Vermutlich gab jemand René ein Zeichen, dass er mir die Skibrille abnehmen solle, denn sie wurde mir vom Kopf gezogen. Ich hielt die Augen aber noch geschlossen.

»Meine Herren«, sagte eine Männerstimme. »Mein Name ist van der Ven. Ich arbeite für den Innenminister. Ich kann nicht behaupten, dass es mir angenehm ist, Sie hier zu treffen. Die Umstände zwingen mich dazu.«

Ich öffnete vorsichtig die Augen. Viel Licht. Eine große

Halle. Reihenweise Neonröhren hoch über uns. Hinter den beiden Männern, die im Abstand von etwa vier Metern vor mir standen, sah ich Türme von Kisten und Kartons. Ich las: *Flowers from Holland.* Wir waren in Aalsmeer. In den Hallen des Blumengroßmarkts.

Der Mann, der sich als van der Ven vorgestellt hatte, war ein blasser, blonder Niederländer um die vierzig. Schlank, nicht kräftig gebaut, aber seine Haltung strahlte Selbstbewusstsein aus. Sein Blick schoss zwischen mir und Kicham Ouaziz hin und her. Ich schaute zur Seite. Ouaziz saß auch auf einem Stuhl, ohne Handschellen, und musterte van der Ven eingehend. Ouaziz war sehr mager. Ein Stück entfernt, im Halbkreis um uns herum, bewaffnete Mitglieder einer Spezialeinheit, ganz in Dunkelblau gekleidet, Maschinenpistolen über der Schulter.

Van der Ven trug Anzug, weißes Hemd und Krawatte. Der Mann neben ihm war kleiner, sein Anzug war zerknittert und eigentlich eine Nummer zu groß. Dieser Mann kam mir bekannt vor. Er war Brillenträger und hielt den Kopf ein bisschen schief. Undefinierbare Haarfarbe. Zerfurchtes, müdes Gesicht, Augen, die Traurigkeit ausstrahlten. Ich kannte ihn von irgendwoher. Er war bedeutend.

Van der Ven sagte: »Wir haben heute einige Kalamitäten verkraften müssen. Ernste. Es sind Menschen ums Leben gekommen. Ein schlechter Tag für unser Land. In Schiphol ist ein Flugzeug gekapert worden. Turkish Airlines. Hundertachtzehn Menschen an Bord. Türken, Niederländer, Menschen mit beiden Staatsangehörigkeiten. Die Entführer sind niederländische Marokkaner. Wir haben den Eindruck, dass sie noch sehr jung sind. Sie haben Forderungen gestellt. Ihre Freilassung, Herr Boujeri. Und die Ihre, Herr Ouaziz. Sie bilden ein ungewöhnliches Duo. Wir wussten nicht, dass Sie zusammenarbeiten. Es ist nichts darüber bekannt, dass Sie im Hochsicherheitstrakt von Vught miteinander in Kontakt standen. Wir lassen Sie beide frei. Die Entführer haben gefordert, dass Sie, Herr Boujeri, an Bord gebracht werden. Wir haben dem unter der Voraussetzung zugestimmt, dass sämtliche Passagiere freigelassen werden. Die Entführer haben diese Bedingung akzeptiert. Sie, Herr Ouaziz, sollen auf freien Fuß gesetzt werden, an einem Ort Ihrer Wahl in Amsterdam. Man will also offenbar nicht, dass Sie mit an Bord des Flugzeugs gehen. Wir haben Ihnen den Rest Ihrer Strafe offiziell erlassen. Herr Ouaziz, haben Sie dem etwas hinzuzufügen? Können Sie unsere Neugierde befriedigen?«

Ich sah, dass der Unterweltmocro schlucken musste. Er war angespannt. Ich nicht.

Ich jubelte innerlich. Nouria sang.

»Ich habe nie Kontakt zu ihm gehabt«, sagte Ouaziz. Er machte eine wegwerfende Gebärde in meine Richtung. »Er ist ein Extremist. Ich bin Geschäftsmann. In Ihren Augen vielleicht eine seltsame Art von Geschäftsmann, aber ich bin auf alle Fälle kein Islamist. Ich weiß nicht, warum diese Entführer mich genannt haben. Das ist mir völlig unerklärlich. Es steht mir nicht zu. Sie können mich also gerne wieder zurückschicken. Lieber sitze ich meine Strafe ab, als mit diesen Entführern in Zusammenhang gebracht zu werden. Das sind Verbündete von Herrn Boujeri, nicht von mir.«

Van der Ven nickte. Der andere Mann, der so müde aussah, reagierte nicht. Van der Ven wandte sich an mich.

»Haben Sie eine Ahnung, warum Herr Ouaziz hier mit einbezogen wird?«

Ich schüttelte den Kopf. »Nein. Er ist ein Abtrünniger. Vielleicht wollen sie ihn töten.«

»Das glaube ich nicht. Sie wollen ja, dass er freigelassen wird«, entgegnete van der Ven.

Ich fragte: »Was ist mit den anderen Muslimen, die in Ihren Kerkern darben? Sollen noch weitere Muslime freigelassen werden?«

»Nein. Nur Sie beide.«

»Das verstehe ich nicht«, sagte ich.

Van der Ven wandte sich wieder Ouaziz zu. »Wir haben Ihre Frau aufgesucht. Ihr Sohn Salheddine, Sallie, ist heute nicht an seinem Arbeitsplatz erschienen. Sein gesamter Freundeskreis ist wie vom Erdboden verschluckt. Alles Jungen marokkanischer Abstammung. Eine ganze Fußballmannschaft. Sie scheinen sehr gute Spieler zu sein. Wir glauben, dass sie für das verantwortlich sind, was heute Nachmittag am Opernhaus passiert ist. Dort hat es Tote gegeben. Wir glauben, dass sie allesamt an Bord der gekaperten Maschine sind. Unterstützen Sie die Aktion Ihres Sohnes?«

Ouaziz starrte den Mann fassungslos an. Dann schluckte er, wandte den Blick ab und senkte den Kopf.

Der Mann mit den traurigen Augen trat einen Schritt vor. »Herr Ouaziz, wir möchten nicht, dass es weitere Opfer gibt. Wir haben Kontakt zu den Eltern all dieser Fußballer. Aber wir haben den Eindruck, dass Ihr Sohn der Anführer ist. Kapitän der Fußballmannschaft und Kopf der Gruppe, auf deren Konto die heutigen Geschehnisse gehen. Wir brauchen Ihre Hilfe.«

Ouaziz nickte, mit immer noch gesenktem Kopf.

»Ja, natürlich. Ich tue alles«, murmelte er. Ob die Männer ihn überhaupt verstanden?

»Wir möchten, dass alles Weitere ohne Blutvergießen abläuft, der Austausch der Passagiere gegen Herrn Boujeri«, sagte der Mann. Ich hatte seine Stimme schon mal irgendwo gehört.

»Ich mache mit«, sagte Ouaziz.

»Gut. Vielen Dank«, sagte der Mann. Und zu mir: »Sie werden jetzt isoliert, Herr Boujeri. Sie werden in einen separaten Raum gebracht. Dort können Sie sich waschen. Vielleicht haben Sie auch Ihr Abendgebet noch nicht gesprochen. Das können Sie dort tun. Man hat einen Gebetsteppich für Sie besorgt. Sie können sich auch umziehen, man hat Kleidungsstücke für Sie bereitgelegt. Ich weiß nicht, ob ich Sie noch einmal wiedersehe. Sie haben unserem Land wenig Freude bereitet.«

Woher kannte ich ihn?

Ich fragte: »Wer sind Sie?«

Der Mann antwortete: »Ich habe seinerzeit Sicherheitsmaßnahmen ergriffen, weil ich befürchtete, dass die Muslimgemeinschaft Vergeltungsakten ausgesetzt sein könnte, nachdem Sie Herrn van Gogh umgebracht hatten. Ich hätte auch gerne Blasphemiegesetze eingeführt. Das ist mir nicht gelungen. Mein Name ist Donner. Ich war 2004 Justizminister. Jetzt bin ich Innenminister.«

Ich nickte. Natürlich, ein bekanntes Gesicht. Ich erinnerte mich, dass er immer so aussah, als würde er gleich in Tränen ausbrechen. Er war mächtig.

Ich fragte: »Warum führen Sie dieses Gespräch mit uns

beiden zusammen? Warum wollen Sie, dass ich höre, dass Ouaziz seinen Sohn umstimmen soll?«

Donner sagte: »Wir wollen, dass Sie weitererzählen, was wir hier besprochen haben. Wir wollen, dass der Sohn von Herrn Ouaziz, zu dem wir keinen Kontakt herstellen können, über die Freilassung seines Vaters im Bilde ist. Wir wollen, dass Sie ihm sagen, dass sein Vater mit ihm sprechen möchte.«

»Und wenn ich das nicht tue?«

»Dann werden wir dafür sorgen, dass die Maschine nicht abfliegt.«

»Dann wird es Tote geben«, sagte ich.

Donner nickte. Und sagte fast entschuldigend: »Wenn die Passagiere ausgestiegen sind, ist nur noch die türkische Besatzung an Bord. Und Sie. Und eine Fußballelf aus fanatischen Muslimen.«

Er sprach diese Worte mit gequälter Miene, als hätte ihn bereits die Nachricht erreicht, dass das Flugzeug explodiert sei. Mir wurde bewusst, warum er das alles sagte, warum er mir erzählt hatte, was passieren konnte. Das war eine Warnung. Er sagte mir damit, dass er nicht verlieren konnte. Wenn die Passagiere gegen mich ausgetauscht waren, hatte das Flugzeug keinen Wert mehr für ihn. Wenn es explodieren würde, konnte das seiner Position nicht schaden. Nein, in den Augen der meisten gottlosen Käseköppe würde er ein Held sein.

Er war ein mächtiger Mann.

MEMO

An: Minister J. P. H. Donner
FOR YOUR EYES ONLY
Kennzeichen: Three Headed Dragon

Sehr geehrter Herr Minister,
die physikalischen Untersuchungen zur Entstehung des Lichtinzidents (LI) haben zu keinem Resultat geführt. Psychologische Ursachen können gewiss eine Rolle spielen, doch sie lassen sich nicht objektiv bewerten. Eine psychologische Untersuchung würde zudem meine Kompetenz überschreiten (wie im Übrigen auch die physikalischen Untersuchungen). Aus den Gesprächen, die ich mit den beiden Zeugen geführt habe, kann ich freilich, nach persönlichem Dafürhalten, nichts anderes schließen, als dass beide Zeugen vernünftige, rationale Menschen sind; das gilt auch für den Jüngeren, der noch ein Kind ist.
Ich bin nochmals in das ehemalige Waisenhaus für Mädchen gegangen und habe dort erneut Messungen vorgenommen. Ich habe Videoaufnahmen von meiner Versuchsanordnung gemacht und werde sie Ihnen bei Gelegenheit

zeigen. Meine Ergebnisse konnte ich einem Experten der TU Delft vorlegen.

Mit hundertprozentiger Sicherheit kann jetzt gefolgert werden, dass der LI nicht von den Deckenleuchten hervorgerufen wurde. Andere Lichtquellen gab es in der Eingangshalle vor der Exekution von Three Headed Dragon (THD) nicht.

Wäre es möglich, dass durch eines der Fenster, die allesamt abgeklebt waren, Licht hineingelangte? Sollte das der Fall gewesen sein, dürfte diese Lichtquelle zu schwach für den LI gewesen sein, der von den beiden Zeugen bei Tests auf die Lichtstärke einer Glühbirne von etwa vierzig Watt geschätzt wurde. Die Dauer des LI wurde von den Zeugen auf weniger als eine, aber mehr als eine halbe Sekunde geschätzt.

In der Hoffnung, Sie hiermit informiert zu haben,
mit freundlichen Grüßen

Frans van der Ven

17

LEON

Leon de Winter hatte van Ast, die rechte Hand des Bürgermeisters, zurückgerufen und ihn angehört. Er hatte das Gesuch um Mithilfe bei der Formulierung der Erklärungen, die Cohen im Laufe des Abends abgeben musste, »in Erwägung gezogen« – eine lasche Antwort, aber er brauchte Bedenkzeit. Die Stadt befand sich in einer Art Schreckstarre. An den Grachten herrschte plötzlich eine aufregend angstvolle Atmosphäre. Alles war anders an diesem Abend, und das war so spannend wie abstoßend. Rund um die Stopera arbeiteten Rettungsdienste mit allem, was der Stadt zur Verfügung stand. Zu der Explosionskatastrophe war noch eine Flugzeugentführung hinzugekommen. Jedermann war sich darüber im Klaren, was das bedeutete. London. Madrid. De Winter hatte keine Ahnung, ob er an diesem Abend Zeit haben würde, ins Polizeipräsidium zu fahren, um dort Entwürfe für Erklärungen zu verfassen. Er hatte andere Sorgen.

Er saß im Arbeitszimmer von Bram Moszkowicz, einem geräumigen Büro mit klassischer Anwaltseinrichtung – schwere Möbel, stilvolle Streifentapeten, barocke Gemälde in vergoldeten Rahmen. Er hatte eine Tasse Tee bekommen. Er wollte abnehmen. Auch das gehörte dazu, wenn man eine Beziehung pflegen wollte, so sein Gedanke. Mindestens zwanzig Kilo mussten runter. De Winter wartete nicht nur auf Moszkowicz, sondern auch auf Sonja, die auf einmal doch bereit war, mit Max Kohn zu reden. Warum dieser Sinneswandel? De Winter wusste es nicht.

Moszkowicz musste sich noch um einen Klienten kümmern und hatte de Winter gebeten, so lange in seinem Arbeitszimmer zu warten. Als er hereinkam, fragte er gleich: »Hast du etwas zu trinken bekommen?« Er sah die Teetasse. »Tee? Nichts anderes? Soll ich nicht ein Fläschchen Wein aufmachen?«

»Nein danke, nicht nötig.«

»Ich mache trotzdem eine Flasche Wein auf.«

Moszkowicz beugte sich über seinen breiten, massiven Schreibtisch, drückte auf einen Knopf seiner Telefonanlage und bat einen Mitarbeiter, eine Flasche Saint-Estèphe zu bringen.

»Den magst du doch so gern«, sagte er, als er sein Jackett auszog und es über einen Stuhl hängte. Er trug ein hellblaues Oberhemd mit goldenen Manschettenknöpfen. Er setzte sich de Winter gegenüber in einen Ledersessel, lockerte seine Krawatte und zündete sich eine Zigarette an.

»Der reine Wahnsinn, was die Leute manchmal von einem erwarten. Der gute Mann wollte, dass ich seinen Sohn rauspauke. Auf frischer Tat bei einem Raubüberfall ertappt. Papa hatte noch die Beute von einem früheren Überfall im Besitz. Die bot er mir unter dem Tisch an. Ob ich den Staatsanwalt bestechen könne. Ob ich bei einem Ausbruchsversuch mithelfen könne. Sind alle krank geworden? Wie die ganze Stadt? Was ist nur los, Leon? In der Stopera hat es Tote gegeben!«

De Winter zuckte die Achseln. »Jetzt sind die Niederlande an der Reihe.«

»Du meinst, nach London und Madrid?«

»Vielleicht konnten sie sich hier leichter einschleusen und ihre Vorbereitungen treffen als anderswo. Ich habe keine Ahnung, was los ist, Bram. Aber ich glaube nicht, dass es sich bei den Tätern um unzufriedene Milchbauern aus Friesland handelt.«

»Komisch, dass sie auch noch ein Flugzeug gekapert haben. Dadurch sind sie jetzt lokalisierbar. Besonders raffiniert ist das nicht.«

»Du wirst wohl bald einen Anruf bekommen«, sagte de Winter. »Ob du sie verteidigst.«

»Die lassen sich nicht festnehmen. Die sprengen sich in die Luft.«

»Oder sie lassen das Flugzeug auf die Stadt stürzen.«

»Ja, Leon, nur weiter mit diesem Irrsinn.« Dann erst wurde Moszkowicz das Ausmaß dessen bewusst, was de Winter gerade ausgemalt hatte, und voller Entsetzen fragte er. »Glaubst du das wirklich?«

»Ich glaube gar nichts, Bram. Diese Typen agieren so. Sprengen Gebäude in die Luft. Befördern auf Märkten Frauen mit ihren gefüllten Einkaufstaschen in den Tod. Schicken ihre Leute mit Bombe in der Unterhose in Flugzeuge. Oder mit Bomben im Arsch. Warum sollten sie da nicht auch ein Flugzeug auf unsere schöne Stadt donnern lassen. Oder klingt das jetzt wieder zu rechts, Bram?«

»Für mich nicht.«

De Winter setzte sich angeregt auf, als ihm etwas einfiel. »Wenn ich heute Abend jemanden sprechen wollte, dann

Piet Hein Donner. Bei dem spielt sich das Drama ab. Man sollte ihn eigentlich mit einem Kamerateam begleiten. Er ist der Mann, der das jetzt alles auf dem Teller hat. Das ist sein Ding. Krisensituation. Und die Strippen ziehen.«

Eine Sekretärin brachte die Flasche Saint-Estèphe und zwei Gläser. Moszkowicz bat sie, noch ein paar weitere Gläser zu bringen.

Sie war attraktiv. Vollschlank. Fast animalische Bewegungen. Sie trug ein Kostüm mit engem Rock. Hochhackige Pumps. Zu attraktiv, dachte de Winter. Ihn würde es ablenken, wenn er so eine Frau als Assistentin hätte. Bram nicht. Oder doch.

Nachdem sie das Zimmer verlassen hatte, fragte Moszkowicz: »Sonja hat es sich also auf einmal anders überlegt? Doch plötzlich bereit, mit Kohn zu reden?«

De Winter nickte düster. »Ja. Sie ist nicht gerade stabil, wie man so schön sagt. Im Moment jedenfalls nicht. Das war alles ziemlich unangenehm heute Nachmittag. Sie wollte weg, Gott weiß, wohin. Fluchtartig. Um diesen Mann nicht in ihre Nähe kommen zu lassen. Ich hab mir ganz schön was von ihr anhören müssen.«

»Ihr Sohn ist doch der Sohn von …?«

Moszkowicz brauchte die Frage nicht auszuformulieren.

»Ja, er ist sein Sohn«, antwortete de Winter.

»Aber er weiß es nicht, vermute ich mal«, ergänzte Moszkowicz.

»Nein.«

»Warum hat sie es ihm nie gesagt?«

»Sie hasst ihn.«

»Ich glaube, er wäre sehr glücklich, wenn sie es ihm sagen

würde. Glaubt sie wirklich, dass er ihr etwas antun würde? Das ist doch Unsinn.«

»Dann versuch mal, sie davon zu überzeugen«, sagte de Winter. »Sie will nicht auf demselben Kontinent sein wie er. Tja, aber jetzt kommt sie her, und wir werden sehen, was passiert.«

»Wo will sie denn hin, wenn sie Amsterdam verlässt?«

Moszkowicz bot de Winter ein Glas Wein an. De Winter beschloss, den Beginn seiner Diät um einen Tag zu verschieben.

»Keine Ahnung. Sie war ... Sagen wir mal, sie war mir gegenüber nicht besonders feinfühlig heute. Sie hat Angst. Wenn sie an Max Kohn denkt, kriegt sie die Panik.«

Sie prosteten sich zu. Ein vollmundiger, körperreicher Wein. Château Cos d'Estournel 2008. Ein edler Tropfen, mindestens hundert Euro die Flasche.

»Geschenkt bekommen«, sagte Moszkowicz, der de Winters Gedanken erriet. »Zufriedener Klient. Könnte ich mir im Moment nicht leisten. Auch bei mir läuft es nicht mehr so gut. Man könnte meinen, die schweren Jungs bleiben in der Krise lieber zu Hause. Das Benzin ist zu teuer geworden, da ist ein Fluchtauto für den Einbruch nicht mehr drin.«

»Du kannst gern bei mir mitessen«, sagte de Winter. »Große Mengen, aber nicht sehr kalorienhaltig. Ich muss abnehmen, Bram.«

»Warum denn das?«

»Weil es sein muss. Jessica hat mir damit auch dauernd in den Ohren gelegen. Sie hat mich wohl nicht zuletzt deswegen verlassen. Ich weiß es nicht. Beim letzten Gesundheitscheck wurde auch ein zu hoher Blutzucker bei mir festgestellt. Prädiabetes hab ich jetzt. So nennt sich das. Muss zwanzig Kilo abspecken. Mein Vater hatte das auch. Ich möchte kein Patient werden.«

»Darfst du dann überhaupt Wein trinken?«

»Ein Glas.«

»Gut. Dann ist das jetzt dein letztes.«

»Okay, mein letztes.«

Sie prosteten sich noch einmal zu.

»Leon …?« Moszkowicz suchte seinen Blick.

»Ja?«

»Was ich dir jetzt erzähle, kann man zwar durchaus in Erfahrung bringen, wenn man bei der Justiz nachfragt, es fällt nicht unter die Geheimhaltung, aber du musst es trotzdem für dich behalten.«

»Ich bin die Verschwiegenheit in Person.«

Moszkowicz zögerte einige Sekunden. Bei ihm war das, was nicht gesagt wurde, genauso wichtig wie das Gesagte.

Er fragte: »Was hat sie dir über das Verschwinden ihres Vaters erzählt?«

Die Frage genügte. De Winter verstand sofort, worauf er hinauswollte. Moszkowicz hatte nichts und doch alles gesagt. De Winter rutschte an den Sesselrand vor und beugte sich zu Moszkowicz hinüber, als ließen sich so mehr Einzelheiten in Erfahrung bringen.

»Sie haben ihn nicht dafür belangt«, sagte de Winter im Flüsterton, als könnte irgendwer in der Kanzlei lauschen.

»Kohn hatte seinen Adjutanten«, erwiderte Moszkowicz. »Der hat alles für ihn getan. Der sitzt auch noch immer die Strafe ab. Interessanter Mann, hab vergessen, wie er heißt …

Ouaziz. Der wurde für den Mord an zwei Serben verurteilt. Die hatten versucht, Kohn umzubringen, und es war reines Glück, dass er es überlebte. Ouaziz hat Rache geübt. Er hat diese Serben gekillt wie ein Profi und sie in irgendeinem Graben abgelegt. Nicht lange nach diesen Hinrichtungen verschwand Sonjas Vater. Der hatte mit Max Geschäfte gemacht. Das weiß ich, weil ich Max damals in zivilrechtlichen Angelegenheiten vertrat. Ich weiß nicht, was genau vorgefallen ist. Man hat ihn verhört, nachdem man ihn überfallartig festgenommen hatte. Ich habe damals auch mit ihm darüber geredet. Und Sonja haben sie ebenfalls damit konfrontiert. Sie hatten wohl herausgefunden, denke ich, dass es Kontakte zwischen den Serben und ihrem Vater gab. Aber Max konnten sie nichts anhaben. Und Ouaziz auch nicht. Die Leiche ihres Vaters wurde nie gefunden.«

»Warum hat dieser Ouaziz die Leichen der Serben denn einfach so herumliegen lassen?«

»Als Hinweis an die Szene. Das machen wir mit Typen, die uns nicht respektieren, lautete die Botschaft. Deshalb, denke ich.«

»Und Max wusste davon?«

»Er schwor mir, dass er nichts von den Hinrichtungen gewusst habe. Und auch nicht vom Verschwinden von Sonjas Vater. Er sagte, Ouaziz habe ihn nicht eingeweiht. Das hätten sie so vereinbart. Max war angeschossen worden, und Ouaziz würde das Problem aus der Welt schaffen, ohne ihm etwas zu erzählen. So lautete ihre Abmachung.«

De Winter stammelte: »Sie schlief also mit dem Mörder ihres Vaters? Beziehungsweise dem Auftraggeber für den Mord?«

»Ich weiß nicht, ob Max davon wusste, Leon. Ich denke, er wird es schon irgendwie geahnt haben. Aber er hat Ouaziz nie gefragt. Sie hatten eine Art *Chinese Wall* errichtet. Über bestimmte Dinge kein Informationsaustausch. Schon gar nicht über solche. Ich kann mir nicht vorstellen, dass er Ouaziz darum gebeten hat, ihren Vater umzulegen. Aber so wurde es nach der Festnahme Sonja gegenüber dargestellt. Man hört es die Polizisten förmlich sagen: Dein Freund ist der Mörder deines Vaters, du liegst mit dem Mann im Bett, der deinen Vater verschwinden ließ. Sie hat es geglaubt. Ob es nun der Wahrheit entspricht oder nicht. Es klang logisch. Max hatte eine dunkle Seite, das wusste sie. Kein Wunder, dass sie da das Weite gesucht hat.«

»Bram ... Das hättest du mir eher erzählen müssen.«

»Ja, das hätte ich. Tut mir leid, Leon. Ich hatte keine Ahnung, dass das alles plötzlich aktuell werden würde. Mir ist das erst heute Nachmittag wieder eingefallen.«

»Es ist scheiße, aber es ist auch Stoff für ein Buch.«

Moszkowicz grinste. »Ich dachte mir schon, dass du das sagen würdest.«

»Nur, wenn sie mich verlässt. Sonst nicht. Wenn sie bleibt, kein Buch. Wenn sie geht, dann schon. Ein magerer Trost. Ein Roman als Ersatz für Sonja.«

»Warte erst noch mal ab. Und noch etwas ...«

Moszkowicz änderte nervös seine Sitzhaltung. Schluckte, als sei er verlegen. Das sah ihm gar nicht ähnlich.

»Eva hat mir vorhin gesagt, dass sie eine Weile allein sein möchte. Nicht für immer, sagte sie. Nur um ein wenig zu Atem zu kommen. Ein wenig Abstand zu gewinnen. Sie möchte nachdenken, sagte sie.« Er hielt kurz inne und schluckte erneut. »Ihre Gedanken ordnen und dann weitersehen. Das ist natürlich alles Gerede. Wenn man so etwas will, ist das doch der Anfang vom Ende.«

»Vielleicht auch nicht«, sagte de Winter, obwohl er in Wirklichkeit das Gleiche dachte.

Moszkowicz fragte: »War es bei Jessica nicht genauso, das hast du mir doch erzählt, oder?« Sein Blick flehte um eine Verneinung.

»Jes und ich waren fast zwanzig Jahre zusammen. Sie fand, ich sei so durchschaubar und langweilig geworden, und meine rechtslastigen Tiraden machten sie verrückt. Eva und du, ihr seid erst so kurz zusammen. Ich *bin* langweilig. Aber du? Sie ist ganz verrückt nach dir, das ist nicht zu übersehen.«

»Ich bin achtzehn Jahre älter als sie. Wenn ich sechzig werde, ist sie gerade mal Anfang vierzig.«

»Warum ziehst du nicht um? Das ist dein Haus, deine Kanzlei, deine Privatwohnung oben. Hier hast du auch mit Juliette gewohnt. Zu viel.«

»Sie möchte in Amsterdam bleiben.«

»Was hat sie von der Stadt? Sie kann sich hier kaum noch auf die Straße wagen, seit sie so berühmt ist. Ich habe im Internet gelesen, dass sie wahrscheinlich Nachfolgerin von Paul Witteman wird. In Zukunft wird die Talkshow also ›Pauw und Jinek‹ heißen.«

»Sie haben bei ihr angefragt, das stimmt. Aber sie weiß noch nicht, ob sie es macht. Ich glaube, dass es damit zu tun hat.«

Es klopfte an der Tür. Sie brachen das Gespräch ab. Die Sekretärin trat ein. Sie hatte wirklich eine starke körperliche

Ausstrahlung. Aber einen Ersatz für Sonja sah de Winter nicht in ihr. Absurd, so etwas schon jetzt zu denken. Hatte Bram die Sekretärin etwa in der Hinterhand, für den Fall, dass Eva ihn verließ? Spielte sich in der Kanzlei bereits etwas ab, was er noch verschwieg?

De Winter hatte Jessica damals in Menton noch sehr nachgetrauert, als er sich mit dem Gedanken trug, einen Roman über sie zu schreiben. Sonja war im Grunde die erste Frau gewesen, für die er wieder einen Blick gehabt hatte. Attraktiv. Eigenwillig. Und ziemlich spleenig. Genau die Art Frau, für die er eine Schwäche hatte. Hochintelligent und nicht ganz normal. Dass sie ein Kind hatte, war kein Problem. Nathan war nett, lieb, sensibel. Er war ihm ans Herz gewachsen. Vielleicht liebte er den Jungen sogar, wurde ihm plötzlich bewusst.

Die Sekretärin kündigte Max Kohn an. Moszkowicz erhob sich und zog sein Jackett an. Im Dienst. De Winter hatte sich nicht umgezogen, trug immer noch seine abgetretenen Turnschuhe, Jeans, T-Shirt und Cardigan.

De Winter wechselte mit Moszkowicz einen Blick. So sieht es privat bei mir aus, jetzt weißt du's, besagte dessen Miene. De Winter nickte.

Die Tür öffnete sich erneut, und Max Kohn betrat den Raum. De Winter war sofort klar, dass er Sonja nicht würde halten können. Kohn war ein Herrschertyp. Er sah aus wie Sean Connery zu seinen besten Zeiten. Leicht gebräuntes Gesicht. Ausdrucksvolle Augen. Dichtes, dunkles Haar. Markant wie George Clooney, aber ohne dessen falschen, übertriebenen Sonnyboy-Blick. Kohn wirkte introvertiert, verschlossen. Er brauchte gar nichts zu tun, um wie der

Mann auszusehen, dem Sonja verfallen würde. Das würde ganz von selbst gehen.

»Hallo, Bram.«

»Max.«

Sie umarmten sich.

»Schön, dich wiederzusehen, Bram. Auch du, Leon. Gut, dich zu sehen.«

De Winter erhob sich und wurde auf die gleiche Weise umarmt, mit breiten Gebärden und Rückenklopfen.

»Setz dich, Max.« Moszkowicz zeigte auf den Sessel, in dem er selbst gerade gesessen hatte. »Ein Glas Wein?«

»Nein, danke. Wie geht es dir, Leon?«

Kohn setzte sich. Bedächtige Bewegungen. Er war schlank. Muskulös. Hatte starke Hände, wie de Winter sah. Am Handgelenk trug er eine Patek Philippe. Eine Uhr, die fünfzigtausend kostete.

»Alles gut, Max. Lange nicht gesehen.«

»Möchtest du etwas anderes trinken?«, fragte Moszkowicz.

»Nicht nötig, Bram.«

»Du kommst an einem seltsamen Tag, Max«, sagte Moszkowicz.

»Ja, so kenne ich die Stadt gar nicht«, sagte Kohn mit einem Nicken. »Keine Straßenbahnen. Keine Autos. Viele Leute auf der Straße. Bisschen bedrückte Stimmung, finde ich.«

De Winter fragte: »Wann bist du angekommen?«

»Gestern Morgen. Aus Los Angeles. Da hast du doch auch mal gewohnt, nicht?«

»Ja.«

»Ich habe dort jemanden besucht. Und dann… Dann musste ich herkommen. Um mit Sonja zu reden.«

»Sie dürfte jeden Augenblick hier sein«, sagte Moszkowicz.

Kohn nickte. »Ich habe sie kurz am Telefon gesprochen.« Er wandte sich de Winter zu und sagte: »Ich weiß von dir und ihr.«

De Winter nickte unsicher.

»Kein Problem«, sagte Kohn. »Ich habe keine Besitzansprüche auf sie. So jemand bin ich nicht. War ich übrigens auch nie. Deswegen bin ich nicht hier. Ich verstehe sehr gut, dass sie mich nur sprechen will, wenn ihr dabei seid. Das habe ich mir durch das Vergangene selbst eingebrockt.«

De Winter sagte: »Sie war ziemlich durch den Wind, als sie hörte, dass du sie suchst.«

Kohn nickte. »Muss sie nicht sein. Ich habe nur ein paar Fragen an sie. Zu Dingen, von denen ich bis vorgestern nichts wusste. Die für mich aber von großer Wichtigkeit sind. Wenn sie mir die Fragen beantwortet hat, verschwinde ich wieder. Sofern Schiphol wieder offen ist.«

»Du bist sehr krank gewesen«, sagte de Winter.

»Ich habe es Leon erzählt, das verübelst du mir hoffentlich nicht«, ergänzte Moszkowicz.

»Ist schon okay. Ja, ich habe ein Spenderherz bekommen«, sagte Kohn. »Du hast doch einen Roman über so etwas geschrieben, nicht, *God's Gym*? Ich habe das vorhin gegoogelt. Werde ich mal lesen. Ich lebe mit geborgter Zeit. Ich atme den Atem eines anderen Menschen. Dieses Herz hat mich verändert.« Er lächelte und schaute zwischen de Winter und Moszkowicz hin und her. »Das ist eigentlich das erste Mal, dass ich darüber rede – außer mit meinen Fachärzten natürlich. Die Leute, die ich früher in Las Vegas kannte, wo ich jahrelang gewohnt habe, sehe ich nicht mehr. Ist gut so. Jede Sekunde, die ich erlebe, ist kostbar.«

De Winter fragte: »Und wo wohnst du jetzt?«

»In Scottsdale, Arizona. Kennst du das?«

»Ich bin mal dort gewesen«, sagte de Winter.

»In der Nähe von Phoenix. Warm. Trocken. Wüstenluft. Ich lese viel. Ich habe Hunde, mit denen ich lange Spaziergänge mache. Du bist geschieden, habe ich gelesen. Wolltest du nicht ein Buch darüber schreiben?«

»Wird wohl nichts werden«, antwortete de Winter. »Ihr Buch ist schon fertig. Liegt in zwei Monaten in den Buchhandlungen. *Der Kommentator* heißt es. Sie hat immer starke Titel. Anscheinend macht sie mich darin total fertig.«

Moszkowicz grinste. »Das ist der Preis für die Ehe mit einer Schriftstellerin.«

De Winter entgegnete: »Lach nicht zu früh, Bram.«

»Eine meiner Exfrauen hat mir mal ein Buch angedroht, das *Der Zuchthengst* heißen sollte«, feixte Moszkowicz. »Habe ich ihr gründlich ausgeredet. Was mich aber ein paar Cent gekostet hat.«

Nach kurzem Anklopfen trat die Sekretärin ein. »Frau Verstraete ist da.«

»Bitte sie herein«, sagte Moszkowicz.

Sie erhoben sich alle drei. De Winter wollte Max Kohn im Auge behalten, aber er wollte auch wissen, wie Sonja ihrer großen Liebe nach einem ganzen Jahrzehnt wiederbegegnen würde. Sie kam herein. Mit großen Schritten. Sie hatte etwas anderes an als am Nachmittag. Hatte sich also eigens umgezogen. Ganz in Schwarz. Elegant. Rock und Jäckchen. De Winter kannte das Ensemble. Ann Demeulemeester. Das hatte sie bei ihrem ersten Essen in Juan-les-Pins getragen. Sie hatte ihre Haare gerichtet, bevor sie eingetreten war. Sie war angespannt.

Moszkowicz ging um die Sessel herum auf sie zu.

»Hallo, Sonja.«

»Hallo.«

Sie gab ihm einen Kuss auf die Wange.

»Ha, Max«, sagte sie. Ein flüchtiger Blick. Keine sichtbare Gefühlsregung. Die dadurch umso greifbarer war. Sie schaute sofort zu de Winter.

»Tag, Sonja«, sagte Kohn, auf einen Blickkontakt wartend. Sie wich ihm aus, sah ihn nicht an.

»Du kannst dich dort hinsetzen.« Moszkowicz zeigte auf den Sessel.

»Ich setze mich zu Leon«, sagte sie. »Nehmt doch Platz«, forderte sie alle auf.

De Winter ließ sich wieder im Sessel nieder, und sie schob sich neben ihn auf das glatte Leder der Armlehne, die allemal breit genug für sie war. Mit einer Hand stützte sie sich auf der Rückenlehne ab und suchte Tuchfühlung mit de Winter. Das war ihre Eröffnung. Darüber hatte sie nachgedacht. Sie demonstrierte Kohn, zu wem sie gehörte. Daran bestand jetzt kein Zweifel mehr. Sie ließ de Winter nicht fallen. Er hatte Chancen auf eine Zukunft mit ihr.

»Meine Herren«, sagte sie. »Komisch, euch hier zusammen zu sehen.« Ohne auf eine Antwort zu warten, fuhr sie fort: »Wie geht es dir, Max? Du hast ein neues Herz bekommen. Nicht irgendein Herz.«

Sie sah ihn wieder flüchtig an. Mied den direkten Blickkontakt. Sie versteckte sich vor ihm. Wollte ihm damit sagen, dass sie ihn nicht an sich heranlassen würde. Aber sie hatte sich umgezogen. Schick. Unnahbar, und deshalb umso begehrlicher.

»Gut, dich wiederzusehen, Sonja«, sagte Kohn.

»Ich weiß nicht, ob das auf Gegenseitigkeit beruht, Max.«

»Ich freue mich, dass das Treffen nun doch stattfinden kann«, schaltete sich Moszkowicz ein. »Max, Sonja hat darauf bestanden, dass Leon und ich bei dem Gespräch anwesend sind. Das hast du akzeptiert. Du bleibst bei dieser Bedingung, Sonja?«

»Absolut.«

»Ich habe kein Problem damit«, sagte Kohn.

»Du hattest Fragen an sie«, leitete Moszkowicz ein.

»Ja.«

»Fragen«, sagte sie. »Die habe ich auch. Aber was bringen mir Antworten, denen ich nicht trauen kann?«

»Ich fürchte, du täuschst dich. In meinem Leben hat sich vieles getan.«

Moszkowicz fragte sie: »Möchtest du ein Glas Wein?«

»Ja, gerne.«

Sie schwiegen, während er ihr ein Glas einschenkte. Um es ihr zu reichen, beugte er sich über das runde Tischchen, das zwischen den Sesseln stand. Sie erhob sich von der Armlehne und nahm das Glas entgegen.

»Darf ich rauchen?«

»Natürlich.«

»Du hattest doch aufgehört«, sagte de Winter.

»Ich weiß«, sagte sie.

Moszkowicz ging um das runde Tischchen herum, Sonja nahm sich eine Zigarette, und er gab ihr mit einem goldenen Feuerzeug Feuer. Sie inhalierte. Glas in der einen Hand, Zigarette in der anderen. Schwarze Pumps. Wie ein Filmstar. Theatralisch.

»Tja«, sagte sie. »Ich hatte gehofft, dass ich für den Rest meines Lebens kein Wort mehr mit dir zu wechseln bräuchte, Max. Ich habe mir ein neues Leben aufgebaut, nachdem es mich Jahre gekostet hat, die Trümmer des alten zu beseitigen. Fass dich also bitte kurz. Ich habe anderes zu tun. Du weißt doch von mir und Leon, oder?«

»Ja, das weiß ich«, antwortete Kohn. Er nickte de Winter mit entspanntem Lächeln zu. »Ich bin nicht gekommen, um dich von irgendetwas zu überzeugen. Ich habe Fragen zu meinem Herz. Nicht zu deinem Liebesleben. Das geht mich nichts an. Das respektiere ich, in jeder Hinsicht.«

»Gut. Okay«, sagte sie.

Sie nahm wieder neben de Winter auf der Armlehne des Sessels Platz.

»Schieß los«, sagte sie.

Kohn nickte. Er starrte kurz vor sich hin und sah sie dann an. Sie entzog sich seinem Blick und schlug die Augen nieder.

»Ich hatte Herzprobleme. Vermutlich genetisch bedingt. Aber mein Lebenswandel verschlimmerte das Ganze. Viel Alkohol. Koks. Der Tiefpunkt kam in Las Vegas. Ich litt unter ernsten Beschwerden. Es wurde so schlimm, dass ich auf die Transplantationsliste gesetzt wurde. Und dann kam eines Tages die Nachricht, dass man ein Herz für mich hätte, für einen Mann meiner Größe und meines Gewichts, mit meiner Blutgruppe, alles. In Rochester, Minnesota. Da fing es eigentlich schon an. Normalerweise wird einem das Herz gebracht. Aber ich wollte zum Herzen hin. Ich charterte ein Flugzeug, ließ mich von einem Kardiologen begleiten. Und in der Mayo Clinic in Rochester wurde mir das neue Herz eingepflanzt. Das war vor gut einem Jahr. Das Herz fühlt sich bei mir zu Hause. Das Herz hat mir ein neues Leben geschenkt. Und vor ein paar Tagen …«

Er schaute jetzt kurz zu Moszkowicz, dann zu de Winter. »Ich wollte die Familie des Spenders besuchen. Ich hatte um den Kontakt gebeten. Man willigte ein. Der Spender hatte Angehörige in Los Angeles. Die habe ich aufgesucht. Schwarze, er war Afroamerikaner. Und dort …«

Er schob die Hand in die Innentasche seines Jacketts und zog ein Foto heraus. Er zeigte es Sonja. Sie warf einen Blick darauf, und zum ersten Mal sah sie Kohn an.

» … und dort bekam ich dieses Foto. Vom Spender. Du zusammen mit dem Spender. Einem Mann, der Priester war. Jimmy Davis. Ihr beide wirkt darauf, als ob … Ein gutaussehender Mann. Ich habe sein Herz. Sonja, ich möchte herausfinden, warum ich sein Herz bekommen habe. Denn das geht doch gar nicht. Es ist unmöglich, so etwas zu organisieren. Er kannte mich nicht. Aber er kannte dich. Er hatte das perfekte Herz für mich.«

Kohn schwieg. Sonja war regungslos neben de Winter sitzen geblieben. Sie nahm einen Zug aus ihrer Zigarette und heftete den Blick auf den Tisch. Dann beugte sie sich vor, stellte ihr Glas ab und erhob sich.

Sie trat mit einigen Schritten ans Fenster, wandte den anderen den Rücken zu und schaute nach draußen, einen Arm unter dem Ellenbogen des anderen, die Zigarette vor dem Mund. Fotogen.

Kohn blieb still sitzen. Ließ sie nachdenken.

Ohne sich zu ihnen umzudrehen, sagte sie: »Ich war bei Jimmy, als er starb. Als er definitiv für hirntot erklärt wurde. Er hatte einen Tumor. Ich hatte ihm von dir erzählt. Dass ich einen Verbrecher gekannt hätte und vor ihm auf der Flucht sei. Er kannte deinen Namen. Mehr weiß ich nicht. Ich weiß nicht, warum er dafür gesorgt hat, dass du sein Herz bekommst. Sofern so etwas überhaupt möglich ist.«

»Hattest du was mit ihm?«, fragte Kohn.

»Ja. Wieso nicht? Ich war ungebunden. Er in gewissem Sinne auch. Wir hatten viel… Spaß. Das klingt vielleicht unerwachsen, aber anders kann ich es nicht ausdrücken. Das war in der Dominikanischen Republik. Auch dort habe ich gewohnt, um dir aus dem Weg zu gehen. Jimmy… Jimmy war die Güte in Person. Er war Franziskaner. Es quälte ihn, dass er Frauen so sehr liebte. Aber er sperrte sich nicht dagegen. Es hat etwa ein Jahr gedauert.«

»Für ihn offenbar länger«, sagte Kohn. »Er hat dich offenbar nicht vergessen können. Er hat Fotos von dir und ihm aufbewahrt. Ich habe sie bekommen. Die Liste der Patienten, die auf ein Spenderherz warten, umfasst immer dreitausend Namen. Pro Jahr werden in Amerika etwa zweitausendsiebenhundert Herzen verfügbar. Er war Spender. Ich Empfänger. Wie groß war die Wahrscheinlichkeit?«

»Zufall«, sagte sie. »Alles reiner Zufall.«

»Ich habe so ein Gefühl, dass es nicht so war«, erwiderte Kohn.

»Dass er dich ausgesucht hat?«, fragte sie skeptisch.

»Das geht eigentlich nicht, ich weiß, aber vielleicht doch.«

»Leon?« Sonja wandte sich vom Fenster ab und sah de Winter an. »Du hast das doch damals für *God's Gym* recherchiert. Kann man diese Listen manipulieren? Dafür sorgen, dass ein bestimmter Spender mit einem bestimmten Empfänger kombiniert wird?«

»Das sind geschlossene Systeme. Die können nur funktionieren, wenn alles korrekt und strikt nach Dringlichkeit abläuft. Ich habe noch nie von irgendwelchen Unregelmäßigkeiten gelesen. Dick Cheney, der Vizepräsident von Bush, musste fast zwei Jahre auf ein Spenderherz warten, länger als ein durchschnittlicher Empfänger. Er wurde nicht bevorzugt. Man kann sich kein Herz kaufen. Herzen sind nicht käuflich.«

Kohn sagte: »Die Mayo Clinic war ursprünglich in den Händen von Franziskanern. Sie haben dort immer noch Einfluss. Vielleicht… Vielleicht haben sie Jimmy Davis dabei geholfen, etwas zu arrangieren.«

Sonja fuchtelte mit den Händen, als sie vehement entgegnete: »Was glaubst du denn eigentlich? Du hast Jimmys Herz. *Big deal!* Zufall. Nichts als Zufall.« Aber dann hielt sie inne und sagte nach einigen Sekunden: »Wahnsinn. Du hast recht.« Sie starrte vor sich hin. Schüttelte fassungslos den Kopf. »Ja, das ist Wahnsinn. Du hast Jimmys Herz. Seltsam. Kaum zu glauben.«

»Was möchtest du denn nun eigentlich wissen, Max?«, fragte Moszkowicz.

»*Warum?*, das will ich wissen. *Warum?*«, antwortete Kohn.

»Die Frage solltest du einem Priester stellen. Oder einem Rabbiner. Ich habe keine Antwort darauf«, sagte Sonja.

Kohn sagte: »Ein besserer Mensch als ich hätte sein Herz verdient gehabt. Ich hätte vielleicht besser krepieren sollen.«

»Möchtest du, dass ich darauf eingehe?«, fragte Sonja.

»Ich kenne deine Antwort«, sagte Kohn mit entschuldigendem Lächeln. »Du hast nicht mal unrecht.«

Sonja schüttelte den Kopf. »Welche Selbsterkenntnis plötzlich.«

»Ja. Selbsterkenntnis.«

»Was möchtest du über ihn hören?«

»Ich möchte wissen, wie du ihn kennengelernt hast«, sagte Kohn. »Wie das war. Ich möchte alles über euch wissen.«

Sonja fragte: »Wo warst du zu der Zeit?«

»In Las Vegas. Ich habe ein paar Striplokale betrieben. Kein sonderlich beeindruckender Beruf. Das gebe ich zu. So denke ich heute. Damals nicht. Ich war jenseits von Gut und Böse. Durchgeknallt. Ich … Mir tat damals schon alles leid. Dass ich es mit dir verdorben hatte. Dass du mir entglitten warst. Dass mein bester Freund meinetwegen im Gefängnis saß, mir zuliebe. Und dass alles meine eigene Schuld war.«

»Auf so was habe ich keine Lust«, unterbrach Sonja ihn. Sie ging zu de Winter hinüber und legte ihm demonstrativ die Hand auf die Schulter. »Ich möchte nichts von damals zurück. Auch keine Erinnerung. Nicht einmal eine gute. Das ist mir zu viel. Ich will das nicht. Nicht jetzt. Ich will mir mein Leben bewahren, wie es jetzt ist. Ich weiß nicht, warum Jimmy das getan hat, *falls* er es getan hat. Das geht doch gar nicht, oder, Leon?«

»Ich wüsste nicht, wie«, sagte de Winter. Er hatte das unangenehme Gefühl, dass das Mysterium zu viel Glanz bekommen würde, wenn dieser Jimmy sein Herz gezielt an Kohn vermacht hätte. Dann wäre Absicht im Spiel gewesen. Und diese Absicht konnte, wie de Winter bewusst wurde, nur eines bedeuten: Kohn und Sonja sollten wieder zusammengebracht werden. Das hatte Jimmy damit erreichen wollen. Aber diesen Gedanken behielt de Winter für sich. Nein, das war absurd, das war unmöglich. Das hätte dieser Franziskaner niemals hingekriegt.

Sonja fragte: »Gehen wir, Leon?«

De Winter stand auf. Er hatte es überlebt. Kohn übte keinen Druck auf sie aus und ließ sie gehen. Er hatte keine Machtmittel. Und selbst wenn er sie hätte, so sein Eindruck, würde er sie unbehelligt gehen lassen.

Kohn fragte: »Können wir uns noch einmal treffen? Notfalls wieder hier? Ich möchte gerne so viel wie möglich über Jimmy Davis erfahren.«

»Nein«, sagte Sonja. »Mir ist nicht danach. Ich habe anderes zu tun, was jetzt wichtig für mich ist. Ich will weg aus dieser verrückt gewordenen Stadt. Das Opernhaus zerstört. In Schiphol die Pest. Ich muss mich konzentrieren.« Und noch einmal fragte sie de Winter: »Gehen wir?«

Ohne sich von Kohn oder Moszkowicz zu verabschieden, ging sie zur Tür. De Winter gab Kohn die Hand.

»Tschüs, Max.«

Kohn fragte: »Wollen wir in den nächsten Tagen mal einen Kaffee zusammen trinken?«

»Wie lange bist du noch in der Stadt?«

»So lange wie nötig. Hängt ein wenig von Sonja ab.«

»Ruf mich an«, sagte de Winter. Und zu Moszkowicz: »Wir telefonieren auch, Bram.«

Moszkowicz nickte.

Sonja wartete an der Tür. Sie gingen zusammen die Treppe hinunter.

»War gar nicht so schlimm«, sagte de Winter.

»Ich weiß nicht. Ich will ihn nicht in der Nähe meines Kindes haben. Er ist unberechenbar, Leon. Wie früher. Zwei Gesichter. Zwei Zungen. Nein, drei, vier Zungen.«

Sie ließen die schwere Eingangstür hinter sich ins Schloss fallen und traten in den Abend hinaus. Ihre Fahrräder standen zu beiden Seiten der Spiegelstraat. Ein ungemütlicher Abend. Nur wenige Straßen weiter hatte sich eine Katastrophe ereignet. Das Dröhnen von Hubschraubern hing in der Luft.

»Ich habe den Eindruck, dass er sich verändert hat«, sagte de Winter. »Das andere Herz… Jimmy Davis… Du hast nie von ihm erzählt.«

»Ich möchte schnell nach Hause«, rief sie ihm zu. »Wir kochen was Leckeres. Und trinken einen guten Wein, okay?«

Sie hatte ihr Rad schon aufgeschlossen und kam damit zu ihm hingelaufen, während er noch sein schweres Kettenschloss löste.

Als er sich aufrichtete, sagte sie: »Leon…«

Sie umklammerte mit einer Hand seinen Arm und legte den Kopf auf seine Schulter.

»Heute Nachmittag… Es tut mir leid, das war unmöglich. Ich war in heller Panik. Da habe ich schreckliche Sachen gesagt.« Sie hob den Kopf und sah ihn an. »Du bist nicht zu dick. Und du bist jung und großartig im Bett.«

»Jetzt machst du es noch schlimmer«, sagte er. Sie küsste ihn.

»Ich will weg von hier«, rief sie, als sie auf ihr Rad gestiegen war und vor ihm herfuhr. »Zurück nach Juan-les-Pins! Das will ich!«

»Nathan wird nicht mitkommen!«

»Oh. Nein, du hast recht…«

»Du brauchst doch gar nicht mehr zu fliehen, Liebling! Die Reise ist zu Ende! Wir bleiben! Und wir verbringen die Sommer in Frankreich! Und die anderen Ferien!«

Sie antwortete nicht. Sie hatte es eilig, zu ihrem Sohn zu kommen, und trat heftig in die Pedale. Ihr Rock hatte sich hochgeschoben, und er sah ihre Beine in voller Länge. Alles Libido, dachte er, alles Sex; er war der willenlose Sklave ihres Körpers.

De Winter fiel ein, dass er van Ast anrufen musste. Ach wo. Die konnten ihn mal. Sollten sie ihre Erklärungen doch selber schreiben. Er wollte jetzt bei Sonja bleiben. Es war doch völlig gleichgültig, was Cohen sagte. Und wenn er klug war, hielt er am besten ganz den Mund. Das würde er van Ast gleich mailen.

Sein Handy klingelte, und während Sonjas Vorsprung größer wurde – sie hatte bereits beim Rijksmuseum die Straße überquert und radelte Richtung Hobbemakade –, fischte er es aus der Gesäßtasche. Es war Bram Moszkowicz.

Keuchend stieg de Winter an der Ampel ab.

»Max ist gerade weg. Es lief doch ganz gut, oder?«, sagte Moszkowicz.

De Winter schnappte nach Luft. Schon die kurze Strecke von der Herengracht bis hierher hatte ihn erschöpft. Er musste dringend etwas für seine Kondition tun.

»Ja, Max hat sich verändert.«

»In welcher Verfassung ist Sonja gegangen?«

»Sie ist erleichtert. Beruhigt.«

»Reden wir bald noch einmal wegen Eva?«

»Natürlich. Wann immer es dir passt.«

»Ich lass morgen von mir hören. Schönen Abend, mein Lieber.«

De Winter konnte jetzt über die Kreuzung und war überrascht, dass Sonja in der Hobbemakade auf ihn wartete.

»Wo bleibst du denn?«

»Bram rief an. Er war zufrieden. Ich bin es auch.«

»Ich auch«, sagte sie. »Komm, wir fahren nach Hause. Ich habe gerade nachgedacht. Du solltest zu uns ziehen. Okay?«

»Okay«, sagte er.

Sie küsste ihn auf den Mund und radelte wie ein Wirbelwind weiter, mit flatternden Haaren, jetzt ganz hochgerutschtem Rock und fast nacktem Hintern.

Jeder Tag mit Sonja war für den Schriftsteller ein Geschenk. Alles andere war nebensächlich.

18

PIET HEIN

Piet Hein Donner konnte auf eine direkte Konfrontation mit den Trümmern des Opernhauses gut verzichten. Es war sichtlich schlimm. Cohen hatte sich am früheren Abend dort gezeigt und erschien jetzt ein zweites Mal in Begleitung von Ministerpräsident Rutte vor Ort. Donner konnte das Ganze auf einem gigantischen Flatscreen-Fernseher im Saal verfolgen, während er ziellos umherschlenderte. Hin und wieder machte er sich ein paar Notizen. Er sprach niemanden an. Wollte keine Unterhaltungen, keine Diskussionen. Den Kopf frei haben – das wollte er.

Die Fernsehsender hatten ihre Programme geändert und brachten zunächst geistlose Diskussionen von Experten, die alle möglichen Theorien vortrugen. Ein Anschlag von links, von rechts, von Migranten, von Einheimischen. Die Flugzeugentführung setzte dem ein unsanftes Ende: Sie hatten es mit islamistischen Terroristen zu tun. Die Nachricht ging um die ganze Welt.

Aufgrund ihrer Forderungen, der Freilassung von Boujeri und Ouaziz, wurden Polizei und Nachrichtendienste auf die Fährte von Ouaziz' Sohn gebracht. Und dann binnen einer halben Stunde auf die der Fußballer. Allesamt noch sehr jung. Auf der Suche nach etwas Großem, Unumkehrbarem. Auf der Suche nach Ruhm und weltweiter Anerkennung, zumindest in bestimmten Kreisen.

Donner kam aus einer Familie von Männern mit leitender und lenkender Funktion. Einer Familie, die immer dem Status quo gedient hatte. Der Status quo erhielt die Niederlande aufrecht und machte sie beherrschbar. Ihr Rückgrat bildeten Männer wie Donner, der rein äußerlich – so weit reichten seine Selbsteinschätzung und seine Selbstironie – nichts Besonderes ausstrahlte. Er sah aus wie ein grauer Diener der oberen Verwaltungsebene, und eben darin lag das Außergewöhnliche: Diese war sich ihrer sozialen und moralischen Verpflichtungen bewusst. Die niederländische Elite war nicht auf Gewinn, Luxus und Ansehen aus. Sie war so etwas wie das Öl im Räderwerk einer der glorreichsten Gesellschaften der Menschheitsgeschichte. Um diese niederländische Gesellschaft aufrechtzuerhalten, brachten manche Familien seit Generationen Bürokraten und Technokraten hervor. Keine charismatischen Politiker, sondern ernsthafte Regierungsbeamte. Aktenfresser. Arbeitsameisen. Die durch Wind und Wetter auf dem Fahrrad in ihr Ministerium strampelten. Die keinen Wert auf Anzüge von Brioni legten. Auf eine fette Rolex. Einen Bentley. Die Gesellschaft musste funktionieren. Das Interesse des Staates stand immer an erster Stelle. Und das war der Blickwinkel, nein, die Lebenshaltung, aus der heraus Donner die jetzige Krise in den Griff zu bekommen versuchte.

Ihm oblag die »vollstreckende Gewalt«. Bei jedem Schritt fühlte er die Last der Verantwortung, die er jetzt zu tragen hatte. Wenn es die Kontinuität und Souveränität des Staates erforderte, konnte er selbständig und eigenmächtig auftreten. Sogar das Verteidigungsministerium war seiner Autorität unterstellt. Er verfügte über eine schier unbegrenzte Macht. Deren Last war atemberaubend schwer.

Donner befand sich in einem gesichtslosen Saal – nichts hatte eine Farbe, alles war glatt und nackt, der Fußboden, die Büromöbel, und von den Männern, die hier arbeiteten, hatten auffallend viele kahlrasierte Schädel – des Grenzschutzes auf dem Flughafen Schiphol. Es hätte für ihn keinen Sinn gehabt, sich in Amsterdam aufzuhalten. Die Ermittlungen konzentrierten sich jetzt auf das Flugzeug. In Amsterdam standen die Rettungsaktionen im Vordergrund, soweit nunmehr sechs Stunden nach der Explosion noch etwas auszurichten war. Bis jetzt hatte man drei Tote geborgen und achtzig Verletzte, achtzehn davon schwer. Das war schlimm, aber nicht viel schlimmer als das, was der normale Straßenverkehr Tag für Tag an Tod und Leid verursachte. Und das war seine Richtschnur. Überstiegen die Kalamitäten das, was das normale soziale Leben an Menschenleben forderte? Die Zahl der Opfer zu bagatellisieren war natürlich unsinnig, aber es hätte schlimmer kommen können. Sie hätten abends zuschlagen können, während einer Vorstellung. Dass sie das nicht getan hatten – sie hatten sogar telefonisch vor einem Gasleck gewarnt; eine Lüge, aber eine, die dazu dienen sollte, die Folgen in Grenzen zu halten –, deutete darauf hin, dass es den Tätern nicht darum ging, willkürlich möglichst viele Ungläubige zu töten. Der Anschlag sollte Symbolcharakter haben, glaubte Donner. Vielleicht tat es ihnen selbst leid, dass es Tote gegeben hatte; wenn sie das Zeitfenster zwischen ihrem Anruf und der Explosion nur ein wenig großzügiger bemessen hätten, fünf oder zehn Minuten mehr, hätte das ausgereicht, um das gesamte Gebäude zu räumen, und es hätte vermutlich keine Toten gegeben. Amateure.

Amateure aus Amsterdam-West. Donner hatte die Namensliste gesehen. Noch so jung. Ehrgeizig. Aber fehlgeleitet. Nicht unintelligent. Ein Anschlag in zwei Schritten. Das optimierte den Schock für die Gesellschaft. Zuerst Verwirrung stiften, die staatlichen Einrichtungen ein bisschen anknocken, aus dem Gleichgewicht und ins Wanken bringen, und dann das K.o. Der Sohn von Kicham Ouaziz war der Kapitän der Fußballmannschaft. Und somit auch der Anführer der Attentäter. Der Junge war schlau.

Das Flugzeug war im Auftrag der Entführer mitsamt den Passagieren auf eine Parkposition gerollt worden. Schiphol hatte in der vergangenen Stunde zwei Bahnen aufmachen können. Die Flugpläne waren bereinigt worden. Tausende Reisende warteten auf ihren Abflug, einen Anschluss, Informationen.

Ein Anschlag war ein klar zu identifizierender Vorfall. Ein Anschlag schuf Fakten und setzte Rettungsdienste unter Druck. Eine Flugzeugentführung dagegen schuf ein Dilemma. Man musste sich so oder so entscheiden. Gut oder schlecht. Entführungen und Geiselnahmen machten die Entscheidungsträger zu Mittätern.

Die Jungen hatten weitere Forderungen gestellt. Sie hatten Hunger. Sie gaben eine Liste von Bestellungen durch. Bei ›New York Pizza‹. Pizzen mit Halal-Salami, einer Extraportion Käse und Tomate, Cola und dergleichen mehr. Auch Wein und Wodka und Whisky. Konsequent waren sie nicht. Und dann noch etwas.

In dem warmen Saal mit den verdunkelten Fenstern, den mit Kaffeebechern, Getränkeflaschen, Tellern mit Essensresten vollgestellten Tischen, an denen Beamte vom Staatsschutz AIVD, von der Terrorabwehr NKTS, von Polizei und Nachrichtendiensten um Laptops, Handys, Sende- und Empfangsgeräte, mit denen sich verschlüsselt kommunizieren ließ, versammelt waren, hatte Donner sich den Mitschnitt zweimal angehört.

Ihr Unterhändler Pim Dubois hatte sich zu den Fluglotsen begeben und über das Cockpit des gekaperten Flugzeugs Kontakt zu einem der Jungen hergestellt, der sich Ruud nannte. Er war der Wortführer. Als Dubois Donner hören ließ, was sie forderten, erklärte er kopfschüttelnd: »So etwas ist mir noch nie untergekommen. Ich habe in den letzten fünfzig Jahren Hunderte von Gesprächen mit Entführern und Geiselnehmern aus der ganzen Welt studiert, aber das ist mir neu. Das ist alles ziemlich schräg.«

Dubois hatte das Gespräch auf einem iPad gespeichert. Donner hörte es mit Kopfhörern ab, die aber kaum dazu beitrugen, die Geräusche im Raum abzuschirmen. Er legte zusätzlich die Hände darüber. Er hörte: »Wir lassen zehn Leute gehen, wenn wir die Pizza haben. Ihr müsst eine Gangway ans Flugzeug fahren. Stellt alles davor ab. Wenn ihr irgendwelche Tricks versucht, töten wir einen der Passagiere. Wir geben die Bestellung selbst auf, ›New York‹ in Hoofddorp, am Kruisweg, okay?«

Er hörte sich an wie ein Kind. Ein kleiner Junge.

»Ihr bestellt selbst. Ja. Ihr ruft an, und wir bezahlen, okay«, antwortete Dubois.

»Keine Tricks. Schlafmittel oder so. Wir wissen genau,

wie lange es dauert, bis die Bestellung ausgeführt wird. Wir sind Experten auf dem Gebiet von Pizzabacken und Pizzabestellung, verstanden?«

»Verstanden.«

Zur Fußballmannschaft gehörte einer, der Rouwad hieß. Der nannte sich jetzt offenbar Ruud. Er war sechzehn. War in der vierten Klasse der höheren Schule. Man hörte, dass er einen marokkanischen Akzent hatte. War sprachbegabt. Hatte auch in Mathematik viel drauf.

»Und DVDs. Wir werden hier wohl noch eine Weile warten müssen. Vom vergangenen Jahr haben wir schon alles gesehen. Wir wollen Klassiker. Die *Die Hards,* alle. *Alien,* den alten von 1979. Gut scheint auch der deutsche Film *Das Boot* zu sein. Und den ersten *Terminator.*«

Im Hintergrund rief ein anderer: »Und *The Wild Bunch* von '69!«

»*The Wild Bunch* von '69«, wiederholte Ruud.

»Habe ich notiert.«

»Und sechs Huren, Mann.«

Gejohle auf dem Band. Darauf hatten Ruuds Kumpel wohl nur gewartet.

»Was hast du gesagt?«

»Huren. Wir wollen bumsen.«

Wieder Gejohle.

»Da sehe ich schwarz, Ruud. Das wird niemals genehmigt.«

»Seid mal eben ruhig, Jungs, ich kann ihn ja gar nicht verstehen. Dann rufen wir Callgirls an. Die heißen Callgirls, weil man sie anrufen muss. Ihr bezahlt. Genau wie die Pizza, okay?«

»Damit werdet ihr euch, glaube ich, nicht viele Sympathien erwerben, Jungs.«

»Mann, wir werden dafür sorgen, dass ganz Holland davon erfährt. Die werden uns alle beneiden, Mann. Wir rufen einfach an, und du wirst sehen, dass es immer Weiber gibt, die gerne kommen. Tausend Euro pro Frau, okay? Wir wollen Top-Huren!«

»Das kann ich nicht einfach absegnen, Ruud. Ich muss mich erst mit meinen Chefs besprechen.«

»Red keinen Scheiß, Pim. Weißt du was? Wir behalten sechs Frauen an Bord, bis die Huren da sind. Wir suchen uns die sechs Hübschesten raus, und wenn wir keine Huren kriegen, nehmen wir die. Wir wollen Pizza und was zu saufen und Filme und Frauen! Und sorg dafür, dass Boujeri herkommt. Warum dauert das so lange? Was soll das, Pim?«

»Das geht alles seinen Gang, Ruud. Alle zuständigen Minister haben jetzt unterzeichnet. Er kann jeden Augenblick freigelassen werden.«

»Mitternacht. Bis dann muss er hier sein.«

Donner dachte: Großspurige, über die Stränge schlagende Jungs, die sich aufführen, als spielten sie in einer banalen Realityshow Urlauber, die an die Costa Blanca reisen. Sie wirkten nicht gerade wie eine zusammengeschweißte Truppe gut ausgebildeter Dschihadisten. Doch unter Fußballern galten sie als unerhört diszipliniert. Sie trainierten hart. Sie waren Tabellenführer ihrer Liga. Sie hatten den *Fair Play Award* gewonnen, weil sie auf dem Platz nie fluchten, nie mit dem Schiedsrichter diskutierten. Donner glaubte also nicht, dass sie wirklich die Halbstarken waren, als die sie sich gerade aufführten. Warum taten sie das? Er konnte nur eine Antwort darauf finden: Das war Teil eines Täuschungsmanövers.

Dubois hatte gefragt: »Kennen Sie Radio 538?«

»Nein.«

»Das ist ein Sender, den viele junge Leute hören. Der meistgehörte Radiosender der Niederlande. Ruud hat dort angerufen und kam live auf Sendung. Er sagte, sie hätten nichts mit dem Unglück beim Opernhaus zu tun. Er sagte, sie protestierten gegen die Kriege im Irak und in Afghanistan und gegen die von Israel begangenen Morde im Gazastreifen. Er sagte, sie wollten sich am Kampf gegen Assad beteiligen, und er sagte auch, dass sie erst noch ein paar Rundflüge über den Niederlanden und der Nordsee machen wollten und ob es Mädchen gäbe, die mitfliegen wollten. Sie würden auch brav nach Schiphol zurückgebracht werden. Diese Jungs sind übergeschnappt, Herr Donner. Das sind gefährliche Irre.«

Donner glaubte das nicht. Sie wollten Zeit schinden, und das war seltsam. Eigentlich war es eher in seinem Interesse, das Ganze zu verzögern, nicht in ihrem. Huren, Callgirls, über das Radio Mädchen zu einem Vergnügungsflug aufrufen. Blödsinn. Da steckte irgendetwas anderes dahinter. Der Anschlag auf das Opernhaus war der erste Schritt gewesen – das war schiefgelaufen und nicht auf einen symbolischen Akt beschränkt geblieben. Dann die Flugzeugentführung. Die band jetzt alle Kräfte. Sämtliche Nachrichtendienste hatten ihre Aufmerksamkeit jetzt darauf gerichtet. Die Attentäter waren an Bord. Drei Tote bis jetzt. Nicht katastrophal, aber schlimm genug. Das Opernhaus war schwer beschädigt und musste vermutlich aufgegeben werden.

Die Fußballmannschaft bestand aus insgesamt achtzehn Spielern. Sieben hatte man ausfindig gemacht. Die waren in der Schule gewesen beziehungsweise am Arbeitsplatz erschienen. Sie waren festgenommen worden, zu Hause, bei Freunden, in der Abendschule, auf der Straße, und wurden jetzt befragt. Alle erweckten den Eindruck, dass sie von nichts wussten. Bis jetzt waren die Befrager von ihrer Unschuld überzeugt. Elf von den achtzehn Mitgliedern der Mannschaft waren nicht auffindbar. Ihre Familien waren ratlos. Ruud hatte um sechs Huren gebeten. Warum nicht elf? Wollten fünf Jungen nicht bei der Sexparty mitmachen? Oder bestand die Gruppe im Flugzeug nur aus sechs Jungen, und die übrigen fünf hielten sich irgendwo für den dritten Schritt versteckt? Sowie die ersten Passagiere freikamen, würden sie erfahren, wie viele Entführer an Bord waren. Donner war davon überzeugt, dass es sechs waren. Die anderen fünf mussten sie finden, bevor sie zuschlugen. Aber er hatte keine Ahnung, wie und wo.

Bevor er seine Wanderung durch den Saal fortsetzte, sagte er zu Dubois: »Ich nehme an, dass Mädchen und Frauen beim Radiosender angerufen haben.«

Dubois nickte.

»Wie viele?«

»Hundertachtunddreißig. Das war der Stand vor zwanzig Minuten.«

Daraufhin hatte Donner, der seinen Ekel, nein, seine Betrübnis nicht zeigen wollte, sich an einen leeren Tisch in der Ecke gesetzt, einen Notizblock vor sich, und Frans van der Ven, der Mann für die Spezialeinsätze, zog einen Stuhl zu ihm heran. »Ich habe mir das Gespräch auch gerade angehört. Die machen sich einen Jux daraus. Halbwüchsige Schnösel. Kein bisschen angespannt. Oder sie lassen so Spannung ab.«

Donner entgegnete: »Ich glaube nicht, dass das spontan ist. Sondern gut durchdacht. Ich glaube, sie führen uns an der Nase herum. Wollen Verwirrung auslösen, Chaos. Ist Dubois wieder mit ihnen im Gespräch?«

»Er berät sich gerade mit Profilern und Psychologen. Wir können unmöglich Huren anheuern und zum Flugzeug bringen. Das ist eine unmögliche Forderung.«

»Wir haben keine Erfahrung als staatliche Zuhälter«, sagte Donner. »Noch nicht. Woher nehmen wir die Huren? Kannst du das eruieren?«

»Ist das Ihr Ernst?«

»Wir spielen das Spiel mit. Wenn sie Huren wollen, sollen sie Huren haben. Vielleicht sind die aufzutreiben. Aber ich glaube nicht, dass sie sie an Bord lassen. Sie bluffen.«

»Sie spielen mit dem Schicksal Boujeris. Wir müssen ihnen damit drohen, dass wir ihn nicht ausliefern.«

»Wir haben kein Druckmittel, und wenn wir keine Huren auftreiben, müssen wir ihnen verdeutlichen, dass wir keine Huren liefern können. Dann behalten sie eben sechs weibliche Passagiere zurück. Das ist unerquicklich, aber wir müssen Schritt für Schritt vorgehen, Stunde für Stunde. Wir müssen pragmatisch sein. Jeder Passagier, der freikommt, ist einer weniger. Gib das an Dubois weiter.«

Van der Ven nickte und erhob sich, um zu gehen. Doch er blieb stehen, als sein Handy klingelte. Mit dem Apparat am Ohr nickte er und sagte: »Ich werde es ihm sagen.« Er unterbrach die Verbindung und wandte sich an Donner:

»Cohen ist eingetroffen. Ohne den Ministerpräsidenten, der ist noch in Amsterdam. Sie bringen ihn ins Besprechungszimmer.«

Donner lief durch den lauten Saal zu einem Raum, der schalldicht isoliert worden war. Mit welchen Techniken all diese Leute um ihn herum arbeiteten, war ihm nicht bekannt, aber er wusste, welchem Zweck sie dienten: Man hörte jetzt massenhaft Telefonate ab, vor allem von Marokkanern, die als Radikale galten, sowie von den Angehörigen der Fußballer. Auch die Unterhaltungen im gekaperten Flugzeug wurden mit speziellen Apparaturen abgehört. Sämtliche Informationen über die Jagd auf die fünf verschwundenen Jungen liefen hier zusammen und wurden geordnet. Ein Szenario, das auf der Hand lag, hatte sich bestätigt: Zwei Jungen der Fußballmannschaft hatten auf dem Flughafen als Belader gearbeitet. Derartige Sicherheitsrisiken waren bekannt, und man hatte auch schon vor Jahren das Screening verschärft, doch die Vorgeschichte der Jungen hatte nichts Verdächtiges ergeben, sie schienen nicht sonderlich gläubig zu sein, tranken Alkohol, gingen aus, interessierten sich nicht für Politik. Sie besuchten Kurse, bauten sich eine Zukunft auf. Zu diesen beiden konnte genauso wenig ein Kontakt hergestellt werden wie zum Sohn von Ouaziz. Sie gehörten zu den elf, von denen wahrscheinlich sechs an Bord des Flugzeugs waren und fünf möglicherweise an einem anderen Ort noch etwas anderes vorbereiteten.

Ein Polizist, der vor dem schalldichten Raum stand, öffnete die Tür.

»Herr Minister«, sagte er mit einem Nicken. »Ihr Gast ist bereits anwesend.«

Donner betrat den Raum. Die Tür wurde leise hinter ihm geschlossen.

»Hallo, Job«, sagte Donner.

Cohen blickte auf einen Fernsehschirm, die Ellbogen auf dem Tisch, müde Augen, graues Gesicht, Rundrücken, gekrümmt wie unter Peitschenhieben. Er schaute erst auf, als er angesprochen wurde. Ohne sich zu erheben, reichte er Donner die Hand. Auf dem Tisch standen zwei kleine Flaschen Wasser, ohne Gläser. Donner setzte sich und schraubte den Verschluss der einen Plastikflasche auf.

»Ein Grüppchen stinknormaler marokkanischer Unruhestifter, PH«, sagte Cohen mit matter Stimme.

Er gehörte zu den wenigen, die Donner mit PH ansprachen. Das erweckte den Anschein einer Vertrautheit, die nie zwischen ihnen bestanden hatte. Sie kannten sich schon seit vielen Jahren von der politischen Bühne, respektierten einander, hatten sich aber nie gegenseitig ins Vertrauen gezogen. War auch nie ein Thema gewesen.

Cohen starrte weiterhin auf den Bildschirm und fuhr fort: »Nicht mal in Afghanistan geschult. Autodidakten. Selbsttraining. In der Veluwe. Allmachtsphantasien. Verwirklichung des großen pubertären Traums. Alles kaputtmachen. Schaut mal, wie stark wir sind. Wir schlagen alles kurz und klein. Fußballer. Noch dazu gute. Manche von ihnen stehen auf den Talentlisten der Scouts von Topmannschaften. Ein paar mit guten Schulzeugnissen. Die meisten mit höherer Schulausbildung, keine Jungs, für die eine weiterführende Berufsausbildung zu hoch gegriffen wäre. Sie hatten alle eine Zukunft. Okay, sie mussten alle einen Rückstand einholen, aber das gilt für jedes Kind mit Migra-

tionshintergrund. Sie hatten keinen Grund, das aus blinder
Wut zu tun. Sie sind keine unterprivilegierten Outcasts. Sie
hatten Chancen, PH. Aus jedem Einzelnen von ihnen hätte
etwas werden können. In der Privatwirtschaft, im öffentlichen Dienst. Ihnen stand verdammt noch mal eine viel-
versprechende Zukunft offen. Wollten sie nicht. Es war
spannender, das Opernhaus in die Luft zu jagen. Für Schlamassel zu sorgen. Und dann ein Flugzeug zu kapern. Gott,
was für ein Spaß!«

Er sah Donner jetzt an. Mit gequältem, traurigem Blick.

»Ich habe es versucht, PH, das weißt du. Ich wollte immer
alle mit einbeziehen. Ich habe in meiner Stadt keine Unter-
scheidung zwischen Bürgern erster und zweiter Klasse ge-
duldet. Man hat mich beschimpft, weil ich erklärtermaßen
für die Integration war. Das war den Populisten ein Dorn
im Auge. Ich wollte, dass jeder auf seine Weise zu unserer
Gesellschaft beitragen kann. Ist das schlimm, PH? Das ist
doch ein Zeichen von Stärke, nicht von Schwäche. Unsere
Gesellschaft ist stark genug, um Muslime aufzunehmen.
Nach einigen Generationen sind sie ganz von selbst assimi-
liert. Das ist der Lauf der Dinge im wohlhabenden Westen.
Da wäre man doch verrückt, wenn man an überholten Traditionen festhielte. Unsere Gesellschaft reißt jeden mit. Sie
ist verlockend. Spannend. Facettenreich. Hier kannst du
alles werden, was dir deine Talente erlauben. Gleiche Chancen für …«

Cohen schluckte den Rest des Satzes hinunter. »Tja …
Spinne ich denn, PH?«

Donner schüttelte den Kopf und sagte: »Die Welt spinnt.
Nicht du.«

»Ich weiß nicht, ob ich das hier überleben möchte, PH. Nein, mach dir keine Sorgen, überleben werde ich es schon, aber nicht in beruflicher Hinsicht. Ich werde das aussitzen, aber sowie es zu einer parlamentarischen Untersuchung kommt, und das wird es früher oder später selbstverständlich, werde ich zurücktreten. Nein, schon davor. Ich räume die Trümmer auf, und dann gehe ich.«

Donner hatte nichts darauf zu erwidern. Es hatte keinen Sinn, Cohen zu widersprechen. Diese Sache bedeutete wirklich das Ende seiner politischen Laufbahn.

Cohen schraubte das andere Fläschchen Wasser auf, und beinahe synchron tranken sie einen Schluck.

Donner ließ einige Sekunden verstreichen, dann sagte er: »Wir gewinnen von Minute zu Minute ein klareres Bild. Wir haben eine Vermutung, wer der Anführer ist. Er ist noch sehr jung. Und von allen Fußballern ist er am schlechtesten ausgebildet. Trotzdem ist er ihr Kapitän. Ein Fleischergeselle. Aber kein Haudegen. Ein gewitzter Junge, der nicht lernen, sondern mit den Händen arbeiten wollte. Konnte bei einem Verwandten anfangen. Halal-Fleischerei. Wir müssen ihn finden, dann können wir alles in Grenzen halten. Darum geht es bei jeder Aktion und jeder Gegenaktion. Wie schnell man imstande ist, die Auswirkungen zu begrenzen. Dass sie sich in einem Flugzeug verschanzt haben, ist an sich nicht schlecht. Wenn wir alle Passagiere frei haben, bleibt uns im Prinzip ein Zielobjekt, bei dem die Kollateralschäden im Rahmen bleiben.«

»Und die Besatzung?«, fragte Cohen.

»Das wäre in meinen Augen ein vertretbarer Kollateralschaden. Die Besatzung ist komplett türkisch.«

»Du riskierst Krawalle der Türken.«

»Diese Jungen riskieren solche Krawalle. Aber ich glaube nicht, dass es so weit kommen muss. Wir haben die Kapazitäten für ein Eingreifen zum geringsten Preis. Aber zuerst müssen wir sie alle ausfindig machen.«

»Sind sie denn nicht alle an Bord?«

»Nein, wir glauben nicht. Wir wissen nicht, wie viele Jungen an Bord sind, und wenn sie nicht alle an Bord sind, können sie sich überall in den Niederlanden versteckt halten. Oder in Belgien.«

Cohen fragte: »Warum sind denn nicht alle im Flugzeug?« Aber er ließ Donner keine Zeit zum Antworten. »Sie haben noch etwas anderes vor …?«

»Wir wissen, was wir nicht wissen, Job. Das hat Donald Rumsfeld mal gesagt. War Minister unter Bush, weißt du noch? Schlimmer ist es, wenn man *nicht* weiß, was man nicht weiß. Wenn man nicht weiß, wo der Rand des Puzzles verläuft. Sowie die Passagiere freigelassen worden sind, wissen wir viel mehr. Aber da gibt es noch eine Komplikation.«

»Noch eine Komplikation?«, wiederholte Cohen. »Wie viele Komplikationen können wir binnen vierundzwanzig Stunden verkraften? Was für eine Komplikation?«

»Wir haben acht Jungs der Königlichen Marine in dem Flugzeug. Niederländische Matrosen. Sollten an Bord einer unserer Fregatten gehen, die dort irgendwo in einem Hafen liegen. Die kriegen wir nicht frei. Was die Sache ein wenig erschwert. Nicht sehr, aber doch …«

»Wo ist Boujeri?«

»Der wird in Aalsmeer festgehalten. Kann auf mein Zeichen hin sofort zum Flugzeug gebracht werden. Wird sein großer Auftritt. Das mit van Gogh geschah rasch und mehr oder weniger unter Ausschluss der Öffentlichkeit. Aber das jetzt spielt sich vor laufenden Kameras ab und wird in die ganze Welt übertragen. Zuerst müssen die Passagiere freikommen. Und noch etwas…«

Cohen sah ihn abwartend an. Donner musste ihn damit konfrontieren. Es ging um höhere Interessen.

»Der Junge, den wir für den Anführer halten, heißt Salheddine Ouaziz, kurz Sallie. Sallie Ouaziz. Sagt dir der Name Ouaziz etwas?«

»Ja, den kenne ich«, sagte Cohen. Es war ihm anzumerken, dass er sich nur ungern erinnerte. »Ich habe den Namen seit Jahren nicht mehr gehört. Mir ist ein Kicham Ouaziz bekannt. Er wurde wegen Doppelmordes zu achtzehn Jahren Haft verurteilt. Illegaler Waffenbesitz. Natürlich sagt mir der Name etwas. Und dieser Sallie ist mit Kicham Ouaziz verwandt? Sein Sohn?«

»Sallie ist der Sohn von Kicham«, bestätigte Donner. »Ich wollte dich darüber informieren, dass wir diese Sache verfolgen werden. Kicham Ouaziz, der Vater, ist von dem Ganzen völlig überrumpelt. Hat nichts damit zu tun. Fühlt sich aber indirekt verantwortlich. Sein Sohn ist ohne ihn aufgewachsen. Er konnte nicht korrigierend eingreifen, konnte seinem Sohn nicht klarmachen, was Recht und was Unrecht ist. Dürfte ihm im Übrigen auch schwergefallen sein, da er ja selbst die Verbrecherlaufbahn eingeschlagen hat. Sein Sohn wäre vielleicht in seine Fußstapfen getreten, aber ich weiß nicht, ob das schlimmer gewesen wäre, wenn man bedenkt, dass er jetzt ein Terrorist geworden ist. Wohl eher nicht. Wir haben Ouaziz den Rest seiner Strafe erlassen. Er wäre ohnehin vorzeitig entlassen worden, denn er ist schwer krank. Die Flugzeugentführer haben seine Freilassung gefordert. Komisches Duo, Mohamed Boujeri und Kicham Ouaziz. Aber das hat uns auf die Fährte der Fußballer gebracht. Insofern war es für uns ein Glücksfall, dass sie die Freilassung von Ouaziz gefordert haben, soweit man unter diesen Umständen überhaupt von so etwas reden kann. Das war unbesonnen von ihnen. Sie hätten vorhersehen müssen, dass wir uns sofort fragen würden, warum wir ausgerechnet diese beiden freilassen sollen. Ouaziz ist nicht gläubig. Er erzählte mir, dass er sich nicht als Marokkaner oder als Muslim fühlt, sondern als traditioneller Berber. Was immer das auch sein mag. Ouaziz haben wir zu Hause bei seiner Frau in Amsterdam-West abgeliefert. Von dort ist er jetzt wieder weg, dazu gleich mehr. Wir überwachen Ouaziz. Wir haben drei Teams à drei Mann in seiner Nähe. Und im Zuge dessen stellten wir fest, dass sein ehemaliger Boss und Gönner plötzlich in der Stadt aufgetaucht ist. Hat sich im Amstel Hotel eine Suite genommen. In Schiphol wurden in den vergangenen Jahren die verschiedensten Computersysteme eingesetzt, eines katastrophaler als das andere, und keine einzige Alarmglocke hat geschrillt. Wir hatten eine Abmachung mit ihm. Die hast du damals geschlossen. Er ist wieder da. Nach mehr als zehn Jahren in den USA.«

Cohen reagierte nicht. Er sah Donner nicht an. Dachte mit gesenktem Blick nach. Dann fragte er fast atemlos: »Wann ist er angekommen?«

»Gestern. Direkt aus Los Angeles. Wir haben sofort die Überwachung eingeleitet, als wir das feststellten. Er hat das

Amstel Hotel gegen halb neun heute Abend betreten. Hat auf seinem Zimmer gegessen. Wir wissen auch, was. Keine Anrufe, aber vielleicht hat er ein unbekanntes Handy. Wir haben keine Ahnung, warum er in der Stadt ist und Probleme mit uns riskiert.«

»Denkst du, dass er …?«

»Nein. Auf keinen Fall. Aber er hat Einfluss auf Ouaziz. Sie haben sich seit 2001 nicht mehr gesehen. Die Familie von Ouaziz konnte dank eines großzügigen Geldgebers überleben. Irgendjemand hat Frau und Kindern unter die Arme gegriffen. Das dürfte dein Mann gewesen sein. Ich verstehe, dass deine Jungs vom regionalen Nachrichtendienst davon wussten, aber nie eingegriffen haben, weil es da Abmachungen gab. Das verstehe ich. Finde ich völlig vertretbar. Solange wir das geheim halten können. Sollte das nicht gelingen, werde ich es aber wohl nicht mehr verteidigen können. Das sind Dilemmas, vor die uns dein Mann stellt.«

»Ja, *mein Mann*«, wiederholte Cohen resigniert. »Was will er hier? Nach so vielen Jahren?«

»Wir wissen es nicht. Würden es aber gerne wissen. Wir schicken Ouaziz zu ihm. Den können wir jetzt am Gängelband führen. Ouaziz will seinen Sohn aus diesem Flugzeug herausholen. Er will an Bord gehen. Mit Unterstützung deines Freundes wäre das nicht unmöglich. Ist ein charismatischer Mann, soweit ich verstanden habe. Sallie weiß natürlich, dass seine Mutter dank deines Mannes all die Jahre die Miete bezahlen und Einkäufe machen konnte. Er trug Nikes – so heißen diese Turnschuhe doch, oder? –, die dein Mann finanziert hat. Wir glauben, dass er für diese

Jungen Immunität besitzt. Und Sallies Vater natürlich ebenfalls. Zwei Vertreter des Anti-Establishments. Keine rückgratlosen Multikultis, sondern gewissermaßen Rebellen gegen Ordnung und Gesetz. Ouaziz und dein Mann. Wenn wir das Ganze ohne Blutvergießen lösen wollen, müssen wir deinen Mann einspannen.«

Cohen schüttelte langsam den Kopf. Schloss die Augen.

»Es nimmt kein Ende, PH. Es geht immer weiter... Und jetzt auch noch mein Mann...«

»Wenn wir die Sache nicht still über die Bühne bringen, besteht die Gefahr, dass alles an die Öffentlichkeit dringt, Job. Damit musst du rechnen. Es ist ohnehin ein Wunder, dass in all den Jahren noch kein Journalist dahintergekommen ist. Aber wir leben in anderen Zeiten. Internet, Google. Man weiß es nicht. Es ist auch nicht gesagt, dass das auf dich zurückfallen wird. Du kannst ja im Grunde nichts dafür. Es betraf deinen Vater. Aber du hast 2001 diese Abmachung getroffen...«

»Fürs Justizministerium, ja. Von dort kam ich gerade. 2001 war ich schon Bürgermeister. Er war Bürger meiner Stadt. Ein Jude. Ein Krimineller. Eine heikle Sache in einer Stadt wie Amsterdam mit ihrer speziellen Vergangenheit. Ich musste eine Lösung finden.«

»Ich habe das Dossier gelesen. Die großen Drei im Kabinett waren im Bilde. Wim Kok, Klaas de Vries, Korthals.«

Cohen sah ihn mit großen Augen an. Er musste schlucken, bevor er etwas sagen konnte: »Du lügst.«

Donner schüttelte den Kopf. »Ich lüge nie. Ich sage die Wahrheit, oder ich schweige. Ich habe es nicht nötig zu lügen.«

»Sie haben nie etwas gesagt.«

»Aus Respekt. War nicht nötig. Das Problem, soweit es überhaupt ein Problem war, löste sich von selbst. Dein Mann ging weg. Blieb weg. Aber jetzt ist er wieder da.«

»Und was bedeutet das für mich?«

»Nichts. Noch nichts. Es sei denn, wir brauchen dich. Ouaziz benötigt Unterstützung. Wir haben ihm erzählt, dass dein Mann seit gestern in der Stadt ist. Ouaziz ist jetzt auf dem Weg zu ihm. Wir wissen nicht, wie dein Mann reagieren wird, wenn Ouaziz ihn um seine Hilfe bittet. Er scheint sich zur Ruhe gesetzt zu haben oder so etwas Ähnliches. Das FBI hat keine Akte über ihn. Jedenfalls haben wir in den vergangenen Stunden nichts aus Washington erhalten. Offenbar hat er seine Geschäfte dort genauso gewieft abgewickelt wie hier.«

Cohen nickte. »Ich schaue mal«, sagte er. »Da lässt sich nichts vorausdenken. Da lässt sich nichts steuern. Ich schaue mal, was kommt. Gut, dass du mich gewarnt hast. Jetzt weiß ich Bescheid. Es wird mich nicht überraschen. Ich hätte da auch noch etwas, PH. Es ist vertraulich. Du musst das vorsichtig behandeln.«

Donner nickte.

»Ich habe eine Freundin. Das wird dich nicht erstaunen. Oder vielleicht doch. Marijke Hogeveld heißt sie. Sie ist Hochschullehrerin. Geschieden. Sie war heute Mittag in der Stopera. In der Tiefgarage. Ich habe, kurz bevor sie hineinfuhr, mit ihr telefoniert. Die Explosion ereignete sich etwa zwei Minuten später. Als sie gerade ihren Wagen abstellte. Sie ist auf keiner der Listen verzeichnet. Man hat sie nicht gefunden. Noch nicht. Ich kann sie nicht erreichen. Ich fürchte, dass ihr etwas zugestoßen ist. Dass sie… Dass sie sich in dem Teil befand, der eingestürzt ist. In der Mitte der Tiefgarage. Dort können sie noch nicht räumen. Einsturzgefahr. Ihr Bruder ist Tänzer im Nationalballett. Der hat eine kleine Wohnung direkt um die Ecke. Dort treffen wir uns manchmal. Ich hatte meine Brieftasche dort vergessen. Die wollte sie holen und im Rathaus abgeben. Sie musste am Abend noch nach Zwolle und war deshalb mit dem Wagen dort. Hatte keine Lust, am späten Abend mit dem Zug zurückzufahren, riskierte lieber den Stau auf der A1. Deshalb war sie in der Tiefgarage, verstehst du?«

Donner nickte.

»Sie hat meine Brieftasche bei sich. Um die geht es mir nicht. Aber es kann sein, dass sie gefunden wird. Obwohl kaum was davon übrig sein wird. Oder doch, darum bete ich. Verstehst du, PH? Sollen die Dinge ihren Lauf nehmen. Ich weiß nicht, warum. Ich weiß nicht, warum ich. Warum sie…«

»Geh schlafen, Job. Gönn dir ein paar Stunden Ruhe. Es gibt jetzt ohnehin nichts zu tun. Wir müssen die Situation in Schiphol unter Kontrolle bringen. Die Explosion in der Stopera hat bereits stattgefunden. Ich hoffe, sie werden sie finden, Job. Lebend. Um Gottes willen lebend. Ich weiß, wie du dich fühlst, glaub mir.«

Mehr wollte Donner nicht sagen. Seiner Frau hatte er es nie erzählt. Niemandem. Warum sollte er? Es würde immer weh tun, bis zu seinem letzten Atemzug. Er wusste, was Cohen durchmachte. Als neunzehnjähriger Student in Bath, England, viel zu jung, hatte er das auch durchgemacht. Cohens Schmerz war ihm nicht fremd. Donner stand mit diesem Schmerz auf und ging mit ihm zu Bett – ein Klischee, aber so war es eben. Das hatte einen Grauschleier über sein Leben gelegt. So prüfte Gott die, die Ihn lieb-hatten. Er war dadurch gläubig geworden – in Wellen, für Momente, bei emotionalen Hoch- und Tiefpunkten. Jetzt, heute, an diesem Abend fühlte Donner sich freilich voll-kommen von Gott verlassen.

19
KICHIE

Es war Mitternacht, als er vor dem Amstel Hotel abgesetzt wurde. Es war eine ungemütliche, nasskalte Nacht, wie er sie seit mehr als einem Jahrzehnt nicht mehr auf der Haut gefühlt hatte. In der Ferne waren die Geräusche von Hubschraubern und den hydraulischen Antrieben von Maschinen zu hören, mit denen die Trümmer des Opernhauses abgetragen wurden, um nach Überlebenden zu suchen.

Kichie hatte einen seiner besseren Anzüge angezogen, von Armani, doch der war ihm inzwischen viel zu weit. Das Leder der Schnürschuhe von Church hatte seine Weichheit verloren, obwohl Zina sie regelmäßig geputzt und eingefettet hatte. Zina hatte heute Abend ein Kleid getragen wie für eine Hochzeitszeremonie, aber sie hatte auch über das geweint, was über Sallie gesagt wurde, dass er ein Terrorist sei und die Fußballmannschaft Deckmantel für eine Gruppe junger Fundamentalisten.

Dalila, seine Tochter, war zu einer jungen Frau geworden. Zina hatte für ihn gekocht, und er hatte gegessen, obwohl er keinen Hunger hatte. Er habe abgenommen, sagte Zina, er müsse mehr essen. Er hatte sich jahrelang vorgestellt, wie es sein würde, wenn er freikam und Sex mit Zina hatte. Sie war ein bisschen fülliger geworden, aber sie war immer noch eine schöne Frau, mit Henna in den Haaren und auf den Händen, Gold um Hals und Handgelenke, rasiert, wo eine marokkanische Frau rein zu sein hatte. Aber Kichie konnte die Nacht nicht bei seiner Frau und seiner Tochter bleiben.

»Sie erwarten mich«, hatte er gesagt. »Verzeih mir, dass ich dich schon wieder verlassen muss. Ich tue nichts, was mir die Freiheit nehmen könnte. Ich arbeite jetzt mit der Polizei zusammen. Ich muss wissen, was mit Sallie ist.«

Ein gepanzerter BMW brachte ihn zum Amstel Hotel. Es war wenig Verkehr auf den Straßen. Jedermann hockte zu Hause vor dem Fernseher und starrte auf das zerstörte Opernhaus und die stummen, verschwommenen Bilder von den Umrissen eines Passagierflugzeugs, einer modernen 737 mit grazil aufwärts geschwungenen Flügelspitzen, das auf einer verlassenen Parkposition auf dem Flughafen Schiphol stand.

Er trug geputzte Schuhe, ein blütenweißes Oberhemd, eine Seidenkrawatte. Seine Uhren hatte man konfisziert. Auch das Geld, die Kuverts mit Banknoten, die im Kleiderschrank versteckt gewesen waren, hatte die Justiz beschlagnahmt. Aber Kichie hatte noch ein Depot, das die Polizei nicht entdeckt hatte, in Luxemburg; er würde dorthin fahren, sobald er sich sicher sein konnte, dass er nicht mehr überwacht wurde. Die Miete für das Depot wurde von einem Nummernkonto überwiesen. Er hatte dort Waffen. Achthunderttausend in bar. Noch drei Rolex-Uhren. Er konnte da weitermachen, wo er vor elf Jahren aufgehört hatte. Noch einige Monate lang. Danach konnten seine Frau und seine Tochter von dem Geld leben.

Wie versprochen – ein heiliger Eid –, hatte Max den Unterhalt für seine Familie bestritten. Es hatte ihnen an nichts gefehlt.

Kichie ging die Eingangstreppen zum Hotel hinauf, wandte sich an die Rezeption und fragte nach Max Kohn. Es war Nacht, aber in der Lobby herrschte noch Hochbetrieb. Die Gäste konnten bei so viel Unruhe, der Geräuschkulisse in der Stadt, dem Lärm der Hubschrauber von Polizei und Fernsehsendern offenbar nicht schlafen. Kellner mit Tabletts voller Getränke und Häppchen hasteten zwischen den Marmorsäulen vor den großen Fenstern mit Blick auf den Fluss hin und her. Elegante Frauen, müde auf ihren Stöckelschuhen wankend, hatten sich bei ihren Männern untergehakt.

Im Vorübergehen fing Kichie Satzfetzen auf. Das Feuer sei gelöscht, das Betreten des Opernhauses aber wohl immer noch riskant. Die Experten des Sprengstoffräumdienstes seien noch nicht in der Lage festzustellen, ob man das Gebäude jetzt gefahrlos betreten könne. Drei Tote habe man geborgen. Unbekannt sei, ob noch weitere Opfer unter den Trümmern begraben lägen. Undenkbar, dass Sallie etwas damit zu tun hatte.

Aber Sallie war verschwunden.

Der Rezeptionist rief bei Max Kohn an, nickte und gab Kichie die Zimmernummer im zweiten Stock.

Der Fahrstuhl brachte ihn hinauf. Mittags noch in der Zelle, jetzt in einem der teuersten Hotels der Niederlande. Als sich die Fahrstuhltüren öffneten, sah er zwanzig Meter weiter auf dickem Teppichboden, zwischen goldenen Schirmlampen, Max vor geöffneter Tür auf ihn warten.

Kichie versagten fast die Beine. Es war elf Jahre her, dass er Max zum letzten Mal gesehen hatte.

Er ging auf ihn zu, mit möglichst kontrollierten Bewegungen, und sah jetzt, dass Max' Gesicht gealtert war, von Furchen durchzogen, mit – wie nannte man das noch? – Krähenfüßen um die Augen. Max trug schwarze Hose und schwarzes Hemd. Keine Schuhe. Er breitete die Arme aus, als Kichie näher kam, und kurz bevor sie einander umarmten und einige Augenblicke lang stumm die Wangen aneinanderdrückten, sah Kichie, dass er Tränen in den Augen hatte. Dann küssten sie sich auf die Wangen, dreimal, und klopften sich auf den Rücken, wie Männer das tun, wenn sie unbeholfen ihre Zuneigung ausdrücken wollen.

»Mein lieber, guter Kichie«, sagte Max sanft.

Kichie konnte nichts sagen, solange er nicht zu Atem gekommen war und seine Emotionen im Griff hatte.

»Entschuldige«, sagte er, als sie sich voneinander lösten und in die feuchten Augen schauten.

»Was hätte ich denn zu entschuldigen?«, fragte Max, während er ihn mit leichtem Grinsen, aber auch forschend ansah. »Du hast gesessen, nicht ich. Den Anzug kenne ich, Kichie, ich war dabei, als du ihn gekauft hast. Er ist dir jetzt zu weit. Du hast abgenommen.«

»Ich hätte den Auftraggeber in Ruhe lassen sollen. Entschuldige«, sagte Kichie flüsternd.

»Komm rein«, sagte Max, ohne auf diese Äußerung einzugehen.

Kichie deutete mit dem Finger auf sein Ohr und danach auf das Zimmer. Max verstand, was er meinte, und nickte.

»Was möchtest du trinken?«

»Ach, ein Bier vielleicht.«

Er folgte Max hinein. Weiche Beigetöne. Teures Mobiliar. Lachsfarbene Lampenschirme. Die Vorhänge waren nicht geschlossen, und das Fenster rahmte einen Teil des Flusses und eine Reihe von Herrenhäusern am gegenüberliegenden Ufer, die allesamt hell erleuchtet waren, als hätten die Bewohner Angst im Dunkeln. Niemand in der Stadt würde in dieser Nacht schlafen. Durch eine geöffnete Tür blickte Kichie in das Schlafzimmer der Suite. Max stellte den Fernseher an und zappte mit der Fernbedienung durch die Sender, bis er einen Videoclip mit dröhnender Gitarrenmusik gefunden hatte, die für Irritationen im Abhörmikrophon sorgen würde. Max nahm ein Heineken aus dem Kühlschrank der Bar und wies zum Esstisch.

Sie setzten sich und steckten die Köpfe zusammen. Wie früher, wenn sie sichergehen wollten, dass keiner etwas hörte.

Kichie konnte die Poren in Max' Gesicht sehen. Seine Falten. Von der Sonne im Süden der USA? Oder hatte er zu ausschweifend gelebt?

»Du bist früher entlassen worden?«, fragte Max.

»Ja. Nicht viel. Zehn Monate.«

»Kichie«, flüsterte Max, »es hat nicht einen Tag gegeben, an dem ich nicht an dich gedacht habe. Ich wusste, für wen du sitzt. Ich werde dir das entgelten. Ich habe etwas für dich beiseitegelegt. Du brauchst dein Leben lang nicht mehr zu arbeiten. Nach all dem, worauf du verzichtet hast.«

Kichie nickte. Er wusste, dass Max das sagen würde. Aber er wollte keinen Abschied und keine Auszahlung. Er wollte wieder mit Max zusammenarbeiten. Legal oder illegal.

Spielte keine Rolle. Sein Leben würde jetzt endlich eine Fortsetzung haben. Nicht für lange, aber immerhin. Vielleicht gab es ja in Russland oder in China Spezialisten, die ihm helfen konnten. Man konnte nie wissen.

»Ich danke dir, mein Freund«, antwortete Kichie. »Aber ich kann das nicht annehmen. Ich möchte dafür arbeiten. Für dich. Wie früher. Du hast für meine Frau und meine Kinder gesorgt. Du hast genug getan.«

»Es hat sich vieles verändert, Kichie.«

»Wir sind älter geworden, ja. Wie geht es dir? Bist du inzwischen verheiratet? Hast du Kinder? Was hast du in den vergangenen Jahren gemacht, Max?«

»Zuerst Dummheiten, dann kam die Krankheit, und danach die Erlösung. In meinem Leben hat sich viel verändert. Ich hatte ein krankes Herz. Ich habe es kaputtgekokst und kaputtgesoffen. Dann bekam ich ein neues Herz. Ein gutes, starkes Herz. Das hat großen Eindruck auf mich gemacht. Ich will nicht zu dem Leben zurück, das ich früher geführt habe. Ich möchte etwas anderes tun. Gutes, verstehst du?«

Kichie nickte. Max' Worte enthielten Mitteilungen, deren Inhalt er noch nicht ganz erfassen konnte. Aber er nickte, weil er begriff, dass Max etwas durchgemacht hatte, was vielleicht noch tiefer gegangen war als die Haft, die er selbst erdulden musste. »Ich helfe dir dabei«, sagte Kichie.

»Ja?«

»Ja.«

Max drückte Kichies Hand, eine Besiegelung ihrer Freundschaft. Max' Blick fiel auf die herzförmige Uhr, die Kichie von Sallie geschenkt bekommen hatte.

»Keine Rolex mehr?«

»Ach, das ist ein Geschenk von meinem Sohn. Ich trage sie schon seit Jahren. Das Kostbarste, was ich habe. Hast du die Nachrichten verfolgt?«

»Daran kommt man hier schwer vorbei. Warum hat man dich vorzeitig entlassen, mein Freund?«

»Man hat mich vor ein paar Stunden freigelassen, weil diese Flugzeugentführer das gefordert haben. Sie wollten den Mörder von Theo van Gogh frei haben und mich. Ich weiß nicht, warum. Hast du das von der Ermordung dieses Filmregisseurs in Amerika mitbekommen? Wir sind ihm auch mal begegnet.«

»Ja, ich habe das verfolgt. Er war mir bekannt.«

Max sah Kichie nachdenklich an. Er versuchte, sich einen Reim auf die Zusammenhänge zu machen, die Kichie ihm da gerade übermittelt hatte.

»Ich bin kein Fundamentalist, Max. Ich bin nicht mal mehr Muslim. Habe den Glauben auch eigentlich nie praktiziert. Warum ich? Warum haben sie meine Freilassung gefordert?«

»Warum sie deine Freilassung gefordert haben?« Max brauchte nicht lange nachzudenken. »Wie alt ist dein Sohn jetzt, zwanzig oder so? Wo ist dein Sohn, Kichie? Hast du ihn heute Abend gesehen?«

Kichie, der Mühe hatte, seine Tränen zurückzuhalten, schüttelte den Kopf.

Max fragte: »Warum hat man dich gleich zu mir gebracht? Glauben sie wirklich, dass ich etwas mit dem zu tun habe, was sich hier gerade abspielt? Glauben die das wirklich? Nein, so dumm sind sie nicht. Dass ich hier bin, hat mit etwas ganz anderem zu tun. Ich bin hier, um Sonja zu treffen. Und während ich hier bin, wird das Opernhaus in die Luft gesprengt, und ein Flugzeug wird gekapert, und du tauchst plötzlich auf. Freigelassen aufgrund der Forderung dieser Flugzeugentführer. Die glauben doch, dass es Marokkaner sind, nicht?«

Kichie nickte. Max hatte sofort den Kern erfasst. Er benötigte nur wenige Teilchen, um das gesamte Puzzle zu überblicken.

»Hat sich dein Sohn diesen Entführern angeschlossen?«

»Sie glauben schon. Sie glauben sogar, dass Sallie der Anführer ist.«

Max fragte: »Ist er an Bord dieses Flugzeugs?«

»Keine Ahnung. Aber sie vermuten es.«

»Was wollen die von mir? Warum wollte man dich sofort zu mir schicken, Kichie? Ich freue mich darüber, dich zu sehen, versteh mich nicht falsch. Aber was haben die vor?«

»Sie wollen dich und mich mit den Jungs in Kontakt bringen. Mit Sallie. Sie wollen, dass wir an Bord gehen und die Entführung beenden. Ohne Gewalt. Die Jungs sind angeblich von uns beeindruckt. Von dir und mir. Von unserem Ruf. So was in der Richtung.«

»Kichie, dass Sallie an Bord ist, folgern sie ganz einfach aus der Tatsache, dass deine Freilassung gefordert wurde. Das geht auf deinen Sohn zurück. Das ist die einzig denkbare Schlussfolgerung. Dein Sohn ist dort. Haben die Jungs auch etwas mit dem zu tun, was im Opernhaus passiert ist?« Max wartete die Antwort nicht ab. »Natürlich. Das ist ihr Werk. Schlimme Sache. Das hätten sie niemals tun dürfen. Warum haben sie das getan, Kichie?«

368

»Ich weiß es nicht, Max. Sallie ist nicht fromm. Nicht, dass ich wüsste.«

»Ich begleite dich natürlich. Wir gehen an Bord. Wir holen Sallie da raus. Wir sorgen dafür, dass er die beste Verteidigung bekommt, die es gibt.«

»Ich will nicht, dass er in den Knast muss. Nicht mein Kind«, sagte Kichie. Er löste sich aus der Haltung, die sie eingenommen hatten, über den Tisch gebeugt, die Gesichter ganz nah beieinander und somit weit in die Privatsphäre des anderen vorgedrungen, deren Grenzen man normalerweise nicht überschritt. Er setzte die Wasserflasche an den Mund und trank endlich einen Schluck. Auf MTV ertönte der x-te Clip. Selbst mit sehr guten Filtern würde man ihrem Gespräch nicht folgen können. Er fühlte Max' unverwandten Blick auf sich.

Mit dem Handrücken wischte sich Kichie den Mund ab und beugte sich wieder zu Max hinüber. »Wir müssen uns etwas einfallen lassen, wie Sallie da rauskommt. Ich könnte nicht leben, wenn er sitzen muss und ich frei bin. Er ist zu jung. Sallie muss entkommen. Und du musst mir helfen, Max.«

»Lieber Freund, ich habe beschlossen, nichts mehr zu tun, was illegal ist. Wenn Sallie an diesem Anschlag beteiligt war –«

»Du musst mir helfen, Max. Lass mich das nicht alleine deichseln. Bitte …«

Max schwieg.

Kichie fuhr fort: »Wir müssen einen Fluchtweg für ihn austüfteln. Wir müssen Chaos stiften und das dann ausnutzen.«

»Kichie, er hat Menschen getötet.«

»Das habe ich auch getan. Jugoslawen, die dich töten wollten. Und deren Auftraggeber. Ich wusste nicht, dass du mit ihr zusammen warst, Max. Wenn ich das gewusst hätte ... Ich hatte dir gesagt, dass ich dich aus allem raushalten wollte. Ich hatte keine Ahnung –«

»Ich auch nicht«, unterbrach ihn Max. Er legte Kichie die Hand auf die Schulter und sagte: »Dein Sohn braucht Hilfe. Wir müssen uns etwas einfallen lassen. Vielleicht musste ich deswegen nach Amsterdam kommen. Vielleicht ist das die Botschaft von Jimmy Davis. Das ist der Mann, der mir sein Herz gegeben hat, ein katholischer Priester. Er war Sonjas Liebhaber. Dieser Mann wollte, dass ich am Leben bleibe.« Er merkte, dass Kichie ihn verwirrt ansah. »Ich weiß, Kichie, ich höre mich an, als hätte ich eine Schraube locker.«

»Ja, normal klingt das wirklich nicht. Der Mann – dieser Priester – ist doch tot, oder?«, fragte Kichie. »Wie hätte er das denn alles vorhersehen sollen?«

Max sagte: »Es mag sich verrückt anhören, aber ich tendiere immer mehr zu dem Gedanken, dass wir eine Seele haben. Das Herz ist ein Muskel. Wiegt bei einem erwachsenen Mann im Durchschnitt nicht mehr als dreihundertdreißig Gramm. Bei einer Frau ein halbes Pfund. Das ist alles. Und doch ist dieser Muskel mehr als nur eine Pumpe. Das weiß ich jetzt. Ich fühle das mit jeder Faser. Warum bin ich jetzt in Amsterdam? Warum wirst du plötzlich freigelassen und sitzen wir hier zusammen am Tisch und reden über deinen Sohn? Ich muss dir helfen. Das bin ich dir schuldig. Aber ich tue nichts Illegales.«

»Bist du gläubig geworden, Max?«

»An was sollte ich glauben?«

»Weiß ich nicht. Das frage ich dich«, antwortete Kichie.

Max grinste. »Ich höre mich wahrscheinlich an wie ein verklärter Mönch. Aber ich habe das Gefühl, dass dieser Jimmy Davis mir über sein Herz eine Botschaft geschickt hat. Er wollte mich in Sonjas Nähe bringen. Und in deine Nähe. Du hast zehn Jahre deines Lebens für mich geopfert. Das muss ich dir vergelten. Ich muss selbstlos sein. Das ist mein Auftrag.« Er schüttelte den Kopf. »Ich bin einfach froh, dass ich noch da bin. Ich versuche, Worte dafür zu finden. Was mir, fürchte ich, nicht sonderlich gut gelingt.«

»Ich kann dir nicht ganz folgen, Max.«

»Ich kann mir selbst auch oft nicht mehr folgen. Ich bin froh, dass ich hier bin. Ich bin froh, dass ich dir helfen kann. Wem sollst du von unserem Gespräch Bericht erstatten?«

»Einem Minister.«

»Einem Minister? Welchem? Justizminister, Innenminister?«

»Innenminister. Donner heißt er.«

»Ich halte mich online über die aktuellen Geschehnisse in den Niederlanden auf dem Laufenden. Von diesem Donner habe ich gelesen. Den darf man nicht unterschätzen. War unlängst noch in den Nachrichten. Wollte er nicht in den Staatsrat gehen? Aber er ist Minister geblieben.«

»Ja, da war hier die Kacke am Dampfen.«

»Was willst du jetzt machen?«

»Draußen steht ein Wagen für uns bereit. Der bringt uns zu Donner.«

»Um halb eins in der Nacht?«

»Der Mann sieht aus, als schlafe er nie.«

»Und Job Cohen, ist der auch eingeschaltet?«

»Dem bin ich nicht begegnet.«

»Vielleicht könnte Job etwas für uns tun«, sagte Max. »Ich möchte ihn aber nicht unter Druck setzen, so was will ich nicht mehr. Er hat damals dafür gesorgt, dass Moszkowicz einen Deal mit der Justiz machen konnte. Für dich war das nicht möglich, Kichie. Ich habe es versucht, glaub mir. Ich habe alles getan. Aber es ließ sich nicht machen. Job dreht durch, wenn er hört, dass ich in der Stadt bin. Nur ein ganz kleiner Kreis weiß von dem Deal. Vielleicht auch dieser Donner. Für Job bedeutet es Ärger, dass ich hier bin.«

»Er kann nichts dagegen machen.«

»Nein.«

»Nur weil du hier bist, scheißen sie sich schon in die Hose. Sie wissen ja, dass du viel weißt.«

»Kichie, ich möchte anders leben. Ich möchte nicht, dass es irgendjemanden beunruhigt, wenn ich auftauche. Das Wertvollste im Kosmos sind Güte und Selbstlosigkeit.«

Kichie konnte sich nicht verkneifen zu fragen: »Wann gehst du ins Kloster, Max?«

20

MAX

Kichie fragte ihn mit vermeintlich ernster Miene, aber einem Blick, der verriet, dass er es scherzhaft meinte: »Wann gehst du ins Kloster, Max?«

Kohn musste über die Bemerkung lachen, obwohl – oder gerade weil? – er gegenwärtig überall um sich herum Güte wahrzunehmen schien.

Wenn er ein Mädchen einem Jungen liebevoll mit den Fingern über die Wange streichen sah. In der Handbewegung, mit der eine Mutter ihrem Söhnchen ernst und sorgsam das Haar aus der Stirn strich. Wenn ein Punk-Mädchen mit lilafarbener Igelfrisur und Piercings in Lippen und Nase im Vorübergehen etwas aufhob, das jemand verloren hatte, und es dem Eigentümer rasch wiedergab. In Menschen, die hilfsbereit herbeirannten, als ein alter Mann eine volle Einkaufstasche fallen ließ und seine kostbaren Lebensmittel über die Straße rollten. Wenn ein Krankenwagen mit heulender Sirene unterwegs war, um jemandem das Leben zu retten. In einer Abschiedsszene am Flughafen. In Musik, vor allem, wenn die Musiker jung waren, Kinder, die sich der Schönheit weihten. Wenn in einer Spielshow im Fernsehen jemand Glück hatte oder jemand in einem Talentwettbewerb unter Beweis stellte, dass er wundervoll singen konnte. Beim geringsten Anlass kamen ihm die Tränen. Bei Organempfängern keine Seltenheit.

Alles war heilig. Alles strahlte Licht aus.

Er zog Kichie an sich und küsste ihn gerührt auf die Wange. Kichie ließ es zu und erwiderte den Kuss.

Darauf sagte Kohn: »Lieber Freund. Ich möchte dir helfen. Aber ich komme nicht mit. Ich werde nichts tun, was mit dem Auftrag, den Jimmy mir erteilt hat, unvereinbar ist. Ich muss dich enttäuschen. Ich bleibe hier. Ich kann nicht tun, um was du mich bittest.«

21

SALLIE

Dieser Mistkerl. Dieser unglaubliche Hornochse. Zwei Jahre Vorbereitung, und dann einen derart schwachsinnigen Fehler machen. Jedes Detail hatten sie besprochen. Sämtliche Szenarien durchdacht, und dann beging er bei der Ausführung eine Dummheit, die das ganze Vorhaben untergraben konnte. Frits – ihr Messi, er würde später auch auf dem ausgetrockneten Boden von Tadschikistan brillieren –, der für den Ablauf im Flugzeug zuständig war, hatte sich heimlich etwas ausgedacht, um Sallie eine Freude zu machen. Ein Geschenk. Eine Überraschung. Sie würden nicht nur die Freilassung von Mohamed B. fordern, sondern auch die von Kicham O., Sallies Vater.

Auf dem Fußballplatz konnte Frits alles, weil er nicht nur über eine fabelhafte Ballbeherrschung verfügte, sondern auch über eine fabelhafte Vorstellungskraft – oder steckte diese Vorstellungskraft in seinen Beinen, ging alles, was er auf dem Rasen zustande brachte, eher von seinem Körper aus als von seinem Geist? Sie hatten keinen Kontakt gehabt, weil jetzt jeder Kontakt verboten war. Aber sie hatten über Polizeifunk gehört, welche Forderungen die Entführer stellten. Er hätte Frits krankenhausreif schlagen sollen, als er wieder bei der Stopera aufgetaucht war, obwohl er ihn zu seinem kleinen Bruder nach Hause geschickt hatte. Jungs wie Frits waren für eine straffe Organisation einfach zu sprunghaft. Er war trotz allem zum Treffpunkt gekommen, einer Garage im westlichen Hafengebiet. Dort hatten alle elf Mitglieder der Gruppe, ob gläubig oder nicht, ein Gebet gesprochen. Und dann hatten sie sich angehört, was im Radio berichtet wurde. Von dem Treffpunkt aus waren sechs von ihnen nach Schiphol gefahren und hatten das Flugzeug in ihre Gewalt gebracht. Das hatte Frits vorbildlich gemacht. In der Stopera hatte es Tote gegeben. Keine Kinder. Zum Glück keine Kinder. Alle waren sich dessen bewusst, wie ernst das war, was sie getan hatten. Sie konnten nicht mehr zurück. Wenn sie gefasst wurden, würden sie alle lebenslänglich kriegen. Sollte es so weit kommen, würde Sallie, das hatte er sich vorgenommen, die ganze Schuld auf sich nehmen und erklären, dass er die anderen mit Hasspredigten und Videos von Enthauptungen aufgestachelt habe. Aber wenn er die Gelegenheit dazu bekam, würde er sich das Leben nehmen. *Suicide by cop*, hieß das in Amerika. Er würde, mit seiner schweren Heckler & Koch im Anschlag, gegen eine Mauer auf ihn schießender Polizisten in den Tod laufen. Sein Vater hatte ihm die Waffe zum Geschenk gemacht, mittels dieses Berbers aus der Unterwelt, der ihn nach dem Training abgefangen hatte. Warum? Als Initiationsritual? Erst jetzt ging ihm auf, dass die Waffe ein Geburtstagsgeschenk gewesen war. Dieser Verrückte! Zu seinem einundzwanzigsten. Damit war er offiziell erwachsen. Muslime feierten keine Geburtstage, aber sein Vater hatte nie ein Problem mit dem holländischen Geburtstag gehabt. Er hatte daran festgehalten, bis er in den Knast kam. Torte mit Kerzen – die Bilder kehrten wieder. Sallie hatte ihm vor sechs Jahren eine Armbanduhr geschenkt. Ein Plastikding, das er auf dem Markt gekauft hatte, an einem Stand, wo es lauter Restposten gab. Eine Armbanduhr in Herzform. Hätte im Laden neunzig Euro gekostet, behauptete der Mann am Stand, aber Sallie könne sie für zehn Euro bekommen. Zu dessen einundzwanzigstem Geburtstag hatte der Mörder seinen Sohn mit einem Geschenk für Erwachsene, mit etwas Verbotenem überraschen wollen: einem automatischen Gewehr. Nicht irgendeinem, sondern einem der besten Maschinengewehrtypen der Welt. Sah er in Sallie seinen Nachfolger? Warum eine Waffe? Er saß als Unterweltmörder im Knast und ließ seinem Sohn eine Waffe bringen. Sallie trug sie jetzt bei sich. Vor zwei Jahren hatte er in einem Depot seines Vaters in Luxemburg eine ganze Kiste voller Waffen gesehen. Das Depot hatte sein Vater bei einem amerikanischen Unternehmen gemietet, das in riesigen Hallen Container in sämtlichen Größen vermietete. Das Unternehmen hatte Niederlassungen in den Niederlanden, Deutschland, Belgien und Luxemburg. Hinter der Fußleiste unter seinem Bett hatte Sallie den Schlüssel gefunden. *Sure Storage,* der Name der Firma, war in den Schlüsselgriff eingraviert, neben der Nummer. In Sallies Zimmer. *S. A.* stand hinter dem Firmennamen, *Société Anonyme.* Als sein Vater noch auf freiem Fuß war, vor zwölf Jahren, durfte Sallie ihn einmal nach Luxemburg begleiten. Er erinnerte sich an ein nüchternes weißes Gebäude mit großen roten Buchstaben auf den fensterlosen Mauern. Sein Vater hatte dort einen vier mal vier Meter großen Raum voller Kisten und Metallkoffer. Sallie erinnerte sich nicht, was sein Vater dort gemacht hatte, aber er wusste noch, dass er einen dicken braunen Umschlag von dort mitgenommen hatte. Sie hatten was Leckeres gegessen, in einer Stadt mit kleinen Gassen und schmalen alten Fachwerkhäusern und einer Burg hoch auf einem Berg, ein bisschen so, wie er sich Disneyland vorstellte. Vor zwei Jahren war er allein dorthin gefahren. Schusswaffen. Dollarscheine im Wert von Hunderttausenden. Uhren. Schmuck. Und Papiere, Skizzen und Pläne. Die interessierten ihn, weil sie rätselhaft waren. Das Geld und die Waffen hatten nichts Geheimnisvolles an sich. Die Papiere schon. Sie bezogen sich auf ein Bankgebäude in Amsterdam-Süd. Das stand neben einer Schule. Die Schule stand auf einem alten Fundament, das früher Teil der Verteidigungsanlagen rund um Amsterdam gewesen war, derentwegen die Gebiete südlich der Stadt bis weit ins neunzehnte Jahrhundert hinein unbebaut blieben. Im Süden der Weteringschans gab es damals nichts als Weideflächen und Bauernhöfe. Durch das Kanalisationsnetz konnte man in den Keller der Schule gelangen. Und wenn man in diesem Keller war, konnte man an einem langen Wochenende, an Ostern oder Weihnachten zum Beispiel, Löcher in das Fundament der Bank bohren und die Schließfächer ausräumen. Solche Hirngespinste hatte sein Vater im Kopf gehabt. Ob er diese Träume mit seinem Kumpanen Kohn geteilt hatte, dem Unterweltjuden, dem er Jahre seines Lebens geopfert hatte? Es hatte Sallie einige Wochen gekostet, die Skizzen und Pläne zu begreifen. Und sie kamen ihm zupass, als sie ihre große Reise verwirklichen wollten. Sie hatten den idealen Zugang zu der Schule gefunden, über ein Kanalisationsrohr, in das man am Rande des Vondelparks hineingelangte und das unter der Van Baerlestraat hindurch Richtung Concertgebouw verlief. Eine der vielen Abzweigungen führte an dem Schulgebäude in der Alexander Boersstraat entlang. Auf der Ostseite grenzte die Schule an die Bank, deren Haupteingang an der Van Baerlestraat lag. Die Bank interessierte ihn nicht. Ihm ging es um die Schule. Dieser unglaublich dämliche Frits! Hatte die Freilassung seines Vaters gefordert, weil er dachte, dass er ihm damit das größte Geschenk seines Lebens machte. Fünf Minuten später hatten die Juden bei seiner Mutter angeklopft. Und bei allen anderen Jungs zu Hause. Ihre Köpfe waren jetzt in allen Streifenwagen auf dem Bildschirm. Frits hatte den Juden praktisch alle ihre Namen durchgegeben. Aber sie ließen sich jetzt nicht mehr stoppen. Die Waffen, die Masken, die Handys, alles lag in der Kanalisation bereit. Sie waren zu fünft. Um halb sechs Uhr früh würden sie auf Mofas mit Fahrradtaschen steigen und auf unterschiedlichen Wegen zum Vondelpark fahren. In den Fahrradtaschen steckten Zeitungen, die schon ein paar Tage alt waren. Hardcore-Terroristen stellten ja nicht kurz vor dem Anschlag noch eben den *Telegraaf* oder die *Volkskrant* zu. Man würde sie nicht anhalten.

In der Garage in West warteten sie darauf, dass es Zeit für das Frühgebet wurde. Unruhig lagen sie in ihren Schlafsäcken. Das war jetzt der Tag der Tage. Sallie würde seinem Vater zeigen, wozu er fähig war. Dieser dämliche Frits hatte dafür gesorgt, dass der Unterweltmörder frei war! Einen Vorteil hatte das allerdings, wie Sallie plötzlich bewusst wurde: Kicham O. konnte nun zu Hause live im Fernsehen verfolgen, was sich sein Sohn ausgedacht hatte. Seinen Schlachtplan würden Terrorbekämpfer noch viele Jahre lang studieren. Sallie hatte das Prinzip des zeitlich gestaffelten Angriffs perfektioniert, wie ein Topstratege. Eine Dreistufenrakete. Das vollgetankte Flugzeug mit Mohamed B. an Bord würde um sieben Uhr Richtung Zentralasien abheben, und sie würden um neun Uhr die Schule einnehmen. Die Maschine würde dann in den niederländischen Luftraum zurückkehren, und das Spektakel würde beginnen.

Das war nicht irgendeine Schulbesetzung. Diese Grundschule wurde von Kindern der in Amsterdam-Süd wohnenden Elite besucht. Der Elite, die die Medien und die Banken beherrschte. Der Elite, die das politische Geschehen zu ihren Gunsten beeinflussen konnte. Vor anderthalb Jahren war die Mutter von einem der Kinder dieser Schule gekidnappt worden, man hatte sie direkt um die Ecke von ihrem Fahrrad gepflückt. Ihre Familie besaß Hunderte von Millionen. Die Polizei hatte sie in Belgien wiedergefunden, lebend. Seither wurde die Schule bewacht. Überall hingen Kameras, und Sicherheitsleute behielten morgens und mittags jedes vorbeifahrende Auto, jeden Radfahrer, jeden Fußgänger im Auge. Sie trugen keine Uniform, waren aber bewaffnet. Ihre Schulter- und Hüftholster waren deutlich erkennbar. Ein Anschlag von der Straßenseite her würde gleich viele Opfer fordern. Über den Keller war das Ganze effektiver. Sie wollten keine Toten. Die Opfer, die es in der Stopera gegeben hatte, waren der Trägheit der dortigen Sicherheitsleute zuzuschreiben. Sallie trug seiner Meinung nach keine Verantwortung dafür, aber es tat ihm trotzdem leid. Er hatte ständig ein flaues Gefühl im Magen, als habe sich dort ein saugendes, nagendes Tier versteckt, das sich von Zeit zu Zeit mit scharfen Zähnen in seinem Herz festbiss. Er hatte das nicht gewollt.

Auf dieser Schule waren auch Kinder reicher Juden. Die würden Tauschobjekt sein. Und der blonde Faschist, der jetzt irgendwo in einem schwer bewachten Haus, von Bodyguards umringt, in seinem Bett schnarchte, wusste nicht, dass heute sein letztes Stündlein schlagen würde.

22
THEO

Und dann brach der Tag an, da es ernst wurde. Theo van Gogh, SE, hatte alle Prüfungen bestanden, während er rauchte wie ein Schlot und sich die Hucke vollsoff. Einen so atypischen Schutzengel hätten sie lange nicht mehr gehabt, witzelte Jimmy.

Als hauptamtlicher SEler konnte Theo sich nicht mehr in seinem Kasernenzimmer rumdrücken und dem Selbstmitleid hingeben. Er hatte eine ernsthafte Aufgabe zu erfüllen. Er musste über seinen Klienten Max Kohn wachen und sich seine Energie für den Moment aufsparen, da sie wirklich vonnöten sein würde. Theo lernte andere SEler kennen, man sah sie, wenn man wollte. Viele Lebende hatten einen, aber die SEler waren nicht alle gleichermaßen zielstrebig und energisch. Alle gaben ihr Bestes, so war es nicht, aber die Unterschiede zwischen den SElern waren nicht geringer als die zwischen lebenden Menschen. Alle hatten ihre positiven und ihre negativen Seiten – klang ein bisschen abgedroschen, aber Theo hätte wirklich nicht erwartet, dass Engel unterschiedliche Qualitäten hatten. Ein Engel war ein Engel, sollte man meinen. Na ja, er hatte auch nie über Schutzengel nachgedacht. Genauso wenig hätte er erwartet, dass der Tod voller Überraschungen sein und eine sinnvolle Existenz darstellen konnte – obwohl der Schmerz und das Heimweh und die verzehrende Sehnsucht nach der Berührung eines geliebten Lebenden blieben. Gut, er war nur ein Kopf, und das Mysterium seines Bewusstseins in diesem körperlosen Kopf konnte er nicht aufklären, solange er in der Kaserne war, nach wie vor in Gehweite (okay, »gehen« nur in der Vorstellung) zu den Empfangsschaltern und ohne Sicht auf die Welten, die sich auftun würden, wenn er hier endlich die Fliege gemacht hatte, aber er hatte jetzt Aufgaben und eine Verantwortung, und er trug die kolossale Last des Schicksals eines wirklichen, lebenden, atmenden menschlichen Wesens auf seinen Schultern (auch das natürlich nur bildsprachlich).

Jimmy war mit ihm zur Stopera gegangen, und Theo hatte getan, was er tun konnte – war das die Hölle, die die Lebenden schon seit Jahrtausenden in Gedichten, Skulpturen und Gemälden zu fassen versuchten? War die Hölle die überwältigende Erfahrung der Ohnmacht im Angesicht des Leidens? Vielleicht war die Hölle nicht das Feuer, in dem der Sünder selbst brennen sollte, sondern die Nähe zum Feuer, in dem der andere brannte – der andere in all seiner nackten Verletzbarkeit. Es kam zu dem außergewöhnlichen Phänomen, dass der brennende andere den Beobachter (Engel oder nicht) nicht unberührt ließ, im Gegenteil, dass es herzzerreißend war, das Leiden des anderen mit anzusehen und keine Möglichkeit zu haben, das Feuer zu löschen und zu trösten. Theo konnte, von Jimmy angeleitet, auffangen und trösten und zur »Aufnahme« weiterleiten. Die Einsamkeit des soeben Gestorbenen war unerträglich. Noch immer waren jene ersten panischen Momente nach Theos eigenem Seelenaustritt ein schwarzes Loch in seiner Erinnerung, nachdem er zunächst alles haarscharf wahrgenommen hatte und Boujeri einige Augenblicke lang gefolgt war. Wer hatte ihn von dort weggeführt und zur Aufnahme gebracht? Welcher SEler hatte versucht, seine ersten Verzweiflungsausbrüche zu mildern?

Liebe, arme Menschen, dachte Theo zum ersten Mal in seinem Leben. Ob sie mittelmäßig oder langweilig oder bieder waren, klang hier nach lächerlich überkommenen Maßstäben. In ihrer allernacktesten Verlassenheit waren die Neuankömmlinge ebenbürtig – das war das Erschütternde in jenen Stunden gewesen, die Theo rund um die Stopera zugebracht hatte –, alle liebenswert. Er empfand so viel Mitleid, dass er sich fast darin auflöste. War das die Essenz des Prozesses, den er hier zu durchlaufen hatte?

Seine Stadt zitterte vor Angst. Auf die Stopera folgte eine Flugzeugentführung, und Jimmys Meinung nach war das womöglich nicht die letzte Katastrophe. SEler wie Theo, die diesem Distrikt zugeordnet waren, würden kaum zur Ruhe kommen. Ihr Mitgefühl würde auf die Probe gestellt werden. Wie die Feuerwehr und andere Rettungskräfte waren die SEler in höchsten Alarmzustand versetzt worden. Man musste sein gesamtes verfügbares Mitgefühl aufbieten, bis nichts mehr von einem übrig blieb.

Und dann, als Theo nach der Hölle bei der Stopera in sein Kasernenzimmer zurückgekehrt war, kam der Moment, da Jimmy eintrat und ihm etwas brachte, was Theo ganz leicht ums Herz werden ließ, so er denn eines gehabt hätte.

»Du bist jetzt kompetent, Theo. Ich habe dich beobachtet und gleich Bericht darüber erstattet. Du hast getan, was du tun musstest. Du hast getröstet. Du hast versucht, Schmerzen zu lindern. Das ist es, worauf sich ein Mensch in einem Kosmos voller Leiden konzentrieren muss. Und Schutzengel noch mehr als die Lebenden. Du hast dich von deiner besten Seite gezeigt. Beim Opernhaus hast du die Arme ausgestreckt und den Gestorbenen getröstet. Du bist jetzt ein ganzer Engel. Und deshalb…«

Er zog etwas hervor, was er die ganze Zeit hinter seinem Rücken versteckt hatte. Flügel. Wunderschöne weiße Flügel im weißesten Weiß, das Theo je gesehen hatte, transparent wie Glas, leicht wie Luft, zart wie der feinste Samt. Und sie hefteten sich an seine Schulterblätter (die er nicht hatte, aber wie hätte er es anders beschreiben können?), und er konnte sie bewegen, als seien sie seit seiner Geburt dort gewesen, und er erhob sich und fühlte sich so frei und befreit, wie er sich nie zuvor gefühlt hatte.

Auf seinen Engelsflügeln verließ Theo die Kaserne, einfach durchs Dach hindurch, wie es schien, und er ließ sich von den Wolken aufnehmen und segelte darüber hinaus in das Blau der Atmosphäre, und er sah diesen lieblichen, verletzbaren Globus, den er mit seinen Flügeln umfassen und hätscheln konnte, und er empfand die tiefste Liebe, die ihm je zuteil geworden war, nein, er wurde eins mit ihr, und er flog über die Ozeane und um Wolkenkratzer herum und über Wüsten und zwischen den Stämmen der Riesenmammutbäume hindurch, und er segelte mit den Adlern, und er war außer sich vor Freude und Liebe, und er vermisste alle, die er je liebgehabt hatte, und wusste zugleich, dass er sie alle nun wissen ließ, dass sie unter seinen Fittichen Schutz suchen konnten.

23
NATHAN

Ich lag schon im Bett, als Mama und Leon nach Hause kamen. Ich hörte sie in der Küche reden. Mittags hatte Mama sich noch furchtbar mit ihm gestritten, und jetzt war alles wieder gut. So war das bei Erwachsenen. Gerade hatten sie sich noch gestritten, und schon küssten sie sich wieder.

Das Komische war, dass ich einfach durchschlief, die ganze Nacht. Als ich ins Bett gegangen war, war ich ganz aufgekratzt gewesen, weil ich zu Lias Party durfte. Aber ich wurde nachts nicht wach. Leon weckte mich morgens, und da wusste ich, dass er bei uns geblieben und nicht zu sich nach Hause gegangen war. Ich fragte ihn, ob er und Mama noch Streit hätten, aber er sagte, dass alles wieder in Ordnung war und sie sogar etwas Großes beschlossen hatten. Aber das würde Mama mir selbst erzählen.

Sie waren beide schon angezogen, als ich in die Küche kam. Leon hatte die Zeitung vor der Nase, und das Radio war an. Sie wollten mich beide zusammen zur Schule bringen, mit dem Fahrrad. Das kam so gut wie nie vor. Meistens blieb einer von beiden zu Hause und ging wieder ins Bett, wenn ich gefrühstückt hatte.

»Hast du etwas von den Nachrichten mitbekommen, Naat?«, fragte Leon.

»In der Stopera hat es eine Explosion gegeben, und ein Flugzeug wurde gekapert. Ich hab das Feuer gesehen, gestern. Ich war auf der Brücke am Muntplein.«

»Du bist dort gewesen?«, fragte Leon neugierig.

»Ja«, sagte ich, »als ich abgehauen bin.«

»Dass du das ja nie wieder machst«, sagte Mama natürlich gleich wieder.

»Hat es viele Tote gegeben?«, fragte ich.

»Ja«, antwortete Leon. »Und das entführte Flugzeug ist abgeflogen. Mit dem Mörder von Theo van Gogh an Bord. Weißt du, wer das ist?«

Ich fragte: »Ist das dieser Maler?«

»Er weiß natürlich nicht, wer das ist«, sagte Mama mit einem Blick zu mir. Sie schmierte mir gerade Pausenbrote.

Leon erklärte, dass dieser Theo van Gogh ein anderer war als der Maler. Und er sagte auch, dass dieser Theo van Gogh ihn, Leon, gehasst hatte. Ich hatte noch nie von diesem Mann gehört und auch nie einen Film von ihm gesehen. Und das interessierte mich eigentlich auch alles nicht. Ich wusste nicht, wieso irgendwer Leon hasste. Vielleicht hatte dieser van Gogh ja einen Grund dafür gehabt. Vielleicht war Leon irgendwie blöd zu ihm gewesen. Jedenfalls war dieser Theo ermordet worden. Ich würde das mal googeln, wenn ich morgen Zeit hatte. Heute hatte ich keine Zeit. Nach der Schule würde ich mit zu Lia nach Hause gehen, da würden wir eine Party feiern, und ich war der einzige Junge. In meinem Rucksack war das Geschenk für sie. Die Uhr. Ich hatte sie wieder eingepackt.

Ich bekam einen Teller Haferflocken mit braunem Zucker, und ich bekam meine Pausenbrote und ein Päckchen Bio-

Apfelsaft zum Mitnehmen, wie immer. Leon machte den Fernseher in der Küche an (wir hatten einen kleinen LCD-Fernseher an der Wand über dem Esstisch). Im Fernsehen war Eva zu sehen – ich kannte sie, weil wir schon mal mit ihr und Bram essen waren. Sie redete mit Männern in grauen Anzügen, und zwischendrin sah man Bilder von einer Boeing 737 und eine gestrichelte Linie, die zeigte, wie das Flugzeug geflogen war. Gähn, gähn! Es wurden auch Bilder von der Stopera gezeigt. Das sah schon schlimm aus. Die ganze Vorderseite war eingestürzt. Jede Menge Leute waren dort noch bei der Arbeit. Jetzt standen auch Kräne da. Überall waren Polizisten und auch Soldaten. Eva weinte fast, als sie darüber redete.

Am wichtigsten war: Wir waren nicht weg. Wir waren noch zu Hause in Amsterdam. Da kann man überall mit dem Rad hinfahren, und wenn man sechzehn ist, darf man Bier trinken, und wenn man achtzehn ist, kann man Joints rauchen. Ich weiß viel über solche Sachen, weil ich viel google. In den Niederlanden ist alles erlaubt. Das ist voll cool. Und es gibt einen Feiertag, der Königintag heißt, und es gibt den Albert Cuypmarkt, und man kann mit seinem eigenen Boot auf den Grachten herumfahren.

Dann sagte Mama: »Naat, Leon und ich haben gestern Abend lange geredet. Und wir haben beschlossen, dass Leon zu uns zieht. Wenn du damit einverstanden bist. Deine Stimme zählt auch.«

»Ja?«, sagte ich. »Ziehst du wirklich zu uns, Leon?«

»Ja, das möchte ich gern. Wenn deine Mama es auch möchte…«

»Ja, ich möchte es«, sagte Mama.

»Und wenn du es möchtest«, sagte Leon zu mir.

»Okay. Ich find's gut«, sagte ich. Und das meinte ich auch so.

Aber was war mit meinem biologischen Vater? Den hatte ich in der Stadt gesehen, der war auch am Muntplein gewesen. Ich hatte nicht mehr daran gedacht, seit ich wach war. Das war gestern Abend gewesen. Da war alles so verrückt in der Stadt. Mama holte mich mit dem Fahrrad am Leidseplein ab. Wir redeten noch kurz über den Mann, als ich bei ihr auf dem Gepäckträger saß. Mama sagte, dass ich vergessen sollte, was ich gesehen hatte.

»Kein Wort mehr darüber«, sagte sie. »Vergiss ihn. Ich möchte nicht, dass du an ihn denkst und er eine Rolle in deinem Leben spielt. Er ist ein schlechter Mensch. Deshalb habe ich nie etwas von ihm erzählt, verstehst du?«

»Er heißt Max Kohn«, sagte ich, während ich mich an ihr festhielt.

»Ich möchte diesen Namen nicht hören!«, brüllte Mama.

»Aber er ist doch mein Vater!«

»Rein biologisch schon, ja. Aber das ist auch alles! Verstehst du, was ich damit meine?«

»Ja.«

»Leon ist mehr ein Vater für dich, als es dieser Mann je war. Und darüber kannst du froh sein. Der Mann ist ein Verbrecher. Ein Ganove!«

»Immer noch?«, fragte ich.

»Ja! Das hört nicht auf! Manche Menschen werden schon als Verbrecher geboren. Er wurde so geboren. Mit einer Wut, die ihn zum Verbrecher gemacht hat!«

Das Letzte verstand ich nicht. Aber sie redete schon von

was anderem, dass ich eigentlich Strafe verdient hätte, aber dass sie diesmal, wegen der »speziellen Umstände«, ein Auge zudrücken würde.

»Was denn für spezielle Umstände?«, wollte ich wissen.

»Na, all das, was um uns herum passiert! Ich finde das alles ziemlich unheimlich!«

»Ich nicht!«, rief ich.

Es war echt spannend überall. Vielleicht hatte ich deswegen so tief geschlafen. Weil ich müde war. Und beim Frühstück beschlossen wir nun auch noch, dass Leon zu uns ziehen würde. Wir hatten in dem Haus Platz genug, das war kein Problem. Aber er war schon immer sehr *da*, wenn er da war – dürfte wohl klar sein, was ich damit meine. Er redete ziemlich viel. Machte dauernd irgendwelche Bemerkungen, wenn er die Zeitung las oder sich die Nachrichten im Fernsehen anguckte und so. Er fand immer sämtliche Leute bescheuert oder dumm oder faschistisch oder antisemitisch. Ich bin Jude, ich weiß also, was das bedeutet. Meine Bar Mizwa muss ich noch machen, ich hatte in Amsterdam jeden Donnerstagnachmittag Unterricht bei einem Rabbiner. Der war total blass und hatte einen roten Bart und ganz dünne Finger. Leon hat auch seine Bar Mizwa gemacht, und mein richtiger Vater, der ist auch Jude. Ein jüdischer Ganove, der wütend auf die Welt gekommen war, hatte Mama gesagt. Klang ein bisschen verrückt. Was faschistisch ist, hatte ich nie gegoogelt. Wenn Leon das Wort das nächste Mal benutzte, würde ich das machen.

Lias Geburtstags-Tag war kein sonniger Tag. Der Himmel war grau, und es war ein bisschen kalt. Draußen auf der Straße sah alles so aus wie immer. Viele Radfahrer und

Straßenbahnen und Autos und auch viele Fußgänger. Ich fuhr zwischen Mama und Leon, wir fuhren hintereinander, zu dritt nebeneinander geht nicht. Ich stellte mir vor, dass vielleicht Leute auf der Straße waren, die jemanden in der Familie hatten, der in der Stopera gewesen war, aber das konnte man ihnen nicht ansehen. Ich wusste auch nicht, ob noch Leute im Flugzeug gesessen hatten, Touristen, meine ich.

»Leon! Sind noch Leute in dem Flugzeug?«

Leon fuhr hinter mir. Er japste jetzt schon, denn er war ein bisschen zu dick fürs Radfahren. Er sagte immer, dass er lieber spazieren ging, aber ich hatte ihn noch nie spazieren gehen sehen. Ich glaube, er hockte am liebsten an seinem Laptop, einem alten schwarzen MacBook. Er war ein Mac-Freak, genau wie Mama und ich.

»Das ist unklar!«, antwortete er. »Keiner will was darüber sagen! Aber laut Gerüchten sind acht Matrosen an Bord! Die sollten auf ein niederländisches Kriegsschiff gehen, das in einem türkischen Hafen liegt! Die Entführer haben sie nicht gehen lassen!«

»Haben die denn keine Gewehre bei sich?«, fragte ich.

»Nein! Man darf keine Waffen mit an Bord nehmen!«

»Und der Flugkapitän? Hat der eine Waffe?« Ich wusste, dass man den, der das Flugzeug flog, so nannte. Auf Englisch hieß er *captain*, mit ai.

»Keine Ahnung. Er hat jedenfalls keinen Gebrauch davon gemacht!«

Als wir in die Straße kamen, in der meine Schule ist, nicht weit vom Concertgebouw entfernt, war dort unheimlich viel los. Es waren mehr Eltern da als sonst. Auch viele

Väter. Alle standen auf dem Bürgersteig und auf der Straße herum und redeten, Autos kamen fast nicht mehr durch. Viele Leute hatten auch solche Räder mit einem Kasten vorne drauf, die sah man bei uns im Viertel ziemlich oft. Da saß dann ein kleines Kind drin oder ein Hund. Schon witzig. Mir war klar, warum so viel los war. Die hatten alle ein bisschen Angst. Nach dem, was passiert war, wollten alle gucken, ob es draußen wieder ruhig war. Ich sah Lia, und sie winkte mir zu. Es war mir eigentlich egal, was wir auf ihrer Party machen würden. Einfach nur neben ihr sitzen und einen Film angucken hätte ich auch total cool gefunden. Und dazu Cola trinken und Chips essen und so. Mama gab mir einen Kuss, und Leon wuschelte mir durchs Haar, als ich mein Fahrrad auf dem Schulhof in den Ständer gestellt hatte.

Meine Klasse war ganz oben im zweiten Stock. Man konnte noch lesen, was früher in dem Gebäude gewesen war. »Allgemeines Bürgerliches Mädchenheim« stand da. Hier hatten Waisenmädchen gewohnt und Mädchen, die kein Zuhause mehr hatten. Ganz schön traurig. Ob es solche Heime wohl noch gibt? Vielleicht schon. Es kann ja sein, dass die Eltern sterben, durch einen Unfall oder irgendeine Krankheit, und wenn man dann keine anderen Verwandten hat, kommt man in so ein Heim. Ein altmodisches Wort ist das, »Heim«.

Man sah dem Gebäude auch echt an, dass es alt war, das sah man an dem glatten Steinfußboden und den Steintreppen. Die hatten richtig schöne Eisengeländer, ganz verschnörkelt und so. Das Gebäude war zwar nicht so alt wie die Häuser an den Grachten, aber schon ziemlich alt. Hundert Jahre bestimmt.

Es läutete zum ersten Mal. Dann musste man in seine Klasse gehen. Beim zweiten Läuten musste man still auf seinem Stuhl sitzen. Wir stürmten alle nach oben. Wir waren ein bisschen lauter als sonst. Alle Mütter und Väter standen ja noch unten. Als wir in der Klasse saßen, hörten wir sie draußen immer noch reden. Da unten war immer noch ein ziemliches Gewimmel, auch mitten auf der Straße. Manchmal lachte jemand, obwohl doch schlimme Sachen passiert waren. Das ist manchmal so, dass die Leute lachen wollen, auch wenn was ganz schlimm ist. Nach einer Viertelstunde wurde es stiller, da waren die meisten gegangen.

Wir sangen ein Geburtstagslied für Lia. Marga, unsere Lehrerin, dirigierte uns wie ein Orchester. Das macht sie immer. Sie ist nicht sehr groß und ziemlich mager, und sie hat riesige Augen. In den Pausen steht sie immer draußen und raucht. Wenn man in ihrer Nähe steht, riecht man den Zigarettenrauch. Sie hat kurze Haare, und ihr Rücken ist ein bisschen krumm. Sie trägt immer weite schwarze Hosen. Ich glaube, dass Männer sie nicht besonders hübsch finden. Sie nimmt immer alles ganz genau, und wenn man nicht tut, was sie sagt, schreit sie.

Lia hatte ein tolles blaues Kleid an, und sie hatte in Stückchen geschnittenes Obst für uns alle mitgebracht. »Exotische Früchte«, sagte sie. Wir durften in der Schule nämlich keine Süßigkeiten mehr verteilen, wenn wir Geburtstag hatten. Ich fand das doof. Alles musste gesund sein. Lias Eltern sind reich und hatten ganz teures Obst besorgt. Ich kannte das meiste, weil wir ja schon überall auf der Welt gewohnt haben, und ich wusste auch, wie viel man in Amsterdam dafür bezahlen musste. Die Früchte mussten ja mit dem Flugzeug aus Asien und Afrika und Südamerika hierher transportiert werden. Ich hatte mal einen Aufsatz darüber geschrieben. Lia ging mit einer großen Box rum, und jeder bekam ein Pappschälchen mit einem Stück Papaya oder Granatapfel oder Passionsfrucht oder einer Lychee. Als sie zu mir kam, kriegte ich zwei Schälchen und von allem zwei Stückchen. Sie tat, als ob das ganz normal war.

Ich war eigentlich schon beliebt in der Klasse, und Johan war mein bester Freund, aber der guckte ganz neidisch, als er das sah. Ja, sie mochte *mich* und nicht ihn. Na ja, ihn schon auch ein bisschen, denn er ist wirklich okay, aber mich mochte sie viel lieber. Zum Glück.

Wir hatten als Erstes Erdkunde. Darin bin ich ziemlich gut, weil ich oft auf die Karte geguckt hab, wenn wir wieder mal in ein anderes Land umzogen. Südafrika war dran. Da war ich noch nie gewesen. Die Niederländer sind da mal die Herrscher gewesen und haben mit den Engländern um das Land gekämpft. Es gibt dort immer noch Leute, die sich »Buren« nennen, obwohl sie keine Bauern sind. Ich guckte dauernd auf die Uhr über der Tür, weil ich wollte, dass die Zeit schnell rumging. Um genau Viertel nach neun ist es passiert.

Es klang wie im Film, ganz genau so. Nein, nicht ganz genau so. Die Geräusche waren kürzer. In Filmen ist das immer total laut. Aber in echt nicht. In echt klingt es nur wie tick-tick-tick. Irgendwie ganz trocken. Trocken, das Wort ist mir dazu eingefallen. Nichts Besonderes. Ich wusste trotzdem gleich, was es war. Schüsse. Aus einem Gewehr. Sie kamen schnell hintereinander, es musste also ein »automatisches Gewehr« sein. Ich interessiere mich echt für Waffen. Wahrscheinlich genauso wie mein biologischer Vater. Das muss ich von ihm geerbt haben. Ich bin kein Ganove und will auch keiner sein, aber ich bin trotzdem sein Sohn, und deshalb habe ich auch etwas an mir, was ich von ihm haben muss.

Jemand hatte geschossen. In unserer Schule. Marga blieb stocksteif stehen. Sie wusste nicht gleich, was das für ein Geräusch gewesen war. Außer mir wusste das wohl keiner in der Klasse.

Wir blieben still sitzen. Wir atmeten ganz leise, weil wir unsere Ohren nicht stören wollten.

Und dann noch einmal so ein Tick-tick-tick.

Marga guckte ganz verwirrt. Dann sah sie uns an, ihr Blick schoss kreuz und quer durch die Klasse. Und sie legte einen Finger auf den Mund.

Wir rührten uns nicht. Keiner sah sich um – außer mir. Und Lia. Wir guckten uns kurz an. Ich musste Lia beschützen, wenn etwas passierte.

Wir hatten Angst, weil Marga Angst hatte. Sie blinzelte ganz aufgeregt. Und sie hechelte fast.

Dann machte sie eine Bewegung mit beiden Händen, dass wir uns auf den Fußboden setzen sollten.

»Unter die Tische«, flüsterte sie und guckte dabei auf den Flur raus und spitzte die Ohren.

Wir krochen unter die Tische. Keiner sagte ein Wort. Man hörte nur ein leises Rascheln.

»Kniet euch alle hin«, sagte Marga. »Köpfe runter. Keiner bewegt sich.«

Wo hatte Marga das gelernt? Sie schlich sich leise zur Tür.

In der waren drei große Glasscheiben, durch die man den Flur und die Garderobe mit unseren Jacken sehen konnte. Wir hörten schnelle Schritte im Treppenhaus. Da hallte es immer ganz laut, weil alles aus Stein war. Wir waren die 5B, neben uns war die 5D. Die war direkt neben der Treppe.

Dann knallten wieder Schüsse. Fünf oder sechs. Und dann hörten wir Schreie. Unter uns, in anderen Klassen, schrien Kinder. Aber man hörte auch die Stimmen von Erwachsenen.

»Ruf einen Krankenwagen!«, schrie jemand. Das war eine Lehrerin, Renée. Die hatte eine total laute Stimme. Wo war sie? Ganz unten im Treppenhaus?

»Still! Still!«, riefen andere Stimmen.

Und plötzlich war es wieder still. Bei uns hatte keiner einen Mucks gemacht.

Dann hörten wir, wie die Tür von der 5D aufgemacht wurde.

»Keinem passiert was«, hörten wir einen Mann sagen.

Die Stimme kannte ich nicht. Mein Herz klopfte wie wild.

»Tut, was ich sage. Lasst alles liegen. Wir gehen nach unten. Ganz ruhig. Sie auch, Frau … Wie heißen Sie?«

Wir hörten die Lehrerin sagen: »Ingeborg de Jong.«

»Wenn Sie tun, was ich sage, Frau de Jong, wird keinem was passieren. Okay? Führen Sie die Kinder nach unten. Dort erhalten Sie weitere Instruktionen. Keine Handys mitnehmen. Dann wird keinem ein Haar gekrümmt.«

Wir konnten alles hören, wie wenn die Wände aus Papier gewesen wären. Normalerweise hört man kaum was von der Klasse nebenan, aber jetzt war alles klar und deutlich zu verstehen, wie wenn unsere Ohren plötzlich schärfer hören konnten. Und dann kam jemand zu uns rein. Ein Mann mit einer schwarzen Mütze mit Löchern für Augen und Mund über dem Gesicht. Er trug eine M16, das Modell kannte ich. Er war ganz in Schwarz, schwarze Stiefel, schwarze Hose, schwarze Jacke. Und dazu das schwarze Gewehr. Das riesige schwarze Gewehr. Marga machte ein paar Schritte zurück und streckte die Hände aus, dass der Mann ihr nicht zu nahe kommen sollte.

»Keinem passiert was«, sagte der Mann. »Tut, was ich sage. Lasst alles liegen. Wir gehen nach unten ...«

Genau wie in der 5D. Er sagte natürlich in jeder Klasse dasselbe. Seine Stimme klang jung. Und er hatte einen Akzent. Ich wusste auch, was für einen. Was wollten die von uns? Wir waren doch nur die VSV, die Vondel School Vereeniging. Was hatten wir mit der Stopera oder Flugzeugentführungen zu tun oder mit diesem van Gogh, der kein Maler gewesen war und Leon gehasst hatte?

Ich hoffte, dass alles vorüber sein würde, bevor die Schule aus war. Lia wollte doch ihren Geburtstag feiern, verdammt. Jetzt wurde uns vielleicht alles verdorben. *Shit.* Und da bekam ich plötzlich schreckliche Angst. So sehr, dass ich mir in die Hose machte. Ich betete, dass Lia das nicht sehen würde.

24
SONJA

Nachdem sie Nathan zur vsv gebracht hatten, radelten sie
zu ›Le Pain Quotidien‹ in der Cornelis Schuytstraat. Leon
bestellte sich nur zwei gekochte Eier und nahm sich vor,
das Brot stehenzulassen, doch der exquisite Inhalt des
Körbchens war zu verlockend, und am Ende strich er sich
sogar noch Butter auf die dicken Scheiben rustikalen französischen Bauernbrots. Alles in der Bäckerei war rustikal
und luxuriös. Sonja ließ ihn. Sie hatte noch ein schlechtes
Gewissen wegen all dem, was sie ihm am Tag davor an den
Kopf geworfen hatte. Und es war auch immer so anrührend,
wie er aß, ganz bedacht und mit großem Appetit. Es ent-
spannte sie direkt; vor allem aber war sie todmüde.

Sonja ließ sich eine Riesentasse Café au Lait schmecken
und strich sich etwas von der köstlichen Nusscreme aufs
Brot. Sie hatte die Begegnung mit Max ausgehalten. Sie hatte
sich zusammengerissen und keine Angst gehabt, das heißt,
sie hatte schon Angst gehabt, als sie Brams Kanzlei betreten
hatte, aber das hatte sich binnen weniger Minuten gelegt,
und sie war zu der Überzeugung gelangt, dass sie das Gebäude unversehrt – in emotionaler Hinsicht unversehrt –
wieder verlassen würde. Sie hatte überstanden, wovor sie
sich seit mehr als zehn Jahren gefürchtet hatte, nein, was sie

mit Panik erfüllt hatte. Und es war gar nicht schwer gewesen.

Gut, Max hatte sich vielleicht verändert, und die Geschichte mit dem Herz war wirklich sonderbar. Aber womöglich stimmte das alles ja gar nicht, bei Max wusste man nie, was Wahrheit war und was Lüge. Er könne nicht für immer in der Stadt bleiben, hatte Leon gestern Abend behauptet. Es gebe da eine Vereinbarung zwischen Max und der Justiz. Man habe 2001 zwar nicht genug gegen ihn in der Hand gehabt, aber man hätte ihm das Leben hier so gut wie unmöglich machen können. Festnahmen, Razzien, Steuerfahndung, das ganze Arsenal an behördlichen Repressalien hätte man gegen ihn auffahren können, bis er mit eingekniffenem Schwanz das Land verlassen hätte, weil er hier kein normales Leben mehr führen konnte. Damit habe man ihm gedroht, so der Herr Schriftsteller, der natürlich sein ganzes Wissen von Bram Moszkowicz hatte. Ein paar Tage lang würde man ihn vielleicht dulden, behauptete Leon, doch dann müsse er verschwinden.

Elf Jahre lang war sie vor Max auf der Flucht gewesen – warum eigentlich, fragte sie sich jetzt. Warum war sie so verrückt gewesen, ihr Leben von diesem Mann steuern und zerstören zu lassen? Dem Mörder ihres Vaters, als den man ihn bezeichnete, nachdem man sie damals aus seinem Schlafzimmer geschleift hatte. Nackt, wie sie war, hatte sie gekämpft, für sich und für ihn. Für den Mann, der ihren Vater hatte verschwinden lassen, wie man ihr einige Stunden später sagte, als sie sich etwas angezogen hatte und im Polizeipräsidium befragt wurde. Man ließ ihn laufen, weil man nicht genügend Beweise gegen ihn hatte. Und weil man einen Formfehler gemacht hatte. Im Entdecken von Formfehlern war Bram stark.

Sonja hatte im Krankenhaus Bescheid gegeben, dass es ihr wieder bessergehe, und sie würde um zwölf Uhr die Nachmittags- und Abendschicht antreten. Leon würde zu sich nach Hause gehen und eine Aufstellung der Sachen machen, die mit ihm umziehen sollten. Vielleicht sollte er sich noch eine kleine Wohnung dazumieten. Ein separates Arbeitszimmer, in dem er auch seine Bücher und sein Archiv unterbringen konnte, wäre vielleicht keine schlechte Idee. Dort könnte er auch durcharbeiten, wenn es sein musste. Das Buch über seine Ex hatte er ad acta gelegt. Er trug sich jetzt mit dem Gedanken, etwas über Theo van Gogh zu schreiben. Aber noch fehle ihm der rechte Zugang, sagte er, die Geschichte lasse sich noch nicht einfangen. Leon war ohnehin ein Nachrichtenjunkie, aber die Ereignisse des vergangenen Tages und der Nacht interessierten ihn jetzt vor allem auch deshalb, weil Mohamed Boujeri, der Mörder von Theo van Gogh, etwas mit dem Ganzen zu tun hatte. Er war heute Morgen um halb sechs an Bord der gekaperten Maschine gebracht worden. Sonja hatte die Wiederholungen der Bilder in der Küche gesehen, als sie Nathan Frühstück machte. Bevor Boujeri im Flugzeug verschwand, machte er das Victory-Zeichen.

Die letzten Meldungen waren, dass die Matrosen, die sich noch an Bord der Maschine befanden, bei irgendeinem Zwischenstopp freigelassen werden sollten, auf einem Flughafen, den die Entführer bestimmen würden – damit behielten sie die Regie in den Händen und verhinderten, dass ein Überfall auf das Flugzeug vorbereitet werden konnte.

Die Zeitungen hatten Extraausgaben drucken lassen, was äußerst selten war. Die dicke Schlagzeile des *Telegraaf* lautete: »MOHAMED B. SIEGT«. Darunter das Foto mit dem Victory-Zeichen. Sonja war in einer Familie aufgewachsen, in der diese Zeitung gelesen wurde, aber als linke Studentin – welcher Student war nicht links? – durfte man sich ja nicht dabei ertappen lassen, dass man darin blätterte. Rechte Sensationsmache. Leon hatte seit mehreren Jahren eine Kolumne im *Telegraaf*. Sie wollte nicht darüber urteilen.

Im ›Le Pain Quotidien‹ hatte Leon sein iPhone neben seinen Teller auf die naturbelassene Kiefernholztischplatte gelegt und verfolgte darauf die Nachrichten über das Flugzeug, mit dem Boujeri zu einem unbekannten Ziel in Zentralasien unterwegs war. Die Maschine sei eine 737-700ER – ER für *»extended range«* –, hatte Leon erklärt. Sie könne mehr als zehntausend Kilometer am Stück fliegen. In den ehemaligen Sowjetrepubliken in Zentralasien lägen Hunderte verlassener Militärflughäfen, oft nicht mehr als eine Landebahn neben einer geplünderten Baracke nebst Tower. Mit mobiler, aber hochwertiger Lenkapparatur, die heutzutage in ein oder zwei Koffern unterzubringen sei, hatte Leon Nathan beim Frühstück erklärt, könne man eine 737 auf so einer Bahn landen. Und eine gute Crew könne bei guter Sicht sogar ohne Bodenkontrolle eine gelungene Landung bewerkstelligen. Das Ganze sei eine perfekt vorbereitete Aktion, und selbst wenn die Maschine per Satellit geortet würde, hätten die Entführer die Auswahl unter Dutzenden von Landemöglichkeiten und könnten sich gleich anschließend aus dem Staub machen. Nur wenn eine Gruppe von Fallschirmspringern dem entführten Flugzeug in einer Maschine folgen würde, die genauso schnell sei wie die 737, hätten die Niederlande eine Chance, die Entführer und Boujeri zu ergreifen, falls die nicht am Boden über bewaffnete Unterstützer verfügten. Vielleicht stünden dort ja Hunderte von Terroristen mit Bazookas und Stingers – »*surface-to-air-missiles*« – bereit, jenen berüchtigten tragbaren, infrarotgelenkten Raketen, die von kleinen Trucks abgefeuert werden könnten und der Horror jedes Hubschrauberpiloten seien. Haben wir so ein Flugzeug?, hatte Nathan gefragt. Nein, ein solches Fallschirmspringerflugzeug hätten die Niederlande nicht, und die diplomatischen Folgen des Einsatzes von Soldaten in souveränen asiatischen Staaten seien kaum abzusehen. Usbekistan, Turkmenistan, Kirgistan, Tadschikistan – in all diesen neuen Staaten seien islamistische Terrorbewegungen aktiv, und man vermute, dass es den niederländischen Marokkanern gelungen sei, mit diesen in Kontakt zu treten. Alle gingen davon aus, dass die Aktionen – der Anschlag aufs Opernhaus, die Freilassung Boujeris – von irgendeiner Höhle in Asien aus angezettelt worden seien. Das Ganze verrate Erfahrung auf allen Ebenen: Geheimhaltung, Planung, Disziplin, Durchführung. Über derlei konnte Leon sich lang und breit auslassen. Sonja ermüdete das. Nathan war eher dafür zu haben. War eben was für Jungs.

Die neuesten Nachrichten im Internet ließen freilich etwas Merkwürdiges verlauten: Die Maschine hatte südlich von München eine Kehrtwende gemacht und wieder Kurs auf Schiphol genommen. Man würde mehrere F-16-Kampfbomber der Niederländischen Streitkräfte in Bereitschaft bringen, um das Flugzeug abzufangen, falls es seinen Direktflug nach Schiphol fortsetzte. Angeblich war sogar das Okay dafür gegeben worden, das Feuer auf die Maschine zu eröffnen, wenn man den Eindruck gewinnen sollte, dass ein gezielter Absturz auf bewohntes Gebiet beabsichtigt war – eine Art »Nine Eleven« im Polderland.

»Nein, das darf nicht wahr sein«, sagte Sonja.

Leon schob sein iPhone zu ihr hin und zeigte ihr die Meldung auf *nu.nl*.

»Das ist gruselig, das ist ...«

Unfassbar, was heute alles passieren konnte! Sie waren den kranken Phantasien einer Gruppe radikalisierter Halbstarker aus Slotervaart ausgeliefert – die Zeitungsredaktionen hatten schon in ihren ersten Ausgaben, noch bevor die Sondernummern erschienen, Geschichten und Fotos von den verdächtigten Mitgliedern einer Fußballmannschaft – alles marokkanische Jugendliche – gebracht. Sie waren Tabellenführer ihrer Liga, und jeder Einzelne von ihnen war ein Fußballtalent. Der Krisenstab des Kabinetts tagte jetzt ununterbrochen. Sechs Tote in der Stopera, eine klaffende Wunde im Zentrum der Hauptstadt. Eine Flugzeugentführung, die zur Freilassung des Mörders von Theo van Gogh geführt hatte. Das Kabinett konnte nur reagieren – vorauszuschauen war unmöglich.

»Sollten wir nicht die Stadt verlassen, Leon? Was, wenn sie wirklich das Flugzeug auf uns runterstürzen lassen?«

»Das hätten sie gleich getan, wenn sie das vorgehabt hätten. Sie kommen wegen irgendetwas anderem zurück. Sie sind weggeflogen, weil sie ...«

Sie sah, dass ihm eine Idee kam. Er war ein Phantast und konnte sich in solche Situationen manchmal sehr gut einfüh-

len. Er las Krimis und »Mystery Thriller«, Unterhaltungs-
literatur, an die Sonja nicht ihre kostbare Zeit verschwen-
den wollte.

»... weil sie verhindern wollten, dass man sie auf dem
Boden angreift«, meinte er. »Es standen ja Spezialeinsatzkräfte der Polizei bereit. Nein, sie kommen zurück, weil sie
noch etwas anderes vorhaben. Vielleicht haben sie weitere
Forderungen. Vielleicht sollten weitere Inhaftierte freigelassen werden. Wer sitzt denn noch im Gefängnis? Volkert
van der Graaf, der Mörder von Pim Fortuyn? Ob der sein
Schicksal in die Hände von Terroristen legen möchte? Angenommen, es geht ihnen um Volkert van der Graaf, das
wäre schon ein Husarenstreich von diesen Verrückten ...«

»Vielleicht«, sagte Sonja. Leon trug zu ihrer Beruhigung
bei. Mit seiner Vorstellung davon, was noch passieren könnte.
Das mit Volkert van der Graaf mochte vielleicht Unsinn
sein, aber es beruhigte sie sofort. Sie fragte: »Warum haben
sie das denn nicht gleich gefordert? Sie hätten doch mit ihm
wegfliegen können, oder?«

»Publicity. Dramatik. Wir sollen denken, dass wir es
hinter uns haben. Und dann kommt der nächste Schlag.
Das endgültige K.o. Wir sind machtlos, und das reiben sie
uns unter die Nase. Sie sind stark, wir sind nichts. Das ist
ihre Botschaft. Wollen wir gehen?«

Er winkte der Kellnerin und deutete an, er wolle die
Rechnung haben. Sie verstand sofort.

Gleich darauf schwoll zu beiden Enden der Cornelis
Schuytstraat, also von der De Lairessestraat und dem Wil-
lemsparkweg her, das Heulen Dutzender Polizeisirenen an.
Oder waren es Hunderte? Binnen zwei Sekunden ver-

stummte das Stimmengewirr in der vollen Bäckerei. Niemand wagte, sich zu rühren, als sollte ein Foto auf einen antiquierten, empfindlichen Bildträger gebannt werden. Das Sirenengeheul intensivierte sich, Beunruhigung erfüllte die Atmosphäre. Die Bedienungen hielten inne und schauten nach draußen. Die Gäste nahmen keinen Bissen, keinen Schluck mehr zu sich, verharrten wie schockgefroren. Die Sirenen hallten von den Häuserwänden wider, schrien nach Aufmerksamkeit.

Sekunden später flaute der Lärm ab, und es kehrte wieder Ruhe in der Straße ein. Das Personal setzte sich in Bewegung, und die Gäste fingen plötzlich – alle gleichzeitig, wie es schien – wieder an zu reden, lauter und lebhafter als zuvor, als wollten sie die Beunruhigung damit beschwören.

Sonja musste etwas unternehmen, sie konnte nicht anders. Das war ihr in den vergangenen zehn Jahren in Fleisch und Blut übergegangen. Folge deiner Intuition. Warte nicht, bis es zu spät ist. Du wirst nie bereuen, dass du zu früh gehandelt hast, wohl aber, wenn du zu spät dran warst.

»Wir holen ihn aus der Schule«, sagte Sonja. »Ich will diese Stadt verlassen.«

Sie erhob sich, und de Winter folgte ihr.

Er sah sie skeptisch an. »Wo willst du denn hin?«

»Irgendwohin, wo wir in Sicherheit sind. Wir fahren einfach Richtung Süden.«

»Und dort ist man in Sicherheit?«

»Ja, dort fühle ich mich sicher. Du kannst von mir aus hierbleiben, wenn du willst«, fügte sie schroff hinzu. Und das tat ihr sofort leid. »Entschuldige, so habe ich es nicht gemeint. Aber ich will jetzt unbedingt weg aus dieser Stadt.«

De Winter nickte ergeben. Er zog einen Zwanzigeuro-schein aus seiner Hosentasche und ging zur Kasse.

Sonja sagte: »Leg's einfach hin, warte nicht auf das Wechselgeld. Ich hab's eilig.«

Sie verließen die Bäckerei und schlossen ihre Räder auf. Die Sirenen heulten immer noch, von irgendeinem Ort her, der nicht sehr weit von ihnen entfernt war. Sonja zückte ihr Handy und drückte auf die gespeicherte Nummer von Nathans BlackBerry, aber er nahm nicht ab. Er saß natürlich im Unterricht. Sie musste ins Klassenzimmer und ihn eigen-händig von dort wegholen. Sie sprang auf ihr Rad und schlug die Route durch die Johannes Verhulststraat ein. Das Heulen der Sirenen wurde lauter.

»Vielleicht das Concertgebouw!«, hörte sie Leon hinter sich rufen.

Aber Sonja wusste es bereits. Sie hatte einen siebten Sinn. Schon als Kind wusste sie vieles, bevor sie es tatsäch-lich wissen konnte.

»Oder das Rijksmuseum! Oder das Van Gogh!«, hörte sie Leon beschwörend rufen, sein Abstand zu ihr wurde größer. Sie trat wie eine Besessene in die Pedale. Besessen war sie auch. Und sie sah die Straße schon, bevor sie die Straße sehen konnte. Und sie fühlte, was Nathan fühlte: Angst. Erstickende, durch und durch gehende Angst.

Polizisten nötigten sie, zu bremsen und abzusteigen. Sie sah, was los war. Fünf Streifenwagen standen entlang der schmucklosen Nordseite des Concertgebouws, wo die Alex-ander Boersstraat abzweigte. Aus zwei schweren, eckigen blauen Polizeibussen mit Schutzgittern vor den Fenstern stiegen etwa zwanzig Polizisten aus, in normaler Uniform, aber mit großen Waffen in der Hand. Vor den Bussen stehend, legten sie kugelsichere Westen an. Die Sirenen heulten ohrenbetäubend weiter.

Sonja stieg vom Rad. Lieber Nathan, dachte sie, lieber Junge, wir sollten nicht hier sein, wir sollten jetzt in der Businessclass eines Flugzeugs sitzen, das uns zu einem komfortablen Hotel in Asien bringt, sollten uns Spielfilme ansehen, die wir im Kino verpasst haben, alles wäre besser gewesen, als hierzubleiben.

»Ich muss durch!«, schrie sie keuchend über die Sirenen hinweg, obwohl sie wusste, dass sie keine Chance hatte. »Ich muss meinen Sohn aus der Schule holen!«

»Sie können hier nicht durch!«, kam die erwartete Antwort. Der Mann, ein Polizist ohne Mütze, in einer Jacke mit schwerem Gürtel um die Taille, hatte keine andere Wahl. Auch er konnte das Sirengeheul kaum übertönen.

»Ich muss wirklich meinen Sohn abholen! Es ist hier gleich um die Ecke! Dauert nur zwei Minuten! Bitte!«

Leon stand jetzt neben ihr.

»Hier darf niemand durch!«

»Wie soll ich dann zur Schule meines Sohnes kommen?«

»Das geht jetzt nicht! Hier ist alles abgesperrt!«

Sie wusste es. Aber sie konnte es nicht aussprechen. Der Polizist sollte es sagen.

Sie schrie: »Was ist denn los?«

»Ich weiß es nicht, tut mir leid!«

»Sie wissen es sehr wohl! Sie müssen mir sagen, was los ist! Ich kann nicht zu meinem Kind, weil Sie mich daran hindern, und da habe ich das Recht zu erfahren, warum Sie mich daran hindern!«

Der Mann bedachte sie mit einem besorgten Blick, wandte sich ab, schüttelte den Kopf, dachte einige Sekunden lang nach.

Dann sah er sie wieder an, entschuldigend, wie es schien. »Es ist die Schule!«

Sonja kreischte die drei Buchstaben, Panik in der Stimme: »vsv?«

»Ja!«

»Was ist dort passiert? Erzählen Sie mir, was dort passiert ist!«

»Da ist… Wir bekamen Anrufe, dass dort geschossen wurde! In der Schule! Sie ist offenbar… Sie ist offenbar besetzt worden! Wir haben noch keine gesicherten Informationen! Tut mir leid!«

Sonja krümmte sich, so sehr krampften sich ihr Magen und Bauch zusammen. Sie taumelte, und Leon hielt sie fest. Sie bekam keine Luft, sie konnte nichts sagen, nicht einmal den Namen ihres Kindes. Sie musste sich den Bauch halten, weil sie das Gefühl hatte, dass es sie zerriss. Ihre Beine knickten ein, Leon konnte sie nur noch auf den Boden gleiten lassen, und als sie dort auf der Straße lag, schrie und weinte sie, ohne dass ihrer Kehle ein Laut entwich.

25
GEERT

Sämtliche gepanzerten Personenwagen waren besetzt, und so wurde er nun mit einem anonymen Mercedes-Transporter gefahren, hellgrau, mit komfortablem Interieur. Der Laderaum war unterteilt. Er saß allein im Mittelteil, der durch kugelsichere Zwischenwände mit kugelsicheren Scheiben von der Fahrerkabine und dem hinteren Teil abgetrennt war, in dem sich zwei gegenüberstehende Sitzbänke befanden. Er hätte genauso gut ein Häftling sein können. Vorne saßen zwei erfahrene Leute vom Schutz- und Begleitdienst für Königshaus und Diplomaten DKDB, hinten vier. Schlanke, gutausgebildete Männer, intelligente Killer im Dienste des Staates.

Der Transporter hatte schwere Ledersitzbänke und allerlei eingebaute Gerätschaften, wie etwa Sauerstoffflaschen, die das Weiteratmen im Wagen im Falle eines Gasanschlags ermöglichten. Rundherum natürlich kugelsichere Scheiben. Eine Bodenplatte, die die Explosion einer Mine aushielt. Reifen, die Kugeln schluckten. *State of the art* hieß so etwas heutzutage. Es hing ihm zum Hals raus.

Manchmal hoffte er, das Kabinett würde stürzen. Dann könnte er die anschließenden Neuwahlen verlieren, in die USA gehen, um sich dort einem amerikanischen Think-Tank anzuschließen, und ein normales Leben leben. Beinahe hätte er das Kabinett über die Einsparungen zum Straucheln gebracht, die die Niederlande vornehmen mussten, um die Haushaltsvorgaben der EU zu erfüllen, doch er war im letzten Moment davor zurückgeschreckt.

Ayaan hatte es in Amerika geschafft. Er konnte es auch schaffen. Die Aversionen, die er auslöste, hatten ihn seelisch angegriffen. Und es hatte ihn auch körperlich erschöpft, dass er immer gegen den Strom ruderte, nein, gegen den Strom schwamm, ohne Ruder, ohne Hilfsmotor. Tagtäglich Drohungen. Tagtäglich die Konfrontation damit, dass man sich seine Enthauptung wünschte, die Amputation seiner Gliedmaßen, die Abtrennung von Schwanz und Eiern, das Auslöffeln seiner Augen. Tagtäglich.

Er sei rechtsradikal, hieß es. Die Flut der Drohungen bewies, dass er den widerlichen, hasserfüllten Kern seiner Gegner freigelegt hatte. Die Natur des Gegners erkannte man daran, wie er mit Kritik umging. Nur wenige konnten sich mit seiner Marschrichtung anfreunden. Er war auf eine Wahrheit gestoßen, deren öffentliche Verkündung den politischen Eliten gegen den Strich ging. Was immer du auch behauptest, ich werde dich niemals öffentlich unterstützen, selbst wenn du recht hast – das hatte ihm Harry Mulisch noch kurz vor seinem Tod gesagt. Mulisch war ein großer Schriftsteller, einer der bedeutendsten Intellektuellen im Land. Paul Scheffer, ein führender sozialdemokratischer Denker, hatte ihm Ähnliches anvertraut. Gut, du kennst die Wahrheit, aber wer legt Wert auf die Wahrheit, wenn nichts damit zu gewinnen ist?, hatte Alexander Pechtold, einer seiner aggressivsten politischen Widersacher, ihm einmal hinter den Kulissen zugeflüstert. Natürlich hast du recht, so Pechtolds Worte, aber langfristig wirst du immer der Verlierer sein.

Um zehn nach acht hatte er einen Anruf von Donner erhalten. Da war in dieser Schule noch nichts passiert. Aus dem Flugzeug, das schon eine Stunde unterwegs war, war eine weitere Forderung gekommen. Eigenartig. Der Deal war eigentlich schon perfekt. Boujeri befand sich an Bord. Wegen der Matrosen habe man nicht eingreifen können, sonst hätten sie die Maschine notfalls vom Himmel geschossen, war ihm versichert worden.

Der Mercedes-Transporter bog in eine Straße in Amsterdam-Süd ab. Schmucke Gebäude aus dem neunzehnten Jahrhundert, in denen progressive Akademiker wohnten, die ihn verabscheuten. Sie wohnten nicht inmitten von Jugendlichen wie denen, die die Zerstörung der Stopera und die Flugzeugentführung und die Geiselnahme auf dem Gewissen hatten, Jugendlichen, die ihm seit Jahren die Pest und Krebs und Cholera an den Hals wünschten. Er war hier verabredet.

Moszkowicz hatte alle seine Termine abgesagt und befand sich bei Freunden, deren Kind in dieser Schule war. Es handelte sich um Leon de Winter und dessen derzeitige Freundin. De Winter gehörte zu den intellektuellen Drückebergern, die unter vier Augen sagten, dass sie ihn voll unterstützten, sich in der Öffentlichkeit aber immer distanzierten. Geert Wilders hatte genug davon, so zu leben. Er würde jetzt alles aufs Spiel setzen. Gewinnen oder verlieren. Diesem Leben unter ständigen Todesdrohungen, wegen denen seine Ehe in die Brüche gegangen war, würde er heute ein Ende machen.

Das Haus, in dem er erwartet wurde, war schon von einer anderen Einheit des DKDB durchkämmt worden. Die Schule befand sich keine tausend Meter von dort entfernt. Er würde das größte Wagnis seiner politischen Laufbahn eingehen. Nein, seines ganzen Lebens.

Die Männer stiegen aus dem Transporter aus und bildeten einen Sicherheitskordon zur Eingangstür. Dort erwartete ihn bereits de Winter. Wilders hatte ihn seit mehreren Jahren nicht gesehen. Er war dicker geworden, sein Haar begann, sich zu lichten. Aufgedunsen. Offensichtlich zu wenig Bewegung. Wilders war ihm drei-, viermal begegnet, immer im privaten Kreis, immer ohne Topfgucker. Nach Nine Eleven hatte de Winter kritisch und ausführlich über den radikalen Islamismus geschrieben, aber er hatte nie gewagt, sich offen als Sympathisant von Wilders zu outen. Für einen Intellektuellen beziehungsweise Pseudo-Intellektuellen, denn um den handelte es sich hier, wäre das einem Selbstmord gleichgekommen. Feige. Scheinheilig.

Die Tür des Transporters wurde von außen aufgeschoben, und Wilders stieg aus. Keine zwei Sekunden später stand er im Haus.

De Winter begrüßte ihn. »Hey, Geert.«

»Ha, Leon.«

In der Diele des breiten Herrenhauses, in dem noch alle Details und Ornamente im Original erhalten waren, sorgfältig renoviert und aufpoliert, stand Bram Moszkowicz, wie immer selbstbewusst im klassischen Anzug, ein Grinsen im zufriedenen Gesicht. Aber er war okay, soweit ein Anwalt das sein konnte.

»Hallo, Geert.«

»Ha, Bram.«

Sie schüttelten einander die Hand.

»Ein schöner Tag ist das«, sagte Moszkowicz.

»Womit haben wir das bloß verdient?«, erwiderte Wilders.

»Wir müssen wohl Gutes getan haben, dass wir so viel Freude ernten«, feixte Moszkowicz.

»Ihr könnt euch ins Wohnzimmer setzen, die Vorhänge sind geschlossen«, sagte de Winter.

»Ich hörte unterwegs vom Sohn deiner Freundin«, sagte Wilders, während er de Winter folgte.

»Ein Alptraum«, sagte de Winter. »Möchtest du etwas trinken?«

»Nein danke.«

»Setzt euch.«

Das Wohnzimmer erstreckte sich von der Vorder- bis zur Rückseite des Hauses, von der Straße bis zum Garten. Mindestens fünfzehn Meter lang. Fischgrätparkett. Wertvolles Mobiliar. Sitzecke aus schwarzem Leder, antike Schränke. Moderne Gemälde. Große, kunstvolle Schwarzweißfotos von Eseln. Die schweren Vorhänge aus rotem Samt waren zugezogen. Designerlampen verbreiteten ein stimmungsvolles Licht. Die Insignien eines ungestörten, komfortablen Lebens. Wilders nahm in einem der Ledersessel Platz.

Zwei Männer vom DKDB waren ihm in das Zimmer gefolgt. Sie bezogen rechts und links von der Tür Posten.

Moszkowicz setzte sich Wilders gegenüber aufs Sofa. De Winter blieb stehen.

»Wenn irgendetwas sein sollte, sagt mir Bescheid«, sagte er.

»Nein, Leon, setz dich zu uns«, entschied Wilders spontan.

Das war nicht schlecht. De Winter und Moszkowicz, oder besser: Moszkowicz und de Winter.

»Das geht nur euch beide an«, entgegnete de Winter, schon auf dem Weg hinaus.

Wilders drängte: »Nein, Leon, bleib bitte da, ich möchte, dass du auch etwas dazu sagst, okay?«

»Ja, bleib hier, Leon«, sagte Moszkowicz. »Das kann nicht schaden.«

»Du könntest ja darüber schreiben«, sagte Wilders mit amüsiertem Lächeln. »Das wird ein Gespräch, über das man noch viele Jahre reden wird. Und das Buch darfst du schreiben.«

»In dem Fall…«, sagte de Winter – der Opportunist, dachte Wilders –, »in dem Fall bleibe ich. Du hast es gehört, Bram. Ich darf darüber schreiben.«

»Ich habe es gehört«, bestätigte Moszkowicz.

Er klopfte neben sich aufs Sofa, und de Winter nahm dort Platz. Moszkowicz tätschelte freundschaftlich sein Knie. »Sitzt du gut?«, fragte er.

»Schieß los, Geert«, forderte de Winter Wilders auf, den Blick auf ihn gerichtet.

Wilders musterte die beiden anderen. Männer mit gesicherten gesellschaftlichen Positionen. Beide zwar umstritten, aber sie konnten sich frei auf der Straße bewegen, konnten sich in Zügen und Kinosälen blicken lassen, bis tief in die Nacht mit Freunden in Restaurants sitzen.

Wilders sagte: »Sie sind meinetwegen zurückgekommen. Sie wollen die Schulkinder gegen mich austauschen.«

414

Moszkowicz und de Winter zeigten anfangs keinerlei Reaktion. Sie sahen ihn scheinbar ungerührt an. Aber dann wechselten sie einen Blick, mit großen Augen, in denen sich wachsendes Entsetzen spiegelte.

»Habe ich richtig verstanden, Geert?«, fragte Moszkowicz, noch stärker blinzelnd, als er es ohnehin schon immer tat. Kontaktlinsen. »Sie sind mit einer weiteren Forderung zurückgekehrt? Du sollst mit ihnen fliegen?«

»Ja. Dass sie weggeflogen sind, war nur ein Trick, um zu verhindern, dass man die Entführung gewaltsam beendete. Die Aktion in der Schule wurde sehr gut vorbereitet. Es ist zwar jemand verletzt worden, aber nicht lebensgefährlich. Klar ist, dass die Jungs die Sache völlig in der Hand haben. Sie beenden die Geiselnahme, wenn ich mich ihnen ausliefere.«

»Das ist Wahnsinn«, sagte Moszkowicz.

»Nein. Das ist logisch«, widersprach Wilders. »Aus ihrer Sicht ist das nur folgerichtig. Ein meisterhafter Schachzug von ihnen. Sie machen mich politisch und moralisch tot. Ich stehe plötzlich im Zentrum des Ganzen, ohne dass ich es wollte. Sie wollen meinen Kopf. Und wisst ihr was? Ich kontere. Ich gebe ihnen meinen Kopf. Ich will, dass Donner dem Austausch zustimmt.«

Die Meldung, die die Entführer durchgegeben hatten, als sie noch in ihrer 737 Richtung Asien flogen, war klar und deutlich: Wir wollen Wilders. Welche Gegenleistung sie dafür erbringen würden, blieb längere Zeit unbekannt, so dass zunächst alle die Achseln zuckten. Wir wollen Wilders, er begleitet uns in das Land der Muslime, sagten sie, und dort wird er unser Hündchen! Gebt uns Wilders! Wir sind die

Jünger des Propheten, und die Juden sind unsere Hunde! Wilders ist unser kleiner Köter! Die Maschine hielt weiterhin Kurs auf einen Flughafen irgendwo in Asien. Die türkische Crew wollte nicht abgelöst werden. Vielleicht sympathisierte sie mit den Entführern. Und dann wurde die Schule besetzt und dreihundert Kinder und fünfundzwanzig Lehrer als Geiseln genommen. Jetzt hörte sich die Forderung schon ganz anders an. Wir kommen zurück! Wir holen unser Hündchen ab!

Donner hatte Wilders ein zweites Mal angerufen. Die Maschine war wieder in Schiphol gelandet. Er sagte: Wir werden gezwungen, das auf eine Weise zu lösen, die uns nicht gefällt. Wir stehen mit dem Rücken zur Wand, wir werden Gewalt anwenden müssen.

»Du bist verrückt«, sagte Moszkowicz. »Du willst, dass Donner dich Mördern ausliefert? Gott weiß, was sie mit dir vorhaben. Das tut er nicht. Das würde keiner tun. Warum willst du das?«

»Wenn sie mich enthaupten, machen sie einen weltweiten Videohit daraus«, sagte Wilders. »Im Grunde meines Herzens habe ich immer davon geträumt, mal ein berühmter Filmstar zu werden. Die Chance lasse ich mir nicht entgehen.«

»Was ist die Alternative?«, fragte Moszkowicz, ohne auf Wilders' Scherz einzugehen.

De Winter schwieg und musterte Wilders mit offenem Mund. Er wollte alles registrieren, denn dieses Material war für ihn natürlich Gold wert. Wilders dachte: Ich liefere ihm jetzt den Stoff für einen Bestseller.

Er sagte: »Wenn ich nicht gehe und keiner will, dass ich

gehe, muss Donner die Schule stürmen lassen und gleichzeitig das Flugzeug kurz und klein ballern. Die Gefährdung der Kinder ist inakzeptabel. Alle haben eine Heidenangst vor einem zweiten Beslan.«

»Beslan?«, fragte Moszkowicz.

Jetzt machte de Winter den Mund auf. »Das war 2004 in Russland. Die Aktion von muslimischen Terroristen in Beslan. Auch eine Schule. Über dreihundert Tote. Mehr als die Hälfte davon Kinder.«

Moszkowicz nickte. »Das ist teuflisch«, sagte er. »Sie wollen dir das Leben nehmen, und wenn du dich dem entziehst, zwingen sie den Staat, das Leben von Kindern in die Waagschale zu legen. Aber kein Staat kann sich dem beugen. Würdest du dich dem beugen, wenn du im Kabinett wärst?«

»Ich bin mehr oder weniger im Kabinett, Bram. Ich komme gerade vom Binnenhof. Dort haben wir das alles besprochen. Donner vertritt die Auffassung, sie würden gar nicht wollen, dass ich mich ausliefere. Seiner Meinung nach hat ihr Ultimatum nur Symbolcharakter, und wir sollten es einfach verstreichen lassen. Das Ultimatum läuft heute Abend bei Sonnenuntergang ab. Soll Donner doch machen, was er will. Ich habe beschlossen, dass ich es tue. Dann ist meine Partei in den kommenden Jahrzehnten die größte im Land. Das wird ein historisches Ereignis.«

»Geert…«, sagte de Winter, »…die beliebteste Hinrichtungsart solcher Typen ist die Enthauptung, und unser Freund Boujeri ist an Bord der Maschine, vergiss das nicht. Was hast du davon, wenn sie den besten Propagandafilm machen, den du dir je vorstellen konntest? Deinen eigenen Tod?«

»Na gratuliere«, sagte Moszkowicz. »Viel Vergnügen.«

»So weit wird es nicht kommen«, entgegnete Wilders. »Was ich gehört habe, ist … Ich bin doch nicht verrückt, ich weiß verdammt gut, was ich tue! Also der Junge, der den Trupp anführt, ist kein Boujeri. Dieser Anführer ist ein brillanter Kopf. Er hat sich zu Wort gemeldet, er ist in der Schule. Ich glaube, dass die Gefahr für mich minimal ist. Er behauptet, dass sie mich in ein Land mitnehmen, dessen Name auf ›-stan‹ endet. Sie wollen mich dort bekehren, sagt er. Sie wollen mir den Hund austreiben und den Gläubigen in mir auferstehen lassen. Das Wagnis gehe ich ein. Wenn sie mir nicht sofort den Kopf abschlagen, habe ich eine Chance. Ich glaube, dass ich ein größeres Risiko eingehe, wenn ich mich auf der A4 hin und her fahren lasse. Man gibt mir einen kleinen Sender mit, nicht größer als ein Stecknadelkopf. Man kann mich also orten, darüber haben sie sich auch mit den Amerikanern verständigt. Man injiziert mir den Sender in die Ferse. Die Amerikaner verwalten zwei Flughäfen in dem Gebiet, einen in Usbekistan und einen in Kirgistan. Die können mich orten. Wenn der Sender nicht ausfällt, werden sie mich finden. Vielleicht nicht sofort, aber nach ein paar Wochen oder Monaten. Und dann schicken sie ein Kommando unserer Spezialeinheiten, um mich zu befreien. Ich kann gar nicht verlieren. Wenn ich es nicht überlebe, gewinnt meine Partei jede Wahl, weil dank meiner die Kinder freigekommen sind. Wenn ich es überlebe, habe ich dafür gesorgt, dass die Kinder freigekommen sind, und meine Partei gewinnt ebenfalls.«

»Verwechselst du das Ganze nicht vielleicht mit einem James-Bond-Film, Geert? Du hast also nichts zu verlieren, außer dein Leben«, sagte de Winter lakonisch.

»Genau. Der Anführer der Gruppe, Sallie Ouaziz, hat sein Wort gegeben. Auf Allah und den Propheten. Er wird einen Vertrag unterzeichnen, in dem er schwört und verspricht, mich am Leben zu lassen.«

»Und du glaubst ihm?«, fragte Moszkowicz.

»Ja. Er lässt mich am Leben. Gesund. Körperliche Unversehrtheit, das hat der Unterhändler ausbedungen. Ich gehe darauf ein. Ich akzeptiere den Eid von Ouaziz. Boujeri ist nicht zu trauen. Diesem Jungen aber schon.«

De Winter fragte: »Moment mal, Geert: Sagtest du Ouaziz?«

»Ouaziz, so heißt der Junge. Salheddine Ouaziz. Sallie. Nicht nur Boujeri musste freigelassen werden, sondern auch Sallies Vater. Er war zu achtzehn Jahren verurteilt, für einen Doppelmord. Er ist jetzt frei. Weiß sonst keiner.«

Wieder wechselten Moszkowicz und de Winter einen vielsagenden Blick. Das beunruhigte Wilders, und er fragte: »Was ist? Warum seht ihr euch so an?«

»Ich kenne diesen Ouaziz«, antwortete Moszkowicz. »Er arbeitete für einen Klienten von mir. Leon kennt den Klienten auch. Dieser Klient war gestern Abend bei mir in der Kanzlei. Er war jahrelang nicht in den Niederlanden. Trifft vor zwei Tagen hier ein und erlebt alles gleich hautnah mit.«

»Und der Sohn von Ouaziz«, fragte de Winter, »ist der Anführer des Trupps, der die vsv besetzt hat?«

»Ja. Das hat Donner mir erzählt. So ist es.«

De Winter nickte. Wilders sah an seinen Augen, dass ihm ein Gedanke gekommen war, den er für sich behalten wollte.

»Du möchtest, dass ich mir den Vertrag ansehe«, sagte Moszkowicz.

»Nein«, antwortete Wilders. »Das wird schon erledigt. Ich möchte etwas anderes.«

Schritte wurden laut, und eine sehr attraktive Frau betrat das Zimmer. In zynischem Ton sagte sie: »Ich stand in der Küche, und dort war eure ehrenwerte Diskussion gut zu hören. Jetzt möchte ich auch mal was dazu sagen.«

Sie trug Jeans, einen weiten Pullover, schneeweiße Tennisschuhe, kein Make-up, Haare hochgesteckt. Blasses Gesicht. Zorniger Blick.

»Meine Freundin Sonja Verstraete«, sagte de Winter, während er sich unsicher erhob und auf die Frau deutete. »Das hier ist ihr Haus.«

Wilders stand auf, um sie zu begrüßen, doch die Frau blieb auf Abstand und machte keine Anstalten, ihm die Hand zu reichen.

»Guten Tag«, sagte er.

Sie erwiderte: »Fast hätte ich gesagt: angenehm. Aber das ist es nicht.«

Sie blieb neben dem Sofa stehen. Wilders blieb ebenfalls stehen und wartete ab.

Sie sagte mit unverhohlener Geringschätzung: »Der Wahnsinn, der hier ausgebrochen ist, hat zum Teil auch mit Ihnen zu tun.«

Wilders wollte sie unterbrechen, aber sie machte eine entschiedene Gebärde, dass er warten und den Mund halten solle.

»Es ist nicht Ihre alleinige Schuld, aber Sie haben erheblich zu dem Ganzen beigetragen. Ich kenne mich mit dem

Islam nicht aus. *I don't care.* Aber man kann die Leute nicht ungestraft Jahr für Jahr in ihrer tiefsten Überzeugung beleidigen. Das hätten Sie anders anstellen müssen. Klüger. Charmanter. Überzeugender. Aber Sie sind ein gnadenloser Rhetoriker. Und damit sind Sie nicht nur für sich selbst, sondern für uns alle Risiken eingegangen. Im Grunde für die gesamte Gesellschaft. Sie haben Extremisten provoziert. Die werden nicht weniger extremistisch, wenn man Reden über sie hält, wie Sie es tun. Und jetzt ist mein Sohn, *mein* Sohn, nicht der Ihre, denn Sie haben keinen, in dieser Schule gefangen. Eine Gruppe junger Glaubensfanatiker, von Ihnen, Herr Wilders, frustriert, bis aufs Blut gereizt und zur Weißglut getrieben, hält Waffen auf ihn gerichtet, auf *meinen* Sohn! Und ich verspreche Ihnen, hören Sie gut zu, was ich sage, und ich weiß, dass auch die Polizei gut zuhört…« – sie schaute sich kurz zu den beiden Männern vom DKDB um, die keine Regung zeigten und ihrem Blick auswichen –, »und das ist mir ehrlich gesagt scheißegal, ich verspreche Ihnen, Herr Wilders, dass ich Sie, wenn Sie nicht tun, was Sie gerade gesagt haben, wenn Sie sich nicht im Austausch für die Kinder zur Verfügung stellen, die ein paar hundert Meter von hier als Geiseln gehalten werden, dass ich Sie, wenn Sie das nicht tun und die Sache außer Kontrolle gerät, höchstpersönlich töten werde. Und ich könnte mir vorstellen, dass ich ein paar hundert Väter und Mütter auf meiner Seite hätte. Wir lynchen Sie, haben Sie gehört? Ich bin keine Islamistin, Herr Wilders. Ich habe sogar ein gewisses Verständnis für Ihre Standpunkte, wenn man einmal von Ihrer Hysterie absieht. Aber dass die Ihre Auslieferung gefordert haben, kommt nicht von ungefähr. Sie haben nicht nur mit

Ihrem eigenen Schicksal gespielt, sondern auch mit dem unsrigen. Und die Folge davon ist der Irrsinn von gestern und heute. Mein Kind wird jetzt gefangen gehalten, und wissen Sie was? Dafür mache ich diese Verbrecher verantwortlich! Und wissen Sie was? Dafür mache ich auch Sie verantwortlich! Wann melden Sie sich in der Schule?«

Sie keuchte vor Wut und Erregung. Wilders sah sie fest an.

»Es tut mir leid, dass Sie so darüber denken. Das Verhalten dieser Extremisten wird nicht von mir ausgelöst. Überall auf der Welt tun sie das Gleiche. Aber ich bin froh, dass Sie gehört haben, was ich vorhin sagte. Die Forderung lautet, dass ich mich zu dem Flugzeug begebe und an Bord komme. Sowie ich dort bin, lassen sie die Kinder gehen. Darüber wird noch verhandelt. Die Leute, die mit den Geiselnehmern verhandeln, wissen, was sie tun. Sie versuchen jetzt zunächst, möglichst viele Kinder freizubekommen, und wenn nur noch Lehrer und sonstiges Schulpersonal übrig sind, gehe ich an Bord.«

Sie verschränkte die Arme vor der Brust und blickte ihn voller Abscheu an. »Und warum mussten Sie hierherkommen und das erzählen?«

»Ich bin hergekommen, weil ich mich mit Bram beraten wollte. Und er war nun mal gerade hier und wollte nicht von hier weg.«

»Ich wollte hier bei euch bleiben«, erklärte Moszkowicz begütigend.

»Ich habe gesagt, dass das okay sei«, unterstrich de Winter.

Sonja Verstraete fragte: »Warum warten Sie nicht irgendwo bei der Polizei in Schiphol?«

»Ich trage Verantwortung«, erwiderte Wilders. »Ich führe eine Partei. Anderthalb Millionen Menschen haben mich gewählt. Wenn mir etwas zustößt, möchte ich, dass diese Bewegung am Leben bleibt, überlebt, im Gegensatz zu mir…«

Sie sagte: »Es wäre nicht so schlimm, wenn Ihre Partei unterginge.«

»Da bin ich anderer Meinung, Frau Verstraete. Ich bin, bevor ich nach Schiphol fahre, hergekommen, um Bram zu bitten, die Führung der PVV zu übernehmen, wenn mir etwas zustößt.«

Er wandte sich Moszkowicz zu. »Ich möchte, dass du mein Nachfolger wirst. Darum wollte ich dich bitten. Ich wollte dir den Vorschlag machen, die Partei weiterzuführen. Vorübergehend. Interimsweise. Für die Zeit, in der ich den Schnellkurs Islam für Fortgeschrittene mache. Bis die Partei wieder in ruhigerem Fahrwasser ist… Ich möchte nicht, dass wir Zustände wie bei Pim Fortuyns LPF bekommen. Und, Leon, es wäre phantastisch, wenn du, als eine Art Geschichtsschreiber, dabei wärst und alles registrieren und notieren würdest.«

Von ihren Gesichtern konnte Wilders keine Reaktion ablesen, sie warfen sich nur einen kurzen Blick zu. Der eine orientierte sich am anderen. Jetzt warteten sie ab. Sie schienen nicht erstaunt oder überrascht zu sein. Setzten eine Miene auf, als hätte er ihnen das Angebot gemacht, bei ihren Autos die Winterreifen aufzuziehen. Bisschen seltsam, aber im Grunde harmlos. Wilders war mit der Erwartung hergekommen, dass Moszkowicz seinen Vorschlag ernst nehmen würde. De Winter hatte er spontan mit dazugenommen –

der war ein lascher Sack. Aber Moszkowicz war ein seriöser Mann. Er hatte ihn monatelang aus nächster Nähe miterlebt, als er ihn vor Gericht vertreten hatte. Sie waren sich sympathisch.

»Das ist eine große Bitte, Geert«, stieß de Winter hervor. Auch Moszkowicz setzte zögernd zu einer Erwiderung an. Er erhob sich, als befände er sich vor Gericht, und sagte: »Geert, du hast eine Fraktion, politische Mitstreiter und Bewunderer, überall natürliche Nachfolger… Wollen wir nicht lieber in meine Kanzlei…«

Was für Helden!, dachte Wilders. Und das sind die Menschen, mit denen du die Welt retten willst!

Moszkowicz wurde von der Frau unterbrochen. »Wenn ihr das macht, meine Lieben, seht ihr mich nie wieder. Aber ihr könnt frei entscheiden. Bram, Leon, Herr Wilders, dort ist die Tür. Über die heilige Frage, wer die PVV führen soll, beratet euch bitte woanders.«

»Das wollte ich gerade vorschlagen, Sonja«, entschied Moszkowicz.

»Ich muss wieder zurück«, sagte Wilders. »Wir können uns kurz in meinen Wagen setzen.«

»Das halte ich für eine sehr gute Idee«, sagte Sonja Verstraete.

Wilders nickte ihr zu, als er hinausging. Schöne Frau, aber nicht ganz bei sich. Doch das musste er ihr nachsehen. Über dem Kopf ihres Kindes hing das Schwert des wahren Glaubens, und es konnte fallen.

Er hörte de Winter sagen: »Ich komme gleich, einen Augenblick, ich muss noch kurz etwas mit Sonja besprechen.«

Sie entgegnete: »Kein Bedarf, Herr de Winter.«

»Ich komme gleich«, wiederholte de Winter hinter Wilders' Rücken.

Einer der Männer vom DKDB öffnete die Haustür, und mit wenigen Schritten, die Schultern hochgezogen, als regnete es, war Wilders im Transporter. Moszkowicz folgte ihm.

26

LEON

Der Schriftsteller hörte die Haustür zuschlagen. Er trat an eines der Fenster zur Straßenseite und spähte durch einen Spalt im Vorhang nach draußen. Einer der Polizisten schob die Tür des Transporters zu, nachdem Wilders und Moszkowicz eingestiegen waren. Die Sicherheitsleute blieben um den Wagen herum stehen und sondierten mit ihren Blicken die Umgebung und die Straße.

Plötzlich stand Sonja neben ihm. Mit wütenden Bewegungen riss sie die Vorhänge auf.

»Wahnsinn«, sagte sie. »Nichts als Wahnsinn. Und Nathan sitzt dort in der Schule. Das hat dieses Arschloch auf dem Gewissen.« Tageslicht fiel in den Raum, auf die Belege für ihren Reichtum und ihren guten Geschmack.

»Du übertreibst«, sagte de Winter.

»Ich übertreibe? Tote in der Stopera, ein Flugzeug gekapert, Gott weiß, was sie damit vorhaben, und dann, als ob die Botschaft nicht schon zur Genüge bei uns angekommen wäre, eine Schule besetzen und *mein Kind* als Geisel nehmen! Da frag ich dich, wer hier übertreibt!«

Um sie zu beruhigen, versuchte er, sie zu umarmen, aber sie schlug seine Hände weg, verschränkte die Arme vor dem Körper und sah ihn kalt an.

»Was hast du zu besprechen? Warum sitzt du nicht mit *dem Herrn Strafverteidiger* und *Geert* im Wagen?«

Sie zischte vor Wut und Zynismus.

»Hör zu…«, setzte de Winter an.

Er begann, automatisch schneller zu atmen, weil er im Geiste einen Zusammenhang hergestellt hatte, der zu Nathans Rettung beitragen konnte.

»Die vsv wird von einer Gruppe von Jungen besetzt gehalten, zu denen wir Kontakt herstellen können. Auf direktem Wege. Der Anführer der Gruppe heißt Ouaziz, du hast ja vorhin gehört, dass Geert beziehungsweise Wilders, oder wie immer du ihn nennen möchtest, sagte, dass dieser Junge Ouaziz heißt. Sallie Ouaziz. Den Jungen kenne ich nicht. Aber ich weiß das eine und andere über seinen Vater. Er hatte eine lange Gefängnisstrafe abzusitzen, wurde aber gestern Abend freigelassen. Das war eine Forderung der Flugzeugentführer. Eine merkwürdige Forderung. Aber jetzt ist klar, woher sie rührt. Der Vater des Anführers sollte freikommen. Er hätte noch etwa ein Jahr absitzen müssen, aber jetzt ist er frei.«

Sie unterbrach ihn. »Weswegen hat er gesessen?«

»Mord. Doppelmord. Eine Abrechnung in Unterweltkreisen.«

»Eine feine Gesellschaft also. Aber das ist mir egal. Wie kommen wir mit ihm in Kontakt? Würde er denn mit seinem Sohn reden wollen? Und wer sagt uns, dass er es nicht fabelhaft findet, was sein Sohn macht? Dank seinem Sohn ist er jetzt schon frei! Warum sollte er seinen Sohn unter Druck setzen?«

»Sonja, wir kennen seinen besten Freund…«

Sie sah ihn einen Moment lang stumm an und musterte ihn, als könne sie nicht glauben, was er gesagt hatte.

»Dieser Oua…«

»Ouaziz. Kicham Ouaziz, so heißt der Vater.«

»Kicham Ouaziz. Kichie. Ja, ich erinnere mich an den Namen. Max' rechte Hand.«

»Ja.«

»Der Mörder der beiden Typen, die auf Max geschossen hatten.«

»Ja.«

»Und der hat doch auch meinen Vater…?«

»Ich weiß es nicht.«

»Und jetzt soll ich ihn anflehen, das Leben meines Sohnes zu retten?«

»Ja…«

Sie drehte sich von ihm weg und verbarg das Gesicht in ihren Händen.

»Ich soll also Max bitten…?«

»Ich fürchte schon, ja.«

»Er wird erfahren, dass Nathan…«

»Vielleicht kannst du das verschweigen.«

»Ja, so doof ist er«, sagte sie sarkastisch. Sie wandte sich wieder de Winter zu. »Er sieht das sofort. Auf den ersten Blick. Sein Sohn. Und dann wird er seinen Freund Ouaziz bitten, seinen Sohn zu retten. Nein. Tut er nicht. Er macht es selbst. Ich kenne ihn. Und dann habe ich Nathan für immer verloren. Naat wird dann *sein* Sohn…«

»Unsinn, deine Phantasie geht mit dir durch. Erster Schritt: mit Max reden. Er soll Kontakt zu Ouaziz aufnehmen. Und der soll mit seinem Sohn reden.«

»Und dann sollen sie nur Nathan freilassen? Und was ist mit den anderen Kindern? Seinen Freunden? Johan, Pietertje, Gijsje? Und Lia, seiner Freundin? Himmelherrgott! Wir sind hiergeblieben, weil Naat zu einer Geburtstagsparty wollte! Von einem Mädchen aus seiner Klasse! In das er sich verguckt hat! Deshalb sind wir noch nicht weg!«

»Schiphol war zu, als du wegwolltest.«

»Ich hätte mir einen Leihwagen nehmen können! Ich hätte Leute ansprechen können, ob sie uns nach Paris fahren! Geld spielt keine Rolle!«

De Winter trat auf sie zu und machte einen erneuten Versuch, sie bei den Schultern zu fassen. Jetzt ließ sie es zu.

»Max ist der Schlüssel zu all dem. Bram weiß, wie wir ihn erreichen können. Okay?«

Sie nickte stumm, ohne ihn anzusehen.

»Ich setze mich jetzt noch kurz zu den beiden ins Auto.«

Er küsste sie auf die Wange, spürte aber eine leichte Abwehrbewegung von ihr. Er ließ sie los und verließ den Raum.

Als er in der Diele stand, hörte er sie sagen: »Was wirst du in Sachen dieser Partei machen?«

»Gar nichts«, antwortete er. »Ich bin doch nicht verrückt. Er ist ein netter Mensch. Aber lebensmüde. Und ich möchte gerne noch miterleben, dass meine Kinder Kinder bekommen. Und ich möchte Nathan aufwachsen sehen.«

Er zog die Tür auf und ging zu dem Mercedes-Transporter hinüber. Einer der DKDB-Männer zog die Schiebetür für ihn auf, damit er einsteigen konnte.

27
MAX

Moszkowicz' Anruf riss Max Kohn aus dem Schlaf. Sonja wolle mit ihm sprechen. Sie werde in zehn Minuten im Amstel Hotel sein.

Es war schon Viertel nach zwölf, aber er bestellte sich ein Frühstück und ging unter die Dusche. Er war erst um sieben Uhr ins Bett gegangen. Hatte die ganze Nacht den Fernseher angehabt und die Geschehnisse in Schiphol verfolgt. Kichie hatte ein paarmal angerufen. Er war enttäuscht, ja gekränkt. Aber Max konnte ihm nicht helfen. Nicht mehr.

Kichie hatte Stunden bei der Grenzpolizei in Schiphol zugebracht. Er hatte mit dem Leiter der Niederländischen Spezialeinheiten, einem Mann namens van der Ven, gesprochen, und er hatte, während seine kugelsichere Weste bereitlag, auf den Moment gewartet, da die Abmachung mit den Entführern perfekt sein würde. Sallie war an Bord, wo sonst konnte er sein?

Kichie sollte unbewaffnet an Bord der Maschine gehen und sich Zeit für ein Gespräch mit den Jungen nehmen. Wenn sie nicht *high* waren, würden sie ihm zuhören, und es bestünde die Chance – theoretisch –, dass sie sich ergaben. Kohn war davon überzeugt, dass bloßes Reden nichts helfen würde. Den Jungen musste ein reeller Ausweg angeboten werden – nur dann würden sie zu der Einsicht gelangen, dass sie genügend Unheil angerichtet hatten und ihre Aktion beenden konnten. Es handelte sich schließlich um Fanatiker.

Kichie hatte Donner in der Nacht nicht mehr gesehen. Van der Ven erzählte ihm, dass der Minister zwischen Den Haag und einem anderen Polizeigebäude in Schiphol, wo er seine Schaltzentrale eingerichtet hatte, hin- und herfuhr. Es war eine lange, frustrierende Nacht geworden. Kichie konnte nichts tun. Den Berichten freigelassener Passagiere entnahm man, dass Kichies Sohn Sallie nicht an Bord war. Die Entführer hatten kein Interesse an Ouaziz und wollten über einen etwaigen Besuch von ihm gar nicht erst reden. Über Huren, DVDs, Essen, Trinken wollten sie reden. Sie verlangten die Belieferung mit Getränken und Verpflegung, von Pizza über Hummus bis hin zu marokkanischen Gerichten. In einem Anfall von Übermut hatten sie über einen Radiosender Mädchen zu einem Rundflug mit ihnen aufgerufen. Und es hatten sich mehrere Grüppchen tolldreister Freundinnen gemeldet, aufgekratzte, beschwipste blonde und blondierte holländische Mädchen. In Amerika nannte man so was *white trash,* Kichie kannte den Ausdruck.

Im Flugzeug befanden sich sechs Jungen. Die verschwundene Fußballmannschaft bestand aus elf Mitgliedern. Fünf Jungen wurden vermisst. In den gesamten Niederlanden wurde Jagd auf Sallie gemacht, aber es war keine Spur von ihm zu entdecken. Erschöpft kehrte Kichie zu seiner Frau zurück.

Als Kohn sich gerade anzog, rief die Rezeption bei ihm an. Eine Frau Verstraete sei für ihn da.

»Lassen Sie sie heraufkommen«, sagte Kohn.

Warum war er in Amsterdam? Warum hatte Jimmy Davis ihn hierhergeführt? Wegen Sonja? Wegen Kichies Sohn? Kohn mochte nicht glauben, dass seine Anwesenheit hier und das Herz in seiner Brust keinen tieferen Sinn hatten. Nicht alles hatte einen Grund, aber Jimmys lebendes Herz schon. Er durfte noch einmal mit Sonja reden.

Er zog ein Jackett an und erwartete sie vor seiner Tür. Es geht nicht um Kichie und seinen Sohn, dachte er. Es geht natürlich um Sonja. Es muss um Sonja gehen.

Sie trat aus dem Fahrstuhl. Mit Sonnenbrille. Er hob die Hand. Sie kam auf ihn zu, mit gesenktem Kopf. Sie trug Freizeitkleidung: Jeans, einen unförmigen Pullover, weiße Turnschuhe.

Als sie vor ihm stand, sagte er im Brustton der Überzeugung, denn es entsprach der Wahrheit: »Ich habe auf dich gewartet, seit ich geboren wurde.«

Sie blieb einen Moment stumm. Dann nahm sie ihre Brille ab, und er sah an ihren Augen, dass sie geweint hatte.

»Diese Sprüche kenne ich«, sagte sie. »Ich möchte dich etwas fragen.«

Ohne ihn eines Blickes zu würdigen, ging sie ins Zimmer hinein. Schob die Brille ins Haar hinauf.

Kohn folgte ihr. Sie ging weiter zum Fenster und blieb dort stehen, den Blick nach draußen gerichtet.

»Du hast hier also gestern im ersten Rang gesessen.«

»Ja. Ich habe alles aus nächster Nähe verfolgen können. Ich lag im Bett, als es krachte. Jetlag. Eine Viertelstunde später war ich draußen.«

Sie wandte den Blick nicht vom Fenster ab. »Hast du etwas damit zu tun?«

»Denkst du so schlecht über mich?«

»Das Allerschlechteste«, sagte sie.

»Warum sollte ich etwas damit zu tun haben? Was hätte ich davon? Das ist Terror. Da geht es nicht um Geschäfte. Da geht es darum, Eindruck zu schinden, Zeichen zu setzen, es geht um Demütigung und Rache. In dem Business war ich nie tätig. Ich war Geschäftsmann, Sonja. Kein Terrorist.«

»Du kommst in die Stadt, und bumm! wird alles anders. Wird alles schlechter.«

»Dafür kann ich nichts. Schade, dass du so über mich denkst. Ich bin aus einem völlig anderen Grund hergekommen. Nämlich um herauszufinden, warum ich, ausgerechnet ich und niemand sonst, das Herz eines Mannes bekommen habe, der dich glücklich machen wollte. Darum bin ich hier. Ich möchte den Grund dafür herausfinden.«

»Hast du die Nachrichten verfolgt?«

»Ich habe die ganze Nacht ferngesehen. Ein Freund von mir war in Schiphol. Bin erst heute Morgen ins Bett gegangen. Ist noch etwas passiert?«

»Was hat er in Schiphol gemacht?«

»Er ist ein… ein Freund von mir, von früher. Er hat etwas mit dem Ganzen zu tun. Nicht er selbst, aber sein Sohn. Wir dachten, der Junge sei in dem gekaperten Flugzeug. Aber das ist er nicht. Ouaziz war dort, um zu helfen, auf Bitten eines Ministers namens Donner. Wir haben gehofft, dass er an Bord gelangen und für Sallie, seinen Sohn, eine Sonderbehandlung erwirken könnte. Aber er kam nicht an Bord. Eine Nacht umsonst gewartet.«

»War er dabei, als Boujeri an Bord gebracht wurde?«

»Nein. Und ich war hier im Zimmer, vor dem Fernseher.«

Kichie hatte sich etwas ausgedacht, ein verzweifeltes, irrsinniges Vorhaben. Wenn er an Bord war, würde er mit Sallie die Kleidung tauschen, einschließlich der kugelsicheren Weste. Die Jungen würden sich ergeben, aber nur unter der Bedingung, dass sie ihre Sturmhauben aufbehalten durften; weil sie nicht wollten, dass ihre Gesichter im Fernsehen zu sehen sein würden, so sollte ihre Begründung lauten – Fernsehkameras brachten das Flugzeug vom Dach eines der Terminals aus mittels Teleobjektiven durchgehend ins Bild. Dann würde Kichie Sallies Platz einnehmen, und Sallie bekäme die Chance zu entkommen. Aber es wurde nichts daraus, denn sie ließen ihn nicht an Bord. Es gab kein einziges Druckmittel. Mit den Matrosen an Bord bekamen die Entführer alles, was sie wollten. Eine Flugroute über Europa wurde ausgetüftelt und verhandelt. Kohn sah hier, in seinem Zimmer, im Fernsehen, wie der Mörder von Theo van Gogh ein Victory-Zeichen machte. Um halb sieben startete die Maschine. Um sieben ging Kohn schlafen.

»Wie heißt dieser Freund?«, fragte Sonja.

»Ouaziz. Kicham Ouaziz. Kichie nenne ich ihn.«

»Ich bin ihm mal begegnet.«

»Kann schon sein. Aber ich wollte die beiden Welten getrennt halten. Du solltest nicht von der anderen Welt angetastet werden.«

»Er hat für dich gemordet.«

»Man hatte auf mich geschossen«, sagte Kohn.

»Das war eine fatale Nacht, im Nachhinein betrachtet. Ich hatte Nachtdienst in der Notaufnahme.«

»Jede Sekunde dieser Nacht hat sich mir fest eingeprägt.«

»Ouaziz ist ein Mörder.«

»Ja.«

»In deinen Diensten.«

»Ich arbeitete mit ihm zusammen. Er war nicht in meinen Diensten.«

»Eine feige Antwort.«

»Ich sage, was Fakt ist.«

»Hat er auch meinen Vater ermordet?«

Seit mehr als zehn Jahren wusste Kohn, dass sie ihm diese Frage stellen würde. Das war unvermeidlich. Er hatte alle möglichen Antworten erwogen. Aber nie die Wahrheit. Jetzt lief er nicht mehr vor ihr weg.

»Ich fürchte, ja«, sagte er.

Sie stöhnte auf, die Stirn an die Scheibe gelehnt, die Arme um sich geschlungen, als friere sie.

Kohn sagte: »Ich wusste nichts davon. Er wollte mich nach jener Nacht beschützen. Die Gefahr eliminieren. Was ich weiß … habe ich später erfahren. Bei den Verhören. Nie von ihm selbst. Er wollte mir nichts davon anvertrauen. Er kam zwei Serben auf die Spur. Wollte sie unschädlich machen …«

»Was für ein Ausdruck …«

»Er kam auch ihrem Auftraggeber auf die Spur.«

Sie war jetzt still, rührte sich nicht. Er schaute auf ihr Haar, das sie hochgesteckt hatte, mit der Sonnenbrille als Diadem, und sah ein Stück von ihrem Hals. Nichts war so verletzlich. Er liebte sie. Mit einer Bedingungslosigkeit, die aus tiefstem Herzen kam. So empfand er es.

»Mein Vater …?«, flüsterte sie.

»Ich weiß es nicht«, sagte er.

»Hast du Geschäfte mit ihm gemacht?«

»Ein einziges Mal. Immobilien.«

»Ein Interessenkonflikt?«

»Nichts Besonderes. Ein Interessenkonflikt, ja. Wie ich ihn häufiger hatte.«

»Ich habe später Geschichten gehört ...« Sie verstummte wieder. »Geschichten, dass er Geld von Leuten aus der Unterwelt anlegte. Leuten wie dir. Geldwäsche mittels Immobilien.«

»Ich weiß es nicht, Sonja.«

»Red nicht drum herum! Nimm mich ernst! War er der Makler der Unterwelt? Ja oder nein?«

»Ja.«

Sie blickte weiterhin auf den Fluss hinaus, drehte ihm hartnäckig den Rücken zu. Oder hatte sie die Augen geschlossen? Sie stand etwa drei Meter von ihm entfernt. Er stützte sich auf einen der Sessel. Es klopfte an der Tür.

»Entschuldige«, sagte er.

Ein Angestellter rollte einen Wagen mit seinem Frühstück herein. Kohn bestätigte den Empfang und schob den Wagen ins Zimmer.

»Ich habe Kaffee. Möchtest du einen?«

»Ja, gerne«, sagte sie leise.

Er schenkte Kaffee für sie beide ein und stellte Platten mit Lachs und Rührei und Konfitüre auf den Esstisch. Ohne ihn anzusehen, löste sie sich vom Fenster und setzte sich an den Tisch. Er schob die Kaffeetasse zu ihr hinüber.

»Es ist warme Milch da«, sagte er.

Sie griff zu der Kanne und goss sich schäumende Milch in die Tasse. Ihn ansehen konnte sie nicht.

»Mein Vater war also auch ein Schurke. Genau wie du. Ich war ja ganz schön konsequent.«

Er log: »Ein Schurke war dein Vater für mich nie.«

»Du hast mit ihm an einem Tisch gesessen. Dem Vater deiner Frau, denn das war ich damals mehr oder weniger. Und dann hast du ihn rücksichtslos umbringen lassen. Eine geschäftliche Transaktion. So war es doch, oder?«

»Wenn ich von dem Vorhaben gewusst hätte, wäre es nie passiert. Aber Kichie… Er wollte mich da raushalten. Er wollte mich nicht belasten. Er ist jemand, der für einen anderen durchs Feuer geht. Für mich. Eine Freundschaft, wie es sie selten gibt. Archaisch. Südländisch. Vielleicht sogar semitisch. Da sein, um mich zu beschützen.«

»Weißt du, Max… Ich möchte nicht in Begriffen denken, die zu deiner Welt gehören. Ich habe Medizin studiert. Ich betrachte mich als eine ordentliche Staatsbürgerin. Ich bin keine Frau, die wilde, gewalttätige Männer sexy findet. Ich hatte mir ein bescheidenes Leben ausgemalt. Ein Haus mit Garten und darin spielende Kinder und ein Hund, der sich faul im Gras räkelt. Einen Mann, der wie ich akademisch gebildet ist oder auf jeden Fall einen anständigen Beruf hat, den er genauso gerne ausübt wie ich den meinen. So war ich. So eine Wunschvorstellung hatte ich. Und ich hatte so einen Mann. Den habe ich deinetwegen aufgegeben. Dich hasse ich. Und vielleicht… Vielleicht hasse ich auch meinen Vater. Ich habe mich immer davor gedrückt. Ich wollte das nicht an mich heranlassen. Ich bin vor dir geflohen. Aber auch vor der Erinnerung an ihn. Er war lieb zu mir. Betete mich an. Ein jüdischer Vater, der mir alles gab. Aber was seine Geschäfte betrifft, war er… ein Schurke.«

»Ich habe mich verändert, Sonja.«

»Durch Jimmys Herz?«, erwiderte sie ironisch.

»Durch sein Herz, ja.«

»Du wirst doch wohl nicht auf deine alten Tage noch zum Mystiker werden, Max.«

»Ich empfinde, was ich empfinde.«

»Du musst mir helfen.«

»Ich tue alles für dich.«

»Alles? Aus deinem Mund klingt das gefährlich.«

Noch immer ließ sie ihn nicht in ihre Augen sehen, strafte ihn damit, dass sie den Blick abwandte. Sie schaute auf das, was auf dem Tisch stand, auf ihren Kaffee, ihre Hände. Sie hatte noch keinen Schluck getrunken.

Kohn fragte: »Was soll ich tun?«

»Ich habe einen Sohn«, sagte sie regungslos. »In dem Jahr, nachdem ich vor dir geflohen bin, wurde ich schwanger. Ein Sohn. Nathan. Er ist, was ein Sohn für eine Mutter ist. Alles.«

»Wer ist der Vater?«

»Du kennst ihn nicht. Mein Sohn ist vollkommen. Er ist genau der Mensch, den ich immer auf die Welt bringen wollte. Ein lieber, guter, schöner Mensch. Du weißt nicht, was heute Morgen passiert ist?«

»Nein«, sagte Kohn. Jetzt offenbarte sich ihm die Sinngebung. Er hegte keinen Zweifel daran. Es ging um Sonja. Um ihren Sohn.

»Heute Morgen haben ebendiese Jungen, diese marokkanischen Pestbeulen, eine Grundschule besetzt. Bei mir im Viertel. Die Vondel School Vereeniging, vsv. Mein Sohn geht auf diese Schule. Mein Sohn ist jetzt dort. Sie halten ihn gefangen. Zusammen mit zweihundertneunundneunzig anderen Kindern. Und fünfundzwanzig Angestellten. Du musst mir helfen. Ich möchte meinen Sohn zurück. Unversehrt. Atmend und lieb und klug, genau so, wie er heute Morgen weggegangen ist. Und mit ihm alle seine Freunde und Freundinnen. Alle, verstehst du?«

»Ja«, sagte er. »Ich werde dafür sorgen, dass dein Sohn zu dir zurückkehrt. Gesund und unversehrt. Ich werde mich dafür einsetzen. Ich finde schon einen Weg. Ich habe Kontakte. Zu Job Cohen zum Beispiel. Zu Donner. Was wollen sie mit dieser Geiselnahme erreichen?«

»Sie wollen die Kinder gegen einen Politiker austauschen. Geert Wilders heißt er.«

Kohn nickte und sagte: »Ich habe von ihm gelesen.« Eine unmögliche Bedingung war das. Die zuständigen Instanzen würden so etwas niemals dulden. Sie konnten diesen Politiker schwerlich an Leute ausliefern, die ihn aller Wahrscheinlichkeit nach töten würden.

»Das Flugzeug ist nach Schiphol zurückgekehrt. Um die Geiselnehmer der Schule mitzunehmen, wenn sie bekommen haben, was sie wollen.«

»Das Flugzeug ist wieder da?«, fragte Kohn überrascht.

»Ja.«

Während er geschlafen hatte, war die dritte Stufe der Terrorkampagne aktiviert worden. Kohn machte sich bewusst, dass er da hineingezogen werden sollte.

Das war seine Bestimmung.

Sonja fixierte ihn jetzt und richtete mit tödlicher Entschiedenheit den Zeigefinger auf ihn. »Der Sohn deines Freundes ist der Anführer der Geiselnehmer, Max. Sie werden von einem Jungen angeführt, der Sallie Ouaziz heißt. Er ist der Sohn deines guten Freundes Kicham Ouaziz. Somit hält jetzt der Sohn des Mörders meines Vaters meinen Sohn gefangen. Darauf läuft es hinaus, Max. Ich finde, es ist an dir, etwas zu unternehmen. Tust du das? Es liegt jetzt in deiner Verantwortung, das Ganze zu beenden. Ich will mein Kind zurück. Das bist du mir schuldig. Hast du gehört, Max?«

»Ja«, sagte er, während das Gefühl tiefer Ruhe und vollkommener Gewissheit Besitz von ihm ergriff. »An diesen Punkt hat mich das Leben geführt. Ich werde deinen Sohn retten, Sonja.«

»Gut«, sagte sie. »Und verrückterweise glaube ich dir.«

Sie schlug plötzlich die Hände vors Gesicht. Ihre Schultern bebten. Kohn erhob sich, erkannte aber, dass er sie nicht anfassen durfte.

Er zog eine Handvoll Papiertücher aus einer Box im Badezimmer. Sie nahm sie an, tupfte ihre Augen und Wangen ab, warf das Papierknäuel auf den Tisch und verließ, ihre Sonnenbrille aufsetzend, das Zimmer.

»Hast du ein Foto von deinem Sohn?«, fragte er, bevor die Tür hinter ihr zufiel.

Sie blieb stehen, hielt die Tür mit einem Bein auf und zog ein kleines Kuvert aus ihrer Gesäßtasche. Er nahm es entgegen, und sie zog das Bein weg, so dass die Tür hinter ihr ins Schloss fiel.

Das Kuvert war in ihren engen Jeans ein wenig verformt worden. Kohn rief Kichie an.

»Warum hast du mich nicht angerufen?«, fragte er, während er das Kuvert öffnete.

»Ich muss das alleine machen, Max. Ich bin verantwortlich. Sie sind in diese Schule gelangt … Sallie hat Pläne bei mir gefunden … So muss es wohl gewesen sein, denke ich. Pläne für etwas anderes. Sie lagen in einem Depot in Luxemburg. Mehr kann ich jetzt nicht sagen.«

»Wo bist du?«

»Ich bin auf dem Weg nach Schiphol. Ich treffe mich mit dem Minister.«

Das Foto, das Kohn aus dem Kuvert zog, zeigte den Jungen, den er gestern Abend auf der Brücke am Muntplein gesehen hatte. Dunkle Haare, große, sanftmütige Augen. Auf der Rückseite stand von Hand geschrieben: Nathan.

Er sagte: »Ruf mich an, wenn du in Schiphol bist. Ich komme dann zu dir. Das machen wir zusammen.«

Er unterbrach die Verbindung und betrachtete das Foto. Nathan. Sonja war nicht ganz ehrlich gewesen. Dies war sein Sohn. Deswegen war er hier. Jimmy hatte ihn zu seinem Sohn geführt.

28

PIET HEIN

Im schalldichten Besprechungsraum seines Hauptquartiers auf dem Flughafen Schiphol erwartete Piet Hein Donner das Eintreffen von Bürgermeister Job Cohen. Seit dem gestrigen Nachmittag hatte seine Hauptbeschäftigung darin bestanden, Szenarien, Strategien, Ausweichmanöver durchzuspielen.

Momentan trieb ihn der dreiste Coup von Geert Wilders um. Das melodramatische Spektakel, das der Mann vor den Augen der weltweiten Öffentlichkeit inszenieren wollte – alle internationalen Nachrichtensender hatten jetzt ein Team in Amsterdam –, musste unbedingt verhindert werden. Die Besetzer der Schule rechneten gar nicht mit einem Austausch, so Donners Einschätzung. Es ging ihnen nur darum, Wilders zu demütigen. Dass Wilders sich ausliefern ließ und damit zum Helden wurde, konnte nicht im Interesse der Besetzer sein. Er sollte sich drücken. Dann wäre er in der öffentlichen Meinung und in jeder Kneipe als Feigling abgestempelt, und sie würden abziehen. Volltreffer. Aber nun versuchte Wilders, das Drama zu seinen Gunsten zu wenden. Sich als Hauptdarsteller ins Spiel zu bringen. Das konnte ihm eine Popularität einbringen, wie sie einst Pim Fortuyn genossen hatte, und womöglich hievte es ihn sogar auf den Sitz des Ministerpräsidenten. Damit war dem

Land, Donners Überzeugung nach, nun wirklich nicht gedient.

Doch der Kreis begann, sich zu schließen, und die Schnelligkeit, mit der sie operieren konnten, verschaffte Donner einen Vorteil. Er konnte Wilders zuvorkommen. Wilders hatte für sieben Uhr abends, kurz vor Beginn der Nachrichtensendungen, eine Pressekonferenz angekündigt. Dem Kabinett hatte er bereits mitgeteilt, was er sagen würde. Das Land stand jetzt schon kopf. Nach der Pressekonferenz würde das Chaos perfekt sein. Die Minister hatten Wilders mit offenem Mund angehört.

Van der Ven hatte Donner über den Vorschlag von Papa Ouaziz informiert, dass er in die Schule eindringen und seinen Sohn und die anderen Geiselnehmer – der verschollene Teil der Fußballmannschaft, sie hatten jetzt alle aufgelistet – dort rausprügeln könne. Kein schlechter Plan. Vielleicht ließ sich diese Geiselnahme tatsächlich auf die traditionelle Weise lösen, mittels Vätern, Müttern, Angehörigen und Freunden. Das abc der klassischen Geiselnahmeliteratur. Die Jungen waren fanatisch, aber Papa Ouaziz war auch nicht ohne. Schwerverbrecher. Hatte Morde begangen und jahrelang erfolgreich im Drogenhandel operiert, zusammen mit dem berüchtigten Max Kohn. Van der Ven hatte keine Ahnung, warum Kohn ausgerechnet zum jetzigen Zeitpunkt in der Stadt aufgetaucht war, aber sie konnten ihn gebrauchen. Wenn die Geschichten zutrafen, die man sich von den beiden erzählte, waren Kohn und Ouaziz als Gespann den Geiselnehmern gewachsen. Ihre eigenen Spezialeinheiten könnten die Sache zwar auch erledigen, doch das Gewaltpotential wäre ungleich höher, und damit gefährdete man die Kinder. Das Risiko wollte niemand auf sich nehmen.

Derzeit gab es drei Optionen. Die Nummer eins sah auf den ersten Blick gefährlich aus, war es Donners Meinung nach aber nicht. Das Ultimatum lautete: »Wir wollen Wilders vor Einbruch der Dunkelheit, sonst töten wir stündlich einen Lehrer, und wenn keine Lehrer mehr da sind, muss stündlich ein Kind dran glauben.« Es war undenkbar, dass diese Jungen das wirklich tun würden. Donner hatte psychologische Dossiers zu jedem der Besetzer. Alle Abteilungen hatten intensiv zusammengearbeitet und sofort Profile erstellt. Donner erwartete, dass das Ultimatum ohne Konsequenzen verstreichen würde. Sie würden den Geiselnehmern einen sicheren und geschützten Abzug garantieren. Die Jungen durften mit dem Schulpersonal zu dem gekaperten Flugzeug fahren und würden erneut die Starterlaubnis erhalten. Sie waren keine Mörder. Im Flugzeug hatten sie niemanden bedroht oder verletzt. In der Schule war es zwar zu einem Gerangel mit einem Vater gekommen, einem Militär, der sich auf einen der Geiselnehmer geworfen hatte. In Notwehr hatte daraufhin einer von den Jungen geschossen. Gewiss, in der Stopera hatte es Tote gegeben – der Junge, mit dem sie telefonisch in Kontakt standen, war jedes Mal außer sich vor Wut, wenn diese Toten zur Sprache kamen. Er wies jede Schuld und Verantwortung dafür zurück. Er erweckte den Anschein, dass er nicht auf Tote aus war. Donner glaubte ihm.

Die zweite Option war: Wilders' Pressekonferenz würde Option eins konterkarieren. Dann käme es zur großen Wilders-Show. Vielleicht auch eine Lösung ohne Blutvergießen, aber eine Katastrophe für die Zukunft. Das musste genauso verhindert werden wie unnötige Opfer.

Option drei: das direkte Eingreifen von Ouaziz und Kohn, zwei anonymen Figuren, zumindest für den Moment.

Van der Ven konnte noch nicht sagen, wie die Besetzer in die Schule gelangt waren. Auf der Straßenseite des Schulgebäudes hingen sechs Überwachungskameras, deren Bilder von einer Alarmzentrale aufgezeichnet wurden. Auf den Bändern – das waren keine Magnetbänder mehr, sondern es wurde digital auf Festplatten gespeichert – waren keinerlei Aktivitäten auszumachen. Die Jungen mussten also über ein angrenzendes Gebäude in die Schule hineingekommen sein. Oder über das Dach. Donner würde Ouaziz und Kohn die Genehmigung geben, das Gebäude zu betreten. Ob auf Papa Ouaziz geschossen würde? Nein. Sie würden ihn einlassen, und dann würde der Vater-Sohn-Prozess seinen Lauf nehmen.

Die Straße vor der Schule wurde gegen die Medien abgeschirmt. Der Hubschrauberverkehr über der Stadt war untersagt worden. Die beiden Kriminellen konnten unter Ausschluss der Medien die Straße betreten und in die Schule hineingehen. Wenn sie scheiterten, konnte Wilders seinen Staatsstreich machen – darauf lief es Donners Meinung nach hinaus. 2004, nach dem Mord an van Gogh, hatten sie Ayaan Hirsi Ali gegen ihren Willen aus dem Land geschmuggelt und einige Wochen lang *incommunicado* gehalten, bis ihre Freunde in aller Öffentlichkeit unangenehme Fragen hinsichtlich ihres Aufenthaltsortes zu stellen begannen. So etwas würde mit Wilders nicht gelingen. Ihn konnte man nicht wie Ayaan seinerzeit mit irgendeinem Schmus an der Nase herumführen. Doch wenn es sein musste, wenn wirklich das Interesse des Staates auf dem Spiel stand, hatte Donner das Erforderliche zu tun. Er würde später am Tag ein Telefongespräch mit der Königin führen. Solange sich Wilders in einem Fahrzeug befand, das unter Aufsicht des DKDB stand, hatten sie Kontrolle über ihn. Die Anrufe auf seinem Handy konnten ganz leicht aus dem Äther gefischt werden.

Sie konnten die moralischen Sieger sein, wenn die Kinder freigelassen wurden und der Abzug ohne Blutvergießen über die Bühne ging. Van der Ven würde Ouaziz und eventuell auch Kohn mit einer winzigen Kamera und einem Mikrophon ausstatten. Dann konnten sie alles mithören und mit ansehen. Notfalls ließ sich dann immer noch eingreifen, wenn das unvermeidlich werden sollte – aber lieber nicht. Donner gab sich, was die Nachwehen betraf, keinen Illusionen hin. Nach ein paar Tagen würde die Trauer um die Toten in der Stopera wieder die Oberhand gewinnen, und politisch würde man seinen Kopf fordern. Schäden im Umfang von mehreren hundert Millionen Euro, sechs Tote, zig Verletzte und Boujeri auf freiem Fuß. Und vielleicht – Gott behüte, und wenn nicht Er, dann Donner – Wilders als Geisel in irgendeinem asiatischen Kaff, von dem niemand je gehört hatte oder dessen Namen korrekt aussprechen konnte, aber aus dem er eines Tages als der große King zurückkehren würde. Es schien lebensgefährlich zu sein, was er vorhatte – dass er sich im Tausch gegen die Kinder den Geiselnehmern auslieferte –, doch Sallie Ouaziz würde ihn nicht töten. Nein, Wilders konnte sich damit unsterblich machen. Überlebensrisiko: hoch. Risiko der Enthauptung: ach …

Die Tür ging auf, und Job Cohen trat ein. Genau wie

Donner von dramatischem Schlafmangel gezeichnet. Schiphol hatte Donner auf dem Teller, aber auf Cohens Schultern ruhten sowohl die Geiselnahme in der Schule als auch die Stopera-Sache. Also los, sie würden die Lasten teilen.

Sie gaben sich nicht mehr die Hand. Das hatten sie in den vergangenen achtzehn Stunden schon zur Genüge getan.

»Ha, Job.«

»PH«, erwiderte Cohen.

Cohen stellte seine Wasserflasche auf den Tisch. Dann zog er ein Blechdöschen und eine Schachtel Zigaretten aus der Tasche. Ohne um Zustimmung zu bitten, zündete er sich eine Zigarette an. Das Blechdöschen diente als Aschenbecher. Das war neu. Job und Zigaretten.

»Und, PH, hast du einen Plan, wie wir die Sache angehen?«, fragte Cohen.

»Ja.«

»Hast du das von Wilders gehört? Von der Pressekonferenz? Angeblich will er sich bei der Schule oder beim Flugzeug melden.«

»Ja, das habe ich auch gehört«, antwortete Donner.

»Der macht sich damit unzerstörbar. Unangreifbar. Wenn er es überlebt.«

»Vielleicht«, sagte Donner.

»Weißt du was, PH? Es ist mir scheißegal. Ich will nur, dass das alles aufhört. Es reicht. Wenn Wilders unbedingt den Helden raushängen will, soll er doch. Die Kinder müssen freikommen, heute noch. Der Druck auf die Stadt ist unbeschreiblich. Alles liegt brach. Alle hocken zu Hause und warten ab, was passiert. Und keiner weiß, ob es dabei bleibt. Haben sie noch etwas in petto, oder war's das? Soll

Wilders doch sein großes Kapitel in den zukünftigen Geschichtsbüchern bekommen. *I don't care.* Hauptsache, die Kinder kommen frei.«

»Wir probieren erst noch etwas anderes. Wir haben einen Plan, der verhindert, dass es so weit kommt.«

»Egal, was für ein Plan das ist, PH. Hauptsache, er funktioniert. Und das einzig Entscheidende ist die Freiheit der Kinder. Ihre Sicherheit.«

»Wir schicken Ouaziz rein. Zusammen mit *deinem Mann.*«

»Das ist doch auch schon beim Flugzeug nicht geglückt. Warum sollte es jetzt gelingen?«

»Der Sohn von Ouaziz war nicht an Bord des Flugzeugs. Er ist in der Schule. Er wird seinen Vater nicht abweisen. Das Flugzeug war ein Fall für sich. Da haben wir uns geirrt. Zum Glück ohne Folgen. Obwohl die Freilassung Boujeris eine ernste Sache ist. Vater und Sohn Ouaziz könnten die Lösung herbeiführen. Mit Hilfe von *deinem Mann.*«

Cohen bat: »Könntest du ihn bitte anders nennen, PH? Dieses *dein Mann* macht mich ganz krank. Dringt das nach draußen?«

»Ist nicht beabsichtigt.«

Cohen drückte seine Kippe aus und zündete sich gleich eine neue Zigarette an. Donner schaute stumm zu. Er würde gleich anschließend einen Ventilator aufstellen lassen.

»Weißt du was?«, sagte Cohen, während er den Rauch der neuen Zigarette tief inhalierte und beim Sprechen Rauchwölkchen ausatmete. »Das kümmert mich eigentlich alles nicht mehr. Bei meinen Dienstjahren kann ich mich getrost zur Ruhe setzen. Ich verziehe mich in eine Hütte in der Toskana. Oder in das Haus von Cees Nooteboom auf

Mallorca. Dann erfahren sie eben von mir und Max Kohn. Die können mir doch alle den Buckel runterrutschen.«

Van der Ven steckte den Kopf zur Tür herein und deutete mit dem Finger hinter sich. Donner nickte und fragte Cohen, während van der Ven auf weitere Instruktionen wartete: »Möchtest du ihn treffen? Er ist hier. Du musst nicht, Job. Du kannst gehen, ohne ihm zu begegnen.«

Cohen sah ihn irritiert und entrüstet an und sagte: »Ist das irgendeine Scheißfinte oder was?«

»Nein, nein. Was hätte ich davon? Aber du bist Teil des Krisenteams, und auch du musst dein Okay für die Aktion geben.«

»Du hast mein Einverständnis. Ich will ihn nicht sehen.«

Nach dieser Antwort erwartete Donner, dass Cohen sich gleich erheben und gehen würde, doch er blieb sitzen und rauchte mit einer Inbrunst, als wäre die Zigarette sein Rettungsanker.

»Etwas über Marijke erfahren?«, fragte Cohen. »Sie haben doch noch jemanden gefunden, oder?«

»Ja. Die Leiche wird identifiziert. So weit möglich. Mitten in der Tiefgarage gefunden. Neben dem Transporter, einem Ford Transit, von dem die Explosion ausging. Direkt daneben. Schwer zu identifizieren, hieß es. Neben der Leiche wurden ein paar Gegenstände gefunden. Alles verkohlt. Eine Tasche mit Inhalt. Die Temperaturen dort müssen entsetzlich gewesen sein. Wie die Sonne.«

Cohen sagte nichts. Dann stand er abrupt auf, raffte seine Sachen zusammen und verließ, nachdem der wartende van der Ven ihm die Tür weiter geöffnet hatte, grußlos den Raum.

Donner blieb allein zurück. In Gedanken bei dem, was da kommen würde, hielt er die Hände fast fromm gefaltet.

Nicht klug, wie Cohen sich verhielt, fand Donner. Job trug schon sein Leben lang das Geheimnis um seinen Vater mit sich herum, und wenn es jetzt bekannt wurde, würden die Medien dafür sorgen, dass es einschlug wie eine Bombe und Cohen vernichtete. Er wollte sich zur Ruhe setzen. Dass man ihn dazu zwingen würde, war sehr wahrscheinlich. Binnen kurzem. Aber die Affäre mit Professor Doktor Marijke Hogeveld würde wohl nie an die Öffentlichkeit dringen, auch wenn Cohen den Rest seines Lebens um sie trauern würde, wie auch Donner nicht aufhörte, um das englische Mädchen jenes Sommers in Bath zu trauern.

Donner machte damals einen Englischkurs, und Charlotte, genauso jung wie er, war die Kursleiterin. Er war vom ersten Tag an bis über beide Ohren verliebt, und nach zehn Tagen ging sie auf seine Avancen ein. Sie war genauso unbedarft wie er. Seine erste sexuelle Erfahrung, seine erste Liebe, in einer Studentenbude mit Blick auf eine enge Gasse. Sie spazierten am Avon entlang, er kam sich vor wie in einem Gemälde der Präraphaeliten. Sie ruderten auf dem Fluss und lasen sich gegenseitig Gedichte vor – was man eben so tut, wenn man neunzehn ist und verliebt. Charlotte wollte an jenem Tag rudern. Dickes Haar in der Farbe *auburn*, die Vokabel würde er nie vergessen. Weiße Haut. Grüne Augen. Alles, wofür man als Neunzehnjähriger sterben wollte. Er lag rücklings im Boot und schaute zu ihr auf. Ihre nackten Arme. Ihre Brüste, die sich im Rhythmus der Atmung hoben und senkten. Das Rudern war gar nicht so leicht, aber sie gab nicht auf, die toughe Engländerin Charlotte Humphries. Er deklamierte für sie Shakespeares achtzehntes Sonett. Er murmelte:

> Shall I compare thee to a summer's day?
> Thou art more lovely and more temperate:
> Rough winds do shake the darling buds of May,
> And summer's lease hath all too short a date:
> Sometime too hot the eye of heaven shines,
> And often is his gold complexion dimm'd;
> And every fair from fair sometime declines,
> By chance or nature's changing course untrimm'd;
> But thy eternal summer shall not fade,
> Nor lose possession of that fair thou owest;
> Nor shall Death brag thou wander'st in his shade,
> When in eternal lines to time thou growest:
> So long as men can breathe, or eyes can see,
> So long lives this, and this gives life to thee.

Ein Motorboot kam vorüber und machte Wellen. Ihr kleines Boot schlug um, ein Ruder schoss aus der Dolle und traf sie am Kopf. Sie ging unter, und er konnte sie nicht finden. Er tauchte und tauchte, anfangs allein, dann mit Dutzenden anderen, bis Froschmänner von der Feuerwehr hinzukamen. Er verbrachte den Abend auf der Polizeiwache. Am liebsten wäre er selbst auch im dunklen Wasser versunken. Er hatte nie mit jemandem darüber geredet. Die Trauer war zu seinem Schatten geworden.

Die Tür öffnete sich, und van der Ven betrat den Raum. Hinter ihm tauchte der Marokkaner auf, den Donner schon kennengelernt hatte, Kicham Ouaziz, der Mörder. Und hinter diesem trat ein Mann ein, dessen Erscheinung sofort den ganzen Raum füllte. Charisma nannte man so etwas. Donner erkannte gleich dessen Kaliber. Eine Führernatur. Kontrollierte Bewegungen. Gerader Rücken und unerschrockener Blick. Zugleich aber auch unergründlich. Schönes, männliches, ebenmäßiges Gesicht. Augen, die Intelligenz verrieten. Kraft und Explosivität, vermutete Donner, der sich klein und zerbrechlich vorkam gegenüber dem Mann, der gemeinsam mit dem Mörder den Alptraum beenden sollte, in dem sich das Land befand. Interessante Zeiten waren das. Menschen wie diese sollten den Niederlanden nun die Erlösung bringen. Der Kriminelle als Katastrophenhelfer.

Donner erhob sich und reichte dem Mann die Hand.

»Herr Kohn? Mein Name ist Donner. Ich bin der Innenminister.«

Am liebsten hätte er gesagt: Ihr Halbbruder, der Bürgermeister, war gerade noch hier. Sie sind also das Kind, das Jobs Vater 1960 mit seiner jüdischen Geschichtsstudentin Ester Kohn während einer wilden Nacht in Leiden gezeugt hat. Aber er verschwieg, was er wusste.

»Angenehm«, sagte Kohn.

»Herr Ouaziz«, sagte Donner, während er dem Marokkaner die Hand gab. »Setzen Sie sich, meine Herren.«

Er wandte sich an Kohn: »Herr Kohn, welch glücklicher Zufall, dass Sie gerade in der Stadt sind. Was ist der Grund Ihres Besuches, wenn ich fragen darf?«

Kohn verriet keinerlei Gefühlsregung. »Der Grund ist … Ich möchte Ihnen helfen, die Schulkinder freizubekommen. Das ist der Grund.«

»Nächstenliebe?«, fragte Donner, selbst davon überrascht, wie schnell er den Eindruck gewann, dass Kohn integer war.

»Wenn ich die Gelegenheit dazu bekomme, werde ich es Ihnen eines Tages erklären. Kicham und ich werden in diese Schule hineingehen.«

»Schön«, sagte Donner.

Seine Gedanken schweiften kurz ab, einen Moment lang sah er Charlotte vor sich, und ihm fielen zwei Zeilen aus einem anderen Shakespeare-Sonett ein:

A woman's face with Nature's own hand painted
Hast thou, the master-mistress of my passion …

MEMO

An: Minister J. P. H. Donner
 FOR YOUR EYES ONLY
 Kennzeichen: Three Headed Dragon

Sehr geehrter Herr Minister,
 *es gelingt mir zum jetzigen Zeitpunkt nicht, das vorliegende Dossier mit einer eindeutigen Schlussfolgerung in Bezug auf den Lichtinzident (*LI*) abzuschließen. Versuchsanordnungen und Tests haben ergeben, dass eine Reflexion auf der glatten Oberfläche der betreffenden Lokalität niemals die Dauer und Intensität des* LI *hätte haben können, wie sie von den Zeugen beschrieben wurden. Ich möchte unterstreichen, dass die Wahrnehmung des* LI *beide Zeugen dazu bewog, die Eingangshalle sofort zu verlassen. Der* LI *hat ihnen gleichsam das Leben gerettet, wie auch allen anderen. Jedenfalls haben beide es so erklärt. Ein lebensrettender* LI. *Das klingt melodramatisch, aber beide Zeugen halten an dieser Gewichtung ihrer Erklärung fest.*
 Ich möchte klarstellen, dass ich diese Untersuchung gerne mit einem anderen Ergebnis abgeschlossen hätte. Doch ich

muss auch gestehen, dass mich das Ganze fasziniert hat. Ist es möglich, dass der LI wie aus dem Nichts entstanden ist? Alle Wissenschaftler haben mir gesagt, dass das undenkbar sei. Undenkbar, wenn man vom menschlichen Auge und unserer Wahrnehmung und Erfahrung ausgeht. Auf der Ebene der Quantenmechanik aber gelten andere Regeln. Regeln, die wir akzeptieren, aber nicht verstehen. Diese Diskussion kann ich nicht führen, da es mir an den nötigen Kenntnissen fehlt. Einige Experimentalphysiker, die ich gesprochen habe, sagten mir, dass wir erst am Beginn der großen Entdeckungen im Bereich der Elementarteilchen stehen. Es sei möglich, meinten sie, dass wir eines Tages entdecken, wie wir Dimensionen betreten können, die ein eigenes Universum bilden. Das ist für mich ein Gebiet, zu dem ich keinen Zugang habe.

Es ist nicht ausgeschlossen, dass sich die Zeugen eines Tages öffentlich über den LI äußern werden, der für beide eine ans Religiöse grenzende Erfahrung war. Ich gehe zwar davon aus, dass sie ihre Eindrücke für sich behalten werden – aber sollten sie doch in die Medien gelangen, dürften sie als, sagen wir mal, Hirngespinste von Träumern abgetan werden.

Von meinen Memos gibt es keine Kopien.
Mit freundlichem Gruß

Frans van der Ven

29
THEO

Er war gerüstet, er hatte seine Ausbildung abgeschlossen, und er war davon überzeugt, dass er seine Arbeit sorgsam ausführen würde. Aber die Aufgabe, die ihn erwartete, machte ihn auch unsicher. Und als spüre Jimmy Davis das – natürlich spürte er das, er spürte alles, was Theo beschäftigte –, klopfte er bei Theo an und nahm an dem Tischchen im Kasernenzimmer Platz, an dem Theo immer saß, wenn er rauchte und soff. Gleichzeitig behielt Theo da unten bei den Lebenden Max Kohn im Auge.

Theo war in seinem Zimmer und zugleich bei Kohn und flog dabei mit seinen Flügeln aus den feinsten Daunen um ihn herum, klein wie ein Molekül, groß wie eine Wolke. Er folgte ihm auf seinem Weg in die vsv, durch einen am Vondelpark gelegenen Zugang zur Kanalisation. Wie das möglich war, diese Gleichzeitigkeit, begriff Theo noch immer nicht. Aber es war möglich.

»Ist es jetzt so weit?«, fragte Theo, froh, dass Jimmy ihm Gesellschaft leistete. Seine Federn raschelten kurz.

»Das weiß man nie«, antwortete Jimmy, wie immer picobello im schwarzen Anzug und Seidenhemd.

»Und wenn es mir gelungen sein sollte, meine Arbeit zu tun… Wohin komme ich dann?«

»Das weiß ich nicht, Theo. Ich bin nie dort gewesen. Ich weiß, was man sich darüber erzählt, genau wie du, aber wenn man einmal dort ist, kehrt man nie mehr zurück. Heute nimmst du Abschied vom Leben.«

»Du machst Witze, Jimmy. Ich bin schon seit 2004 tot.«

»Du nimmst Abschied von den Menschen, von der Erde. Das geschieht heute.«

»Ich weiß nicht, ob ich mich über diese Antwort freue, Jimmy.«

»Du bist nicht der Erste, der das sagt, aber das verläuft alles ganz organisch, ganz natürlich. Du wirst es merken. Woran dachtest du gerade?«

»Ich dachte daran … Du hast mich aber schon für deinen Trip eingespannt, hm? Das ist dein Trip.«

»Ich hatte dir drei andere Lebende angeboten, Hirsi Ali, de Winter, Boujeri. Du wolltest sie nicht.«

»Du wusstest, dass ich sie nicht will«, entgegnete Theo. »Du wusstest, dass ich sie ablehnen und infolgedessen keine andere Wahl haben würde als deinen Kohn. Und Kohn ist dein Mann. Und auch ein bisschen der Mann von Job Cohen. Wenn ich noch leben würde, könnte ich ein halbes Jahr lang einen Artikel nach dem anderen darüber schreiben. Cohen und Kohn sind Halbbrüder. Pikant. Und politisch tödlich, scheint mir. Glaubst du, dass er den ganzen Schlamassel als Bürgermeister überstehen wird?«

»Das hängt von dir ab.«

»Von mir? Also wenn ich tue, was ich zu tun habe, rette ich auch Cohen?«

»*Ein* Akt der Selbstlosigkeit führt zu einer Kettenreaktion von Millionen guter Momente.«

»Ja«, sagte Theo. Er hatte da so seine Zweifel. Trank sechs Gläser Chivas und rauchte sechsunddreißig Gauloises. Alles gleichzeitig.

»Jimmy … Bekomme ich meinen Körper wieder?«

»Ja. Wenn alles seinen normalen Gang geht, wirst du wieder die Empfindung haben, ganz zu sein, vollständig, komplett.«

»Warum bist du nicht weitergegangen? Du hängst hier in der Aufnahme rum, willst du nicht weiter?«

»Ich gehöre hierher.«

»Nein. Du wartest. Falls es schiefgeht. Du bist dir nicht sicher, dass ich meine Arbeit gut machen werde. Ist es das?«

»Nein, wirklich nicht, Theo. Ich habe vollstes Vertrauen in dich.«

»Was ist es dann? Wie lange willst du hier in der Aufnahme bleiben?«

»Solange es nötig ist …«

Und da ging Theo auf, dass Jimmy auch im Tod für diese Frau sorgen wollte. Deshalb hatte er Kohn sein Herz gegeben. Und später, wenn sie alt und krank geworden war, würde er sie hier auffangen und tragen und trösten.

»Wie hast du das mit dem Herz gemacht? Wie hast du es hingekriegt, dass Kohn dein Herz bekam und nicht irgendein anderer?«

»In dem betreffenden Krankenhaus haben wir, die Franziskaner, noch ziemlich viel zu sagen. Sie haben meinen Körper so lange am Leben erhalten, bis Kohn oben auf der Warteliste angekommen war. Diese Liste zirkuliert im ganzen Land, weil verfügbare Herzen so schnell wie möglich bei Patienten mit den passenden Merkmalen eingepflanzt werden müssen. Sonja liebte Kohn. Als ich krank wurde, habe ich mich über ihn kundig gemacht, weil ich wissen wollte, wer dieser Mann eigentlich war, der im positiven wie im negativen Sinne zur Obsession für sie geworden war. Und dabei entdeckte ich, dass er auf ein Spenderherz wartete. Ich wusste, dass ich sterben würde und ihm mein Herz spenden konnte. Ich konnte etwas für ihn tun, und damit würde ich auch etwas für Sonja tun. Monate, bevor ich für hirntot erklärt wurde, habe ich mein Drehbuch mit einigen Franziskanerfreunden in der Mayo Clinic in Rochester besprochen. Ich war glücklich, dass sie es so umsetzen konnten, wie ich es mir gewünscht habe.«

»Dein Herz hätte also auch im Körper einer fünfhundert Pfund schweren Chinesin landen können? Das hätte ich gerne erlebt, Jimmy!«, sagte Theo lachend, während ihm der Rauch aus sämtlichen Schädelöffnungen quoll.

»Es wäre möglich gewesen«, bestätigte Jimmy lächelnd. »Medizinisch war es nicht einfach, meinen offiziellen Tod so zu timen, dass mein Körper funktionsfähig erhalten wurde, bis Kohn oben auf der Warteliste stand. Das Krankenhausteam musste mich fast drei Wochen lang transplantationsbereit halten. Das ist sehr lange. Gelingt nicht in vielen Krankenhäusern. In Rochester schon. Die Lungenfunktion nimmt oft stark ab, wenn jemand hirntot ist. Es ist extrem schwer, alle Elektrolytfunktionen im Gleichgewicht zu halten. Elektrolyte sind Salze, die in einem bestimmten Verhältnis innerhalb und außerhalb der Körperzellen vorkommen. Wenn das Gleichgewicht zwischen diesen Salzen gestört ist, geraten die Organe durcheinander. Der Körper neigt auch zur Übersäuerung, und die Nieren produzieren dann große Mengen Harn, manchmal bis zu zwanzig Liter am Tag. Ich war nur noch Gemüse, obwohl ich die Augen öffnen konnte. Ich konnte Kaubewegungen machen, ich konnte sogar gähnen. Mein Herz und andere Organe funktionierten dank des ärztlichen Könnens einwandfrei. Aber eines Tages bleibt bei einem Hirntoten alles stehen. Trotzdem haben sie so lange gewartet, bis alle anderen, die vor Kohn dran waren, ihr Herz bekommen hatten. Ich wollte unbedingt, dass Kohn mein Herz bekommt. Und das haben die Spezialisten der Mayo Clinic hingekriegt.«

»Dadurch schlägt dein Herz jetzt wieder in unmittelbarer Umgebung deiner großen Liebe«, sagte Theo.

»Ja.«

»Wenn er sie küsst, küsst du sie.«

»Ja.«

»Wenn sie miteinander schlafen, schläfst du mit ihr.«

»Ja.«

»So bist du also, obwohl du hier bist, auch dort bei den Lebenden, ihretwegen.«

»Ja«, sagte Jimmy.

»Bist du so verrückt nach ihr, dass du sie nicht einmal im Tod vergessen kannst? Und das wusstest du schon, als du noch unten warst, als du wusstest, dass du sterben würdest?«

»Hättest du das nicht für die Frau deines Lebens getan? Hättest du nicht auch im Tod auf sie gewartet?«

»Doch. Das hoffe ich, Jimmy. Aber ich habe diese Chance verpasst. Du nicht… Das ist schön, Jimmy. Ich wünschte, ich könnte einen Film darüber machen.«

»Das geht. Vielleicht in der nächsten Phase, wenn du weiter bist.«

»Und deine beiden Kinder?«

»Um die kümmert sich Kohn. Es war klar, dass er für sie sorgen würde, sowie er von ihnen erfuhr, das konnte gar nicht anders sein. Zumindest, wenn er das Ganze überlebt.«

»Wow, Mann, du hast ja einiges vorbereitet!«

»Es ist noch nicht vollbracht, Theo.«

»Nein. Also ich komme nachher weiter?«, fragte Theo noch einmal wehmütig.

»Ja, dies sind deine letzten Momente hier in der Aufnahme, in deinem Zimmer.«

»Ich hatte mich richtig daran gewöhnt, verrückt, nicht?«

»Nein, das ist nicht verrückt, Theo.«

Theo spürte ein Vibrieren in seinen Flügeln, als wollten sie ihn dazu aufrufen, sich an die Arbeit zu machen. Er, Theo van Gogh, hauptamtlicher Schutzengel, würde seiner Berufung folgen; je stärker er seine Flügel spürte, desto größer wurde die Überzeugung, dass er jetzt Abschied nehmen und weitergehen konnte, irgendwohin, wo die hoffnungslose Sehnsucht nach seinem Sohn und seinen Eltern und Verwandten und Freunden sich in etwas anderes auflösen konnte.

»In Licht«, ergänzte Jimmy Davis ihn. »Es löst sich in Licht auf.«

Was auch immer, dachte Theo. Jimmy nennt es Licht, Gott weiß, wie ich es nennen werde.

Und dann war er bei Max Kohn, auf dessen Schulter, um dessen Kopf herum, auf dessen Fingerspitzen. Theo ging mit Kohn in das dunkle Kanalisationsrohr hinein, einen Betonköcher, der groß genug gewesen wäre, um als U-Bahn-

Röhre zu dienen. Ouaziz und Kohn trugen Rucksäcke und hatten sich zweckmäßig gekleidet. In Gummianzügen mit hohen Stiefeln wateten sie durch Fäkalien und Schlamm, durch Fäulnis und Gestank. Die Männer hielt das nicht zurück, und Theo genauso wenig. Wo er war, gab es keinen Ekel vor dem Menschlichen. Zersetzung, Ausscheidungen, Blut, nichts stieß ihn ab.

Die Männer hatten Taschenlampen bei sich und folgten einer Route, die sie zu einer schweren Metalltür in einer Abzweigung des Rohrs führte. Diese Abzweigung war gemauert. Es handelte sich um den Fluchtgang eines geplanten Forts im historischen Verteidigungswall um Amsterdam, der heute zum Weltkulturerbe der UNESCO gehörte. Die Angeln der Tür waren unlängst geschmiert worden, und sie ließ sich leicht öffnen.

Theo wusste, dass Kohn dachte: Die Jungen haben ihr Eindringen in die Schule bis in alle Einzelheiten vorbereitet.

Hinter der Tür befand sich ein senkrechter Schacht. Ouaziz zog sich an den Eisenbügeln, die an der Schachtwand angebracht waren, hoch und konnte dann darauf nach oben steigen. Kohn folgte ihm. Wie auch Theo, der nicht zu klettern brauchte.

Der Schachtdeckel ließ sich leicht beiseiteschieben. Kein Schloss. Sie krochen aus dem Schacht hinaus und standen in einem dunklen Kellerraum.

Das Licht der Taschenlampen glitt über ausrangierte Tische und Stühle, die an den Wänden aufeinandergetürmt waren, alles mit einer Staubschicht bedeckt. Plastikboxen, mit Aufklebern versehen, auf denen zum Beispiel *Verwaltung Schuljahr 1973/74* stand. Alte Computerbildschirme.

Auf dem Fußboden lagen die Gummistiefel und die Schutzanzüge, die die Jungen getragen hatten. Still und leise entledigten sich Kohn und Ouaziz ihrer Stiefel und Anzüge und zogen an, was sie aus ihren Rucksäcken hervorholten: blaue Hose, blaues T-Shirt, blaue Jacke – Sachen aus der Kleiderkammer der Grenzpolizei. Der Knopf auf der einen Brusttasche war das Objektiv einer winzigen Kamera. Der Knopf auf der anderen Brusttasche war der Sender.

Theo fragte: »Habt ihr keine Waffen dabei?« Aber sie hörten ihn nicht.

Die Männer umarmten sich und blieben einige Sekunden lang reglos so stehen, als verharrten sie im Gebet.

Kohn flüsterte: »Sonja hat mich gefragt... Ihr Vater wurde nie gefunden. Sollte ich wissen, wo er ist?«

»Nein«, sagte Ouaziz. »Das wirst du nie erfahren.«

»Das ist hart für sie.«

»Es ist am besten so, Max. Glaub mir.« Sie standen immer noch in enger Umarmung da.

Ouaziz flüsterte: »Ich muss dir etwas sagen, Max.«

»Nur zu...«

»Ich habe nicht mehr viel Zeit... Ich werde sterben. Krebs, Bauchspeicheldrüse. Ein paar Monate noch, ein halbes Jahr vielleicht. Könntest du bitte meiner Familie beistehen?«

Theo hörte Kohn tief Luft holen, als leide er unter Atemnot.

»Jederzeit«, antwortete Kohn.

»Schön«, sagte Ouaziz. Er löste sich von Kohn und öffnete eine Tür. Sie betraten einen Lagerraum mit Putzmitteln, voluminösen Staubsaugern, mit denen auch Wasser aufge-

463

saugt werden konnte, Besen, Bürsten, großen Paketen Toilettenpapier und Kartons mit Kopierpapier.

Ouaziz öffnete die nächste Tür. Sie gelangten in die zentrale Eingangshalle des Schulgebäudes, unterhalb der Treppe. Jetzt wurde es ernst.

Hellgraue Granitfußböden mit farbigen Zierrändern. Eine Treppe mit Geländer aus verschnörkeltem schwarzem Schmiedeeisen, Art déco. Garderoben, an denen Jacken und Taschen hingen.

Ouaziz und Kohn, in Polizeiblau gekleidet, blieben mitten in der Eingangshalle stehen und spitzten die Ohren. Es war beängstigend still. Ein Schulgebäude mit dreihundert Kindern, und kein Laut zu hören.

Die Türen und Fenster zur Straße hin waren mit Vorhängen, Tüchern, Tapeten abgeklebt, der Blick nach draußen und von draußen nach drinnen war versperrt. Die Deckenleuchten in der Eingangshalle brannten.

Ouaziz zeigte auf eine breite Schwingflügeltür mit Drahtglasscheiben. Vorsichtig warfen sie einen Blick hinein. Es war die Aula der Schule. Dort hatten vor einem Jahrhundert Waisenmädchen ihre Mahlzeiten eingenommen, vielleicht in der gleichen Stille.

Die Kinder hockten dicht gedrängt dort drinnen im Halbdunkel auf dem Fußboden. Viele von ihnen schmiegten sich zusammengekauert aneinander. Und die Lehrerinnen – es gab nur zwei Männer im Kollegium – saßen zusammen in einer dämmrigen Ecke, auf Stühlen, mit geschlossenen Augen oder dumpf auf irgendeinen Punkt im Saal starrend. Die Vorhänge waren zugezogen. Nur in der Mitte des Saals, wo zwei Neonröhren brannten, war es ein wenig heller. Auf dem Fußboden Becher, Wasserflaschen, Butterbrotdosen und Papier- und Folienknäuel.

Da ertönte hinter ihnen plötzlich lautes Gebrüll.

»Scheiße! Hinlegen! Scheiße! Scheiße! Auf die Knie! Auf die Knie! Hände in den Nacken! Hände in den Nacken! Los, los, sonst knall ich euch ab! Hier sind Juden! Juden! Juden!«

In der Aula explodierten Schreie aus zig Kinderkehlen, worauf die Stimmen von Erwachsenen zu hören waren, die zu beschwichtigen versuchten. *Scht, ganz ruhig, es wird alles gut.*

Ohne sich umzudrehen, sanken Kohn und Ouaziz auf die Knie und legten die Hände in den Nacken. Den Oberkörper hielten sie aber aufrecht. Sie blieben ruhig. Sie hatten das so gewollt, begriff Theo – sie wollten entdeckt werden, gefangen genommen werden, Kontakt herstellen.

In der Aula trat wieder Stille ein. Abrupt.

Theo sah sich den bewaffneten Jungen genauer an. Er war ganz in Schwarz gekleidet und hielt den Lauf eines automatischen Gewehrs auf die Männer gerichtet. Er konnte nicht älter als siebzehn sein. Kurzrasierter Schädel, hageres Gesicht, ein echter »Mocro« aus Amsterdam-West, der Prototyp des jugendlichen marokkanischen Rowdys. Er sprang vor Nervosität hin und her, die Anspannung blitzte aus seinen Augen.

»Scheiße! Scheiße! Sal, komm schnell! Hier sind Juden! SALLIE!«

Auf der Treppe wurden schnelle Schritte laut, jemand kam im Eiltempo die Stufen herunter. Er hielt inne, als er auf dem letzten Treppenabsatz stand. Er trug eine MP7 von

Heckler & Koch an einem Riemen über der Schulter und hielt sie mit einer Hand an seinen Körper gedrückt.

Ouaziz und Kohn drehten sich aus der Hüfte heraus um und schauten nach oben. Kohn wusste, wer das war. Theo wusste es auch.

Sallie war ebenfalls in Schwarz gekleidet. Wie sein Vater hatte er ein schmales Berbergesicht mit glatter, olivfarbener Haut, Augen, die Intelligenz verrieten, Kurzhaarschnitt wie ein amerikanischer GI. Kein Bartwuchs. Keuchend blickte er von oben auf seinen Vater hinab, während dieser zu ihm aufschaute.

Sallie schüttelte abwehrend den Kopf, griff ans Treppengeländer und ließ sich auf eine Stufe nieder.

»Was machen wir jetzt, Sal?«, rief der nervöse Junge, der die Männer mit der Waffe bedrohte. »Knallen wir sie ab? Was machen wir, Sal? Das sind Juden!«

»Halt den Mund, Karel! Lass mich nachdenken…«

Karel – ein absonderlicher Name für einen Marokkaner, dachte Theo – hechelte vor Panik und blickte in einem fort zwischen Sallie und den Rücken der beiden knienden Männer vor ihm hin und her. Die Waffe zitterte in seinen Händen.

»Sallie«, sagte Ouaziz. »Du hast meine Freilassung gefordert. Hier bin ich.«

Karel schaute fragend zu Sallie, seinem Anführer, und versuchte, das Gesagte zu begreifen.

Sallie erwiderte: »Ich habe deine Freilassung nicht gefordert. Meine Jungs im Flugzeug dachten, sie könnten mir eine Freude damit machen, dass du freikommst. Da haben sie sich geirrt.« Theo sah, dass Ouaziz diese Worte schmerzten.

Der Mann musste schlucken. Auch er war nervös, wie Theo jetzt merkte, nur konnte er es besser verbergen als Karel.

Theo sagte: »Er ist dein Vater, verdammt. Ein bisschen Respekt wäre nicht unangebracht.« Aber Sallie hörte nichts.

Kohn sagte es an Theos statt: »Sallie, Kicham ist dein Vater. Ein bisschen Respekt bitte.«

So geht das also, dachte Theo, während ein Gefühl der Glückseligkeit seinen ... Ja, seinen *Was* durchströmte: seinen Kopf, sein Bewusstsein, seine Seele? Egal, er konnte mittels und mit Kohn kommunizieren! Er jauchzte innerlich.

»Respekt vor einem Hurenbock?«, sagte Sallie. »Du hast dich nie wie ein Vater benommen.«

Ouaziz entgegnete: »Ich habe für Sicherheit gesorgt. Für Wohlstand. Ich habe mit meinen Händen erreicht, wofür mein Vater einst Marokko verlassen hat.«

»Als Krimineller, ja.«

»Verfluch mich, wenn du willst. Ich habe getan, was ich getan habe. Ich bereue nichts.«

»Du wirst in der Hölle brennen, Papa. Ja, ich höre, was ich sage. *Papa.* Ich wollte es schon seit Jahren sagen. Jetzt tue ich es. Jetzt, wo du mein Gefangener bist.«

Kohn sagte: »Du lässt deinen Vater vor dir knien?«

Sallie wandte sich an Karel: »Schau nach, ob sie Waffen bei sich haben.«

Karel schob seine Waffe am Riemen auf den Rücken, trat hastig ein paar Schritte zu den Männern hin und klopfte sie mit fahrigen Bewegungen ab, von oben bis unten. Danach nickte er Sallie zu und nahm wieder ein paar Meter Abstand von den Männern, ja sprang fast von ihnen weg. Er wartete den nächsten Befehl Sallies ab.

»Steht auf.«

Ouaziz und Kohn nahmen die Arme runter, standen auf und schauten ungerührt zu Sallie hoch, der sich die MP7 auf den Schoß gelegt hatte. Er wollte sie offenbar nicht auf seinen Vater richten.

Kohn fragte: »Was hast du vor?«

»Ist das noch nicht deutlich geworden? Wir wollen Wilders. Den Faschisten. Wir nehmen ihn mit an Bord und werden ihm eine Lektion erteilen.«

»Das wird dir nicht gelingen«, sagte Kohn.

»Hast du gesehen, wen wir hier alles gefangen halten? Hey, du bist doch dieser Unterweltjude, oder? Der Boss von meinem *Pa-pa*.« Er sprach das Wort aus, als feuerte er zwei Schüsse ab.

»Wir sind immer Kumpel gewesen. Ich war nie der Boss.«

»Wer's glaubt, wird selig.«

Ouaziz sagte: »Warum tust du das, Sallie?«

»Warum? Allein schon, dass du mich das fragen musst, beweist, was für ein Ungläubiger du geworden bist! Ist das, was in der Welt passiert, nicht Grund genug, das zu tun? Was ist aus uns geworden, hier auf der Erde? Putzleute und Müllmänner! Zeitungsausträger und Taxifahrer! Dabei sollten wir herrschen! Wir tun das für alle, die von den Ungläubigen und den Juden umgebracht wurden! Wir sind die Jünger des Propheten, Sallallahu alaihi wa sallam, und wir gehen seinen Weg!«

Karel, der Junge, der sie mit der Waffe bedrohte, wiederholte: »Sallallahu alaihi wa sallam.«

Ouaziz fragte noch einmal: »Warum tust du das, Sallie?«

»Bist du taub geworden, *Pa-pa*?«

»Ich höre dich sehr gut, Sallie. Nur nehme ich dir das nicht ab. Du bist kein Glaubensfanatiker. Warum tust du das?«

»Warum ich das tue?« Sallie zog sich am Treppengeländer hoch, hängte sich seine Waffe wieder über die Schulter und schob sie auf seine Hüfte. »Weil ich es kann. Weil ich es will. Weil ich es mir vorstellen konnte! Weil ich ein Mahnmal gegen die totale Pervertierung unseres Lebens in diesem Land der Ungläubigen errichten will!«

Er ging auf sie zu, Stufe für Stufe.

Ouaziz sagte: »Es wurden Menschen getötet.«

Sallie rief ärgerlich: »Weil diese Ärsche zu langsam reagiert haben! Weil sie mir nicht glaubten! Sie ließen fünf wertvolle Minuten verstreichen, und deshalb hat es Tote gegeben! Nicht durch meine Schuld! Es ist die Schuld dieser holländischen Ärsche, die zu träge und begriffsstutzig reagierten, als ich sie gewarnt habe! Ihnen musst du Vorwürfe machen, nicht mir!«

»Aber die Bombe stammte von dir«, sagte Kohn.

»Eine effektive Bombe. Sie hat genau das getan, was ich erwartet hatte. Dieser Abgöttertempel musste in Schutt und Asche gelegt werden. Tote wollte ich nicht. Ich wollte einfach… Ich wollte Chaos, das wollte ich! Aber nicht, dass Menschen sterben!«

»Und jetzt?«, fragte Kohn.

Sallie war im Erdgeschoss angelangt. Stand vier Meter von ihnen entfernt.

»Wir fliegen weg. Unser genaues Ziel braucht euch nicht zu interessieren. Man erwartet uns dort. Wir werden dort ein sinnvolles Leben haben. Eure Regierung hat uns zehn

Millionen Dollar in bar gezahlt. Top, oder? Wir sind okay. Das Geld werden wir für gute Zwecke verwenden. Wo es gebraucht wird. Es ist nicht für uns selbst.«

»Dieser Boujeri ist eine tickende Zeitbombe«, sagte Ouaziz. »Ich kenne ihn. Er hat auch in Vught gesessen. Er wird sich eines Tages gegen euch wenden.«

»Ich bin auf alles vorbereitet. Vielen Dank für den Rat, *Pa-pa.*«

»Warum hast du nicht versucht, die Bank nebenan zu plündern? Die Information über den Zugangsweg unter dem Gebäude hast du von mir. Aus meinen Notizen. Die hast du in Luxemburg gefunden, oder? Wozu Kinder terrorisieren, anstatt eine Bank auszurauben? Hätten wir zusammen machen können...«

»Vater und Sohn auf dem Verbrechertrip? So eine Art Familienunternehmen? Hast du mir deswegen die Waffe bringen lassen?«

»Ich finde, dass ein erwachsener Mann ab seinem einundzwanzigsten Lebensjahr eine Waffe tragen sollte.«

»Weißt du was?«, sagte Sallie. »Das finde ich auch. Und das tue ich auch.« Er hielt kurz die Waffe in die Höhe. »Das ist deine Heckler & Koch.«

»Schön, Sallie. Ich bin froh, dass du sie bei dir hast. Aber wir sind Berber, Junge. Wir sind stolze Menschen. Wir töten, wenn es sein muss. Weil man uns bedroht. Um unserer Ehre willen. Aber das hier...« – Ouaziz zeigte zur Aula – »... das hier ist schlecht. Das verstößt gegen unsere Traditionen.«

»Wir haben schon immer Reisende und Karawanen überfallen, mein lieber Papa.«

»Das waren die Araber. Nicht wir.«

»Was willst du denn nun eigentlich von mir? Warum bist du durchs Abwasserrohr zu mir hergekrochen, Kicham?«

»So spricht man nicht mit seinem Vater, Sallie«, unterbrach Kohn ihn drohend und im Brustton der Überzeugung.

Theo wusste, dass Kohn keine Angst kannte. Kohn fixierte Kichams Sohn mit unanfechtbarer Autorität. Theo bewunderte ihn.

»Du kannst mich nicht herumkommandieren, Jude«, erwiderte Sallie.

»Nenn mich, wie du willst. Du weißt, dass Spezialeinsatzkräfte zum Sturm der Schule bereitstehen. Sie haben das Equipment, um durch die Wände zu sehen. Eure Waffen bestehen größtenteils aus Metall, ihre Messgeräte bestimmen kontinuierlich eure exakte Position innerhalb des Gebäudes. Wilders wird nicht kommen. Lass es gut sein. Lass uns euren Abzug regeln. Nehmt das Flugzeug, fliegt nach Asien*stan*, und kommt nie mehr wieder.«

»Du bist dir deiner Sache ja sehr sicher, Jude.«

»Bei meiner Erfahrung und meinen Dienstjahren dürfte ich mir diese Sicherheit mit Fug und Recht erworben haben, denke ich. Was willst du jetzt machen? Lehrer umbringen, wenn du nicht bekommst, was du willst? Kinder? Und damit erwirbst du dir in Asien*stan* Sympathien?«

»Okay, ich räume ein … Wilders wird sich nicht blicken lassen«, entgegnete Sallie. »Das habe ich von Anfang an so eingeschätzt. Damit ist er von heute an erledigt. Wir lassen das Ultimatum verstreichen, und dann können die Kinder gehen. Heute Abend fliegen wir weg.«

»Du hast gezeigt, was du kannst«, sagte Ouaziz. »Jetzt wird es Zeit aufzuhören. Lass die Kinder gehen.«

»Wir müssen warten, bis das Ultimatum abläuft.«

»Nein, tu's jetzt«, sagte Kohn.

Ouaziz machte zwei Schritte auf seinen Sohn zu, und bevor dieser die Hand heben konnte, um sich zu schützen, warf er sich auf ihn.

Im selben Moment sprang Kohn zu Karel und gab ihm einen Kopfstoß. Karel spritzte sofort das Blut aus der Nase. Kohn drückte mit der linken Hand den Lauf von Karels Waffe weg und schlug ihm mit der rechten Faust voll in den Solarplexus, das Nervenzentrum des Bauchraums, wodurch die Blutversorgung des Gehirns abfiel und der Junge das Bewusstsein verlor. Ihm knickten die Beine weg, und er sackte in sich zusammen. Kohn bemächtigte sich seiner Waffe.

Neben ihm rang Ouaziz mit seinem Sohn. Er versuchte, der MP7 habhaft zu werden, doch Sallie setzte sich vehement zur Wehr und strampelte wild mit den Beinen, um seinen Vater von sich abzuschütteln.

Es ist abscheulich, Vater und Sohn miteinander kämpfen zu sehen, dachte Theo.

Sallie kam an den Abzug der Waffe, um die er mit seinem Vater rang, und aus ihrem Lauf löste sich eine röhrende Salve. Hinter ihnen platzten Steinsplitter aus der Treppe.

Unmittelbar darauf wurde anderswo im Gebäude das Knattern automatischer Waffen laut. Es kam von oben – und aus der Aula. In den Räumen, in denen sich Sallies Freunde aufhielten, bohrten sich Kugeln in Wände und Decken. Hundert Jahre alter Stuck rieselte herab.

In der Aula brüllten Hunderte von Kindern ihre Angst heraus. Die Erwachsenen riefen: »Hört auf mit der Ballerei! Seid ihr verrückt geworden? Ihr bringt die Kinder in Gefahr!«

Kohn richtete die erbeutete Waffe auf Sallie. »Sag ihnen, dass sie das Feuer einstellen sollen! Ich garantiere dir, dass die Spezialeinheit binnen fünf Minuten das Gebäude stürmt!« Sallie blickte stumm und wie angewidert auf seinen Vater, der die Heckler & Koch in den Händen hielt und selbstbewusst vor ihm stand. Kohn und Ouaziz hatten jetzt die Kontrolle über die Situation in der Eingangshalle.

Kohn schrie: »Hört auf zu schießen! Das hat keinen Sinn! Ihr provoziert nur, dass die Schule gestürmt wird! Hört auf!«

Das Feuer wurde eingestellt. Jemand rief: »Wer ist das?«

Ouaziz rief zurück: »Ich bin Kicham. Sallies Vater!«

»Was suchst du hier?«

»Ich bin da, um euch zu helfen!«

Was hatte Theo gemacht? Nichts. Er hatte zugesehen, er hatte zugehört, er hatte verfolgt, wo die Kugeln einschlugen – als Schutzengel war er machtlos. Die Kräfte im Leben waren um so vieles größer als im Tod. Er war beschämt und fragte sich, wie er Jimmy seine Machtlosigkeit erklären sollte.

»Hol das Kind aus der Aula«, sagte Ouaziz zu Kohn. »Hol das Kind!«

Der Junge zu Kohns Füßen, Karel, kam stöhnend zu sich und zappelte mit den Beinen, um seine Schmerzen besser ertragen zu können. Sein Gesicht war blutüberströmt. Kohn fasste ihn scheinbar ungerührt bei den Schultern und schüttelte ihn. »Sind Kumpel von dir in der Aula? Antworte! Sind da welche von euch?«

Aber der Junge war unfähig, einen Ton herauszubringen.

Ouaziz redete auf seinen Sohn ein: »Sag deinen Kumpeln da drinnen, dass sie einen Jungen gehen lassen sollen, der Nathan heißt. Nathan Verstraete. Sag es!«

Sallie rappelte sich hoch und sah seinen Vater an. »Bist du jetzt mein Untergang? Immer wieder die gleiche Leier in meinem Leben? Macht dich das glücklich?«

»Ich helfe dir zu entkommen«, erwiderte Ouaziz. »Das ist es, was ich tue. Und das macht mich glücklich. Hol diesen Jungen da raus. Nathan Verstraete.«

»Nein. Das mach ich nicht.«

Sallie ging in die Hocke und ließ sich auf den Boden nieder, als wolle er beten.

Mit der Waffe in der Hand marschierte Kohn zu der in die Aula führenden Schwingflügeltür und suchte an der Wand daneben Deckung. Dort hingen große Bilder aus dem Kunstunterricht.

Er rief: »Ich suche Nathan Verstraete! Nathan Verstraete! Melde dich! Nathan, komm in die Eingangshalle!«

Eine Stimme aus der Aula fragte: »Sallie, was sollen wir machen? Sal!«

Ouaziz zischte seinen Sohn an: »Sag ihm, dass sie den Jungen gehen lassen sollen!«

Sallie richtete sich kurz auf. Tränen strömten über seine Wangen. Er sagte: »Der Schlag soll dich treffen!«

Gequält schaute Ouaziz zu Kohn. Schüttelte verzweifelt den Kopf.

Sallie kauerte mit gesenktem Kopf auf dem Boden, klein,

als wollte er im Boden verschwinden. Kohn ging zu ihm. Theo flüsterte mit ihm zusammen Worte, die er gerne einen Schauspieler im Film hätte sagen lassen, wenn er die Gelegenheit dazu gehabt hätte, einen Monolog, den er gerne geschrieben hätte:

»Hör zu, Junge. Du wirst uns jetzt helfen. Die Kinder gehen allesamt in den nächsten zehn Minuten nach draußen. Ich will dir gerne erklären, welchen Gedanken ich dabei verfolge. Wenn einem von ihnen auch nur ein Haar gekrümmt wird, krümmen wir zehn Haare der Angehörigen deiner Kameraden, verstanden? Wir lassen die Finger von Kindern, wenn wir Rache üben, denn wir sind nicht so obszön wie ihr. Erwachsene, die werden büßen. Ich verspreche dir: *Ein* kleiner Kratzer bei einem Schulkind bedeutet zehn Kratzer beim Vater, bei der Mutter oder beim Onkel oder bei der Tante deiner Freunde. *Ein* totes Schulkind bedeutet drei tote Familienangehörige. Das ist mein Wechselkurs. Klar? Jetzt weißt du, mit wem du es zu tun hast. Ihr kommt hier nicht weg. Es sei denn, wir setzen uns für euch ein. Aber aller Anfang ist die Freilassung der Kinder. Zuerst Nathan, dann der Rest.«

Wechselkurs – das wäre ein interessanter Titel für einen Film über Rache gewesen, dachte Theo.

Da ertönte wieder Sallies Stimme: »Ich glaube dir nicht.«

Kohn drehte sich um und richtete den Lauf seiner Waffe auf die Schulter des jammernden Karel, der drei Meter weiter auf dem Boden lag. Würde Kohn das wagen? Konnte Kohn das Jimmy erklären? Und Theo, konnte er das erklären?

Zu Sallie sagte Kohn: »Was sagtest du gerade?«

»Ich glaube dir nicht.«

Da drückte Kohn ab, man hörte kaum mehr als ein trockenes Klicken. Karel zuckte kurz und blieb dann still liegen. Blut rann seinen Arm hinunter.

Theo schaute fassungslos zu, schwebte an seinen Flügeln still über den vier Männern, ein Topshot der Szenerie: der junge Karel, aus der Nase und der Schulter blutend, die von dem Schuss aufgerissen worden war und blaurotes Fleisch sehen ließ, Sallie, wenige Jahre älter, zusammengekauert, als erwarte er Peitschenschläge, und die zwei erwachsenen Männer, die beide im Besitz einer automatischen Waffe waren. Zwei in Schwarz, zwei in Polizeiblau. Der Fußboden war grau, mit ockergelben und schokoladenbraunen Zierstreifen entlang den Fußleisten. Gute Einstellung.

Sallies Jungs, die anderswo im Gebäude waren, begannen erneut zu rufen: »Was ist da los? Sallie, was ist? Was ist los? Sal!!«

Kohn hat das Herz eines Heiligen bekommen, aber er ist noch genauso gnadenlos wie mit seinem eigenen Herzen, dachte Theo. Wusste Jimmy das? Theo musste nachher über das Ganze Bericht erstatten. Oder sollte er genauso schweigen, wie Kohn und Ouaziz schweigen würden?

Ouaziz sagte zu seinem Sohn: »Sag deinen Kumpeln, dass sie diesen Jungen gehen lassen. Kohn macht keine Scherze. Wenn es sein muss, lässt er alle Angehörigen deiner Jungs töten.«

Sallie kauerte nach wie vor auf dem Fußboden, das Gesicht in den Händen vergraben.

»Ich will nicht, dass Blut fließt«, sagte er.

»Ich auch nicht, Sal«, sagte Ouaziz.

»Was passiert mit uns?«

Kohn sagte: »Ich garantiere euch den sicheren Abzug. Ihr könnt zum Flugzeug fahren. Und dann fliegt bitte in irgendein lächerliches Kaff in den Bergen von Asien*stan*, und kommt nie mehr wieder. Wenn du dich je wieder hier blicken lässt, lasse ich dich umlegen.« Er und Ouaziz wechselten einen Blick. Kohn würde das niemals tun. Oder doch?

Sallie richtete sich auf und schaute zu Karel hinüber.

»Wird er sterben?«

»Noch nicht. Aber er muss verarztet werden. Schnellstmöglich. Vielleicht kann er seinen rechten Arm nie mehr benutzen.«

Sallie sah seinen Vater an und sagte: »Ich will hier weg. Du wirst nie wieder von mir hören.«

»Du wirst von mir hören. Ich werde dich finden. Und jetzt beweise, dass du ein Anführer bist.«

Sallie stand auf, langsam, als wäre er ein alter Mann, und ging zu der Flügeltür.

»Karel war ein guter Torwart«, sagte er. Dann rief er zur Aula hin: »Ich bin es! Ich komme rein!«

Er legte eine Hand an die Tür und wandte sich zu seinem Vater um. »Ich habe das getan … Ich habe das getan, um zu zeigen, was ich mir ausdenken kann … was ich mich traue … was ich planen kann. Alles, was du getan hast, war ein Kinderspiel im Vergleich … Es ging mir nicht um meinen Glauben … Es ging um …« Er beendete den Satz nicht, sondern drückte die Tür auf und rief: »Nathan Verstraete! Komm her! Draußen wartet jemand auf dich! Und dann... Dann dürfen andere gehen!«

Ein paar Kinder klatschten Beifall, der Applaus schwoll ein paar Sekunden lang an und ebbte dann wieder ab.

Mit der Waffe in der Hand wartete Kohn neben der Tür. Undeutliche Geräusche drangen aus der Aula in die Eingangshalle hinaus. Der eine Flügel der Tür öffnete sich, und der Junge, der Sonjas Kind war, stand da.

Kohn zog ihn sofort an sich und schützte ihn, indem er ihn an die Wand drückte und sich vor ihn stellte.

Der Junge sah ihn mit großen Augen an.

»Sie sind Max Kohn«, sagte er.

Kohn war nicht überrascht, dass er ihn erkannte. »Ja, Nathan.«

Der Junge nickte.

»Ich nehme dich jetzt mit nach draußen.«

»Und die anderen? Und Lia?«

»Die hole ich auch gleich. Zuerst du, dann Lia und die Übrigen. Das habe ich deiner Mutter versprochen. Alle kommen frei.«

Der Junge betrachtete die Waffe, die Kohn trug, dann Kicham Ouaziz und die Waffe in dessen Hand. Den jammernden, blutüberströmten Kämpfer auf dem Fußboden. Und Sallie, der stumm neben der Tür stand. Dann klammerte er sich hilfesuchend an Kohn.

»Ich muss Lia holen«, sagte er.

»Ich hole sie gleich.«

»Sie muss mit.«

»Sie kommt mit«, sagte Kohn.

Sah Theo jetzt, was die Lebenden nicht sehen konnten? Er hatte Augen, deren Blickfeld nicht auf diesen Raum beschränkt war. Mit schneeweißen Flügeln schwebte er durch die Eingangshalle, durch die Außenwände hindurch und wieder zurück nach drinnen. Er konnte auf die Dächer schauen und in die Keller. Um die Sonne herumfliegen und durch Ozeane gleiten. Er sah die nahende Gefahr. Die Männer von der Polizeieinheit rüsteten sich zum Sturm der Schule. Da draußen herrschte Panik. Die Schüsse nötigten zum gewaltsamen Eingreifen. Bei den Kindern in der Aula befanden sich zwei Schützen. Die musste er irgendwie in die Eingangshalle locken. Kohn musste den Jungen beschützen, und die Polizei die anderen Kinder. Aber wie? Wie konnte er verhindern, dass das Ganze eskalierte? Wie konnte er Kohn und seinen Sohn dazu bewegen, sofort die Eingangshalle zu verlassen? Wie konnte er dafür sorgen, dass die Polizei im richtigen Moment eindrang?

Theo hatte sich nicht aus eigenen Stücken und freiem Willen für seine heutige Rolle entschieden. Wenn Boujeri ihn nicht enthauptet hätte, wäre er weiterhin durch Amsterdam geradelt, hätte hin und wieder eine Frau umworben und vielleicht, mit ein bisschen Massel, einen Preis bei einem der großen Filmfestivals gewonnen und mit einem vernünftigen Budget einen Genrefilm in Amerika gedreht, einen Krimi oder so. Aber jetzt musste er seiner Bestimmung als Engel gerecht werden und ein Wunder bewirken. Ein Wunder mit Hilfe einer Plastikarmbanduhr. Kein sich teilendes Rotes Meer. Keine Wiederauferstehung aus dem Grab. Kein Über-das-Wasser-Gehen.

Niemand würde je erfahren, dass es ein Wunder war. Ein

kleines Wunder, auch das nicht. Im Zifferblatt der Armbanduhr von Kicham Ouaziz spiegelte sich das Licht einer der Deckenleuchten in der Eingangshalle – so würde Nathan es in Erinnerung behalten. In der herzförmigen Uhr am Handgelenk von Ouaziz.

Als Ouaziz im Amstel Hotel gewesen war, hatte Kohn eine Bemerkung darüber gemacht – Theo war dabei gewesen. Er erkannte, dass er nur tun konnte, was er tun musste, indem er den Blick von Kohn und Nathan auf die Uhr von Ouaziz lenkte. Indem Licht darauf fiel. Indem er selbst zu Licht wurde, für den Bruchteil einer Sekunde. Reines Licht. Eine unscheinbare, kindliche Armbanduhr in Herzform. Es war nicht einmal eine Swatch. Sie kam aus chinesischer Billigfabrikation. Massenhaft hergestellt und massenhaft in Container gestopft. Ein großer Teil davon ging schon während des Transports kaputt. Egal. Selbst wenn ein Viertel davon reklamiert wurde, war der Gewinn immer noch beachtlich. Nathan hatte gestern auf dem Muntplein so eine Uhr getragen – Theo hatte sie gesehen, als er dort auf Kohns Schulter saß. Und Sallie hatte seinem Vater einmal genau so eine Uhr zum Geburtstag geschenkt. Ouaziz trug sie jetzt. Einfache Plastiksymbole der Liebe. Billige und doch kostbare Zeichen der Zuneigung. Theo musste zu Licht werden, zu reiner Energie. Er musste sich auflösen. Sich in Licht verwandeln, um Nathan und Kohn die herzförmige Uhr an Ouaziz' Handgelenk zu zeigen.

War es das, worauf seine Zeugung, sein Leben, sein Geist und sein Sterben hinauslaufen sollten? Die Muttermilch, die er getrunken hatte, die Schulen, die er durchlaufen hatte, die Schuhe, die er verschlissen hatte, die Geilheit, die

Ejakulationen, das Essen, der Alkohol, die Einsamkeit und die Erwartungen (jeden Tag, trotz allem, wahnsinnig machende, erregende Erwartungen, was das Leben zu bieten hatte), die Filme und Kolumnen und die Wut und die Aversionen und die Rage und – auch, trotz allem – Liebe und Zärtlichkeit und lautes Lachen und blöde Witze und subtiler Humor und Exhibitionismus und das Wunder des Kindes in seinen Armen und, schließlich, die Flammen, die seinen Leib verzehrt hatten – alles für eine Lichtreflexion auf dem Zifferblattdeckel einer chinesischen Herzuhr? Keine kosmische Explosion, keine Supernova, sondern ein Funkeln für den Bruchteil einer Sekunde? Wenn es das war, was ihm die Reise in eine nächste Phase, eine andere Dimension ermöglichen sollte, ja. Er war bereit, zu einem kurzen Glitzern zu werden. Wenn er Kohn und seinen Sohn damit zusammenbrachte, konnte Theo, wie alle Engel vor ihm, in einem Lichtblitz verglühen.

»Das Geschenk für Lia«, sagte Nathan. »Oben in meinem Rucksack.«

»Das kann warten«, sagte Kohn.

»Nein.«

Der Junge ließ ihn los und rannte die Treppe hinauf.

Kohn wusste einen Moment nicht, wie er reagieren sollte. Dann folgte er ihm.

Der Junge war schnell, wusste, in welchem Rhythmus er die Stufen zu nehmen hatte. Kohn fühlte sein Herz energisch pochen, während er zwei, drei Stufen übersprang. Nathan war dennoch schon ein ganzes Stück weiter oben und nicht mehr zu sehen.

Aus einer Tür kam ein bewaffneter junger Mann hervor, kahlrasiert wie die anderen, mit jungenhaft schönem Gesicht, die Augen vor Panik geweitet, und richtete den Lauf seiner Waffe auf Kohn.

Kohn rief: »Nein!«

Der Junge drückte sofort ab, und Kohn pfiffen die Kugeln um die Ohren, streiften seine Schläfen, rissen Fleisch aus seinen Armen und Beinen, um hinter ihm im Treppenhaus in die Fensterscheiben einzuschlagen. Dann durchzuckten die Salven aus Kohns Waffe den Körper des Jungen, und Kohn schaute zu, wie seine Beine nachgaben und er auf den Boden glitt, mehrere Stufen die Treppe hinunterfiel, mit aufschlagendem Kopf, und mit zitternden Gliedmaßen liegen blieb.

Die Jungen waren zu fünft. Zwei in der Aula. Zwei unten in der Eingangshalle. Das hier war Nummer fünf. Nathan war in Sicherheit. Kohn fühlte warmes Blut von seinen Schläfen zum Hals hinunterrinnen. Auch seine Hände waren blutverschmiert. Er rannte die letzte Treppe hinauf und sah Nathan im Flur auf dem Boden sitzen. Er nahm etwas aus seinem Rucksack.

Kohn eilte zu ihm hinüber. Der Junge sagte: »Ich hab die Uhr von diesem Mann gesehen. Und sie hat geleuchtet. Sie leuchtete plötzlich ganz hell. Da wusste ich, dass ich das Geschenk nicht vergessen darf.«

In dem Moment ließen schwere Schläge das Gebäude erzittern. Zersplitterndes Holz, zerberstendes Glas, als würden ganze Wände weggesprengt. Der Geruch von Tränengas stieg auf. Aus mindestens einem Dutzend Waffen wurde geschossen. In welche Richtung? Auf wen? Kohn zog den

Jungen auf den Boden hinunter und schirmte ihn mit seinem verletzten Körper ab.

Durch ein Megaphon verstärkt, donnerte eine Stimme: »Waffen niederlegen! Polizei! Legt die Waffen nieder!«

Hinter Kohns Körper geborgen, in dem Jimmys Herz das Blut durch fünf klaffende Wunden hinauspumpte, flüsterte der Junge ihm ins Ohr: »Ich habe gesehen, dass die Uhr leuchtete.«

»Ja«, sagte Kohn.

»Ich weiß, wer Sie sind. Max Kohn. Sie sind mein Vater. Das hab ich gegoogelt. Ich bin Ihr Sohn.«

Sechs Monate später

LEON

Leon de Winter hatte einen Anruf von einem Mann erhalten, der für das Innenministerium arbeitete. Frans van der Ven war sein Name. Anfangs wich er Fragen aus, welche Stellung er dort bekleidete, aber später bezeichnete er sich als »der Manager« von Minister Donner. Der Mann bat de Winter um seine Aufmerksamkeit – und die seiner Meinung nach zwangsläufig daraus folgenden Zeitungsartikel – für sein Anliegen: die Erklärung eines Lichteffekts, den er sorgfältig untersucht hatte. Van der Vens Überzeugung nach war kurz vor der Stürmung des Schulgebäudes durch die Männer der Spezialeinheit ein ungewöhnlicher Lichteffekt, von ihm LI genannt, aufgetreten. Dieser habe bewirkt, dass Max Kohn und Nathan Verstraete zwei Stockwerke nach oben gerannt seien. Auf dem letzten Treppenabschnitt sei auf Kohn geschossen worden, woraufhin die beiden Schützen aus der Aula, in die alle Kinder gebracht worden waren, in die Eingangshalle gelaufen seien, um ihren Kameraden beizustehen. Als die Männer der Spezialeinheit das Gebäude stürmten, seien somit alle Geiselnehmer und auch Kicham Ouaziz in der Eingangshalle versammelt gewesen. Sie hätten keine Chance gegen die Präzision und Waffengewalt der Spezialeinsatzkräfte gehabt. Die Beendigung der Geiselnahme sei demnach durch einen unerklärlichen Lichteffekt eingeleitet worden, so van der Ven.

De Winter kam zu der Auffassung, dass der Mann nicht ganz richtig im Kopf war. Seine Erzählung fand er aber immerhin so faszinierend, dass er ihn in seiner Doppelhaushälfte in Voorburg aufsuchte.

Van der Ven war jünger, als de Winter erwartet hätte. Ein großer, hagerer Mann mit schmalem Gesicht und unruhig hin und her wanderndem Blick. Sein Haar war hellblond und am Ansatz stark gelichtet. Er war leger gekleidet, mit brauner Kordhose und kariertem Hemd unter grünem Pullover. De Winter fühlte sich eher an einen unverheirateten Mathelehrer erinnert als an einen »Manager«. Van der Ven war allein im Haus, doch vieles dort deutete darauf hin, dass er verheiratet war und Kinder hatte: Fotos auf dem Kaminsims, verstreute Spielsachen, weibliche Accessoires.

Van der Ven erzählte von seinen Messungen und Versuchsanordnungen.

»Wozu das Ganze?«, fragte de Winter. »Warum haben Sie sich so intensiv damit befasst?«

»Es war so ungewöhnlich. So … magisch. Wie ein Signal aus einer anderen Welt. Ich glaube nicht an andere Welten, damit Sie mich nicht missverstehen. Aber aufgrund dieses Lichtblitzes haben sie gerade rechtzeitig den in dem Moment gefährlichsten Ort in den gesamten Niederlanden, nein, in ganz Europa verlassen. Und dadurch blieben sie am Leben. Und mit ihnen alle Kinder.«

»Sie glauben wirklich, dass sie diesen Lichtblitz gesehen haben?«

»Das habe ich mir nicht ausgedacht, das ist ihre Geschichte, ihre Wahrnehmung. Einem derartigen Detail begegnet man bei solchen Operationen sonst nie.«

»Was wollen Sie von mir?«

»Sie müssen darüber schreiben. Im Ministerium will niemand etwas davon wissen. Sie denken, dass ich verrückt geworden bin. Dass bei mir irgendeine Sicherung durchgeknallt ist, in meinem Kopf.«

»Sind Sie nicht zur Geheimhaltung verpflichtet?«

»Im Prinzip schon, ja.«

»Sie setzen Ihren Job aufs Spiel.«

»Ich möchte das unbedingt aufklären, so merkwürdig die Geschichte auch klingt. Es ist dort wirklich ein Phänomen aufgetreten, das man als Lichtblitz beschreiben kann. Eine gewaltige Entladung von Photonen. Wo kamen die her? Die Armbanduhr hatte nicht etwa einen Kurzschluss, und ein Kurzschluss hätte auch niemals zu einer Stichflamme oder Ähnlichem führen können. Der Zifferblattdeckel der Uhr war im Übrigen unbeschädigt, ein völlig glattes Stückchen Plastik. Kaum Kratzer, weil dieser Ouaziz im Gefängnis sehr vorsichtig damit umgegangen war. Also habe ich mich an der Sache festgebissen.«

»Eine einfache Kinderuhr«, sagte de Winter. »Nicht gerade der geeignetste Mittelpunkt für ein Wunder.«

»Sie machen sich keine Vorstellung, was ich alles über diese Uhr weiß, Herr de Winter. Ich bin mir bewusst, dass ich mich anhöre wie ein Spinner. Aber ich versichere Ihnen, das bin ich nicht. Ich bin völlig klar im Kopf. Sie müssen unbedingt darüber schreiben, im *Telegraaf*.«

»Was werden Ihre Chefs dazu sagen?«

Van der Ven blieb einige Sekunden lang stumm und sagte

dann: »Kohn und Ouaziz hatten Minikameras bei sich. So konnten wir auch den besten Moment für die Stürmung der Schule abpassen. Wir sahen mittels der Kamera von Kicham Ouaziz, dass er von seinem Sohn niedergestochen wurde, der Junge hatte ein Messer bei sich, ein teures Fleischermesser. Kohn war gerade nach oben gerannt. Kohns Kamera hatte den Lichtblitz bereits festgehalten. Ich habe die Aufnahme gesehen. Aber die DVD ist verschwunden. Ich weiß nicht, wer den Auftrag dazu gegeben hat. Und mich hat man aus dem Verkehr gezogen. Ich wurde krankgeschrieben. Jetzt hocke ich den ganzen Tag zu Hause. Ich habe bis vor kurzem zwanzig Stunden pro Tag gearbeitet. Für den Staat. Und nun hocke ich zu Hause rum und drehe Däumchen.«

De Winter hielt sich inzwischen seit zwei Monaten im Haus von Bram Moszkowicz in der Nähe von Juan-les-Pins auf, um an einem Buch über den Anschlag auf das Opernhaus und die Geiselnahme zu arbeiten. Anstoß dafür war dieser abgedrehte van der Ven gewesen, dessen Geschichte die verführerischen Ingredienzien inspirierender Verrücktheit hatte. Daraus ließ sich ein Buch machen. Aber wie?

Max Kohn war eine erstklassige Informationsquelle. Er hatte sich im Hintergrund halten können, als nach Beendigung des Dramas die Welle der internationalen Veröffentlichungen losbrach. Die Beendigung des Dramas war ja auch spektakulär: Alle Geiselnehmer von Scharfschützen getötet, ebenso wie der Vater eines der Jungen, der sich »offenbar« in die Schule eingeschlichen hatte, um seinem Sohn beizustehen. Im Flugzeug hatte es keine Toten gegeben.

Nachdem de Winter die Geschichte von van der Ven

gehört hatte, erkundigte er sich per Skype bei Max und Nathan nach dem Lichteffekt. Zu seiner Verblüffung bestätigten sie, was van der Ven erzählt hatte. Beide sagten, dass die Uhr von Kicham Ouaziz für einen kurzen Moment hell geleuchtet habe, als ob in der Uhr ein Scheinwerfer ein- und wieder ausgeschaltet worden wäre. Ein seltsames Phänomen. Vielleicht auf die situationsbedingte Angespanntheit zurückzuführen, mutmaßte de Winter. Eine zufällige Spiegelung von einer der Deckenleuchten, verstärkt durch die Angst und den Stress in dieser lebensbedrohlichen Lage. Während des Skype-Gesprächs mit Kohn und Nathan kamen zwei schwarze Kinder ins Bild, ein Junge und ein Mädchen, wahrscheinlich Kinder der Putzfrau oder so, die mit lautem Krakeel hin und her rannten und von Kohn zurechtgewiesen wurden.

Kohn und Nathan saßen auf einer Veranda im Schatten. Das Sonnenlicht brannte das Bild fast aus, doch hinter den beiden war noch ein klein wenig von der Aussicht zu erkennen, in der Ferne die Berge, und in größerer Nähe die weißen Pfosten eines Zauns rund um eine kahle Fläche – ein Pferch. Darin trottete ein Esel herum.

»Du hast einen Esel?«, fragte de Winter.

»Drei«, sagte Nathan.

Kohn zuckte die Achseln. »Du weißt von ihrer Eselliebe?«

»Alles«, antwortete de Winter. »Deine Mutter ist ein bisschen verrückt, Nathan.«

»*I know*«, sagte der Junge. De Winter vermisste ihn.

»Aber auch sehr lieb«, fügte der Junge hinzu.

De Winter vermisste alles an ihr, einschließlich ihrer

490

Verrücktheit und ihrer aufgeregten Kurzschlusshandlungen, die so sehr zu ihr gehörten.

Van der Ven widersprach de Winters psychologischer Interpretation des Lichteffekts. Er habe das alles untersucht, wissenschaftlich untersucht, und es rangiere außerhalb der menschlichen Logik und des heutigen Stands der Wissenschaft, behauptete er. Der Mann war übergeschnappt. Er hockte bei vollem Gehalt untätig zu Hause herum und fühlte sich verkannt. Der klassische beleidigte Querulant. Hatte wegen eines kleinen Lichtreflexes auf einer Armbanduhr seine Existenz aufs Spiel gesetzt. Das konnte aber nicht der einzige Grund dafür sein, dass man ihn aus dem Verkehr gezogen hatte. Vermutlich spielten da noch andere Dinge mit, Eheprobleme, zu hohe Belastung, eine geheime Liebhaberin – oder ein Liebhaber –, die Schluss gemacht hatte. Wenn jemand eine derartige Obsession entwickelte, steckte meistens etwas ganz anderes dahinter. De Winter wurde nicht schlau daraus.

Zum Glück war der Autor für eine Weile weit weg von den Niederlanden. Sein Verlag hatte nämlich gerade *Der Kommentator* von seiner Exfrau Jessica Durlacher herausgebracht. Das Buch über ihre Scheidung (den Rezensionen konnte de Winter entnehmen, dass sie ihn ganz im Sinne der Kritiker vernichtet hatte) warf für sie und De Bezige Bij offenbar einiges ab. De Winter erwog, seinen Verleger Robbert Ammerlaan per Mail um eine Gewinnbeteiligung zu ersuchen. Ohne ihn wäre *Der Kommentator* schließlich nie geschrieben worden. Und die Hälfte der giftigen Dialoge stammte ja immerhin von ihm.

Er wollte das Buch nicht lesen und auch nicht damit

konfrontiert werden. Aber er hatte schon zwei Niederländer mit dem Buch in der Hand im Straßencafé sitzen sehen.

Bram Moszkowicz leistete ihm einige Tage Gesellschaft. Eva folgte inzwischen Jessicas Beispiel und arbeitete ihrerseits an einem Buch. Über Bram. Das war in den Niederlanden niemandem entgangen. Vor einer Woche hatte man den Arbeitstitel bekanntgegeben: *Schändlich & Infam.* Als das hatte Bram nach seinem verlorenen Verfahren gegen einen Journalisten, der im Zusammenhang mit ihm den Ausdruck »Mafiakumpan« benutzt hatte, den Urteilsspruch bezeichnet. Nun verwendete Eva die Bezeichnung gegen ihn. Sie hatte ihn am selben Tag verlassen, an dem angekündigt wurde, dass sie Paul Witteman nachfolgen und die nun *Pauw & Jinek* heißende Talkshow mit moderieren würde. De Winter hatte schon genug damit zu tun, sich selbst zu bemitleiden, nun auch noch Bram. In der vergangenen Woche hatte de Winter an Ammerlaan gemailt: »Schade, dass Eva ihr Buch bei einem anderen Verlag untergebracht hat. *You can't win them all,* Robbert!«

Brams Haus in Südfrankreich war von seiner Größe her zwar eher bescheiden, hatte aber eine schöne Lage inmitten eines ummauerten Gartens mit Palmen und einem Swimmingpool im genau richtigen Format. Von der überdachten Terrasse aus blickte man aufs Meer. Läden und Restaurants konnte man zu Fuß erreichen. Es war ruhig, und trotzdem fand man gleich um die Ecke Lebendigkeit und Unterhaltung.

De Winter hätte lieber in seinem Lieblingshotel in Los Angeles geschrieben, doch die Stadt war für ihn verseucht.

Er hatte sie Jessica vorgestellt, die jetzt noch dort wohnte, und damit war der Ort für ihn indiskutabel. Der gesamte Südwesten der USA war im Übrigen für ihn zum Sperrgebiet geworden. In Scottsdale waren Sonja und Nathan bei Max Kohn eingezogen, der noch einer intensiven Reha bedurfte. Für de Winter war ein Amerikatrip also vorerst kein Vergnügen mehr.

Am ersten Tag von Brams Aufenthalt verbrachte de Winter einen interessanten Abend mit ihm. Sie bummelten durch die Straßen von Antibes und gingen gut essen und ausgiebig trinken. Ihre Unterhaltung bestand in erster Linie aus Seufzern in verschiedenen Variationen und der Wiederholung des bemerkenswerten Wortes *tja...* Es gelang ihnen, keinen einzigen Satz miteinander zu wechseln, der mehr als drei Worte umfasste.

Beide von ihrer Liebsten verlassen, beide zutiefst gedemütigt und lächerlich gemacht, und so schlenderten die beiden Männer mittleren Alters abends durch pittoreske Gassen und starrten tagsüber aufs Meer hinaus.

Am nächsten Morgen, beim Frühstück auf der Terrasse, war die Stimmung wesentlich heiterer. Trotz ihrer Kopfschmerzen hatten sie ein richtiges Gespräch.

Bram fragte: »Machst du Fortschritte mit deinem Buch?«

»Ich bin ganz gut in Fahrt.«

»Wann ist es fertig?«

»Wenn ich das Wort *Ende* tippe.«

»Witzbold. Darf ich es lesen, bevor es erscheint? Ich komme schließlich darin vor.«

»Ja, du bekommst es zu lesen. Du darfst aber nur sachliche Fehler ausmerzen.«

»Kommt Eva auch darin vor?«

»Zwei-, dreimal. Nicht oft.«

Bram trank einen Schluck Kaffee und fragte, auf den Swimmingpool starrend: »Kannst du sie nicht durch den Schmutz ziehen?«

»Meinst du etwa, das würde nicht auffallen?«

»Soll ich ein Buch über sie schreiben? Mein erstes Buch ist ein Hit. Ein Buch über mein Privatleben verkauft sich bestimmt erst recht.«

»Gute Idee, Bram.«

»Wirst du ein Buch über Jessica schreiben?«

»Nein. Ich möchte lieber einen harten Thriller schreiben.«

»Darin braucht Jessica doch nicht zu fehlen? Wollen wir den Thriller zusammen schreiben? In Sachen Verbrechen kenne ich mich ganz gut aus.«

»Ja. Das machen wir. Ich habe schon die ganze Zeit ein bestimmtes Bild im Kopf, von einem Mann in einem Café, ein Pistolenholster an der Stuhllehne, das Gesicht vom Betrachter abgewandt. Ein Bild à la Hopper. Könnte ein Detektiv sein. Darum herum möchte ich einen Thriller schreiben.«

Daraufhin war es minutenlang still.

»Ich habe nie gewusst, dass sie etwas an Ruud Gullit findet«, sagte Bram unvermittelt.

»Ist doch ein gutaussehender Mann«, sagte de Winter. »Reich. Berühmt.«

»Bin ich auch«, sagte Bram.

»Reicher und berühmter.«

»Und Jessica mit diesem Architekten?«

»Der ist auch reich und berühmt. Ich nicht.«

»Und Sonja?«

»Die hat mich nie geliebt. Sie hat auf Kohn gewartet. Er hat sie geholt. Sie ist mit ihm gegangen. So simpel war das.«

»Kohn ist reich. Und berüchtigt«, sagte Bram. »Sind unsere Frauen solche opportunistischen Luder? Oder liegt es auch an uns?«

»Möchtest du wirklich eine ehrliche Antwort darauf, Bram?«

»Nein. Lass.«

Es war der dritte Tag von Brams Aufenthalt. Sie hatten bis tief in die Nacht getrunken und Videos angeschaut, moderne Klassiker wie *Chinatown* und *Sleepless in Seattle.*

De Winter hatte den Tag über nach einem Weg gesucht, wie er Theo van Gogh in das Buch hineinschreiben konnte. Ohne van Gogh hätte Mohamed Boujeri niemals seinen gewalttätigen Fanatismus ausleben können. Und wenn er van Gogh in das Buch hineinbringen konnte, gab es vielleicht auch eine Möglichkeit, das Video mit den widerlichen Äußerungen van Goghs als literarisches Motiv einzubauen. Aber van Gogh war tot, und Tote sprachen nicht.

In dieser Nacht erschien ihm Theo van Gogh in dem warmen Zimmer im Erdgeschoss von Brams Haus.

Es war halb vier. De Winter schlug die Augen auf und sah van Gogh in einer Ecke seines Schlafzimmers. Sein Herz klopfte laut vor Schreck. Van Gogh kam zu ihm herüber und setzte sich auf das Fußende seines Bettes.

De Winter dachte: Das ist ein Traum, das muss ein Traum sein. Der rührte natürlich daher, dass er über van Gogh schreiben wollte und stundenlang über ihn nachgedacht hatte. Der war nun in sein Unterbewusstsein eingedrungen. Gut, er hatte ihm selbst die Tür aufgestoßen.

Aber als van Gogh ihn ansprach, setzte er sich ruckartig auf. Das war kein Traum! Oder war es ein Traum im Traum? Auf jeden Fall erfuhr er es als sehr authentisch.

»De Winter«, sagte van Gogh.

»Was willst du hier, Mensch?«, antwortete de Winter.

»Ich habe mitgelesen.«

»Das kann nicht sein«, sagte der Schriftsteller.

»Du schreibst ein Buch über das, was passiert ist, oder nicht? Über Boujeri und all diese Politiker. Ich weiß, wovon es handelt. Frag mich, was drinsteht, und ich sage es dir.«

»Okay, du hast mitgelesen, und? Warum kommst du zu mir? Du warst ein Arschloch, nicht nur mir gegenüber. Und jetzt, wo du tot bist, kommst du mal eben zu Besuch. Als du noch am Leben warst, haben wir nie ein Wort miteinander gewechselt. Ich muss Leuten heute noch erklären, dass wir nicht befreundet waren. Ich habe dich gar nicht gekannt!«

»Was willst du denn, Mister Möchtegern? Du suchst doch nach einer Möglichkeit, wie du mich in deinem Buch unterbringen kannst, oder? Als ich das heute Mittag hörte, dachte ich: Sieh mal einer an, erst das Jude-Sein ausschlachten, dann den toten Theo.«

»Du kannst mir jedenfalls nicht den Vorwurf machen, ich sei inkonsequent.«

Van Gogh grinste. »Sinn für Humor hast du, Schreiberling.«

»Warum bist du hier, nach all den Jahren?«

»Och…«

Van Gogh schaute kurz weg, nahm das Zimmer in sich auf und sagte dann: »Ist doch eigenartig, dass wir uns nie begegnet sind.«

»Das bedaure ich nicht.«

»Wie willst du über mich schreiben?«

»Ich weiß nicht. Vielleicht tue ich es auch gar nicht«, sagte de Winter.

»Was hältst du davon... wenn du mich als Engel beschreibst?«

»Wie kommst du denn auf die Idee, van Gogh? Hast du da oben deinen Sarkasmus verloren? Ich schreibe einen realistischen Roman. Da gehören keine Engel rein. Graham Greene, John le Carré, Simenon – Autoren ohne Engel.«

»Engel gibt es aber«, sagte van Gogh.

»Dass ich nicht lache!«

»Hör mal, de Winter. Ich komme hier in deinen Traum spaziert, du kannst mich sehen und hören, ja ich bin zum Greifen nah. Und ich sage dir: Engel gibt es. Hast du keine Vorstellungskraft? Glaub mir, du sprichst mit einem Experten aus eigener Erfahrung.«

»Es reicht, van Gogh. Und das wolltest du mir in diesem Traum erzählen? Oder ist es ein Alptraum?«

»Bring mich als Engel in deinem Buch unter.«

»Das ist zu viel des Guten, Mensch.«

»Mach einen Engel aus mir. Aber wir haben keine Flügel. Den Fehler darfst du nicht machen.«

»Ach komm, versuch mir doch keinen Bären aufzubinden.«

»Warum sollte ich? Engel gibt es wirklich. Aber ohne Flügel.«

»Gut, wenn ich dich damit glücklich machen kann: Es gibt Engel. Erzähl mal, Herr van Gogh, wie sehen sie aus?«

»Ganz normal, so, wie du mich jetzt vor dir siehst.«

»Also ohne Flügel?«

»Ohne Flügel. Warte … Nein, mach mal mit Flügeln. Ist nicht verkehrt, wenn die Menschen denken, dass wir Flügel haben … Ich durfte noch ein letztes Mal zurück, weißt du, bevor ich weitergehe …«

»Weitergehe? Wie meinst du das, wohin?«

»Ich weiß es nicht. Aber ich glaube, dass es dort, wohin ich gehe, gut ist. Ich wollte noch kurz zu jemandem von den Lebenden zurück. Zu dir …«

»Welche Ehre!«

»Ja, das ist eine Ehre. Schließlich hast du, als mich dieser Bartaffe gerade ermordet hatte, noch am selben Tag mit einem scheinheiligen Scheißartikel in einer Zeitschrift darauf reagiert, ich weiß nicht mehr, in welcher.«

»*Elsevier.*«

»*Elsevier*, ja. Ein scheinheiliger Scheißartikel, oder sagte ich das schon?«

»Er war nicht scheinheilig. Du warst wirklich ein schizophrener Spinner. Das Verrückte ist … Selbst nach all den Jahren werde ich jetzt noch wütend auf dich, weißt du das? Trotzdem habe ich dir die Schmerzen und die Angst nicht gewünscht.«

Van Gogh reagierte nicht. Schlug die Augen nieder. »Ich wollte hier noch so viel machen, weißt du das? Filme drehen, Bücher schreiben, Frauen … Hey, de Winter, das war's jetzt. Wir laufen uns schon noch mal über den Weg. Mach was Gutes hier, ja? Mach was, worauf ich stolz sein kann.

Keine seichten Romane oder sogenannt künstlerisch wertvollen Filme. Mach was Richtiges, okay?«

»Bist du deswegen zu mir gekommen, um mir das zu sagen?«

»Nein, ich bin gekommen, um zu sagen … Dieser Lichteffekt, den dieser besessene Beamte beschrieben hat, wie hieß er noch gleich …?«

»Van der Ven. Was weißt du über ihn?«, fragte de Winter.

»Ja, van der Ven. Dieser Lichteffekt, den gab es wirklich. Dafür gibt es Engel. Engel, werde Licht – so lautet hier das Gebot. Damit wurden Kohn und der Junge … Ach, was spielt es schon für eine Rolle … Behalt diesen Lichtblitz in deinem Buch. Das stimmt, de Winter. So ungefähr war es. Nicht ganz so, aber im Wesentlichen schon. Und jetzt noch mich als Engel mit rein.«

»Ich wollte diesen Lichtblitz aber gerade rausnehmen. Dieser van der Ven ist ein bisschen meschugge.«

»Was ist schon meschugge? Wie sagte Richard Feynman noch? Die Natur ist seltsam und absurd. Und ich – hörst du, Mister Möchtegern? –, ich bin nach wie vor Teil der Natur. Ein Teil, der für dich unsichtbar bleibt. Außer für diesen kurzen Moment. Dieses eine Mal. Dann gehe ich. Und komme nicht wieder.«

»Ich hätte dich schon gern kennengelernt«, sagte de Winter.

»Daraus wird nichts mehr, de Winter. Alles wird gut, Leon. Das ist eine ungewöhnliche Bemerkung aus meinem Mund, aber dort, wo ich bin, sagt man immer die Wahrheit …«

De Winter war kurz so, als rieche er Zigarettenrauch und

499

Alkoholdunst und fühle den massigen Körper van Goghs, und es schien, als klopften sie sich gegenseitig auf den Rücken, wie Männer es tun.

Dann war van Gogh plötzlich verschwunden, wie ein Geist im Zeichentrickfilm. De Winter erwartete jetzt einen magischen Lichtblitz, doch nichts geschah. Van Gogh war gekommen und gegangen, ohne Hokuspokus.

Als de Winter erwachte, notierte er gleich, was er gerade mit van Gogh erlebt hatte. Van Gogh, ein Engel? Im Zimmer hing immer noch ein Hauch von Zigarettenrauch und Alkoholdunst.

THEO

Es spottete jeder Beschreibung, wohin er gelangte. Aber es lohnte sich, die passenden Worte dafür zu suchen.

Es war Morgen, wann immer er es wollte. Meistens wollte er, dass es jener eine Morgen war. Nicht einfach nur jener Morgen, sondern »die verbesserte Version«, wie er es nannte. Ein Amsterdamer Novembermorgen. Trist, grau. Aber von überwältigender Schönheit, wie er jetzt fand. Er hatte sein Haus verlassen und fuhr zu seinem Produzenten, um ihm eine ernstzunehmende Montage seines Films über Pim Fortuyn zu zeigen. Auf dem Fahrrad, für immer. Der kühle Wind auf seinen Wangen. Grenzenlose Energie in den Beinen. Die Wolken so tief, dass man sie berühren konnte. Der Bartaffe wartete auf ihn, dort, an der Stelle, wo es passiert war, aber jetzt sah Theo ihn in seiner fixierten Hässlichkeit dastehen, und der Bartaffe konnte ihm nur nachstarren, ohne sich von der Stelle zu rühren und ohne ihm weh zu tun. Die verbesserte Version, hab ich doch gesagt, oder? Er radelte. Entspannt. Mit Schwung durch die frühmorgendlichen Straßen. Junge Mädchen in kurzen Röcken kamen ihm entgegen. Markthändler, die ihre Stände aufbauten, winkten ihm im Vorüberfahren zu. Der Duft von frischem Brot beim Bäcker. Das durchdringende Geräusch einer über eine Weiche rumpelnden Straßenbahn. Das Rattern eines

Gitters, das bei einem Telefonladen hochgezogen wurde. Ein mit angespannt zitterndem Hinterteil scheißender Hund am Sarphatipark. Plattgefahrene Orangenschalen im Rinnstein. Ein überquellender Abfallbehälter mit surrenden Fliegen. Alles von überwältigender Schönheit – so war es.

Und auch in der verbesserten Version begegnete er auf seiner Radtour immer dem Göttlichen Glatzkopf.

Der Göttliche Glatzkopf saß auf einer Caféterrasse, blätterte in den Morgenzeitungen und knabberte an einem Croissant. Seine beiden kleinen Köter saßen jeweils auf ihrem eigenen Stuhl neben ihm.

»He, Theo, schönen Tag!«, rief der Göttliche Glatzkopf ihm nach, während er eine Seite umschlug.

Und Theo reckte den Daumen in die Höhe.

Pim Fortuyn war sein Schutzengel gewesen, und darüber hatten sie sich ganz freundschaftlich und friedlich ausgesprochen. Fortuyn hatte versucht, ihn zu retten und zu beschützen, doch es war ihm nicht gelungen, Boujeris Hass zu bändigen, sosehr er auch sein liebevolles Licht erstrahlen ließ.

Dennoch war alles zu einem guten Ende gekommen. In der verbesserten Version setzte Theo seinen Weg auf einem soliden Omarad fort, immer wieder aufs Neue. Er radelte und radelte, und jedes Mal füllte sich sein Herz mit so viel Empathie, so viel Bewunderung für das, was er sah, die Menschen in ihrer spontanen Güte, dass er davon überzeugt war, nicht nur diese Stadt, sondern alle Lebenden damit wärmen zu können. Während er für immer weiterradelte, war er angekommen.

Ende

Nachwort zur deutschen Ausgabe

In diesem Roman habe ich eine Collage aus »wirklichen« und fiktiven Personen gemacht. Mit »wirklich« meine ich: Es gibt in den Niederlanden Menschen, die Job Cohen, Piet Hein Donner und Bram Moszkowicz heißen. Ich habe mir ihre Namen für ein literarisches Spiel ausgeliehen. Dazu hat mich, vom Totenreich aus, Theo van Gogh gezwungen. Als ich eines Tages beschloss, ihn in den Roman hineinzuschreiben – ich wurde dazu angeregt, als ich zufällig alte YouTube-Filme sah, wie ich es auch im Roman beschreibe –, wurde mir klar, dass auch ich selbst nicht im Hintergrund bleiben konnte. Ich musste ebenfalls in das Buch hinein. Und wenn ich mich in den Roman hineingab, konnte ich meine Frau Jessica Durlacher nicht einfach beiseitelassen. Und mein guter Freund Bram Moszkowicz, der berühmteste Anwalt der Niederlande? Auch der musste rein. Auf diese Weise kam die Mosaikstruktur von *Ein gutes Herz* sowie die Vermischung von Fiktion und Realität zustande. Ich wollte eigentlich ein ganz anderes Buch schreiben, einen regelrechten Thriller, aber Theo machte mir einen Strich durch die Rechnung. Er dirigierte mich zu dem Roman, der schließlich das Licht der Welt erblickte. Dafür danke ich Theo (wo immer er auch sein mag).

Danksagung

Meine treuen Mitleser bei *De Bezige Bij* haben mich auf Widersprüchlichkeiten und Fehler hingewiesen – ich habe versucht, sie auszumerzen. Sollte ich etwas übersehen haben, ist das allein meine Schuld. Ich habe aus so vielen Internetquellen geschöpft, dass ich die Übersicht verloren habe. Peter Voortman, mein Berater in Sachfragen, hat nie die Hoffnung aufgegeben. Die hochgelehrten Herren Leon Eijsman und Afshin Ellian haben versucht, mir etwas von ihrer Weisheit zu vermitteln, doch so etwas ist nicht übertragbar. Ed Hogervorst, Polizeikommissar und Terrorismusexperte, half mir bei dem Zusammentragen von Fakten, die ich nicht einfach erfinden durfte. Für die Geduld meines Verlegers Robbert Ammerlaan mit diesem Buch müsste ich ihm ein Denkmal errichten. Und Jessica, meine Gefährtin auf der Reise durch das Leben und die Welt, hat mich, wie schon beim vorigen Buch, nach Santa Monica geschickt, als es wirklich nötig war. Ich durfte erst zurückkommen, als ich das Buch fertig hatte. Jessica war die erste und strengste Leserin. Ihr ist diese Geschichte gewidmet. Sie weiß, was dafür nötig war. Ein Hotelzimmer, ein MacBook, der Strand von Santa Monica – und ihr Auge, ihre Fürsorge und Liebe.

Leon de Winter

Quellen

Für die deutsche Übersetzung wurde zitiert aus:

Richard P. Feynman, QED – *Die seltsame Theorie des Lichts und der Materie.* Piper Verlag, München 1988. Aus dem Amerikanischen von Siglinde Summerer und Gerda Kurz

Der Wortlaut der zitierten Koransuren folgt der Koranübersetzung auf www.islam.de

Leon de Winter
im Diogenes Verlag

Leon de Winter wurde 1954 in 's-Hertogenbosch als Sohn niederländischer Juden geboren und begann als Teenager, nach dem Tod seines Vaters, zu schreiben. Er arbeitet seit 1976 als freier Schriftsteller und Filmemacher in Holland und den USA. Seine Romane erzielen nicht nur in den Niederlanden überwältigende Erfolge; einige wurden für Kino und Fernsehen verfilmt, so 2000 *Der Himmel von Hollywood* (Regie: Sönke Wortmann) und 2003 *SuperTex* unter der Regie von Jan Schütte.

»Leon de Winter ist ein wunderbar phantasievoller Erzähler. Er liebt seine Figuren, hat ein herrliches Gespür für deren Entwicklungen und Abgründe und erzählt immer leicht und lakonisch.«
Joachim Knuth / Norddeutscher Rundfunk, Hamburg

»Leon de Winter, mittlerweile zum Kultautor avanciert, ist ein gewiefter Erzähler, der dem Leser die Tür nur einen Spaltbreit öffnet und in ihm eine unstillbare Neugierde auf das weitere Geschehen erweckt.«
Hans Christian Kosler

Hoffmans Hunger
Roman. Aus dem Niederländischen von Sibylle Mulot

SuperTex
Roman. Deutsch von Sibylle Mulot

Serenade
Roman. Deutsch von Hanni Ehlers

Zionoco
Roman. Deutsch von Hanni Ehlers

Der Himmel von Hollywood
Roman. Deutsch von Hanni Ehlers

Sokolows Universum
Roman. Deutsch von Sibylle Mulot

Leo Kaplan
Roman. Deutsch von Hanni Ehlers

Malibu
Roman. Deutsch von Hanni Ehlers

Place de la Bastille
Roman. Deutsch von Hanni Ehlers

Das Recht auf Rückkehr
Roman. Deutsch von Hanni Ehlers

Jessica Durlacher
im Diogenes Verlag

Jessica Durlacher, geboren 1961 in Amsterdam, veröffentlichte 1997 in den Niederlanden ihren ersten Roman, *Das Gewissen*. Für ihn sowie für ihren zweiten Roman, *Die Tochter*, wurde sie mit zahlreichen Preisen ausgezeichnet. Sie lebt mit ihrem Mann und ihren zwei Kindern in Bloemendaal und in Kalifornien.

»Eine Erzählerin, die Spannung mit Tiefgang zu paaren weiß.« *Buchkultur, Wien*

»Jessica Durlacher ist eine souveräne Erzählerin.«
Sabine Doering / Frankfurter Allgemeine Zeitung

Das Gewissen
Roman. Aus dem Niederländischen
von Hanni Ehlers

Die Tochter
Roman
Deutsch von Hanni Ehlers

Emoticon
Roman
Deutsch von Hanni Ehlers

Schriftsteller!
Deutsch von Hanni Ehlers

Der Sohn
Roman
Deutsch von Hanni Ehlers

Connie Palmen
im Diogenes Verlag

Connie Palmen, geboren 1955, wuchs im Süden Hollands auf und kam 1978 nach Amsterdam, wo sie Philosophie und Niederländische Literatur studierte. Ihr erster Roman *Die Gesetze* erschien 1991 und wurde gleich ein internationaler Bestseller. Sie erhielt für ihre Werke zahlreiche Auszeichnungen, so wurde sie für den Roman *Die Freundschaft* 1995 mit dem renommierten AKO-Literaturpreis ausgezeichnet. Connie Palmen lebt in Amsterdam.

»Es ist selten, dass jemand mit so viel Ernsthaftigkeit und Witz, Offenheit und Intimität, Einfachheit und Intelligenz zu erzählen versteht.«
Martin Adel / Der Standard, Wien

»Connie Palmen schreibt tiefsinnige Romane, die warmherzig und unterhaltsam sind – trotz messerscharfer Analysen menschlicher Gefühle.«
Elle, München

Die Gesetze
Roman. Aus dem Niederländischen von Barbara Heller
Auch als Diogenes Hörbuch erschienen, gelesen von Christiane Paul

Die Freundschaft
Roman. Deutsch von Hanni Ehlers

I.M.
Ischa Meijer – In Margine,
In Memoriam
Deutsch von Hanni Ehlers

Die Erbschaft
Roman. Deutsch von Hanni Ehlers

Ganz der Ihre
Roman. Deutsch von Hanni Ehlers

Idole und ihre Mörder
Deutsch von Hanni Ehlers

Luzifer
Roman. Deutsch von Hanni Ehlers

Logbuch eines
unbarmherzigen Jahres
Deutsch von Hanni Ehlers

Arnon Grünberg
im Diogenes Verlag

Arnon Grünberg, 1971 in Amsterdam geboren, lebt und schreibt in New York. Sein in siebzehn Sprachen übersetzter Erstling, *Blauer Montag*, wurde in Europa ein Bestseller. Neben allen großen niederländischen Literaturpreisen wie dem Anton-Wachter-Preis, dem AKO-Literaturpreis, dem Libripreis und dem Constantijn-Huygens-Preis für sein Gesamtwerk erhielt Arnon Grünberg 2002 den NRW-Literaturpreis.

»Arnon Grünberg ist einer der erfolgreichsten, produktivsten und umstrittensten niederländischen Schriftsteller.«
Jan Brandt / Frankfurter Allgemeine Sonntagszeitung

Statisten
Roman. Aus dem Niederländischen von Rainer Kersten

Amour fou
Roman. Deutsch von Rainer Kersten. Mit einem Vorwort von Daniel Kehlmann
(zuerst unter dem Pseudonym *Marek van der Jagt* erschienen)

Phantomschmerz
Roman. Deutsch von Rainer Kersten

Gnadenfrist
Deutsch von Rainer Kersten

Der Heilige des Unmöglichen
Deutsch von Rainer Kersten

Tirza
Roman. Deutsch von Rainer Kersten

Mitgenommen
Roman. Deutsch von Rainer Kersten

Mit Haut und Haaren
Roman. Deutsch von Rainer Kersten

Der jüdische Messias
Roman. Deutsch von Rainer Kersten

Couchsurfen
und andere Reportagen. Herausgegeben und mit einem Vorwort von Ilija Trojanow. Deutsch von Rainer Kersten

Ian McEwan
im Diogenes Verlag

»Ian McEwan hat sich endgültig in die englische Literaturgeschichte eingeschrieben.«
Martin Ebel / Tages-Anzeiger, Zürich

»McEwan ist unbestritten der bedeutendste Autor Englands.« *The Independent, London*

Der Zementgarten
Roman. Aus dem Englischen von Christian Enzensberger

Erste Liebe – letzte Riten
Erzählungen. Deutsch von Harry Rowohlt

Zwischen den Laken
Erzählungen. Deutsch von Michael Walter und Bernhard Robben
Daraus die Erzählung *Psychopolis* auch als Diogenes Hörbuch erschienen, gelesen von Christian Ulmen

Der Trost von Fremden
Roman. Deutsch von Michael Walter

Ein Kind zur Zeit
Roman. Deutsch von Otto Bayer

Unschuldige
Eine Berliner Liebesgeschichte. Roman. Deutsch von Hans-Christian Oeser

Schwarze Hunde
Roman. Deutsch von Hans-Christian Oeser

Der Tagträumer
Erzählung. Deutsch von Hans-Christian Oeser
Auch als Diogenes Hörbuch erschienen, gelesen von Anna König

Liebeswahn
Roman. Deutsch von Hans-Christian Oeser

Amsterdam
Roman. Deutsch von Hans-Christian Oeser

Abbitte
Roman. Deutsch von Bernhard Robben
Auch als Diogenes Hörbuch erschienen, gelesen von Barbara Auer

Saturday
Roman. Deutsch von Bernhard Robben

Letzter Sommertag
Stories. Deutsch von Bernhard Robben, Harry Rowohlt und Michael Walter

Am Strand
Roman. Deutsch von Bernhard Robben
Auch als Diogenes Hörbuch erschienen, gelesen von Jan Josef Liefers

For You
Libretto für eine Oper von Michael Berkeley. Zweisprachige Ausgabe. Deutsch von Manfred Allié

Solar
Roman. Deutsch von Werner Schmitz
Auch als Diogenes Hörbuch erschienen, gelesen von Burghart Klaußner

Honig
Roman. Deutsch von Werner Schmitz
Auch als Diogenes Hörbuch erschienen, gelesen von Eva Mattes